英雄

第一律法·独立续作

[英] 乔·阿克罗比/著
屈畅 赵琳/译

THE HEROES

重庆出版集团 重庆出版社

The Heroes

Copyright © Joe Abercrombie 2011

First published by Gollancz, a divison of the Orion Publishing Group, London

This edition arranged with The Orion Publishing Group though Big Apple Agency, INC., Labuan, Malaysia.

Simplified Chinese translation copyright © 2021 by Chongqing Publishing House Co.,Ltd.

All rights reserved.

版贸核渝字（2020）第 091 号

图书在版编目（CIP）数据

英雄 /（英）乔·阿克罗比著；屈畅，赵琳译 . —重庆：重庆出版社，2021.8
书名原文：The Heroes
ISBN 978-7-229-15873-6

Ⅰ . ①英… Ⅱ . ①乔… ②屈… ③赵… Ⅲ . ①长篇小说—英国—现代 Ⅳ . ① I561.45

中国版本图书馆 CIP 数据核字（2018）第 258861 号

英　雄
YINGXIONG

[英]乔·阿克罗比　著　屈　畅　赵　琳　译
责任编辑：邹　禾　唐　凌　王靓婷
装帧设计：抹　茶
封面插图：陈名瑶
联合统筹：重庆史诗图书信息咨询有限公司
责任校对：何建云

重庆出版集团　出版
重庆出版社

重庆市南岸区南滨路 162 号 1 幢　邮政编码：400061　http://www.cqph.com
重庆出版社艺术设计有限公司　制版
重庆市鹏程印务有限责任公司　印刷
重庆出版集团图书发行有限责任公司　发行
E-mail:fxchu@cqph.com　邮购电话：023-61520646
全国新华书店经销

开本：890mm×1230mm　1/32　印张：19.5　字数：506 千
2021 年 8 月第 1 版　2021 年 8 月第 1 次印刷
ISBN 978-7-229-15873-6
定价：89.80 元

如有印装问题，请向本集团图书发行有限公司调换：023-61520678

版权所有　侵权必究

致伊芙

总有一天,你会读到这本书,
然后问道:"爸爸,为什么全都是刀剑?"

战前

BEFORE THE BATTLE

需要英雄的国度是不幸的。

——贝尔托·布莱希特

世道

The Times

"老了，真干不了这破事儿。"卡脖抱怨着，每走一步，不中用的膝盖就针扎般疼。他早该退休了。早该。真想辛勤工作一天后，坐在屋后的门廊下抽烟，怡然观看夕阳照耀的水面。他没房子。不过有朝一日他有房子了，就得是这样的。

他从坍塌的石墙间找到个缺口，心跳得像工匠敲锤子。他可是费了好大力气才爬上陡坡，一路上野草要拉掉他的靴子，贼风要吹折他的腰杆，但说实话，他最怕爬上来就被杀。他从未自夸勇敢，随着年龄渐长，胆子越来越小。人就这么怪，剩下的年岁越少就抓得越紧，大体出娘胎时胆量最充沛，日后就被接连不断的麻烦逐渐消耗了。

卡脖这辈子撞上的麻烦真不少。现在多半又撞上一桩。

地势总算平了，他趁机大口喘气，弯腰抹掉被风刺激而涌出的泪水。他想憋住咳嗽，却越咳越凶。一片昏暗中，英雄石隐隐可见，没有星光的夜空仿被撕开了好几个四人来高的大洞。风声飒飒，这些被遗忘的巨人孤独地伫立在山顶，继续着无谓又顽固的守望。

卡脖对巨石的重量略感好奇，死者才知道当初是怎样把这些鬼东西拖上来的。谁干的？为什么？……可惜死者不会说话，卡脖也不打算加入它们的行列。

石头粗糙的边缘溢出些许火光，低吼的风声中有轻微话音，这让他再次意识到自己身处险境，又一波恐惧瞬间席卷全身。恐惧是好事，它能使人深思熟虑，很久以前"三树"鲁德告诉过他。这次行动他早已深思熟虑，并认定这是正路，至少不是错事——许多时候，这已经很难得了。

于是他深吸一口气，试图唤起年轻时的感觉，那时他的膝盖还灵活，人也天不怕地不怕。他从古老的巨石间找了条罅隙，信步而入。

这里在古时或为圣地，石头中蕴含着魔法，未经邀请就钻进石阵乃是重罪。不过时至今日，被冒渎的古神也没法发威。石阵外的呼啸风声化为几许轻叹，没有所谓的魔法，也不存在什么神圣，如今就这个世道。

影影绰绰的光线洒在英雄石的内壁，将坑洼的表面照成淡橙色。石壁上遍布青苔，老树莓、荨麻和牧草肆意生长。有一块巨石已拦腰折断，还有两三块石头不敌岁月侵蚀而倒塌了，留下的罅隙活像骷髅的微笑中缺了几颗牙。

卡脖一眼瞥见八个人。他们缩在随风翻动的篝火边，裹紧满是补丁的斗篷、老旧的外套和破烂的毯子。明明灭灭的火光笼罩着这些憔悴不堪、带着伤疤、胡楂和长须的脸庞，也照亮了盾牌的金属边沿和武器的利刃。好多武器。在夜色中看来，除了整体更年轻一些，他们跟卡脖的小队没什么区别。也许的确没什么区别，他甚至把侧脸对着他的某人认作朱坦，一时头脑发昏，差点上去打招呼。但紧接着他想起朱坦入土十二年了，当年在坟头致辞的就是他。

或许世上只有这么多张脸。活够了年纪,总会撞上重复的。

卡脖高举双手,掌心朝外,尽量让对方安心。"晚上好!"

几张脸猛转过来。几只手抓向武器。眼见有人操起弓箭,卡脖胃里一紧,但那人还没拉开弦,便有同伴伸手过来,把弓按了下去。

"'红鸦',看看是谁。"发话的是个块头不小的老家伙,蓄着缠成一团的大灰胡子,出鞘的长剑横在膝上,精光闪闪。卡脖难得地笑了——他识得这张脸,成功机会大了不少。

此人叫"硬面包",老早就有外号,过去卡脖跟他一伙打过几场仗,也在另外几场仗中做过他的对手。硬面包名声在外,经验丰富,这种人会三思而后行,不会动辄喊打喊杀,跟这种人才能做交易。更有利的是,硬面包似乎是这群人的头儿,因为那个叫红鸦的闷闷不乐地放下武器。卡脖顿感轻松,他今晚不想任何人送命——其中又数他自己的命最金贵。

但黑夜还有几小时才能过去,眼前亮出的武器也并未减少。

"死者在上。"硬面包坐得像英雄石一样,显然在盘算。"我怕不是看错了,卡脖科登竟大晚上在外闲逛。"

"你没看错。"卡脖缓步上前,依然高举双手,在八双不善的眼睛打量下尽量表现得轻松自在。

"你老了,卡脖。"

"你也是,硬面包。"

"你知道,仗老打不完,"老战士拍拍肚子,"总让人神经紧张。"

"没错,彼此彼此。"

"谁愿意当兵呢?"

"这破行当。可惜常言道,老马蹦不过新篱笆。"

"这把年纪,我也不想蹦了,"硬面包说,"听说你现在帮黑旋风打仗。你和你的小队。"

"我尽量少打。不过你说的没错,我确实跟他一伙,在他手下混口粥喝。"

"我喜欢喝粥。"硬面包垂眼看向火堆，若有所思地用树枝捅了捅。"我现在跟联合王国一伙。"他的手下躁动不安地舔着嘴唇，摩挲武器，瞳孔被火光照亮。他们就像决斗圈外的观众，密切关注着两个决斗者如何起手，猜测谁能占据优势。硬面包重新抬眼看向卡脖。"如此说来，咱们是对手。"

"这点小分歧就能搅和体面的团聚？"卡脖问。

"体面"这个词不知怎地又惹恼了红鸦。"看我宰了这混账！"

硬面包缓缓看向他，皱起的老脸透出一丝嘲讽。"需要你出头的时候，我自会开口，在此之前先歇着吧，愣头青。卡脖科登这号老手，绝不会瞎迤到这儿给你们送上门。"他环视了一圈周围的石头，目光又停在卡脖身上，"你只身前来干什么？难道不想跟黑旋风那无赖混了，要投奔狗子？"

"不，无意冒犯，但为联合王国卖命不是我的风格。我们都有自己的底线。"

"我不会只因一个人选谁作朋友就否定他。"

"是啊，每当起了什么了不得的争端，两边都少不了正派人，"卡脖说，"我来是因为黑旋风要我爬上英雄顶望个风，瞧瞧联合王国的军队走没走这条路。或许你能行个方便，告诉我答案？"

"我不知道。"

"可你在这儿。"

"我没空多管闲事。"硬面包郁郁不乐地看了看篝火周围的小子们，"如你所见，我差不多也算只身一人。狗子要我爬上英雄顶望个风，瞧瞧黑旋风那伙人会不会露头。"他双眉一挑，"你觉得他们会吗？"

卡脖笑了。"我不知道。"

"可你在这儿。"

"我没空多管闲事,我的小队也不比你的更省力——只有'洪水'拜安甸几个月前搞折了腿,留在后方,让我少费了点工夫。"

硬面包露出同情的微笑,又用树枝捅捅火堆,激起一阵火星。"你的小队总是很严密。我敢说英雄顶早已被他们包围,个个引弓以待咧。"

"差不多吧。"硬面包的手下张大了嘴,四下张望。不知何处传来的话音让他们震惊,更吃惊的是那竟是个女人。只见"奇妙"双臂抱胸,长剑入鞘,弓箭背在肩后,斜倚着一块英雄石,满不在乎的神情仿佛身处酒馆。"你好呀,硬面包。"

老战士皱了皱眉。"你好歹拉个弓意思一下,不把我们这号人当回事儿吗?"

她朝黑乎乎的石阵外偏了偏头。"后面有几个小子一直拉着,情况不对就射你们脸上。你觉得好受点没?"

硬面包的眉头皱得更紧,"好受又难受。"他手下的小子们紧盯着石头间的罅隙,只觉夜色陡然显得危机四伏。"你还给这家伙当副手,是吧?"

奇妙挠了挠剃得只剩发根的头顶,那里有一道长伤疤。"没有更好的邀约嘛。我俩就像老夫妻,早不上床了,倒天天吵架。"

"我和我老婆跟你们差不多,"硬面包用手指轻敲长剑,"结果她死了,我倒总惦记她。我早知你有备而来,卡脖。既然你有兴致说闲话,而我还没断气,我猜你是打算给我们留个全身而退的机会喽?"

"你真是我肚里的蛔虫,"卡脖说,"我就是这么打算的。"

"我的哨兵们没死吧?"

奇妙扭头打个呼哨,"踮脚"舒利从巨石后钻出,一只胳膊搂着个脸上有大片粉红胎记的家伙。他俩乍看起来宛如老友,但舒利手上有刀,刀刃抵在对方喉头。

"抱歉，头儿，"俘虏告诉硬面包，"他趁我不备。"

"没法子。"

又有一个瘦小子被狠推了一把，跟跄着走向篝火，途中更被自己的脚绊倒，尖叫着摔在长草地上。"快活"约恩紧跟着从黑暗中现身，蓄满胡子的脸眉头紧锁，一只手握着斧子，锋利的斧刃垂在脚边，闪闪发光。

"感谢死者，"硬面包冲忙不迭爬起来的瘦小子挥了挥手里的树枝，"我老姐的崽，我答应照看他。你们要真下手，这事就没完了。"

"他睡着了，"约恩粗声粗气地说，"你们也太粗心了吧？"

硬面包耸耸肩。"本以为这里没人。咱北方就数山多石头多，谁能想到摆石头的山上也能被光顾？"

"不是我想来，"卡脖说，"但黑旋风要我爬上——"

"只要黑旋风发话……"布拉克-埃-达恩的声音传来，他说话像唱歌，这是山民的习惯。他走进石阵中央宽敞的草地，顶着一张大脸，绘满涂料的一面朝着火光，另一面隐在阴影中。

红鸦差点跳起来，但硬面包一只手按住他肩膀，让他坐好。"天呐，天呐，惊喜不断。"他的目光滑过快活约恩的斧子，滑过奇妙的笑脸，滑过布拉克的肚皮，又滑过舒利抵在胎记男喉头的刀子。他显然在权衡局势，换作卡脖也会这么做。"冻土的威尔旺呢？听说你把他也收编了？"

卡脖缓缓点头。"不知为啥，他非要跟着我。"

话音刚落，威尔旺奇怪的山谷口音便从黑暗中飘来。"松格娜说……我要实现自己的宿命……须得寻一个被骨头卡到喉咙的人。"他的大嗓门被石头反射，仿佛来自四面八方。这家伙懂得营造效果，不愧是个真英雄。"松格娜就跟这些石头一样古老。有人说，地狱带不走她，利刃无法伤害她，她见证过世界的诞生，也将见证世界的灭亡。男人应该听从这样的女人，不是吗？反正别人是这么说的。"

威尔旺大步走过石头间的罅隙,来到火光中。他身材颀长,面容隐在兜帽下,如冬日一般沉着。他将那把"众剑之父"像牛轭一样横在双肩,两条胳膊搭住剑鞘包裹的剑身,一双长手顺势下垂,深灰色的金属剑柄映照着火光。"松格娜透露了我死去的时间、地点和方式。她低言细语,还让我发誓守秘,因魔法若是泄露,就不再拥有魔力。所以我不能告诉你们时间和地点,总之不是这里,也不是现在。"他在离火堆几步远的地方停下,"另外,孩子们……"威尔旺戴兜帽的脑袋歪向一边,露出凌厉的鼻尖、冷硬的下颌和薄薄的嘴唇。"松格娜没说你们什么时候死。"他没再动,也无须再动。奇妙看向卡脖,又冲星光稀少的天幕翻个白眼。

硬面包的手下可不像卡脖的手下,听过这番话上百遍了。"那个威尔旺?"有人轻声对同伴说,"'核桃'威尔旺?真是他?"

同伴一言未发,只狠狠咽口唾沫,喉结剧烈地蠕动了一下。

"我的天,我这副老身板真是不中用了,"硬面包坦言,"我们真走得了?"

"我一开始就打算放你们走。"卡脖说。

"武器能带?"

"我不想羞辱你们。我只要山头。"

"也就是说黑旋风想要这地儿?"

"没差。"

"行,归你了。"硬面包缓缓站起来,伸直腿时不禁微微皱眉,显然也在为膝关节暗自咒骂。"这边风大,还是下山去奥斯仑好,脚也能烤烤火。"卡脖觉得他说的很对,不禁怀疑到头来究竟谁捞到便宜。硬面包若有所思地收剑入鞘,他的手下也收拾起东西。"卡脖,你很宽容,人们所言不虚,你果然光明磊落。这年头,作对手也能商量着办事可不容易。光明磊落……就是有点不合时宜。"

"没错,世道不比当年哟。"卡脖冲舒利一歪头,后者放下抵在胎记男喉头的刀子，略略鞠了个躬，接着伸手到火堆上烤火。胎记男立刻后退，一边揉着粗短脖子上新留的淤痕，一边动手卷好毯子。卡脖用双手拇指搭住剑带，眼睛一直盯着匆匆收拾的硬面包的小子们，只怕谁突然兴起逗英雄。

红鸦似乎最有可能。他背起弓，面色不善地站在那里，一只手握着斧柄，力道大得指节发白，另一条胳膊挎着面盾牌，上头绘了只红色的鸟。这人一开始就想杀卡脖，过去几分钟的发展也没改变他的想法。"几个老东西，加上个该死的女人，"他吼道，"我们一架不打就灰溜溜地撤？"

"不，不，"硬面包背起伤痕累累的盾牌，"我撤，他们跟着我，你留下跟冻土的威尔旺好好打。"

"我留下？"红鸦有些焦躁地皱眉看向威尔旺，威尔旺也看向他，像周遭的英雄石一般面无表情。

"对，"硬面包说，"反正你巴不得打架。事后我只消把你七零八落的尸体往车上一甩，运回给你妈，并告诉她不用伤心，因为你得偿所愿了。你对这该死的山头一见钟情，非死在它上面不可。"

红鸦紧张地摩挲斧柄。"呃？"

"还是说你宁可随我们一起下山，将来不忘称道肯只身前来警告我们、放走我们之后又没放暗箭的卡脖科登？"

"好吧。"红鸦闷闷不乐地转身就走。

硬面包鼓起两腮，看向卡脖，"如今的年轻人，真是……我们也这么蠢过？"

卡脖耸肩。"多半如此。"

"我可不像他们这么嗜血。"

卡脖又耸肩。"世道不比当年哟。"

"没错，没错，当真比不得。火留给你，呃？走喽，小子们。"他们收拾好最后几件事物，朝南边退去，一个接一个钻过石头间的罅隙，融入夜色。

硬面包的侄子在罅隙边转身，冲卡脖比了个中指。"我们会回来的，你们这帮偷鸡摸狗的杂种！"他话音未落，瘦得皮包骨的脑袋就被舅舅狠拍了一掌，"啊！干吗？"

"放尊重点。"

"不是在打仗吗？"

硬面包又拍了一巴掌，疼得他尖叫。"任何时候都不准没礼貌，小犊子。"

卡脖站着没动，直到对方的抱怨彻底被石阵外的风声淹没，他才咽了口酸涩的唾沫，放开钩住剑带的拇指。他的双手不住发抖，只好假装搓手。事情总算了结，所有人都还能喘气儿，这大抵是能指望的最好结果。

快活约恩不这么想。他走到卡脖身旁，不太高兴地皱起眉，朝火堆吐了口唾沫。"迟早我们会后悔没动手。"

"动手我会更后悔，缺了点良心。"

站在卡脖另一边的布拉克不以为然："当兵的不需要那么多良心。"

"也不需要那么大的肚皮。"威尔旺从肩上放下"众剑之父"，剑尖杵地，剑柄和脖子齐平。他不断转动巨剑，看着光线在剑柄上流转。"当兵的负担不起。"

"我的负担刚刚好，你这瘦猴儿。"山民像父亲拍打孩子的脑袋一般，自豪地拍了拍大肚子。

"头儿。"艾里克走进火光中，手上拿弓，两指拈箭。

"他们走了？"卡脖问。

"一直下了孩儿丘，正在过河，往奥斯仑去。艾沙克还盯着，他们半路折返也不怕。"

"你觉得他们会吗？"奇妙问，"硬面包可是个老江湖。他笑归笑,心里不见得舒坦。你信那老家伙?"

卡脖皱眉看向黑夜。"这年头,我谁也不敢信。"

"是吗?那最好安排哨兵。"

"没错,"布拉克道,"大伙儿都得警醒。"

卡脖捶了捶胳膊。"你自愿站第一岗,很好。"

"你的大肚皮可以陪你。"约恩说。

卡脖开始捶另一条胳膊。"太棒了,你第二岗。"

"见鬼!"

"多福德!"

这帮人里数这个卷毛小子还有点新人气质,听到呼唤便匆匆赶来。"在,头儿?"

"骑马沿羊司路回去,不管撞上谁——多半是'铁头'的人,也或'十面精'的人——就说我们在英雄顶遭遇狗子的手下。可能只是侦察队,但……"

"只是侦察队,"奇妙把指节上的血痂咬掉一小块,用舌尖弹开,"联合王国人远着呢,他们分兵几路,四下搜索,苦于得不到正面交锋的机会。"

"多半如此。但你还是要立刻上马,传回消息。"

"现在就去?"多福德面露惊慌,"摸黑?"

"我看等到明年夏天最合适。"奇妙吐槽。"当然是现在,白痴,你只消沿路骑马跑跑腿罢了。"

多福德重重叹了口气。"反正轮不到什么英雄好汉的活儿。"

"出来混的个个都是英雄,孩子。"卡脖说。他也想派个老手,但这帮家伙会为为什么不派新人吵到早上。要想把事儿办成,有时必须如此。

"好吧,头儿。我们得几天后见了,希望到时候我的屁股没累散架。"

"啥？"奇妙戳戳自己的屁股，"你和十面精有啥不可告人吗？"众人乐了，布拉克笑声最响，舒利轻声浅笑，连约恩那对紧皱的眉头也有了一丝松动迹象。

"笑，笑个屁。"多福德说着溜进夜色，上马出发。

"听说鸡油可以润滑！"奇妙在他身后大喊，威尔旺的笑声在英雄石间回荡，消失在空旷的夜空中。

兴奋劲褪去，卡脖异常疲惫。他一屁股坐到火堆旁，膝盖弯曲时的刺痛令他打个寒战，好歹地上残留着硬面包屁股的温度。舒利在篝火对面坐下磨刀，用金属的刮擦声来为自己轻柔高亢的歌声打拍子。这首歌唱的是北方最伟大的英雄"无帽人"斯凯林，很久很久以前，他联合所有氏族赶走了外敌。卡脖静静地听歌，一边啃咬指甲边缘没长好的皮肤，一边想着自己几时能戒掉这恶习。

威尔旺放下众剑之父，蹲坐下来，抽出装符文的旧袋子。"抽空来点解读，呃？"

"你非要来？"约恩低声说。

"为啥不？你害怕这些符号？"

"我怕你扔出一堆垃圾，却害我半夜东想西想。"

"我们走着瞧。"威尔旺倒出符文，双手捧着它们吐了点口水，掷在火堆边。

卡脖不由自主地瞅了一眼，尽管根本看不明白。"符文说什么了，核桃？"

"符文说……"威尔旺觑眼看去，就像要从远方辨认事物，"将有血光之灾。"

奇妙没好气道："每次都是血光之灾。"

"是啊。"威尔旺裹紧外套，像对待爱人一样用鼻子蹭巨剑的剑柄，同时阖上双眼，"但最近越来越频繁了。"

"谁说不是呢？"卡脖皱眉环视英雄石，这些被遗忘的巨人孤独地伫立在山顶，继续着无谓又顽固的守望。"世道不比当年哟。"他喃喃道。

和平主义者
The Peacemaker

卡尔达站在窗边,一只手搭住石台,指尖不住敲打。他眉头紧锁地巡视卡莱恩城:迷宫般的鹅卵石街道、簇拥成团的陡峭的板岩房顶,还有远处父亲筑起的城墙……一切都被蒙蒙细雨染作亮闪闪的黑色。他的视线飘向城外迷茫的田野,穿过灰色的河汊,投向山谷尽头影影绰绰的绵延山丘……好像只要皱眉皱得狠就能看得远,就能越过被黑旋风散开的部众盘踞的四十里残破江山,目睹决定北方命运的前线。

那里没他的份。

"我只希望人人按我说的做。这很难嘛?"

塞芙从身后走来,肚皮贴在他背上。"我觉得,他们没那么聪明。"

"我知道怎样做最好,不是吗?"

"知道怎样做的是我,我告诉你的。所以啰,你这么说……也没错。"

"北方有好些个猪头不相信这点。"

她的手攀上他的胳膊,把他敲个不停的手指按在石台上。"男人不喜欢和平,但终究会接受和平。你会看到的。"

"但在那以前,我还是会被当作异类,忍受唾弃、嘲笑和放逐。"

"但在那以前,你可以和老婆一起待在家里,不喜欢吗?"

"最喜欢了。"他撒谎。

"骗子,"她轻声说着,轻咬他的耳朵,"人家说得对,你就是个大骗子。你喜欢穿着盔甲与哥哥并肩作战,"她双手从他腋下穿过,环住他的胸膛,痒得他打个寒战,"砍下几大车南方佬的脑袋。"

"你也知道,杀人是我最大的爱好。"

"那可不?你杀的人比斯凯林还多。"

"可以的话,我也能穿着盔甲上床。"

"噢,别要伤到我柔滑光洁的皮肤。"

"砍脑袋会喷血,"他转身面对她,一根手指懒懒地戳她的胸骨,"我宁愿利落地刺穿心脏。"

"就像刺穿我的心脏那样。你来当刺客吧。"

她的手伸进他两腿之间,他只好一边吃吃笑着,一边靠墙扭动,举起双臂挡在身前。"好吧,好吧,我承认!我床上功夫比打仗强!"

"千真万确。看看你对我做的。"她一只手搭在腹部,微嗔着朝他皱眉。他赶紧靠过来,伸手覆住她的手,用手指轻轻拍打她指缝间露出的鼓起的肚皮,于是她又笑了。

"是个男孩,"她轻声说,"我感觉得到。他是北方的继承人,你会成为国王,而他——"

"嘘——"他吻上她的双唇。当心隔墙有耳。"我还有个哥哥呢,你忘了?"

"那个呆瓜哥哥?"

卡尔达脸色微变,但没出言否认。他低头看着她那陌生、神奇又让人有些害怕的肚子，叹了口气。"我父亲常说，世上只有家人最重要。"除了权力，"况且为还没得到的东西争执没意义，现在戴着我父亲项链的是黑旋风，我们首先要对付黑旋风。"

"黑旋风是个独耳莽夫。"

"这个莽夫将整个北方踩在脚下，令那些强大的首领俯首称臣。"

"那些强大的首领，"她朝他脸上喷了口气，"都不过是顶着夸张外号的侏儒。"

"'十面精'布罗德。"

"那条腐烂的老蛆？光想想就恶心。"

"'铁头'凯姆。"

"听说他睚眦必报，看谁都眉头深锁。"

"'老金'格拉玛。"

"他气量更小，跟婴儿差不多。再说，你也有盟友啊。"

"有吗？"

"你心知肚明，我父亲喜欢你。"

卡尔达皱起脸，"你父亲不讨厌我，但如果我被吊起来，他不会是跳上前割绳子的人。"

"他总是坚持走正路。"

"没错，人人皆知'长手'考尔行事光明磊落。"尽管这屁用不顶。"但你我订婚时，我是北方人之王的儿子，形势完全不同。他看中女婿的恐怕不是千夫所指的懦夫名声，而是国王之子的身份。"

她拍打他的脸，力道不大不小，刚好发出一点声音。"你是个俊俏的懦夫。"

"在北方，俊俏的懦夫比纯粹的懦夫更不受欢迎。我觉得你父亲看不上我现在这副倒霉样。"

"去他的倒霉。"她攥住他的衬衫，把他拉近，她的力气远比看上去要大。"我可是一点没变。"

"我也没变。但你父亲就不好说了。"

"你错了,"她双手握住他的手,按在自己鼓起的肚子上,"你是我的家人。"

"家人。"他不想费心指出家人可以是助力,更可能是弱点。"好吧,你光明磊落的父亲加上我那个呆瓜哥哥,北方就在我们脚下。"

"终究会的。我保证。"她拉住他,摇晃着屁股从窗边慢慢退向床铺,"黑旋风也许善战,但战争不会一直打下去。你是比他更好的人选。"

"只怕别人不这么想。"但这话还是很中听,尤其是她用温柔、低哑又迫切的嗓音在他耳边轻吟。

"你比他聪明,"她用脸颊蹭他的下巴,"聪明得多,"她用鼻子蹭他的下巴,"你是北方最聪明的男人。"死者在上,他爱死奉承话了。

"还有呢?"

"你也比他好看得多,"她抓紧他的手,引导它顺着肚皮向下,"你是北方最英俊的男人……"

他用指尖轻点她的双唇。"如果按容貌决定谁当头儿,你早已是北方人的王后……"

她开始解他的腰带。"你总这么会说话,是吧,卡尔达王子……"

门突然被重重地撞了一下,他僵住不动,浑身血液猛涌上头,瞬间没了反应。没什么比突如其来的生命危险更能掐灭浪漫氛围了。撞门声再度响起,沉重的门板晃了晃。门内的两人赶紧分开,满脸通红地捞衣服——这哪像已婚五年的夫妻,更像被父母捉奸的年轻情侣,别说什么国王的白日梦,他甚至连给自己房间锁门的权力都没有。

"那破门闩不是装在外头的吗?"他喊道。

伴着金属摩擦声，门被"砰"的一声踢开。一个男人站在拱门下，毛茸茸的脑袋几乎挨到门梁。此人毁容的半张脸冲着屋内，大片伤疤自嘴角附近向上延伸，穿过眉毛，覆盖前额，那只瞎眼里安装了一颗闪着寒光的冰冷金属球。即便在房间角落或卡尔达的裤裆内还残留着一丝浪漫，那只金属眼和那半脸丑陋伤疤也让它们荡然无存了。连塞芙也紧张起来，尽管她比他勇敢得多。

"摆子"考尔是行走的噩梦。大家都把他称作黑旋风的狗，但没人敢看着那张烧毁的脸这么说。北方的保护者向来把最肮脏的活计派给他。

"黑旋风要见你。"若摆子的脸还不足以让英雄好汉心生畏惧，但加上他的话音就足够了。他的话音就像破碎的低语，每个字都让人心里一紧。

"干什么？"尽管心跳如擂鼓，卡尔达仍竭力保持明亮的声音，"他没我打不过联合王国了？"

摆子没笑，也没生气。他就站在门口，无声地威胁。

卡尔达尽量摆出无所谓的态度，耸了耸肩。"行吧，每个人都有不得不下跪的时候。我老婆怎么安排？"

摆子完好的那只眼睛看向塞芙。假使他流露出垂涎或厌恶，卡尔达都会放心一点，但摆子看孕妇的神情跟屠夫看牲畜没两样，完全公事公办。"黑旋风希望她留在这里做人质，保证大家规规矩矩。她不会有事。"

"也就是说，大家规规矩矩她才不会有事。"卡尔达不由自主地站到她身前，似乎想保护她——只是在摆子面前，没什么能保护得了她。

"不错。"

"如果黑旋风不规矩呢？谁做我的人质？"

摆子的独眼又看向卡尔达，一眨不眨。"我做你的人质。"

"如果黑旋风食言,我可以杀你?"

"尽管来。"

"哈。"摆子考尔是北方排得上号的硬汉,卡尔达则不值一提,"好吧,能不能让我们道个别?"

"有何不可?"摆子退回阴影中,只剩下金属眼球反射的一点微光,"我不是怪物。"

"我要回那个毒蛇窝。"卡尔达轻声告诉妻子。

塞芙抓住他的手,睁大眼睛看着他,神情中混合了恐惧和紧张。他们的心情几乎一模一样。"耐心,卡尔达,谨慎。"

"我会踮着脚尖走回去。"如果他能回去的话。他觉得有四分之一的可能摆子收到了在路上割他喉咙、把尸体丢进沼泽的命令。

她用食指和拇指撩起他的下巴,用力晃了晃。"我是认真的。黑旋风怕你,我父亲说他一有借口就会杀你。"

"黑旋风当然怕我。无需其他理由,单单血统这一条就够。"

她更加用力地捏他的下巴,直盯进他的双眼。"我爱你。"

他垂眸看向地面,突然感觉有什么东西抵在喉咙后面。"为什么?你还没看清我是怎样一个烂人吗?"

"你比自己以为的优秀得多。"

这话从她口中说出,几乎让他信以为真。"我也爱你。"他甚至无须撒谎。当初父亲宣布这门亲事时他气得发疯。迎娶那个猪鼻子、刀子嘴的小婊子?可如今每次见到她,他都觉得她比上次更美丽动人。他爱她的鼻子,更爱她的嘴巴,几乎可以为她不碰别的女人。他拉她靠近,眨眨濡湿的双眼,又吻了她。"别担心,我是天下最怕死的人。不等你发觉,我就会回到你的床上。"

"连盔甲都来不及脱?"

"只要你喜欢。"他起身欲走。

"你可不能说谎。"

"我从不说谎。"

"骗子。"她用口型无声地说,接着守卫便关上门,插上门闩。卡尔达站在昏暗的走廊里,整个人被缠绵的伤感笼罩,只觉今生可能再见不到老婆了——而这让他有了一丝罕见的勇气,他迈步追上踏着重重的步子前行的摆子,抬手搭住对方的肩膀。

摆子的肩膀硬得像木头,这让卡尔达心凉了一大截,只能硬着头皮道:"如果她遭遇不测,我保证——"

"我听说你的保证一文不值。"摆子完好的那只眼睛瞥了瞥肩上那只手,卡尔达连忙小心地挪开。他可能会罕见地勇敢一次,但决不逞无谓的英雄。

"听谁说?黑旋风?整个北方就数那混账的保证比我的更廉价。"摆子没回应,卡尔达也没轻易放弃。挑拨离间可是个技术活。"黑旋风一毛不拔,你的忠诚捞不到半点好处。事实上,你越忠诚,得到的就越少。走着瞧吧,他手下可是狗多肉少。"

摆子微微眯起那只完好的眼睛。"我是人,不是狗。"

这瞬间流露的怒火能把大多数人吓得噤声,卡尔达却嗅出可趁之机。"我知道,"他轻声道,好似塞芙充满诱惑的低语,"大部分人只是怕你,却不懂你,但我懂。你是个战士,也会动脑子。你有志向,有自尊,不是吗?"卡尔达领着摆子停在走廊的暗处,暧昧地凑过去,同时拼命遏制想逃离那大片伤疤的本能。"他对你真是大材小用,我保证跟他大不一样。"

摆子抬起一只手,示意他再靠近一些。那只手的小指上戴着一颗硕大的红宝石,在昏暗中泛着血光。卡尔达被迫靠近、再靠近,直到浑身寒毛直竖,近得能感受摆子温热的呼吸。两人几乎吻在一起,卡尔达的视野完全被那只死气沉沉的金属眼球占据,上面映照着自己扭曲而虚伪的假笑。

"黑旋风要见你。"

天之骄子

The Best of Us

尊贵的陛下：

我军已彻底摆脱寂静滩受挫的负面影响，重振旗鼓。无论黑旋风如何狡诈，克罗伊元帅始终保持稳步北进的态势，逼近其都城卡莱恩，迄今离该地已不到两周路程。黑旋风无路可退，陛下大可放心，我军一定能抓获他。

加兰霍将军的师团昨天刚在北面连绵的丘陵地带取得一场前哨战的胜利。米德总督的师团南下奥伦萨德，意在迫使北方人分兵，伺机痛歼。臣与密特里克将军的师团同行，紧随克罗伊元帅的指挥部。昨天，在一座名为巴登的村庄附近，我军辎重队遇袭。当时车队被糟糕的路况拉得太长，所幸后卫机警勇敢，不但将北方人赶走，更予以重挫。臣要向陛下着意赞扬科伦斯中尉的过人表现，他英勇抗敌，毅然捐躯，留下妻子和一个幼儿。

我军秩序井然，天气状况良好。大部队行进自如，将士们士气高涨。

您最忠实、谦卑的仆人，

王家特派北方战事观察员，布雷默·唐·葛斯特

我军乱作一团，暴雨倾盆而下。大部队陷入泥潭，将士们无比沮丧。而在这片垂头丧气的人群中，我是最丧气的一个。

布雷默·唐·葛斯特从满身是泥的士兵中间挤过。这些兵像蛆一样蠕动着，盔甲不住滴水，长矛靠在肩头，矛尖朝四面八方支棱。他们如同被堵在瓶口的结块牛奶，后面还不断有同伴涌来，而这不啻于火上浇油，不但堵死了这条充作行军线路的泥泞小径，还把前面骂骂咧咧的人群推进两边的树林。葛斯特已经迟到了，只好硬往前挤，使劲儿推人。有人被推在坡上打个趔趄，转头就要咒骂，但看见来人是谁立刻闭嘴。他们都认识他。

阻碍王军行进的其实是一辆军用货车，那车从小径齐踝深的泥水中滑进了旁边水更深的沼地。根据永恒的真理——无论可能性多小，最糟的情况总会发生——货车几乎侧翻，后轮车轴陷没。咆哮的车夫用皮鞭把两匹马抽得口吐白沫，六个湿透的士兵在车后用力，但统统于事无补。其他士兵被迫在小径两旁湿漉漉的灌木丛中深一脚浅一脚地跋涉，不时因行李和武器被枝丫缠住、眼睛被细小的树枝扫到发牢骚。

三个青年军官站在附近，倾盆大雨已将他们鲜红制服的肩头化作深褐色。其中两个在吵架，不停地指点货车，第三个在旁观，一只手漫不经心地搭着佩剑的镀金剑柄，悠闲得像裁缝店里的假人模特。

就算敌人派来一千伏兵，恐怕也比不上这场堵塞的效果。

"这是怎么回事？"葛斯特质问。他努力想让声音听起来威严，但一如既往地失败了。

"长官，辎重车队不该占用这条道路！"

"他胡说，长官！步兵应该为车队让——"

没错，重点是推卸责任，而非解决问题。葛斯特挤开这几个军官，跳进沼地，站到那些浑身泥点的士兵中间，把手伸进淤泥中，摸到货车的后轮车轴。他的靴子在淤泥里使劲，找到个坚实的落脚点，然后猛吸几口气，打起精神。

"拉！"他冲车夫尖叫，一时间忘了压低自己的声调。

鞭子抽打，士兵呻吟，马儿嘶鸣。淤泥顽固地抵抗着，葛斯特浑身上下铆足了劲，绷紧了每一块肌肉，以致不停颤抖。周遭一切变得模糊，只剩下需要完成的任务。他低吼着，声音渐渐变大，最后成了嘶吼。暴怒席卷全身，仿佛他是个无底的罐子，体内唯有愤怒，打开瓶塞就倾泻而出。

伴着刺耳的吱嘎声，车轮终于开始挪动，它们晃晃悠悠地离开沼地，朝前滚去。突如其来的轻松让葛斯特不由得朝前打了个趔趄，迎面摔进淤泥里，旁边有个士兵也跟他一起摔了进去。他挣扎起身，看到货车"辘辘"朝前行驶，车夫正忙着驾驭失控的马儿。

"感谢您伸出援手，长官。"那个满脸泥巴的士兵笨拙地伸手，想帮葛斯特抹掉制服上的泥污，却越弄越脏。"抱歉，长官。真抱歉。"

给车轴上好油，呆子。让车子走在路上，白痴。干好自己的活计，懒虫。这些要求过分吗？"行了，"葛斯特咕哝着，挡开那人的手，徒劳地整了整上衣，"谢谢。"他顶着蒙蒙细雨，跟随货车朝前走去，只觉得一路上有些官兵似乎在嘲笑他的狼狈样，这让他如芒在背。

联合王国北方远征军统帅克罗伊元帅征用了方圆十几里最宽敞的一栋建筑，作为临时指挥部——然而这农舍又低又矮，活像个废弃的茅房，一个牙齿掉光的老太婆和她更老朽的丈夫坐在旁边的谷仓门口，大抵是被赶出来的屋主。他们裹着一条破烂的围巾，可怜兮兮地眼看葛斯特迈开吱嘎作响的步子走向曾属于他们的屋门，同样可怜兮兮的还有四个裹着潮湿的油布守在门廊边的卫兵，以及低矮的客厅里垂头丧气的一众军官。他们发现有人矮身进门都露出期冀的表情，看到是葛斯特又重归失落。

"葛斯特来了。"有人没好气地说，好似本在期待国王驾临，却等到个厨房小弟。

小小的厅堂集中展现了我军风采。克罗伊元帅正襟危坐于桌首，一如既往地一丝不苟，他穿着新熨烫好的黑色制服，硬挺的领子镶有银叶，铁灰色的头发纹丝不乱。参谋长芬宁格上校同样笔直地坐在元帅身边，其人瘦小机敏，警觉的双眼不漏过任何细节，只是下巴昂得过高，让人不太舒服——更准确地说，他是没下巴的典型，脖颈从领圈处直连到鹰钩鼻下方。活像个等待饱餐尸体的傲慢秃鹫。

密特里克将军想必刚饱餐了一顿。他是个大块头，顶着张大脸，五官都大得不成比例。他硕大的下巴不但与芬宁格形成鲜明对比，中间还有一道又深又陡的沟。就像大胡子下藏着屁股。他戴了双加垫浅色皮革手套，袖筒几至手肘，约莫是想给人留下实干家的印象，但在葛斯特看来，这位将军就像个准备给倒霉的奶牛挤奶的农夫。

密特里克冲葛斯特泥渍斑斑的制服挑起一边眉毛。"又逞英雄了，葛斯特上校？"他略带嘲讽地问。

真想一拳打烂这对屁股下巴，打翻你这臭屁的挤奶工。葛斯特恨不得冲口回敬，却只能在心里咒骂，因他那副高亢尖细的嗓门说出的任何东西都会沦为笑柄。他宁愿面对一千个北方人，也不想展开注定受辱的对话，只好把心中所想化作恶心的笑容，像以往一样用微笑来咽下耻辱。他找了个最不起眼的角落，在脏兮兮的上衣胸前抱起双手，想象黑旋风的军队把密特里克手下这帮惺惺作态的参谋的脑袋都插在枪上，以此来平息怒火。这种想象有叛国之嫌，却让他备感振奋。

狗杂种们看不起我？真是个黑白颠倒的世界。你们加起来再翻一倍也比不上我，还自诩为联合王国的天之骄子？靠你们的瞎指挥，能打胜仗才怪。

"要想打胜仗，免不了脏手。"

"什么？"葛斯特皱眉看向身边，只见狗子站在一旁，身子微微朝他倾斜。

这北方人披着破烂的外套，同样破烂的脸上顶着一副听天由命、逆来顺受的表情，后仰的脑袋轻轻靠住起皮的墙壁。"有些人只顾自己双手干净，呃？宁肯输掉。"

与一个比自己更不合群的家伙为伍，葛斯特承受不了，于是他陷入沉默，仿佛穿上熟悉的盔甲，然后去听那些军官紧张的交谈。

"他们何时会到？"

"快了。"

"有几个？"

"听说有三个。"

"只有一个。只有一名内阁阁员前来督战。"

"内阁？"葛斯特紧张地尖叫，高亢的嗓门几乎超出人类的听觉范围。回想起那帮可恶的老头把他免职那天，他嘴里便泛恶心。他们像男孩碾碎甲虫一般，轻易粉碎了我的梦想。"下一个议题……"他被领回廊道，黝黑的双开大门如棺盖般在身后紧闭。我不再是首席卫士，不再是近卫骑士，仅是个尖声细气的笑料，成了失败与屈辱的代名词。那些布满褶子、皮肉松垮的脸上露出的嘲笑迄今历历在目，而桌首是国王惨白的脸。国王下巴紧绷，目光躲闪，仿佛他最忠诚的仆人的陨落不过是又一桩需要忍受的琐事……

"来的是哪个？"芬宁格问，"有信儿吗？"

"来谁都没关系。"克罗伊看向窗户，半掩的窗外雨势更大了，

"我们都清楚他们会说些什么：国王渴望一场大胜，不但要快，代价还要小。"

"陈词滥调！"密特里克又操起公鸡一般过分亢奋的嗓门叫道，"可恶的政客，非得横插一腿！我敢说，内阁这帮骗子害死的自己人比敌人还——"

门把手发出刺耳的转动声，一个身强体壮的老者推门而入。此人已完全谢顶，唯独嘴边留有一圈短短的灰胡须，乍看上去并不显得位高权重，衣服上的雨水和泥点也只比葛斯特稍逊，而他手里的木杖样式朴素、金属包头，与其说是身份的象征，倒更像普通拐棍。可他带着一个同样其貌不扬的仆从进门后，屋里这二十来位高级军官却不由得屏住呼吸。老人充满自信，不怒自威，他是一个习惯发号施令、习惯别人乖乖从命的人。带着屠夫看待哀嚎肉猪的气度。

"巴亚兹阁下。"克罗伊的脸色有些发白——葛斯特或许是头一次看到这位元帅失态。但震惊的不止元帅，挤在屋里的人都呆住了，就算哈罗德大王的尸体被推进来跟他们打招呼，震撼程度也不过如此。

"诸位。"巴亚兹漫不经心地把手杖扔给卷发仆从，窸窸窣窣地擦掉秃头上的水珠，再扫掉手掌上的水，丝毫没有传奇人物的架子。"天气不好啊，呃？老夫有时很爱北方，另一些时候……就不太喜欢了。"

"我们没想到——"

"你们怎会想到？"巴亚兹故作幽默地笑笑，感觉却像威胁，"老夫已经退休！再次空出内阁席位，想在图书馆安度晚年，远离政治的烦扰……但这场仗打到了家门口，不能不上点心呐。喏，老夫带了钱，据说军饷一直拖欠。"

"是欠了点。"克罗伊承认。

"欠得有点多吧，士兵们的荣誉感和使命感快消耗殆尽了，呃，诸位？没有金子的润滑，庞大的战争机器便会停止运转，许多事情都这个理，不是吗？"

"官兵们的福祉一直是我们最关心的问题。"元帅有些不确定地回答。

"也是老夫最关心的问题！"巴亚兹答道，"老夫此行特来帮忙，为战争机器上油润滑，此外便袖手旁观。如不嫌弃，必要时老夫可能提出一些微不足道的建议，但一切均由您全权负责，元帅阁下。"

"当然。"克罗伊重复，尽管众人心知老人的说法殊为可疑。第一法师兴许活了几百年，理论上拥有魔法力量——理论上这位老人不但一手创建联合王国，还拥立了当今国王，赶走古尔库人，并在大战中将阿杜瓦的大片城区化为废墟。他可不像只会旁观。"呃……这位是密特里克将军，王军第二师团师团长。"

"密特里克将军。人人皆知您的丰功伟绩。很荣幸。"

将军开心得摇头晃脑。"不，不！这是我的荣幸！"

"老夫就是这个意思。"巴亚兹随意又无情地应道。

众人陷入沉默，克罗伊壮着胆子继续介绍："这位是我的参谋长芬宁格上校。这位是领导北方人和我们一起对抗黑旋风的狗子。"

"啊，是了！"巴亚兹扬起眉毛，"我们都是已故九指罗根的朋友。"

狗子坦然看向巴亚兹，他是屋里唯一没露出畏惧的人。"我可不确定他死没死。"

"能骗过大平衡者的也只有他了。不管怎样，他是北方的一大损失，一个值得全世界铭记的伟人。"

狗子耸肩。"他就是个人，和大部分人一样，身上有好有坏。至于值不值得铭记，要看问的是谁，不是吗？"

"精辟，"巴亚兹干笑一下，然后用流利的北方话说出一句，"你必须现实一点。"

"你也是。"狗子回敬。葛斯特怀疑屋里没人明白他们的交流,也不确定自己听明白了,尽管他完全听得懂北方话。

克罗伊续道:"这位是——"

"布雷默·唐·葛斯特,没错!"巴亚兹热情地握住葛斯特的手,把后者惊得一激灵——年纪这么大,手劲却不小,"你跟国王比剑时老夫也在场,离现在多久了?五年?六年?"

葛斯特几乎记得离现在多少个小时。我的人生堪称灾难,最光辉的竟是在场上蒙羞的时刻。"九年。"

"九年,难以置信!岁月如梭,光阴似箭,你本该是实至名归的冠军。"

"我被公平地击败了。"

巴亚兹靠近一些。"你被击败了,这才是重点,呃?"他拍拍葛斯特的手臂,似乎讲了个私密笑话,纵然听者不明所以。"你不是加入近卫骑士了吗?老夫记得你在阿杜瓦之战中保卫国王。"

葛斯特的脸唰一下红了。我的确保卫过国王,这里每个人都知道,但我现在不过是个被用完后就抛弃的可怜替罪羊,就像被领主们的下流坯蹂躏过的小侍女。我现在就是个——

"葛斯特上校在此担任王家观察员。"克罗伊看出葛斯特的窘迫,出言解围。

"是了!"巴亚兹打个响指,"因为斯皮奈那档子事。"

葛斯特的脸更红了,提起那座城市如同扇他的耳光。斯皮奈是他迷失自我的地方。四年前,在卡多迪春情院的混乱中,他跌跌撞撞穿过烟雾,疯狂搜寻国王。他在楼梯上撞见那张戴面具的脸——随后便滚下长长的台阶,滚入不公的屈辱之中……

突然变得明亮的屋里充满嘲讽的面孔,他张开干涩的嘴,但一如既往地说不出任何有用的辩解。

"啊,哎呀。"法师又安慰地拍拍葛斯特的肩膀,就像安慰瞎眼的老看门狗，偶尔感怀地扔根骨头，"你可以努力赢回国王的青睐。"

不用你这装神弄鬼的混球提醒，那是我最大的愿望，哪怕为此在北方流尽鲜血。"但愿吧。"葛斯特小声挤出三个字。

巴亚兹业已找了把椅子坐下，双手十指相对、抵住下巴。"好了！说正事，元帅阁下？"

克罗伊抻平制服前襟，来到巨幅地图前——这地图太大，逼仄农舍里最宽的一面墙也没法挂下，只能把边缘折起来。"加兰霍将军的师团在这里，我们西边，"克罗伊的指挥棒滑过，图纸沙沙作响，"他正向北推进，沿途烧毁作物和村庄，引诱北方人出击。"

巴亚兹兴趣缺缺："嗯——"

"米德总督的师团及狗子的大部分追随者向东南进发，围攻奥伦萨德。密特里克将军的师团位于其他两个师团之间，"啪嗒，啪嗒，指挥棒精准地落在图纸上，"随时准备支援任何一方。我们的补给线向南延伸到乌发斯，但路况极差，以致——"

"这些都很好。"巴亚兹一挥肉乎乎的手，表示这些都不是重点，"但老夫不是来研究细节的。"

克罗伊的指挥棒徒劳地画个圆圈。"那么——"

"假设您是一位石匠，元帅阁下，正为宏伟的宫殿修建角楼。你的手艺、热情和匠心无可挑剔。"

"石匠？"密特里克面带困惑。

"内阁则可想象为设计师。我们的职责不在于如何让石头严丝合缝，而是整体设计，我们关注的是大局，并非细节。作为政府的工具，军队必须为政府带来好处，不然有什么用？这部机器消耗巨大，却只能产出……一堆奖章。"屋里气氛变得不太美妙。玩具兵们显然不喜欢这番说辞。

"大局往往说变就变。"芬宁格小声嘀咕。

巴亚兹看着他，就像老师看着拉低全班分数的笨学生。"世界在不断变化，我们也必须不断改变。这些年来纷争不断，一直没能走上正轨。国内的农民又在蠢蠢欲动，因为战争税什么的不安分。不安分，不安分，永远不安分。"他粗胖的手指在桌上不安分地敲打，"圆桌厅重建完毕，议会准备重开，贵族们积累多年的牢骚终于有机会发泄。他们一定会制造麻烦。很多麻烦。他们显然对政府近来无所作为极为不满。"

"一群长舌妇。"密特里克嘀咕。有句格言我极认同：见谁厌谁的人，自己最让人讨厌。

巴亚兹叹口气："老夫总感觉在迎着浪头建筑沙堡。古尔库人固然虎视眈眈，一刻不停地谋划，但好歹从前只有他们是真正的威胁，如今外患又多出个'塔林的毒蛇'蒙洛卡托。"他皱了下眉，仿佛非常厌恶这名字，脸上的皱纹也更深了。"我军被耽搁于此一日，那可恶的女人就多一日工夫加强对斯提亚的控制，她知道联合王国无暇应付，所以恣意妄为。"他感慨地喷了几声，拨动着屋里众人的神经。"简而言之，诸位，这场战争花费的金钱太多，占用的资源太大，还耽搁了各种机遇。有鉴于此，内阁要求速战速决。作为军人，你们想必对战争怀有天然的热情，但说实话，打仗只有在比其他手段更便宜时才成立。"他冷冷地从衣袖上拈起一片绒毛，皱眉瞧了瞧后弹掉，"这里毕竟是北方……图什么呢？"

屋里再度陷入沉默。稍后，克罗伊元帅清清嗓子。"速战速决……是指在今年之内？"

"今年？不，不是。"军官们长出一口气，显然放松多了。那样的话时间太短。"必须更快，立刻解决。"

满屋骇然。先是一片震惊的吸气，然后是惊恐的叹息，最后大家都难以置信地嘀咕起来，或是轻声骂着脏话。军人的职业荣誉罕见地战胜了积习难改的谄媚态度。

"这不可能！"密特里克最先爆发，他一拳砸在桌上，然后陡然意识到自己的身份,"我想说,抱歉,但我们没法——"

"先生们,先生们。"克罗伊按捺住爆发的情绪,竭力维持理性。这是元帅必备的本领。"巴亚兹阁下……黑旋风一直避而不战,到处流窜,节节后退。"他手指地图,仿佛想证明不可辩驳的事实,"他麾下有许多出色的头目。他的人了解这片土地,这里的民众也支持他们。他熟悉游击战术,精通化整为零。他打过我们一个措手不及,若贸然求战,很可能——"

但理智的劝说未有效果,第一法师毫无兴趣。"你又在强调细节,元帅阁下,老夫不是打过石匠和设计师的比方了吗?国王派你来打仗,不是闲逛,相信你有办法迫使北方人决一死战。如若不能,嗯……战争都是和谈的序曲,不是吗?"巴亚兹站起身,尚处于恍惚状态的军官们也陆陆续续站起来,椅子吱嘎声和佩剑撞击声混作一团。

"我们……欢迎您莅临前线。"克罗伊勉强道,尽管所有人都很不情愿。

巴亚兹对众人的态度无动于衷。"很好,老夫就留下旁观。对了,还有两位阿杜瓦大学的绅士与老夫同行,他们带来一项奇妙的发明,老夫想看看效果。"

"我们会尽可能提供协助。"

"非常好。"巴亚兹粲然一笑。这是满屋子唯一的笑容。"那么老夫就把雕刻的工作交到……"他冲密特里克可笑的长手套挑起一边眉毛,"你们能干的双手中了。诸位,告辞。"

第一法师和他唯一的仆从踩着老旧的靴子走出屋子时,军官们一直保持紧张的沉默,就像被早早送上床的孩子,等待父母走远后掀开被子的一刻。

他们听到前门关闭,愤怒的抱怨立刻炸了锅。"搞什么——"

"他好大胆子?"

"立刻解决?"密特里克唾沫横飞,"他彻底疯了!"

"荒谬!"芬宁格强调,"荒谬!"

"操蛋的政客!"

只有葛斯特面带微笑——他不只是笑密特里克等人气急败坏,更为战斗即将打响而高兴。谁管他们呢?我可是来打仗的。

克罗伊用指挥棒重重一敲桌子,让如激动马蜂般的军官们安静下来。"诸位,够了!内阁既已表态,国王既已下令,我们只能服从。军人以服从为天职。"就着突来的沉默,他转向地图,扫视北方的道路、山峦和河流,"恐怕我们必须一改谨慎作风,集合全军北上。狗子?"

狗子走到桌旁,摇摇晃晃地行礼。"到,克罗伊元帅!"这当然是玩笑,他只是盟友,并非下属。

"如果大举进逼卡莱恩,黑旋风会与我们一战吗?"

狗子一只手摩挲着胡子拉碴的下巴。"兴许吧,他本不太有耐心,这几个月任你在后院横行想必很不好受。不过这混蛋从不按常理出牌。"他脸上闪过一丝苦涩,似是想起难过的事。"我只能说,他若决心开战就不会三心二意,而是会照你的屁股狠狠来一发。大举进逼当然值得一试,"狗子咧嘴笑着看了看周围军官,"尤其是喜欢被捅屁股的话。"

"急于求战并非最佳选择,但为将者亦需随机应变。"克罗伊的指挥棒沿地图上某条道路滑行,在岔路口停住,点了点图纸,"这镇子是?"

狗子上半身探过桌子,眯眼看向地图,他挡住了两个不太高兴的参谋,但他显然不在意。"奥斯仑,一个古镇,周围是田,里面有座桥,还有个磨坊,可能……不打仗时有三四百人?镇内有少量石建筑,大多是木头的,镇墙很高。那附近有个相当不错的旅店,当然,如今还开着没有就不清楚了。"

"这座山呢？奥伦萨德过来的路和乌发斯过来的路的交会点附近？"

"英雄顶。"

"奇怪的名字。"密特里克嘀咕。

"山顶有圈老石头，古时的战士埋在下面，反正是这么传说的。那上面视野好得很，前些日子我刚派一个小队上去望风，探明有没有黑旋风的手下露头。"

"结果？"

"啥消息没有。不过也正常，倘若遇到麻烦，周围还安排了帮手。"

"就是这里了。"克罗伊往地图贴去，用指挥棒点着那山头，好像军队会随他的意念移过去一样。"英雄顶。芬宁格？"

"长官？"

"传令米德总督，放弃对奥伦萨德的围攻，火速赶往奥斯仑镇与主力会合。"

有几个军官倒抽了一口冷气。"米德会气疯的。"密特里克说。

"他气疯的时候多了，不用管。"

"我也会过去，"狗子说，"和我其余的手下会合，再带他们往北。我可以顺便送信。"

"最好由芬宁格上校传令。米德总督……不是特别尊敬北方人。"

"他和你们不一样，呃？"狗子朝这群天之骄子咧了咧嘴，露出一口尖利的黄板牙，"告辞。运气好的话，我们……三天或四天后在英雄顶见？"

"天气不能改善的话，得五天。"

"这是北方。肯定得五天。"他说完也像巴亚兹那样离开了低矮的农舍。

"罢了，即便不是万全之策，"密特里克肉乎乎的拳头捶向肉乎乎的掌心，"但总算能给他们点颜色看，呃？跟那帮缩头乌龟打一仗，让他们见识见识！"他猛地站起，压得椅子腿儿惨叫，"下官立刻督促本部出发。我们得连夜行军，元帅阁下！紧咬敌人！"

"不。"克罗伊业已坐回桌前，提笔蘸了墨水，开始书写命令，"晚上让士兵休息。这种路况和天气，仓促行军弊大于利。"

"可元帅阁下，如果我们——"

"我急于求战，将军，但不急于失败。我们不能把士兵逼得太紧，他们需要保持体力。"

密特里克用力拽了拽手套。"这些该死的道路！"葛斯特往边上站开，让将军及其参谋团离开房间，心中暗暗祈祷他们掉进无底大坑。

克罗伊边写边扬起双眉，"为将……必以……智道。"笔尖干净利落地划过纸面。"我需要将这份命令送给加兰霍将军，要他赶赴英雄顶，抢占山头、奥斯仑镇及河边所有渡口——"

葛斯特上前一步，"我去。"加兰霍的师团肯定最先接敌，而我将在最前线。我绝不会留在指挥部里重蹈斯皮奈的覆辙。

"没人比你更合适。"葛斯特抓住文件，元帅却没松手——他平静地抬头，折起的文件像一座桥梁将两人连接。"但记住，你是国王的观察员，不是国王的代理骑士。"

不，我都不是。我是外表光鲜的跑腿小弟，被派来这里只因被所有人排斥。我是个身穿脏污军服的秘书。我是具僵而未死的尸体。哈哈哈！快看这个女人声音的大傻蛋！快看他跳舞！"是，长官。"

"仔细观察，但别逞英雄，不准再发生几天前巴登村那样的事。战争不是逞英雄的场合，这场远征尤其如此。"

"是，长官。"

克罗伊放开文件，转身看回地图，用拇指和食指丈量距离。"你要有个万一，国王陛下永远不会原谅我。"

国王陛下把我发配过来，就算我被砍成两半，脑浆喷得全北方都是，他也不在乎——更不在乎的是我自己。"是，长官。"葛斯特大步走出屋外，但他刚迈过前门、回到雨中，整个人就像被闪电击中般呆住了。

她就在那里，在泥泞的院子里挑选路径，朝他走来。与这个阴沉的淤泥塘相比，她的笑颜宛如太阳熠熠生辉。无上的喜悦顿时席卷他全身，让他汗毛竖起、呼吸急促。过去几个月，他不在她身边，这感觉一点也不好。而今，他知道自己一如既往、彻彻底底、完完全全、无可救药地爱着她。

"芬蕾，"他语带敬畏地低声说，仿佛愚蠢的儿童故事里的巫师，即将念出什么强大咒语，"你怎么在这儿?"他有点害怕她突然消失，害怕眼前的可人儿是自己过分的想象。

"我来看我父亲。他在吗?"

"在写文件。"

"每次都是。"她低头看向葛斯特的制服，挑起一边眉毛——她眉毛的颜色深棕近黑，被雨水打湿后聚成一簇簇的。"你又在泥巴里折腾了。"

他甚至忘了尴尬，迷失在她的目光中。她打湿的脸粘了几缕头发，他恨不能成为那些头发。我以为你最好看，但每时每刻你都比以前更好看。他既不敢看她，也不敢看别的地方。你是全世界最美的女人——不，是从古至今……不，是从古至今最美的事物——现在就杀了我吧，这样我看到的最后一样东西是你的脸。"你看上去不错。"他嗫嚅道。

她看看身上湿透的旅行外套，腰腹附近还有泥点。"你对我似乎不够诚实。"

"我对你从不撒谎。"我爱你我爱你我爱你我爱你我爱你……

"你好吗，布雷默？我能叫你布雷默吧？"

你用鞋跟把我眼睛挖出来都没关系，再叫一遍我的名字吧。"当然可以。我……"我不但身体状态和精神状况糟糕，还与财富和名声无缘，我仇恨全世界……但只要你在我身边，这些都无所谓。"我很好。"

她伸出手，他跪下亲吻，庄重得像乡村牧师被准许触碰先知的袍子一角——

她的手指戴着一枚金戒指，戒指上有颗小小的、闪光的蓝宝石。

葛斯特心中翻江倒海，几乎难以自控。他竭尽全力才站稳，轻声挤出几个字："这是……"

"婚戒，是的！"她知不知道，他宁愿递来的是颗人头？

他像溺水之人抓住救命浮木一般死守着脸上的微笑，勉强动了动嘴，听到自己尖细的声音，令人厌恶、娘里娘气、柔弱可怜的声音。"敢问是哪位绅士？"

"哈罗德·唐·布洛克上校。"她有些骄傲地吐露。那是爱的表现。若能听到她这样说出我的名字，我愿付出什么？一切。所有一切。纵然我的一切只能换来嘲笑。

"哈罗德·唐·布洛克。"他轻声重复，如同嚼沙子。他当然知道对方是谁，毕竟彼此属于远亲，往上四辈是一家人。几年前他们有过交流，那时葛斯特是对方的父亲布洛克公爵的护卫。布洛克公爵觊觎王位，失败后以叛国重罪遭到流放，但国王大发慈悲饶恕了布洛克的长子，其人虽被褫夺广袤领地和高贵头衔，但保得性命。此时此刻，葛斯特真希望国王没那么仁慈。

"他在米德总督的参谋团效力。"

"是了。"回想起来，布洛克英俊得让人怄气，总是笑口常开，举手投足潇洒大方。虚伪的杂种。虽然他父亲名声不佳，他却有口皆碑、广受尊敬。阴险的毒蛇。他以敦厚和勇气赢得了今日地位。

不要脸的无赖。他完全是葛斯特的反面。

葛斯特的右手不由自主地紧攥成拳，想象自己一把撕裂哈罗德·唐·布洛克英俊的笑脸。

"我们很幸福。"芬蕾补充。

你很幸福，我却想自尽。她知不知道，这话比拿老虎钳夹断他的老二更痛苦？不，她心底肯定隐约知道，正为他的窘迫开心。噢，我好爱你。噢，我好恨你。噢，我好想占有你。

"祝贺两位。"他喃喃道。

"我会转告我丈夫。"

"好的。"好的，好的，转告他去死，去自焚，立刻。葛斯特竭力保持僵硬的微笑，只觉胆汁涌上喉头。"好的。"

"我得去拜见父亲了。相信我们很快会再见，是吧？"

噢，没错，很快。就在今晚。我躺在床上，想象与你缠绵……"但愿如此。"

她没等他回答已经离开。大概对她来说，这不过是见到老熟人的照常寒暄，转身便已遗忘；但于他而言，她的离开犹如黑夜降临，漫天泥土扑面而来，无数沙粒涌进嘴巴。他看着前门在她身后关闭，又在雨中呆立良久。他好想哭个痛快，为被葬送的希望而哭泣。他想跪在淤泥中，扯光所剩无几的头发。他想杀人，杀谁都行。或许连自己也行？

最终，他猛吸一口气，带动一只鼻孔发出尖细的声音，随后踩着吱嘎作响的脚步，踏入渐浓的暮色。

他还要去送信。别逗英雄。

黑旋风
Black Dow

马厩门"砰"地关上，宛如刽子手利落的斧头。卡尔达死撑着才没吓得跳起来，勉强维持住赖以成名的傲慢。他一直不喜欢战时会议，何况与会者全是敌人。黑旋风的五个战争首领来了三个——算他走背字，来的是最讨厌他的三个。

"老金"格拉玛从头到脚都摆出英雄好汉的架势，他肌肉发达、下颌方正，一头长发、根根分明的八字胡乃至两边睫毛都是淡金色，身上穿戴的金子则比结婚当天的王子还多——粗壮的脖子挂着金项圈，粗壮的手腕套着金手镯，粗壮的指头戴满金戒指，每一寸皮肤都闪耀着张狂与自恋。

"铁头"凯姆与之相反，他伤疤纵横的脸森然可怖、仿佛能让斧头卷刃，铁砧一样的眉头下那双眼睛活像两枚钉子，浓黑的头发和胡子则修得精短。他比老金矮胖，活像一块外披黑熊皮斗篷——据说那头选错猎物的熊是被他亲手勒死的——内罩闪亮锁甲的厚石板。铁头和老金都看不起卡尔达，幸好他们的精力大半耗在互相憎恨上头。

谈及对卡尔达的憎恨,"十面精"布罗德真是取之不尽用之不竭。这混账连喘气都不安生,不但臭不可闻,还喜欢冲人脸上喷,而他躲在暗处窥视的模样,好比村里直勾勾盯着往来忙碌的挤奶少女的变态。他牙齿稀烂,体味糟糕,扭曲的面孔布满丑陋的红疹,自个儿却不以为耻。身为卡尔达的父亲的死敌,他两度战败,不得不屈膝臣服。如今时来运转,他想必憋着一肚子坏水,理所应当地把这些年对贝斯奥德的怨气转嫁到他的两个儿子身上,尤其针对卡尔达。

位于三大首领之上,乃是这个畸形的流氓家族的族长,自封为北方的保护者的黑旋风。他随意地坐在斯凯林之椅上,一只脚压在屁股底下,另一只脚轻轻垂地。他脸上布满伤疤和皱纹,神情似笑非笑,觑起的双眼如同盯上鸽子的饿猫一般闪着狡诈的光芒。他喜欢穿漂亮衣服,肩头挂着那条属于卡尔达的父亲的闪亮链子,但好歹没有多余的装饰——装也装不了——他就是一个杀人不眨眼的歹徒,从脚尖到耳朵尖都是,纵然他的左耳只剩一片恶心的肉皮。

黑旋风不只用名声和笑容威压这帮流氓,武器也从不离身。斯凯林之椅两旁分放着一柄灰色长剑和一把历经战斗、布满豁口的斧头,北方人的国王随意搭放的手指轻易就能够到它们。那是杀手才有的手指,粗壮结茧,关节处全是疤,死者知道这双手干了多少见不得光的勾当。

黑旋风身侧的阴影中站着"裂足",作为副手——也就是贴身护卫和首席马屁精——此人如影子一样紧随主子。裂足的双手拇指搭着银扣剑带,身后又跟了两名全副武装的亲锐,此二人的盔甲、盾牌边沿和出鞘的长剑泛着点点寒光,其余亲锐则被布置在墙边和门口。这间马厩固然充斥着陈旧干草和老马的气味,血腥的肃杀氛围却更强烈,犹如沼泽里浓重的瘴气。

让卡尔达差点尿在做工精良的裤子。不止于此，摆子依旧阴恻恻地站在他身后，传达出无声的威胁。

"哎哟，哎哟，哎哟，这不是咱们勇敢的卡尔达王子吗？"黑旋风用公猫挑选撒尿灌木丛一般的神情打量他，"欢迎回来参战，小子，你这次总他妈能照盼咐办吧？"

卡尔达深鞠一躬，"听凭您差遣。"他挂着虚伪的笑容，舌头却如火烧。"老金。铁头。"他朝两人分别恭敬地点了点头，"我爹常说您二位是最沉得住气的北方人。"父亲常说这两人是最愚蠢的北方人，但卡尔达的谎言要多少有多少。铁头和老金互瞪一眼，没有回应。卡尔达迫切需要找到一个看得上他的人，至少是不想让他死的人。"斯奎尔呢？"

"你老哥去西面的乌托德了，"黑旋风说，"找仗打。"

"知道什么是打仗吧，啊，小子？"十面精转过头，棕色的门牙里啐出口唾沫。

"也就是……挥剑呗？"卡尔达期冀地环视马厩，但没发现任何潜在盟友。他的目光最后落在摆子那张毁容的脸上，那张脸甚至比黑旋风更可怕，眼睛周围的伤疤每次看去都比记忆中更骇人。"长手呢？"

"你老丈在东面一天多路程的地方，"黑旋风说，"正在征丁。"

老金嗤笑："奇了怪了，能操家伙的男人还没抓光？"

"哈，他打算搜光刮净。一旦开战，能打的都得上阵，包括咱们的王子殿下。"

"哟，你可要拦着点！"卡尔达拍了拍长剑剑柄，"我等不及了！"

"你他妈使过那家伙吗？"十面精抻着脖子，又吐口唾沫。

"使过一次。就是跟你女儿那回，非先试试不可。"

黑旋风哄然大笑。老金也轻笑起来。铁头的嘴角微翘。十面精被自己的唾沫呛到，一道晶莹的液体流下下巴。俗话说得好，光脚不怕穿鞋的，如今卡尔达急需在注定的败局里得分，必须拼命争取这帮声名狼藉的流氓，哪怕一个也好。

"说起来没人信，"黑旋风叹口气，用手指揉眼睛，"老子想你啊，卡尔达。"

"彼此彼此。我宁愿钻进马粪堆跟大伙儿爆粗，也不想呆在卡莱恩陪老婆。你有啥打算？"

"还能有啥。"黑旋风用食指和拇指捏住剑柄旋转，剑柄附近的银色字母明灭闪耀，"打呗。这里有场遭遇战，那边来场掠袭。我们杀了些掉队的联合王国人，他们烧了些村庄，就这样耗着。你老哥最积极，给南方佬不少教训。他是个可造之才，妈的有点胆识。"

"可惜你爹只生了一个这样的儿子。"十面精瓮声瓮气地说。

"继续啊，老废物，"卡尔达说，"我看你还想出丑。"

十面精正待发作，却被黑旋风挥手制止。"够了，我们有仗要打。"

"到现在为止，我们赢了几场？"

马厩内陷入短暂又郁闷的沉默。"没真正碰头。"铁头嘀咕。

"这个克罗伊，"马厩另一头的老金没好气地说，"联合王国军队的头儿。"

"他们叫元帅。"

"甭管叫啥，他是个大门不出二门不迈的混球。"

"狗日的懦夫，步子不如三岁小儿。"十面精忿然道。

黑旋风耸耸肩。"步子谨慎不算懦夫。老子要有他那么多人倒不会怂，但……"他朝卡尔达咧嘴一笑，"你爹常说，'赢了才作数，甭管蠢货咋唱歌'。这个克罗伊走得很慢，想跟我比耐心，毕竟咱北方人从不以耐心出名。他兵分三路。"

"三坨都难打。"铁头说。

老金破天荒地没反驳。"每一路大约有上万的兵，还不算运东西和搬东西的。"

　　黑旋风像祖父教孩子钓鱼一样身子前倾，"加兰霍在西面，那家伙是名勇将，但反应迟钝又粗枝大叶；密特里克在中央，综合来看最棘手，亏得这人过于鲁莽，据说还太偏爱马队；东面是米德，他不是当兵的料，恨起北方人来就像肥猪憎恨屠夫，这让他看不远。克罗伊手头也有些北方人，大都派去侦察了，其中不少能打的，颇有几把好手。"

　　"狗子的人。"卡尔达说。

　　"可恶的叛徒。"十面精吼着又待吐唾沫。

　　"叛徒？"黑旋风猛地探出斯凯林之椅，抓扶手的手指指节泛白，"你这老糊涂的蠢货！他是北方唯一一个始终忠于一边的人！"十面精抬头看着头儿，缓缓咽下本来要吐的唾沫，缩回到阴影中。黑旋风也瘫回椅子里。"可惜是错误的一边。"

　　"咱得赶紧行动，"老金说，"米德不是当兵的料，但他围住了奥伦萨德。那地方城墙厚实，但指不定能撑——"

　　"米德昨儿早上就解除了包围，"黑旋风说，"他回师北上，连同狗子的大部分手下。"

　　"昨天？"老金皱眉，"你咋知道——"

　　"老子自有办法。"

　　"咱可啥都没听说。"

　　"所以我下令，你听令。"眼见对头碰钉子，铁头不禁面露微笑。"米德匆忙北上，多半要与密特里克会合。"

　　"为什么？"卡尔达问，"这么多月来敌人稳扎稳打，如今却急于求战？"

　　"或许谨慎得疲了，或许哪个说了算的不耐烦了。反正他们要上。"

　　"看来我们有机会搞个出其不意。"铁头两眼放光，活像饿死鬼看到刚出炉的烤肉。

"他们真想打,我乐意奉陪,"黑旋风应道,"英雄顶去人了吗?"

"卡脖科登和他的小队在那儿。"裂足说。

"靠谱。"卡尔达嘀咕。他真希望自己和卡脖科登一起去英雄顶,而不是前来应付这帮流氓。那里或许与权势无缘,但肯定快活得多。

"一两小时前他刚传话回来,"铁头说,"他撞上一批狗子的探子,把对方赶跑了。"

黑旋风盯着地面思考片刻,一根手指揉着双唇。"摆子?"

"头儿?"摆子的声音轻如呼吸。

"赶去英雄顶通知卡脖,给我死守那里。联合王国的杂种很可能走那条路,从奥斯仑过河。"

"不错的战场。"十面精说。

摆子沉默片刻。卡尔达看出他不想当送信小弟,便明目张胆地使了使眼色,以提醒对方卡莱恩走廊里的对话。不管浅塘能长出啥苗子,对卡尔达来说,只要生根发芽就好。

"好吧,头儿。"摆子说着出了门。

老金打个冷战。"这家伙让咱发毛。"

黑旋风笑意更浓。"这正是养狗的价值所在。铁头?"

"头儿。"

"你领人上羊司路。做大部队的矛尖。"

"我明晚就上羊司路。"

"再快点。"铁头听到这话眉头皱得更紧,老金则咧嘴一笑。他俩真像天平的两端,按下一端,另一端必然翘起。"老金,你走布罗屯路去与长手会合,老东西需要有人踢踢屁股。让他征完丁立刻出发。"

"好嘞,头儿。"

"十面精,集合四处征粮的人手,随时准备行动。你们跟我一起殿后。"

"好。"

"督促小子们脚板抓紧,招子也放机灵。最好能杀南方佬一个出其不意,决不能反倒被捅屁股,"黑旋风咧牙露齿地说,"刀剑还没磨利的话,是时候磨了。"

"是。"三人异口同声,像是比赛谁的嗓音更嗜血一般。

"噢,是。"卡尔达最后开口,脸上挂着完美无缺的假笑。他不擅使剑,但论假笑,北方谁也比不上他,只可惜在场没人赞赏。

裂足弯腰在黑旋风耳边低声说了什么。北方的保护者靠上椅背,皱眉道:"带上来吧!"

马厩门立时被拽开,呜咽的风灌进来,吹得地上铺陈的稻草四处飞舞。卡尔达眯眼看向夜色笼罩的门外——一定是灯光暗淡的缘故,门口的形影几乎顶着了房梁!那人佝偻着往前走了一步,接着站直身,所有人都情不自禁地看过去,看着他缓缓走到马厩中央。没人说话,只听见地板吱嘎作响。多伟岸的身躯啊,他只需走进来,站在那里,就足以让众人目不转睛。

"俺是'鬼敲门'。"

卡尔达听过这名字。鬼敲门自封"百部之首",宣称卡里娜河以东全是他的领土,住在那边的人民都是他的财产。卡尔达也听说他是个巨人,但没想到如此夸张。北方人个个会吹牛,太多外号名不符实,所以这位实在让人意外。

你能想象的"巨人"是什么样,鬼敲门就是什么样。他像是从英雄时代降临的神话人物,居高临下地俯瞰黑旋风和几位强大的战争首领。他的脑袋与梁木平齐,长满胡子的脸凹凸不平,头发黑灰相间。与他相比,老金格拉玛就像个打扮花哨的侏儒,裂足及一干亲卫则是玩具兵。

"死者在上,"卡尔达低声感慨,"好家伙。"

然而黑旋风不为所动，他仍懒散地瘫在斯凯林之椅上，一脚踩着稻草，嗜杀如命的双手悬垂在外，脸上挂着豺狼般的笑容。"老子正猜你这龟孙几时来……敲门，没承想已经挪窝了。"

"欲结联合，必得亲往，当面商谈，拔剑立誓，歃血为盟。"卡尔达以为这巨人会像童话里的怪物一样厉声咆哮，不料他声音温和且语速缓慢，说出这番话来字斟句酌。

"亲自会面，"黑旋风道，"我完全赞成。咱们成了？"

"成了。"鬼敲门摊开一只硕大的手掌，用嘴狠狠咬破虎口，鲜血从伤口渗出。

黑旋风用掌心抹过剑刃，在剑上留下一道泛光的血痕，然后他以惊人的敏捷从斯凯林之椅上弹起，伸出血手握住巨人的血手。两人站定，鲜血沿前臂汩汩流下，自手肘滴落在地。对这种宣示男子气概的行为，卡尔达有些本能的惧怕，但不以为然。

"好样的。"黑旋风放开巨人的手，带着胳膊上的血手印，慢悠悠地坐回斯凯林之椅。"你可以带手下过卡里娜河了。"

"俺已经带他们过河了。"

老金和铁头交换着眼神，显然对蛮子擅自越过卡里娜河进入他们的地盘不满。黑旋风眯起眼睛，"已经过河了，真的？"

"河这边才能打南方佬，"鬼敲门缓缓扫视马厩，黑色的双眼在每个人身上都停留片刻，"俺是来打仗的！"他嚷出几个字眼，余音在房梁间回荡，汹汹气势从脚底直贯头顶。他双拳紧握，胸膛起伏，宽阔的双肩舒展开去，看上去比之前更魁梧。

卡尔达很好奇这家伙打起仗来什么样。谁拦得住？实打实的一坨肉山，啥武器能放倒？他觉得马厩里的其他人跟他有相似的想象，并且都不太喜欢。

除了黑旋风。"好啊！正合我意！"

"俺要打联合王国。"

"很快就有的打了。"

"俺要打冻土的威尔旺。"

"这怕不行,他跟我们一伙,还有些奇怪的原则。不过我可以帮你问问。"

"俺要打血九指。"

卡尔达后颈的汗毛倒竖。奇怪,这名字至今还能惊起波澜,哪怕人已死了八年。马厩里的流氓们也个个动容,连黑旋风都板起脸来。

"你没机会。九指早已入土。"

"俺听说他还活着,跟联合王国一伙。"

"你听错了。"

"俺听说他还活着,俺要杀了他。"

"你能吗?"

"俺是环世界的最强战士。"鬼敲门说这种话时,不像老金格拉玛那样鼓腮噘嘴、夸夸其谈,也不像铁头凯姆那样握紧拳头、吹胡子瞪眼。他只是平铺直叙。

黑旋风漫不经心地挠着残耳。"他奶奶的,这可是北方,难搞的家伙要多少有多少,这屋里就有几个。你说这种话要小心。"

鬼敲门解开巨大的皮毛斗篷,一耸肩便露出赤裸的上半身,活像个摔跤手。伤疤是北方人的标配,但凡自认是条汉子的人都少不了,然而鬼敲门如此出类拔萃,他庞大的躯体上筋腱如古树般虬结,疤痕则纵横交错、密密麻麻、目不暇接,二十个决斗冠军加在一起恐怕也没这么多疤。

"俺在叶洼德和狗部落大战,身中七箭,"他粗如木棍的食指指着肋下几块粉红色的印记,"俺没退,直杀得尸骨成山,终于夺得地盘,抢走了他们的女人和孩子。"

黑旋风叹息一声,仿佛他每次开会都能看见半裸的巨人,早腻味了。"或许你该考虑弄副盾牌。"

"胆小鬼才缩在木头后面,伤疤是强者之证。"巨人用拇指指向一片包住左肩、后背和半条左臂的星形伤疤,新长出的皮肉像斑驳而丑陋的树皮。"可怕的女巫维尼安把流动的火泼在俺身上,俺顶着大火把她抱进湖里,淹死了她。"

黑旋风剔着指甲,"我大概会先灭火。"

巨人耸肩,肩上的粉色烧伤像犁过的地一样皱起来。"她死后火就灭了。"他又指指黑毛覆盖的胸口,其上有条巨大的伤痕一根毛也不生,而一边乳房只留下个参差不齐的粉色圆洞。"斯马图和沃草克兄弟同时向俺挑战,他们说是同胞兄弟,所以算一个人。"

黑旋风嗤笑。"你答应了?"

"俺找不到不打的理由。俺用斧子劈开斯马图,用拳头敲碎了他兄弟的脑壳。"巨人缓缓握起硕大的拳头,直攥得手指发白,胳膊上肌肉蠕动,活像正在灌制的巨型香肠。

"豪爽。"黑旋风点评。

"在俺那边,豪爽的死法才让人记得住。"

"说实话,在这边也是。听好,我说是敌人的都随你去杀,但我说是朋友的……在你把他们豪爽地弄死之前,先知会我一声。譬如,我可不想你失手搞死卡尔达王子。"

鬼敲门转过头。"你就是卡尔达?"

卡尔达一下愣住了,尴尬地盘算要不要否认。"我是。"

"贝斯奥德的次子?"

"我是。"

巨人缓缓点了点大得吓人的脑袋,长发随之摇晃。"贝斯奥德是好样的。"

"他总支使别人上阵,"十面精吸吮着烂牙,又朝外吐口唾沫,"自己可不怎么能打。"

巨人的声音突又变得温和。"卡里娜河这边的人都这么莽撞？活着不只是打打杀杀。"他弯下腰，用两根手指拈起斗篷，"黑旋风，俺答应会赶到你指定的地方，除此之外……哪个小家伙想来试试摔跤？"老金、铁头和十面精纷纷把目光转向马厩偏远的角落。

但卡尔达平素就饱受惊吓，他假笑着迎上巨人的目光。"我想试试，但除非面对女人，否则我不脱衣服。真可惜，我背上有块吓人的疹子，你们看了肯定印象深刻。"

"噢，我不跟你摔跤，贝斯奥德之子。"巨人转身时，脸庞隐约带上了一丝早知如此的笑意，"你适合做别的事。"他将斗篷甩过伤痕累累的肩膀，弯腰让过门梁，狂风马上倒灌进来，门边的亲锐连忙阖上门扇。

"他人还不错，"卡尔达大声说，"至少没展示那话儿上的疤。"

"可恶的蛮子！"十面精咒骂。他什么都能骂上几句。

"环世界的最强战士？"老金语带嘲讽，尽管巨人在屋里时，他屁都不敢放。

黑旋风若有所思地揉下巴。"死者知道，我真他奶奶的厌烦外交，但盟友总是越多越好，这样的体型正适合挡箭。"十面精和老金附和着轻笑，卡尔达听出了弦外之音：假设血九指没死，这样的巨人正适合作黑旋风的援手。"你们都清楚该干啥了吧，呃？赶紧去干。"

铁头和老金死瞪着对方走了出去。十面精出门前冲卡尔达脚边吐了口唾沫，但后者笑意不减地目送丑陋的老家伙摇摇晃晃地走进夜色，心想谁笑到最后才笑得最好。

黑旋风站起来，鲜血顺着中指滴到地上。他看着马厩门关上，叹了口气。"吵啊吵，妈的永远吵不完。做好分内事有那么难吗，呃，卡尔达？"

"我父亲常说'三个北方人同行，不等下令冲锋就会自相残杀'。"

"哈！贝斯奥德真是个聪明的蠢货，真他娘聪明！可惜他太爱打仗，停不了手，"黑旋风皱眉看着鲜血覆盖的掌心，活动了几下手指，"双手一旦染血，就不容易弄干净。这是狗子告诉我的，而我打小就双手染血。"裂足扔了件东西过来，卡尔达下意识地打个激灵，结果那只是块布。黑旋风在黑暗中抓住它，擦掉手上的血。"现在弄干净也晚了，呃？"

"反正将来还会染血。"裂足说。

"我看也是。"黑旋风走向空马棚，仰头看向天花板，浑身抖了抖，接着传来尿液溅在稻草上的声音。"真……舒……爽。"

这是表达对他的轻视？卡尔达觉得这招挺高明。他们可以把他玩弄于股掌之间，却懒得动手，而这刺痛了他的自尊。"有命令给我吗？"他不悦地开口。

黑旋风回头看他。"你？你只会搞砸，或者干脆忘个精光。"

说的不错。"那找我来干吗？"

"你老哥说你有全北方最机灵的脑瓜，说他不能没有你。老子真受不了他成天唠叨。"

"斯奎尔不是去乌托德了吗？"

"他现下离这儿只有两天行程，我一听说联合王国有动作，就要他赶来会合。"

"那我专程去他那边也没什么意义。"

"也没……"尿声停止。"来了！"水声又响起。

卡尔达咬牙切齿。"或许我该去看看长手的征丁情况。"找丈人商量，看怎么帮我活过下个月。

"你可以自由行动，不是吗？"答案两人都心知肚明，他自由得像掏空内脏、放进锅里待煮的鸽子。"一切跟你爹在世时没两样，真的，你想干啥就干啥，对吧，裂足？"

"没错,头儿。"

"只要那正好是我让你干的。"黑旋风的亲锐们好像听到全世界最好笑的笑话一般,全乐了。"他奶奶的,替我给长手带个好。"

"我会的。"卡尔达转身朝门口走。

"卡尔达!"黑旋风甩干最后几滴尿液,"你这小杂毛不会去给我找麻烦吧?"

"麻烦?我跟麻烦完全绝缘,头儿。"

"我要对付狗日的南方佬……手头又有许多捉摸不透的杂种,比如冻土的威尔旺和邪门的鬼吹牛……这帮家伙还互不服气……妈的,真他奶奶的头疼,老子没半点兴趣参加别的游戏。非常时期,谁敢挖墙脚,嘿,老子就要他好看!"他吼出最后半句,眼睛突然鼓胀,脖子青筋暴起,怒火毫无预兆地喷涌而出,把众人都吓呆了。但紧接着,他又变得像猫儿一样冷静。"明白吗?"

卡尔达咽了口口水,尽力掩饰恐惧,他浑身鸡皮疙瘩。"我完全明白。"

"好孩子。"黑旋风扭扭屁股,系上裤带,像狐狸看见没锁门的鸡笼一样笑着看他。"我特别不愿惊扰你老婆,多可爱的小尤物。当然喽,她没你可爱。"

卡尔达勉强用假笑掩藏心头怒火。"谁比得上我呢?"

他从咧嘴嬉笑的亲锐们中间穿过,脑子里盘算的全是怎样杀死黑旋风,夺回对方从他父亲那里偷走的一切。

经验之谈
What War

"美不胜收啊,是吧?"艾里克的雀斑脸笑容灿烂。

"是吗?"卡脖嘀咕。他一直在琢磨地形,琢磨我方该怎么利用,敌人会怎样设计。

老习惯了。当初贝斯奥德出战时,一半时间聊的都是这些:地形与部署。

傻子都能看出英雄顶位置要紧,它自平坦的谷底拔地而起,孤独又奇特,活像人造物。这个山丘又生出两个小山体:一个向西,顶端收缩为石针模样,人称"斯凯林之指";另一个向东南,顶端围了一圈较小的石阵,人称"孩儿丘"。

河水流过山谷,在金色的麦田中蜿蜒向西,最终消失在一片布满明镜般的水塘的沼泽里。河上有座破旧的老桥,踮脚舒利盯着那桥,它有个很没想象力的名称——"老桥"。英雄顶下的河水颇为湍急,铺满鹅卵石的浅滩激起闪亮的水花,布拉克正在水边萧索的灌木丛和浮木堆中钓鱼。当然,更可能是在睡觉。

河的南面是耸立的"黑丘",丘陵上蔓生着大片黄草和棕蕨,此外即是裸露的岩壁和白色的水流痕迹;东面的奥斯仑镇横跨河道,镇子有高耸的外墙,墙内的房屋围绕着一座桥和一座大磨坊,烟囱袅袅升起的青烟飘向浅蓝色天空,继而消散无踪。一切如此寻常,无甚特别,完全没有联合王国人的踪迹,也没有硬面包那伙人或狗子其他手下的线索,简直不像在打仗。

但卡脖是个老手,照他的经验,打仗百分之九十九的时间都平淡无聊——通常伴随着阴冷潮湿、饥饿疾病以及扛着沉重的武器爬山等等——剩下百分之一才令人胆战心惊。想到这里,他不禁再度思忖为何要涉足这可怕的行当,又为何迟迟不肯抽身离开。大概他有此行当的天赋,抑或缺乏其他天赋,甚或只是随风飘荡、随遇而安。他抬头看着高渺的天空中翻滚的云朵,一会儿变成这样,一会儿变成那样。

"美不胜收啊。"艾里克再次感慨。

"太阳照着啥都漂亮,"卡脖说,"要是下雨,你会觉得这是全世界最难看的山谷。"

"可能吧,"艾里克闭上双眼,扬起脑袋,"但不是没下雨吗?"

确实如此,而且这不算好事。卡脖越来越容易晒黑,昨天他大半时间缩在最高的英雄石投下的阴影里——他第二讨厌的就是热,第一则是冷。

"哦,赞美房顶,"他嘀咕道,"阻隔老天爷的伟大发明。"

"下点雨也没什么嘛。"艾里克低声道。

"你还年轻。等你活到我这岁数,啥天都难受。"

艾里克耸耸肩。"那时候我多半也想有个房顶,头儿。"

"明智的选择,"卡脖说,"没脸没皮的小杂种。"他又打开老旧的望远镜,这是他在冬天从一个被冻死的联合王国军官身上搜到的。他看向老桥。无事发生。检查浅滩。无事发生。再扫一眼通往奥伦萨德的道路。那里有个移动的斑点。他紧张起来，随即发现是小苍蝇飞到了望远镜边上，不由得长舒一口气。"好天气至少能看远一点。"

"我们在等联合王国人，对吧？那帮杂碎连尸体都瞒不过，你别这么紧张啰，头儿。"

"总得有人保持紧张。"不过艾里克说到点子上了，过于紧张和不够紧张之间得有个平衡点，卡脖认为自己太倾向前者，任何风吹草动都能惹起他的注意，时刻准备让大伙儿操家伙。此时，鸟儿慵懒地扑扇着翅膀，绵羊在山坡上啃草，农夫的车辘辘驶过道路，快活约恩和艾沙克刚开始对练斧头——而这金属刮擦声便吓得卡脖差点尿裤子。他太紧张了，这是事实，且对此无能为力。

"我们为什么来这儿，艾里克？"

"为什么来这儿？嗯，也就是坐在英雄顶上，看看有没有联合王国人经过，再报告给黑旋风。不跟以前一样吗？侦察。"

"这我当然知道，小杂种，这些都是我教你的咧。我是说，我们为什么来这儿？"

"啥，你是指人生意义之类的？"

"不，不。"卡脖朝空中一抓，好像说的东西自己也没法完全把握，"我们为什么会来这儿？"

艾里克的脸皱成一团，陷入思考。"嗯……血九指杀了贝斯奥德，拿走他的项链，成为北方人的国王。"

"是啊。"卡脖对那天记忆犹新：贝斯奥德血肉模糊的尸体趴在卡莱恩城下，人群高喊九指的名字，卡脖在阳光照耀下都战栗不已。"然后？"

"黑旋风又背叛血九指，夺得项链，"艾里克突然意识到自己说了些不该说的话，赶忙补救，"我觉得……我觉得他也是不得已，谁愿接受血九指那样的疯子统治？但狗子说黑旋风是背誓的叛徒，乌发斯附近的氏族大都跟他看法一致，而那联合王国的国王，只不过跟血九指结伴进行过一次鬼扯的旅行，彼此就成了朋友。于是狗子和联合王国决定讨伐黑旋风，我们就来这儿了。"艾里克朝后倒去，用手肘撑着身子，闭上眼睛，似乎对回答非常满意。

"你这番政治分析做得不错。"

"谢谢夸奖，头儿。"

"不过黑旋风为什么会和狗子争斗，联合王国又为什么在这场争斗中站在狗子一方，我敢说更多是出于利益，而不是谁和谁是朋友。"

"好吧，你的见解更有……深度？"

"但你这小杂种还是没整明白：我们为什么会来这儿？"

艾里克又坐起来，皱紧眉头。在他们身后，他兄弟"砰"一声砍在约恩的木盾上，随即被反击震翻在地。

"我说砍边上，白痴！"约恩恼怒地叫嚷。

"嗯……"艾里克苦思冥想，"因为我们站在黑旋风这边，而黑旋风代表北方，哪怕他是个十足的混蛋。"

"北方？北方是啥？"卡脖拍拍身边的草地，"北方的山、北方的树、北方的河，这一切他代表得了吗？为什么要守呢？"

"嗯，不是指土地，我指的是北方的人民。明白吧……北方人。"

"可北方有各种各样的人，不是吗？很多人屁都不在乎黑旋风，黑旋风也不在乎他们。大部分人只盼低头活命。"

"是啊，我觉得也是。"

"那黑旋风怎么代表所有人？"

"嗯……"艾里克忸怩半刻，"我不知道。我觉得，就是……"他盯着下方的山谷，没注意到奇妙已走到身后，"哎呀，我们到底为什么会来这儿呢？"

她冲他的后脑勺来了一记爆栗，痛得他嗷嗷叫唤。"为了坐在英雄顶上，看看有没有联合王国人经过。跟以前一样，侦察。白痴。蠢到家的问题。"

艾里克委屈得直晃脑袋。"好好好，我再不多嘴了。"

"算了吧，你能做到吗？"奇妙追问。

"我们到底为什么会来这儿……"艾里克自言自语地去看约恩和艾沙克对练，一边揉着后脑勺。

"我知道自己为什么会来这儿。"威尔旺缓缓伸出一根细长的食指，嘴里叼着根草，说话时草秆跟着摇摆——此前他枕着剑柄、四仰八叉地躺在地上，卡脖还以为他睡着了。威尔旺总这样假寐。"因为松格娜告诉我，须得寻一个被骨头卡到喉咙的人——"

"带你实现宿命，"奇妙双手叉腰，"够了，我们都知道。"

卡脖鼓了鼓腮帮子。"为八条人命负责还不够，非得加上个疯子的宿命。"

威尔旺坐起来，掀开兜帽。"我不同意。我可不是疯子，我只是……用自己的方式看待问题。"

"疯子的方式。"奇妙小声嘀咕。

威尔旺站起来，扫掉屁股上的泥土，捞起入鞘的长剑扛在肩上。他皱起眉头左扭右扭，又揉了揉裆下。"我得撒泡尿。换你是朝河里解决，还是尿在那些石头上？"

卡脖想了想。"河里吧。尿在那些石头上……不太礼貌。"

"你觉得诸神会看着？"

"这我怎么知道？"

"也是。"威尔旺将嘴里的草撇向一边，迈步下山，"就去河里吧，说不定能帮布拉克钓个鱼。松格娜有办法跟鱼说话，让它从水里出来，我一直没学会这手。"

"你可以用那把砍柴刀把它们劈出来！"奇妙在后面喊。

"我也想试试!"他将众剑之父举过头顶,这剑从头到尾近一人高,"该让它见血了!"

卡脖宁愿暂时别见血,他现在一心希望山谷里啥都保持原状。细细想来,当兵的有这种愿景着实奇怪。他和奇妙一言不发地并肩站了片刻,身后不断响起金属撞击声。约恩一次次格开艾沙克的攻击,用盾逼得对方身形晃动。"用点力,你手腕没长骨头吗,小杂种?"

卡脖泛起几许感伤,他越来越常感伤了。"科雯喜欢阳光。"

"是吗?"奇妙挑起一边眉毛。

"她总爱嘲笑我缩在阴影里。"

"是吗?"

"我应该娶她。"他轻声说。

"这倒是。你为什么没娶呢?"

"撇开别的不提,你让我别娶。"

"对啊,她那张老嘴尖酸得很。但你平常不太搭理我的意见。"

"没错。可能我太软弱,不敢求婚。"他当时迫不及待想离开,出去建功立业、扬名立万,而今他几乎不认识那个自己了。"我当时不知道自己想要什么,只知道自己没有什么,而那些没有的东西靠剑就能得到。"

"你想过她吗?"奇妙问。

"偶尔。"

"骗子。"

卡脖咧嘴而笑,奇妙太了解他了。"这不全是撒谎。我几乎连她长什么样都不记得了,但我会思考人生的另一种可能,如果走别的路会怎样?"坐在梦寐以求的门廊下抽烟,怡然观看夕阳下的水面。他叹口气,"可惜,一步走岔步步岔,呃?你丈夫呢?"

奇妙深吸一口气。"大概正准备带孩子们一起忙收获吧。"

"你想陪陪他们？"

"偶尔。"

"骗子。你今年回去过几次？就两次，呃？"

奇妙皱眉看着平静的山谷。"我一有机会便会回去。他们知道我长什么样。他们知道。"

"并且受得了你？"

她沉默片刻，然后耸耸肩。"走都走岔了，是吧？"

"头儿！"艾里克神色匆忙地从英雄顶另一边跑来，"多福德回来了！还带了个人。"

"带了个人？"转身时僵硬的膝盖令他不禁打个激灵，"谁？"

艾里克一副如坐针毡的表情。"看样子是摆子考尔。"

"摆子？"约恩扭头大声问，艾沙克逮住空当，迅速绕过放低的盾牌，屈膝顶中约恩的卵蛋，"啊啊啊啊，小畜牲……"约恩弯下腰去，双眼鼓了出来。

换别的时候，卡脖可能笑到掉光半口牙，但摆子的名号让他完全没这心情。他大步走过石阵中间的草地，满心希望艾里克看错了，却深知这种可能性很小。

卡脖总是事与愿违，摆子考尔又是一个很难认错的人。

摆子正骑马登上山丘北坡陡峭的小路。卡脖盯着他，就像牧羊人盯着迫近的暴雨云。

"狗日的。"奇妙轻声说。

"嗯，"卡脖同意，"狗日的。"

摆子下马后，让多福德留在干石墙边照料两匹坐骑，自己先上来。他盯着卡脖、奇妙和快活约恩，半毁容的脸跟吊死鬼一样阴沉——他的左半边面孔整个烧毁，还装有一颗金属眼球，没人比他更像鬼。

"卡脖。"摆子的声音沙哑低沉。

"摆子。什么风把你吹来了?"

"黑旋风。"

"我能猜到。他派你来做什么?"

"他要你死守这座山,看住联合王国人的动静。"

"这他之前说过了,"卡脖的口气比预想中冲了不少,他缓和片刻,"他究竟为什么派你来?"

摆子耸肩。"确保万无一失。"

"谢谢你的支援喽。"

"还是谢黑旋风吧。"

"会的。"

"你们瞧见联合王国人了吗?"

"只有四天前的晚上在这儿的硬面包一伙。"

"我知道硬面包。难搞的老刺头。他可能还会回来。"

"他要回来,据我所知,只有三条路过河。"卡脖依次指给摆子看,"西边沼泽附近的老桥,奥斯仑镇内的新桥,还有山脚下的浅滩。这三条路我都安排人盯着,山谷又很开阔,在这儿连羊过河都看得清清楚楚。"

"羊过河倒不至于向黑旋风报告,"摆子把毁容的半张脸凑近,"但联合王国人出现就不同了。咱们就这么等吧,或者边等边唱个歌?"

"你能起个调吗?"奇妙问。

"妈的,我还真想试试。"他大步流星地穿过英雄石间的草地,走到山顶边查看。艾沙克和艾里克连忙后退让开,卡脖理解他们,没人愿意接近摆子。

卡脖慢悠悠地走向多福德。"棒极了。"

小伙子一摊手。"我能咋办?叫他别来?至少你们不用跟他一起赶两天路,晚上还要挨着他在篝火旁睡。你知道吗,他那只眼睛闭不了,像整晚看着你。从出发到现在,我就没睡安生过。"

"他那只眼睛看不见,白痴,"约恩说,"跟你的皮带扣一样是死的。"

"我知道啊,但这没啥用,"多福德扫视大家,压低声音问,"你们真觉得联合王国人会走这条路?"

"不,"奇妙道,"我不觉得。"她瞪了多福德一眼,后者泄气般走开了,一边自言自语地抱怨本来能干什么大事。待人们走远,她才凑到卡脖身旁:"你真觉得联合王国人会走这条路?"

"不好说。但我有不祥的预感。"他皱眉盯着摆子的背影,摆子靠住一块巨大的英雄石,阳光洒在迤逦的山谷中。卡脖单手捂住肚子,"照我的经验,要听听这里的本能反应。"

奇妙笑骂:"想不听都不行。"

老兵
Old Hands

"徒尼?"

"啊?"他睁开一只眼睛,结果直射进来的阳光仿佛刺入脑海,"啊!"他赶紧重新闭好,舌头在酸涩的嘴里搅动,尝到缓慢的死亡和腐朽的味道。"啊。"他换了一只眼睛,这次只睁开一条缝,缓缓聚焦于头顶的黑色阴影。那片阴影逐渐逼近,阳光顺着阴影的边沿流泻,像刀子一样扎下来……

"徒尼!"

"我他妈听见了!"他试图起身,周围的世界却如风暴中的扁舟一样摇晃起来。"啊!"他这才想起自己睡在吊床上,随即发现双脚都被缠住了,用力挣脱时差点被掀翻。最后他总算勉强坐起来,忍下汹涌的呕吐感。"福里斯特上士,真高兴见到你。什么时辰了?"

"早过了开工的时辰。你搁哪儿弄来的靴子?"

徒尼迷糊地看向脚边:他穿着一双锃光瓦亮、豪华漂亮的黑色骑兵靴,配件还是镀金的。阳光照射下,鞋尖亮得难以直视。"啊。"

他苦笑着，昨晚的经历一点点从记忆的裂缝中浮现，"我从……一个军官身上……赢的……他叫……"他抬头盯着绑吊床的那棵树的树杈，"算了。都过去了。"

福里斯特吃惊得直摇头。"咱们队上还有人蠢到和你打牌？"

"哎呀，打牌是战时的诸多乐子之一嘛，上士。再说，部队近来减员不少。"仅过去数周，他们隶属的团就有四十多人因病躺进医疗帐篷，"说明会有更多新牌友加入，对不？"

"是的，徒尼，是的。"福里斯特的伤疤脸露出一丝笑意。

"噢，不要。"徒尼见状忙道。

"噢，是的。"

"不要，不要，不要！"

"是的，集合了，小子们！"

人已经来了，一共四个。看样子全是米德兰的新兵，不久前刚在码头恋恋不舍地与要紧人儿告别，脸上还带着妈妈或情人的吻——可能两者都有。他们的制服崭新笔挺，皮带锃光瓦亮，扣子闪闪发光，正准备迎接崇高的军旅生涯。福里斯特以马戏团长介绍珍奇异兽的方式向大家隆重推出徒尼，同时再次发表了那段小演说：

"小伙子们，这位就是鼎鼎大名的徒尼下士，他是加兰霍将军的师团里服役时间最长的士官之一。作为一名久经沙场的老兵，他参加过镇压斯塔兰叛乱、古尔库战争、上一次北方战争、阿杜瓦之围以及现在这场不愉快的战争，并安然度过了战事之间无聊得足以泯灭任何激情的岁月。他忍受过摸爬滚打和雪雨冰霜。他见识过北方刺骨的寒风和南方火辣的姑娘。他万里转战，日复一日咽下王军口粮。他甚至亲身参与过一两次战斗，最终依然能站在——或者说坐在——你们面前。他曾四次成为徒尼中士，一次成为徒尼上士，然而思家的鸽子总会回到简陋的笼子，他也总会回到如今的位置。目前，他光荣出任不屈不挠的王军第一骑兵团掌旗手，负责——"这个词让徒尼发自肺腑地唉声叹气,"——团内的通信兵,替尊敬的长官瓦利米上校传令和送信。你们几个由他照管。"

"噢,去你妈的,福里斯特。"

"噢,去你妈的,徒尼。你们几个,不跟下士来个自我介绍吗?"

"克林格。"这小子脸蛋丰满,但一只眼睛被大瘤子盖住,皮带还系错了方向。

"以前干什么的,克林格?"福里斯特问。

"本来要作纺织工,长官,但学徒没当满一个月,就被师父卖给征兵官了。"

徒尼愈发愁眉苦脸。最近接收的兵源全是四处搜刮的人渣。

"沃斯。"第二个新兵面容憔悴、骨瘦嶙峋,皮肤泛着病恹恹的灰色,"我原是民兵,他们解散了连队,把我们统统征召入伍。"

"利德林根。"接下来这位又高又瘦,双手硕大,面露忧虑,"原来是鞋匠。"他没有详述自己如何加入王军,而徒尼头疼得厉害,也不想打听。反正人已经来了,能有什么好事?

"蛋黄。"这家伙五短身材,满脸雀斑,被行李压得矮了一截,心虚地偷瞄徒尼。"他们说我是贼,可我是冤枉的。法官判决我要么参军,要么坐五年牢。"

"你的选择多半会让咱俩都后悔。"徒尼嘀咕。不过到目前为止,窃贼是四个新兵里唯一用得上的。"你为什么叫蛋黄?"

"呃……不知道。照我爹取的吧……大概。"

"你觉得自己是鸡蛋里最好的部分吗,蛋黄?"

"这个……"他戒备地看着周围的几人,"不算吧。"

徒尼眯眼看他,"我会盯紧你,小子。"蛋黄委屈得下唇都在颤抖。

"你们几个跟紧徒尼下士,跟着他绝对安全。"福里斯特露出暧昧的笑容。"他是世上最会躲避危险的士兵,就是别跟他打牌!"上士迈步走向帐篷搭得七歪八扭的营地,一边回头喊道。

徒尼深吸一口气,下床站了起来。四个新兵立即手忙脚乱地立正——应该说其中三个,蛋黄呆了片刻才有样学样。徒尼挥挥手,示意稍息。"行行好,别敬礼了。看了就恶心。"

"抱歉,长官。"

"别叫我长官,叫我徒尼下士。"

"抱歉,徒尼下士。"

"听着,我不想你们来这儿,你们也不想来这儿——"

"我想来这儿。"利德林根说。

"你想来这儿?"

"我是志愿兵。"他声音中带着骄傲。

"志……愿……兵?"徒尼感觉舌头打结,像念什么外国话,"真有意思,那就请你永远别替我志愿申请任何事。因为……"他勾了勾手指,神秘兮兮地让大家围拢。"你们可赶上好了。王军里所有工作我都干过,才捞到这儿。"他意味深长地示意用帆布包裹得严严实实、放在吊床下的第一骑兵团团旗,"这是一份美差。我确实管着你们,没错,但我希望你们这些孩子把我当成,嗯……慈爱的叔叔。你们需要什么,想要什么,有任何改善咱们军旅生涯的愿望,"他朝他们继续靠近,鼓励性地挑挑眉毛,"都可以来找我。"

利德林根犹犹豫豫地举起一根手指。

"说?"

"我们骑马,是吧?"

"没错,我们是骑兵。"

"我们的马呢?"

"真是个好问题,切中要害。由于管理疏忽,我们的马被拨给了密特里克的第五步兵团,当然喽,步兵没法好好利用它们,而我得到的通知是它们迟早会被交还,但没人说得清具体需要多久。所以现在而今眼目下，我们是个……没马的骑兵团。"

"靠脚板走路？"蛋黄插话。

"可以这么说，只是大家仍保持着……"徒尼拍拍脑袋，"骑兵的思维方式。除了没马，这可以说是全团最普遍的短板。还有什么问题？"

克林格也举起手。"那个，长官，徒尼下士，就是……我特别想吃东西。"

徒尼笑了，"哎哟，这可是个有难度的愿望。"

"我们没食物吗？"蛋黄惊恐地问。

"国王陛下当然为他忠诚的士兵提供了口粮，蛋黄，千真万确，但那些东西没法下咽。吃了没法吃的食物可是很难受的……不过，你们可以来找我。"

"多半想宰一票。"利德林根一脸嫌弃。

"我的价格非常合理。联合王国币、北方币、斯提亚币、古尔库币，随便哪国的钱都行。就算手头紧，还可以考虑以物易物，譬如从死去的北方佬身上剥下的盔甲，就是目前的当红商品。当然喽，我们也能引导人们的喜好，毕竟大家都有东西想交易——"

"下士？"一个高亢轻柔、女里女气的声音在叫他，徒尼转过身，却发现身后站的不是女子——这完全在意料之中，但多少令人有些失望——而是个粗壮沉重的男人，黑色的制服沾满泥点，袖口缝了上校的标志，一长一短两把剑利落地挂在腰带上。此人头发剃得极短，鬓角有些灰黑发根，头顶几近光秃。他眉毛粗厚，鼻梁宽阔，下巴方正，一副拳击选手的架势，而他黑色的双眼紧盯徒尼——不知是由于没脖子的特征太显眼，还是双拳握紧后泛白的硕大指节，抑或制服穿在他身上活像套在石板上一样紧绷，反正带给人无尽的压迫感。

当敬礼是明智之举时，徒尼有能力成为全团的模范标兵。当下他便行了个最标准的立正敬礼，靴子磕碰的力道大得地面都在震动。"长官！我是徒尼下士，长官，王军第一骑兵团掌旗手！"

"加兰霍将军的指挥部在哪里？"来人的目光飞快扫过几名新兵，仿佛在检视谁敢取笑他滑稽的话音。

徒尼非常清楚什么时候该笑，什么时候不该笑。他指向堆满垃圾、搭满帐篷的草地后的一间农舍，乌黑的烟雾从烟囱中升起，玷污了明亮的天空。"将军在那里，长官！就那间农舍，长官！他可能还在床上，长官！"

那军官点了下头，低头大步离开，那副姿态仿佛世上任何人、任何事都无法阻挡他。

"那是谁啊？"新兵里有人小声问。

"我觉得是……"徒尼卖了会儿关子才说，"布雷默·唐·葛斯特。"

"和国王比过剑的人？"

"没错，他还曾是国王的贴身护卫，自斯皮奈的骚乱后被解职。据说国王仍对他青眼有加。"如此显贵出现在军中，通常不会有好事。徒尼的座右铭之一便是永远不凑显贵的热闹。

"他来干吗？"

"说不准。但我听说他相当能打。"徒尼担忧地吸吮着门牙。

"那不就是个好军人吗？"蛋黄问。

"我的妈呀，当然不！我活过这么多场战争，你们听好了，即便没有人打来打去，战争本身已经够辛苦了。"葛斯特走进农舍前院，从上衣里掏出什么东西。一张折起的纸。应该是命令书。他朝守卫敬个礼，然后进了屋。徒尼揉了揉愈发不适的肚子。情况不妙啊，这可不止是昨晚宿醉的后果。

"长官？"

"叫我徒尼下士。"

"我……我……"开口的是沃斯。他满脸窘迫,徒尼一眼就明白了——双脚不停变换重心,脸色苍白,眼睛雾蒙蒙的——人有三急嘛。

徒尼用拇指示意粪坑。"快去!"这小子顿时像受惊的兔子一般窜出,蹦跳着跑过泥地,"注意拉在坑里!"徒尼回身,装腔作势地冲剩下的几个新兵摇晃手指。"拉准位置是士兵的本分,远比行军打仗的破事来得重要。"离得这么远,沃斯悠长的叹息依然传了过来,伴随着阵阵喷溅声。"骑兵沃斯正和真正的敌人初次交锋,敌人虽是液态,但永不安生又残酷无情。"他伸手拍打最近的新兵,结果拍到蛋黄肩上,教对方差点摔个狗吃屎。"毫无疑问,你们迟早会踏足同样的战场,迎接属于自己的战斗。拿出勇气,孩子们,面对军营粪坑的勇气。现下,在等待沃斯击退敌人或英勇捐躯的时候,谁想跟我小玩两把?"他抽出张桌子,麻利地展开,新兵们都惊讶得瞪大了双眼——当然,克林格只能瞪大一只——骑兵沃斯的屁股断断续续的交响曲也没能破坏这美好气氛。"我们先赌个荣誉,刚开始嘛,这没什么输不起的,呃?没什么……哎呀。"

加兰霍将军从指挥部出来了,他上衣大敞,头发糟乱,脸红得像甜菜根,嘴里大声嚷嚷。这位将军总喜欢大声嚷嚷,然而这次他的话似乎难得的有了些实际意义。葛斯特跟在后面,弓着腰,一声不吭。

"惨了,"徒尼眼看加兰霍踩着重重的步子,似在苦苦思索,随即转身漫无对象地咆哮。将军与一颗纽扣较劲,还怒冲冲地把伸上来帮忙的手打开。参谋们从各个房舍零零散散赶来,像被赶出灌木丛的鸟儿,混乱以将军为圆点扩散,很快笼罩了整座营地。

"惨了。"徒尼一边低声重复,一边戴上护腕,"马上准备离开。"

"可我们才刚到啊,下士。"蛋黄刚把行李带解开一半。

徒尼抓住行李带,挂回蛋黄肩上,再扳着对方面朝将军。加兰霍正冲一个衣装笔挺的军官挥舞拳头,另一只手继续对付始终没能系上的上衣纽扣。"骑兵,你完美见证了王军运作的实践,指挥链条的奥秘,也就是每个人如何在下级头上拉屎。我们备受爱戴的团长瓦利米上校正忍受加兰霍将军拉屎,瓦利米上校很快又会朝自己的军官拉屎——相信我,屎会一层一层拉下来,一两分钟后,福里斯特上士的光屁股就要凑到我无辜的脑门上了。知道这对你们来说意味着什么吗?"小家伙们沉默片刻,然后克林格小心翼翼地举起手。"这是个反问句,蠢才。"克林格的手又小心翼翼地缩了回去,"你,搬我的随身行李。"

克林格一下子泄了气。

"你,林德利根。"

"利德林根,徒尼下士。"

"随便随便。你这么爱当志愿者,就自愿搬我的另一件行李。蛋黄?"

"长官?"显然,他自己的行李都压得他站不稳了。

徒尼叹口气。"吊床归你。"

新兵
New Hands

贝克高举斧头，大吼一声，把原木劈成两半。他假装那是联合王国士兵的脑袋，假装飘散的木屑是飞洒的鲜血，假装小溪的潺潺水声是男人们的喝彩，假装路上落满的黄叶是兴奋得晕厥的姑娘——总而言之，他假装自己是个大英雄，跟父亲一样在战场上赢得显赫声名，在篝火边和歌谣里都有个好位置。他假装自己是北方一等一的好汉，反正白日梦谁都能做。

他将劈好的木柴扔进柴堆，弯腰把下一块原木放上砧板，用袖管抹抹前额，又皱眉看向山谷，轻哼起《瑞普尔之诗》。他知道，在这些山峦后面，黑旋风的军队正在战斗；在这些山峦后面，伟大的事业正在进行，势必成为下一部英雄史诗的素材。他朝掌心吐了口唾沫。他的掌心很糙，那是长年握斧劈柴，长年推犁耙、使镰刀乃至操持搓衣板的后果。

他厌恶这山谷和山谷里的居民，厌恶这农场和每天的农活。

他是战士的料，却只有砍柴的命。

这时传来了脚步声,他抬头看见弟弟弯腰沿陡峭的小路从家的方向跑来山顶,似乎是从村庄一路跑来的。贝克朝湛蓝的天空举起斧子,又一个南方佬人头落地。费森终于跑到山顶,停下弯腰喘粗气,颤抖的双手按在颤抖的双膝上,圆滚滚的两腮涨得通红。

"急什么?"贝克弯腰去取下一块木头。

"有……有……"费森断断续续说出几个字,又喘了半天,总算站直身体,"有人进村了!"他冲口而出。

"什么人?"

"亲锐!长手的亲锐!"

"啥?"高举过头的斧头一下子垂下。

"真的。他们来征丁了!"

贝克呆愣片刻,然后一把将斧子扔进柴堆,大步朝家里走去。他脚步轻快,全身皮肤仿佛都在唱歌。费森小跑着追上哥哥,一遍一遍地问"你要干吗?"却得不到回应。

他们经过羊圈,几只山羊瞪大了眼睛,他们又路过那五棵大树桩,树皮上布满贝克每天早上剑术修习砍出的伤痕,他们最后走进昏暗的屋子,屋里弥漫着烟味,几束阳光从不太严实的百叶窗透进来,照在光秃秃的地板和毛几乎掉光的老旧毛皮上。贝克三步并作两步地奔向自己的箱子,直踩得木地板吱嘎作响。他跪在地上,掀开盖子,随意扯开上面几件衣服,像抚摸爱人一般,轻柔地举起自己唯一珍重的东西。

昏暗中金光熠熠,他握住剑柄,感受它精妙的平衡,然后轻轻一拔,抽出一尺左右。利刃出鞘声令他不由得笑了,悦耳的刮擦让他紧绷的身体起了鸡皮疙瘩。他曾无数次微笑着欣赏它、擦拭它、打磨它……就是为这一天,他终于等到了这一天。他用力地收剑回鞘,转过身……愣住了。

母亲站在门口看他,明亮的天空勾勒出她黑色的剪影。

"我要拿走我爹的剑。"他狠狠地说，朝她晃了晃剑柄。

"你爹就是拿着这把剑被人杀死的。"

"我要拿走它！"

"我看见了。"

"你不能再强迫我留下，"他往早已打好的包裹里多塞了几样东西，"你说过这个夏天就可以！"

"我说过。"

"别拦着我！"

"我拦了吗？"

"'轮子'萨必在这个年纪已从军七年了！"

"他很走运。"

"我到时候了，早就到时候了！"

"我知道。"她看着他取下弓，松开弓弦，和几支箭一起包好。"最近一两个月晚上会很冷，带上我那件斗篷吧。"

他一下泄了气。"我……不了，你留着吧。"

"你拿着它我更高兴。"

他不想争论，害怕底气不足。他有无尽的英勇和胆魄去面对千千万万南方佬，却畏惧那个生下他的女人。他只能默默地从挂钩上摘下她那件染绿的斗篷，披在肩上，装作若无其事地走向门口，心知这是她最值钱的家当。

费森紧张地站在外面，不是很明白发生了什么。贝克揉揉他的红发。"你现在是家里的男子汉了。去把那些木柴劈了，我打完仗给你们带好东西。"

"外面没有我们想要的东西。"母亲站在阴影中看他。她没像往常那样发火，只是有些悲伤，而直到这一刻他才意识到，他已比她高大得多了。她甚至没到他的脖子。

"走着瞧吧。"他两个箭步冲出去，但停在长满青苔的屋檐下，忍不住回头看了看。"该说再见了。"

"还有最后一件事，贝克。"她靠过来吻他的前额，这个吻温软轻柔，宛如春天的雨点，她又摸摸他的脸，笑了，"我的儿子。"

什么东西堵住了喉咙，他心里五味杂陈，既为刚才说的话而愧疚，又为终于如愿而开心，既为荒废的时光而生气，又为即将离去而悲伤。他既恐惧又兴奋，却难以表达这些迥然不同的感情，只好飞快地摸了摸她的手背，趁自己还没流泪之前赶紧转身，沿小路大步离开，奔赴战争。

这是父亲走过的路。

征丁和贝克想象的不太一样。

雨点窸窸窣窣，浸不湿衣服，却淋得人睁不开眼、萎靡不振，也让场地显得阴郁。气氛本就压抑，有些人是主动来的，更多的则是被迫，他们想站成几排，却很快在争吵、推搡和抱怨中乱成一团。来的大部分是年轻人，贝克觉得有些家伙实在太小，这些小崽子别说打仗，可能连山谷都没出过，此外就是老人，外加几个凑数的残废。长手的数名亲锐在边上监视，或倚matrix站立，或干脆坐着，他们和贝克一样，也和那些新丁一样，看起来没什么特别。总之，贝克原以为跟自己英勇奋战的是同样胸怀大志的弟兄，当下不免失望。

他摇摇头，一只手抓紧母亲的斗篷领口，另一只手藏在斗篷下面握住了父亲的剑柄。他跟别人可不一样。或许无帽人斯凯林也是伴随这等乌合之众出发，最终率领他们击败联合王国，只是没人说明转变的过程。他看到一支刚组建的小队歪歪扭扭从面前经过，当先的两个小子共用一柄长矛。新征的农兵竟连武器都不够分，歌谣里可没唱过这个。

他有种感觉——或许是白日梦——那就是老英雄长手考尔正看着他。长手参加过每一场战争，行事光明磊落，而他说不定会和贝克四目相对，或从身后拍拍他的肩膀：这小子真不赖！你们都把招子放亮！多挖掘几个这样儿的！

然而长手根本不见踪影，也没人知道接下来该干啥。他麻木地看着来时的那条泥泞小路，思索要不要返回农场。也许天亮前就能到家——

"你来参军？"一个肩膀宽阔、发须灰白的矮子问。这人腰带挂的钉头锤像是常用，而他单腿站立，似乎另一条腿有问题。

贝克顿时打消了回家的蠢念头，"我来参战。"

"你小子不错。我外号洪水，这支小队凑齐后归我带。"他指了指一队懵懵懂懂的男孩，那队人只有一两张老旧的弓和一两把短柄斧，此外就是身上的破烂衣服。"想打仗就进队吧。"

"行。"至少洪水有称手的武器，他的队伍也不比其他队伍更糟糕，于是贝克挺胸阔步地推开周围的人，挤进那支队伍后面。他跟队里的同伴年纪相仿，但要高上不少。"我叫贝克。"他说。

"克文。"有人轻声回应。这孩子不超过十三岁，身材像个桶，瞪着一对大眼睛，看什么都很惊慌。

"斯托德。"一个无精打采的卷发男孩嚼着一块烂肉，闷声闷气地说。这人的下唇特别肥厚，湿漉漉地垂着，好像被狠揍过。

"我是布雷特。"男孩声音洪亮，却比克文还小，穿着跟乞丐没两样，一只鞋从中破开，露出脏兮兮的脚趾。贝克刚想可怜他，就被他身上的味道熏得打了退堂鼓。布雷特伸出干瘦的手，但贝克没握，他的注意力被队伍的最后一个人吸引了——那人较年长，肩上挎把弓，一道伤疤贯穿了半边黑眉毛。那可能是从墙上摔下来留的，但至少让他多了几分危险气息。贝克也想有那么一道疤。

"你呢？"

"掠特。"对方挂着一丝了然的笑意，贝克很不喜欢，那就像在嘲笑他。

"有什么好笑的？"

掠特冲周围大咧咧地挥手。"不好笑吗？"

"你在笑我？"

"不要觉得什么事都跟自己有关，朋友。"

贝克觉得这家伙把他当傻子，又觉得自己的确像个傻子，再或只因一切不如预期，因此大为不爽，怒火一下子涌上来。"你他妈瞅什么——"

但掠特根本没在意，他看着贝克身后，其他人也纷纷看过去。贝克转身一探究竟，惊讶地发现有人骑着高头大马而来。那马是好马，鞍是好鞍，打磨得亮晃晃的。骑手约莫三十岁，皮肤光滑，目光精明，披着做工精良、还镶了厚厚毛领的滚边斗篷——贝克不禁觉得母亲的斗篷丢人，不过队里其他人的穿着更不堪入目。

"晚上好。"骑手的声音流畅轻柔，几乎不像北方人。

"晚上好。"掠特说。

"晚上好。"贝克也马上答应，他可不想给掠特出风头的机会。

骑手微笑着坐在精美的马鞍上，仿佛在跟老友打招呼，"小子们，能告诉我长手的篝火在哪儿吗？"

掠特就着渐浓的暮色指点。"那边，高地那里，树林背后。"黑色的枝丫在夜空下伸展，底部被火光照亮。

"太感谢了。"来人冲他们依次点头，连布雷特和克文都照顾到了，然后舔舔舌头，驱马穿过人群，嘴角依旧挂着笑意，好像刚说了什么趣事。贝克没听出丝毫有趣之处。

"那兔崽子是谁啊？"骑手走远后，贝克不满地问。

"不知道。"克文小声说。

贝克冲他撇嘴。"你当然不知道。我问你了吗？"

"对不起，"男孩瑟缩了一下，好像有人要打他，"我随口……"

"应该是伟大的卡尔达王子。"掠特说。

贝克的嘴撇得更歪了。"啥,那就是贝斯奥德的儿子?他已经不是王子了,对吧?"

"他多半认为自己还是。"

"他不是娶了长手的闺女吗?"布雷特的声音又尖又细,"应该是来拜访丈人。"

"他那副德行,大概是想招摇撞骗,伺机夺回父亲的位子。"掠特说。

贝克嗤笑:"他怎么搞得过黑旋风。"

"他真敢搞,黑旋风会送他个血十字。"斯托德吃完了肉,舔舔手指。

"我觉得是吊起来烧,"克文尖声说,"黑旋风会这么修理懦夫和阴谋家。"

"没错,"布雷特形容得活灵活现,"他会亲自点火,看着他们手舞足蹈。"

"我肯定不流一滴眼泪。"贝克阴沉地看了看坐着高头大马、惬意地穿行人群的卡尔达。好个兔崽子。"怎么看他都不像个战士。"

"那又怎样?"掠特笑着看向贝克的斗篷下方露出的一截剑鞘,"你倒像个战士,无需强调。"

贝克忍不住了,他甩开母亲的斗篷,双拳紧握,"你以为我胆小怕事吗?"斯托德小心地挪开,克文惊慌地看向地面,布雷特无助地扯出一丝笑容。

掠特耸耸肩,态度不卑不亢。"我不了解你,无法以为你什么。你上过战场吗?"

"算不上。"贝克含糊地答道,指望大家以为他参加过几场械斗,而不是只跟村里赤手空拳的小孩和家门口的树桩干过架。

"这么说你并不了解自己,对吧?一个人只有到大家肩并着肩、手握武器、等待迎击敌人的时刻,才会露出本性。你可能会像斯凯林那样坚定不移,也可能转身就跑,现在一切都是纸上谈兵。"

"我现在就给你来场真的,混蛋!"贝克欺身上前,举起拳头。克文惊慌地呜咽一声,像自己要被打似的捂住脸,掠特则往后退开,单手掀开外套,露出长刀把柄。贝克突然意识到自己甩斗篷时早已露出了父亲的长剑,剑柄就在手边,而这并非小孩厮打,这场争执很可能让两人付出沉重代价。电光石火之间,他发现掠特眼中既恐惧又兴奋,他自己却泄了气,茫然不知所措,不知如何——

"见鬼!"洪水拖着伤腿,一瘸一拐挤过人群,"都住手!"贝克缓缓放下拳头,心中颇为庆幸。"有火气是好事,我们跟南方佬结了大梁子,不愁没处发泄。但队伍明天就得出发,撕破脸可不成。"洪水硕大的拳头横在贝克和掠特之间,手背上的灰色汗毛看得一清二楚,上百次战斗则将指节磨出层层老茧。"安分点,不然就尝尝这个,懂吗?"

"好的,头儿。"贝克嚷道。他瞪了掠特一眼,其实自己的心快跳了出来,耳边砰砰作响。

"好的,当然。"掠特松开外套。

"战士要学的第一课,就是选择开打的时机。你们几个,都给我去那边。"

前面排队的完事了,他们走过踩烂的泥巴地,前往挂着雨滴的帆布雨棚。棚下有张桌子,桌后坐着一位颇不耐烦的灰胡子老头,他少了条胳膊,空袖管折起来缝在胸前,另一只手执笔。他询问每人的名字,登记到一本厚厚的册子上。新玩意儿,什么写字啊登记啊,贝克觉得父亲肯定不喜欢,他自己也不喜欢。如果照搬南方佬那套,还跟南方佬打啥仗呢?他皱着眉头,磨磨唧唧地走到坡上。

"名字?"

"我的?"

"还他妈有谁?"

"贝克。"

灰胡子老头潦草地写在纸上。"来自?"

"那边山谷里的农场。"

"年纪?"

"十七。"

老头皱眉看他。"身材不错。你晚来了几年啊,小子,平时干吗来着?"

"在农场帮我妈。"后面有人嗤笑一声,贝克转身瞪去,布雷特可怜的笑容立刻僵住了,赶紧低头看向脚上的破鞋。"她要照顾两个小儿子,我只能留下帮她。这也是男人的职责。"

"总之你还是来了。"

"没错。"

"你父亲是?"

"'没心肺'沙玛。"

老头猛然抬头。"别耍我,小子!"

"我没耍你,老东西,我爹正是'没心肺'沙玛,这是他的佩剑。"随着一声清脆的剑鸣,贝克抽出长剑。武器的重量让他备感振奋,他顺势将剑插在桌上。

独臂老人上下打量宝剑,夕阳为剑柄的金饰镀上一层光晕,利刃光洁如镜。"啧,还真是意外。但愿虎父无犬子吧。"

"那是自然。"

"走着瞧咧。这是你第一笔薪水,小子。"他塞给贝克一枚小小的银币,重新抓起笔,"下一个。"

贝克就此摆脱了农民身份,加入长手考尔麾下,准备为黑旋风对抗联合王国。他收剑回鞘,有些厌恶地看着周围的雨越下越大,夜色越来越深。一个女孩为登记过的人倒上烈酒,她的红发已被雨水打湿成棕色。贝克一边回味刚才拔剑的壮举,一边昂首喝酒,喝完后甩掉杯子,发现掠特、克文和斯托德已依次登记完毕。

是的,这些蠢货根本无关紧要。他会赢得外号。他会在战场上让他们知道,谁是懦夫,谁是英雄。

长手
Reachey

"这不是贤婿吗！"长手咧嘴大笑，火光照出他牙齿间的缺口，"不用这么轻手轻脚，孩子。"

"这里到处是泥。"卡尔达说。

"你很讨厌弄脏靴子。"

"这可是斯提亚皮革，从塔林船运来的。"他一只脚搭在篝火旁的石头上，让长手那帮老伙计都能瞧清楚。

"船运来的靴子，"长手嘀咕，仿佛哀叹鲜花插在牛粪上，"死者在上，我那聪明女儿怎会爱上你这衣服架子？"

"你这屠夫案板怎会生下我那漂亮老婆？"

长手哈哈大笑，他的手下也跟着笑，摇曳的火焰照亮了他们皮革般的脸上每一道沟壑与褶皱。"我自己也奇怪。不过，我了解她娘。"几个老伙计低声感慨，神情恍惚。"况且我原来是很好看的，都怪后来担子重。"那几个老伙计又笑起来。老家伙们的笑话，总是围绕过去的美好。

"担子重啊。"其中一人摇头。

"我们能谈谈吗?"卡尔达问。

"就听贤婿的,伙计们。"长手的亲信纷纷站了起来,有些人明显动作吃力,嘟哝着往暗处走。卡尔达在篝火边找了个好位置蹲下,伸手烤火。

"抽烟吗?"长手递来烟斗,烟雾从烟锅里袅袅升起。

"不了,谢谢。"卡尔达需要头脑清醒,即便面对最可能的盟友。这些日子他如履寒冰,经不起节外生枝,如若失足便万劫不复。

长手吸了一口,吐出两个小小的棕色烟圈,盯着它们慢慢消散。"我女儿咋样?"

"她是天底下最可爱的女人。"这点他无需说谎。

"你总是很会说话,对吧,卡尔达?我同意你的评价。我外孙呢?"

"他还太小,没法出来对付联合王国。但他长着呢,都在踢腿了。"

"难以置信,"长手看着火堆缓缓摇头,用指甲挠挠白色胡楂,"我要当外公了。哈!我感觉自己昨天还是个孩子,今早还摸到塞芙在她娘肚里踢腿咧。时光悄然飞逝,就像流水卷走落叶,我跟你说,孩子,关键在抓住当下。人生就是如此,你等待某些事时,降临的往往是别的东西。我听说黑旋风想杀你。"

卡尔达想装出不为所动的样子,但失败了。"谁说的?"

"黑旋风。"

卡尔达并不意外,但如此直白还是拨动了他脆弱的神经。"我就知道。"

"我认为他召你回来是想伺机下手,甚或假某些马屁精之手。他认定你会在背后捣鬼,阴谋篡位,而在他身边只要被抓住把柄,他就能理所当然地吊死你,谁也挑不出错来。"

"他认为只要递把刀给我,我就会割伤自己。"

"正是。"

"说不定我比他想象的更灵巧。"

"但愿如此。我的意思是,假如你真有什么想法,记住他也能想到,他正等着逮你的错处。哪天他不兜圈子了,就会派摆子考尔拿你的脑壳磨斧头。"

"那会让很多人不满。"

"没错,半个北方现在就对他不满。仗打得多,税收得多,咱这地儿打仗司空见惯,收税可不受欢迎。这年头,黑旋风也得照顾大伙儿的情绪。他虽然清楚这点,但他欠缺耐心,做事也难称谨慎。"

"而我比他谨慎?"

"轻手轻脚不丢人,孩子。在咱们北方,大伙儿欣赏五大三粗、嗜血凶悍的莽夫,歌谣里全在赞美他们,但那种人成不了气候,这是不争的事实。我们需要另一种人,会动脑子的人。比如你或你爹。这号人可太缺了。想听我的建议吗?"

卡尔达宁愿长手把建议塞回屁股里。他来这儿是为组织人手和武器,寻找靠山,但他早就知道,大多数人——尤其是位高权重者——最喜欢有人听他们说话。长手作为黑旋风的五位战争首领之一,可谓权势正隆,卡尔达只能挤出最擅长的假笑,撒谎道:"我来这儿就是为了听听你的建议。"

"别心急。与其下水游泳,对抗深冷的波涛,不如先坐在沙滩上观望。谁说得准呢?指不定什么时候,大海就会把你想要的东西冲到面前。"

"你当真这么想?"父亲死的时候,大海只给他冲来了嘲讽。

长手扭身靠近,压低声音。"黑旋风强行上位,在斯凯林之椅上坐不稳。他固然受到拥戴,但除了老混蛋十面精,没人对他忠心,比起你父亲那是差远了。他依靠哪路货色?铁头和老金?呸!"他轻蔑地朝火堆啐了一口,"都是墙头草。大伙儿惧怕黑旋风,他也只有在能让大伙儿惧怕时才坐得稳,但这样下去,始终避而不战……谁乐意成天不务正业,吃了上顿没下顿地游荡呢?就上个月,我手下偷偷溜回家忙收成的人,比得上这次抓丁能得的补充。黑旋风必须跟联合王国做个了断,而且要快,如果他不打仗,或是打败仗,啧啧,一切都会天翻地覆。"说完这些,长手满足地猛吸了一口烟斗。

"那他要是战胜联合王国呢?"

"嗯……"老人眯眼看着星空,吐出最后一口烟雾,"你可说到点子上了。如果他赢了,他就是所有人的英雄。"

"肯定不是我的。"这次变成卡尔达靠过去,低声道,"我不认为当前有坐在沙滩上观望的闲暇。黑旋风即刻动手杀我怎么办?或故意安排些我不能胜任的任务?甚至派我上前线,那跟直接杀我有什么区别?到那时,我有能依靠的朋友吗?"

"无论怎样,你都是我女婿,这门亲事你和塞芙刚出生,我和你爹就定下了。当全世界在你脚下时,我以有你作女婿为荣;现在全世界压在你肩上,我怎能就这样背弃你?不,你是我的家人,"他再次咧开缺牙的嘴笑了,粗壮的手掌拍在卡尔达肩上,"我在乎老规矩。"

"光明磊落,呃?"

"对。"

"你会为我拔剑?"

"见鬼,当然不会。"他用力捏捏卡尔达的肩膀,随即松手离开,"我的意思是,我不会拔剑对付你。我的确有放火的本事,但不会为谁惹火上身。"这回答也算意料之中,但卡尔达还是稍有伤感。无论经历过多少失望,每一次新的失望仍会带来打击。

"你接下来打算去哪里,孩子?"

"我想去找斯奎尔,帮他打理我父亲留下的那批人。"

"好主意。你哥壮得像牛，猛得像牛，嗯，但愿不要有个牛脑子。"

"但愿吧。"

"黑旋风传话全军集结。明早我们就向奥斯仑行军，朝英雄顶进发。"

"看来我会在山下与斯奎尔会合。"

"温馨的重逢，"长手挥了挥布满老茧的手，"千万谨慎行事，卡尔达。"

"我知道。"他用几不可闻的声音答应。

"还有，卡尔达？"

最后时刻的补充通常不是好事。"怎么？"

"你自寻死路我管不着，可我女儿因你的关系自愿成为人质，我不希望你干出任何可能伤及她和她腹中孩子的事，我也不支持那种事。这点我跟黑旋风保证过，现在也要明确告诉你：我不支持那种事。"

"你觉得我会吗？"卡尔达突然有点失控，竟反唇相讥，"我不像他们形容的那么混球。"

"我知道你不会。"长手双眉紧锁，意味深长地看了他一眼。"暂时不会。"

卡尔达离开火堆，忧虑不由得加深了几层。丈人也只能承诺不帮外人杀他，可见他的处境有多危险。

不知何处传来音乐声，有人唱着跑调的古老歌谣，颂扬早已死透的古人及他们的刀下亡魂。带着醉意的笑声也飘过来，几个人影围在火坑边，自在地喝酒吹牛。黑暗中又传来敲打声，卡尔达看到铁匠的身影，锻造溅起的火花让他僵住了：他们通宵忙碌，在为长手的新兵打造武器，打造长剑、斧子、箭头……为了杀人。磨刀石的尖啸让他不禁打个寒战。这声音总让他咬牙切齿，他永远想不明白，人能从武器中得到什么？看来抓丁的地方不适合他，他停下脚步，环顾漆黑的四周，坐骑应该就拴在——

一只靴子"吧唧"一声踩在泥里，他皱眉回头，只见夜色中两个张牙舞爪的人影正在靠近，胡子拉碴的脸若隐若现。他不知怎地心生警觉，转身就跑。

"见鬼！"

"站住！"

他漫无目的地疯跑，脑海一片空白，有那么片刻竟莫名地感到解脱。最初的激动褪去后，他明白过来，对方要杀他……要杀他。

"救命！"他大喊，"救命！"

篝火边有三个人朝这边看，部分出于好奇，部分出于被打扰后的不耐。谁也没有操家伙的意思，谁也不想插手。人类天性不愿多管闲事，况且他们不清楚他的身份——清楚的人多半讨厌他，不清楚的人乐得袖手旁观。

他拼命奔跑，惊恐地喘着粗气，喉头阵阵灼痛。他滑下堤岸，爬上对岸的斜坡，没头没脑地冲进一片扎人的灌木丛。恐惧扼住了他，他完全顾不上关心那双斯提亚靴子了。昏暗中，一个人影出现在面前，苍白的脸写满震惊。

"救命！"卡尔达尖叫，"救命！"

那人蹲在那里拉屎。"啥？"

卡尔达不再理他，沉重地涉过泥地，离长手营地的篝火越来越远。他回头瞥了一眼，除开漆黑的地面，什么也看不见。但他依旧能听见他们的声音，就在身后不远处。还是太近了。他看到坡下闪烁的水花，接着心爱的斯提亚靴子踢到什么，整个人摔了出去。

嘴先着地，人往下滚，滚了一圈又一圈，绝望的呜咽在脑内回荡。不知滚了多久，他总算停下，脑子仍在翻腾。他挣扎着想起来，却被几条胳膊架住。

"放开我，混蛋！"结果那是他自己沾满泥巴的斗篷。他挣扎着爬了一步，却发现自己正朝坡上去，而杀手正从坡上下来。他费力地转身扑进小溪，一边张大嘴呼吸，一边任冷水将自己包裹。

"真能跑啊，兔崽子！"杀手的声音在他充血的脑门隆隆作响，还带有不怀好意的嘲笑。他们干吗总笑话他？

"噢，来啊，这儿。"金属刮擦声响起，有人抽出武器。卡尔达想起自己也有把剑，于是笨拙地摸索，竭力挣脱冷水的束缚。他只来得及跪起身，一个杀手已走到近前，紧接着便身子一歪。

"干什么呢？"另一个杀手问。卡尔达琢磨着自己有没机会用剑抵抗，随即发现佩剑跟斗篷缠在了一起，就算抬得起胳膊，也不可能把剑解开。

人影从斜刺里闪出，卡尔达放声尖叫，双手反射性地捂脸。他感到劲风拂过，转瞬间，带起风的事物似乎击中了第二个杀手，将其击倒在地。第一个杀手正呻吟着朝岸上爬，一个模糊的轮廓走过去，把弓往背上一甩，抽出长剑，毫不犹豫地将其捅个对穿，随后气定神闲地站在原地，比周围的夜色更幽深。卡尔达张开指缝偷偷瞥看，冷水拍打着膝盖，他在心中默念塞芙的名字，等待死亡降临。

"这不是卡尔达王子吗？好个巧遇。"

卡尔达缓缓放下颤抖的双手，露出脸来。这声音他熟悉。"深哥？"

"是我。"

安全感像泉水涌进心里，他既想大笑，又想呕吐。"我哥派你来的？"

"不是。"

"斯奎尔这些日子……特……特……特忙。"深哥的弟弟浅仔咕哝着，反复戳刺第二个杀手。

"他特忙，"深哥像看人刨土一样旁观弟弟不断下刀，"你知道，忙于战争，长剑与行军的古老游戏。斯奎尔特喜欢打仗，怎么打都打不够。顺便说一句，那家伙死八百回了，该收手了。"

"没错。"浅仔刺了尸体最后一刀，直起腰杆。卡尔达借着月光，看见他的武器、手掌乃至整个前臂都沾满深红的血。

卡尔达尽量撇开视线，尽量忽视翻涌的胃液。"那你们他妈怎么来的？"

深哥伸出手给卡尔达握。"我们听说你回来了，也知你有多受欢迎，所以决定赶来看看，以防别人图谋不轨。你也知道……"

卡尔达紧紧抓住深哥的胳膊，直到周围眩晕的黑暗稳定下来。"你们来得巧，稍有耽搁，我非亲手宰了这些杂种不可。"他直起身，血液却一齐朝脑门冲去，他弯腰把胃里的东西都吐在那双漂亮的斯提亚靴子上。

"这倒是，局面差点就很难看了。"深哥面无表情地说。

"你好歹从那块花里胡哨的布上把剑解开哇，"浅仔从坡上拖下什么东西，"抓到个看马的。"他将一个人影推倒在卡尔达面前的淤泥中。是个年轻人，借着月光能看到那人惨白的脸沾满污渍。

"干得好。"卡尔达用袖管擦擦酸涩的嘴，"我父亲常说，你俩在他手下最牛。"

"有趣。"浅仔咧嘴一笑，露出两排牙齿，"我倒常听说，我俩在他手下最逊。"

"不管怎样，我感激不尽。"

"金子。"浅仔要求。

"没错，"深哥应和，"金子万能。"

"好吧，好吧。"

"够爽快，所以我们才这么喜欢你，卡尔达。"

"除了金子，你还有可爱的幽默感。"浅仔说。

"外加可爱的脸蛋，可爱的衣服，以及让人恨不得揍上一拳的笑脸。"

"别忘了我们对你父亲无尽的敬意，"浅仔微鞠一躬，"当然，主要还是百看不厌的金子。"

"死人咋办？"深哥用脚尖戳了戳其中一具尸体。

卡尔达业已清醒，耳边翻腾的血气消退，脸上的潮红也逐渐散去。他开始思考，琢磨能从中得到什么。他可以把杀手带到长手面前，试试能不能激怒对方——在首领的营地里谋杀首领的女婿，这无疑是种侮辱，尤其对一位光明磊落的人；或者，他也可以把他们扔到黑旋风驾前评理，让北方的保护者给个说法。然而两个选择都有风险，尤其在拿不准幕后真凶的情形下。他素来精打细算，很少贸然行事。看来目前最好的办法是让这事悄悄过去，假装没发生，以此迷惑敌人。

"扔河里。"他吩咐。

"这个呢？"深哥用刀朝旁边的小子比画了一下。

卡尔达抿着嘴，走到那人身前。"谁派你来的？"

"我只负责看马。"男孩小声说。

"行了，说吧，"深哥说，"我们不想害你。"

"我其实无所谓。"浅仔道。

"无所谓？"

"反正不麻烦。"他一把搂住男孩的喉咙，将刀尖抵向鼻孔。

"别，别！"男孩尖叫，"他们说是十面精！他们说是十面精布罗德！"浅仔把他扔回淤泥中。

卡尔达叹口气。"挨千刀的老混蛋。"真的毫不意外。这可能是黑旋风授意，也可能是十面精擅自行动，反正男孩不可能知悉内情。

浅仔转着刀刃，月色下寒光闪闪。"那么，小少爷，这个只负责看马的孩子如何处置？"

卡尔达本能地想说"杀"，简简单单、直截了当，但过去这些日子他仔细思考过仁慈的含义。很久以前,当他还是个年轻的傻瓜——也许他现在依然是个傻瓜——曾一时兴起就下令杀害某个熟人。他以为那会显得自己强大,父亲也会为此骄傲,结果事与愿违。"送人入土之前,"父亲用失望的语气告诫他,"确认此人对你已毫无用处。随心所欲是最蠢的,要知道,没有什么力量能胜过仁慈。"

男孩眼巴巴地看着他们,吞了口口水,神情充满无助,那双眼睛在黑暗中闪烁,似乎挂着几滴求饶的泪水。卡尔达渴望力量,所以才会思考仁慈,仔细衡量。最终,他用舌头舔舔裂开的嘴唇,感受到清晰的痛楚。

"杀。"说完他便转身,男孩的惊呼立刻被截断。死亡总是突如其来,即便早已注定,人类也不愿面对现实。他们总认为自己是特殊的一个,值得被宽恕,但到头来,谁也不比谁更特殊。他听到"哗啦"一声响,深哥把尸体扔进水里,事情就这么结了。

卡尔达费力地爬上斜坡,一路抱怨不已,既为湿透了粘在背上的斗篷,也为沾满泥巴的靴子和磕破的嘴。

他反复思量,当死亡最终降临到自己头上的那一刻,自己又会有多惊讶呢?

正路

The Right Thing

"真的吗?"多福德问。

"呃?"

"真的吗?"这小子朝斯凯林之指撇撇头,那座小山丘骄傲地耸立在英雄顶下,被近午时分的阳光照出一截粗短的影子。"无帽人斯凯林真的埋在那下面?"

"不知道,"卡脖说,"干吗埋在那儿?"

"不然叫什么斯凯林之指?"

"还能叫什么?"奇妙插嘴,"斯凯林的老二?"

布拉克扬起浓眉。"这么说,它还真有点像——"

多福德打断他。"不,我是说,如果他没埋在那儿,为什么要带上他的名字?"

奇妙一脸嫌弃,仿佛多福德是全北方最白痴的白痴——很可能真排得上号。"我丈夫的农场——我的农场——旁边有条小溪,叫斯凯林之溪。北方叫这名字的河沟说不定还有五六十条,每条都有相关的传说，不外是无帽人在发表演讲或带领冲锋或干下歌谣中别的壮举之前，曾用当地的水滋润过自己洪亮的嗓门。事实上他多半连去都没去过，最多骑马经过时往河沟里撒了泡尿。人呐，都想沾点英雄的仙气。"她冲跪在众剑之父前，双手交握、双眼紧闭的威尔旺点点头。"五十年后，北方准会有十几条威尔旺之溪出现在他从未去过的农场旁，也会有白痴指着它们一脸天真地问：'冻土的威尔旺真埋在那下面？'"她晃晃蓄短发的脑袋，大步走开。

多福德垂头丧气，"见鬼，我随便问问又咋了？我是觉得这里既然叫英雄顶，应该有英雄埋在下面。"

"谁关心这里埋了谁？"卡脖嘀咕。他回想起所有被他埋葬的人。"人一入土就成了泥巴。泥巴和故事。而故事和真人往往是两码事。"

布拉克点头。"故事每被讲述一次，和真人的差距就越大。"

"呃？"

"就说贝斯奥德吧，"卡脖解释，"单凭传说，你肯定认为他是北方古往今来最恶毒的人。"

"难道不是吗？"

"完全取决于立场。他的敌人不喜欢他，死者在上，他对他们确实毫不留情。但看他一生作为，只怕比无帽人斯凯林更抢眼。他联合整个北方，不仅修筑出我们脚下的道路，还营建了北方一半的镇子。他结束了氏族间永无止境的纷争。"

"通过对南方佬开战。"

"确实如此，硬币都有两面。关键在于，黑白分明的故事更受欢迎，"卡脖皱眉看着指甲边缘咬出的粉色的肉，"但人可没那么分明呀。"

布拉克拍拍多福德的后背，差点把这小子拍趴下。"除了你，呃，孩子？"

"卡脖！"奇妙急促地大喊，众人都不禁转身。卡脖慌忙跳起来

——或者说,他做出了这把岁数最类似跳的动作。突然的冲击压得膝盖像快折断的树枝,痛感迅速蔓延到后背,他打了个哆嗦。

"怎么了?"他眯眼看向老桥,看向麦田、草地和灌木丛,看向河道和对岸的丘陵。风吹得他的眼睛直流泪,他抬手挡在眼睛上方,模糊的山谷渐渐清晰。

"下面,渡口那儿。"

他看见了,肚子顿时有种被掏空的感觉。从山上看那不过是些小黑点,但确实是人。那些小黑点涉过浅滩和鹅卵石堆,爬上了岸。北岸。卡脖看守的北岸。

"见鬼。"联合王国人不可能这么少,但这帮人从南面来,说明是狗子的手下。如此看来,他们是——

"硬面包回来了,"摆子低沉的嗓音从身后传来,他道出了卡脖最不想听的真相,"还找来些帮手。"

"抄家伙!"奇妙大喊。

"呃?"艾里克瞪大眼睛,手里还端着煮锅。

"抄家伙,白痴!"

"见鬼!"艾里克和艾沙克兄弟俩冲彼此吼着,急急忙忙跑去拽开行李,甩出好些私人物品撒在被踩得的凹凸不平的草地上。

"来了多少人?"卡脖拍拍口袋,却没摸到望远镜,"妈的,搁哪儿了——"

布拉克正用着那镜子。"二十二。"他沉声道。

"确定?"

"确定。"

奇妙揉着头皮上的长疤。"二十二。二十二。二十……二。"

她越念他越烦。真是个可恨的数字。对方人多势众,他们胜算不大,但没到肯定打不过的地步,毕竟占有地利,指不定还能交狗屎运;反过来若面对二十多个敌人便不战而逃,回去没法跟黑旋风交代——上头是黑旋风，顶着劣势打一仗的风险应该说更小。

"见鬼。"卡脖瞥了摆子一眼，正对上对方那只完好的眼睛。看来摆子对人数差距也很纠结，并和他得出了同样的结论。可摆子不在意流多少血，不在意卡脖的手下会入土几个，卡脖却必须在意，或许是太在意了。硬面包一伙已离开河岸，消失于浅滩和山脚间棕色的苹果树林，无疑正向孩儿丘进发。

约恩从英雄石的罅隙间出现，两腋夹着树枝，爬得气喘吁吁。"多花了点时间，我找到些——啥？"

"抄家伙！"布拉克冲他大喊。

"硬面包回来了！"艾沙克补充。

"见鬼！"约恩立刻朝行李跑去，差点被胡乱扔下的树枝绊倒。

局面不利，当机立断是头儿的责任。若只想作轻松的选择，卡脖本该继续当木匠，偶尔造把摇摇晃晃的椅子，这样永远不会害死朋友。

作为头儿，他向来坚持走正路，哪怕这种想法越来越过时。在他看来，一个人选了头儿、选了立场、选了同伴，就得坚持到底，与他们并肩作战，无论顺境还是逆境。他曾追随三树，直至对方被血九指打败；他曾追随贝斯奥德，直至对方被血九指杀死；如今他选了黑旋风，无论过往对错，他理应为对方守住这座山。战士不该逃避战斗，这就是正路。

"正路。"他忿忿不平地自语道。也许尽管他活成了个满腹忧虑、抱怨不休、连晒太阳都怕的老兵，心中却残留着年轻时的碎片——那个目光如剑的臭小子，哪怕得杀光最后一个北方人也绝不愿后退，所有人提到他，都如同被卡住脖子一般难受。

"抄家伙，"他喊道，"穿盔甲！准备战斗！"其实众人不用他强调，但合格的头儿需要不停喊叫。约恩冲到驮马旁，在马背上的袋子里翻找锁甲，连带把布拉克的厚外套拽了出来；舒利从马背另一边抽出长矛,扯掉包住闪亮矛尖的油纸,嘴里念念有词;奇妙飞快地给弓上弦,试着拉了拉;威尔旺仍跪在众剑之父前,双手交握,双眼紧闭。

"头儿。"舒利把卡脖的长剑扔来,剑柄缠着泥渍点点的皮带。

"谢了。"卡脖在空中接住武器,了无谢意地回应。他一边将剑绑在身上,一边回忆起过去那个敏捷凶悍、动作流畅的自己,连带想起了无数伙伴——只是他们早已入土,死者在上,他们留下他一个人慢慢变老。

多福德瞪大眼睛看着周围,双手下意识地张开又握紧。奇妙从旁走过时拍了他脑袋一巴掌,他这才缓过神,用颤抖的手指将箭袋里的箭支分开。

"头儿。"奇妙把盾递给卡脖。盾牌皮带贴合他握紧的拳头,跟合脚的老靴子一样舒服。

"谢了。"卡脖看向摆子,后者叉起手,原地挺立着看他们准备。"怎么说,兄弟?跟我们一起结阵?"

摆子微微仰头,没伤疤的那边脸露出一丝笑容。"我站阵线中央。"他沙哑地说,漫步走到篝火的余烬旁。

"能杀了他吗?"奇妙在卡脖耳边轻声说,"甭管他多厉害,一箭插脖子上,照样玩完。"

"他只是来送信的。"

"射杀信使不见得都是坏事,"她半开玩笑地说,"省得他送信回去。"

"不管怎样,他跟我们目标一致。我们必须守住英雄顶,不能随随便便吓尿了裤子。"他差点被这番话呛住,毕竟自己从早到晚心惊胆战,开打了更如惊弓之鸟。

"随随便便?"她小声嘀咕,抽出长剑检查,"都快一打三了,能算随便吗?这山头有那么重要?"

"更接近一打二,"这样听起来好受点,"如果联合王国的人要来,这山头是整片山谷的要害。"这话既说给她听,也是说给自己听。"在顶上守住它,好过从下面夺回它。况且这是我们的责任,我们要走正路。"没等她开口反驳,他厉声强调了一遍,"要走正路!"说完他伸出手,不再给她争辩机会。

她深吸一口气:"好吧。"她用力捏他的手,几乎捏痛了他,"那就打吧。"说完她走开了,并用牙帮忙戴好射箭手套。"抄家伙,你们这帮兔崽子!我们战!"

艾沙克和艾里克已做好准备,他们戴上头盔,盾贴盾,脸贴脸,低吼着互相鼓励;舒利抓着长矛,手握在矛尖下方,用矛尖刮下一些抖根的碎末,丢进嘴里;威尔旺总算起身,但仍双眼紧闭,面朝湛蓝的天空微笑——阳光洒在他身上,他所做的一切准备仅是脱去外套。

"又不穿盔甲,"约恩一边帮布拉克套上锁甲,一边皱眉看着威尔旺,连连摇头,"你他妈逞什么英雄?"

"盔甲……"威尔旺若有所思地重复,他舔舔手指,擦掉剑柄上几个泥点,"会影响心境……即是承认……会被打中。"

"鬼扯啥呢?"约恩用力拉紧皮带,勒得布拉克闷声叫唤,"他妈的啥叫心境?"

奇妙一只手搭在威尔旺肩上,斜靠过去,单脚脚尖点地。"这么多年了,你还问他鬼扯啥?他疯了啊。"

"我们都他妈疯了,女人!"布拉克说。约恩正帮他扣背后的皮扣,他憋着气,脸涨得通红。"干吗为一座荒山和几块老石头打架?"

"战争本来就是发疯。"舒利边嚼边说风凉话。

约恩终于扣好所有扣子,然后伸平双臂,换布拉克帮他穿锁甲。"疯子也该穿盔甲吧,你们说呢?"

硬面包的队伍穿过果园后兵分三路,一队继续向前,一队沿山脚向西,一队向北,试图两翼包抄。多福德目不转睛地盯着敌人的一举一动,而其他人都武装好了自己。"你们怎么还讲笑话?你们怎么还他妈讲得出笑话?"

"每个人给自己打气的方式不同。"卡脖不想吐露自己只会给别人打气——毕竟,没什么比跟一个更害怕的人站一起更挫伤士气了。他扣住多福德的手,捏了捏。"深呼吸,孩子。"

多福德颤抖着吸口气,再狠狠吐出。"你说得对,头儿,深呼吸。"

卡脖看向其他手下,"行了!他们派两个三人组来包抄,正面还不到二十人。"他说人数时语速飞快,希望没人深究敌我比例——更希望自己不去深究。"艾沙克、艾里克、奇妙,还有多福德,准备射箭,趁他们爬山时打散他们。待他们接近石阵……大伙儿就冲。"他看到多福德吞了口口水,显然不怎么想冲。死者在上,卡脖也宁愿在这惬意的午后干点别的。"他们无力形成包围,而我们占据地利,可以选择战场。死者在上,只消杀正面的敌人一个立足未稳,此外的六人就好对付了。"

"好好教训这帮兔崽子!"约恩吼着,和其他人用力击掌。

"等我信号,一起行动。"

"一起行动!"奇妙的右手握住舒利的右手,左手捶了下对方的胳膊。

"我、摆子、布拉克和约恩,我们四人结阵。"

"好的,头儿。"布拉克还在费力地给约恩穿锁甲。

"干他娘!"约恩试了下斧子,却扯得盔甲扣带从布拉克手里滑出。

摆子咧嘴笑笑,伸伸舌头,似乎浑不在乎。

"我们冲锋时,艾沙克和艾里克护住两翼。"

"好的。"他们一起答应。

"舒利，若有人抢先从边上摸上来，由你负责。正面交战时，你殿后。"舒利自顾自哼了一声，表示知道了。

"威尔旺。你是我们的核桃仁。"

"不对，"威尔旺提起倚在巨石旁的众剑之父，高举空中，剑柄在阳光下闪烁，"它才是。这样看来……我大概……可以算……核桃皮。"

"你是挺疯的。"奇妙压低声音评论。

"随你算什么，"卡脖说，"反正你得在阵线里面发挥作用。"

"噢，你没带领我实现宿命以前，我哪儿都不去，"威尔旺掀开兜帽，一只手理了理压塌的头发，"这是松格娜说的。"

卡脖叹口气。"我等不及了。谁还有问题？"谁都没说话，只听见风吹草地的瑟瑟声、握手鼓劲声以及约恩被布拉克勒得喘不上气的呻吟。"那好，未免以后没机会，我先告诉大家：能跟你们并肩作战是我的荣幸，能跟你们千里转进踏遍北方是我的荣幸。让我们牢记三树鲁德的窍门——杀了他们，不要被杀。"

奇妙笑道："这他妈真是有史以来最有哲理的格言。"

硬面包一伙开始爬山了。一大群人，从容而缓慢地爬上通往孩儿丘的长坡。他们已不再是远处的黑点，此刻放大了无数倍。他们虎视眈眈，利刃不时反射着刺眼的阳光。

一只粗壮的手搭在肩上，吓得卡脖魂飞魄散，但那只是终于穿好锁甲的约恩。

"能说句话吗，头儿？"

"干吗？"其实他心里清楚。

"老规矩。如果我死了——"

卡脖点点头，迫不及待地打断对方。"我会找到你的儿子们，把你的薪水交给他们。"

"还有？"

"我会告诉他们,你是什么样的人。"

"全说给他们听。"

"全说给他们听。"

"很好。别乱修饰,老混蛋。"

卡脖朝自己污渍斑斑的外套挥挥手,"你几时见我修饰了?"

两人握手时,约恩的嘴角似乎挂上一丝笑意,"最近确实没有,头儿。"卡脖不禁琢磨,如果自己入了土,该给什么人带话呢?他所有的家人都在这里。

"口水时间。"奇妙提醒。

硬面包让手下留在孩儿丘,自己空出双手,咧嘴灿烂地笑着,沿长满青草的斜坡走上英雄顶。卡脖抽出武器,体会着长剑那可怕却让人安心的重量。他的剑非常锋利,毕竟十几年来每天都用磨刀石用心打磨,生与死全寄于这一节金属。

"这感觉不错,呃?"摆子单手转了转斧子。他这把武器外观实在粗鄙,沉重的木把柄插了些铆钉,寒光闪闪的斧刃有不少豁口。"男人就该有把好武器,哪怕为了安心。"

"没武器的男人就像没屋顶的房子。"约恩嘀咕。

"不是冒血就是漏水。"布拉克接过话。

硬面包停在弩箭射程内,任长草刮蹭小腿。"嘿,嘿,卡脖!你还在上面,是吧?"

"可惜,是的。"

"睡得可好?"

"换个羽毛枕头应该不错。你带了吗?"

"我也想有一个啊。摆子考尔在上面?"

"是的,他还带来二十多个亲锐。"卡脖意图试探。

硬面包只笑笑。"想得倒美。好久不见,考尔,别来无恙啊?"

摆子微微耸肩,什么也没说。

硬面包扬了扬眉毛。"过得太惨?"

摆子还是耸肩,似乎天塌下来也不会有变化。

"随你。你呢,卡脖?能把山头还我吗?"

卡脖的手不自禁地在剑柄上活动,咬烂的指甲边缘裸露的嫩肉传来阵阵灼痛。"我还想在这儿多坐几天。"

硬面包皱眉。这不是他想听的答案。"听我说,卡脖,那晚你给了我机会,现在我也要给你机会。这是规矩,这才公平。你看到了,今天我多带了些朋友。"他伸出拇指示意孩儿丘,"我再问一次,能把山头还我吗?"

最后的机会。卡脖长叹一声,随后冲迎面吹来的风大喊:"恐怕不行,硬面包!恐怕你得上来明抢!"

"你们有多少?九个?对付我们二十多个?"

"我们应付过更悬殊的差距!"但没一次出于自愿。

"你真他妈了不起啊,是不?"硬面包怒骂,而后又语重心长地劝道,"听我说,大伙儿没必要为个山头闹得——"

"这是打仗!"卡脖吼道,他发现自己的声音远比预期的恶毒。

站在这个距离,他清楚地看见硬面包脸上的笑容消失了。"好吧,我毕竟给过你机会,算扯平了。"

"你讲义气,我很感激。但我还想在这儿多坐几天。"

"实在可惜。"

"是啊,没法子。"

硬面包吸口气,似乎还想劝告,但最终什么也没说。他默默地站在山腰,正如卡脖默默地站在山顶。卡脖的手下们朝山下看,硬面包的手下们朝山上看。英雄顶悄无人声,只有朔风呼啸、小鸟啁啾,以及几只蜜蜂在温暖的野花丛中"嗡嗡"飞舞。如此宁静、如此慵懒,仿若一片乐土。

硬面包紧闭上嘴,转身沿陡峭的斜坡走下英雄顶,返回孩儿丘。

"我可以射他。"奇妙说。

"我知道你行,"卡脖道,"但你也知道不能这么做。"

"我知道,只是随口一说。"

"他可能会重新考虑。"布拉克插嘴,但显然连自己也不信。

"不,他跟我们一样不喜欢这局面,但他退过一回了,况且这次优势巨大,"卡脖的声音越压越低,"他不可能善罢甘休。"硬面包回到孩儿丘,消失在石阵里。"没弓的人先撤进石阵。"

卡脖不断调整身体重心,膝关节传来阵阵刺痛。约恩和布拉克不知为什么吵得越来越大声,直到短小的阵线终于组成,山顶才恢复宁静。打仗百分之九十九的时间平淡无聊,剩下百分之一才令人胆战心惊——卡脖清楚而强烈地感到,这百分之一即将降临。

艾里克抽出几支箭插在地上,长草丛中的箭尾像成熟的麦子似的左摇右晃,他也前后晃着,一边摩挲下巴。"兴许对方要等天黑才动手。"

"不,既然派来帮手,说明狗子想要这座山,联合王国想要这座山。他不会等到晚上,以防我们得到增援。"

"那么……"多福德轻声道。

"没错,他们会立刻进攻。"

不幸的是,卡脖刚说完"立刻",敌人就从对面石阵的阴影下冒了出来,整齐地排成一列,步履稳健地上山。他们组成的盾墙约有十二人,第二排伸出几根精光闪烁的矛尖,弓箭手躲在盾墙内,护住两翼。

"老阵势。"奇妙搭箭上弦。

"硬面包能玩什么花样?他就是个老把式。"跟卡脖一样。两个过时的老废物就不该当头儿,他们只会带着手下硬碰硬,以血淋淋的方式来坚持所谓的正路。他看向两侧,搜索敌人早前分出去的两个小组,但一无所获。对方可能在长草间匍匐前行,也可能在等待时机。

艾里克挽弓搭箭，弓弦拉至齐眉。"啥时候射？"

"进射程就射。"

"需要留意谁？"

卡脖舔舔前牙，"谁都行。"他说得很直白，必须打消小子们的顾虑。"放倒一个算一个。"

"我尽力。"

"管他三七二十一。"

"好。"艾里克放了一箭测试距离，箭支从硬面包一伙的头顶飞过，他们立刻全蹲下了。

奇妙的第一支箭亦呼啸而出，插在一面盾上，力道大得让举盾人跌坐在地。盾墙被撕开个缺口，尽管硬面包大喊大叫，局面还是一发不可收拾。有些人加快了前进步伐，有些人则被陡峭的斜坡拖在后头。

多福德也放箭了，但他的箭飘得太高，落在了孩儿丘下。"见鬼！"他骂骂咧咧地用颤抖的手抽出下一支箭。

"别紧张，多福德，别紧张，深呼吸。"然而卡脖自己也无法平稳呼吸。他向来不喜欢箭，更不用说是从山上飞来的箭，看着才丁点大小，但着实要命。当年因渥德之战，他在阵中面对过愤怒鸟群般的箭雨，由于无处可躲，只能心底拼命祈祷。

一支箭飞了上来，卡脖绕到最近的一块英雄石后，举盾伏低。他惴惴不安地看着那支箭下落，生怕一阵贼风令它转了向，扎他个透心凉。好在那支箭擦过巨石，毫无威胁地弹开，但他还是不免提醒自己：死亡与一支躺在草地上的箭相去不远。

射箭的敌人单膝跪地，在箭袋里摸索，为他举盾的战友却沿斜坡继续往上爬，于是艾沙克射中了弓箭手的肚子。卡脖看着那人张大嘴巴，掏出的箭也掉了，过了半晌才发出惨叫，然后是拖长的哀号。哀号意味着卡脖这边缩小了人数差距，但实在不忍听闻——想到自己临死前也会发出这种声音，卡脖就难受得不行。

哀号的弓箭手令盾墙四分五裂，敌人犹豫着，不知该去帮忙，还是保持前进——当然，也可能只是害怕成为下一个。硬面包刚喝令整队，奇妙又射出一箭，吓得他们连忙弯腰躲藏，阵型登时又乱了套。卡脖这边占据地利，射击更为迅速、精准，硬面包那边得往上射箭，还要克服风力的影响。然而距离毕竟在缩短，光靠弓箭不可能取胜。

卡脖等多福德又射了一箭后，抓住男孩的胳膊。"快归队。"

男孩猛地转身，差点尖叫起来。他打上头了，浑然忘我，恐惧和勇敢就像一株荨麻上的两片叶子，哪片都带不来好结果。卡脖抓得更紧了些，他把男孩拽到身前。"快归队，听话！"

多福德吞口口水，卡脖的力道让他恢复了理智。"头儿。"他弯下腰，跟跟跄跄退入石阵。

"撑不住就撤！"卡脖冲奇妙喊道，"别冒险！"

"太他妈对了！"她回头冲他嘶吼，同时又搭上一支箭。

卡脖往回爬去，一路留心飞来的箭支，直至躲到石头后面才放心。他随即跑过石阵中的草地，一边为片刻安全沾沾自喜，一边又觉得自己真是个懦夫。"他们已经——啊！"

他绊了一下，崴到脚踝，疼痛立时沿小腿射来。他只能龇牙咧嘴、一瘸一拐地返回草地中央的阵线。

"那些兔子洞蛮损的。"摆子轻声说。

卡脖没想好如何回应，奇妙也从巨石的罅隙间跑了回来，边跑边挥弓。"他们越过那堵墙了！又射中个杂种！"

艾里克就在她后面，他把盾牌举在身后，一支箭从下面飞来，插在他刚跑过的地方。"敌人上来了！"

卡脖听见敌人嚷嚷，夹杂着被射中的弓箭手虚弱的惨叫，一切都被风扭曲得有些诡异。"快归队!"卡脖一边大喊,一边也听见硬面包在下面气喘吁吁地叫喊。敌人的阵型似乎还是乱的,有人冲得很快,有人掉在后头,配合并不默契。这让卡脖颇为欣慰,他的大部分手下可熟络得像并肩作战几百年了。

他回头偷瞄一眼,正巧舒利冲他眨眼,嘴里还嚼着东西。不愧是老朋友、好兄弟。威尔旺已拔剑出鞘,超长的剑身颜色灰暗,连剑锋都不太反射阳光。就像符文预言的那般,这里即将有血光之灾,唯一的问题是轮到谁倒霉。两人目光相接,没有开口,也无需开口。

奇妙跪在短小阵线的一端,在艾沙克的盾牌掩护下重新搭上箭支。卡脖的小队就此做好了迎战准备。

有人摸过一块英雄石。那人的盾牌曾有彩绘,但由于打仗的磨损和天气的磨砺已看不清图案;那人的长剑寒光闪闪,但戴着头盔的脸并未显出敌意——他只是累坏了,嘴巴大张,爬得气喘吁吁。

他立在原地瞪着他们,他们也瞪回去。卡脖感到旁边的约恩全身紧绷、蓄势待发,又听见摆子的呼吸从紧咬的齿缝间吹出,布拉克的嗓子眼压抑着低吼。每个人都有自己紧张的方式,并在阵线里感染了别人。

"稳住,"卡脖嘶吼,"稳住。"这种时候最难的就是稳住不动,因为这有违天性。人的本能反应是要么冲要么逃,每一道神经都迫不及待想要移动、想要尖叫,但有利可图的却是等待,直到合适时机。

又上来一个硬面包的手下,那人屈着膝,从盾沿往外瞄。盾上歪歪扭扭画了条鱼。想到那人的外号是不是叫丑鱼,卡脖差点愚蠢地笑出声,但马上忍住了。

该动手了。利用地形在斜坡上迎击,以求速战速决。当机立断是头儿的责任,可他凭什么抓得准时机?分秒流逝,瞬息万变。呼吸刺痛喉咙,微风轻抚双手,草叶肆意摇曳。他只觉口干舌燥,就算时机到了，仿佛也喊不出来。

多福德射出一箭，对面两人赶忙下蹲。弓弦声让卡脖心中一凛，来不及细想就大吼一声——他吼了什么不重要，其他人心领神会，立刻如脱缰野狗般扑了出去。没法回头了，或许时机根本无所谓。

他踩着沉重的步子，牙齿打战，膝盖酸痛。他担心再踩到兔子洞、摔个狗吃屎；他担心那六个绕边的敌人；他担心中了硬面包的埋伏；他甚至担心对面的两个傻瓜——现在是三个了——会有出乎意料的招数……但他最最担心的是，事后如何欺骗约恩的儿子们？

其他人跟他步调一致，盾沿蹭着他的身体，撞到他的肩膀。左右分别是快活约恩和摆子，两人都深谙保持阵线的道理——卡脖突然想到自己可能是最薄弱的环节，不由得百感交集。

硬面包的小子们在视野里摇晃，上来的人更多了，正拼凑着结阵。约恩发出高亢尖厉的战吼，艾沙克和他兄弟艾里克也跟着大吼，接着所有人都放声尖啸、号叫，飞奔的靴子犹如砸向英雄顶古老草地的锤子。很久很久以前，这里兴许是祈祷的圣地。世道毕竟不比当年。

战斗引发的恐惧与亢奋灼烧着卡脖的胸口和喉咙。硬面包的人排出的盾墙歪歪扭扭，盾牌间伸出晃动、闪烁的武器。

他们已奔到巨石的罅隙前，双方即将交手。

"分开！"卡脖大吼。

他和约恩向左，摆子和布拉克向右，威尔旺发出魔鬼般的呐喊，自让开的缺口杀出。卡脖瞟到对面离他最近的那张脸吓得目瞪口呆。没错，不能简单地将某人定义为英雄或懦夫，得看形势，得看他身边站的是谁。对方刚冒着箭雨爬上一段长得要命的斜坡，此刻恨不得把整个身子都缩到盾牌后面，而众剑之父像无情压来的大山——一座锋利如剃刀的大山。

金属嘶鸣，木片和肉块飞溅，热血沸腾的耳中充斥着咆哮与嘶吼。他侧身闪过刺来的长矛，趁势反击却结结实实砍在盾上，整个人也被带偏了方向，举盾在前撞向某人。这一撞令他骨头打颤，对方更是立足不稳地往后翻去，滚下山坡。

他看到硬面包披着又长又乱的灰发，挥剑速度极快，但比不上威尔旺。后者的胳膊如灵蛇一探，众剑之父的剑柄便砸在硬面包嘴上，砸得硬面包脑壳后仰，摇摇欲坠。这时卡脖有了新麻烦，他对上一个面目狰狞的家伙，对方酸臭的气息喷在他脸上。他的剑不知怎地卡住了，无法施展，只好用盾牌逼退对方，暗暗庆幸自己拥有坡度的优势。

艾沙克的斧头猛砍向一面盾牌，却把自己震蒙了。卡脖终于抽出长剑，手肘却撞到一杆长矛，结果挥下的剑只是软绵绵地拍在敌人肩头，就像朋友间打招呼。

威尔旺杀入战团中央，众剑之父挥得眼花缭乱，肆意驱赶着尖叫的敌人。有人挡了他的道，便是之前见过的硬面包的侄子，这小子只来得及发出"哦——"一声就被劈作两半。一条胳膊飞入空中，整个身体转了几圈，双腿随即一软。那把长度惊人的巨剑如同扫过积雪的大扫帚，飞洒出无数血点，卡脖也被浇了一脸。他喘着粗气，继续劈砍对手的盾牌，只觉全身血脉偾张，牙齿都快咬碎，不明所以的吼叫混合着无数唾沫星。片刻后，他眼角余光瞥到动静，本能地举盾抵挡，仓促间被盾沿狠狠砸中下巴，整个人也朝侧面踉跄了几步，举盾的胳膊一片麻木。

明媚天空的衬托下，漆黑的武器当空劈落，他只能提剑相迎，武器相撞发出刺耳的刮蹭。来人用力低吼的模样很像朱坦，然而朱坦十多年前就入了土。卡脖步履踉跄，几乎在斜坡上站不稳当，只好死命握紧武器，膝盖和肺部都火烧般疼。他看到摆子的金属眼球一闪而过，伤疤覆盖的半张脸带着因酣战而生的沉醉笑意，那把斧子即刻劈开了朱坦的脑袋，晦暗的血浆溅在卡脖的盾上。他用力一推，尸体滚下草坡。众剑之父同时撕开了旁边另一个敌人的锁甲，砍凹的铁环四处飞射，砸痛了卡脖的手背。

撞击声、劈砍声、刮擦声、磕碰声、尖叫声、嘶吼声、击打声、碎裂声，还有滔滔不绝的脏话辱骂和牲畜般的惨叫。舒利在唱歌？什么东西扫过卡脖的脸，蹭到眼睛，他赶紧偏头。鲜血、兵刃，还是泥土？不得而知。他身子一歪，将将避开又一次攻击，但整个人也匍匐在地，只能勉强用胳膊肘撑起身子。这回的敌人手持长矛，扭曲的面孔带有胎记，卡脖笨拙地用盾牌格开长矛，手忙脚乱中正想起来，那人的肩膀已被舒利刺中，长矛一歪，血流如注。

奇妙满脸是血，但不知是她自己的还是别人的。摆子狂笑不已，用金属盾沿狠砸倒在地上的敌人的嘴。砰，砰，去死，去死。约恩大叫着，斧子起起落落。多福德脚步凌乱，捂着流血的胳膊，破损的弓箭胡乱挂在背上。

有人手持长矛跳向多福德，卡脖赶忙救援，脑门再度被自己沙哑的嘶吼震得嗡嗡响。他狠命挥剑，撕开敌人的衣服和皮甲，伤口血如泉涌。那人长矛落地，嘴巴大张，发出经久不绝的绵长惨叫。卡脖反手又一剑将其砍翻，尸体打着旋儿滚下山，被砍断的胳膊在袖子里乱晃，深红的鲜血仿佛泼向白云的颜料。

有人朝山下逃跑。箭支呼啸而至，没射中。卡脖一个跳劈，也没砍中，还撞上艾里克的胳膊，脚下打滑，重重地摔倒，肚子硌到剑柄，以致门户大开。但逃跑的人看都没看，只顾连滚带爬地下山，甚至甩开了盾牌，那面盾在草丛中滴溜溜滚出老远。

卡脖从草丛中捡起长剑，差点就地劈向身边的人，幸好出手时发觉那是握着长矛的舒利。硬面包的手下都在逃跑——至少是那些活着的小子——士气崩盘总在瞬息之间，有如高墙倾塌、落石入海，其势不可挽回。他看见满嘴鲜血的硬面包蹒跚着跟上，心中有点想放过这老杂种，又有点想冲上去以绝后患。

"后面！后面！"他踉跄着转身，发现石阵里的情况，顿时吓得魂飞魄散。那里正乱作一团，而阳光晃得他看不真切，只听见尖叫和武器交击。他连忙往回跑，跑过巨石间的罅隙，不顾盾牌撞在石头上震麻了胳膊，不顾每一次喘息引发的剧痛，只管上气不接下气地跑。

驮马肚子挨了一箭，死在篝火边。有个敌人挂着绘有红色鸟儿的盾牌，不断挥斧头。奇妙放出一箭，但射空了。红鸦转身要逃，他后面的某人冲奇妙射出一箭。卡脖快步上前，双眼一眨不眨地盯住那支箭，并及时立起盾牌一弹，箭支被扫入长草丛中。

敌人总算都逃了。

艾里克低头看着火堆余烬的不远处。他愣愣地低着头，一手提斧子，一手提头盔。卡脖不想知道艾里克在看什么，他已经猜到了。

有个硬面包的手下拖着血淋淋的双腿在地上爬行，压得长草东倒西歪。摆子几个大步过去，用斧背砸碎了那人的脑袋——力道不是很大，但足够致命，干净利落，犹如熟练的矿工挖矿。周围还有人在尖叫，也可能属于幻听，或是他喉头急促的呼吸。他环顾四周。妈的，为啥一定要守住这里？他摇着头，仿佛能摇出个答案，结果只让下巴更疼。

"腿还能动？"舒利蹲在布拉克身边问，后者坐在地上，用一只血手捂着粗壮的大腿。

"操，妈的还能动！操，真他奶奶的痛！"

卡脖浑身被汗水浸透，又黏又痒，还热得要命。他被盾沿磕中的下巴和两条胳膊不住抽搐，膝盖和脚踝也一并发难，但好歹没伤着。没真的伤着。他不明白自己为何没受伤。战斗的激涌感迅速褪去，酸痛的双腿抖得像刚出生的牛犊，视线也变得模糊。他刚刚使出的力气好似不属于自己，现在连本带利还了回去。他朝篝火的余烬和死掉的驮马走了几步——其他马匹已不见踪影，跑的跑死的死

——屁股坐在石阵中央。

　　"你还好吧?"威尔旺弯腰询问,他单手握在那把超长巨剑的剑格,剑身密密麻麻沾满血点。众剑之父一旦出鞘,必定染血。"你们都还好吧?"

　　"还好。"卡脖的手指僵在盾牌带子上,仿佛忘了怎么解开。他花了好大力气活动指头,把盾牌甩到草地上,本就坑洼不堪的盾面添了几个新坑,凹凸的盾沿也多了一处下陷。

　　奇妙的短发被血块凝结。"怎么?"她用胳膊蹭眼睛,"我受伤了?"

　　"只是擦伤。"舒利用拇指戳了戳她的头皮。

　　多福德跪在她身边,前后摇晃,一只手紧握着另一条胳膊,鲜血从指缝间渗出。

　　阳光照在卡脖脸上,令他微微眯眼。他听见约恩在石阵外叫骂,冲逃走的硬面包一伙怒吼:"来啊,狗娘养的!来啊,你们这帮懦夫!"事实上,英雄和懦夫没什么区别,每个人都是懦夫,每个人也都是英雄,取决于形势罢了。他们不会回来的,因为留下了八具尸体。他们不会回来的。他们不会回来的。卡脖默默地向山顶埋葬的古神祈祷。

　　舒利唱起歌来,歌声轻柔低沉又忧郁,接着他从口袋中取出针线,开始缝合伤口。激战过后听不到欢快的歌,开心的曲调只会在战前响起,以麻痹不祥的联想。

　　卡脖安慰自己这仗打得划算。非常划算。就死了一个人。

　　他这才看向艾沙克空洞无神的脸,那件夹克已染成湿哒哒的暗红色,又被红鸦的斧头砍得凌乱破烂。他马上为刚才的想法后悔不迭,心知这一刻会和其他无数类似时刻一样,永远纠缠他,无形中又多了一分负担。

他躺在草地上,看着云朵飘移变幻。又一层记忆,又一分负担。三树说,当头儿不该为过去踟蹰,因为这毫无意义。

他走了正路,但也许世上根本没有正路可走。

第一日

DAY ONE

理性的军队会拒绝战争。

——孟德斯鸠

沉寂
Silence

尊贵的陛下：

　　第一法师巴亚兹阁下向克罗伊元帅转达了您迅速结束战争的殷切期盼。元帅据此定计，将率全军与敌酋黑旋风决一死战，各部正为此紧锣密鼓地准备。

　　加兰霍将军的师团一马当先，所部自昨日初曙时分出发，急行军直到暮色降临，密特里克将军的先遣部队仅落后几小时路程。如前所述，两位将军存在友好的良性竞争，两人都想制敌于先。与此同时，米德总督自奥伦萨德被召回。三路大军预计在小镇奥斯仑附近会合整编，随后北进卡莱恩，夺取全面胜利。

　　臣陪同加兰霍将军的参谋团，身处最前线。糟糕的路况和时雨时晴的天气拖慢了行军速度，但将军意志坚定，决心克服万难。若与北方人接触，臣将鞭策自己牢记观察员的身份，第一时间将所见所闻呈报给陛下。

您最忠实、谦卑的仆人，

王家特派北方战事观察员，布雷默·唐·葛斯特

黎明尚未到来，地平线边缘射出几缕丧服般的灰光，不掺杂丁点颜色。周围见不到几个人，见到的也宛如幽灵，空荡荡的原野仿若死地。这是一天中葛斯特最喜欢的时光。我可以假装这是个没人会说话的世界。

他已经跑步近一小时，踩着满是车辙的泥地。货车压出的车辙极长，很快化为水洼，映照出黑色的枝丫和灰色的天空。水面是那样平静，却被他沉重的军靴粉碎，脏水飞溅到他钢铁包裹的小腿上。

他做不到穿整套板甲跑步，只穿了最要紧的：胸甲、长度及臀的背甲和裹住小腿的护胫。他的右前臂套了臂甲，右手戴着剑斗手套，左臂却装上带有活动关节的全副甲胄，完全包裹了指尖到沉重肩甲之间的部分。他还在盔甲下穿了垫衣，下身穿着用金属条加固的厚皮裤，他也只能通过头盔面甲的狭长缝隙观察这个晃动的世界。

最初有只肚皮大得出奇的花斑狗气喘吁吁地跟在脚边，凶狠地吠了几声，但很快就抛下他，往路旁的垃圾堆上挖宝去了。我们只能留下垃圾？垃圾和坟墓？他穿行于加兰霍大军的营地，帆布帐篷群就像迷宫，笼罩着幸福而美妙的沉寂。雾气附着在被压扁的青草上，裹住附近的帐篷，又将远处的帐篷模糊成幻影。一排马儿从马粮袋上抬起头，闷闷不乐地盯着他。一名孤独的哨兵把苍白的双手伸向火盆，那火盆在昏暗的天地间宛如盛放的红花，不时弹出橙色花粉。哨兵目瞪口呆地看着葛斯特自面前跑过，消失在雾中。

两个贴身仆人站在他帐外的空地等候。罗格递来水桶，他深饮一大口，冰冷的凉水顺着灼热的脖颈流下；尤根搬来箱子——他用尽全力才能搬动——葛斯特从中抽出练习用的双剑。这两条坑坑洼洼的金属没有开刃，但尺寸极大，剑柄几乎有半块砖大小，有助于平衡。葛斯特战斗用的剑已然很沉，这两把的重量又是它们的三倍。

他们在美妙的沉寂中攻击他。罗格手持盾和棍,尤根用长竿戳刺,葛斯特不脱盔甲,几乎马不停蹄地挥舞兵器格挡。仆人们的攻击毫不迟疑也毫不手软,没有怜悯与尊敬可言,这是出于他的要求。他在斯皮奈松懈下去,露出一时的软弱和迟钝,于是当危机到来,应对有失水准。他不会再重蹈覆辙,他必须百炼成钢,将自己磨成无情而致命的刀刃。四年间的每个早晨,自斯皮奈事件以来,他从未懈怠,无论雪雨风霜。

沉寂被金属和木头的碰撞、刮擦声打破。木棍及长杆偶尔刺中盔甲或盔甲间暴露的肉体,响起沉闷的撞击或吃痛的呻吟。急促而有规律的呼吸,雄浑强健的心跳,证明他已拼尽全力。汗水浸透上衣,刺痒头皮,洒出面甲。每一寸肌肉都在灼烧,这感觉既难受又爽快,仿佛可以烧掉耻辱,获得重生。

最后他终于站住不动,张大嘴巴喘息,闭上双眼任仆人替他解甲。他们取下胸甲时,他觉得自己飘了起来,一路飘向天宇。军营上空是什么呀?当然就是臭名昭著的替罪羊,布雷默·唐·葛斯特,他挣脱了大地的束缚!

他脱下汗淋淋、臭烘烘的衣服,臂膀膨胀得几乎打不了弯。他赤身裸体站在凛冽的清晨,全身瘀痕,跟刚出炉的布丁一样冒汽。仆人们将刚从小溪里打来的凉水浇在他身上,刺激得他猛烈吸气。随后尤根扔来块布让他擦干身体,罗格拿来新衣服让他换上,两人又把盔甲擦拭干净,让它泛出军人的甲胄应有的沉暗微光。

太阳终于爬上起伏不平的地平线。透过树木间的缝隙,葛斯特看见王军第一骑兵团的士兵们慢悠悠地走出帐篷,呼吸在清晨的寒意中凝结。他们扣上盔甲,心怀侥幸地捅着火堆余烬,为上午的行军做准备。有群人呵欠连天地站在一起,被迫观看犯错的同伴受罚,鞭子在那人布满鞭痕的背上又抽出好几道淡红色线条,刺耳的鞭打和士兵的悲鸣传入葛斯特耳中。他不明白自己有多幸运。我的惩罚可没这么短暂、这么利索、这么合情合理。

葛斯特战斗用的双剑由斯提亚最好的铁匠打造,乃当初国王为感谢他在阿杜瓦的救命之恩所赠送的礼物。罗格从鞘中抽出长剑,展示两边剑刃,擦拭得一尘不染的金属反射着晨光。葛斯特点头,仆人又将短剑给他过目。短剑剑刃更为锋利,葛斯特又点头,随后拿起剑带扣在身上。准备完成后,他伸出两只手分别搭在罗格和尤根的肩上,轻轻捏了捏,这才露出微笑。

仿佛是害怕打破这份沉寂,罗格用几不可闻的声音提示道:"长官,加兰霍将军希望军队开拔后,您能跟他一起走在前面。"

尤根觑眼看向渐渐明亮的天空。"离奥斯仑只有六里了,长官,今天会打起来吗?"

"但愿不会。"命运女神在上,一定要打起来。噢求求你们,噢求求你们,噢求求你们,我只求你们这一件事:让我参战。

野心
Ambition

"小芬?"

"嗯?"

他用一只手肘撑起身体,冲她咧嘴一笑。"我爱你。"

"嗯……"

没有更多回应。她素来认为炽烈的爱情与自己无缘。某些人或许相信一见钟情,但她这类人天生冷静。

"小芬?"

"嗯?"

"真的。我爱你。"

她也爱他,纵然难以启齿。至少是近似于爱的情感。他穿着制服相当伟岸,脱光衣服身材更赞。他有时能让她莞尔一笑,而接吻间确有欲火从她心底燃起。他为人正直、慷慨大方、脚踏实地、广受尊敬,体味也相当迷人……当然,他不够聪明,但还算凑合——一段婚姻可容不下两个绝顶聪明的对象。

"好孩子。"她呢喃着，拍了拍他的脸蛋。她的确喜欢他，只是偶尔会瞧不起他，但比起别的男人，他算好的。他们很般配：乐天派与悲观派，理想主义者与现实主义者，一个胸怀宽广，一个愤世嫉俗。

重要的是，他高贵的血统适合她蓬勃的野心。

他失落地叹口气："我敢发誓，这破军队里的每个男人都爱慕你。"

"包括你的上司米德总督？"

"这……不，应该不包括他。不过如果你停止捉弄他，我敢说就连他也会对你殷勤几分。"

"就算我不捉弄他，他也会捉弄自己。"

"可能吧，但男人更能忍受自己。"

"总之呢，我只在乎一位长官的殷勤。"

"真的？"他笑着，手指轻轻滑过她的肋骨。

"就说哈德迪克上尉吧，"她舔舔舌头，"我觉得他的骑兵裤绷得太紧了。我真想往地上掉点东西，让他帮我捡。噢哦。"她手指抵住嘴唇，眨巴着眼睛，"看我笨的，扇子又掉了！您够不到吗，上尉？就快够到了，只要腰再弯下去一些，上尉。再……弯……下……去……一些。"

"可惜，我觉得哈德迪克根本不适合你。那人是个榆木脑袋，要不了两分钟你就会无聊。"

芬蕾噘嘴。"大概吧。就算他有个翘臀，也只值这么多。无聊的男人比比皆是。那么……"她在熟人中筛选，看哪个能充当最滑稽的情人，最后会心一笑地说出完美答案："布雷默·唐·葛斯特怎样？他的确长相欠奉……人也不机灵……地位又不高，但我感到他的破落外相下激情澎湃。他的声音确实不太好习惯，能哄他一次多说几个字都难，但好歹他强壮又安静，在这个类型里能得满分——

喂，怎么啦？"哈尔的笑容不见了，"我开玩笑的。我认识他好多年了，他是人畜无害的。"

"人畜无害？你见过他战斗的样子吗？"

"我见过他比剑。"

"那不是一回事。"

他的欲言又止让她好奇起来。"你见过？"

"见过。"

"怎样？"

"怎样……我庆幸自己跟他一伙。"

她用手指轻轻一刮他的鼻尖。"噢，可怜的小宝贝。你怕他？"

他离开她身边，躺回床上。"有点吧。每个人都该害怕布雷默·唐·葛斯特。"这话吓了她一跳，她从没想过哈尔会害怕什么。夫妻俩就这样躺了一会儿，头顶的帆布被风轻轻吹动。

她有些内疚。她的确喜欢哈尔。他求婚那天，她列出了他所有优缺点，仔细考量并亲自验证。他是个好人，好人中的好人。他有一口好牙，诚实、勇敢、绝对忠诚。他需要的是目光敏锐的实干家的带领，方能穿越激流险滩。他需要她。

"哈尔。"

"怎么？"

她翻过身，脸冲着他，整个人贴住他温暖的身躯，在他耳边低语："我爱你。"不得不承认，她享受这种大权在握的感觉，她只消说出这句话，就能让他心花怒放。

"好姑娘。"他轻声回答，然后吻了过来，她迎上去，手指伸进他的发间。所谓爱情，不就是找到般配你的人？弥补你的人吗？

成为搭档。加以改造。

爱丽兹·唐·布林特美貌、聪颖、出身高贵，且这些优点没有优秀到对芬蕾构成威胁。她刚好处在芬蕾认定可以交朋友、又不会被抢去风头的狭窄区间——芬蕾可一点都不喜欢别人抢她的风头。

"我很难适应这么多男人，"爱丽兹喃喃道，她忽闪着金色的睫毛，看向士兵们行进的纵队，"他们都——"

"我没这种困扰，军队一直是我的家。我打小母亲就死了，父亲养大了我。"

"我……我很抱歉。"

"有什么好抱歉的？我父亲会想念她，应该会吧，但我呢？我根本不记得她。"

尴尬的沉默。芬蕾意识到自己说话太冲，等于当头一闷棍，"你的父母呢？"

"都过世了。"

"噢。"芬蕾更尴尬了。她的人际交往大抵在不耐烦与罪恶感之间徘徊，她每每决定更有耐心一些，却往往以失败告终。或许她该学会闭嘴——她确实试过，但毫无效果。

马蹄在小路上敲打，士兵们整齐的步伐仿如进行曲，偶尔掺杂着军官对某个不谐音符的呵斥。

"我们正往……北？"爱丽兹问。

"是的，前往一个叫奥斯仑的镇子，与加兰霍将军和密特里克将军的师团会合。他们离我们可能还不到十里，就在那些山丘背后。"她扬起马鞭示意左边低矮的山丘。

"两位将军为人如何？"

"加兰霍将军他……"马蹄"嗒嗒"地响，"勇敢又实诚，乃国王的老友。"所以才被提拔上这个远超他能力的职位。"密特里克将军是位得力的老将。"也是个自行其是的牛皮大王，时刻觊觎她父亲的位子。

"两位将军麾下的军队，与米德总督的军队相当？"

"每人麾下七个团，两个骑兵团，五个步兵团。"芬蕾能一气说出各团的人数、番号和主官，但看爱丽兹的样子，上述信息就要超出理解范围了——爱丽兹的理解范围向来不大，芬蕾坚持和她结交的原因，主要在于她丈夫布林特上校亦为国王的老友，这可是重要门路。也正因如此，她每每为布林特无聊的笑话捧场。

"这么多人，"爱丽兹续道，"你父亲一定感到责任重大。"

"的确如此。"芬蕾上次见到父亲时，被他疲惫的模样吓了一跳。她一直认定他是个铁人，发现他软弱的一面不由得深受触动。或许意识到父母和其他人一样不能依靠的时刻，就是长大的时刻。

"敌人有多少士兵？"

"在北方，士兵和平民不能严格区分。他们大抵有几千名亲锐，也就是拥有盔甲和武器的职业战士，靠打仗维生。那些人会在冲锋时组成尖头部队，列盾墙防守时也站在前排。每个亲锐手下可能有若干农兵，农兵原是农民或商贩，受胁迫或收了钱来打仗卖力，通常装备简陋，只随便带把矛或弓，但也不乏老手。最后还有一种是有外号的，经验最为丰富，凭借在战场上的出色表现得到崇高地位，他们组成精锐小队，在其中出任军官、护卫或斥候。就像他们。"她指向走得歪歪扭扭的狗子手下，这批人走在大部队右边的山脊线上。"没人知道黑旋风手下究竟有多少人，可能连他自己都不清楚。"

爱丽兹眨眨眼。"你懂得真多……"

芬蕾其实很想认可，但最终只故作潇洒地耸耸肩。算了，她懂得多又不是因为魔法，而是注意倾听、观察，直至弄懂。毕竟，知识是权力的来源。

爱丽兹叹口气："战争很可怕，不是吗？"

"它让田野枯萎、贸易凋敝、生产停滞；它残害无辜，奖励罪犯，让诚实百姓倾家荡产，奸商宵小大发横财；它带来的只有尸体、奖章和夸张的故事。"芬蕾没提的是，战争还能带来巨大的机遇。

"许多人会受伤,"爱丽兹说,"许多人会死。"

"是的。"但死人会腾出地方给敏捷的活人——或者说,让敏捷的妻子把丈夫运作到……

"还有许多人无家可归、一无所有。"爱丽兹双眼湿润地盯着迎面走过来的一队可怜人,这些人不得不让路给士兵,还要在大部队带起的漫天灰尘里艰难跋涉。

他们多为女性——虽然从破烂不堪的衣服上很难分辨——还有老人和孩子,无疑都是北方的穷苦人家,最底层民众。他们的脸庞写满饥饿,下巴精疲力尽地垂着,紧紧抓住寥寥可数的随身物品。他们看向朝北方的首都前进的联合王国士兵,眼神里没有仇恨,甚至没有恐惧,因为太绝望,无法显露其他感情。

芬蕾不清楚他们从何处逃难、又想逃去哪里,不清楚他们受到怎样的对待、仍面临多少困难;但她知道他们是无情战争的受害者,被迫背井离乡。看着这些难民,芬蕾为自己油然升起的安心与庆幸感到可耻和厌恶,人只顾盯着自己没有的东西,很容易忘记自己享有了多少。

"我们该做点什么。"爱丽兹期冀地轻声说。

芬蕾咬牙道:"你说的是。"她用马刺一戳马腹,疾驰向前,也不管是否把泥点甩上了爱丽兹的白裙。她风风火火地赶赴军官团的队伍——那是全师的大脑,只是很少运转顺畅。

军官们操着关于时间、补给、气候、士气、行军速度和部队编制的各种军事术语……但这些术语芬蕾并不陌生,而她驰马穿越的片刻,就注意到其中存在着错误、疏漏和低效。她是在军队的营房、食堂和指挥部长大的女孩,比这里大部分军官在军中都待得久,对战术、战略和后勤的了解跟他们不相上下——也就是说,显然多于米德总督,此人去年以前主持过的最复杂工作是操办宴会。

总督骑行在军官团中,头顶安格兰的交叉锤子旗,身穿饰有金穗的天蓝色华丽制服,看起来不像一军主将,倒像话剧团的艳俗演员。他虽花了大价钱请裁缝,夸张的领子却总不合身,如龟壳一样围着粗壮的脖子。

数年前的黑井村之战,他失去三个侄子,后来他担任安格兰总督的哥哥也死了。自那以后,他对北方人的恨意绵延不绝,一直强硬主战,并自费为所部提供了一半装备。但憎恨敌人并非长官的长处,事实上恰恰相反。

"布洛克夫人,您能加入我们,真是不胜荣幸。"他轻蔑地打招呼。

"我只顾骑马向前,刚巧被您挡住了。"有的军官忍俊不禁,哈尔笑得干巴巴的,他凌厉地瞥了她一眼,她不甘示弱地瞪回去。"我和其他女士发现我军左方有些难民,希望您能行行好,给他们送点吃的。"

米德双眼濡湿地看向那群可怜人,活像看一串蚂蚁。"恐怕我必须首先保障官兵们的温饱。"

"咱家小伙子如此强健,少吃两颗土豆也不会饿瘪肚子吧?"她边说边给了布林特上校的胸甲一拳,对方紧张地笑了两声。

"我已对克罗伊元帅保证,午夜前要赶到奥斯仑镇外围。必须争分夺秒。"

"您只需——"

米德粗鲁地转向她,"我只需照顾女人的慈善事业,嗯?"他朝军官们一挥手,响起一片奉迎的笑声。

芬蕾用更尖厉的笑声打断他们的嬉笑。"怎么,你只在乎男人的战争游戏?"她用戴手套的手拍打哈德迪克上尉的肩膀,力道大得对方皱眉头,"女人想在这场游戏中拯救两条人命有多么异想天开,我明白了!难民们活该像苍蝇一样在路旁倒毙,尽情散播战火和瘟疫,直到这里全化为一片废土,留下的尸骨才是联合王国及其作为的无字丰碑。没错，就是这样！这就是您的策略！"她环顾周围的军官，双眉上扬。他们笑不出了，毫无幽默感的米德更是到了发作边缘。

"布洛克上校，"他紧抿嘴唇挤出几个字，"我认为你妻子更适合跟其他女士走在一起。"

"我也正待提议。"哈尔在她前方勒定坐骑，夫妇俩停在前行的军队中间。"你到底想怎样？"他低声怒道。

"那家伙是个冷酷的白痴！穿军装的乡巴佬！"

"现实一点，小芬！拜托，别为难我。就当为了我！我的神经都快被你绷断了！"

"抱歉。"不耐烦再次转化为罪恶感——当然不是对米德，而是对哈尔。他一直活在父亲留下的令人窒息的阴影中，登上如今的地位需要双倍的善良、勇敢和努力。"我气的只是有些事明明很简单，却被老傻瓜的傲慢搞得一团糟。"

"那你有没有想过，师团长除了素质欠奉，还沦为众人的笑柄会怎样？或许给他相应的支持，他能做得更好。"

"可能吧。"她将信将疑地小声说。

"你不能回去和其他女士待在一起吗？"他哄她，"求你，就一小会儿？"

"那群叽叽喳喳的女巫？"她的脸皱成一团，"她们只会八卦谁生不出孩子、谁出轨了或者王后穿了什么。一群蠢货。"

"你有没发现，除了你自己，人人都很蠢？"

她睁大眼睛。"你也发现了？"

哈尔深吸一口气。"我爱你，你知道我爱你，但真正要紧的是认清自己。如果你于心不忍，可以给那些难民送点吃的，"他揉揉鼻梁，"我去跟军需官谈谈。"

"你是我的英雄！"

"我很荣幸。不过老天爷啊，这事可不容易。好姑娘，下次请你看在我的分上，说话委婉一点，比如先聊聊天气！"他骑马往队伍前头赶去。

"去他妈的天气，"她看着他的背影，喃喃道，"去他妈的米德。"但她不得不承认，哈尔的话有几分道理。惹怒米德总督对她自己、对她丈夫、对联合王国的远征，包括对那些难民，都没有半点好处。

但搞垮他的话，就好处多多了。

得而复失
Give and Take

"该起来了，老头子。"

卡脖半梦半醒，仿若身处家中——尽管他不知家在哪里，也不知自己是年轻力壮还是已经告老还乡。角落里冲他微笑的是科雯吗？他在车床上加工木料，刨下的卷曲木屑被踩得吱嘎响。他呻吟着翻个身，身侧的痛感突然令他惊慌起来，立马扯回毯子，"怎么——"

"没事儿。"奇妙一只手搭在他肩上。"我让你睡的。"她脑袋的另一边多了一道长伤疤，短发上沾满干涸的血。"我觉得你很需要。"

"我很需要再睡几个钟头。"卡脖坐起来，咬紧牙关对抗全身十余处不同的疼痛，动作也变得越来越缓慢。"老了，真干不了……有情况吗？"

"我说了没事儿。"她递来水壶，他漱掉嘴里的涩味，把水吐在地上。"没有硬面包的影子。我们埋了艾沙克。"他递水壶的手停下了，慢慢垂落。对面的英雄石下多了个土堆，布拉克和舒利手拿铲子站在土堆前，艾里克低头站在他们中间。

"你致辞了?"卡脖满怀希望地问,明知他们会等他。

"都在等你呢。"

"那就好。"他撒谎道,一边抓着她的手臂起身。清晨的天空灰蒙蒙的,劲风抽打着人们的皮肤,低矮的云层笼罩了南方起伏的丘陵,雾气盘桓在山谷间,遮蔽了谷底的沼泽。

卡脖一瘸一拐地走向坟坑,边走边扭,以缓解关节的刺痛。他真不想去,但有些事无法逃避。大家都在那里,围成半圈,个个面色悲戚,沉默无言。多福德拼命往嘴里塞下一整块面包,在衣襟上蹭了蹭手;威尔旺拉起兜帽,将众剑之父如生病的孩子一般拥在怀中;约恩的苦瓜脸比往常更严峻,真不知是如何办到的。卡脖走到坟坑边,在艾里克和布拉克中间站定,山民的脸庞没了以往的红润,腿上缠的绷带有一大块新鲜血渍。

"腿还好吧?"卡脖问。

"擦伤而已。"布拉克回答。

"擦伤流的血也太多了吧?"

布拉克冲他笑笑,脸上的图案都变了形。"这能算多吗?"

"可能不算吧。"跟硬面包那个被威尔旺砍成两半的侄子比确实不算。卡脖下意识地瞥向坍塌石墙的背风面,敌人的尸体都堆在那里。不,从这里看不见,但它们已烙印在他的脑海。死者。更多死者。卡脖看着黑色的泥土,思索该说些什么,仿佛泥土中能找到答案,但他找到的只有黑暗。

"我想起一件事,"他的声音过于嘶哑,赶忙清了清嗓子,"之前,多福德问我这些石头为什么叫英雄石,是不是有英雄埋在下面。我当时说不是。但现在它们下面确实埋了个英雄。"卡脖打个寒战,这并非过于悲伤,而是知道自己说得太俗套,连孩子都糊弄不了。然而大家却纷纷点头,艾里克脸上挂着一串泪珠。

"是啊。"约恩出言附和。

在坟坑边，人们总能面不改色地说出一些冠冕堂皇的格言，那些话在酒馆里只会惹得哄堂大笑。卡脖觉得每个字都像在自戕，却又必须说完。

"艾沙克跟我们相处的时间不长，但值得铭记，永志不忘。"卡脖想起自己埋葬的其他小子，时间流逝，他们的面孔和名字已不再清晰，甚至连数目都算不准了。"他曾与我们并肩抗敌，战得英勇。"死得悲惨，为一个无谓的山头被斧子大卸八块。"在我看来，他坚持走正路，无愧为堂堂正正的男子汉。如果——"

"卡脖！"摆子站在这圈人南面大概三十跨远的地方。

"等等！"他没好气地吼道。

"不行，"摆子说，"等不了。"

卡脖只好过去，灰色的山谷在两块巨石的罅隙间铺展开来。"看什——噢。"河对面的黑丘脚下，骑兵奔驰在如棕色丝带的乌发斯路上，赶往奥斯仑，身后扬起浓重的沙尘。可能有四十多人。可能更多。

"还有那边。"

"见鬼。"另有约四十人沿反方向的道路直扑老桥。也就是说，敌人占据了三岔路口，正从两面包围英雄顶，卡脖顿觉大难临头。"舒利在哪儿？"他四处张望，好像在找想不起放哪里的家当——其实舒利就在他身后，举着一根手指。卡脖缓缓吐出一口气，拍了拍对方的肩膀，"你在这儿，在这儿。"

"头儿。"多福德小声提醒。

卡脖顺着男孩的手指看去，只见那条夹在丘陵间、从南方蜿蜒而下通往山谷前方的阿德旺村的道路挤满了人，他连忙打开望远镜，仔细查看。"联合王国的军队。"

"能有多少？"

风把雾吹散了些，片刻之间，卡脖看见丘陵间那条纵队一直往远处延伸，直到视野之外。人影和金属交错，长矛根根直立，旗帜随风飞舞。

"看上去兔崽子们全来了。"奇妙气喘吁吁地说。

布拉克靠过来。"你别说这次还要抄家伙。"

卡脖放下望远镜。"有时候，正路就是立马开溜。收拾东西！"他吼道，"快点！我们撤！"

他的手下通常是打包好大部分行李的，现在只需风卷残云般收拾完剩余的物品。舒利边拾掇边哼着欢快的小曲儿，快活约恩迅速踩灭剩下的一点篝火，威尔旺在一边旁观——他只有单手提着的众剑之父，不必收拾。

"干吗把火全灭了？"威尔旺问。

"我不会把自己生的火留给那帮杂种。"约恩嘟囔。

"这火又不够他们烤的，不是吗？"

"那又怎样？"

"都不够咱们烤。"

"反正不留。"

"谁知道呢？你留着它，指不定哪个联合王国人就烤到自己了，然后他们全吓得惊慌失措，逃回老家。"

约恩考虑了一会儿才踩灭最后一点火星。"我不会把自己生的火留给那帮杂种。"

"这就完了？"艾里克问。卡脖不敢直视他的眼睛，那里有种绝望的情绪。"他的悼词只有这些？"

"我们可以待会儿再继续，现在要考虑活人的安危。"

"这是前功尽弃。"艾里克盯着摆子，双拳紧握，好像他兄弟的死全是对方的错。"他白死了。为了这座我们立马放弃的破山！如果之前没抄家伙，他根本不会死！你听见没！"他往摆子扑去，但被布拉克及时从后面抱住，卡脖挡在前面，紧紧攥住他的身体。

"我听见了,"摆子百无聊赖地耸耸肩,"这说法一点也不新鲜。如果没去斯提亚,我根本不会丢掉一只眼睛。可我去了,眼睛没了。我们打了,他死了。人生只有一次,世界不会按你想的方式来运转。认清现实吧。"他转身扛起斧子,大步往北面走。

"别听他的。"卡脖在艾里克耳边轻声说。他知道失去兄弟的感觉——他曾在一个清晨埋葬了自己所有的三个兄弟。"要怪就怪我,是我决定跟他们打。"

"我们别无选择,"布拉克说,"那是正路。"

"多福德哪儿去了?"奇妙从旁走过,把弓挂到身上,"多福德呢?"

"这儿呢!"他在下面的矮墙附近,旁边就是他们堆硬面包手下尸体的地方。这小子跪在一具尸体旁掏死者的口袋,喜笑颜开地捧出几枚硬币。"头儿,这家伙……"他看见卡脖皱起眉头,声音渐渐低落下去,"我是想拿给大伙儿分——"

"放回去。"

多福德眨巴着眼睛。"可他现在用不到——"

"你用得到?把它们放回去,等硬面包回来,由他来决定给谁。"

"多半他会自己留着。"约恩嘀咕,他扛着锁甲,跟在后面。

"有可能。但我们不动歪脑筋,不要这种钱。"

他的话引来大家的叹气和个别人的哀号。"这年头没人这么想了,头儿。"舒利倚着长矛说。

"连'臭屁'苏特那种瘪三也能发财。"布拉克吐露。

"我们却只能靠尿馊味的干粮和偶尔的薪水度日。"约恩吼道。

"这是你们应得的,我还保证你们能为昨天的硬仗拿到奖金。但那些尸体不能碰,谁羡慕臭屁苏特,可以去投靠老金格拉玛,天天打家劫舍。"卡脖不知自己为何如此激动,他也放任过这种事,年轻时甚至亲自下场。就连三树,有时对手下揩油也睁一只眼闭一只眼。

但这会儿他就是生气了，就是不想息事宁人、放弃原则。"我们是什么人？"他厉声反问，"是有外号的还是小偷乞丐？"

"我们是穷人，头儿，"约恩说，"我们还得——"

"废话什么？"奇妙一掌拍掉多福德手里的钱，任那些硬币滚落在草地上。"快活约恩·库柏，等你当上头儿，你想怎样就怎样。在那之前，我们得听卡脖的。我们是有外号的，至少我是，至于你们中某些人，那就说不清了。好了，挪挪肥屁股，不然就去跟联合王国人抱怨自己有多穷吧。"

"我们不是为这些硬币来的。"威尔旺扛着众剑之父，漫步走过。

约恩阴沉地看了他一眼。"你可能无所谓，核桃，但其他人不可能啥也不在乎。"他摇着头走开，锁甲在肩上叮当作响。布拉克和舒利互相耸耸肩，也跟上去。

奇妙走到卡脖近前。"有时我觉得，其他人越不在乎的事，你偏偏越执拗。"

"什么意思？"

"世界不会按你想的方式来运转。"

"凡事总有个正路。"他坚持道。

"所谓正路不该是让每个人都开心地活着吗？"

最让人郁闷的是她的话总有道理。"你非要揭我的伤疤？"

"不是你自作自受？"

卡脖挑起一边眉毛。"你知道，我时常觉得你丈夫该教教你什么叫尊重。"

"那混球？我好怕他，跟怕你一样。走了！"她抓着多福德的手肘，拉他起来，其他人也迅速——至少是在卡脖的膝盖允许的范围内——退过矮墙的缺口。他们沿北面那条弯弯曲曲的小路下山，那正是他们当初上山的路。

英雄顶就这样留给了联合王国。

卡脖在树林里前行,一边啃着持剑手的指甲,他持盾手的指甲已啃得快见底了。破玩意长得真慢。想到把失去英雄顶的消息报告黑旋风,他比打上英雄顶那晚还害怕。怕头儿胜过怕敌人,这不太正常,对吧?他真希望身边有个伴儿,可既已作出选择,就该一人做事一人当。

林子里到处是人,就像草丛里的蚂蚁。他们是黑旋风直属的亲锐,经验丰富,冷硬嗜血,武器精良。有些人穿着联合王国人的板甲,有些人拿着尖端带有刺和钩的奇怪武器,专用来对付铁甲。毫无疑问,野蛮的兵器会让世界变得更糟。他怀疑这里有谁会为从尸体上搜刮钱财而犹豫,多半连明抢活人都不眨一下眼皮。

卡脖打了大半辈子仗,但和这些人在一起还是很紧张,并且年龄越大,这种感觉就越强烈。在他们之中,他觉得自己像个冒牌货,光每天早上重新鼓起残破的勇气便越来越难了……他陡然咬到指甲下的嫩肉,整个人打了个哆嗦,赶忙把手指拿开。

"不,"他低声自言自语,"有外号的怎能一直害怕?"

"啥?"摆子太安静,卡脖差点把他给忘了。

"你会害怕吗,摆子?"

沉默。金属假眼反射着漏过树枝的阳光。"曾经会。曾经总是害怕。"

"怎么改的?"

"眼睛被人用铁条烧掉之后。"

对于平复心情的简短谈话,这已经太过了。"这改变的是你的外貌。"

"也改变了我的胆气。"

羊群在小路边咩咩哀叫,它们被塞进了过于狭窄的羊圈。征粮就是抢劫,哪个倒霉羊倌的营生就要被黑旋风的手下吃干抹净。离羊圈不到两跨远的地方挂着一排羊皮，有个女的在那后面杀羊，另有三人负责剥皮、去脏、挂羊。这几个屠夫整条胳膊都是血迹，但浑不在乎。

两个小子在羊圈旁张望，看样子刚到能打仗的年纪。他们为那群羊的蠢样子大笑不已，却不曾关心挂起的羊皮后面发生着什么。他们不明白自己也在羊圈里，而歌谣、故事和美梦编织的篱笆之后，血淋淋的战争浑不在乎地等候着他们。但卡脖又有什么区别呢？自以为是个明白人，为何还温顺地待在羊圈里？大概不只是马，老羊也蹦不过篱笆吧。

卡脖与摆子来到一片惨遭森林蚕食的废墟前，古老的建筑爬满常春藤，当今北方的保护者的黑色大旗插在外面的泥地上。空旷的泥地不但人多，还拴了好多马。一块磨盘飞速旋转，金属嘶鸣，火花四溅；一个女人锤打着车轮；一个铁匠拿着钳子处理锁甲，嘴里叼了不少铁环；孩子们忙于运送箭杆，把桶子以及死者才知道装了什么的麻袋推上货车。全民动员的战争就是这幅景象。

有个男人躺在石板上，在周遭无头苍蝇般的忙乱中显得格外悠闲。他用手肘撑着身体，头朝后仰，双眼紧闭，几乎完全被树荫遮掩，唯有枝头的一缕阳光落在那张假笑的脸上，分外耀眼。

"死者在上。"卡脖走过去，停在那人身边，"这不是一无所有的王子吗？还套着女人的靴子？"

"这是斯提亚皮靴，"卡达尔微微抬起眼皮，像小时候那样撇起薄嘴唇，"卡脖科登，你这老混球还活着？"

"活蹦乱跳咧，多咳了点罢了。"他用力清清嗓子，一口痰啐在卡达尔那双精巧的皮靴中间的老石板上，"你沾哪个家伙的光，居然能爬回来？"

卡达尔甩腿跳下石板。"除开咱们伟大的保护者，还能有谁？没我这只有力的手使剑，他大概对付不了联合王国。"

"是吗？他打算切下你的手朝敌人扔去？"

卡达尔张开双臂。"那我还怎么抱你呀？"说完，两人紧紧拥抱。"很高兴见到你，老混球。"

"彼此彼此，满嘴谎话的小混蛋。"

摆子一直站在阴影中，皱眉打量他们。"你们似乎很铁。"他轻声说。

"能不好吗？小混蛋可算是我带大的！"卡脖用指节磨蹭卡达尔的头发，"我拿布沾了牛奶，挤到嘴里喂他。"

"对我来说，他是最接近娘亲的人。"卡达尔说。

摆子缓缓点头。"难怪。"

"我们得谈谈。"卡达尔拧了卡脖的胳膊一下，"好怀念以前的谈话。"

"我也怀念，好比怀念像样的床。"卡脖小心退了一步，身后有匹马突然停下，带歪了牵引的车，一大把长矛稀里哗啦掉在地上。"但今天日子不对。"

"是啊。听说要开战？"卡达尔松开双手，"我整个下午都被这事儿毁了！"

卡脖继续往前走，经过一架笼子，两个脏兮兮的北方人赤身裸体蹲在里面，其中一人从栏杆间伸出手，不知是想要水或慈悲，还是仅仅想让身体的一部分变得自由。逃兵都会被吊死，这些应是窃贼或杀人犯，正等候黑旋风发落——他们多半也难逃吊死的命运，甚至可能被烧死。真是怪事，整支军队以抢劫维生，却要惩罚窃贼；明明干的是杀戮的营生，却要堂而皇之地处决杀人犯。在这种予取予求的年代，什么才算犯罪呢？

"黑旋风等着见你。"裂足凶巴巴地站在废墟的拱门下，这杂种总是很阴沉，今天尤甚，"里面。"

"剑给你吗？"卡脖边说边拔剑。

"不用。"

"不用？黑旋风几时这么信任别人了？"

"不是别人。只有你。"

卡脖不知这算不算好事。"行吧。"

摆子想跟着一起进去，但裂足伸出一只手，从后面抓住他。"黑旋风没叫你。"

卡脖盯着摆子眯起的眼睛看了片刻，耸耸肩，矮身穿过爬满常春藤的门廊，感觉像把头伸进狼嘴里，随时可能被咬断。他沿挂满蜘蛛网的通道走下去，到处回荡着滴水声，最终他来到一片长满荆棘的泥地，边上环绕着若干坍塌的柱子，其中有几根还顽强挺立着——但其支撑的天花板早已不在，头顶是朵朵白云和蔚蓝的天空。斯凯林之椅摆在破败大厅的尽头，黑旋风坐在上面把玩剑柄圆球，长手考尔坐在旁边，用指甲抓挠白色胡楂。

"等我一声令下，"黑旋风说着，"你就全力扑向奥斯仑。那里的敌人没成气候。"

"你怎么知道？"

黑旋风眨眨眼。"我自有办法。他们人多，路不够走，而且急着赶，战线拉得长。镇子里只有少数骑兵和一些狗子的手下，等我们行动时，可能还有部分步兵赶到。但只要你迅猛出击，打败他们不成问题。"

"哦，我会出击，"长手说，"这点不用担心。"

"我一点都不担心，所以才派你打头阵。我要你的小子们扛上我的旗号，大张旗鼓地举在前面。对了，还有老金、铁头和你自己的旗号，让所有人都能看见。"

"让对方以为这是我们的主力。"

"走运的话，他们会从英雄顶撤下一些人，保卫那些石头的兵力会变得薄弱，而一旦那些兵进入山丘和镇子中间的开阔地，我就派老金去捅他们的屁股。与此同时,我、铁头和十面精以迅雷不及掩耳之势拿下英雄顶。"

"你打算怎么上去?"

黑旋风露出惯有的杀气腾腾的饥渴笑容。"他奶奶的,当然是冲上去,一个不留。"

"他们有时间布置防御,而地形易守难攻。山头铁定最不好打,我们应该绕开——"

"山头最不好打,"黑旋风把长剑插进斯凯林之椅前的地面,"但也最脆弱。"他示意胸口。"我们跟他们兜了几个月圈子,他们想不到会突然起正面冲突,只消一鼓作气杀上英雄顶,就能粉碎敌人的这个。"他用拇指狠狠戳胸,"敌人会土崩瓦解,老金乘胜追击,必要的话追过浅滩,冲进阿德旺村。右边的斯奎尔会夺取老桥,而你坚守奥斯仑。等明天剩下的联合王国人赶来时,有利地形已尽在我们掌握。"

长手缓缓起身。"你说的有理,头儿。这将是血染的一天,值得歌颂的一天。"

"去他妈的歌颂,"黑旋风也站起来,"老子只要赢。"

两人紧紧握手,随后长手转身走向入口。他看到卡脖,咧嘴一笑,露出牙齿间的缺口。

"长手考尔,老前辈。"卡脖伸出手。

"卡脖科登,活着的传奇。"长手一只手握住卡脖的手,另一只手拍打他的手背,"我们这种老把式没剩几个了。"

"世道不比当年哟。"

"你的膝盖怎样?"

"还能怎样?痛就痛呗。"

"我的也是。约恩·库柏呢?"

"他每天都讲笑话。洪水呢?"

长手笑了。"我让他接管新兵,都是些愣头青。"

"说不定哪天就像样了。"

"但愿如此,最好快点像样。这不?我们有仗要打。"长手拍拍卡脖的胳膊,又提高声音,"等你一声令下,头儿!"他走后,残破的大厅只剩下卡脖和黑旋风,两人隔着几跨注视对方。陈旧的泥地碎石散落,杂草丛生,荨麻摇摆,耳边听得见鸟叫和树叶的沙沙声,唯有远处隐隐传来的打铁声暗示了即将到来的血腥厮杀。

"头儿。"卡脖舔舔嘴唇,不知接下来会如何发展。

黑旋风深吸一口气,用最大音量吼道:"他奶奶的,我不是说要守住山头吗!"

吼声在破败的墙壁间回荡,让卡脖浑身冰冷。看来这一关难过了,不知自己会不会在太阳落山前被关进笼子里。"那个,我整晚守着那里……直到联合王国的军队出现……"

黑旋风提着没出鞘的剑走来,卡脖强忍着后退的冲动,黑旋风倾身靠拢,卡脖又强忍着闪躲的冲动。黑旋风举起一只手……轻轻放在他酸痛的肩上,卡脖强忍着打战的冲动。"抱歉吓到你,"黑旋风低声说,"但我得维护自己的名声。"

头晕目眩的解脱感席卷全身。"当然,头儿,你尽管说。"他眯起眼,看着黑旋风又深吸一口气。

"没卵用的老瘸子!"卡脖被喷了一头唾沫,瘀青的侧脸还挨了一巴掌,这下可不轻。"你说,你在上面打了一仗?"

"是的,和硬面包一伙。"

"我记得那老杂种。他有多少人?"

"二十二。"

黑旋风龇了龇牙,既像微笑又像发怒。"那你呢,十个?"

"是的,加上摆子。"

"你把他们打散了?"

"是——"

"真希望老子也在山上！"黑旋风陡然间面目狰狞地看向空旷处，似乎能看到硬面包及其手下沿斜坡爬上来，还嫌他们爬得太慢。"真希望老子也在！"他猛地一挥剑柄，上面的圆球把旁边的石柱磕出许多碎屑。卡脖眼见这番动静，又小心后退了一步。"只能坐在后方动嘴皮子，狗日的，没完没了的动嘴皮子！"黑旋风吐口唾沫，吸了口气，好似才想起卡脖，目光回到他身上。"你看到联合王国人上来？"

"往阿德旺村的路上至少有一千人，后面应该更多。"

"加兰霍的手下。"黑旋风说。

"你怎么知道？"

"他自有办法。"

"死者……"卡脖吓了一跳，脚被荆棘绊住，差点摔倒——一个女人仰躺在高处，像一块湿布挂在上面，一条胳膊和一条腿自墙边垂下，头也垂着。她的神态好似躺在园子里的长椅上，而非六跨高的摇摇欲坠的石墙。

"她是朋友，"黑旋风看都没往上看。"嗯，我说朋友是指——"

"敌人的敌人。"她翻身滚向墙的背面。卡脖瞪大双眼，等着她摔落的声音……

"我叫伊丝黎。"低语声在他耳边响起。

他吓得一屁股坐倒在地。不知如何，她竟来到了他身边。她黑色的皮肤光滑完美，就像上好的煮锅锅底涂的那层釉。她穿着长长的外套，衣服尾巴拖在泥地中，敞开的前襟露出白色绷带包裹的身躯。她就像是从故事书中走出的女巫，更别提她的确掌握着突然消失、突然现身的巫术。

黑旋风放声大笑。"你永远猜不到她会从哪里冒出来。我一直担心，她会在我那个时候……你懂的。"他一只手比画了个姿势。

"我可以满足你的愿望。"伊丝黎高高在上地看着地上的卡脖，一双深不见底的黑眼睛眨也不眨,仿佛盯着蛆虫的乌鸦。

"你打哪儿来的?"卡脖一边喃喃问道,一面狼狈地爬起,僵硬的膝盖让动作有些踉跄。

"南方。"她答道。从肤色看,这显而易见。"你想问的其实是,我为何而来?"

"你为何而来?"

"为坚持正路。"说这话时,她脸上带了淡淡的笑意,"为打击邪恶。为伸张大义。又或……你想问谁派我来的?"

"好吧,谁派你来的?"

"真神。"她看向被蔓生的野草和树枝分割的天空,"还能有谁?我们都是真神的奴仆。"

卡脖揉着膝盖。"祂还真是厉害,呃?"

"你对祂根本一无所知。我是来对付联合王国的,这样够了吧?"

"对我来说够了。"黑旋风说。

伊丝黎的黑眼睛瞥向他,卡脖顿觉如释重负。"穿过丘陵的都是他们的人。"

"加兰霍的手下?"

"应该是吧。"她做了下伸展运动,仿若全身无骨,每处都在扭动——她让卡脖想起了鳗鱼,以前他和伙伴常在木匠工坊旁的湖里捕捞,它们会从网子里溜出去,在孩子们手中乱扭,惹得他们哇哇大叫。"你们这些肥胖的粉佬在我看来都一个样。"

"密特里克呢?"黑旋风问。

她瘦削的肩膀提起又落下。"他还在后面,有些气急败坏,怪罪加兰霍挡了他的路。"

"米德呢?"

"无所不知,岂不没了乐趣?"她踮着脚尖走过卡脖身边,几乎蹭到他,他紧张得慌忙后退,差点又摔倒。"真神一定很无聊。"她一只脚伸进墙上连猫都钻不过的裂缝，一扭就将整条腿塞了进去。"我这就去看看，我的英雄！"她像被切成两半的虫子般扭来扭去，一点点蠕进残破的石墙，外套还挂在布满青苔的石块上。"你不是有仗要打吗？"她的脑袋也神奇地滑进了缝里，接着是手臂——缠着绷带的两只手拍了一下，最后就剩一根指头露在外面。黑旋风走过去，伸手掰下那东西，原来那不是手指，只是一根枯枝。

"魔法，"卡脖低声说，"我不喜欢。"以他的经验，魔法带不来好结果。"巫师有巫师的用场，但说真的，有必要听他们神神叨叨吗？"

黑旋风扔掉树枝，抿紧双唇。"现在在打仗，老子只关心结果。别跟任何人提起这位黑朋友，听到没？免得误会。"

"不误会该是怎样呢？"

"我说怎样就怎样！"黑旋风咆哮道，这次可不是装的。

卡脖举起双手。"你是头儿。"

"没错！"黑旋风皱眉看向那道裂缝，"我是头儿。"他仿佛在说服自己。

恍惚间，卡脖寻思黑旋风会不会觉得他自己也像冒牌货，需不需要每天早晨鼓起勇气。他讨厌这想法。"要开打了？"

黑旋风眼珠一转，杀气腾腾的笑容回到脸上，其中没有一丝疑惑和恐惧。"早他妈该了，呃？你听到我跟长手的布置了吧？"

"听了个囫囵。他会拼力攻打奥斯仑吸引敌人，而你直取英雄顶。"

"正面干架！"黑旋风大吼一声，仿佛喊完就舒坦了，"三树也会这么干，是吧？"

"会吗？"

黑旋风张开嘴，却愣住了。"嗨，有什么关系？三树都入土七个冬天了。"

"是啊。你打算派我的小队去哪边?"

"当然是跟紧我,一起冲上英雄顶。对你来说,没有什么比从联合王国的狗杂种手里抢回英雄顶更解气吧?"

卡脖长叹一声,不知之后该怎么跟手下解释。"噢,是啊,那是我最解气的事。"

楷模
The Very Model

"军官应当在马背上下令，呃，葛斯特？指挥部应当设在马鞍上！"加兰霍将军亲切地拍了拍胯下灰色骏马的脖子，没等葛斯特回应，又俯身朝某个麻子脸的联络员大吼，"告诉上尉，不管用什么手段，必须马上清出道路！清出道路，继续前进！抓紧时间，争分夺秒！小子，克罗伊元帅命我部兼程北上！"他转头又朝身后吼道，"速度，先生们，速度就是一切！冲向卡莱恩，冲向胜利！"

加兰霍确实像个善战的英雄，年纪轻轻就当上师团长，总挂着一副运筹帷幄的自信微笑，穿着风尘仆仆、没有多余装饰的骑兵制服，坐在马鞍上就像坐着舒适的扶椅。若他的谋略有他的骑术一半精湛，我们早把黑旋风抓到阿杜瓦游街示众了，可惜事实恰好相反。

众多参谋、副官、联络员及一个刚成年的号手组成乱糟糟的队伍，像蜜蜂追逐烂苹果一般跟在将军后面，用驳斥、推搡和没礼貌的吼叫来吸引将军不断转移的注意力。与此同时，加兰霍本人还主动发表了若干难以理解并相互矛盾的问题、回答和命令，偶尔夹杂着几句人生感悟。

"去右翼,右翼,没错!"他吩咐一个军官。"告诉他别担心,担心不能解决问题!"这是对另一个军官说的。"让他们赶紧上去,克罗伊元帅希望在午餐前加强山顶的防御!"一大群步兵精疲力尽地从路上挤到一边,让军官们通过,还得吸入他们扬起的灰尘。"牛肉就行,"加兰霍大喊,同时庄严地挥了下手,"或者羔羊肉,随便什么,我们还有要事处理!葛斯特上校,你能随我一同上山吗?英雄顶上的视野显然不错,你可是陛下的观察员啊,对吧?"

我是陛下的小丑。现在差不多成了你的小丑。"遵命,将军。"

加兰霍驱马离开道路,踏过鹅卵石地往浅滩赶去,那群跟屁虫也拼命跟上,溅起的大片水花全洒在一群在齐腰深的水里挣扎渡河的重装步兵身上。圆锥形山丘从河对岸的田野升起,它大而规整,简直像人造物。平坦的山顶立起一圈石头,即北方人所谓的英雄石,山的右边有个相似的小丘,小丘上亦有一圈相似的石头,而山左边的小丘顶部只有一根高高的石锥。

对岸有果园,七扭八歪的树上结着沉甸甸的红苹果,树下野草稀疏,还有许多被风吹落的腐烂果实。加兰霍从坐骑上倾身摘下一颗低枝上的果子,得意地咬了一口。"呸,"他打个寒战,吐了出去,"只配做菜。"

"加兰霍将军!长官!"一个联络员策马沿一排果树朝他们奔来,上气不接下气地报告。

"快说!"加兰霍没放缓马速。

"卡夫少校已抵达老桥,长官,带着第十四骑兵团的两个连。他想知道该不该继续前进,占领前方的农场,建立外围——"

"当然!前进!我们需要空间!他的其他连队呢?"然而联络员行过军礼,已朝西边疾驰而去。加兰霍皱眉看着手下参谋。"卡夫少校的其他连队呢?十四团剩下的人在哪里?"

斑驳阳光洒在一张张困惑的脸上。一名军官张开嘴，却什么都说不出。另一名军官耸耸肩。"可能耽搁在阿德旺村，长官，那里的交通状况——"

话没说完，东面又有一名联络员骑着口吐白沫的坐骑赶来。"长官！文克尔上校请示，是否将奥斯仑的居民迁出住宅，以便我军——"

"不，不，怎能把他们赶出去？不行！"

"长官！"年轻的联络员终于勒定坐骑。

"等等！好的，将他们迁出住宅，以便我军驻防。等等！不，不，要拉拢人心，呃，葛斯特上校？人心最重要，对吧？你觉得呢？"

我觉得你和国王动人的私谊使你被提拔到完全没法胜任的职位；我觉得你可能成为一名出色的副官、一名合格的上尉、一名平凡的少校或一名倒霉的上校，但作为将军，你就是个累赘；我觉得你心里清楚自己的斤两，因而毫无信心，却偏要装作游刃有余；我觉得你做决定思虑不周、目光短浅，却又固执己见，只因你认定改变心意是软弱的表现；我觉得你浪费精力去操心应留给下级关注的细节，害怕面对更重大的问题，于是乎整个师团每个琐碎的决定都要请示你，让你几乎没空喘息；我觉得你正直、诚实、勇敢，却也是个蠢货。"人心最重要。"葛斯特予以肯定。

加兰霍得意地笑了。联络员掉头返回，去为联合王国拉拢奥斯仑镇民的心，告诉他们可以留在自己的房子里。军官们骑出苹果树荫，来到太阳底下，前方便是向上延伸的草坡。

"跟上我，孩子们，跟上我！"加兰霍迫不及待打马上山，在鞍上轻松保持平衡，后面那些人却只能勉强跟上。一个秃头上尉被低矮的树枝打中脑袋，差点摔下去。

山顶的不远处环绕着古旧的干石墙，墙上长满结籽的野草。这墙不过一两跨高,一位鲁莽的年轻少尉试图显摆骑术,从上面跳过去,但不听话的坐骑差点把他甩下。这倒是完美契合联合王国这场北方远征的状况:事事虚荣自负,往往尴尬收场。

加兰霍和军官们依次穿过石墙一个狭窄的缺口,那些古老的巨石变得越来越大,待登上平坦的山顶,英雄石便巍然笼罩在大家头上。

日近正午,烈日高悬,晨雾消散殆尽,除开几堆高塔般的白云在北面的森林投下浓重阴影,整个山谷都沐浴在金色的阳光下。田野风吹麦浪,浅滩波光粼粼,而奥斯仑镇最高的塔已耀武扬威地升起联合王国的旗帜。河的南面,数千士兵行军掀起的灰尘让道路难以辨认,唯有偶尔瞥见的金属反光能判断那些士兵属于哪一部分:步兵、骑兵还是辎重队。加兰霍驱马向前,竭力观察挤挤攘攘的部队,脸上带着几分不悦。

"我们的速度不够快,该死。少校!"

"长官?"

"你下山去阿德旺村,设法催促进度!山上需要更多人手。奥斯仑镇也需要更多人手。让他们赶紧动起来!"

"是,长官!"

"还有,少校!"

"长官?"

加兰霍坐在马上,张开嘴愣了一会儿。"没事。你去吧!"

那人一开始跑错了方向,意识到之后才转回来路下山。

石阵内宽敞的草地一片混乱。马儿被拴在两块英雄石上,其中一匹没拴紧,发出震耳欲聋的喧嚣,吓得身旁的同伴们疯狂地尥蹶子,几个疲于奔命的马童徒劳地想抓住马笼头。王军第六步兵团的旗帜无精打采地垂悬在草地中央,旁边是个熄灭的火堆,四周的阴沉巨石让军旗显得格外矮小,对士气毫无助益。纵然别人如此,但我可是士气高涨，迫不及待了。

两辆小货车不知用什么法子拖上了山，此刻侧翻在地，东西撒了一地——从帐篷到平底锅，从铁匠工具到闪闪发亮的崭新搓衣板，应有尽有。士兵们像战后打劫一般，在货车里翻找。

"这是干吗，中士？"加兰霍驱马过来质问。

将军——以及将军身边二十多名军官——的注目让那士官深感内疚，他吞了口口水。"这个，长官，我们在找弩矢，将军，长官。"

"弩矢？"

"打包的人很看重弩矢。"

"当然重要。"

"所以他们先给弩矢打包。"

"先打包。"

"没错，长官，结果包袱放在了最底下，长官。"

"最底下？"

"长官！"一名身穿崭新制服、下巴高昂的军官急急忙忙赶来，利索地对加兰霍行了个军礼，擦得锃亮的靴子用力相撞，令人耳朵疼。

加兰霍翻身下马，握住来人的手。"魏特兰上校，很高兴见到你！你部状况如何？"

"状况很好，长官，第六团的大部分人已经上来了，只是装备欠缺。"魏特兰领加兰霍一行穿过草地，士兵们尽可能在这片混乱中给他们腾出条路。"罗斯托德征兵团的一个营也上来了，但他们的营长目前下落不明。"

"多半又是痛风，走不动——"有人嘀咕。

"那是坟吗？"加兰霍问。他手指巨石下一堆新翻的泥土，上面踩了不少脚印。

上校看着它皱眉。"这个，我看——"

"有北方人的迹象？"

"我的两个部下注意到北面的森林有动静，但不确定是敌人。可能只是羊群。"魏特兰领加兰霍穿过巨石间的罅隙，"除此以外，那帮草寇踪影全无，只留下这些。"

"噢。"一名参谋惊叫一声，连忙转开脸。多具血迹斑斑的尸首被排成一排，其中一具身躯砍作两半，小臂不翼而飞，苍蝇围着裸露的内脏飞舞。

"这里发生过战斗？"加兰霍看着那些尸体，眉头紧锁。

"不，尸体是昨天留下的。我们的人，应是狗子的探子。"上校手指一小群北方人，其中一个背着红鸟图案盾牌的高个和一个块头不小的老家伙很是显眼，他们正忙着挖坟。

"那匹马怎么了？"它歪倒在地，一支箭插在圆滚滚的肚子上。

"我也不清楚。"

葛斯特发觉山顶的防御已初具规模。矛兵布防于干石墙后，又并肩堵死了那条下山的曲折小径所途经的缺口，而他们身后的斜坡布下长长两排射手——射手们有的摆弄着弓和弩，有的躺在地上惆怅地嚼口粮，还有两人显然在为骰子的输赢争吵。

"行，"加兰霍说，"行……"但他并未说明哪些地方行，或者哪里还需改进。他皱眉看向山下连缀的田野和草地，目光越过寥寥几座农场，停留在山谷北面的茂密森林。这是北方常见的那种森林，遮天蔽日的树丛中隐约可见两条向北延伸的小路。其中一条通往卡莱恩。通往胜利。

"森林里可能有十个北方人，也可能有一万个，"加兰霍低声说，"我们得小心，不能小瞧黑旋风。你知道，葛斯特，我去过卡曼纳河，也就是兰迪萨王子战死的地方。虽然我在开战前夕奉命离开，不过终究是去过。那一战真是联合王国军最黑暗的一天。我们不能重蹈覆辙，呃？"

若是如此，我强烈建议你就地辞职，让更有资历的人来指挥。

"是的，长官。"

加兰霍已转头跟魏特兰商量去了，葛斯特也无心怪他。我上次说出有价值的建议是什么时候？寡淡无味的附和，不负责任的废话，跟山羊的咩咩叫没两样。他转身离开那群参谋，走向北方人挖坟的地方。头发灰白的北方人看到他过来，倚着铲子站住。

"我是葛斯特。"

老人扬起双眉。讶异于联合王国人会说北方话，还是这么大个汉子声音却像小姑娘？"我叫硬面包，给狗子卖命。"他嘴上受伤不轻，话音极为含糊。

葛斯特冲尸体点头。"你的人？"

"是啊。"

"你们在这儿打了一仗？"

"跟一个叫卡脖科登的人带领的小队，"老人揉着瘀青的下巴，"我们人多，但还是输了。"

葛斯特皱眉环视这圈石头。"对手占据地利。"

"他们还有冻土的威尔旺。"

"谁？"

"一个操蛋的英雄。"盾牌上画红鸟的家伙没好气地说。

"从更北面的山谷出来的人，"硬面包解释，"那里天天下雪。"

"他是疯子，"有个硬面包的手下一边调整胳膊上的绷带，一边嘀咕，"据说他喝自己的尿。"

"我还听说他吃小孩。"

"他有把宝剑，传说是天上掉下来的，"硬面包用粗壮的前臂蹭了蹭额头，"生活在雪原里的氏族崇拜那把剑。"

"他们崇拜一把剑？"葛斯特问。

"他们觉得那剑是上帝扔下来的东西。谁知道那儿的人在想啥？

无论如何，核桃威尔旺相当危险。"硬面包舔了舔牙齿间的缺口，从那一脸苦相看，牙是最近才掉的。"我以亲身经历担保。"

葛斯特皱眉看向森林，树木在阳光下呈现出深绿色。"你觉得附近有黑旋风的人吗？"

"多半有。"

"何以见得？"

"因为卡脖以少打多，坚守此地，而他不会打无谓之仗，说明黑旋风想要这个山头，"硬面包耸耸肩，弯腰继续挖坑，"我们埋完这些可怜的孩子就下山。我在坡上留下一颗牙齿和一个侄子，可不打算把其他人也搭在这破地方。"

"谢谢你的建议。"葛斯特转身走向加兰霍及其参谋团，那群人正热火朝天地争论最近赶到的那个连应部署在石墙的前面还是后面。"将军！"葛斯特喊道，"斥候们认为黑旋风可能就在附近！"

"甚好！"加兰霍反射性地叫道，根本没仔细思量，"三处渡口已尽在掌握。控制全部三处渡口，乃本师团的首要目标。"

"我以为有四处渡口……"有人轻声对另一人说，周围的吵嚷却因这句话暂停了，所有人都看向这个脸色苍白的年轻中尉。他面带惊讶，没想到自己会成为瞩目焦点。

"四处？"加兰霍教训起年轻人，"往西，有一座老桥。"他挥出的手臂差点打到一个身材臃肿的少校，"往东，奥斯仑镇里也有座桥。再加上我们刚刚穿过的浅滩，一共三处渡口，"将军在中尉面前挥舞着三根粗壮的手指，"尽在掌握。"

年轻人涨红了脸。"一名斥候曾告诉我，沼泽中还有一条路，长官，比老桥更偏西一些。"

"沼泽中的路？"加兰霍眯眼看向西面，"秘密通道？如此说来，北方人可以利用它迂回我们！干得漂亮，孩子！"

"这，感谢夸奖，长官——"

将军转向一边,又猛转回来,鞋跟搓起草皮。他不断转圈,仿佛始终与解决方案失之交臂。"谁还没过河?"

军官们正拼力跟着长官转圈,以保持他在视线范围内。

"第八团上来了吗?"

"似乎第十三团剩余的部队——"

"瓦利米上校的第一骑兵团在那边没动!"

"我想他有一个营准备好了,重新得到了战马——"

"太棒了!传令给瓦利米上校,要他带那个营穿过沼泽。"

有两个军官小声附和,其他人紧张地面面相觑。"一个营的骑兵?"有人小声问,"那条路适合——"

加兰霍打断议论。"葛斯特上校!请你过河回去,将我的意愿传达给瓦利米上校,确保敌人不会给我军一个措手不及。"

葛斯特沉默片刻。"将军,我更想留在——"

"我非常理解你想留在前线,但国王陛下在信中特意嘱咐我尽一切可能让你远离危险。不必担心,前线没你的支援也能安全无虞。我们都是国王的朋友,应该互相扶持,不是吗?"

我们都是国王的小丑,穿着小丑服,跟随疯狂的喇叭跳舞!快啊,让那个女人声音的家伙再翻个筋斗!"是,长官。"葛斯特踩着重重的步子,走回自己的坐骑。

斯奎尔
Scate

卡尔达骑马小跑在模糊难辨的小路上，脸上依然挂着招牌式的假笑。深哥和浅仔视他为摇钱树，想必会照看他，虽然此时见不着他们——若连卡尔达都看得出深哥和浅仔的行踪，他俩也就没什么价值了，但死者在上，他真想有个伴儿。之前见到卡脖科登，他就像即将饿死的人得到一片面包壳，真渴望身边能有更多友善的面孔。

他骑马穿越铁头的阵地，收获无数轻蔑，又经过十面精的阵地，收获无数敌意。现在他已进入山谷最西端的森林，奔向斯奎尔的手下聚集的地方——照理说，哥哥的手下就是他的手下，但那帮人并不这么想。他们都是粗汉，个个凶神恶煞，因艰苦的行军而衣衫褴褛，因残酷的战斗而绷带缠身。在黑旋风麾下，他们身为边缘人物，干最艰苦的活计，拿最微薄的酬劳，根本没心情庆祝，更不消说只是头儿的孬种弟弟驾到这种小事。

他费力地穿上锁甲衫，乃是希望被看作战士王子，结果没啥用。这件锁甲是多年前父亲送的，斯提亚钢打造，比大多数北方盔甲轻便，但套上去还是跟铁砧一样沉、跟羊皮一样热。卡尔达无法理解，这鬼东西怎能有人一连穿着几天，穿着跑步、睡觉和战斗……简直疯了。不过话说回来，战斗本身就是发疯。

最热衷战斗的莫过于哥哥斯奎尔。

斯奎尔蹲在空地，前方摊开地图。白如雪凑在他左手边，白眼汉韩苏在他右边，两个都是父亲留下的老伙计，从贝斯奥德统治大半个北方的时代起就追随这一家人。自血九指把贝斯奥德扔下卡莱恩的城头，他们的地位一落千丈，境遇堪比卡尔达。

卡尔达与斯奎尔同父异母，大家总开玩笑说斯奎尔的妈是头母牛——的确，她生下的儿子壮得像牛，猛得像牛，方方面面都和卡尔达相反。斯奎尔金发，卡尔达黑发；斯奎尔面容粗犷，卡尔达长相精致；更重要的是，斯奎尔易怒、脑子又转得慢，这些都完全不像父亲，而众人皆知卡尔达继承了贝斯奥德的脾性，也因为这个厌恶卡尔达——当然，更因为他大部分时间是个刺头。

斯奎尔听到马蹄声抬起头，随即露出灿烂的笑容大步迎上。他走路稍有点瘸，那是当初跟血九指搏斗时留的伤。他同样身披锁甲——沉重的双层锁甲，外面还绑了布满刮痕和坑洼的漆黑钢板——却跟女孩穿裙子一样轻松自如。"时刻武装好自己。"父亲曾告诫他们，斯奎尔一字不差地予以执行。他身上系着交错的皮带，带子上挂满武器，包括两把长剑、一柄硕大的钉头锤和三支明晃晃的匕首，这些还只是一眼瞥见的。他头缠的绷带有半截被血染成棕色，眉间也多了一道伤——疤痕增长的速度说明，卡尔达频频劝说斯奎尔远离战场的尝试，就跟斯奎尔频频劝说卡尔达投身前线的尝试一样，完全白费力气。

卡尔达翻身下马，锁甲令他行动吃力，他试图装成长途骑马导致的四肢僵硬。"斯奎尔，你又胖了，你最近——"

斯奎尔使劲抱住他，将他双脚离地举了起来，在他前额印下湿漉漉的吻。卡尔达喘不上气,还被剑柄戳在肚子上,但他尽力回以拥抱。终于有人跟他站在一边,强烈而凄楚的幸福感突然涌上心头,令他几欲落泪。

"放手!"他喘着粗气,用掌根捶打斯奎尔的后背,跟摔跤手认输一样,"快放手!"

"见你回来我太高兴了!"斯奎尔像新郎欣赏新娘一样拽着他转圈,还把他推到白如雪和白眼汉面前展示。然而他俩并不想拥抱他,空地周围其他几个有外号的也不甚热情。这帮人对他当然不陌生,他们曾向他父亲跪拜,列席他父亲的长桌,在过去的好日子里,大伙儿亦曾同声为胜利欢呼,然而现在他们肯定盘算着要不要听他的命令,并对此相当不屑。这能怪他们吗?斯奎尔拥有战士们崇拜的一切品质——忠诚、强壮和愚勇——卡尔达则显然与此无缘。

"你的头怎么了?"待斯奎尔终于把他放回地上,他问道。

"这个?呸,不碍事。"斯奎尔一把扯下绷带,但伤口看起来可不像没事,干涸的血凝住了脑袋一侧的金发,"你不也受伤了吗?"斯奎尔不知轻重地拍了拍卡尔达瘀青的嘴唇,"女人咬的?"

"女人咬的就好了。十面精布罗德想杀我。"

"啥?"

"他来真的,派三个人一路尾随我前往长手考尔的营地。幸好有深哥和浅仔看着,然后……你知道……"

斯奎尔迅速从困惑转为愤怒——这是他最常见、最容易流露的两种情绪——一双小眼睛越瞪越大、越瞪越大,直到露出全部眼白。"老子宰了那腌臜的老杂种!"他伸手拔剑,仿佛就要冲过森林,扑进黑旋风坐在他们父亲的交椅上盘踞的废墟,将十面精布罗德当场格杀。

"不,不,不行!"卡尔达双手抱住哥哥拔剑的手腕,整个人差点被提了起来。

"狗日的!"斯奎尔甩开卡尔达,戴护甲的手冲最近的大树就是一拳,打出好大个口子,"狗娘养的!我非宰了他不可!我非宰了他不可!"他又是一拳,扑簌簌地震下许多树籽。白眼汉冷眼旁观,白如雪百无聊赖,显然早已习惯。

"不能乱杀头面人物。"卡尔达摊开双手,好言相劝。

"可他要杀你啊!"

"我是特例,半个北方的人想杀我。"这是撒谎,至少四分之三的人想杀。"而且我们没有证据。"卡尔达把手搭在斯奎尔肩上,像父亲以前那样轻声道,"这是政治,哥哥,明白吗?牵一发而动全身。"

"去他妈的政治!"话虽如此,但斯奎尔的怒气已趋于缓和,至少眼珠子没有蹦出来的危险了。他狠狠地把剑插回去,剑柄"啪"一声撞上剑鞘。"跟他堂堂正正干一仗就不行?"

卡尔达深吸一口气。这个粗犷的莽汉怎会是父亲的儿子和继承人?"会有跟他干仗的时候,但现在必须小心行事。我们缺少盟友,斯奎尔,我找到长手,他却说两不相帮。"

"胆小如鼠的懦夫!"斯奎尔举起拳头,想冲那棵树再来一拳,但卡尔达伸出一根手指,将哥哥的拳头柔和地按下去。

"他担心女儿的安危。"这点不止长手担心,"我们也不能忽视铁头和老金,这两人若非互不对付,肯定早求着黑旋风给机会来杀我了。"

斯奎尔皱眉。"你觉得这是黑旋风指使?"

"还能有谁?"卡尔达按捺住不耐烦,他差点忘了,找哥哥商量跟找树桩说理没区别。"长手听黑旋风亲口说想杀我。"

斯奎尔担忧地摇摇头。"我没听过啊。"

"这话不大可能跟当事人的哥哥说,不是吗?"

"可他手头有你交出的人质,"斯奎尔百思不得其解,眉毛拧作一团,"说到底,他为何同意你回来?"

"他希望我四处谋划,然后抓我的把柄,理所当然地吊死我。"

"那就别谋划了,这样没人会看你不顺眼。"

"别傻了!"有两个亲锐从水杯边抬起视线朝这头看来,他只好压低声音。斯奎尔有资格发脾气,卡尔达可没有。"我们必须保护自己,到处都是敌人。"

"没错,但有个最大的敌人你从来不提,那也是到目前为止我觉得最危险的敌人。"卡尔达愣了片刻,思索自己忘记了谁。"该死的联合王国!"斯奎尔粗壮的手指往森林南面一指,"克罗伊,狗子,还有他们的四万士兵!他们对我们发动了战争!我们在打仗!"

"那是黑旋风的战争,不是我们的。"

斯奎尔缓缓摇头。"你有没想过,假如你能照吩咐办事,一切都会变简单,也变安全得多。"

"我想过,但不赞成这样束手待毙。我们需要——"

"听我说,"斯奎尔走过来,直视弟弟的双眼,"战斗即将打响,我们必须参战,懂吗?这里是北方,我们必须战斗。"

"斯奎尔——"

"你永远比我聪明。远比我聪明,这点谁都知道。死者在上,我自己最清楚不过,"他靠得更近,"但大家不会追随聪明人,至少不会追随没力量的聪明人。你必须赢得他们的尊重。"

"哈,"卡尔达环顾四周冷硬的目光,"我不能直接从你那儿借点吗?"

"总有一天我会不在这里,那时你只能靠自己。其实赢得尊重并不难,你不必浴血奋战,只要跟他们同甘苦、共患难。"

卡尔达苦笑。"我怕的就是患难。"对吃苦当然也避而远之。

"怕不打紧。"说得轻松,斯奎尔顶着个榆木脑袋,当然什么也不怕,"父亲每天都害怕,那能让他保持敏锐。"斯奎尔用惊人的力道逮住卡尔达的肩膀,扳着后者面朝南方——透过森林边缘树干间的缝隙,可见大片金色和绿色的田野以及棕色的休耕地,英雄顶以西的小山丘位于左前方,斯凯林之指屹立其上,山下有一条蜿蜒穿过麦田的灰色小径。"那条路通往老桥。黑旋风要我们拿下那座桥。"

"要你拿下那座桥。"

"我们。它防御薄弱。你有盾吗?"

"没有。"他也完全不想去任何需要盾的地方。

"白如雪,把你的盾借我。"

脸色像打了蜡的老战士将盾递给卡尔达,这面盾相当合理地涂成雪白。卡尔达记不得自己上次持盾是什么时候了——大概是在院子里练剑被斯奎尔狠揍的时候——也忘了这鬼东西有多沉。盾牌绑上手臂唤回了许多丢脸的回忆,其中大部分要归咎于哥哥,然而今天结束后,新的耻辱说不定会取而代之。假设他能活过今天的话。

斯奎尔又拍了拍卡尔达瘀青的嘴唇,手劲还那么大。"跟紧我,举好盾,你会平平安安,"他朝散坐于林间的手下晃晃头,"只要看到你冲锋在前,他们的评价就会改观。"

"好吧。"卡尔达不情不愿地晃了晃盾牌。

"谁知道呢?"哥哥给了他后背一巴掌,差点把他打趴下。"说不定你对自己的评价也会改观。"

重责大任
Ours Not to Reason Why

"你爱死这匹马了,是吧,徒尼?"

"它比你有口才,福里斯特,这点毋庸置疑,而且骑它比走路强太多,对吧,亲爱的?"他用鼻子蹭蹭坐骑的长脸,又抓了一把谷子喂它,"老天爷,它是军队里最可爱的生物。"

有人碰了碰他的胳膊。"下士?"是蛋黄,这新兵的眼睛一直盯着前方的山丘。

"走开,蛋黄,你比马可差远了。说实话,你要努力别成为军队里最讨厌的——"

"下士,那是葛斯特吗?"

徒尼皱眉。"葛斯特?"没脖子的剑术大师正从河对岸的果园骑来,马蹄溅起无数水花,盔甲反射着刺眼的阳光。他驱马上岸,冲进团部,差点把一名年轻的中尉撞倒。徒尼本应为此嘻嘻哈哈,但葛斯特身上的某种特质能让世上所有的笑容消失无踪。葛斯特利落地翻身下马,粗壮的身躯格外敏捷,他大步冲向瓦利米上校,生硬地敬了个礼。

徒尼扔掉马毛刷，朝那边凑了几步，好瞧个真切。常年的军旅生涯培养出他对倒霉事的敏锐嗅觉，而大祸临头的预感现在好死不死地降临了。葛斯特面无表情地说了几句，瓦利米冲山丘那边挥了挥胳膊，又朝西边挥了挥胳膊，然后葛斯特继续说话。徒尼又凑近了点，想听细节……但见瓦利米懊恼地一甩双手，高喊着什么大步走开。

"福里斯特上士！"

"长官。"

"据说我们西边那片沼泽中有条路。"

"长官？"

"加兰霍将军希望我们派第一营过去，确保那条路不会被北方人利用。"

"老桥西边的沼泽？"

"是的。"

"可我们没法骑马穿过——"

"我知道。"

"我们刚收回我们的马啊，长官。"

"我知道。"

"可……我们该怎么安置它们？"

"统统留下！"瓦利米怒道，"你以为我愿意让半个团下马横穿该死的沼泽？你以为我愿意？"

福里斯特嚅动着嘴，脸上的伤疤也跟着动。"不，长官。"

瓦利米大步走开，边招手示意手下军官。福里斯特呆站了一会儿，使劲挠后脑勺。

"下士？"蛋黄很小声很小声地问。

"干什么？"

"这是不是也算在下级头上拉屎的例子?"

"非常正确,蛋黄,你有当个正经军人的潜质,"说话间,福里斯特已来到他们面前,双手叉腰,皱眉看向河的上游。"第一营有事干了。"

"真棒。"徒尼说。

"就地留下坐骑,向西穿过沼泽。"大家异口同声地哀号起来,"你们以为我愿意?收拾东西,准备出发!"福里斯特踏着重重的步子走开,去把好消息带给更多人。

"我们营总共有多少人?"利德林根小声问。

徒尼长吸一口气。"离开阿杜瓦时五百人。现在大概四百人,根据新兵数量略有增减。"

"整整四百人?"克林格惊叫,"穿过沼泽?"

"啥样的沼泽?"沃斯小声问。

"那是沼泽!"蛋黄大声嚷嚷,活像发怒的小狗冲大狗叫唤,"沼泽啊!一大片淤泥!还能啥样?"

"可……"利德林根盯着福里斯特,又看向坐骑,他刚把自己的行李和徒尼的一部分东西放到马上,"这也太蠢了。"

徒尼揉着疲惫的双眼。他还要开导这些新兵多少回?"够了,你们习惯了数落别人。酗酒的老头,卖菜的农妇,扔石头砸鸟的小孩……哪个不愚蠢?不小气?不自私?不糊涂?你们以为打起仗来军人就不一样,一切都会变好。在生死关头,大家会团结一致、齐心协力,大家会深谋远虑、出类拔萃……个个都像英雄。"

他边说边从马鞍上卸行李。"其实还不是一样。事实上,我告诉你们,正因有了压力、担忧和恐惧,一切会变得更糟。很少有人在肩负重任时还能保持清醒头脑,打起仗来往往比平时更蠢。大家会盘算怎么逃避责难,保住面子,而不是做真正有用的事。军人是最容忍愚蠢的职业,也是最鼓励愚蠢的职业。"

他看向几个新兵,发现他们都瞪大眼睛望着他,一脸惊恐——只有没心没肺的蛋黄踮起脚尖,竭力从马上取下长矛,他分到的那匹马不巧是团里最高大的。

"够了,"徒尼厉声喝道,"沼泽不会自己移动。"他转身背对手下,温柔地拍了拍坐骑的脖子,叹口气,"哎,老姑娘,你我又要分别了。"

冲锋之前

Cry Havoc and ...

卡脖回来时，舒利正给大家理发。他的小队如今剩下七人，算上他是八个，他不禁琢磨哪支小队的成员能上两位数，至少他的小队从没有过。艾里克坐在横倒在地、爬满常青藤的树干上，皱眉看向远处，任剪子在脸庞周围游移。

威尔旺靠着另一棵树，众剑之父剑尖朝下立在地上，剑柄被他抱在怀中。这巨汉脱掉了衬衫，只穿皮革背心，前襟有一大团经年留下的灰色汗渍，裸露的手臂肌肉饱满。越危险脱得就越多？若是如此，等拿下这山谷时，他岂不得光屁股？

"卡脖！"他喊道，同时举起巨剑晃了晃。

"嘿，头儿。"多福德坐在枝头，背靠树干，正把一根枝条削成箭杆，木屑不断飘落。

"黑旋风没杀你？"奇妙问。

"没到时候。"

"他说要干什么了吗？"约恩朝周围森林密密麻麻的人群点头。

他的头发比卡脖离开时少多了，结果有点显老，眼角的皱纹和眉毛中的灰色变得十分打眼，这些卡脖以前都没注意到。"好像有大动作。"

"确实如此。"卡脖蹲进灌木丛，膝盖的疼痛让他打了个激灵。他看向南方，林木线后仿佛是另一个世界：树下的阴暗让人安心，又像冷水池一样平静；外面的山谷则沐浴于炙热的阳光，棕黄的麦田铺陈在蔚蓝色天空。英雄顶的翠绿山体散发出勃勃生机，那些被遗忘的古老石头伫立在山顶，继续着无谓又顽固的守望。

卡脖指向左边的奥斯仑，从这看去，镇子不过是麦田中的一堵木墙和两座灰塔。"长手最先行动，进攻奥斯仑。"他无意间压低了声音，其实联合王国人在远处的山顶，喊破嗓子也听不见。"他会带上所有旗帜，虚张声势，黑旋风希望这能分散英雄顶上的兵力。"

"引他们下山？"约恩问，"这点子太简单了吧？"

卡脖耸肩。"对于知道谜底的人，任何点子都太简单。"

"他们派不派人下去，结果都一样，"威尔旺做起伸展运动，整个人挂住一根树枝，长剑悬于背后，"我们都得爬山。"

"如果我们爬山时，山上的联合王国人只剩一半，这点子就管用。"多福德跳下枝头。

"那就祈祷他们真会派人下去吧，呃？"卡脖示意横亘在奥斯仑和英雄顶之间的田野及草场，"届时老金会骑马冲杀，在这片开阔地打他们个屁滚尿流，一路赶到河边。"

"淹死那帮挨千刀的。"艾里克小声嘀咕，语气中流露出格外的恨意。

"与此同时，黑旋风发起主攻。他会带上铁头、十面精及他们所有的手下，直取英雄顶。"

"他打算怎么攻？"奇妙揉着新结痂的伤疤问。

卡脖看了她一眼。"那是黑旋风，对吧？他只会猛冲上去，让没入土的都入土。"

"我们呢?"

卡脖吞了口口水。"是的,我们跟他一起冲。"

"在阵线中央,呃?"

"回那破山上?"约恩吼道。

"早知如此,还不如在上面跟联合王国人干一仗。"威尔旺边说边从一根树枝荡到另一根。

卡脖指向右边。"斯奎尔在盐丘后的林子里,一旦黑旋风开始行动,他也会带着骑兵冲下乌托德路,拿下老桥。他和卡尔达。"

约恩轻蔑地摇摇头,以此表达态度。"你的老情人卡尔达?"

"就是他,"卡脖坦然看向他,"我的老情人卡尔达。"

"这可爱的山谷和它不甚广阔的地界,"威尔旺唱道,"将重回我们手中。"

"准确地说,是回到黑旋风手中。"奇妙纠正。

多福德掰着手指数名字。"长手、老金、铁头、十面精、斯奎尔,还有黑旋风本人……加上他们的部下,那得好多人啊。"

卡脖点头。"这可能是北方人在战场上投入最多的一次。"

"这将是一场大战,"约恩道,"好一场大战。"

"将会有无数歌谣诞生!"威尔旺用双腿钩住树枝,倒挂在树上,没人知道他搭错了哪根筋。

"我们会好好教训南方佬。"多福德嘴上这么说,听起来并不信服。

"死者在上,希望如此。"卡脖喃喃道。

约恩靠过来。"拿到赏金了吗,头儿?"

卡脖打个激灵。"黑旋风没心情给钱。"周围响起一片呻吟,他对此早有预料。"回头我会给大家拿到,别担心。先欠着,会拿到的。我去找裂足说。"

奇妙吮着牙齿。"想从裂足那儿掏钱，不如试试让威尔旺别发疯。"

"我听见了！"威尔旺喊道。

"你这么想，"卡脖用手背一拍约恩的胸口，"等冲上那座山，就又赚到一笔赏金。一次给两笔钱。反正在这儿又没法花，不是吗？马上要打仗了。"

这点没人能反驳。大批全副武装、蓄势待发的北方人正穿过森林，引起无数摩擦声、敲击声、低语声和碰撞声，最后他们蹲跪在树下，形成一条漫长的阵线。斑驳的阳光从枝丫间洒下，落在那些眉头紧锁的脸上，也照亮了头盔和出鞘的长剑。

"说起来，上次参加像样的战斗，是什么时候的事了？"奇妙小声问。

"奥伦萨德附近小打过一场。"卡脖答道。

约恩啐了一口。"那可不像样。"

"那就是在高地。"舒利的理发工作行将结束，他轻轻扫掉艾里克肩上的碎发，"冲进该死的峡谷捉血九指。"

"那是七年前了吧？还是八年？"噩梦般的记忆至今令卡脖战栗：数十名战士一起涌进绝壁间挤得密不透风的缺口，没人能好好呼吸，没人能挥动武器，只能盲目地戳刺、膝顶、撕咬……他没料到自己能活过那条恐怖的裂缝，怎会有人想再经历一次？

森林和英雄顶之间这片长满麦子的浅凹地，对一个腿脚不灵便的老汉来说太长了。歌谣总是赞颂光荣的冲锋，无视防守方至关重要的优势——以逸待劳。他把重心从一条腿换到另一条腿，试图找到膝盖最舒服的姿势，然后又关心脚踝，再后来又关心臀部，结果只轮换了若干种疼法。这就是生活，他自嘲地想。

他环视四周，查看手下是否准备妥当，却惊讶地发现黑旋风本人单膝跪在不到十跨远的灌木丛中，一手持斧，一手握剑，裂足、摆子及其他亲锐跟在后面。脱下毛草和漂亮衣服的黑旋风如同这漫长阵线中的普通一员，唯有豺狼般的笑容没变——看来，卡脖有多想摆脱这种生活，黑旋风就多热衷这种生活。

"都别死，好吗？"他告诉手下，又捏了捏舒利的手。他们纷纷摇头，有的皱眉有的露出紧张的笑容，说着"不会"或"知道"或"死不了"。唯独布拉克坐在原地盯着树干出神，苍白的大脸渗出汗珠。

"别死，呃，布拉克？"

山民像刚发现卡脖一样看过来。"啥？"

"你没事吧？"

"嗯。"布拉克用湿冷的手抓住卡脖的手，挤了挤。"没事。"

"你的腿能跑吗？"

"没事，现在我拉屎比跑步还痛。"

卡脖扬起眉毛。"这倒是，好好拉一泡够累人的。"

"头儿。"多福德朝明亮的森林外侧点头，卡脖赶忙伏低身子。有人，骑马的人，但卡脖蹲在这儿，只看得见脑袋和肩膀。

"联合王国的斥候。"奇妙在他耳边低声说。可能是狗子的人，穿过田野和农场，特来林木线边巡视。说真的，森林横跨山谷，里面伏满整装待发的北方人，对手若毫无察觉那才稀奇。

黑旋风当然也想到这点，他冷冷地朝东边一挥斧子，好似要人递啤酒。"长手该行动了，以免失去先机。"他的命令和动作顺着阵线像海浪一样传递下去。

"我们准备冲。"卡脖啃着指甲嘀咕。

"我们冲。"奇妙双唇紧抿，挤出这三个字，出鞘的长剑已握在手。

"老了，真干不了这破事儿。"

"嗯哼。"

"我该娶科雯。"

"是啊。"

"我早该退休。"

"没错。"

"你能不能别附和了?"

"这不是副手的职责吗?无论何时都支持头儿?所以喽,你太老了,你该娶科雯,你也该退休。"

卡脖叹口气,伸出手。"感谢支持。"

她握了握那只手。"一如既往。"

低沉的号角陡然从东方响起,不但让卡脖发根发痒,大地似乎也在嗡嗡回应。号角又响了几次,脚步声随即传来,仿如混杂着金属声的遥远雷鸣。卡脖竭力探身,从漆黑的树干间往外张望,想亲眼目睹长手的队伍冲锋的景象,但隔着阳光普照的田野,只看得见奥斯仑的几个屋顶。战吼响彻山谷,宛若鬼灵的呼喊在林间回荡。卡脖浑身起了鸡皮疙瘩,他既怕得要命,又想一跃而起,加入吼声的大合唱。

"快了。"他低声道,一边舔着嘴唇站直,不再关心膝盖的疼痛。

"是啊。"威尔旺来到近前,一只手在剑柄横挡边提着出鞘的众剑之父,另一只手指向英雄顶。"看到了吗,卡脖?"翠绿的斜坡顶端有人移动,好像围着一面旗。"他们要下去。在田野里和老金的小子们愉快地碰头,是吧?"他又轻又尖地笑道,"愉快地碰头。"

卡脖缓缓摇头。"你一点也不慌?"

"慌什么?我不是说过吗,松格娜透露了我死去的时间、地点和——"

"不是这里,也不是现在,妈的,你重复一万遍了,"卡脖凑过去低声说,"但她有没有透露,你是否会在这儿被剁下双腿呢?"

"没,她没透露,"威尔旺只好承认,"这能有什么影响?就算没了双腿,我照样可以坐在火堆边聊天。"

"说不定他们会把你的胳膊也砍了。"

"好吧,如果真那样……我只能考虑退休。你是个好人,卡脖科登,"威尔旺戳了戳他的腰,"我可能会把众剑之父传给你,如果我去往彼岸时,你还活着的话。"

卡脖不屑道:"我才不要那鬼东西。"

"你以为我自愿带着它?达根科尔选了我,就在他被山卡掏出内脏、只能躺上柴堆的时候。顺带一提,那玩意儿好紫啊。"

"啥玩意儿?"

"他的内脏。众剑之父必须托付有人,卡脖。你不是常说凡事都有个正路吗?它的正路就是托付有人。"

两人沉默良久,看着森林外明亮的田野。风吹树枝,沙沙作响,还摇下几片干枯的绿叶,落在灌木丛中的战士们的长矛、头盔和肩膀上。鸟儿在枝头没完没了地啁啾,竟衬得远处长手队伍的战吼声有些失色。

有人向英雄顶的东边移动。联合王国人下山了。卡脖搓了搓汗津津的手掌,抽出长剑。"威尔旺。"

"干什么?"

"你就没想过松格娜可能说错?"

"每次开打前都会想。"

如愿以偿

Devoutly to be Wished

尊贵的陛下：

加兰霍将军的师团业已抵达奥斯仑镇，并以一如既往的高效占领了河边几个关键渡口。王军第六步兵团和罗斯托德征兵团在被北方人称为英雄顶的山上建起坚强阵地，那里可将周边一览无余，包括北进卡莱恩的重要道路。除了一堆熄灭的余烬，臣等没发现敌人的踪迹。

路况依然是我军最大的阻碍。密特里克将军的先遣部队已进入山谷，但与加兰霍将军的后卫部队纠缠在一起，导致——

葛斯特突然抬头。他从风中隐约听到了喊声，纵然没法听清，但声音里透出异样的兴奋。

别自欺欺人了，我总这样。河的南岸没有丝毫兴奋迹象，官兵们四下散开，懒洋洋地晒太阳，马儿在附近平静地吃草。有人被查加烟呛得咳嗽，还有群人一边轻声哼歌，一边分享水壶。不远处，团长瓦利米上校正和联络员就加兰霍将军最新一道命令的准确含义争执不休。

"我明白您这边的情况,但将军要求您留在原地。"

"拜托,难道要我们停在路上?难道他不准我们过河?或至少在岸边布防?我有个营已被派往沼泽了,剩下的人堵住了友军!"瓦利米指向一名满身尘土的上尉,那人的连队正叫苦连天地排成纵队——这个连可能是山上那些团落下的,也可能不是,反正上尉并未说明,也没人去问个究竟。"将军的意思不可能是让我们停在这里,你应该明白!"

"我明白,"联络员耐心解释,"但将军要求您留在原地。"

一如既往的低效。一队大胡子工人踏着整齐的步伐从旁经过,肩扛铲子,面色严峻。这是我今天见过最整齐的队伍,也可能是王军最得力的部分。军队对坑的需求永远迫切。火坑、坟坑、茅坑、壕坑、防御工事……形状、深度和用途各不相同的坑,充满想象力,外人根本猜不到。铲子比长剑可靠,或许将军们该把镀金铲子当军衔章。多棒啊。

葛斯特的注意力回到信上,不悦地发现纸面沾了一滴丑陋的墨点。他撇起嘴,愤愤地将纸揉成一团。

又一阵风吹来,他听见更多喊声。我是真听见了?还是渴望太迫切,克制不住妄想?但旁边几个骑兵也皱眉看向山那头。葛斯特的心脏突然狂跳起来,他嘴巴发干,起身后着了魔般朝水边走去,双眼紧盯英雄顶。他觉得自己能看清上面的动向,小小的人影在长满青草的山坡间移动。

他冲过鹅卵石滩,奔向瓦利米,后者仍在和联络员徒劳地争辩所部官兵应该无所事事地待在河的哪边。这个问题很快就无关紧要了。他反复祈祷。

"……但将军确实指出——"

"瓦利米上校。"

"怎么?"

"你应该整顿人马。"

"应该?"

葛斯特的目光片刻没离开英雄顶,一直关注着坡上士兵们的剪影。相当一部分军队正往东调动,鉴于未有克罗伊元帅的传令官涉过浅滩,下达新指示,这么多人离开山顶只有一种可能……北方人发动了进攻。进攻,进攻,进攻……

他意识到自己仍握着没写完的信,力气大得指节煞白,忙把皱巴巴的纸扔进河里,任它打着旋儿顺水飘走。更多声音传来,远比此前的动静让人胆寒,这次毫无疑问是来真的。

"听起来有人在喊。"瓦利米说。

不可抑制的愉悦涌上喉头,令葛斯特的声音比平常更高亢。但他不在乎。"请整顿人马。"

"干什么?"

葛斯特已朝坐骑跑去。"准备战斗。"

牺牲者
Casualties

兰斯马克上尉奋力穿过麦田，速度介于快步和小跑之间。罗斯托德征兵团第九连随他赶赴奥斯仑镇，语义含糊的"接近敌人！"的命令依旧回荡在耳畔。

毋庸置疑，敌人就在前方。兰斯马克看见长梯搭上镇子长满青苔的原木外墙，箭矢飞起落下，旗帜迎风招展——一面破旧的黑色大旗飞扬在所有旗帜之上，根据北方人斥候此前的说法，那正是敌军总头目黑旋风的标志。正是看到这面旗，加兰霍将军才坚决而不容置疑地下令出兵。

兰斯马克脚不停步地转身，暗暗希望自己不会因此绊倒、啃一口麦子，他试图用职业军人的手势催促部下。"冲！冲！往镇上冲！"

加兰霍将军的命令多欠考量，这早已是不公开的秘密。军官们尽可能不声不响地忽视无法执行的指示，迫不得已时创造性地加以阐释。但眼下这道命令的前进意图实在没有别作他想的余地。

"稳住，弟兄们，保持队形！"

队形保持得不好，乱糟糟的，但兰斯马克怪不了部下，他自己也不喜欢孤军深入开阔的麦田，团里许多人还和友军及辎重一起堵在河南岸糟糕的道路上。然而军官有军官的职责，他必须对普尔少校负责，少校必须对第六步兵团团长魏特兰上校负责——魏特兰目前是山上的现场指挥，而他太忙了，没空关注区区一个征兵连。兰斯马克只能努力让自己相信，战场不是独立思考的场合，上级的格局高于前线的连长。

哎，可惜经验并不能佐证这一点。

"小心！注意林木线！"

林木线位于北面远处，兰斯马克觉得那里阴森森的、充满威胁。他不愿设想树木的阴影下藏了多少人，随即想起每次看到树林，都以为下面全是北方人。注意林木线有什么用？回头已来不及了。右边的瓦尔纳上尉带领他的连已赶到全团前头，迫不及待要投入战事。他总这样，为了回家时能戴满奖章，下半生在吹嘘之中度过。

"蠢货瓦尔纳存心让阵线散架。"洛克上士吼道。

"上尉只是在执行命令！"兰斯马克厉声回应，接着又压低声音，"那混蛋……前进，弟兄们，分成两队！"如果北方人果真出现，现在最不该的就是在阵线上留下缺口。

士兵们加快脚步，纵然人人疲惫不堪，有时还会踩到别人的靴子而摔倒在麦田里，阵线亦变得愈发凌乱。他们应该到了山丘和镇子的中间位置，普尔少校骑马冲在最前，挥舞军刀吼着部下根本听不清的打气话。

"长官！"洛克狂喊，"长官！"

"听见了，我他妈听见了，"兰斯马克气喘吁吁地回应，几乎失去了抱怨的力气，"我只是听不清他说什……噢。"

他发觉洛克抽出长剑，疯狂地戳指，顿感如坠冰窟——预料到最糟的情况和亲眼目睹最糟的情况，毕竟有天壤之别。北方人已涌出森林，正快步奔过草场，朝他们冲来。从这个角度不太能看清对方有多少人，因为这里地势低洼，又被一些沟渠和篱笆分割，但仅仅对方阵线的长度就让兰斯马克的心凉了一大半。敌人手中的武器闪着幽暗的光，举起的彩绘盾牌组成一排晃动的彩色斑点。

毫无疑问，罗斯托德征兵团处于劣势。有几个连还毫无察觉地继续随普尔少校扑往奥斯仑，那里会有更多北方人等着他们。剩下的连队发现左侧的威胁，赶紧停步，拼命组织防线。时间一秒一秒地过去，罗斯托德征兵团的人数劣势越来越明显，且他们队形散乱，孤立无援，还必须于开阔地迎敌。

"停下！立刻停下！"他尖叫着，迅速冲进连队前方的麦田，头晕目眩地高举双手，"排好阵线！面向北方！"他们只能这样做，不是吗？还能如何？他的部下混乱而可笑地转了个大圈，惊慌失措地重组阵线，有些人始终找不到位置。

兰斯马克抽出佩剑。他选的这把剑便宜又老旧，剑柄都有些松。他把省下的钱拿去买礼帽了，现在看来是个糟糕透顶的决定，可佩剑外表看来都一样，而普尔少校检阅时格外重视手下军官的仪容仪表。可惜这次并非检阅。兰斯马克扭头瞥向北方，出于紧张竟咬破了嘴唇，嘴里泛起血味儿。北方人正飞速接近。"弓箭手，拉弓，长矛兵，准备——"

剩下的话卡在了喉咙里。骑兵从左边更远处的村落后出现，人数相当多，直奔他们的侧翼而来，无数马蹄掀起漫天尘埃。他听见周围人纷纷发出嘶哑的警告，忧虑已化作实实在在的恐慌。

"稳住！"他大喊，可惜声音在发抖。他转身看见有的部下开始逃窜，尽管根本无路可逃，尽管逃生的概率并没有迎战来得高，但那些人已没法冷静评估。其他连队也在分崩离析，普尔少校甚至全速往河边奔去，不顾身体被坐骑颠得形象全毁。如果有马的话，兰斯马克肯定也会学长官的样，但上尉不配马——至少罗斯托德征兵团的上尉不配。他真该加入给上尉配马的团，但他买不起那种职位，为当上这个连长，他已负债累累，没有余力……

北方人相当近了，近得吓人，他们冲过最后一排篱笆，兰斯马克已能看清阵线中每个人的样貌。那些人尖叫又咆哮，脸上挂着狰狞的笑容，犹如高举武器的野兽席卷而来。他不由自主地退了几步，直到发现洛克上士就站在旁边，下巴肌肉紧绷。

"操蛋，长官。"他说。

兰斯马克也只得吞口口水，摆出迎战姿势，但与此同时，周围的部下却纷纷丢下武器，转头朝河边或山脚跑，不顾距离有多远。他的连和附近几个连临时组建的阵线化为一盘散沙，只剩几小撮吓呆了的和最有骨气的官兵站在原地抵抗——他现在看清敌人有多少了，几百人，上千人，不止……一根长矛飞来，狠狠扎进旁边某人的身体，那人惨叫着倒下，矛尾不住颤动。兰斯马克注视了那人片刻。斯尔特，从前是个面包师。

汹涌而来的北方人令他合不拢嘴。这种事他当然听说过，但从没想到自己会遇上，从没想到自己会沦为炮灰。他许诺自己三十岁前去做的事还一件都没完成，此刻只想扔掉武器。他瞥见指头上的婚戒，便举起来仔细瞧。艾米琳的面容刻在宝石上，看来他没法回去见她了。她终究得嫁给表哥。表兄妹结婚，可悲的联姻。

洛克上士冲了上去，但不过是白逞英雄。他把一面盾牌的边沿砍下一大块，那盾绘了座桥，他待挥剑再砍，但另一个北方人冲上来，一斧敲中他。他被打得往边上一歪，接着有把剑劈中他的头盔，穿透面甲，在他脸上划出又深又长的口子。他歪歪扭扭、漫无目的地转了几圈，像跳舞一样乱晃胳膊，随即被汹涌而来的人群撞倒，消失在麦田之间。

兰斯马克冲向那面绘了座桥的盾牌，浑不顾盾后是谁，潜意识中很可能当那后面没人。他的剑术老师看到他现在的动作一定非常生气，然而他还没冲到那里，就被长矛刺中胸部，撞得一趔趄。矛尖自胸甲划过，执矛的是个破鼻子的丑鬼。他挥剑砍去，立时将对方的脑袋劈成两半，脑浆飞溅。太轻松了。长剑的确沉重而锋利，哪怕是便宜货。

他听到清脆的响声，随即天旋地转，泥巴迎面扑来，麦子缠住身体。一只眼睛看不见了。他又听见大得吓人的叮当声，好像脑袋被装在大钟里晃。他拼命想爬起来，然而世界不断旋转。他许诺自己三十岁前去做的事还一件都没完成，噢，除了参军。

南方佬拼命想爬起来，于是"浅眠"用钉头锤照他后脑又一下，砸凹了头盔。南方佬抖了几下腿，没气了。

"妙极。"联合王国人被两面包抄，要么迅速入土，要么像惊弓之鸟一样四散逃命。真被老金说中了。浅眠单膝跪下，腋窝夹住钉头锤，伸手去摘那南方死鬼手上好看的戒指。同伴们都在搜刮战利品，也有谁满脸是血地惨叫着。没办法，这是打仗，对吧？不可能人人喜笑颜开。老金的骑兵奔向南边收拾残局，把逃窜的南方佬驱赶到河岸。

"上山！"萨卡巴大吼着用斧子一指。自以为是的呆子。"上山，兔崽子们！"

"你自己上山吧。"浅眠嘀咕。他跑得双腿酸疼，吼得嗓子冒烟。"哈！"他总算摘下联合王国人的戒指了，但把它举到太阳底下，却不由得皱眉。只是颗打磨光滑的石头，上面刻了张脸，不过应该能换几枚银币。他把它塞进夹克，又捡起死鬼的剑掂了掂，插进皮带。这玩意儿或许更值钱，虽说轻细得像牙签，手柄还乱晃。

"快走！"萨卡巴抓起个正在搜刮的手下，狠踢了那人屁股一脚，"快给我挪屁股！"

"好吧，好吧！"浅眠不情不愿地跟在其他人后面往山那边走。

他很不开心,因为没来得及去翻那些南方佬的口袋,也忘了脱他们的靴子,好东西全归跟在后头的拾荒者和女人了。那帮操蛋的乞丐,没胆子打仗,却净占便宜,简直是耻辱。

没法子,生活必须处处忍受无奈,就像忍受苍蝇和坏天气。

英雄顶无疑有联合王国人驻守,山顶附近的干石墙周围有金属反光和挺立的长矛。他谨慎地举起盾牌,保持从上沿瞥看——他可不想被对方惯用的那种歹毒的小箭扎中。那东西一旦扎中就完蛋了。

"你们看哪。"萨卡巴嘀咕。

他们爬高了些,现在一直能看到北边的森林,只见整片土地全是人:黑旋风的亲锐、十面精的亲锐、铁头的亲锐,后头跟着大批农兵,好几千人一齐涌向英雄顶。浅眠从没见过这么多战士,即便跟随贝斯奥德时也没有。这次出击的规模胜过卡曼纳河之战,胜过杜别克要塞之战,甚至胜过高地之战。他有点想待在一旁围观友军攻占英雄顶,借口就说脚踝扭了,但到现在他只捞到一枚便宜戒指和一把小剑,根本不够女儿的嫁妆,不是吗?

他们跳过一条铺满棕色鹅卵石的沟,离开踩得七零八落的庄稼,来到山脚下。"上山,兔崽子们!"萨卡巴挥着斧子高喊。

浅眠受够了这蠢货指手画脚,他不就因为是老金某个儿子的朋友才当上头儿的吗?于是浅眠转身咆哮:"你他妈自己先上,你——"

"嗤"地一声,箭头扎进夹克。浅眠一声不吭地盯着它看了片刻,才猛吸一口气,放声大叫:"噢,狗日的!"他呜咽着、颤抖着,再度呼吸时痛感迅速往腋下蔓延。他咳出鲜血,跪倒在地。

萨卡巴瞪着他,举盾将两人护住。"浅眠,你搞什么?"

"该死……我被扎了个……透心凉。"由于吐血,每个字都说得含含糊糊。他连跪都跪不住,伤口痛得不行,只能往旁边倒下。这种入土的方式糟透了,不过到头来或许每个人都差不多。无数双脚从身边隆隆奔过,人们开始往山上冲锋,飞溅的泥土落在他脸上。

萨卡巴依旧跪在他旁边,开始解他的夹克。"让我看看。"

浅眠一根指头也动不了,周遭渐渐模糊。"死者……在上,好……痛。"

"肯定痛啊。喂,戒指放哪儿了?"

冈特放下弩,这波齐射落入北方人的队伍,放倒了几个人。从这高度,重弩的弩矢不但足以穿透他们的盾牌,还能像撕破女士的裙子一般撕开他们的锁甲。有个北方人扔掉武器,捂着肚子,尖叫着逃跑,在麦田里留下一道弯弯曲曲的足迹。冈特看不清自己的弩矢有未命中,但没关系,他们靠数量制胜。拉弦,装填,瞄准,射击,拉弦,装填……

"快啊,孩子们!"他朝周围大喊,"射击!射击!"

"命运女神在上。"他听见罗斯用颤抖的嗓门低声说,又伸出一根抖动的食指指向北面——数不清的敌人还在不断涌出森林,铺满田野,像亮闪闪的海浪往南边的山丘缓缓拍来。但这群愤怒的猩猩不足以让冈特中士紧张,他曾在比沙卡的小山上迎击古尔库人接连不断的冲锋,大半个小时都全力以赴地装填弩矢,直到敌人铩羽而归,尸体堆积如山。

他抓住罗斯的肩膀,将对方按回墙边。"别分心,只想着下一发。"

"好的,中士。"罗斯的注意力勉强回到自己的弩,脸色依然苍白。

"拉弦,孩子,拉弦!"冈特以精准的节奏操控自己的武器。他那把弩刚上过油,干净整洁,运用自如,而他的动作不紧不慢,务求规范。他又抽出一支弩矢,却皱起眉头,因为矢袋里只剩不到十支了。"弹药呢?"他扭头大喊,又吩咐周围,"瞄准目标,精确射击!"他站起来端平重弩,将弩身顶在肩上。

饶是他经验丰富,还是被下方的景象惊得一愣。打头阵的北方人已冲到山脚,开始往上,青草漫漫的山坡拖慢了他们的速度,却无损他们的劲头。他们的战吼更响亮了,简直令人心惊肉跳——若说此前还像是扯破嗓子唱歌,现在算得上地狱的呐喊。

他咬紧牙关,向下瞄准,然后扣动扳机。弩矢飞出,弩弦嗡鸣,他看着它扎在一面盾上,将盾后的敌人撞个四仰八叉。扳机声和弩弦声接连响起,左侧相继有十多支弩矢飞出,射翻两三个北方人。其中一个脸庞中招,仰面栽倒,斧子旋转着飞上蓝天。

"干得好,孩子们,继续射击!装填——"冈特身边响起清脆的扳机声,随即脖子传来灼痛,双腿没了力气。

这是意外。罗斯整整一星期都在修理扳机,阻止它乱晃,以防走火,可惜他实在不擅长机械。他不明白自己为何被选作弩兵,或许使长矛更好——没错,他们要是早给他长矛,冈特中士就不会倒霉。罗斯刚抬起弩便走火了,矢尖在胳膊上擦出长长的伤口,令他脱口咒骂,而当他抬头看向一旁时,见到被射穿脖子的中士。

两人面面相觑,冈特的双眼随即往下瞥去,看向脖子上的矢杆。他丢下弩,伸手捂脖子,颤抖的指头沾满鲜血。"哇呃……"他呻吟着,"唔呜……"他的眼皮眨个不停,突然就倒下了,脑袋狠砸在墙上,歪斜的头盔遮掩了脸庞。

"冈特?冈特中士?"罗斯拍打中士的脸,仿佛对方只是溜号打盹。然而他很快弄得满手血污,鲜血不断涌出,既从中士的鼻孔,也从脖子上整齐的伤口,颜色像油一样暗,几乎是黑的,与中士惨白的皮肤对比鲜明。

"他死了!"罗斯被人拽回墙边,又把空弩塞回他血淋淋的手中。"射击,你他妈的!射击!"下令者是新入伍的年轻军官,罗斯记不得其人的名字。他连自己的名字都记不得了。

"什么?"

"射击!"

罗斯麻木地装填弩矢,他知道身边的战友都在做同样的事。他们汗流浃背,拼尽全力,骂骂咧咧地靠在墙上射击。他听到伤员惨叫,还有高亢的奇异吼声。他摸索着从矢袋中抽出一支弩矢,装进凹槽,暗骂自己不中用的手指,粉红色的指头沾了冈特的血。

他开始哭泣,哭得泪流满面。尽管天气不冷,双手却一阵恶寒,牙齿也不住打战。身边有的战友扔下弩朝山顶跑去,事实上,越来越多的士兵正不顾军官们声嘶力竭的怒吼,撒腿逃跑。

箭支从天而降,其中一支击中罗斯身旁某人的铁盔,其余的落在墙后的山坡。那些箭插进土里,看起来就像通过魔法长出的植物。又有人转身逃跑,但才跨一步就死在年轻军官的剑下。

"为了国王!"军官尖叫,眼里充满疯狂,"为了国王!"

罗斯没见过国王。在他左边,一个北方人跳上墙头,立刻被两根长矛刺穿,尖叫着摔了回去。罗斯身旁有人站起来,咒骂着举弩反击,但那人的天灵盖突然跟脑袋分了家,弩矢也高高射向天上。又一个北方人翻上石墙,打算利用方才殒命的弩兵空出的位置——这北方人很年轻,但怒火让他面目狰狞。不,不,他是个魔鬼,大喊大叫的魔鬼。一名战友挺矛刺去,被他用盾格开,他在跳下石墙的同时挥斧砍中那矛兵的肩膀,无数暗红的血液喷涌而出。现在整道墙都承受着北方人的猛攻,在他左侧,石墙的缺口已被全力以赴的身躯塞满,长矛搅在一起,无数靴子在泥泞不堪的草地上打滑。

疯狂的声音充斥着罗斯的脑海,那是武器和盔甲的碰撞,那是战吼混合着乱糟糟的命令,那是吃痛的哀号加上他自己战战兢兢、带着哭腔的呼吸。他手足无措,完全遗忘了手里的弩。那个年轻的北方人挡下年轻军官的剑,同时照军官身侧狠狠一斧,剁进了手肘下方的胳膊，裹在刺绣袖管里的手软塌塌地飞了出去。随后北方人一脚踢中军官的双腿，将其踹翻在地继续猛砍，狞笑的嘴沾满鲜血。又一个北方人从旁边爬过了墙，这人脸很大，蓄着黑灰相间的胡子，粗哑的嗓子喊着听不懂的话。

第三个北方人靠赤裸的长臂支撑，干脆利落地翻过坍塌的石墙，靴子扫过墙头的青草。这个北方人极为壮硕高大，手提一把罗斯毕生所见最长的剑——他不明白人类怎能挥舞这么长的剑？沉暗的剑刃扫中一个弩手，将其拦腰劈成两半，尸体喷着血雾沿山坡滚下去。

骇人的惨状让罗斯的四肢似乎突然恢复了知觉，他转身逃跑，却跟另一个逃跑的家伙撞在一起，滑了一跤，崴到脚踝。待他慌忙爬起来，踉踉跄跄才迈出一步，后脑便被狠狠击中，力道大得使他咬掉了舌头……

艾里克在弩手的肩胛骨间补了一斧，确保万无一失，沾满鲜血的斧柄在满是擦伤的手中因用力过猛而震颤。他看见威尔旺对上一名健壮的联合王国人，便挥斧向那人腿后侧劈去，仓促间虽只斧面打中，强劲的力道已足以让敌人倒下，刚翻墙过来的舒利趁机一矛了事。

艾里克从没见过这么多联合王国人，他们就像一个模子刻出的，同样的盔甲、同样的衣服、同样的武器。他仿佛在不停地杀同一个人，不，是砍同一个靶子。现在他们开始往坡上逃跑，墙边的阵线已然溃散，而他像狼追赶羊那样追了上去。

"艾里克，慢点，你疯了吗！"快活约恩在后面气喘吁吁地叫嚷，但他没法停下。这次冲锋势如破竹，他一心只想顺势杀上山顶，为哥哥报仇。威尔旺在他身后挥着众剑之父斩杀仍在抵抗的南方佬，那把剑的剑锋能穿透任何防护，每一击都将对手扯成碎片。布拉克也在不远处咆哮着挥锤击打。

"上！他奶奶的都给我上！"黑旋风也上来了，他咧牙露齿，把战斧高举过头，摇晃的斧刃在太阳下闪着血光。眼看首领和大家一起战斗在最前线，艾里克心中的火被彻底点燃，他追上一个夺路逃窜的联合王国人，一斧砍在那人脸上，那人惨叫着仰面摔倒。

艾里克冲进巨石间的罅隙，只觉十分陶醉——因鲜血而陶醉，渴求更多鲜血。石阵内的草地已堆了许多尸体：联合王国人多是背后中招，北方人则是被射死。

有人尖叫了什么，几把弩相继发射，弩矢插在艾里克身旁，但他不管不顾地继续向前，扑向联合王国阵线中央的一面旗帜。他把嗓子都喊哑了，先砍翻一个弓箭手，残破的弓掉落在地，随即又砍向扛旗的大个南方佬。敌人用旗杆挡住斧子，两人纠缠在一起，艾里克迅速放开斧柄，抽出匕首，居高临下地捅向旗手没有头盔护住的脸。旗手像被捶打的牛一样倒地，扭曲的嘴叫不出声，却还死死抓着旗帜。艾里克一只手握住旗杆，一只手抓着旗头，拼死要把那面旗抽出来。

他听见自己发出奇特而陌生的喘息。一个头顶半秃、耳边有一圈灰发的男人向后收手，一把细细的长剑擦着那人的盾牌下沿、从艾里克身侧抽出。那剑之前似乎直插至柄，因此剑刃被完全染红了。艾里克试图挥斧回击，斧子却不知怎地脱手落地，而匕首还插在旗手的脸上。他只能茫然地摆动空无一物的手，随即又被击中肩膀，整个世界天翻地覆。

他倒在泥土中。饱经踩踏的泥土，笼罩在英雄石的阴影下。他总算抽出了那面旗。

他扭动身体，但怎样躺着都不舒服。

他没了知觉。

魏特兰上校依旧难以置信，王军第六步兵团到了生死关头。石墙失守,他对此心知肚明,仅剩的几处抵抗已无关大局。北方人前仆后继地从北面涌入英雄顶的石阵,一切发生得太快了。

"我们必须撤退!"库福尔少校的尖叫盖过战斗的喧嚣,"敌人太多!"

"不行!加兰霍将军会派来增援!他保证——"

"他在哪里?"库福尔目眦欲裂,魏特兰没想到少校竟是沉不住气的人。"他把我们留在这里送死,他——"

魏特兰背过身,"守住这里!必须守住这里!"他是一个骄傲的人,出自一个骄傲的家族,他必须守住这里,如有必要甚至为此而死——手握长剑战死,就像传说中的祖父那样。他将与团旗共存亡……好吧,这点其实没法实现,刚刚被他一剑刺死的男孩倒下时把团旗从旗杆上扯了下来。

无论如何绝不逃跑,他曾无数次——通常是正式场合盛装打扮后、对镜检查仪容或整理绶带时——告诫自己。

然而战况糟糕透顶,这里也没人关心绶带。这里只有鲜血、尸体和蔓延的恐慌,以及北方人野兽般的嚎啕。北方人不断冲进石头间的罅隙,涌向被踩得一塌糊涂的草地,魏特兰觉得他们就像汹涌澎湃的海浪。石阵作为防御阵地的弱点显然在于那些罅隙,而联合王国军的阵线——如果绝望的官兵为自保就地组成的人墙能称为阵线的话——被压迫得节节败退、濒临崩溃,后方又根本没有可靠的工事。

下命令吧。他是指挥官,必须下命令。"呃!"他挥舞着长剑,喊了一声,"呃……"一切发生得太快,太他妈快了,瓦卢斯元帅会如何下命令?他一直很钦佩瓦卢斯的镇定自若。

库福尔发出尖细的惨叫,从肩膀到胸口多了一道窄口子,白色的骨头都露了出来。魏特兰想让他别叫了,这样惨叫不符合王军军官的身份,更适合那些征兵团的军官,第六团的少校本该发出男子气概的怒吼。库福尔坐到地上,动作竟有几分优雅,只是鲜血从伤口汩汩而出,一个庞然巨物般的北方人握着斧子上前一步,势要将库福尔剁成肉泥。

魏特兰隐约感到自己应该跳过去帮助副团长,身体却没法动弹,他被那个庞大的北方人例行公事般的冷静迷住了。那北方人就像个砌墙工人,立志要让一堵难对付的墙符合他的高标准,他把库福尔真真正正地大卸八块之后——令人难以置信的是,少校似乎还在无声地惨叫——才心满意足地转向魏特兰。

他的半张脸上有一大片伤疤,眼窝里塞着一颗死气沉沉又格外明亮的金属球。

魏特兰拔腿就跑,完全出于本能。他的信念像劲风中的蜡烛一样熄灭了,这辈子活了三十多年,他从没跑得这么快,甚至从未想过人能跑得这么快。他冲出古老巨石间的罅隙,沿山坡一路狂奔,两只脚重重踩过草丛。他隐约感到周围的人都在逃跑,尖叫、嘶吼和咒骂不绝于耳,箭矢擦着头皮飞过,不可抗拒的死神一直笼罩在后背。

他跑过孩儿丘,撞见一队正待上山的士兵,他们被吓得目瞪口呆,立时做鸟兽散。他踩到个小坑,突如其来的意外让膝盖一软,结果不但咬到舌头,人也朝前飞了出去,重重摔在地上,一圈又一圈地翻滚。最终他滚进一片阴影中,掀起无数落叶、碎枝和泥土,但总算狼狈地停了下来。

他艰难地翻过身,不住呻吟。佩剑没了,右手又肿又痛,应该是摔倒时扭的。那把剑乃是他获得王军军衔之日父亲赠送的礼物,父亲那时深感自豪,但不知看到此情此景作何感想?他躺在树林中——这是山下的果园吗?——心想是自己抛弃了部队,还是部队抛弃了自己?军人的准则片刻前尚牢不可破,如今已烟消云散。一切发生得太快,太他妈快了。

他的半生心血，凭借极致的操典、反复的训练和严格的纪律打造的光荣的王军第六步兵团，就这样在疯狂的冲击下迅速崩解。就算有生还者，也不过是那些逃得最快的人，那些毫无经验的新兵和胆小如鼠的懦夫——他自己便在其列。他想征询库福尔少校的看法，张开嘴才想起对方死在一个金属眼睛的疯子手中。

他听见说话声，有人冲进树林，他赶紧缩在旁边的树干后偷瞄，活像个藏在被子里吓坏的孩子。来者是联合王国士兵。他解脱般打了个激灵，踉跄着离开藏身处，挥动一只手臂。

"喂！你们！"

他们猛地转身，却没有立正，反而像看个从坟墓里爬出的幽灵般看着他。他应该见过他们，然而这些人已从纪律严明的战士陡然变作瑟瑟发抖、满身泥污的动物。魏特兰素来将部下的服从视为理所当然，从没惧怕过他们，如今声音里却透出恐惧和疲惫。

"第六团的士兵们！我们必须守住这里！我们必须——"

"守住这里？"一个士兵尖叫着，举剑打向魏特兰。这一下不怎么重，拍在胳膊上只令他侧身滑倒在地，他发出的叫喊更多是由于吃惊。那个兵又待举剑，魏特兰缩作一团，这时另一个兵惊呼一声，踉踉跄跄拔腿就跑，所有士兵随即都逃了。魏特兰回头发现几个人影穿过树林走来，他听到低沉的喊声，说的是北方话。

恐惧再次攫紧了他。他呜咽着挣扎爬过落满枝条和树叶的地面，腐烂的水果像淤泥涂满了军裤，耳边始终回荡着自己惊恐的呼吸。他在树林边缘停住，用袖子捂嘴，这才发现胳膊上全是血。看到胳膊上的破洞，他心里发慌：撕裂的是衣服，还是血肉呢？

他不能留在这里。无论如何河边比留在这里安全。赶快行动。他冲出灌木丛，跑向浅滩。到处都是奔跑的人，大部分手里没了武器，神情疯狂又绝望，眼珠子乱转。魏特兰看到了他们恐惧的源头——骑兵。四处散布的骑兵正往浅滩聚拢，将逃窜的联合王国士兵往南驱赶。一旦教他们追上，要么被一刀砍死，要么被纵马践踏，整座山谷回荡着战吼。

魏特兰拼命奔跑，拼命加速，但他实在太累了。肺在燃烧，心在狂跳，呼吸急促，每踏出一步，眼前的景象都疯狂摇晃。水波的反光越来越近，身后却传来雷鸣般的马蹄——

他身子一歪，倒在泥巴里，一股无法形容的难受自后背传来，胸口像被千钧巨石压住一般。他努力低头查看，发现沾满淤泥的上衣上有个闪光的东西。就像奖章。但他逃了一路，实在没资格获得奖章。

"蠢啊。"他呼哧呼哧地说，嘴里尝到鲜血的味道。他有些讶异，接着便陷入无边的恐惧——无法呼吸的恐惧。

一切发生得太快，太他妈快了。

臭屁苏特扔掉断矛，矛尖插进了那个一路狂奔的蠢货身上。兔崽子跑得真快，明明一把年纪……但还是跑不过苏特的马。他抽出老旧的长剑，用持盾手挽住缰绳，双腿一夹马腹。老金对手下有外号的许诺，第一个过河者能拿一百枚金币，苏特早将那笔钱视为己有——老金把钱装在铁箱子里拿给大家看，甚至让大家摸过，每个人眼里都冒出了火。那些金币不寻常，两面刻着头像，有人说它们来自遥远的沙漠。苏特不清楚老金格拉玛打哪儿弄来沙漠金币，他也不在乎。

金子就是金子。

迄今为止，一切非常简单。联合王国人哭爹喊娘地跑得精疲力尽，苏特只需从马鞍上弯腰砍死一个，再砍一个，砍、砍、砍。苏特乐意干这档活儿，而非最近那些兜圈、侦察之类的麻烦事。北方人后撤又后撤，试图寻找合适的战场，却从没找到。然而苏特没加入抱怨者的行列，他不抱怨。他说过，不消多久，黑旋风就会带领大家迎接血红的胜利，现在果真等到了。

但一直杀人会拖慢速度。他皱起眉头，迎风看向左侧，发觉自己已不在队伍最前头。"羽毛"一马当先地伏在鞍上，完全不管杀人，专心穿越逃窜的南方佬，此刻冲到河岸，正涉入浅滩。

苏特才不会让羽毛亨格尔这号骗子骗走一百枚金币。他用力一夹马腹，舌头抵住牙齿间的大洞，任劲风和鬃毛抽打眼睛，就这样跳入河里。水花四溅，周围不少联合王国人慌乱地坐倒在河中，而他不管不顾继续向前，眼中只有羽毛的后背，眼看对方小跑上了鹅卵石滩——

羽毛从鞍上飞了出去，战吼声在漫天血雾中戛然而止。

眼见羽毛残破的尸体在河水中起伏，臭屁苏特五味杂陈。往好的方面讲，他现在位于老金队伍的最前头了；往不好的方面说，他对上一个古怪的混蛋：那人盔甲完备、坐骑精良，一手持短剑、挽缰绳，一手执长剑，剑身浸染了羽毛的鲜血，在阳光下亮闪闪的。那人头戴带眼缝的圆盔，盔上没有多余装饰，盔下露出咬紧牙关的大嘴。其他联合王国人都在逃窜，唯独他匹马只身迎战老金的骑兵。

苏特被贪欲和杀戮占据的脑海闪过一丝迟疑，他放慢马速，将盾牌举在身前，以防钢盔壮汉发难——真是万幸，电光石火之间，那人的长剑砍在苏特的盾上，几乎将盾劈为两半。撞击声还未消散，短剑又突然来袭，若非苏特慌张地挥了下自己的剑，铁定被刺中胸口。

死者在上，那混蛋的身手难以置信，穿着全身盔甲还这么快，双剑均从难以想象的角度发起攻击。苏特勉强格开短剑，差点被震下马，他一边尝试稳住身形，一边拼尽全力大吼："去死吧，混——呃？"右手不见了，他盯着断臂，鲜血自伤口喷出。咋没的？他眼角余光看到不可名状的事物，接着胸口被重重戳了一下，吃痛的叫喊迅即化为哀鸣。

他被掀下马去，摔进冰冷的河水，最后的呼吸只在脸旁激起一串水泡。

没等缺牙的北方人落马，葛斯特已拨转坐骑，长剑拖着残影，朝下一个敌人砍去。这个北方人肩披拼缝的毛皮，举起斧子妄图格挡，但白费力气。葛斯特这一击劈开了斧柄，震得斧刃背面扎进北方人的锁骨下方，长剑剑尖则直刺入脖子，留下一道鲜红的口子。我先得一分。

那人张开嘴，大概想叫喊，但葛斯特挥动短剑从侧面贯穿了他的脑袋。二比零。葛斯特抽出武器的同时用小盾接住斜刺里捅来的一剑，卸掉大部分冲击力后，让剑身毫无威胁地擦过肩甲。不知谁抓住了他，葛斯特以长剑的剑柄圆球砸碎了那人的鼻子，紧接着又砸凹了那人的脸。

周围全是北方人，而他只能通过亮晃晃的头盔眼缝观察外部世界。这条缝里充斥着蹦跳的马匹、逃窜的人群、变幻莫测的刀光剑影，以及他自己手中的两把武器。他凭借战斗的本能化用各种招式，挡、劈、削、刺，同时拽紧缰绳，控制受惊的坐骑原地转圈。不到片刻，他又将一人击落马下，击碎的锁甲环如同拍打毯子产生的灰尘那样飞散。他荡开一剑，剑尖刮过头盔，带来刺耳的嗡鸣，但对手没来得及补上一剑，便被葛斯特砍中后背，尖叫着向前倾倒。葛斯特将那人拽下马，任数不清的马蹄践踏。

联合王国的骑兵冲入浅滩，赶到他身边，迎上自对岸冲来的北方人，双方捉对厮杀。瓦利米的人。来得好！河中央乱成一团，起落的马蹄和飞溅的水花，闪耀的武器和喷洒的鲜血。葛斯特牙关紧咬，从中砍出一条血路，脸上挂着僵硬的笑意。我回家了。

他在混战中失去了短剑——剑卡在某人后背，他只能松手。那甚至可能是个联合王国人，但也顾不得了。现在，他几乎只能听见自己的呼吸和哼声,还有挥剑时女人气的尖叫。他不停挥剑、挥剑,砸凹盔甲,砍碎骨头,撕裂血肉。每一下反震都让胳膊灼烧般的刺激,每一下攻击都像醉鬼灌下美酒,这滋味越来越好、越来越棒,似乎永远不嫌多。

他几乎将一匹马的马头斩断,马上的北方人惊出一副滑稽表情,活像廉价舞台剧上的小丑,那人滚落在他脚下时,手里还提着缰绳。另有个北方骑兵哀嚎着,手捧自己的肠子,葛斯特用挂小盾的胳膊砸他的脑袋,伴随一声巨响,小盾裹着殷红的血和牙齿碎片飞了出去,像个被抛掷的硬币在空中转圈。正还是反?谁来下注啊?

一个骑黑马的北方壮汉在战团中央挥斧奋战,来回砍杀,此人的犄角头盔、铠甲和盾牌上都有金纹装饰。葛斯特驱马直奔此人,半路砍中一个北方人的后背,又刺穿另一人坐骑的后腿,令其滚下马去。此时此刻,他的长剑已然沾满鲜血,泛着鲜亮的红色,就像裹满油脂的车轴。

长剑狠狠砍在镀金盾牌上,传来震颤骨头的冲击力,漂亮的花纹间顿时留下一道长长的凹痕。葛斯特挥剑再砍,这回在那凹痕上又添了一道痕迹,震得盾后的金甲壮汉东倒西歪。葛斯特举起长剑正待结果对方,剑却突然脱手。

一个留着蓬乱的红胡子的北方人用钉头锤敲飞了葛斯特的剑,又挥锤敲向他的脑袋。太不懂规矩。葛斯特单手抓住锤柄,另一只手抽出匕首,照准红胡子的下颌扎了下去,直没至柄,随即松开手,任尸体带着匕首倒下。没人教你礼貌吗?这边,金甲壮汉已调整好身形,踩着马镫站起身,高举斧子。

葛斯特攫住对手的身躯,将其拽近,两人的坐骑撞在一起,两人也难受地抱成一团。斧子呼啸着落下,但只有斧柄击中葛斯特的肩膀,斧刃则毫无威胁地擦过背甲。葛斯特抓住镀金头盔上一只可笑的犄角,用力拉拽、拉拽、拉拽、拉拽……直到敌人的脑袋贴到他的胸甲前。金甲壮汉破口大骂,整个人几乎已被拽离马鞍,只有一条腿仍缠在马镫上。他试图扔掉斧子,腾出手来,但斧子用绳环挂在手腕上,现在又挂住了葛斯特的盔甲,另一只手则套着被砸烂的盾牌,同样施展不开。

葛斯特龇开牙,举拳照敌人的面门猛击,铁甲护手砸在黄金头盔的侧面。一拳又一拳,他像锤子打铁一般将头盔砸凹下去,变形的头盔贴紧金甲壮汉的脸。这比用剑更舒爽。一拳又一拳,头盔变形得更为严重,金属压入黄金男的面颊。这比厮杀更直接。无需讨论与辩护,无需介绍和寒暄,无需内疚或借口,只顾无尽地释放暴力。他深深地感到,金甲壮汉是全世界他最好的朋友。我爱你,我爱你,所以我一定要砸扁你的头。他再次将护手砸在那人血迹斑斑的脸上,不禁放声大笑。边笑边哭。

伴着沉闷的响声,葛斯特的背甲被敲了一下,他猛转过头,紧接着就落下马鞍,头朝下摔在两匹马中间。冰冷的河水涌进头盔,他咳嗽着爬起来,周围的马蹄溅起片片水花。

金甲壮汉摇摇晃晃爬上一匹失去骑手的马。到处都是尸体,马尸和人尸,有的属于联合王国,有的属于北方人,有的趴在鹅卵石滩,有的趴在河里、随和缓的水流漂荡。然而他几乎看不到一个还活着的联合王国骑兵,周围全是北方人,他们举起武器,驱马谨慎地逼近。

葛斯特摸到头盔扣子,一把扯下头盔。风吹在脸上异常清冷,进水的盔甲仿佛灌了铅。他站直身子,张开双臂,仿佛要拥抱挚友般冲离得最近的北方人露出微笑。

"来吧。"他轻声说。

"射击!"身后响起整齐的扳机扣动和弩弦震颤,那个北方人同时被几支弩矢击中,应声落马。另一个北方人尖叫着扔掉斧子,伸手去摸插在脸上的矢杆。葛斯特呆呆地转过头,发现浅滩南岸跪了长长一排弩手。这排弩手开始装填,另一排弩手从他们中间穿过,单膝跪地,端平武器,一举一动如机器般精准。

阵线尽头,一个高大的军官威武地骑在灰色骏马上,正是加兰霍将军。"第二列准备!"他声若洪钟地向下一挥手,"发射!"葛斯特本能地蹲下身子,眼看着从头顶呼啸而过的弩矢扑向那些掉转马头逃跑的北方人。许多人和马一起发出尖叫和呻吟,歪倒在浅滩里。

"第三列准备!……发射!"伴着弩矢破风,又一波齐射放倒了最后几个反应迟缓的北方人。一匹马人立而起,摔个四脚朝天,将骑手压在身下。然而大部分敌人平安撤回对岸,沿来路退回麦田,迅速北撤离开。

葛斯特缓缓垂下双臂,听着马蹄声渐远,只剩聒噪的水声和伤员的呻吟,周遭陷入诡异的沉寂。

战斗结束了,他还活着。

他对此竟有些失望。

另类勇气
The Better Part of Valour

卡尔达在离老桥五十跨远的地方勒住坐骑。战斗结束了,他并没为缺席感到可惜,之前的故意磨蹭正是做此打算。

日已西沉,将影子拖向英雄顶的方向,昆虫慵懒地在麦田上飞舞。卡尔达甚至产生错觉,仿佛又回到过去,身为北方人之王的儿子,睥睨万物,享受轻松的骑行。但路边散落的几具人尸和马尸打破了他的幻想,一个联合王国士兵四肢摊开趴在地上,一根长矛直直地从后背穿出,士兵身下的泥土也因此染成了暗红色。

老桥也是这般颜色,这座双拱桥由古老砖石砌成,覆满青苔,似乎摇摇欲坠。在此把守的联合王国士兵并不多,而且那些兵看到英雄顶上的同胞被击败,便立刻逃往对岸。卡尔达认为这无可厚非。

白如雪坐在石头上,长矛矛尖朝下插在身边,灰色的坐骑在一旁啃草,肩头的灰色毛皮随风摆动——不管天气如何,他看起来总是很冷。卡尔达费了些力气,才把剑尖对准剑鞘,插了进去,毕竟他以前很少干这个。收好剑后,他坐到老战士身边。

"这么久才过来。"白如雪看也不看他。

"我的马不太好。"

"不见得是马不好吧。你知道,你哥有件事说得很对。"他冲斯奎尔点点头,后者正在桥头的空地中大步行走,一边叫喊一边挥舞钉头锤,另一只手紧握的盾牌边沿插着根弩矢。"北方人不会尊重被看成懦夫的人。"

"我是懦夫?"

"噢,不是,"白如雪的眼里一点看不出玩笑意味,"你是所有人的英雄。"

白眼汉韩苏正跟斯奎尔争执,他张开双手,示意头儿冷静。但斯奎尔不耐烦地一挥胳膊,将白眼汉仰面推倒,又继续大吼大叫。多半斯奎尔没打够,想追过河去再打一场,而这点子除了他自己没人赞成。

白如雪无奈地叹口气,似乎已司空见惯。"死者在上,你老哥一旦上了头,想灭火就太难了。或许你可以扮演理智的声音。"

卡尔达耸耸肩,"更糟的我也演过。好吧,盾还你。"他把盾扔向白如雪的肚皮,为接住它,对方差点从石头上掉下来。"嘿!呆瓜!"卡尔达双手叉腰,大摇大摆地朝斯奎尔走去,"呆瓜斯奎尔!壮得像牛,猛得像牛,却也有个牛脑子。"斯奎尔看向他,一双眼睛瞪得滴溜圆,几乎迸出眼窝,脸色更涨得通红。其他人也齐刷刷看向卡尔达。他不在意,他最喜欢观众。

"蠢到家的斯奎尔!他的确是个伟大的战士,但……脑子里装的全是屎,"卡尔达边说边敲了敲脑袋,接着慢悠悠地伸直手臂,指向英雄顶,"他们就这么说你。"斯奎尔看起来没那么愤怒了,甚至有了一丝思索的迹象。但也只有一丝。"就那上面,黑旋风的流氓家族里、十面精、老金、铁头那帮人,他们都说你是个彻头彻尾的蠢货。"卡尔达其实相当认同这个结论。他不情不愿地倾身靠近斯奎尔，心知这样随时可能挨上一记老拳。"你要不干脆骑马冲过桥去，证明他们说得对？"

"去他妈！"斯奎尔怒吼，"我们冲过桥去，冲进阿德旺村，再沿乌发斯路南下！端掉这帮联合王国兔崽子的老巢，捅他们的屁股！"他在空中挥舞盾牌，试图重新燃起怒火，但其实他从开口叫嚣而非直接行动那一刻起便输了，卡尔达赢了。卡尔达只需掩藏住对哥哥的轻蔑——这并不难，毕竟是多年来的必备技能。

"沿乌发斯路南下？恐怕太阳落山之前，半数联合王国军队就会沿那条路赶到这里。"卡尔达扫视斯奎尔的骑兵——还不到二百人，且大部分马匹跑脱了力，步兵还在后方的麦田匆匆赶路，有的则被留在斯凯林之指附近的一道长墙边。"父亲留下的这批有外号的个个是好汉，但你真打算凭这点人手去应付千军万马？"

斯奎尔看向部下，牙关紧咬，脑门两侧青筋暴起。白眼汉韩苏从地上爬起来，脱掉灰尘仆仆、布满凹痕的盔甲，活动双肩。斯奎尔把钉头锤往地上狠狠一摔。"妈的！"

卡尔达壮起胆子，安抚地拍了拍哥哥的肩膀。"我们接到的命令是拿下老桥，我们就拿下老桥。如果联合王国人卷土重来，便得在我们的地盘干架。我们等在这里，以逸待劳，挖好工事，后方还有支援。说真的，哥哥，就算黑旋风不想靠卑鄙手段搞掉咱俩，你也很可能出于冲动帮他的大忙。"

斯奎尔长吸一口气，又重重吐出。他看起来一点都不开心，好歹也没想把谁的脑袋拧掉。"行吧，妈的！"他皱眉看着河对岸，又看看卡尔达，最后摆摆手，"我发誓，有时跟你说话就像跟父亲说话一样。"

"多谢夸奖。"卡尔达说。他不确定斯奎尔意在夸奖，但他自个儿就当是夸了。两个儿子里，总得有一个继承父亲的脾性。

光荣之路
Paths of Glory

徒尼下士从一块黄色的草皮跳向另一块,左手高举团旗,不让它沾到污泥——他之前滑了几跤,整个右肩都脏兮兮的。

沼泽正如徒尼想象的那么辽阔,这可不是好事。这里是纵横交错的水沟组成的迷宫,沟内缓缓流淌着土黄色的水,表面泛起一道道彩色油光,腐烂的叶子、臭烘烘的白沫和难看的灯芯草漂来漂去。一脚踩下,若泥水只漫到脚踝,简直算你走运。

沼泽里还长了好多奇形怪状的树,它们把皮革般的根茎深深扎进淤泥,确保自身不会倒下。这些树的枝头挂了几片无精打采的叶子,树皮扒满棕色的藤蔓植物和大得离谱的蘑菇。周围一直有叫声萦绕,仿佛来自四面八方,却又无迹可寻,多半是某种可恶的鸟或者青蛙毒虫,甚至就是沼泽本身的嘲笑。

"魔鬼的乐园。"他轻声说。让一个营穿过这鬼地方,跟赶着羊群走下水道没区别——况且一如既往,出于不得而知的理由,他和军中四个最嫩的新兵一起成了开路先锋。

"走哪边,徒尼下士?"沃斯弯着腰问。

"向导说走正经的草地!"周围实在没多少草地,也没半个正经人。"有绳子吗,孩子?"他问蛋黄。蛋黄正费力地踏过徒尼旁边的一片松土,雀斑脸沾了长长一道泥污。

"丢在马上了,下士。"

"确实如此,都他妈丢在马上了。"命运女神在上,徒尼希望自己也被丢在马上。他刚迈出一步,冷水便顺着靴口涌进来,活像一只黏糊糊的冷手握住了他的脚。他正待破口大骂,身后却传来一声哭号。

"啊!我的靴子!"

徒尼转身呵斥,"安静,蠢货!"其实就数他自己的声音最大。"北方人他妈的在卡莱恩都听见了!"

克林格没理徒尼,他走出草丛,试图捡回那只被沼泽紧紧吸附、丢在身后的靴子。然而他只艰难跋涉了几步,淤泥便漫上大腿,人也开始下沉,蛋黄被他这副模样逗得嘻嘻偷笑。

"别捡了,克林格,你傻吗?"徒尼一边吼叫阻止,一边挣扎着赶去。

"有了!"克林格"噗嗞"一声自泽地中拔出靴子,靴子外表像糊了一圈黑麦片粥。"哇!"他往一边歪倒,又歪向另一边。"哇!"淤泥陡然漫到腰间,他脸上的表情也从得意变成惊恐。蛋黄起初还在偷笑,随即意识到情况不妙。

"谁有绳子?"利德林根喊道,"有人带绳子了吗!"他冲向克林格,一只手抓住附近一根几乎全秃的树枝,另一只手伸了出去。"抓住我!抓住我!"

但克林格惊慌失措,用力挣扎,结果越陷越深。他下沉的速度快得惊人,拼命仰头才将将把脸留在淤泥上方,脑门沾了一大片黑叶子。

"救命!"他尖叫着伸手,但张开的五指离利德林根的手足足差了一跨多远。徒尼赶到现场,毫不犹豫地将旗杆伸向克林格。"救呃呃呃——"克林格鼓出的双眼看向徒尼,然后就消失了,接着漂散的头发也不见了,唯独几个气泡浮到恶臭的泥水上。徒尼徒劳地戳刺淤泥,却再没发现克林格的踪影,只有被救下来的那只靴子还留在上面,慢慢漂远。

随后的路程大家在沉默中度过,新兵们一脸惊惶,徒尼则恼怒得绷紧了下巴,所有人都像婴儿抱紧母亲一样抓紧了那些稀疏枯黄的野草。不久后,地势开始上升,不知名的怪树换成了冷杉和橡树。徒尼将沾满淤泥的旗帜靠在树干旁,终于站定身形、双手叉腰,他那双漂亮的靴子算是毁了。

"操!"他大吼一声,"操他妈的!"

蛋黄坐在地上,目光空洞,惨白的双手仍在颤抖;利德林根舔着毫无血色的双唇,呼吸粗重,一言不发;沃斯不在左近,徒尼似乎听见了他在灌木丛中的叹息——哪怕战友被淹死也不能延缓这小子的肠胃问题,恐怕更加剧了闹肚子的频率。福里斯特也上了岸,这位上士的军裤膝盖以下结满黑色的泥,其实每个人一样,浑身泥巴和泥点,其中尤以徒尼为最。

"听说我们今天失去了一位新兵。"这话福里斯特说过太多次,足以说得不动声色,他也必须如此。

"克林格,"徒尼咬着牙挤出这名字,"本来要作纺织工。该死的破沼泽让我们失去了一位新兵,我们到底为什么要来这儿,啊?"外套的下半截沾满油腻腻的污渍,变得相当沉重,他又抹又甩都弄不掉。

"你尽力了。"

"我知道。"徒尼没好气地说。

"人死不能——"

"他行李里有我的东西！八瓶上好的白兰地！你知道我花了多少钱才搞到吗？"

对方一时语塞。

"八瓶。"福里斯特缓缓点头，"行啊，徒尼下士，你可真是个人才，知道吗？你在王军效力了二十六个年头，还总能带给我惊喜。听好，你现在的任务是爬上高地，弄清我们在这个粪坑中处于什么方位，我则要去帮助营里剩下的人，确保不再有沉没的白兰地。挪挪屁股，或许有助于打消你的怨气。"说完他大步离开，边走边冲几个想把一头发抖的驴子拖出齐膝深的淤泥的人大喊。

徒尼又懊恼地站了一会儿，但懊恼没半点用。"蛋黄、利德林根、沃斯，过来！"

蛋黄站起身来，瞪大眼睛。"沃斯……沃斯在——"

"在拉屎。"利德林根忙于掏空行李，把各种各样浸了水的东西挂到树枝上风干。

"没错，他还能干啥？那你就在这儿等他。蛋黄，跟紧我，别他妈又给我出意外。"他沿斜坡往上走，不顾浸透的裤子磨得双腿刺痛，随意把几根挡在前方的断枝踢开。

"不用保持安静吗？"蛋黄轻声问，"万一惊动敌人怎么办？"

"敌人！"徒尼没好气地回答，"我们更可能撞见友军。他们越过老桥后，沿着平整干燥的大路，或许早已抵达前方，等碰了面那才叫好看呢！"

"不好说，长官。"蛋黄几乎四肢并用地爬上这段泥泞的斜坡。

"叫我徒尼下士！并且我没问你的意见。看见我们这副鬼样子，他们肯定笑得合不拢嘴，指不定会笑掉大牙！"他们来到树林边上，透过树枝能看见远处山丘和山顶巨石的模糊轮廓。"至少方向没弄错，"他压低声音，"就是搞得又湿又臭、又饿又苦，去他妈的加兰霍将军，我发誓，当兵的都得承受上级在头上拉屎，但这也太不像

——"

林外是下坡，点缀着老树桩和新树苗，似乎曾是伐木工的工作场地，而今那些摇摇欲坠的窝棚已经废弃朽烂。山坡下，只能算作溪流的河水冒着气泡，缓缓流向南边，最终汇入他们刚刚穿过的那片噩梦般的沼泽。河对岸是陡峭的泥地，往后是草坡，某个颇有领地意识的农民在坡上建了道高低不平的干石墙。徒尼发现墙边有动静。长矛，矛尖反射着暗淡的微光——果然被他说中，友军就在前头。他只是不明白，这个营为何布置在墙的北面……

"那是啥啊，徒尼下——"

"我他妈没叫你保持安静吗？"徒尼把蛋黄一把拽进灌木丛，顺手掏出望远镜。这是顶级的三段式黄铜望远镜，他和第六团的军官打牌时赢的。他往前挪了挪，在灌木间找到条缝隙。溪流对面的地势陡然升高，远处又下降，从这边看去，一整道墙后都有长矛。他还看见头盔，还有烟雾，很可能是炊烟。一个男人涉入溪水，挥着长矛和麻线做的鱼竿。此人头发蓬乱，衣服脱至腰间，断然不是联合王国士兵——并且，他离他们蹲的位置不过两百跨。

"我的天。"他倒吸一口气。

"那是北方人？"蛋黄小声问。

"那是一大群该死的北方人，而我们正好绕到他们的侧翼。"徒尼把望远镜递给蛋黄，多少有些期待这小子会反着看。

"他们从哪儿来的？"

"我猜是从北方，你说呢？"他抢回望远镜，"有人必须原路返回了，得让在我们头顶拉屎的人知道我们面临什么麻烦。"

"他们肯定已经知道了。他们正面推进，必然会与北方人交手，不是吗？"蛋黄的声音总是很激动，现在更变得有些狂乱，"我是说，他们必然已经知道了！他们必须知道！"

"谁知道他们知道什么，蛋黄？这是打仗。"话一出口，徒尼顿感忧心忡忡。既然那堵墙后有北方人，之前一定爆发过战斗。这是打仗，没错，恐怕还是场恶仗。河边的北方人甩起鱼竿，一尾银闪闪的鱼挂在鱼线末端。他的同伴从墙后站起来，大喊大叫，手舞足蹈。他妈的，全笑得那么开心，要是真打过的话，显然他们赢了。

"徒尼！"福里斯特弯着腰，爬过徒尼身后的灌木丛，"溪流对面有北方人！"

"还在钓鱼，你能信？那堵墙后全是北方杂种。"

"有个伙计爬上了树，他说看到老桥那边有骑兵。"

"他们还占领了老桥？"徒尼现在觉得，如果只付出八瓶白兰地的代价就能离开这山谷，算是走大运了。"这不等于说我们被切断了！"

"我明白，徒尼，我他妈的非常明白。必须给加兰霍将军送信。你挑个人。还有小心点，别被敌人发现！"说完，他又钻进灌木丛爬走。

"那个人要原路返回？"蛋黄轻声问。

"除非你能飞回去。"

"我？"这小子的脸色瞬间煞白，"我不行，徒尼下士，克林格出了那种事……我不行！"

徒尼耸肩。"总得有人回去。你既然过得来，肯定也能回去。记住，走正经的草地。"

"下士！"蛋黄抓住徒尼脏兮兮的袖子，整个人扑了上来，那张雀斑脸近得让人恶心。他刻意压低声音，用的是徒尼最喜欢的亲密而又迫切的语调——这意味着有交易可做。"您说过，如果我有任何愿望……"他湿漉漉的眼睛左看右看，确认没人注意，随即从上衣中掏出个锡制酒壶塞进徒尼手里。

徒尼挑起一边眉毛，拧开壶盖嗅嗅，然后重新盖好，塞进自己的上衣，点了点头。这当然没法弥补他在沼泽里的损失，好歹聊胜于无。

"利德林根！"他爬出灌木丛后喊道，"我需要一个志愿者！"

战果

The Day's Work

"死者在上。"卡脖嘀咕。他眼前有太多死者。

他沿北坡一瘸一拐地爬上山，尸体随处可见，另有数量稍逊的伤员，哀嚎着、呜咽着——这些声音卡脖听过太多，越听越咬紧牙关。他真想冲这帮可怜虫大吼，让他们住嘴，转念又感愧疚，心知自己也曾有一两次加入他们的行列，当时可没人冲他大吼。

干石墙周围的死者继续增多，多到随后的路途几乎踩不到杂草。这些尸体曾属于不同阵营，如今个个面色惨白、嘴巴大张，去了同一个冰冷又遥远的世界。一个年轻的联合王国士兵保持着趴地姿势，屁股朝天，斜眼瞅着卡脖，神情困惑无助，仿若在乞求给他翻个身，好让他体面些。

卡脖懒得管。活人尚且谈不上体面，何况死人？

然而坡上只是铺垫，真正的惨状在英雄顶的石阵里。大平衡者今天活像个小丑，导引众人一步步迈向癫狂的高峰。卡脖从没见过这么多死者挤在一处，堆积如山，相互纠缠，整个石阵仿如古老的墓穴。饥饿的鸟儿在巨石上方盘旋，虎视眈眈，苍蝇则在那些张开的嘴巴、瞪大的眼睛和敞亮的伤口间进进出出。它们打哪儿冒出来的？毫无疑问，英雄的味道相当刺鼻——夕阳西下，尸体开始发胀，迫不及待地排出体内的污秽。

这番景象让卡脖心有余悸，一群群农兵却跟没事人一样清扫着战场。他们剥下死者的衣服和盔甲，堆好还能用的武器和盾牌，并为被亲锐抢走的最好的战利品而哀叹。

"老了，真干不了这破事儿。"卡脖嘀咕着弯下腰，按住酸疼的膝盖，凌冽的痛感顺着脚踝蔓延到臀部。

"这不是卡脖科登吗？你总算上来了！"威尔旺靠着一块英雄石，看到他过来立刻起身，拍了拍屁股，"我快等不下去了。"他把入鞘的众剑之父扛上肩，用剑身指向来路，"还以为你半途看中哪个农场，决定在此定居。"

"我真希望如此。"

"噢，那样谁来领我实现宿命呢？"

"你参战了？"

"当然参战了，我不仅赶上了趟，还被堵在战场中央。就像那些歌谣唱的，我是为战而生的人，这里又有好多架可打。"威尔旺浑身竟无半点伤痕，在卡脖的记忆中，这人似乎每次上战场都不会受伤。

威尔旺挠挠头，皱眉看着屠场般的草地，风吹起来，扯动了尸体上褴褛的衣服。"好多尸体，是吧？"

"是啊。"卡脖答道。

"堆积如山。"

"是啊。"

"不过大多是联合王国人。"

"是啊。"

威尔旺从肩头放下剑，杵在地上，双手握住剑柄，身体前倾，下巴抵着剑柄圆球。"即便是敌人的尸体,这么多看起来,唉……让人寻思战争终究不怎么美妙啊。"

"你真这样想?"

威尔旺沉默片刻,不断转动剑柄,沾满污渍的剑鞘一点点钻进斑驳的草地。"我不知道。艾里克死了。"卡脖张大嘴巴看向他。"他冲在最前面,死在石阵里。我推测是被剑刺死的,就这儿。"他戳了戳侧身,"肋骨下面,刺了个对穿,可能——"

"怎么死的要紧吗?"卡脖打断他。

"的确不要紧,尘归尘土归土。不过他兄弟死后,他一直想不开,你大概也能看出来。至少我能看出来。自那时起这孩子就活不长啦。"

这话能算是安慰吗?"其他人呢?"

"快活约恩添了一两处伤。布拉克还受腿伤困扰,只是嘴上不说。除此以外,大家都好,至少不比从前差。奇妙觉得我们应尽量把艾里克埋在他兄弟旁边。"

"理应如此。"

"那得赶紧去挖坑,免得被人抢了位置。"

卡脖长吸一口气,看了看周围。"如果你找得到多余的铲子……事后我会致辞。"以坟前致辞作为一天的收尾,真是最合适不过,但他没走出几步,就被摆子考尔拦住。

"黑旋风要见你。"摆子低沉的声音、脸上的伤疤和漫不经心的皱眉,浑如大平衡者现身。

"行。"卡脖克制住啃指甲的冲动,"请转告我那帮人,我很快就回来。我应该很快能回来吧?"

摆子耸耸肩。

卡脖郁郁寡欢,黑旋风看上去却非常满意,他靠住英雄石,快啃完了一颗苹果。"卡脖,好你个老杂毛!"卡脖发现黑旋风笑吟吟的脸有一侧密密麻麻地洒满血点。"你他妈死哪儿去了?"

"我不是跟你透过底吗?腿脚不行,只能落在后面。"裂足和几个亲锐待在附近,手里握剑,眼神警觉。仗打赢了,干吗还如此紧张?

"我担心你死掉。"黑旋风说。

卡脖活动着肿痛的脚,想到战争尚未结束,不禁打个寒战。"我倒希望自己跑得跟那些兔崽子一样快,反正早死早投胎。我说,你让我守哪儿都成,冲锋的活还是留给年轻人吧。"

"我拼出老命跟上他们。"

"我没你那么嗜血,头儿。"

"我就是这种人。即便是我,也从没赢得这么爽。"黑旋风一只手搭住卡脖的肩膀,拉他穿过巨石间的罅隙,来到山顶边缘,看向山谷南面——之前卡脖正是站在这里,目睹联合王国军席卷而来,而今短短时日,一切天翻地覆。

坍塌的干石墙插满箭矢,金属尖头在暗淡的暮色中闪烁。斜坡上不少人在挖坑、削木桩,将英雄顶改造成堡垒。再往下,从山丘南麓直到果园,尸横遍野,拾荒者轻手轻脚地踏过一具具尸体,乌鸦也跟着落下,这些身披羽毛的小偷开始了欢快的合唱。农兵把搜刮干净的尸身堆起来,准备掩埋,那些奇形怪状的尸堆根本无法分辨谁是谁。一个人若死在和平时期,亲朋邻友会列队悼念、流着眼泪互相安慰,但若死在战争时期,能盖上足够的泥土以免臭不可闻就不错了。

黑旋风勾勾手指。"摆子。"

"头儿。"

"我听说长手在奥斯仑抓到个舌头,好像是联合王国的军官。你怎不去把他带来?套点消息啥的。"

摆子点点头,每点一下,那只完好的眼睛就会反射夕阳的光。

"好吧。"他大步走开,踏过路上的尸体,就像踏过秋天的落叶一般漫不经心。

黑旋风皱眉看着他的背影。"有的人就得忙活起来,呃,卡脖?"

"可能吧。"卡脖不禁想,黑旋风打算让自己怎么忙活呢?

"今儿个真够充实。"他扔掉苹果核,拍拍肚皮,活像刚享用过这辈子最美味的大餐,周围几百具尸体则是残羹冷炙。

"是啊。"卡脖嘀咕。他是不是该庆祝一下?跳个小舞?尽管他只能单腿跳;或者和大家一起唱歌喝酒?然而他浑身酸疼,只想倒头就睡。真希望醒来时身在水边的房子里,再不用上战场,更不用在艾里克的坟头说瞎话。

"我们把他们赶回了河对岸。全线成功。"黑旋风朝山谷一挥手,指甲边有干涸的黑色血迹,"长手突破木墙,夺得奥斯仑;斯奎尔占住老桥;老金把敌人赶过浅滩,尽管他在那里被拦下了,但说实话……如果过于顺利,反倒让人担忧。"黑旋风冲卡脖眨眼,卡脖不由得产生了背后被捅一刀的担忧,"今日的战果,再挑剔的家伙也挑不出毛病,呃?"

"应该挑不出。"卡脖不关心这个,"摆子说你找我。"

"两个老战士就不能战后聊一聊?"

这话比背后被捅一刀更令卡脖意外。"能啊。没想到你好这口。"

黑旋风思索片刻。"我也没想到。"

"是啊。"卡脖不知该聊什么。

"明天就等他们上来,"黑旋风开口,"让你这双老腿省省劲。"

"你觉得他们会上来?都输成这样了?"

黑旋风笑得更灿烂。"加兰霍确实吃了大亏,但他当时有一半人马没过河。他奶奶的,这也不过是三路敌军之一。"他指向阿德旺村,只见火把在暮色中陆续亮起,行进中的光点沿路连成一线,"密特里克的人刚刚抵达,都是整装待发的生力军。据说米德正从另一边逼近。"他示意左边的奥伦萨德路,卡脖看到更远处的火光,心情不断下沉。

"别担心,大把活儿等着我们。"黑旋风贴近卡脖,捏了捏他的肩膀,"好戏才刚开始。"

败军之将
The Defeated

尊敬的陛下：

　　臣遗憾地报告，您在北方的军队和利益今日蒙受了重大损失。加兰霍将军的先遣部队于今晨抵达奥斯仑镇附近，抢占了有利地形——一座顶部有古老巨石阵的山丘，人称英雄顶——后续部队却被糟糕的路况拖延在河对岸。北方人趁机倾巢出动，王军第六步兵团和罗斯托德征兵团浴血奋战，展现出非凡的勇气，不幸最终寡不敌众。第六团团旗遗失，我军阵亡近千人，受伤人数与此相当，还有不少人失踪或落入敌手。

　　凭借王军第一骑兵团一部的坚决反击，我军方才稳住阵脚。北方人正在英雄顶掘壕固守，此刻山坡上随处可见篝火，北风吹来时甚至能听见他们的歌声。我军暂且退驻河流南岸，密特里克将军的师团将被部署在西面，米德总督的师团将在东方就位，以上两部已陆续抵达。全军将士只待明日破晓，即将发起联合进攻。

　　明日，定叫北方人不再歌唱。

>　　　　　　　　您最忠实、谦卑的仆人，
>　　王家特派北方战事观察员，布雷默·唐·葛斯特

聚集的夜色中，各种嘈杂混成一团，空气里弥漫着浓重的柴烟味，以及更浓重的沮丧。火焰随风摇曳，劈啪作响的火把握在苍白的手中，照亮了一张张憔悴的脸。将士们经历了一整天的行军、等待和担忧，有的人甚至参与过战斗。

通往乌发斯的路上，超载的马车、骑马的军官和行进的士兵一眼望不到头。密特里克的部队艰难跋涉，还没见到敌影，便已被伤员和败兵感染，这在英雄顶的大败之前是不可想象的。路边有头死驴，凸出的双眼反射着灯光，车轴损坏的货车倾倒在旁，上面的板材被拆光了当柴火。一顶没系紧的帐篷被风吹来，饱受践踏的帆布上绣有代表联合王国的黄金太阳。这些无疑都是噩兆。

过去数月，葛斯特晨跑时会经过各团营地，但他很少见到恐惧，司空见惯的是无聊、疲惫、饥饿、疾病、无助和思乡，很少有人惧怕敌人。然而现在恐惧无处不在，由之散发的臭气越来越浓，仿若蓬勃的乌云，吞没了阳光。

胜利让人勇敢，失败使人怯懦。

阿德旺村内的道路被几辆八匹马拉的大车堵死了，一名面色通红的军官正冲最前面那辆车上的老人怒吼。

"我可是邵兹林，阿杜瓦大学的首席化学家！"老人不甘示弱地，一边挥舞文件，那上面沾了几滴刚落下的雨水，"巴亚兹阁下有令，相关装置必须按时抵达！"

葛斯特不理他们，大步经过一名正在修门的军需官，寻找军官的住处。一个北方女人站在街道中间，腿旁紧贴着三个孩子，她呆呆地盯着手里的一把硬币，周围的雨越下越大。母子四人显然被赶了出来，好给某个趾高气昂的中尉腾地方，中尉又要给某个不可一

世的上尉腾地方，上尉又要给某个洋洋自得的少校腾地方。女人和她的孩子们能去哪儿呢？我能否作个英雄的榜样，在湿漉漉的草地上睡一宿，好让他们在我的帐篷里安眠？我只需伸出手……可他低下头，安静地从他们身边走过。

村里的建筑实在简陋，且大都被伤号塞满，轻伤者则挤在门口台阶上。他们抬头看他，阴沉的脸写满痛苦、沾满泥巴或裹着绷带，葛斯特报以木然的回望。我擅长制造伤口，不擅长治疗伤口。但他还是拧开盖子，把自己的水壶递过去，他们挨着喝上一口，直到壶被喝空。这期间只有一个人握了握他的手，其他人则毫无表示，他也不在乎。

一个医生套着血迹斑斑的围裙出现在门口，发自肺腑地长叹一声。"加兰霍将军呢？"葛斯特问他。医生指向一条布满车辙的岔路，他沿路刚走几步就听见了喊声——过去几天，他一直听着这熟悉的声音发号施令，可现在语气不一样了。

"把他们放在这儿，放在这儿！清出地方！你，去拿绷带！"加兰霍跪在泥地里，握住一名躺在担架上的伤员的手。他似乎总算摆脱了庞大的参谋团，也可能是那些人全死在山上了。"别担心，你会得到最好的照料。你是王国的英雄。你们都是英雄！"他重重地跪到另一名伤员身边，"你们尽忠职守、英勇奋战。一切责任都在我，朋友们，都是我的错。"他挤了挤伤员的肩膀，缓缓起身，双眼盯着地面，"我是个罪人。"

看来战败也会让某些人展现出最好的一面。

"加兰霍将军。"

他抬起头，火光照亮了他突然老得不像话的脸。"葛斯特上校，你怎么——"

"克罗伊元帅到了。"将军一下子泄了气，活像被抽掉填充物的枕头。

"元帅阁下也该到了。"半晌后,加兰霍整了整沾满泥污的上衣,把剑带理正。"我看着可还行?"葛斯特张口欲言,却又被打断,"别费心恭维了,我是个败军之将。"确实如此。"请不要否认。"没人否认。"我活该这副德行。"完全正确。

葛斯特领将军回到拥挤的小巷,穿过军队厨房飘出的蒸汽和热情的商摊点起的灯光。他本指望享受片刻沉默,但一如既往未能如愿。

"葛斯特上校,我必须感谢你。你勇敢的冲锋拯救了我的部队。"它兴许也会拯救我的仕途。只要我能重新成为国王的首席卫士,你的部队统统淹死也无所谓。"我是为了自己。"

"谁不是呢?但写进历史的是结果,原因并不重要。所以情况就是,我差点毁掉自己的部队,王军第一师团,"加兰霍苦笑一声,"国王昏了头才把这支大军委派给我,你知道,我曾多次拒绝。"你拒绝得不够坚决。"但你清楚国王的为人。"我太清楚了。"对于老朋友,他总往好处设想。"他凡事都往好处设想。"我回去肯定沦为笑柄,饱受羞辱,人人唯恐避之不及。"欢迎体验我的遭遇。"可能我也算罪有应得吧。"你的确罪有应得,我却不是。

葛斯特皱起眉头,转脸看向垂头丧气的加兰霍。将军的头发粘在头皮上,一滴雨水挂在鼻尖,不用照镜子也知是如何狼狈。葛斯特心头竟涌上一阵同情。

于是他伸出一只手,搭在将军的肩上。"你尽力了,"他说,"不要太自责。"以我的经验,很快就有一大帮自作聪明的傻瓜排起长龙来指责你。"一军之将负担不起。"

"那我该责怪谁?"加兰霍在雨中轻声说,"谁呢?"

军中的恐慌似乎丝毫没影响到克罗伊元帅,也没触动在他坚毅的目光看到的其他人。只要在他的视线以内,士兵步履稳健,军官口齿清晰,伤员咬牙吞下哀嚎,坚韧地一声不吭。就这样,以笔直坐在马鞍上的克罗伊为中心，方圆五十跨内士气毫不低落，军纪决无松弛，仿佛根本没有战败。

加兰霍大步走过去，僵硬而呆板地敬了个礼。"克罗伊元帅。"

"加兰霍将军，"元帅居高临下看着他，"你部今日已与敌军交战。"

"是的。北方人倾巢出动，人数众多且行动迅速，这是一次策划周密的突袭。他们先佯攻奥斯仑，下官派出一个团去支援，并亲自下山督促后续部队跟进，但那时……总之末将没来得及扭转战局，只能将敌人挡在河对岸，末将——"

"你部的状况，将军。"

加兰霍的话哽在了喉咙里，第一师团的状况显然惨不忍睹。"职部五个步兵团中有两个团受困于路况，基本没有投入战斗。第十三步兵团被派去驻守奥斯仑镇，北方人攻破镇门后该团有序撤离，伤亡不大，"加兰霍木然背诵着损失清单，"罗斯托德征兵团的主力约九个连在开阔地带遭遇围攻，溃不成军。第六步兵团在山上正面承受北方人的袭击，最终全线崩溃，余部在山下的田野遭敌人骑兵追击。第六步兵团已……"加兰霍的嘴无声地嚅动了几下，"不复存在。"

"魏特兰上校呢？"

"应该在河对岸的殉难者当中。那边有很多尸体，还有很多我们没法援助的伤员，现在还能听见他们要水的声音。他们一直在要水，"加兰霍发出一声紧张而不合时宜的低笑，"末将本以为他们更想要……鼓励。"

克罗伊一言不发。葛斯特也不打算开口解围。

加兰霍像受不了这份安静般继续报告："……骑兵团在老桥附近遇袭后撤退，但保住了南岸。第一骑兵团则兵分两路，其中一个营穿过沼泽，已在左翼的森林里就位。"

"将来说不定用得上。第一团剩下的部队呢？"

"他们与葛斯特上校一起在浅滩英勇抵抗，击退敌人，敌我双方均付出了惨重代价。这算得上今天唯一的胜利。"

克罗伊皱眉转向葛斯特。"又逞英雄了，呃，上校？"

一点必要而又微不足道的努力，以免溃败演变成彻底的灾难。"只是顺便帮个忙，长官，并没逞英雄。"

"元帅阁下，末将过于在意您提及的'赶赴'二字，"加兰霍插话，"您在信中说我们时间紧迫。"

"确实如此。"

"末将过于在意国王陛下的急切心情，试图尽快与敌接触、抓住机会……总而言之，末将被胜利冲昏了头脑，犯下弥天大错，甘愿承担战败的所有罪责。"

"不，"克罗伊重重叹了口气，"我与你负有同等责任。其他人也有责任。糟糕的路况，战场的选择，仓促的行军，这些都有关系。"

"尽管如此，末将责无旁贷，"加兰霍抽出长剑，托到身前，"恳请阁下，立刻解除末将的指挥权。"

"国王不会同意。我也不会。"

加兰霍沮丧地垂下长剑，插进土里。"元帅阁下，末将若能派更多斥候去森林里侦察——"

"确实如此。但你接到的命令是尽快北进，找到敌人，"克罗伊缓缓巡视火把映照下混乱不堪的村庄，"你找到了敌人，完成了任务。这是战争，随时可能出差错，而一旦发生……代价高昂。然而我军固然初阵败北，真正的战斗还没打响。今晚和明天，你部就留在下午葛斯特上校没逞英雄地帮忙守住的浅滩之后，这是全军的中央位置，你们抓紧时间重新整编，补充装备，照顾好伤员，提升士气，还有——"元帅狠狠瞪着周围，显然对不符合军人形象的场景十分不满，"严肃军纪。"

"遵命，元帅阁下。"

"我将把指挥部设在黑丘的山坡上，以便明天清楚地观察战场。战败总会带来痛苦，但直觉告诉我，你在这场决定北方命运的战役中有机会一雪前耻。"

加兰霍不由得精神振奋，为元帅设立的目标扫清了之前的颓废。"职部将做好万全准备迎接后天的战斗，您尽管放心，元帅阁下！"

"很好。"克罗伊骑马离开，笼罩他周身的不屈不挠的光晕也随他的参谋团一起消失在夜色中。加兰霍始终一动不动地敬礼目送元帅，葛斯特走出好些距离，回头看去还是那样。

将军孤独地站在路边，雨越下越大，苍白的水帘穿过嗞嗞作响的火把，落在那孤独的肩上。

公平对待
Fair Treatment

他们冒着急雨向奥斯仑进发,速度却受制于洪水的那条伤腿。掠特手里忽明忽暗的火把是唯一光源,但只能照亮前面几跨远。泥巴路上全是车辙,两旁是被踩扁的庄稼,火光不时映出布雷特和克文孩子气的惊慌面孔,以及依旧无精打采的斯托德。大家都巴望着早点赶到镇子,黑暗的原野中,唯独那里有许多光点,乃至勾勒出天上厚厚的云层。这支乞丐小队的成员都紧握着充作武器的破烂家什,好像马上就要投入战斗,其实今天的仗已打完了,跟他们没半点关系。

"这不公平,凭啥把我们放后面?"贝克小声抱怨。

"因为我这条伤腿,也因为你们没经验,白痴。"洪水回头吼道。

"放后面就能长经验了?"

"不被杀就能长经验。要我说,这是最能长经验的法子。"

贝克闭嘴不问了。在队里待得越久,他对洪水的尊敬就越少。老屄货总让手下的小子们远离战斗,去做些挖坑、搬运、点火之类的蠢事,此外就盘算怎么让自己的腿脚暖和。贝克心想,若是只能做这些娘们活计,干吗不留在农场?干吗非得半夜露宿野外?他是来打仗赢得外号,要干一番值得歌颂的事业。他正待说出这套理论,布雷特尖叫着,扯了扯他的袖子,要他看前面,"有人!"

贝克发现黑暗中晃动的形影,登时紧张起来,慌乱地摸向长剑。借助火把光,他们看到三个黑黝黝的形影用链子吊在树上,链子缓缓转动,带得树枝吱嘎作响。

"不过是逃兵,"洪水平静地说,没有放缓一瘸一拐的步伐,"被吊起来烧了。"

贝克经过时目不转睛——逃兵看起来没了人样,更像烧焦的木头,中间那个脖子上似乎挂了个招牌,但烧焦了看不清。

"干吗用烧啊?"斯托德问。

"黑旋风很久以前就喜欢人肉的味道,现在也没变。"

"这是警告。"掠特轻声道。

"警告什么?"布雷特又问。

"别当逃兵呗。"洪水说。

"真是个呆子,"贝克喝道,他并非故意嘲讽,这些诡异的人形焦炭让他多少有些神经质,"我觉得,懦夫活该落得这下场——"话没说完,克文又发出尖叫,贝克的手再次摸向长剑。

"是镇民。"掠特将火把举高,照亮了几张忧愁的脸。

"我们啥也没有!"打头的老人挥着瘦骨嶙峋的双手,"啥也没有!"

"没人要你们的东西,"洪水用拇指向身后比画,"快走。"

他们蹒跚走过,大都是老人,还有几个女人和两个孩子。那两个孩子比布雷特更小,连话都说不好。这伙人背着沉重的行李,推着两辆装满破烂的小推车——光秃秃的毛皮、陈旧的工具和煮锅就是全部家当,跟贝克能从母亲房子里收拾出来的差不多。

"这是在逃难啊。"克文尖声说。

"他们很清楚接下来的发展。"掠特赞许。

奥斯仑一点点自夜色中显现，长满青苔的原木围墙顶端被削尖，空荡荡的大门旁矗立着一座高高的石塔，塔楼窄窗中有光线渗出。一些面色阴沉的守卫手握长矛把守在门边，眯眼提防雨水，另有一些年轻小子在冒雨挖大坑，几根绑在竿子上的火把明明灭灭，照出了他们满身的泥泞。

"见鬼。"克文轻声说。

"死者在上。"布雷特尖声感叹。

"他们已经死了。"斯托德撇了撇肥厚的嘴唇。

贝克无言以对，他的目光完全离不开那一堆惨白的黏土——准确地说是一堆惨白的尸体。住在山谷上头的吉尔达掉进河里淹死后，他见过等待掩埋的尸体，当时不觉得怎样，还以为自己够冷血，现在他不禁怀疑这份自信。他们看着好奇怪，赤条条堆在一起，有的脸朝上，有的脸朝下，统统裹着一层光滑的雨水。这些都是人，他提醒自己，而这念头让他头晕目眩。他能从这堆黏土中辨认出脸——脸的碎片——还有手、胳膊、脚，只是它们全混在一起，组成了一只庞大而丑陋的怪物，无法想象究竟有多少器官。他看到一条腿支棱出来，上面有道如巨嘴般咧开的深色伤口，显得很不真实。有个挖坑的人暂停了工作，他们从旁经过时，发现那人苍白的双手紧握铲子，嘴唇扭曲，像是要哭了。

"走了。"洪水朝他们吼道，带他们穿过镇门，破门板就斜靠在两边的木墙上。一根硕大的树干丢在附近，其枝丫已被砍掉，以便抓握，沉重的前端则被削尖，裹上漆黑的生铁，上面布满反光的划痕。

"你说那是撞槌吗？"克文小声问。

"应该是。"掠特答道。

镇内笼罩着诡异而焦躁的气氛。有些屋子房门紧闭，另一些则门窗大敞，里面黑洞洞的。几个蓄须男子坐在屋前，眼神迷离地传递酒壶。几个孩子躲在漆黑的巷口，火把光被黑暗中的眼睛反射，显得格外明亮。到处是奇怪的声音：敲击声、碰撞声、叫喊声。人们举着火把在建筑物间穿行，手中兵刃寒光闪闪，他们一路小跑，行色匆匆。

"干什么呢？"斯托德一如既往地闷声闷气地问。

"抢东西呗。"

"可……这不是咱们的镇子吗？"

洪水耸肩。"这帮人打仗就为这个，有人甚至已为此而死，可不想空手回去。"

一个留长须的亲锐坐在滴水的屋檐下，手拿酒瓶，见他们经过面露轻蔑。他身旁的门廊有具尸体，腿脚在门内，脑袋在门外，脑后有摊闪烁的液体。贝克不知这尸体是屋主人还是想进去抢东西的人，甚至看不出是男是女。

"你怎么没声了？"掠特问。

贝克想说些厉害话来反击，然而最后只挤出一句："我还行。"

"在这儿等着。"洪水一瘸一拐地走向为亲锐们分配任务的红袍人。旁边巷道有几个没精打采的家伙，他们的手被捆着，肩膀在雨中缩成一团。

"俘虏。"掠特说。

"看着跟我们没啥差别啊。"克文道。

"是没啥区别，"掠特皱眉打量，"多半是狗子的手下。"

"除了他，"贝克指出，"他是个联合王国人。"那人头缠绷带，身穿可笑的联合王国上衣，一只红袖管被扯破了，露出遍布擦伤的皮肤，另一只袖管的袖口绣了一圈可笑的金线。

"行了，"洪水走回来嘱咐他们，"你们就负责照看俘虏，明天我再瞧瞧有什么新活儿。确保他们——还有你们自己——都别死!"他吼完便沿街道离开了。

"照看俘虏。"贝克不满地咕哝。看着俘虏们丧家之犬般的脸,他心头的苦水不由得再度泛起。

"你以为自己能干啥,呃?"有个俘虏恶狠狠地嚷道,此人的肚子裹着一大团已完全染成棕色的绷带,中间还有一圈刚渗出的血。他的手腕和脚踝都被紧紧缚住。"一群没外号的臭小子!"

"闭嘴,横足。"另一个俘虏头也没抬地低声说。

"你才闭嘴,妈的!"外号横足的亲锐瞪着贝克,仿佛恨不得咬他,"甭管今晚咋样,明天联合王国人都会回来。他们比山上的蚂蚁还多。狗子也会来。你知道狗子带着谁吗?"他龇牙一笑,瞪大眼睛低声诵出那个名字,"血九指。"

贝克只觉双颊发烫。杀父之仇不共戴天,血九指在决斗中用父亲的剑——就是他挂在腰间的这把剑——作下这份孽。

"你骗人。"布雷特尖叫。他吓坏了,尽管他们带着武器,俘虏们则被牢牢捆住。"黑旋风几年前就杀了血九指,大家都知道!"

横足恶狠狠地笑道:"那就走着瞧呗。等明天,小兔崽子,我们会——"

"你别欺负他。"贝克说。

"哦,是吗?你算哪根葱?"

贝克上前一脚踢在横足的裆部。"我算这个!"贝克连续踢去,怒火喷涌而出,横足痛得缩成了球。"我算这个!老子他妈的算这个,懂不懂?"

"打断一下。"

"干吗!"贝克吼叫着猛转过身,双手握拳。

一个比他约高半头的壮汉站在后面,双肩的毛皮沾上了微微闪烁的雨水。壮汉的半张脸被伤疤覆盖——贝克没见过这么夸张、这么可怕的伤疤——而且这半张脸的眼眶中没有眼珠，只有一颗死气沉沉的金属球。

"我是摆子考尔。"对方的声音极为低沉。

"哦。"贝克哽住了。他当然听过传言，人人都听过。据说摆子专为黑旋风打理那些连黑旋风自己都不愿动手的恶毒事，又说他参与过许多著名战役——黑井村之战、卡曼纳河之战、杜别克要塞之战、高地之战——他曾和老英雄三树鲁德及狗子一起并肩作战，也曾和血九指并肩作战。人们还绘声绘色地形容他如何漂洋过海去南方习得巫术，并为此心甘情愿把眼睛换成女巫打造的银珠，这珠子能看透他人的想法。

"黑旋风派我来。"

"哦。"贝克的声音几不可闻，他全身起了鸡皮疙瘩。

"我来带俘虏。一个联合王国军官。"

"应该是这个。"克文用脚尖戳戳袖子破掉的人，那人哼了一声。

"哟，这不是黑旋风的狗吗？"横足笑着仰头，他的牙齿沾了鲜红的血，肚子上的绷带也更红了。"快吠两声，呃？吠啊，杂种！"贝克不禁暗暗有些佩服，对方是不是知道自己重伤难治，所以才这么不服软？

"嘘。"摆子提起裤管，蹲了下来，双脚在泥巴里转了半圈。他抽出把小刀，很小的一把，反射着红色、橙色和黄色光线的刀刃还没普通人的指头长。"你认得我？"

"摆子考尔，我他妈不怕狗！"

摆子挑起完好的那只眼睛上的眉毛，金属眼睛上的眉毛则纹丝未动。"好啊，想逞英雄？"他的刀子戳向横足的小腿——没用多大力气，跟那些下霜的清晨，贝克用指头戳醒熟睡的弟弟时的力道差不多。刀刃安静地扎进腿里，又抽出来，横足惨叫一声，扭动着身体。

"你说我是黑旋风的狗?"摆子挥刀扎向横足的另一条腿,这次扎得更深。"我确实干了不少糟心的活儿。"他又扎向臀部。"然而狗不能拿刀子,对吧?"他听起来不生气,看起来也不生气,甚至有些无聊。"但我能。"扎,再扎。

"啊!"横足蜷缩着,啐了一口,"要是我手里有家伙——"

"要是?"摆子扎向他绑绷带的侧身。"可惜你没有,这不结了?"横足挣扎着翻身,摆子又扎他的后背。"但我有。喏。"扎,扎,再扎。"喏,大英雄。"大腿后侧、两边屁股……横足全身上下鲜血到处渗出,裤子染上了一圈又一圈血斑。

横足呜咽着,不住发抖,摆子吐了口气,在旁边的联合王国人袖子上擦擦小刀,那圈金线染上了红色的血光。"好了,"他提起哀叫的联合王国人,仔细将小刀收回腰带,"我要带走他。"

"那这个人怎么办?"贝克用芦苇般尖细的声音问,指着倒在泥地里、依旧在微弱呻吟的横足,鲜血浸透的褴褛衣衫泛着黏腻的光。

摆子直视贝克,仿佛像传说中那样看透了他的想法。"不用管。你们至少能做到这个,对吧?"他耸耸肩,转身就走,"让他继续流血。"

战时会议
Tactics

山谷铺展在下方,无数闪烁的橙色光点如星云汇聚——它们来自双方的火把和营火,偶有雨幕扫下山腰,亦能遮掩这片光华。若她所料不差,最大的三丛光分别代表阿德旺村、人称英雄顶的山丘和奥斯仑镇。

米德将指挥部设在镇南的废弃旅店,并派先头团在北边旅店围栏的弓箭射程外挖堑壕,哈尔此刻正于那一片漆黑中奋力维持秩序。整个师团尚有一多半部队在艰难行军,官兵们怨气冲天,军纪也松弛下来,他们早上走的还是崎岖不平的沙路,晚上这条路已被搅成泥河,就此估算,后卫部队恐怕没法在天亮前抵达。

"我要感谢你。"布林特上校说着,雨水从帽檐流下。

"感谢我?"芬蕾一脸无辜,"为什么?"

"为过去几天你帮我照顾爱丽兹。我知道她有些不经世事——"

"这是我的荣幸,"她撒谎道,"你跟哈尔的关系那么好。"言下之意,她非常希望他能维持与哈尔的关系。

"哈尔很讨人喜欢。"

"谁说不是呢?"

他们骑马经过岗哨,四个士兵挤在一件湿透的斗篷里,矛尖反射着米德的参谋团带来的灯光。岗哨后很多人忙着从驮马背上卸下浸透的行李,艰难地搭帐篷,濡湿的帆布拍打着他们的脸庞。一队愁眉苦脸的士兵聚在滴水的削尖木栅旁,拿着罐头、杯子和饭盒,等待分口粮。

"没面包?"有人问。

"按规定,口粮可用面粉代换。"军需官皱着眉,用秤精准地量出一点面粉。

"怎么代换?我们拿啥烤它?"

"拿你的肥屁股烤,这不关我的——哦,请原谅,女士。"军需官冲骑马经过的芬蕾捋了捋额发,他不在意那么多人挨饿,却担心"屁股"这个词冒犯了她纤细的感受。

从远处看,这里好像陡峭山坡上一个隆起的土包,走近才发现是座老建筑,外表爬满随风摇曳的藤蔓。它既像农舍,也像谷仓——可能兼而有之。米德跳下马,动作浮夸得像加冕式上的女王,参谋团在他带领下列队穿过狭窄的门廊,布林特上校不得不拦住后面的人,好让芬蕾挤到前面。

门后的房间房梁裸露,散发着潮气和羊毛混合的味道,头发湿透的军官们挤作一团。这场简报会的气氛宛若国王的葬礼,每个人都拼命表现得庄严肃穆,心里却在意能不能从遗嘱中捞到好处。密特里克将军靠着粗糙的石墙站立,八字胡威严地翘起,一只手插入制服前襟两颗纽扣间的开口,拇指伸在外头,完全是摆好等人画像的姿态。布雷默·唐·葛斯特站在离他不远的暗处,板着张扑克脸。芬蕾对他笑笑,他微微点头回应。

芬蕾眼见父亲站在巨幅地图前、一只手慷慨激昂地指点,心中不由得涌上豪情。每次看到父亲工作，她都为他骄傲，古往今来的名将想必也不过如此。父亲看到米德一行进门，立刻上前握住米德的手，双眼则看向芬蕾，微微一笑。

"米德总督，万分感谢你能火速领军北上。"其实若由总督大人领路，怕连哪边是北都分不清。

"克罗伊元帅。"总督心不在焉地寒暄。他们的关系一直不好，毕竟米德在安格兰省素来说一不二，但芬蕾的父亲奉王命出征，战时高他一等。

"放弃奥伦萨德是个痛苦的选择，但这里需要你。"

"我看出来了，"米德不甚优雅地回应，"据说这里出了大乱子——"

"诸位！"挤在门口的军官们向两边分开，让出一条路。"抱歉，老夫来迟了，路上太堵。"人群中走出个秃头的矮壮男子，这人的外套污渍斑斑，却边走边抖衣领，毫不在意雨水洒到周围人身上。这人看似不起眼，后头也只跟了一名单手提篮的卷发仆从，但芬蕾用心研究过联合王国的中央政府，通晓内阁和议会的所有成员及其各自的势力，所以她立刻打起十二分精神。简单来说，不管第一法师巴亚兹是否像传言中那样退了休，他的地位永远在所有人之上。

"巴亚兹阁下，"芬蕾的父亲向大家介绍，"这位是安格兰的米德总督，王军第三师团师团长。"

第一法师没等他说完就伸出手。"老夫认得你哥哥，他是个好人，大家都想念他。"米德来不及回答，巴亚兹的注意力已被仆从自篮子里拿出的杯子吸引过去。"啊！茶！手里有茶，心里不慌，呃？有人想来点吗？"没人想。饮茶是敌对的古尔库人的习俗，总让人联想起胡子高翘的阴谋家。"没人？"

"我想来一杯，"芬蕾不知何时已站到总督身前，挤得对方嘟嚷着退了一步，"这种天气再合适不过。"她讨厌茶，但若能和联合王国最有权势的人说上话，让她喝多少都乐意。

巴亚兹的目光从她脸上一扫而过，活像给某件廉价遗产估价的当铺掌柜。芬蕾的父亲清了清嗓子，有些不情愿地说："这是小女——"

"芬蕾·唐·布洛克。祝你新婚愉快。"

她按捺住惊讶。"您真是无所不知，巴亚兹阁下。小女子还以为自己入不了您的法眼呢。"她说这话时，米德那边传来一声表示认同的咳嗽。

"对细心的人来说，没有什么知识不值得入眼，"第一法师道，"要知道，识为力之先。你丈夫的家族纵有不光彩的过去，但他本人品行端正、引人注目。"

"确实如此，"她觍着脸说，"他跟他父亲完全不一样。"

"那就好，"巴亚兹嘴上还挂着笑意，双眼却突然冷如燧石，"老夫可不想看到你因他被吊死而伤心难过。"

一时间全场陷入尴尬的沉默。她瞥了瞥布林特上校，然后是米德总督，希望他们能为哈尔的忠诚担保。布林特至少表现出不好意思，米德完全幸灾乐祸。"王军里再找不到他那么忠诚的人。"她只好自卖自夸。

"那么老夫为他庆幸。要知道，军队的两大支柱之一就是忠诚，第二嘛，则是胜利。"巴亚兹皱眉看着周围的军官，"说到胜利，诸位，这段日子不好过，非常不好过。"

"加兰霍将军太心急，"密特里克抢白，语气中理所当然地毫无同情，"他不该把队伍拉那么长——"

"加兰霍将军是照我的命令行事。"克罗伊元帅打断密特里克，后者闷闷不乐地哼了一声，不再言语。"我们确实太心急，给了北方人出奇制胜的……"

"你的茶。"杯子递到芬蕾手边，她转头时正迎上巴亚兹那个仆从的目光。他的两只眼睛颜色不一,一只蓝,一只绿。"我相信您的丈夫忠诚、正直、勤奋,是个模范军人。"他轻声说,嘴角带着一丝难以察觉的笑意,仿佛在跟她讲些私密笑话。她有些不明所以,而对方即刻不动声色地退了回去,提起茶壶倒满巴亚兹的杯子。

芬蕾动了下嘴唇,飞快地看了看有没有人注意自己,然后迅速将茶水倒进墙角。

"……可行方案太少,"父亲还在解释,"压力太大,既然内阁要我们速战速决——"

巴亚兹打断他的发言。"速战速决是大局所需,克罗伊元帅,不仅在政治上如此,从军事上讲也一样。"他抿着嘴,大声吮了口茶——除此之外,屋内鸦雀无声,静得能听见跳蚤的动静。芬蕾真希望自己有这样的影响力,随便说点什么都能让人全神贯注,而不是纠缠于无关紧要的漂亮话、玩笑和寒暄。"石匠若需在斜坡上筑墙,墙塌之后他总不能辩解,这墙要能建在平地上,一千年也不会塌。"巴亚兹又吮了口茶,屋内再度陷入完全的沉默,"这是战争,不可能总遇上平地。"

芬蕾想跳出来为父亲辩护,这感觉就像有只胡蜂落到后背,让人油然生出一巴掌拍去的冲动。然而她闭紧了嘴:冲撞米德是一码事,冲撞第一法师完全是另一码事。

"我并非找借口,"父亲生硬地回答,"此前的失败及蒙受的损失,我愿承担全部责任。"

"你的责任心值得赞赏,但于大局无益,"巴亚兹像祖父教育淘气的外孙般叹道,"诸位,我们不但要汲取教训,也要放下今日的负担,才好展望明天的胜利。"大家都点头认可,好像从没听过如此睿智的讲话,连芬蕾的父亲都不例外。这就是权力。

她从未如此厌恶又如此羡慕一个人,从未想过一个人能给她如此深刻的印象。

黑旋风的战时会议在石阵中的大火坑边召开，伴着斜风细雨中的丝丝暖意。气氛兴奋而又紧张，像是婚礼和绞刑同时进行。火光和影子仿佛把人变成了魔鬼——在许多场合，卡脖发现它们真能把人变成魔鬼——长手、十面精、斯奎尔、卡尔达、铁头、老金、裂足，还有其他四十余个有外号的都在。除开某些山民和狗子那边的人，北方最响亮的名号和最冷酷的面庞齐聚英雄顶。

老金格拉玛亲自上阵打了一仗，还被打得很惨——他的左脸似乎被人当铁砧使，不但高高肿起、嘴唇开裂，大片瘀青还仍在扩散。这一圈冷笑的旁观者中，没人比铁头更开心，对手的破鼻子仿如世上最美的风景，可见两人过节之深。

"老混球，你挤这儿干吗？"卡尔达发现卡脖挤到自己身边，小声问。

"谁知道？我的眼神不比从前，"卡脖抓住皮带扣，斜眼看向周围，"反正不是来拉屎。"

卡尔达嗤笑一声："如果你打算给十面精布罗德的靴子上点货，我倒没意见。"

黑旋风大步走出阴影，停在斯凯林之椅旁，嘴里还啃着骨头。闲聊戛然而止，只听见篝火的噼啪声和石阵外的微弱歌声。黑旋风啃净骨头后，把它扔进火堆，边舔指头边扫视每一张影影绰绰的脸，似乎很享受这片沉默，享受让所有人等待的滋味——他显然想摆出一副老子是山上最大混球的架势。

"大伙儿说说，"他终于开口，"今儿够不够充实，呃？"刺耳的喧哗顿时响起，大家摇晃剑柄，或用铁护手拍打盾牌，或用拳头捶击盔甲，斯奎尔甚至用头盔敲着满是划痕的腿甲。卡脖也跟着摇晃剑鞘中的剑，心里却不是滋味，毕竟他跑得太慢，根本没跟敌人照面。他发现唯独卡尔达什么都没做，只是酸溜溜地舔着牙，等待周围的欢庆慢慢平息。

"美好的一天!"十面精眉飞色舞。

"是啊,美好的一天!"长手也道。

"本来应该更美好,"铁头冲老金龇牙,"只消撑过浅滩。"

老金瘀青的眼眶直欲冒火,下颌一侧的肌肉抽搐着,但他最终保持缄默。或许开口说话太疼了。

"我总听人讲,世道不比当年,"黑旋风举起宝剑,哈哈大笑,舌尖伸出牙缝,"有些事可没变,呃?"欢呼声再度响起,好多人举起武器乱戳,所幸没出意外。"有人说北方氏族不能团结一致,"黑旋风卷起舌头,冲火堆狠啐一口,"有人说联合王国实力太强,"他的第二口痰干净利落地啐进了火里,抬头时双眼泛着橙光,"还有人说老子不行……"他咆哮一声,猛地将剑掇进火堆,火星绕着剑柄盘旋飞舞。

附和声震耳欲聋,这里变得像闹哄哄的铁匠铺,听得卡脖直皱眉头。"黑旋风!"十面精尖声大叫,粗糙坑洼的手掌狠狠一拍剑柄,"黑旋风!"

大家一齐喝彩,还用拳头有节奏地捶武器。"黑!旋!风!黑!旋!风!"老金看见铁头跟着喊,不得不嚅动破碎的嘴,发出微弱的声音。长手也大声加入进去。但卡脖没出声,他记得三树常说,一个人得势时更应该谨言慎行,因为胜败无常。他看到摆子站在火堆对面的阴影中,金属眼球反射着火光,这人也没出声。

黑旋风坐回斯凯林之椅,架势就跟贝斯奥德一样气派,仿佛享受阳光的蜥蜴一般沉浸在众人的拥戴中,良久才大咧咧地挥手,示意停下。"好了,好了。我们现在占据了山谷中全部有利地形。他们要么撤退,要么打过来,若想打过来,可供腾挪的地方可不多。这次我不会再耍花招,反正对你们这帮杂种也是浪费。"笑声重新响起。"他奶奶的,接下来老子要鲜血和白骨!就像今儿下午这样,给老子干!"这回是欢呼声。"长手?"

"在,头儿。"老战士走到亮处,嘴唇紧抿。

"你的人要守住奥斯仑。我看他们明天会猛攻那边。"

长手耸耸肩。"有道理。我们今天也是猛攻才拿下来的。"

"别让他们过桥,长手。铁头?"

"在,头儿。"

"你去守浅滩。我希望在果园里安排些人,孩儿丘上也要有人,挑些好斗又不怕死的杂种在前面。敌人在这地方会运用数量优势,我们决不能缩卵,一开场就得把他们压住。"

"合该我干这个,"铁头嘲讽地看向火堆对面,"我决不会缩卵。"

"你啥啥啥意思?"老金情急地吼道。

"你们都有机会挣得荣耀,"黑旋风介入两人的对立,"老金,你打上一整天也累了,明天就留在后面,看住铁头和长手之间的地段。如果他俩谁坚持不住,你再赶去帮忙。"

"行。"老金用肿胀的舌尖舔着破裂的嘴唇。

"斯奎尔?"

"头儿。"

"你夺得了老桥,明天要守住它。"

"成啊。"

"若万不得已必须撤退——"

"我不会撤退。"斯奎尔打断黑旋风。那个牛脑子总是过度自信。

"——就在那堵老墙背后设防。那墙叫啥?"

"凯尔墙,"裂足说,"某个疯农夫建的。"

"算做了件好事。"黑旋风道,"反正你的部下在桥后面的田里也没法施展,不如安排在墙后。"

"知道了。"斯奎尔应承。

"十面精?"

"为了荣耀,头儿!"

"你负责英雄顶的山坡和斯凯林之指,一开始应该遇不到敌人。如果斯奎尔或铁头需要帮忙,你补上去。"

十面精不屑地看着火堆对面的斯奎尔和卡尔达,乃至站在他们之间的卡脖。"给我逮到机会,对面那帮兔崽子就有得瞧了。"

黑旋风身子前倾。"裂足和我留在山顶,守在干石墙后头,明天就学联合王国的朋友们的样,在后方督战。"一片干笑,"就这样吧,谁有异议?"黑旋风咧嘴笑着,得意洋洋地扫视众人,卡脖当然不想开口,其他人也显然不愿出头——

"我有。"卡尔达竖起一根指头,他又打算给自己找不自在了。

黑旋风眯起眼睛。"没想到啊。卡尔达王子,您有何妙计?"

"扭头就跑?"铁头反问,众人顿时哄笑。

"下跪臣服?"十面精紧咬不放。然而卡尔达微笑以对,直等周围笑声消减,归于寂静。

"谈和。"他说。

卡脖打个寒战,这个词跟在窑子里声称自己要守贞没区别。他恨不得从卡尔达身边退开,仿佛对方全身浸透了油脂,正暴露于火焰之下,避之唯恐不及。但什么人会因朋友不受待见就狠心抛弃?哪怕朋友随时有变成火球的危险,卡脖也不能这么做。于是他继续跟卡尔达并肩站立,心里揣测对方到底有何计较。奇特的沉默延续了下去,狂风吹过,斗篷翻飞,火苗跃动,张牙舞爪的光线投在众人严峻的脸上。

"说啥呢,你这挨千刀的胆小鬼!"十面精布罗德布满红疹的脸扭曲得像要裂开一样。

"敢叫我弟弟胆小鬼?"斯奎尔大吼一声,目眦欲裂,"看我扭断你的细脖子!"

"行了,行了,"黑旋风开口,"该扭断谁的脖子老子自会吩咐。

众所周知，卡尔达王子能言善道，我叫他来就是要听听他说什么，不是吗？让他说。卡尔达，为什么要谈和？"

"小心说话，卡尔达，"卡脖嘴唇不动地低声提醒，"小心。"

不知卡尔达听没听到警告，就算听到了，他也置之不理。"因为战争是浪费时间、金钱和生命。"

"挨千刀的胆小鬼！"十面精又喊起来，这回斯奎尔都不反驳了，只瞪着弟弟。嘘声、咒骂声和唾弃声混在一起，堪比之前赞美黑旋风的阵仗。但声音越大，卡尔达笑得越灿烂，好像自己是开在粪便上的花——他们越恨他，他长势越好。

"战争只是手段，"他说，"若没有恰当目的，它有何意义？你说，大伙儿背井离乡多久了？"

"你赶紧滚回家吧，软蛋。"有人叫喊。

"是啊，回家去宣扬和平。"铁头接道。

"你打算在外头待多久？"他指着铁头，"你呢？"他又指向老金，"他呢？"他用拇指指点卡脖，卡脖不由得皱眉，真希望自己没被卷进去。"几个月？几年？你们一直在惶惶不可终日地奔波，晚上带着浑身疲惫和伤痕睡在星空之下。你们风餐露宿，田地、牧群、店铺和妻儿却无人照管。这是为了什么？呃？为了战利品？为了荣耀？如果战争能让这山上山下的所有人里有两百个发财致富或一举成名，我情愿吞下自己的老二。"

"懦夫言论！"十面精大吼一声，转身要走，"我不听！"

"逃避现实才是懦夫。不敢听我说吗，十面精？不愧是英雄豪杰咧。"卡尔达干笑几声。十面精停下脚步，转回身，气得须发根根直竖。"我们今天的确赢得了胜利！大家都是传奇！"卡尔达一拍剑柄，"但这只是一场小胜。"他猛转向南方，每个人都能看见敌人的营火点亮了整片山谷。"那里有比今天多得多的联合王国人。明天的战斗会更艰苦，伤亡会很惨重。非常惨重。就算我们能赢，也不过是继续待在这儿,与无数死者做伴,不是吗?"有些人还在摇头,但更多人开始倾听和思考。"至于北方氏族不能团结一致或是联合王国实力太强的说法,怎么讲,我觉得现在也并没得到妥善回应。"卡尔达卷起舌头,朝黑旋风的火堆吐了一大口唾沫,"而且,吐痰谁不会啊?"

"谈和。"十面精冷笑一声。他到底听完了这番话。"大家都知道你爹有多热爱和平!最初不就是他发动对联合王国的战争吗?"

卡尔达不为所动。"确实如此,他也栽在这上头。但我可以从他的错误中汲取教训。我倒要问问,你们汲取教训了吗?"他直视每个人的眼睛,"以我之见,能靠嘴皮子解决的事何苦拿性命冒险?真是愚蠢至极。"又一阵沉默。一阵带着思量的沉默。风吹得众人的衣衫猎猎作响,火坑喷出点点火星。

黑旋风身体前倾,拄着宝剑。"好哇,你在我的营火旁撒了好大一泡尿,卡尔达王子。"周围响起参差不齐的哄笑,片刻前的反思气氛消失了。"你怎么说,斯奎尔?你也想谈和?"

兄弟俩对视片刻,卡脖小心翼翼地从两人中间退了出去。"不,"斯奎尔说,"我想打仗。"

黑旋风一弹舌头。"这不成了?你连自家老哥都说不服。"又一阵笑声,卡尔达也跟着笑,只是笑得有些苦涩。"不过呢,你的确能言善道,卡尔达。说不定哪天我们需要和联合王国谈谈,放心,届时我会叫上你,"他龇着牙,"但不是今晚。"

卡尔达夸张地鞠躬。"听凭差遣,北方的保护者。您是头儿。"

"这才像话。"黑旋风提高声调,大部分人点头附和。"这才像话。"但卡脖注意到,当众人融入夜色时,有些人脸上带着若有所思的表情,或许想到了久未播种的田地——或是久未播种的老婆。

也许卡尔达的话并非出于轻率。北方人的确热爱争斗,但他们也热爱啤酒,而战争跟啤酒一样,每个人的肚量都有限。

"我军今日遇挫，明天却截然不同，"克罗伊元帅坚定而自信的语气不容置疑，"明天我们主动求胜。"屋内众人不约而同地点头，浆直的衣领同时摩擦，一片窸窸窣窣。

"主动求胜。"有人低声重复。

"明晨，三个师团将各就各位。"但一个师团亟待整顿，另两个师团必须彻夜行军。"我们拥有人数优势。"我们能用尸体压垮敌人！"我们还有胜利的信念。"你说有就有吧，我只有满身瘀青。然而这些陈词滥调让其他军官心情振奋。一如既往的愚蠢。

克罗伊转向地图，指着浅滩南岸，也就是葛斯特今天奋战的地方。"加兰霍将军的师团需要重整，明天该部将驻留于全军的中心地带，但不参与进攻，只虚张声势，其余部队从两翼包抄。"他大步走到地图右侧，一只手自通往奥伦萨德的道路划向奥斯仑镇。"米德总督，你是我军的右拳，明天天一亮就进逼奥斯仑，突破木墙，占领镇子的南半部，并夺取桥梁。值得注意的是，镇子北半部的建筑物更多，北方人又有足够时间来站稳脚跟。"

米德憔悴的脸染上了兴奋的潮红，眼中精光闪烁，仿佛已亲手抓住可恶的敌人。"我会彻底打垮敌人，把他们消灭干净。"

"很好，但务必谨慎，毕竟东面的森林有待全面侦察。密特里克将军，你是我军的左拳，你的任务是强攻老桥，在对岸建立桥头堡。"

"噢，您尽管放心，下官定能夺取老桥，元帅阁下。我们会拿下它，再把敌人一路赶向卡莱恩——"

"明天拿下老桥就够了。"

"第一骑兵团有个营可供你调遣。"芬宁格的目光趾高气扬，仿佛认定密特里克没能力调遣一兵一卒。"他们之前穿过沼泽，到达了敌人右翼外侧的树林。"

密特里克看都懒得看克罗伊的参谋长。"下官已在部队中广泛征集突击队的志愿者，士兵建造了许多坚固的木筏。"

芬宁格的目光更尖锐了。"据我所知，水流很急。"

"木筏值得一试，不是吗？"密特里克不甘示弱，"要想从桥上过，很可能被挡住一上午！"

"很好，但请记住：我们的目标是胜利，不是满足虚荣，"克罗伊坚毅地环顾满屋军官，"我会向各位下达手令，请依令行事。还有问题吗？"

"只有一个问题，长官，"布林特上校竖起一根手指，"葛斯特上校能忍住多久不逞英雄，好让咱们都有机会做点贡献？"有人忍俊不禁，虽然这笑话根本不好笑，但军人就这样，总想抓住珍贵的机会乐一乐。葛斯特本来专心致志盯着屋子对面的芬蕾，还要小心掩饰，这下大家都冲他笑，他便尴尬极了。有人开始鼓掌，很快满屋军官都温和地鼓起掌来。葛斯特宁愿他们嘲笑他。*那样我至少能融入他们。*

"我的任务是观察战况。"他嗫嚅着说。

"老夫也是，"巴亚兹说，"最多在南岸试验一下小发明。"

元帅鞠了一躬。"我们听凭您差遣，巴亚兹阁下。"

第一法师一拍大腿，站起身来，那个仆从俯身在他耳边说了些什么，说完他们就出去了。巴亚兹的动作仿佛前进号令，屋子很快空了下来，军官们匆忙赶回各部，布置早上的进攻。*快去张罗棺材，你们这帮——*

"听说你今天拯救了军队。"

他如同一只受惊的狒狒般优雅地猛转过身，对上芬蕾近在咫尺的脸。得知她的婚讯后，他本该埋藏多年以来的爱慕，就像埋藏其他感情那样。但不知为何，那份感情更强烈了。他一看到她，肚子如同被钳子钳住，一交谈则被钳得更紧——如果能称这为交谈的话。

"呃。"他嘀咕道。*我冲进河里，能记住的杀了七个，无疑还重*

伤了不少。我把敌人大卸八块，巴望善变的君主能被这些暴行感动，减免强加于我的罪过，结束我生不如死的日子。我肆意滥杀，只求别人撤销对我无能的指控。人们有时会吊死谋杀犯，有时却为其鼓掌欢呼。"我……能活下来是命大。"

她靠近了些，他顿感血流加速，脑子轻飘飘的。"我有种感觉，你能活下来是所有人的幸运。"

我裤裆里也有种感觉，而你把手伸进来才是我的幸运。这要求过分吗？毕竟我拯救了军队。"我……"我爱你，抱歉。我为什么要抱歉？我什么都没说啊。需要为想法抱歉吗？也许吧。

但她已走去和她父亲说话了，他无法阻止。如果我是她，甚至不会多看我这种人一眼，更别说听我磕磕巴巴、尖声尖气地说些无聊废话。但我还是很受伤，看到她走开，我心如刀绞。

他拖着沉重的步伐走向门口。

妈的，我真是个可悲的废物。

卡尔达飞快溜出黑旋风的战时会议，省得跟哥哥解释今天大言不惭的意图。他快步在营火间穿行，不理会人们的抱怨，随后又穿过被火把照亮的英雄石间的罅隙，冲斜坡上一个金光闪闪的身影追去。那个身影正怒冲冲地下山。

"老金！老金，我要跟你谈谈！"

老金格拉玛皱眉回头，大概是想表现出勃然大怒的样子，但那张肿脸看起来却像吃坏了肚子。卡尔达咬着牙憋住笑。这张被揍得稀烂的脸是他的机会，千万不能错过。

"咱跟你有啥好痠，卡尔达？"他语气不善，身后三个有外号的立刻横眉怒目，手摸武器。

"嘘，有人盯着咱们呢！"卡尔达走近了些，故意显得神神秘秘——他知道，这样会让别人在无意识中有样学样。"我想，咱俩可以互相帮助,既然处于同样的位置——"

"同样滴位置?"老金嚷嚷,带有血迹的肿脸逼过来。卡尔达往后缩了缩,看上去又惊又怕,实则跟发现大鱼咬钩的渔夫一样开心。耍嘴皮子是他的战场,在这上面,这帮蠢货的表现跟他在真正战场上的表现差不多。"拉里同样了,和平主义者?"

"黑旋风有所偏爱,对吧?我们这些剩下的人只能争夺残羹冷炙。"

"片爱?"老金破烂的嘴发不准音,而每说错一个字,他就变得更恼火。

"你今天带头冲锋,其他人优哉游哉跟在后头。你为黑旋风流血卖命,可如今其他人被安排到光荣的位置,占据了前线,你却被扔到一边,等着……赶去帮忙?"他俯身过去,"我父亲一直很敬重你。他总说你聪明、正直、最为可靠。"空洞的赞美往往能带来惊人的效果,尤其对那些虚荣的家伙——卡尔达再明白不过,因为他自己就是那种人。

"他从没跟咱提过。"老金喃喃自语,语气明显倾向于相信卡尔达的话。

"他怎么跟你提呢?"卡尔达循循善诱,"他是北方人之王啊,哪有机会倾诉内心的真实想法?"当然没法倾诉了,毕竟贝斯奥德和卡尔达一样认定老金是个自我膨胀的痴呆。"但我可以提,"假话要多少有多少,"你我不该对立,那样正遂黑旋风的愿,他就想分化咱们。如此一来,无论权力、金子,还是荣耀,他只用分给裂足、十面精……还有铁头。"听到这名字,老金的烂脸像被钩住般抽搐了一下。这痴呆与铁头的恩怨太深,一提起便血气上冲。"咱们不能容许这种事。"卡尔达的声音如情人的低语,他还冒险将一只手轻轻搭在老金肩上。"你我协力,何愁——"

"行了!"老金从破嘴唇中艰难发声,又拍掉卡尔达的手,"去别粗散播你的鬼话吧!"但他转身时,卡尔达嗅到迟疑的气息——一点点迟疑足够了,纵然没法让敌人信任你,至少令他们互不信任。耐心,父亲常告诫他,要有耐心。他朝渐渐消失在夜色中的老金一行露出假笑。他正努力播种,时机成熟自会收获。

只要赶在镰刀挥落之前。

米德总督皱起眉头,最后又瞪了芬蕾一眼,留下她与父亲独处。显然,米德受不了在特权上被人超越,尤其对方还是个女人。不过,他若以为她只会背着他不痛不痒地抱怨两句,那真是小看她了。

"米德是个花哨的草包,"她朝身后瞥了一眼,"上了战场恐怕跟两块钱的婊子一个水准。"她思索片刻,"不,这么说不公平,婊子至少能提升士气。米德只能说是张发霉的地毯,你叫停对奥伦萨德的围攻是正确的,不然绝对演变成闹剧。"

她惊讶地发现父亲瘫坐在行军桌后的椅子里,双手抱头,顷刻间几乎变了个人,显得如此矮小、疲惫和苍老。"我损失了上千人,小芬,伤员还不止这个数。"

"那是加兰霍的责任。"

"全军上下都是我的责任。我害死了他们。上千人啊。或许说出来不过是轻飘飘的数字,但如果当面排开,十乘以十再乘以十……知道有多少吗?"他愁眉苦脸地看向角落,好像那里堆着一片尸体,"他们都是父亲、丈夫、兄弟或儿子,每个逝去的生命都留下一个空洞,留下一笔我还不上的债,"他眼眶通红地瞪着她,"芬蕾,我害死了一千个同胞。"

她走近两步。"加兰霍害死了一千个同胞。"

"加兰霍是个好人。"

"带兵不需要好人。"

"他有高风亮节。"

"你得临阵换将。"

"我必须相信手下的军官,否则他们永远没法成长。"

"你自己相信这句话吗?"

父女俩皱眉看着彼此,半响后,父亲挥挥手,不再争论。"加兰霍是国王的老朋友,国王总是很关照老朋友。只有内阁能撤换他。"

她不死心。"那就撤换米德,那种白痴于公于私都有害无益。要让他继续指挥,今天这场灾难很快就会被人遗忘——被更惨烈的灾难掩盖。"

父亲叹口气。"我能让谁顶?"

"我心中有个完美人选。一位极其优秀的青年军官。"

"他有一口好牙?"

"确实如此,而且他出身高贵,精力旺盛,英勇无畏,忠诚勤勉。"

"这等人才通常还有个野心勃勃的配偶。"

"这位尤其如此。"

父亲揉了揉眼睛。"芬蕾啊芬蕾,为了让他得到今天的地位,我能做的都做了。你别忘记,他父亲——"

"哈尔和他父亲不同。有的人能超越父亲。"

克罗伊假装没听懂,但多少被这话打击了。"现实一点吧,小芬。内阁不信任贵族,而他的家族曾与王权作对,更是首当其冲。你需要耐心。"

"哼。"现实和耐心都让她不忿。

"想给丈夫谋取高位——"她张嘴欲辩,但克罗伊提高声音,不给机会,"——你得找到比我更硬的后台。虽然你不想听,我仍要规劝一句,事情绝不如你想象的那样简单。我是阁员,身处权力中枢,就我所见,权力好比海市蜃楼,看上去越接近,往往离得越远。太多因素需要平衡。太多压力必须忍受。每一项决定的后果都压在身上……难怪国王从不做决定。我以前没想过自己会期盼退休，但也许卸下权位才能真正做些实事。"

她可完全没想过退休。"我们就只能坐视米德搞出大乱子吗？"

他皱眉看着她："是的，没错，然后内阁会撤我的职，并任命接替者。当然，他们有可能先追究直接当事人。"

"撤了你能换谁？"

"密特里克将军会欣然领命。"

"密特里克是个高傲自负的混球，最喜欢背后嚼舌根，又蠢得像杜鹃。"

"那他很适合待在内阁。"

"搞不懂你怎么还支持他。"

"年轻时我自以为无所不知，现在我同情抱有这种幻觉的人，"他别有深意地看了她一眼，"这可大有人在。"

"你的意思是，女人只能靠边站，为白痴制造的一起起事故欢呼喽？"

"我们不时都需要为白痴欢呼，这就是现实。恶言攻击毫无意义，如果谁真的一无是处，他总归会害死自己。"

"好极了。"她不打算等那么久，但此刻显然不适合穷追猛打。父亲的烦心事很多，她得给他打气，而不是添堵。她的目光落向棋盘，父女俩上次交手的残局还摆在上面。

"你没收？"

"当然。"

"那……"自上次交手，她一直在思考下一步棋，此时却表现得好像突发奇想，轻描淡写地将棋子往前推。

父亲露出一贯的宠溺，仿佛她又变成了小女孩。"你真这么走？"

她叹口气。"这可是步好棋。"

父亲的手伸向一枚棋子，但中途停住了。他目光灼灼地盯着棋盘，手悬在半空，又过了一会儿，他褪去笑容，缩回手，用一根手指抵着下唇。接着，他重新笑了起来。"你啊，真是——"

"只要能让你散散心。"

"唉，可惜除了伤亡，我还要担心黑旋风，以及第一法师和他带来的科学家。"他无奈地摇头，"你今晚留下吗？我给你找个——"

"我得回哈尔那边。"

"确实，你该回去。"她弯腰吻了他的前额，他闭上双眼，抓住她的肩膀，沉默片刻。"明天千万小心。我宁愿失去一万人，也不愿失去你。"

"怎能让你如此轻易地摆脱我？"她朝门口走去，"我还要看你如何破解这步棋呢！"

雨已停了，军官们全都匆匆归队。除了一个人。

布雷默·唐·葛斯特。他既想站直又想靠住拴马的栏杆，最终歪成了这副有点懈怠的姿势。

即便如此，芬蕾也无法再像从前那样将他视为人畜无害。过去，当他们在阿金堡洒满阳光的花园中偶遇，总会发生正式得可笑的简短寒暄。如今他脸上多了一道擦伤，虽看不出今日曾参与激战，但哈德迪克上尉说他独自冲入敌阵，杀了六个人，再听布林特上校谈起，人数已变成十个。谁知道最后会传成怎样？他直起身，剑柄圆球闪着暗淡的光，她陡然意识到他数小时前就是用这把剑杀人的，心中不禁一凛。不管他杀了几个人，本不该改变她的看法，但她确确实实更看重他了。她觉得他高大了许多，浑身多了几分野蛮气息。

"布雷默，你在等我父亲？"

"我觉得……"他用他特有的高亢尖细的嗓门开口，接着稍稍放低声调，"你可能需要护送。"

她笑了。"世上总还剩下些英雄？你带路吧。"

卡尔达坐在潮湿的黑暗中,与茅坑保持老远距离,听着人们庆祝黑旋风的胜利。

尽管不愿承认,但他真心想念塞芙,想念她床铺的温暖和安全感。微风卷着粪臭飘来,无疑加深了他对她体味的眷恋,但要想在明亮的营火、嘶哑的歌唱、醉醺醺的比试和恬不知耻的吹牛打屁之外逮到和某人独处的机会,他必须忍耐。

常言道,忍字头上一把刀。

他听到沉重的脚步声朝茅坑而来。从这里看去,声音的主人只是一道被橙光勾出的黑影,灰色的方脸难以分辨,但卡尔达还是认出了他。哪怕以这帮莽夫的标准,也很少有人身板这么宽。卡尔达适时起身,抻了抻发麻的腿,走向茅坑,站到那人身边。坑里的粪便和尸体让他直皱鼻孔,战争的馈赠无非如此。

"铁头凯姆,"卡尔达轻声说,"真巧。"

"是啊,是啊,"对方嘴里啧啧有声,接着朝坑里猛啐一口,"卡尔达王子,我好荣幸,还以为你跟你哥一起在西面扎营。"

"我是跟他一起。"

"看来我的坑比他的坑好闻多了,是吧?"

"其实差不多。"

"那你是来跟我比老二的长短喽?冲你平时的表现,可不像能赢的样子。"

"我只有这点能耐。"

"你也只有这个脑子。"说完这句,铁头不再开口。卡尔达不喜欢沉默的对手。不论像老金那样虚荣,还是像十面精那样暴躁,甚至像黑旋风那样野蛮,他都有办法摆布。但铁头的沉默让人无从下手。尤其在黑暗中,卡尔达无法捉摸表情。

"我需要你帮忙。"他只好主动尝试。

"尿不出就多喝水。"

"不是这个。"

"那你要我帮什么?"

"我听说黑旋风想杀我。"

"这我可不知道。就算是真的,跟我有什么关系?想想你有多讨人喜欢吧,卡尔达。"

"你心知肚明,要不了多久,你就得给自己找个盟友。"

"是吗?"

卡尔达哼了一声,"傻瓜绝对混不到你的地位,铁头。以我之见,黑旋风虽不喜欢我,但更不喜欢你。"

"不喜欢我?那他还把我放在荣耀的位置?前线的正中间,小子!"

铁头语带嘲笑,卡尔达有些受挫,但无论如何,这是个突破口,他只能硬着头皮冷笑一声,针锋相对。"荣耀的位置?你以为这是黑旋风照顾你?别忘了,他背叛过饶他一命的恩人,窃取了我父亲的项链。荣耀的位置?我最怕谁,就会这么安排,把他放在最危险的地方。我父亲常说,你是北方最强硬的战士,黑旋风也深知这点。他知道你不会退缩,因此设下圈套。你要有个长短,试问谁能获利?谁能从这场战争中幸存?十面精和老金。"他希望后面那个名字有奇效,但铁头似乎纹丝未动。"他们躲在后面,而你、我老哥,还有我岳父在前线卖命。荣耀的位置能阻止背后刺来的匕首吗?"

对方嘀咕一声。"总算来了。"

"总算?"

脚下响起尿液泼溅声。"总算尿出来了。卡尔达,其实答案就在你自己的话语中。"

"什么意思?"

"傻瓜混不到我的地位。我不信黑旋风想杀我,甚至不信他想杀你。何况就算他想,你能给我啥?你父亲的赞扬?那玩意儿在高地的惨败之后就贬值了,等他被血九指捶烂脑袋,更成了屁话。哎呀。"尿液撒到卡尔达的皮靴上,"对不住,我的老二没你灵活。总之嘛,算我谢谢你了,但我继续跟黑旋风。"

"黑旋风只会带来战争和恐慌,什么也留不下。"又一阵沉默。卡尔达不禁怀疑自己说得太过。

"哈。"叮叮当当声传来,铁头系好裤带,"那你就杀了他呗。但在此之前,找别人去讲这番鬼话,撒尿也请去别人的坑,除非你想淹死在这里。"他用力拍了卡尔达后背一巴掌,差点把卡尔达推下坑。卡尔达慌忙摆了几下手臂才重新站稳,待回过神,铁头已不见踪影。

他呆立片刻。若言语能播撒种子,真不知这颗种子能收获什么。应当不坏。至少他现在明白,铁头凯姆比看上去精明得多。就冲这点,靴子上这些尿就没白挨。

"我迟早会坐上斯凯林之椅,"卡尔达在黑暗中喃喃自语,"届时就算吃我的屎,你也得赞不绝口。"发泄过后,他好受了许多。

他拼命甩掉靴子沾上的液体,昂首阔步走入夜色。

营房与休憩
Rest and Recreation

　　芬蕾没出声，葛斯特也没有，这正合他意。她白皙的皮肤透出纤细的骨节，柔弱的肌肉在双肩上有节奏地舒展又绷紧，臀部则因他大腿的撞击泛起一道道不雅的涟漪。他闭上双眼，沉溺其中。
　　他们在她丈夫的帐篷里。不，不，没感觉。他们在宫中的营房，就是他担任国王的首席卫士时占用的那间。没错，好多了。那里环境很好。通风。或者在她父亲的指挥部？在她父亲的指挥桌上？当着众军官的面？天哪，不行。呕。还是宫中的营房最理想，可谓他上千种幻想中用烂的场地。内阁能剥夺他的职位，但夺不走这个。
　　我爱你，我爱你，我爱你。然而现下他感觉不到爱，感觉不到任何感情，也没有美好可言，完全是机械运动。就像给钟表上发条，给萝卜削皮，给奶牛挤奶。他做了多久？只觉大腿酸楚，肚腹难受，后背和肩膀因浅滩之战留下的瘀青肿得像烂苹果。啪、啪、啪，肌肤紧贴肌肤。他龇起牙，紧紧抓住她的臀瓣，努力让思绪飘回宫中那间通风的营房……

快了，快了，快了——

"你完事没？"

葛斯特恍恍惚惚地停下，犹如被当头浇了一盆冷水，悚然回到现实。这不是芬蕾的声音。她转过头，略带湿润的半边脸对着他，被仅有的一支蜡烛照亮，厚重的粉底也盖不住那道旧疤。这一点也不像芬蕾的脸。这么长时间，她似乎也无动于衷，发问的神情活像面包师傅询问学徒"馅饼烤好没"。

他粗浊的喘息回荡在帆布帐篷内。"我说过你不能说话。"

"还有好多人等着呢。"

我终究回不到那间营房。感觉退却，他费力地起身，涨痛的脑袋扫到帐篷顶。这女人算比较干净了，无奈空气黏腻，混杂了太多汗水、呼吸及其他难以分辨的味道，廉价香水根本无法遮盖。不知今晚有多少人来过、又有多少人等着，不知他们是否也把这里想成别的地方、把她想成别的人。她会把我们想成别的人吗？她在乎过吗？她恨我们吗？还是说，我们只是一堆亟待上发条的钟表、亟待削皮的萝卜、亟待挤奶的奶牛？

她背过身，马马虎虎套上裙子，只为方便待会儿再飞快脱掉。他觉得自己快窒息了，于是也飞快地穿上裤子、扣好腰带，数也不数便往木匣里扔了把硬币，大力掀开门帘，踏入夜色。他站在门外，闭眼呼吸潮湿的空气，暗暗发誓再不干这种事了。正如之前无数次发誓一样。

外面站了个皮条客，这人显然不在乎帽檐滴下的水珠，始终挂着谄媚的微笑。"她还对您的喜好吧？"

我的喜好？我甚至没法及时完事儿。大部分男人至少能完成这种层面的社交，不是吗？我到底怎么了，连心中仅剩的一点正常人的感情也要贬损和毁灭——不过，迷恋别人的老婆算得上正常人的感情吗？大概只有我自己这么想吧。

葛斯特看着皮条客，认认真真地看着，直视对方的眼睛。透过空洞的笑容，他看到了贪婪、残忍和厌倦。

我的喜好？我是不是该放声大笑，然后像遇见亲兄弟一样抱住你？我是不是该紧紧抱住你，扭下你的脑袋，还有那顶该死的蠢帽子？如果我把你的脸揍得稀巴烂，如果我掐断你细瘦的喉咙，这是世间的损失吗？会有人在意吗？我自己又在意吗？这是恶是善？掐死一条被光荣的王军拉出的屎尿滋养得脑满肠肥的蠕虫？

皮条客突然眯起眼睛，谨慎地退了一步，一只手伸向皮带。这或许是因为葛斯特的面具短暂脱落，也可能是对方在经年累月的皮条生涯中养成了对暴力的直觉，总之他不像加兰霍或克罗伊身边文雅的参谋团那么迟钝。

葛斯特竟有些希望对方主动出手，想到以命相搏，他便闪过一丝兴奋。只有这个才能令我兴奋？死亡？直面死亡并制造死亡？酸胀的股沟间，竟有重振雄风的感觉……但皮条客站立不动，只是注视着他。

"她挺不错。"葛斯特从皮条客身边走过，踩着软软的泥巴，扬长而去。他穿行于帐篷群中，混入前线后方的狂野集市——就像魔法，军队只要驻留超过数小时，当地便会形成集市。这里像千岛群岛的繁华市场一样应有尽有、喧嚣忙碌，又像达戈斯卡的露天广场一样充满目不暇接的色彩和呛人的香气。任何需求、欲望或妄想，在这里都能得到满足。

满脸堆笑的商人拿着明亮的布料样品，冲醉得站不稳的军官推销；盔甲师傅用铁砧敲出震耳欲聋的乐曲；小贩收了钱后，敏捷地把光鲜亮丽、质优物美的货品换成垃圾；一位胡子浓密的少校一动不动地坐着，努力挤出双下巴，让对面一位画家就着摇曳的烛光飞速画像。麻木的笑声和难解的言语冲击着葛斯特一阵阵发涨的脑海。这里样样都是最好的、顶级的，特别打造，享誉盛名。

"全自动磨剑剑鞘！"有人吼道，"插进去就能磨剑！"

"面向军官！利率从优！"

"苏极克女孩！最好的体验！"

"鲜花！"有个介于歌唱和尖叫之间的声音吸引了他，"送老婆！送女儿！送爱人！送姘头！"

"能养能吃！"一个女人高喊，举起一只眼神懵懂的小狗，"能养能吃！"

早熟的孩童在人群中穿梭，提供擦鞋、算命、磨刀、剃须、看马乃至挖坟的服务，只要有需求、能赚钱。一个看不出年纪的女孩绕着葛斯特欢快地舞蹈，她双腿赤裸，膝盖往下沾满泥巴。苏极克、古尔库、斯提亚……天知道她是哪来的混血儿。"喜欢吗？"她轻声漫语，指向一根挂着金穗的竿子。

葛斯特突然悲不自禁，只冲女孩伤感地一笑，摇摇头。她朝他脚下啐了一口便走了。两名年长的女人站在被浸透的帐篷门口分发印刷品，纸上大肆宣扬节欲和禁酒的美德，但文盲士兵们随手就扔，胡乱踩进泥里。宝贵的训诫被撒得到处都是，又教雨水温柔地消融了。

葛斯特又走了几步，每一步都花了难以想象的力气。最终他停在小路中央，只觉与周遭人群格格不入，士兵们咒骂着踩过周围的泥巴，从他身旁绕开。其实他们都跟他一样，被各自的绝望困住，又试图购买买不到的东西。他抬头张嘴，任雨水落在舌头，或许是在盼望指引，但连群星也被云层掩蔽。星光是为好人准备的，专为哈罗德·唐·布洛克那样的好人照出幸福之路。肩膀和手肘推推搡搡。行行好，帮帮我吧。

谁会帮我呢？

第二日

DAY TWO

你不能说文明没有进步,毕竟每场战争他们都会想出新的杀人方法。

——威尔·罗杰斯

黎明
Dawn

卡脖睡的地方又冷又潮，跟淹死鬼的墓穴没两样。他挣扎着爬起来，东方的天空还黑漆漆的，太阳像个棕色泥点。他摸索到腰带上的剑，随即伸个懒腰——每天早上他都以此来丈量身体状况，这回也不出意料地立马唉声叹气。下巴的酸痛拜硬面包及其手下所赐；双腿的酸痛是因长途跋涉，之后还爬山，又瑟缩着吹了一夜冷风；但头痛只能怪自己，昨晚他喝了多少已记不清，既为缓解失去手下的悲伤，也为庆幸自己活下来。

小队的大部分成员聚在一堆湿木头旁，换作走运的日子，大概早已生起篝火，然而多福德弯腰捣鼓来捣鼓去，最终无功而返，嘴里忍不住轻声咒骂。

如此，早餐只能吃冷食。

"噢，真想有个雨棚。"卡脖一瘸一拐地过来，边走边嘀咕。

"我在切面包，瞧？"威尔旺将众剑之父夹在双膝之间，露出约前臂长的剑刃，又手握一条面包，异常小心地往剑刃上放，活像木匠在制造关节零件。

"切面包?"正朝漆黑的山谷张望的奇妙转身瞪他,"你看得清吗?"

约恩回头啐了一口。"而且你能不能快点? 我饿了。"

威尔旺没理他们。"等我先切完。"他把一大块白奶酪放在一片面包上,然后像拍苍蝇一样把另一片面包盖在上面,"奶酪夹中间喽。给你!"

"面包和奶酪。"约恩捏住切剩下的面包,另一只手举起奶酪,"弄来弄去不是一回事吗?"他咬了一大口奶酪,又把食物扔给舒利。

威尔旺叹口气:"你们都没见识吗?"他就着想象中的光辉举起自己的杰作——其实现下几乎一点光也没有。"如果说这是面包和奶酪,那锋利的斧子也不过是木头和钢铁,大活人也不过是血肉和毛发。"

"那你说它是什么?"多福德丢掉打火石,离开湿木头堆,恼火地问道。

"崭新的组合! 融合了面包和奶酪,组成更优秀的整体。我叫它……奶酪夹心,"威尔旺咬了一小口,"哦,天啊,朋友们,尝起来……大有进步。我该试试夹火腿。面包夹什么都美味。"

"你该试试夹大便。"奇妙说。

多福德阴阳怪气地笑了,但威尔旺毫不在意。"战争就是这样,强迫人们用旧东西来创造新事物,开阔思路。没有战争就没有进步。"他一只手肘撑着,向后躺倒,"战争,就像犁耙激活土地,就像野火清空田野,就像——"

"狗屎滋养鲜花?"奇妙问。

"没错!"威尔旺用自己的杰作指点奇妙,结果两片面包间的奶酪一下子掉进没点着的火堆中。奇妙差点乐晕过去,约恩被逗得从鼻孔喷出面包渣,连舒利也停住唱歌、又尖又轻地大笑。卡脖跟着笑起来，心情因而舒畅——这可真难得。唯独威尔旺看着两片面包皱眉："看来奶酪夹得不够紧。"他把面包一下全塞进嘴里，又在潮湿的木柴中翻找奶酪。

卡脖发问："有联合王国人的动向吗？"

"没看见，"约恩眯眼看向微微泛白的东方，"但黎明快了，估计很快就能看到。"

"赶紧把布拉克叫起来，"卡脖说，"他要没吃上早餐，一整天都没好脸色。"

"好的，头儿。"多福德慢慢悠悠地往山民睡觉的地方走去。

卡脖指着露出一截剑刃的众剑之父："它算见血了吗？"

"可能面包渣也算吧。"奇妙说。

"抱歉，当然不算。"威尔旺用掌根蹭过剑刃，扫清最后一点面包渣，最后才将剑小心收入鞘中。"进步的过程是痛苦的。"他吮着手掌上的割痕，小声说。

"头儿？"多福德的头发被风糊在脸上，即便光线暗淡，卡脖仍能看出他忧心忡忡，"布拉克好像不想起来。"

"我们去瞧瞧。"卡脖大步走过去，只见大个子侧身躺在地上，毯子的褶皱阴森森的。"布拉克。"卡脖用脚尖捅他，"布拉克？"布拉克绘满涂料的侧脸全是水珠，卡脖伸手一摸，触觉冰凉，根本不像大活人，而是威尔旺说的——血肉和毛发。

"给我起来，布拉克，你这头大肥猪，"奇妙没好气地叫道，"不然约恩要把你的饭全给——"

"布拉克没了。"卡脖说。

芬蕾不知自己醒了多久，反正醒来以后，她就坐在窗边的旅行箱上，搭着冰冷的窗台，双手托腮。西北面那几座山丘参差不齐的轮廓渐渐变得清晰，闪亮的河流自浓雾中显现，东边的森林也露出隐约的形貌。如果她眯起眼睛，还能分辨奥斯仑镇起伏的外墙及高塔窗户的玻璃反光。她与镇子只隔着几百跨黑色田地，一条火把连成的曲线标出了联合王国军队的前线位置。

天色越亮，能看清的细节就越多，米德总督的部队正在战壕中待命，随时准备扑向镇子。父亲的得力右拳。她用力咬住舌尖，咬疼了自己，感觉既兴奋又害怕。

她伸个懒腰，回身看看蛛网遍布的小房间，之前曾半心半意打扫过一通，但不得不承认自己实在不擅家事。她很好奇这家小旅店的主人哪去了，旅店又叫什么名字。大门口有根杆子，杆子上的标志却不翼而飞。这就是战争，它会抹去土地和人民的特征，把它们统统变成匿名的对手，变成掠夺和攫取的对象，可以无所顾忌、毫不内疚地摧毁、偷盗和焚烧。战争像是地狱，完完全全的地狱，但不可否认，它也能带来巨大的机遇。

她走向床铺——叫稻草床垫更合适——俯身细看哈尔的脸。他的面容充满青春的活力，双眼紧闭，嘴巴张开，侧面压住床单，鼻孔传出微弱的呼吸。他年轻、天真，还有一点点傻气。

"哈尔。"她轻声呼唤，温柔地啄了啄他的上唇。他猛地睁开眼，躺平身体，双手伸过来，抬起头回吻她……直到瞧见窗外天空中的微光。

"糟了！"他推开毯子，忙乱地下床，"你该早点叫我。"他从有裂纹的碗里掬了点水洒在脸上，用布擦了擦，抓起昨天穿过的裤子就往身上套。

"现在也不迟啊。"她用手肘支着身体倒在床上，看他穿衣服。

"我要做到的不止是'不迟'，这你是知道的。"

"你睡得那么甜，我狠不下心弄醒你。"

"我得去协调组织进攻。"

"大概是得有人去做这个。"

上衣卡在他头上片刻,接着套了下来。"或许……你今天留在丘陵上你父亲的指挥部比较好,大部分眷属已折返乌发斯了。"

"要打胜仗,最好打发米德跟那些只关心服饰的老女人一道回去。"

哈尔继续劝她:"只剩你和爱丽兹·唐·布林特了,我担心——"

他的想法太容易看穿。"你担心我又跟你无能的上司起冲突。"

"这是一方面。你看见我的——"

她一脚将地上的佩剑踢到他身前,他不得不弯腰去捡。"真可惜,你得听米德那种白痴使唤。"

"世上可惜的事情多了,这算不上最糟糕的。"

"总得想办法对付他。"

哈尔忙着扣剑带。"除了尽力适应,没别的办法。"

"是吗……可以让国王知道他的所作所为。"

"你可能忘了,我父亲和国王陛下有些龃龉,因此我不太受宠。"

"但你的好友布林特上校不同。"

哈尔陡然抬头。"小芬,这太低劣了。"

"只要能帮你得到应得的东西,谁关心它高尚与否?"

"我关心,"他语气不快地扣好皮带扣,"为人要走正路,精诚所至、金石为开,不能靠那些……那些……"

"哪些?"

"你想的那些。"

她心底陡然生出殴打他的冲动。她想让他明白,她轻而易举就能嫁个父亲并非臭名昭著的逆贼的清白丈夫;她想让他明白,若非她父亲反复请愿,若非她苦苦央求,他不会有现在的职位,单靠"走正路",最多只能在某个地方省份的征兵团里当个低级军士;她想让他明白,他是个好人,但世界不是好人想象的那样。

幸好他先开口道歉:"小芬,抱歉,我知道你是为我们好,我知道你为我付出了太多。我原配不上你,只是……让我按自己的方式做点事吧。求你,不要强行安插……不妥的安排。"

"我保证。"她当然会回避不妥的安排,她做的事都经过深思熟虑——就算并非如此,她也不怕打破承诺,反正她不看重这个。

他如释重负地笑了,弯腰吻她。她不太情愿地回吻,但紧接着,她感到他双肩低垂,想起他今天要去拼命,便捏住他的脸颊,摇了摇。"我爱你。"这是她留下来的原因,不是吗?她为何蓬头垢面地跟着军队跋涉至此?为了和他一起。为了支持他。为了带领他走向光明的未来。命运女神知道,他需要她。

"我更爱你。"他说。

"这又不是比赛。"

"不是吗?"他套上上衣,匆匆出门去了。

她爱哈尔。真的很爱。但要想靠他那些优良品质和诚实作风得到应得的一切,无异于缘木求鱼。

无论如何,她不打算以上校妻子的身份度过一生。

徒尼下士早已成为王军中的睡觉冠军,他能在任何形势、任何条件下睡着,必要时亦能立刻醒转——不用说,他很多时候是用睡觉来逃避行动。当年攻打乌利齐城,他在离城墙缺口五十跨的第一线战壕中睡过了整场战役,直到快打完才恰如其分地醒来,跳过成堆尸体,和当日上阵拼杀的战友一起瓜分了战利品。

所以尽管身处泥泞的森林,天上下着蒙蒙细雨,头顶只有一张臭烘烘的油布,他跟睡在羽毛床上也没什么区别,只是苦了新兵们。

此刻,徒尼在寒冷昏暗的黎明突然醒来,发觉自己背靠大树,手中紧握团旗。他用一根手指微微掀起油布,发觉剩下的两个新兵在潮湿的地上凑在一起。

"像这样?"蛋黄声音尖利。

"不,"沃斯小声说,"火绒放下面,再敲——"

徒尼弹起身子,踩着沉重的步伐冲到他们堆起的潮湿木条旁,一脚踩了下去。"不能点火,蠢货,敌人就算看不见火,也看得见烟!"况且蛋黄费个十年也没法把这堆惨兮兮的湿烂木头点着,他连打火石都握不明白呢。

"那我们怎么煎培根啊,下士?"沃斯端起平底锅,里面放着一块令人食欲全无的惨白肉片。

"不能煎。"

"难道生吃?"

"不推荐,"徒尼说,"尤其不推荐你尝试,沃斯,考虑到你的敏感问题。"

"我的什么?"

"你那不正常的肚子。"

他沮丧地垂下肩膀。"我们吃什么啊?"

"你还有什么?"

"什么也没有。"

"那只能生吃了。除非天上掉馅饼。"虽有早起的影响,徒尼的情绪还是差得反常。他总觉得发生过非常糟心的事,却不确定是什么,直到回想起一点点淹没克林格的脸庞的污水,才恼得把倒霉的柴火踢进滴水的灌木丛中。

"瓦利米上校刚来过。"蛋黄小声提醒,好像这能让徒尼打起精神。

"棒极了,"他没好气道,"或许我们能吃他。"

"或许他回头会给我们带来食物。"

徒尼嗤笑道:"军官只会带来麻烦,我们可爱的瓦利米通常带来的是大麻烦。"

"他很蠢吗?"沃斯怯怯地问。

"他很聪明,"徒尼嘶声道,"又充满野心。他这种军官靠普通人的尸体为自己铺平升迁之路。"

"我们就是普通人?"蛋黄问。

徒尼瞪了他一眼,"你是'普通人'的最佳注脚。"答案中有"最佳"二字,竟让蛋黄有些受宠若惊。"还没林德利根的消息?"

"是利德林根,徒尼下士。"

"我知道他的名字,沃斯,为了好玩才故意念错。"他不开心地鼓起两腮。战斗打响后,他的幽默感可谓一落千丈。

"没见着他。"蛋黄依旧盯着那片可怜的培根。

"没消息也算消息,"他发现两个小家伙一片茫然,便解释道,"利根林德去给那帮摆弄玩具兵的家伙通报我们的位置,说不定会带着命令回来。"

"什么命令?"蛋黄问。

"我他妈怎么知道?啥命令都不是好事。"徒尼皱眉看向树林边缘。树干、枝丫、影子和迷雾组成厚厚的屏障,他看不透,但能听见远处的流水声,连夜下的雨让这声音听起来更响了。也可能是因为他尿急。"甚至可能是进攻命令。横渡那条小溪,攻打北方人的侧翼。"

沃斯小心放下锅子,揉着肚皮。"下士,我……"

"行了,别在附近,明白吗?"

沃斯朝黑黢黢的灌木丛冲去,边跑边解腰带。徒尼坐回树干旁,掏出蛋黄上贡的酒壶,抿了一小口。

蛋黄舔着没血色的双唇。"我能——"

"不行,"徒尼眯眼看着新兵,又喝了一口,"除非你有东西换。"他沉默片刻,"这是规矩。"

"帐篷行吗?"蛋黄用几不可闻的声音问。

"可是可以，但你的帐篷在马背上呢，况且国王陛下给忠诚的士兵分配的新式帆布篷缺陷多多，每条拼缝都漏水。"这导致老帐篷行情看涨，徒尼靠倒卖这个已大赚两笔。"总之，你不能拿见不着的东西做交易。"他扭动靠在树干上的后背，用树皮给肩胛骨挠痒。

"我们接下来干什么？"蛋黄问。

"啥也别干。除非收到无从质疑的明确指示，优秀的士兵啥也别干。"树枝间狭长的三角缝隙透出些微苍白的光，徒尼打个寒战，闭上眼睛。"待在家里的人永远意识不到，战争有多无聊。"

他很快又睡着了。

卡尔达又做了那个梦。

他身处卡莱恩的斯凯林大厅，四周皆是幽影，高窗外传来河流的喧哗。那是好多年前，父亲仍是北方人之王，年轻的卡尔达坐在斯凯林之椅上，面带假笑，俯视被缚的最弱的福利，"坏种"提着斧头站在福利旁边。

卡尔达知道这是梦，但止不住心头冰冷的惧意。他想叫喊，却张不开嘴；他想动弹，却被绑得跟福利一样紧——绑住他的，乃是所有他做过的和没做过的事。

"怎么做？"坏种问。

卡尔达答道："杀了他。"

斧头挥下的一刻，他终于惊醒，挣扎着掀开毯子。屋里的夜色浓得化不开，并且他完全没有摆脱噩梦后理应席卷全身的解脱感，毕竟那个梦是千真万确的事。卡尔达跳下床，揉着汗津津的前额。他早就放弃做个好人了，不是吗？

为什么还做那个梦？

"谈和？"

卡尔达慌忙张望，寻找声音的来源，心脏怦怦狂跳。最后，他发现角落的椅子里有个硕大的黑影，比夜色更黑。"你最初就因为鼓吹和平才遭到放逐。"

卡尔达长舒一口气，"早上好，老哥。"斯奎尔穿着盔甲，这不奇怪，卡尔达怀疑他连睡觉都穿着。

"我以为你是咱兄弟俩中的聪明人……看来你怕是聪明反被聪明误，还想捎带上我和父亲留下的部属。谈和？在大胜的日子谈和？"

"你开会时没注意他们的表情吗，呃？许多人渴望停战，这无关胜败。苦日子还在前头，只要让他们认同我们的路线——"

"你的路线，"斯奎尔打断道，"我有仗要打。夸夸其谈不是英雄好汉的作为。"

卡尔达不难听出其中的轻蔑。"也许北方需要的不是英雄，而是智者和建筑师。父亲的确因战争被人铭记，但他的遗产在于铺设的道路，在于清理的田野，在于修建的城镇、熔炉、码头和——"

"他铺设道路是为了方便军队。他清理田野是为了喂饱军队。城镇出产士兵，熔炉锻造长剑，码头送来武器。"

"父亲是不得不战，并非——"

"这里是北方！"斯奎尔大吼，余音在小房间内嗡嗡作响，"每个人都得战斗！"卡尔达吞了口口水，心里有些受惊。"无论愿不愿意，尽早都得战斗。"

卡尔达舔舔嘴唇，不想就此认输。"父亲更喜欢靠言辞取胜，人们会听——"

"人们会听是知道他有铁腕手段！"斯奎尔重重一拳锤在椅子扶手上，木头当即开裂，下一记猛捶让扶手掉落在地，哗哗滚动。"你不记得他的原话了吗？'动动嘴皮子就能成事固然好，因为嘴皮子免费，但手上有家伙才有说服力，记住带上你的剑。'"他霍然起身，把什么东西扔了过来，卡尔达尖叫一声，抓住了那东西的一头，另一头则狠狠砸在胸口。"出去，"斯奎尔高大的身影慢慢逼近，"带上你的剑。"

破破烂烂的农舍外并没亮堂多少，东方阴沉的天空只露出一丝鱼肚白，在肃穆的黑暗中勾勒出山顶的英雄石。风很大，吹得雨丝飘进卡尔达的眼睛，吹得麦浪翻涌起伏，他不由得抱紧了自己。一个稻草人在房子旁边的木杆上疯狂跳舞，破旧的手套不断挥动，似乎在招揽永远不会到来的舞伴。凯尔墙是一道齐腰高、长满青苔的土墙，它穿过田野，一面连接右边的高坡，一面延伸到英雄顶陡峭的山脚。斯奎尔的部下挤在墙的背风面，许多人裹着毯子——卡尔达真希望自己也裹着毯子，他不记得上次这么早出门是什么时候了，眼前的景象也令他兴味索然。

墙上有道缺口，简陋的鹅卵石小路穿过了它，斯奎尔顺着小路指向南方。"我把一半人手埋伏在老桥附近。如果联合王国人想过桥，我会拦住那帮杂种。"

卡尔达不想唱反调，但还是问道："河对岸到底有多少联合王国人？"

"很多。"斯奎尔看着卡尔达，好像期待反驳，但卡尔达只挠挠头，什么也没说。"你留下，白如雪和剩下的一半人跟你一起守在凯尔墙后面。"卡尔达点点头。守在墙后面，一听就适合他。"但我很可能需要援助，届时你必须带人上来，我们并肩作战。"风吹得卡尔达打了个寒战。这可不适合他。"你不会辜负我，对吧？"

卡尔达皱眉避开哥哥的目光。"当然，"卡尔达王子，守信的代名词，"我不会辜负你。"英勇、无畏、正直的卡尔达王子。

"不管失去了什么，我们始终还有彼此，"斯奎尔的大手搭在卡尔达肩上，"这不容易，对吧？做大人物的儿子。外人羡慕我们，以为我们顶着与生俱来的光环。事实上，大树的种子要想生根发芽决不容易，它必须在令人窒息的阴影中成长，往往看不到阳光就会枯萎。"

"是啊。"卡尔达没说出口的是,做大人物的小儿子更难上加难——这意味着若想在阳光下舒展枝叶,先得干掉两棵树。

斯奎尔冲斯凯林之指点头,山坡上十面精的营地还有几堆篝火闪烁。"如果我们撑不住,十面精布罗德会来帮忙。"

卡尔达挑起眉毛。"指望老王八蛋不如指望斯凯林显灵。"

"那我们只有彼此了。爹说过,家人之间不会永远和睦,但到头来只能相互信任。"斯奎尔伸出手,卡尔达握住。

"家人。"然而血脉不尽相同。

"好运,弟弟。"

"你也是,老哥。"同父异母的老哥。卡尔达目睹斯奎尔翻身上马,用力一夹马腹,沿小路疾驰向老桥。

"我有预感,您今天需要格外多的运气,王子殿下。"深哥站在农舍摇摇欲坠的门廊下,头顶的屋檐滴着水,他风尘仆仆的衣衫和饱经风霜的脸庞若隐若现。

"多到什么程度呢?"浅仔用灰毯子裹紧身体,只露出微笑的面孔,"大概一座山那么多。"

卡尔达不搭理他们,只是郁闷地一言不发,皱眉盯着向南延伸的田野。

他有预感,他们说的是真的。

挖坑的不只他们,还有不少伤员在昨夜死去,细雨中依稀见到好几撮人在沉痛悼念——也可能只是兔死狐悲罢,反正葬礼上这两种感情从表现到作用都没区别。头儿们语速飞快地说出空洞无物的废话,模仿哀伤的语调。这群头儿里便有裂足,他所站的坟坑离他们不到二十跨,里面埋了黑旋风身边一个有外号的。裂足的眼睛湿了,不过黑旋风没来,流泪这种事与他无缘。

其他人照常忙碌,就当送葬者们是不属于人间的隐形鬼灵。人们抱怨着爬出潮湿的临时床铺，咒骂着潮湿的衣服，擦干潮湿的武器和盔甲，开始寻找食物、拉屎撒尿和四下抓痒。他们喝干昨晚剩下的最后几滴残酒，攀比着从联合王国人那里偷来的好东西，闹哄哄地讲笑话。他们的声音很大，因为谁都知道今天有场恶战，趁能笑时必须抓紧机会。

卡脖抬起视线，发现大家都低着头，除了威尔旺。大个子身体后仰，双手抱胸，搂着众剑之父，任雨水落在舌头上。卡脖有些看不惯这副姿势，又有些嫉妒。他希望自己也被视为疯子，不必在乎繁文缛节。可惜凡事都有个正路，责任无法逃避。

"什么样的人算是英雄？"他冲潮湿的空气发问，"是要功成名就、衣锦还乡，还是荣耀齐身、歌谣传唱？不，都不是。英雄是和同伴在一起，永远不背弃同伴的人。"威尔旺小声赞同，接着又伸出舌头接雨。"布拉克-埃-达恩，他十五年前离开群山，与我并肩作战十四个春秋。这傻大个总是先人后己，无数次救我于危难，他总在宽慰别人，或者被大家玩笑取乐。我记得，他有一次甚至把约恩都逗乐了。"

"有两次。"约恩插嘴，脸色比平时更阴沉。自打上了英雄顶，他的眉头便越皱越紧。

"他从不抱怨，除非食物不够。"卡脖突然说不下去了，勉强才挤出一声尖细的咳嗽。头儿怎能发出这种蠢声？尤其在如此严肃的时刻。他只好清清嗓子，继续述说："布拉克似乎总也吃不饱。他死得……很安详，对此应该很满意。虽然他相当喜欢打仗，但在睡梦中死去，好过被武器插进肚子，尽管歌谣里赞颂的是后者。"

"去他妈的歌谣。"奇妙道。

"没错，去他妈的。我们不清楚英雄顶上究竟埋着谁，但即便是斯凯林本人，也会因与布拉克-埃-达恩共享长眠之地而自豪，"卡脖抿着嘴，"他要敢不自豪，那也去他妈的。入土为安，布拉克。"他跪下去，膝盖痛得那样厉害，他不必装腔作势就摆出了痛苦的表情，随后抓起满满一把潮湿的黑土，扬撒在死者身上。

"入土为安。"约恩轻声说。

"入土为安。"奇妙重复道。

"往阳光面看，"威尔旺说，"这是所有人的结局，殊途同归，对吧？"他看向众人，期待这话能鼓舞士气，待发现事与愿违，便耸耸肩转身走了。

"老布拉克就这样去了，"舒利蹲在坟坑旁，一只手按住潮湿的地面，眉毛拧得像个解不开的谜题，"难以置信啊。不过头儿，你说得真好。"

"好吗？"卡脖起身时打个冷战，接着扫掉手上的泥土，"不知我还受得住几回。"

"是啊。"舒利轻声说。

"老了，真干不了这破事儿。"

开场白
Opening Remarks

"起来。"

贝克恼怒地推开踢他的靴子。他平时就厌恶被靴子踢,尤其对方还是掠特,而他好不容易刚睡着。之前他在黑暗中清醒地躺了很久,脑海里盘旋的全是摆子考尔戳俘虏的画面,他翻来覆去地想,身体也在毯子下扭来扭去,怎样都不舒服——这当然有毯子的原因,但更多还在于那幅画面。"干吗?"

"联合王国人要来了,你说干吗?"

贝克掀开毯子,大步走向阁楼对面,一边矮身躲过低矮的房梁,睡意和恼怒同时烟消云散。他踢上吱嘎作响的碗橱门,用肩膀挤开窄窗旁的布雷特和斯托德,朝外观察。

他有些期待奥斯仑的巷道会血流成河、旗帜招展、歌声四起,但镇子看起来风平浪静。天尚未大亮,雨还在淅沥沥地下,为挤挤挨挨的建筑布下一层油腻的帘幕。

楼下有个鹅卵石广场,约四十跨外便是翻腾的棕色河流,自丘陵汇聚的雨水让水势变大了。河上那座桥看起来真不起眼,只有一个破旧的石拱,两马并行都够呛。桥的右侧有座磨坊,左侧是一排低矮的房子,房子的百叶窗都开着,露出几张紧张兮兮的面孔,基本跟贝克一样在朝南张望。桥对面有一条布满车辙的小路,穿过破烂的棚屋,通往镇子南端的外墙,他好像看到墙上有动静,但隔着雨帘瞧不真切。或许弩兵已在射击了。

巷子里匆忙冲出些人,来到下方的广场,一个穿漂亮斗篷的首领大吼大叫着让他们在桥北组成盾墙。亲锐站前排,彩绘盾牌紧密结合,农兵在后面,手握长矛伺机突刺。

毋庸置疑,战斗即将打响。

"你该早点喊我。"他厉声说,然后冲回毯子边,套上靴子。

"我也刚知道。"掠特道。

"给你。"克文递给贝克一块黑面包,男孩圆嘟嘟的脸上惊慌的眼睛瞪成了两个圈。

贝克一点胃口都没有,他抓起剑,却想起无处施展。外墙上没有他的位置,盾墙中也是——可能哪里都是。他盯着台阶,又看向窗户,没握剑的手不断张开又握紧。"我们该干什么?"

"我们等。"洪水拖着瘸腿上到阁楼。他已穿上锁甲,肩头的雨水闪闪发光。"长手让我们守两座房子,这个,还有街对面那个。我会去那边。"

"你去那边?"贝克意识到自己的声音同样透着惊慌,活像孩子担心母亲真的要把他独自留在黑暗中一般。"那个……这些孩子最好有个男子汉带领——"

"所以我要你和掠特带领他们。你可能不信,但街对面那房子里的小子比你们还小。"

"好吧。当然。"过去一周,贝克总因洪水在身边盯着而烦躁,现在老家伙声明要离开却让他如坐针毡。

"这房子里安排了你们五个,再加上另外五个,他们也是那次征丁征来的孩子。此时此刻,你们必须团结。先封住楼下的窗户。谁有弓?"

"我有。"贝克说。

"我也有。"掠特举起他的弓。

"我有个投石索。"克文期冀地说。

"你会用吗?"掠特问。

男孩伤心地摇摇头。"反正,窗边也用不了。"

"那带着它干吗?"贝克没好气地叫道。他的手摩挲着弓,掌心已在冒汗。

洪水走到两扇窄窗旁,指着下方的河流。"外墙也许能挡住他们,我们还在桥下组了盾墙,但如果那里也失守,有弓的人就开始射箭。但要小心,不准误伤自己人,懂吗?做到有的放矢,要知道,等大家都染上血,很难分辨谁是谁。其他人下楼做准备,全力阻止敌人进屋。"斯托德咬着肥厚的下唇,"别担心,他们冲不过来,即便过来了也肯定乱成一团,而那时长手已做好反击准备。你们要做的只是不让他们进来,死守待援。"

"不让他们进来。"布雷特尖声重复,一边兴高采烈地用那根又细又短的"矛"凭空戳刺——说实话,那东西赶鸡舍里的猫都不顶用。

"还有问题吗?"

贝克毫无头绪,但一两个问题根本堵不住心中的缺口,最终他沉默不语。

"那好。有机会我就回来看看。"洪水说完一瘸一拐地下楼离开,剩下他们几个。贝克又冲回窗边,无论如何,当看客也比发呆要好。

"他们突破外墙了吗?"布雷特踮着脚凑上来,试图越过贝克的肩膀往外看。他很兴奋,双眼亮得像生日时期待礼物的男孩,语气透出几分贝克以为自己上阵前会有的情绪——然而贝克此时全然没有那种情绪,潮湿的微风吹在脸上,他却感到恶心、燥热。

"没有。此外,你不是被安排在楼下吗?"

"他们来了我再下去,现在不用去。打仗可不是天天能见着,对吧?"

贝克用手肘推开他。"滚出去!你太臭了!"

"好吧,好吧。"布雷特摇摇晃晃地走开,一副受伤的样子,但贝克心中没有同情,他没把咽不下的早餐吐出来已算仁至义尽了。

掠特站在另一扇窗前,肩上挂着弓。"我还以为你很满足,这不是成为英雄的机会吗?"

"我很满足。"贝克没好气地回答。至少他没拉裤子。

米德把指挥部设在旅店大堂。这家店按北方标准可称恢弘,大堂的高度是普通屋子的两倍,还设有楼台,而今只过了一晚,其装潢也在向宫殿靠拢——人们挂起华丽的幔帐,摆好嵌花的橱柜,用上镀金的烛台……总督府邸的陈设应有尽有,想必是花了巨大代价,才将它们从半个北方之外搬运到这里。两个小提琴手坐在角落,一边演奏欢快的乐曲,一边洋洋自得地对视微笑。三幅巨大的油画被米德勤勉的仆人们挂好,其中两幅描绘了联合王国历史上的伟大战役,另一幅——芬蕾难以置信——竟是米德自己的画像。总督在画像中穿着古老的盔甲,高高在上俯瞰众人,芬蕾张大嘴看了它片刻,只觉哭笑不得。

旅店的几个方向都设有大窗户,南面是野草丛生的院子,东面为树木点缀的田野、一直到阴森森的森林,北面便是奥斯仑镇。这些窗户全都敞开,冷风吹进堂内,弄乱了头发,卷走了文件。军官们聚在面北的窗前,急于目睹进攻的盛况,米德本人便在当中,穿着刺眼的猩红色制服。他瞥了一眼挤到身边的芬蕾,露出几不可见的轻蔑,好比挑剔的食客在沙拉里发现了苍蝇。芬蕾大大方方地冲他微笑,"我能借用您的望远镜吗,大人?"

他不情愿地嚅嚅嘴,最后不得不顾忌面子,把望远镜僵硬地递来。"当然。"

小路蜿蜒向北,其泥泞程度几乎和周围的田野一样。田野里到处是帐篷,活像一夜之间长出的巨型菌落,而营地以北有米德的士兵连夜挖掘的工事。再往北,透过蒙蒙细雨和晨雾,她隐约分辨出奥斯仑镇的外墙,上面似乎搭着几部云梯。

她发挥想象力,想象一队队官兵冒雨进军,个个面容坚毅,又如离弦之箭般果决。伤员被拖到后方,又或无人照管,只能躺在原地哀号。滚石落下,云梯被人从墙上推开,士兵惨遭不幸,他们被刺伤后尖叫着掉了下去。

不知哈尔在不在其中,努力扮演英雄?她头一次担心起他来,冰冷的战栗席卷双肩。战争绝非儿戏。她放下望远镜,咬着嘴唇。

"狗子和他那群混混上哪儿去了?"总督质问哈德迪克上尉。

"应该还在后面,大人。他的斥候发现了一座被烧毁的村庄,元帅阁下允许他暂时离开大部队前去查探,估计一两小时后就能——"

"典型的北方蛮子做派。战前吊儿郎当,开战后不知所终。"

"北方人天性狡诈。"有人应了一句。

"胆小如鼠。"

"他们就算来了也只会拖累我们,大人。"

"没错。"米德不屑一顾地说,"传令全军突击,我要将敌人彻底淹没,把镇子碾为齑粉,直到干掉所有北方蛮子!"

芬蕾忍不住插嘴:"难道不该至少留一个团在后方吗?据我所知,东方的森林尚未完全——"

"你真认为自己能在背后捣鬼,让你丈夫取代我?"

周围顿时陷入沉默,长得不可思议的沉默,芬蕾甚至考虑过自己该不该尖叫。"您这是——"

"他的确讨人喜欢,诚实、勇敢,值得家庭主妇们的美誉。但他是个傻瓜,还是声名狼藉的叛徒的儿子,又娶了个泼妇。他唯一值得一提的朋友只有你父亲,但你父亲已经半截入土了。"米德的声音虽轻,却足以让其他人听到。一名年轻上尉惊得合不拢嘴。显然,米德没有芬蕾以为的那么顾及体面。

"内阁曾阻止我继承我哥哥的总督之位,但被我挫败了,你知道吗?我挫败过内阁,你真以为一介士兵之女能办到他们办不到的事?再敢放肆,我会像捏死两只不知天高地厚的小虱子一样除掉你和你丈夫。"他从她软绵绵垂下的手中冷冷地拽过望远镜,举到眼前朝奥斯仑张望,好似没说过刚才那番话,或者芬蕾根本不存在一般。

芬蕾很想不甘示弱地反驳,很想一拳打在米德的望远镜前,打得镜筒插进他的脑子里。大堂突然亮得让人难受,小提琴在耳畔嘶吼,她脸上像被人扇了耳光般火辣辣的,却只有眨眨眼、温顺地退后。她好似脚不落地漂到了远处,两个军官目送她离开,交头接耳说着什么,显然是在讨论她被羞辱的事,并幸灾乐祸。

"你还好吧?"爱丽兹问,"你脸色好差。"

"我很好。"换句话说,怒火中烧。侮辱她不算什么,毕竟她自找的,但侮辱她的丈夫和父亲就不一样了。她向命运女神发誓,一定要让那老杂种付出惨痛代价。

爱丽兹欠身过来。"我们现在该做什么?"

"现在?我们坐下当两个乖乖女,适时为白痴们制造更多棺材鼓掌喝彩。"

"哦。"

"别担心。他们还可能让你为一两个伤员哭泣,如果无谓的牺牲感染了你,不妨多眨两下睫毛。"

爱丽兹吞了口口水,转开目光。"哦。"

"战争就是这样。哦。"

战争就是这样。

贝克和掠特素来甚少交流，而自联合王国人加紧攻打外墙，两人更是一个字都没说了，就这样安安静静站在窗边。贝克希望身边站的是朋友，也有些后悔自己没多花点心思，和这些人成为朋友。可惜为时已晚。

他单手握弓，一支箭搭在弓上，弦已拉开。将近一个小时，他始终保持着这样的姿势，却没目标可射，只是观望、流汗和舔嘴唇。一开始，他盼望自己看得更远，但随着雨势减弱、太阳升起，他发现看得远不见得是好事。

外墙已有三四处被攻破，镇里涌进了不少敌人。到处都在厮杀，人们面朝各个方向，分作无数小小的战团，没有战线可言。一切是如此令人迷惑，却又制造出疯狂的噪音：叫喊和怒吼混合，金属碰撞声中夹杂着木头断裂的响动。

贝克没有战斗经验，也无法想象任何人能厘清这种混战，但他能察觉到南岸的形势在变化。越来越多的北方人仓皇退过桥，有些人步履踉跄或捂着伤口，有些人大喊大叫地指着南面。他们穿过桥北的盾墙，来到贝克窗下的广场，和贝克一样把这里当做安全之地。其实这里跟安全差了十万八千里，这可能是贝克截至目前待过的最不安全的地方。

"让我看看！"布雷特在后面拽贝克的衬衫，努力想往窗外瞥，"打得怎样了？"

贝克不知该说什么，连出声都做不到。楼下有个伤员在哀号，喉头呻吟，干呕。贝克希望他别叫了，叫得人头晕。

待他抬头，外墙基本已告失守。一个高大的联合王国人站上墙头走道，挥剑指向桥这边，还不断拍打从他两旁蜂拥而下的士兵们，以示鼓励。镇门处尚有几十名亲锐,他们围着一面破旗,彩绘盾牌组成半圆,但他们已被包围,寡不敌众,箭矢也从走道上呼啸着飞来。

镇南一些大房子仍在北方人掌握中,贝克看见那边的窗户跟这边的一样布置了弓箭手,他们朝外射箭、然后迅速蹲回去,就这样循环。门都被钉死,还用东西抵住,但联合王国人像蜜蜂围绕蜂房一般挤在门口。在两处封得最严实的门外,他们甚至不顾下雨放起了火,棕色浓烟滚滚而起,被风吹向东方,暗橙色火焰摇曳闪烁。

一个北方人冲出着火的建筑,双手高举斧子乱挥。贝克听不见喊声,但能看出他在大喊——或者说按歌谣传唱的那样,情愿卸下负担,光荣地加入死者的行列。两个联合王国人向旁闪开,后面的士兵举起长矛,将北方人逼到墙边。一支矛刺中北方人的胳膊,斧子掉到地上,北方人举起另一只手,继续大喊。可能是投降,也可能是辱骂,反正结果没有区别。他们朝他胸口反复捅刺,甚至在他颓然倒下后还不肯罢休,矛杆起起伏伏,就像在地上挖坑。

贝克瞪大泪汪汪的眼睛,继续在房屋间扫视。目不暇接的屠戮正在离此不到一百跨的河对岸上演。联合王国人从棚屋里拽出个人,强迫那人弯腰,刀光一闪后,便将其推进河里。尸体面朝上浮了起来,而那些凶手钻进小屋。

他们割了他的喉咙,贝克反应过来,割了他的喉咙。

"他们攻占了大门。"掠特声音发紧,仿佛天生说话不利索。不过他说的没错,敌人已砍翻最后几名亲锐,拖下门闩,拉开门扇,阳光从方形大门照了进来。

"死者在上。"贝克用几不可闻的声音感慨。成百上千的狗杂种杀进了奥斯仑,冲进浓烟中和房屋里,或是沿路涌向楼下这座桥。把守桥北的北方人排成三排,但此刻看来不值一提,简直是妄想用沙墙阻拦汪洋大海。贝克看出楼下的战士有些不安,甚至称得上丧气。不断有同伴过桥撤回，穿过这几排生力军，庆幸自己从对岸的屠杀中逃过一劫。贝克感到，楼下也有不少人恨不得加入逃跑的行列。

贝克同样有逃跑的冲动。他必须做点什么，而逃跑是他唯一能想到的。他的目光又飘向南岸燃烧的建筑，此时火势更盛，烟雾快要将全镇笼罩。

贝克想知道那些房子里的人是何感受。他们无路可逃，数不清的联合王国杂种撞着房门和墙壁、还往屋里射箭，而楼房下层浓烟弥漫，伤员几无生还可能。那些人正数着箭支一根根减少，数着朋友一个个死去。

无路可逃。贝克过去想到这样的处境，总会感到热血沸腾，但如今他只觉手脚冰冷。河对岸那些根本不是抵御敌人的堡垒，只是可怜的木头房子啊。

就跟他现在待的房子一样。

魔鬼的装置

The Infernal Contraptions

尊贵的陛下：

　　这是战役的第二日清晨，北方人盘踞河流北岸的有利地形，掌握了老桥、奥斯仑镇和英雄顶等各个渡口，等待我们发起进攻。他们虽有地利，却将主动权拱手让给克罗伊元帅，眼下全军均已赶到战场，元帅阁下必会抓住战机。

　　右翼的米德总督业已行动，以碾压之势攻入奥斯仑镇。臣身处左翼，将近距离观察密特里克将军对老桥的攻势。

　　曙光初现时，将军发表了一通振奋人心的演讲。当他征集突击队的志愿者时，所有人都毫不犹豫地举起手来。陛下，您应当为您的士兵们感到由衷地骄傲，他们英勇无畏、重视荣誉、不怕牺牲。他们个个都是英雄。

您最忠实、谦卑的仆人，
王家特派北方战事观察员，布雷默·唐·葛斯特葛斯特擦干墨迹，折起信纸递给尤根，看对方用一滴红蜡封住信封，扔进邮差的皮包中，那包上装饰着联合王国的金太阳标志。

"信一小时内就会送往南方。"仆人说罢转身离开。

"太好了。"葛斯特答应。

真的好吗？这信早到晚到有何区别？就算尤根把它扔进茅坑，和营地中其他污物混在一起，能有什么影响？我对密特里克将军在曙光初现时发表的无聊演讲的评价简直虚伪透顶，国王看不看要紧吗？说来，我上次收到回信是什么时候？一个月前？两个月？回信算是过分的要求吗？他怎么还不快写两句爱国的冠冕话，并祝愿我在可悲的流放中保重身体？

他心不在焉地抓挠右手背的血痂，试试能不能抠疼——结果比想象中疼，令他不禁打个激灵。舒服。他浑身遍布擦伤、割伤和瘀青，其中许多根本不知从哪弄的，然而最难受的是弄丢了那把斯提亚制的短剑，掉到浅滩里不知所终了。那把剑记录了他光荣的首席卫士生涯，哪像现在是个胡言乱语的马屁精。我就像个被抛弃的女人，懦弱得不敢前行，只能颤抖着嘴唇，紧紧抓住负心汉留下的一点遗物……不，我比那种女人更失意、更丑陋、声音更难听，还以杀人为乐。

他走到帐外滴水的雨棚下。雨势已然减弱，变得稀稀落落，堆积于山谷上方的云层甚至间或瞥见湛蓝的天空。阳光拂照在脸上，简单的快乐本该让他乐观一些，但他只感到难以承受的耻辱，扮演小丑的时间仿佛没有尽头。跑步。训练。拉屎。写信。吃饭。观察。写屎。拉信。吃饭。上床。装睡。自慰。起床。训练。拉屎。写信……

密特里克已亲自组织了一次针对老桥的失败攻击：王军第十步兵团勇猛而草率地冲过似乎未设防的老桥，但他们在对岸一边欢呼胜利、一边集结整队时，北方人送来铺天盖地的箭雨，随即跃出隐藏在麦田里的堑壕，发出让人心惊肉跳的战吼，蜂拥而上。对面的指挥官显然很有号召力，尽管联合王国士兵战斗得勇猛，但三面临敌之下很快败下阵来，要么被迫跳河、无助地顺水漂浮，要么退回混乱的桥面上，冲散了急着往前展开的战友。

密特里克在南岸的篱墙后布置了长长一排弩手，眼见情势不妙，他们立刻又准又狠地齐射，将北方人狼狈地逼回堑壕，在桥北倒伏的庄稼地里留下许多尸体。然而第十团同样伤亡惨重，无力再战。此刻，双方的弓箭手不时隔河对射，而密特里克和手下军官忙于布置下一波攻势。安排下一批棺材。

一群群小虫子在河岸边盘旋飞舞，双方的死者从下方飘过。多英勇啊。尸体随水转动。多有荣誉感。有的脸朝上，有的脸朝下。何等的奉献与牺牲。一个浑身湿透的联合王国英雄被水草裹住，身体一偏，不住冒泡，好在有一个北方人漂来，轻柔地撞上他，又笨拙地抱住他，带他漂离岸边，穿过一片泛着白沫的黄色浮渣。噢，青涩的爱侣，或许等我死后，别人也会这样抱住我。我生前可没怎么享受这等待遇。葛斯特不得不强自按捺，才没不合时宜地发笑。

"巧啊，葛斯特上校！"第一法师手握法杖，端着茶杯，施施然走来。他看到河水和水里的漂浮物，鼻孔满足地长喷一口气。"哎，也不能说他们没努力。成功固然值得赞扬，但光荣的失败也自有其伟大之处，不是吗？"

我可看不出失败有哪里伟大。

"巴亚兹大人。"法师的卷发仆从打开折叠椅，扫了扫帆布椅面上并不存在的灰尘，深鞠一躬。

巴亚兹毫不客套地把法杖扔在潮湿的草地上，坐下来闭上双眼，微笑的面庞迎向愈发亮堂的太阳。"战争何其美妙。当然，得是师出有名又运作合理的战争。好比为麦子去壳，为衣服除垢。"他打了个极响亮的响指。"没有战争，社会就变得软弱、松散，好比一个人只吃蛋糕。"他玩笑似的拍了拍葛斯特的胳膊，又装作吃痛般甩了甩手指，"嗷！你肯定不只吃蛋糕，对吧？"

"对。"

但就像跟其他人说话时一样，巴亚兹也根本不在乎葛斯特的回复。"世界不会因愿望而改变，必须动手实践。有人说，战争无法达成任何目的，这个嘛……只能说明打得还不够，不是吗？哎，幸亏雨停了，否则会对装置造成严重损害。"

所谓"装置"乃是三根庞大的灰黑色金属管，每根管子都由巨型木架托着，一端封死，另一端遥指河对岸的英雄顶。它们被极其小心谨慎地架设在离葛斯特的帐篷约一百跨远的土堆上，若非他向来半梦半醒，昨晚人声、马声和各种撞击声势必让他无法忍受——他昨晚又迷失在卡多迪的春情院的烟雾中，绝望地寻找国王。在昏暗不清的走廊边上，他撞上那张戴面具的脸，随即天旋地转地滚向世界的谷底，心知已被内阁剥夺职位……但他紧抱着芬蕾不放，两人纠缠在一起。被烟雾缠绕。因烟雾咳嗽。跌跌撞撞穿过春情院歪歪扭扭的走廊……

"真可惜，是吧？"巴亚兹问。

片刻间，葛斯特以为法师能读心。对，她只在梦中才属于我，太他妈可惜了。"什么？"

巴亚兹展开双臂，似要拥抱世间的纷扰。"人类能改造世界，却又受制于变幻莫测的大自然。战争尤其会受影响。"他又抿了一口茶，皱皱眉，把剩下的渣滓洒进草地。"只有进化到在任何季节、任何时间、任何气候下都能杀人，我们才算真正拥抱了文明，呃？"说着，他自顾自笑起来。

两个阿杜瓦大学的老学究小心翼翼地凑近，活像一对蒙神召见的牧师。名为邓卡的老人肤色白得像尸体，还浑身发抖；名为邵兹林的老人皱纹密布的额头不断涌出亮晶晶的汗珠，怎么都擦不完。

"巴亚兹阁下。"邵兹林边鞠躬边微笑,结果两者都不伦不类,"依在下之见,天气状况改善后,试验可以进行了。"

"总算可以了,"法师厉声喝道,"那你们还等什么,等着过冬至节吗?"

两个老头赶紧离开,邵兹林边走边没好气地冲同伴吼叫,接着他俩又大吵大嚷地与围在最近那根管子周围的十几个穿围裙的工程师讨论,其间不停挥手示意天空,再示意某个黄铜器材。最终,某人弄来一根长火把,点燃了涂满焦油的火把顶端。学者一行匆匆跑开,蹲到桶子和箱子后面,捂上耳朵。拿火把的人仿佛被定罪后将要上绞架的囚徒,不情不愿地过去,胳膊伸出老长,将火把凑向管子顶端。几颗火星闪烁,一道青烟升起,葛斯特还听到微弱的噗噗声和咝咝声。

他皱起眉。"这——"

惊天动地的巨响迫使他下意识地蹲下,双手紧紧抱头。自阿杜瓦之围以来,他从没听过这样大的响声,当时古尔库人将一百跨的城墙炸成齑粉……

周围的士兵惊恐地藏在盾牌后偷瞄。筋疲力尽的劳工连滚带爬地逃开。有人想安抚受惊的驮马,其中两匹挣脱束缚,拖着哗啦作响的车辄,飞似的逃了。

葛斯特缓缓起身,一脸狐疑。烟雾从管子前端缓缓冒出,工程师们全都围拢过去,邓卡和邵兹林在激烈争吵。这装置除了制造巨大的噪声还能引发什么效果,葛斯特全无头绪。

"呃,"巴亚兹用一根手指掏掏耳朵,"最起码够响。"

微弱的隆隆声在山谷中回荡,像是打雷,然而天气明明才要放晴。

"你听见没?"裂足问卡脖。

卡脖只能望天耸肩——虽然露出了几块蓝天,但云层还厚得很。"可能还要下雨吧。"

黑旋风担心的是其他事。"老桥的战况如何?"

"他们天刚亮就发动进攻,但被斯奎尔拦住了,"裂足说,"他把他们赶了回去。"

"他们还会再来,要不了多久。"

"这毫无疑问。他守得住吗?"

"守不住的话,我们就麻烦了。"

"他留了一半人马让卡尔达带。"

黑旋风嗤笑一声:"真是适合在拼老命时帮忙看住后背的人选。"

裂足等人跟着笑。

然而在卡脖看来,凡事都有个正路,其中肯定不包括背后嘲笑朋友——不管那朋友有多可笑——于是他反驳道:"那孩子说不定能出人意料。"

裂足笑得更凶。"我忘了你跟他关系铁。"

"那孩子可算是我带大的。"卡脖狠瞪了他一眼。

"怪不得如此。"

"怪不得什么?"

黑旋风提高声音压过他们:"你俩可以等太阳落山后,再想着卡尔达的样子摸鸟。现在是说这些的时候吗?奥斯仑怎样了?"

裂足最后看了卡脖一眼才转向头儿报告:"联合王国人突破了外墙,正在镇子的南岸战斗。长手能拦住他们。"

"他最好能拦住,"黑旋风嘀咕,"中间呢?敌人有渡过浅滩的迹象吗?"

"他们在浅滩周围不断调动,但——"

裂足的脑袋突然从卡脖的视野里消失了,什么东西溅进眼睛。

爆裂声,接着是又长又尖的哀鸣。

卡脖的后背被猛撞了一下，他倒在地上滚了几圈，随后像个醉汉般直不起腰，只觉地面在不住发抖。

黑旋风掏出斧子，朝不知什么东西挥舞，嘴里大喊大叫，但卡脖听不见，耳畔只有疯狂的嗡鸣。到处都是灰尘，呛人的尘云有如浓雾。

他差点被裂足的无头尸绊倒——那具尸体正朝外疯狂喷血，其身份是通过锁甲领口判断的。还没了一条胳膊。裂足没了，不是卡脖没了。卡脖的两条胳膊好好的，刚检查过。不过他双手沾满了不知哪来的血。

或许他该拔剑。他颤抖着摸到剑柄，却不知剑拔没拔出来。人们四处乱跑，迷蒙中到处都是形影。

卡脖揉着耳朵，他依旧只听见嗡鸣。

一个亲锐坐在地上，无声地尖叫，撕扯着染血的锁甲。什么东西扎在他身上。不是箭，箭没那么粗。是碎石头。

敌人进攻了？从哪儿？尘埃渐渐落下，只见周围众人步履踉跄、忙乱失措，有些人跪在伤员旁边帮忙，有些人四处乱指，有些人捂着脸庞。

某块英雄石的上半截消失了，古老的石头被生生切断，留下参差不齐的反光面，底下散落着死人——不，他们比死还惨，躯体被砸得稀烂、被开膛破肚，卡脖没见过如此扭曲的血肉，连高地之战中血九指的暴虐也不及此。

一个男孩呆坐在遍地碎尸和碎石当中，浑身浴血地盯着摆在膝上的长剑，一只手一动不动握着磨刀石。卡脖看不出他是怎么逃过一劫的，如果他真的逃过了一劫的话。

威尔旺的脸冒了出来，他嘴巴动弹，好像在说话，但卡脖只听到咯咯声。

"什么？什么？"他连自己的话都听不见。有人用拇指戳他的脸。

痛。很痛。卡脖自己摸了摸脸，手指全是血。但他的手原本就全是血，所有东西都全是血。

他想推开威尔旺，却重重绊倒在草地上。

还是坐下比较舒服。

"命中目标！"邵兹林怪叫一声，挥舞着一个由黄铜螺丝、细杆和透镜组成的玩意儿，活像挥舞长剑庆祝胜利的老兵。

"巴亚兹阁下，我们的第二次射击就取得了显著成果！"邓卡也难掩喜悦，"直接命中山上的一块巨石，令其当场炸裂！"

第一法师挑起一边眉毛。"你说得好像试验的意义只在于破坏石头？"

"我确信山顶的北方人蒙受了相当大的损失，业已陷入混乱！"

"相当大的损失！陷入混乱！"邵兹林重复。

"很合适的礼物，"巴亚兹说，"继续吧。"

两个老学究的兴致一下降了下来。邓卡舔舔双唇。"谨慎起见，最好检查一下装置有无损坏迹象，没人知道连续使用会不会导致——"

"试试看不就知道了？"巴亚兹说，"继续。"

两个老头对继续"试验"显然有些心惊胆战，但比起神秘的管子，第一法师更让他们胆寒。于是他们不情不愿地回到三根管子边上，冲那些无助的工程师发脾气，正如第一法师冲他们发脾气。工程师再冲劳工发脾气，劳工抽牲口，牲口又踢狗，狗吠叫蜜蜂，最终指不定哪只蜜蜂会叮向巴亚兹的肥屁股，完成公正的生命大循环……

西边，对老桥的第二次进攻也告失败，并未取得更多成果。根据某个糟糕的建议，密特里克的部队想乘筏子过河，结果有两只筏子刚推离岸边就散了架，上面的官兵有的落在浅水区、幸免于难，有的人却被沉重的盔甲拽进深水。其他筏子亦被高涨的河流欢快地冲向下游，任凭官兵们如何拼力划桨乃至徒手划水也难遏止，箭矢不断朝他们飞去。

"筏子。"巴亚兹轻声念叨，心不在焉地抓挠短胡须。

"筏子。"葛斯特轻声念叨，注视着一名筏子上的军官愤怒地朝对岸挥剑，然而想过去难于登天。

又一阵惊天动地的炸响，土堆旁围了半圈的好奇观众随即发出兴奋的抽气、叹息或欢呼。这次葛斯特几乎一点没被吓到。难以忍受的声响迅速化为稀松平常，真是奇妙。离他最近的管子冒出更多青烟，与悬在试验场上空的那片刺鼻烟雾融为一体。

奇异的隆隆声再次滚过，烟雾从河的南岸飘来。"到底咋回事？"卡尔达嘀咕。即使站在墙上，他还是什么都看不见。

他一早上都在墙上等待，不时走来走去。起初有蒙蒙细雨，后来雨也停了。等待，度分如年的等待，唯有思绪不断盘旋，像被关进罐子的蜥蜴。他不时朝南张望，却什么都看不见，战斗声一阵阵传过田野、飘入耳中，有时听着很远，有时又近得让人担心。哥哥一直没下指示，前线只零星送来几个伤员，实难平复卡尔达起伏不定的心绪。

"看来有消息了。"白如雪说。

卡尔达踮起脚，手搭凉棚向远处张望，只见白眼汉韩苏骑马从老桥的方向飞奔而来……他勒马时，布满皱纹的脸带着微笑，卡尔达不禁心存希望——就现在来说，前方能大获全胜、不用他上去拼命就是天大的好事。

于是他一脚踩在石墙的门上，试图显得有男子气概；他控制着声音，好表现出冷酷与镇静，哪怕心中灼热难耐。"斯奎尔有麻烦？"

"到目前为止，麻烦属于南方佬，那帮蠢货。"白眼汉摘下头盔，用袖管擦了擦前额。"斯奎尔已击退他们两次。头一次,他们大摇大摆地过桥,以为我们会不战而逃,你老哥很快猛揍了他们一顿。"他自顾自笑起来,白如雪也笑了。卡尔达虽然跟着笑,心里却不免有些泛酸。今天真是诸事不顺。

"第二次,他们想用筏子过河,"白眼汉扭头朝麦田啐了一口,"瞎了眼的蠢货才看不到水有多急,今天真不是时候。"

"幸好他们没问你意见。"白如雪说。

"是啊。你们这帮家伙可以安稳地坐在后头,脱掉靴子歇息了。照这形势,前面一整天都拦得住他们。"

"一整天可还长咧。"卡尔达嘀咕。什么东西一闪而过。他最先以为是鸟儿飞过麦田,但那东西速度快、体积大,重重地砸在田里又弹起来,激起大团麦秆和尘土,拖出一道长长的疤痕。最后它撞上了凯尔墙,撞击点在他们以东两百跨左右,挨着英雄顶青草覆盖的山脚。

无数碎石飞溅到半空,伴着大股灰尘和碎屑。空中还有帐篷的碎片、杂物的碎片、北方人的碎片……卡尔达猛然意识到,墙后有个营地。

"死者——"韩苏看着飞散的碎片,合不拢嘴。

空中的声音如同上千根鞭子同时抽动,韩苏的坐骑吓得人立而起,将主人甩了下去,他双臂乱挥着摔进田里。周围众人全都瞪大了眼睛,抽出武器,或是扑倒在地。

最后这个看起来是好主意。

"妈的!"卡尔达大叫一声,连滚带爬地从门边跑开,一头扑进堑壕,求生欲完全盖过了男子气概。泥土和石头哗啦啦落下,犹如反季的冰雹砸中盔甲,弹到小路上。

"往阳光面看,"白如雪几乎没动,"那段墙归十面精管。"

巴亚兹的仆从放低望远镜，嘴角微微下撇，似乎有些失望。"又偏了。"他说。

相当克制的形容。三根管子已发射了二十多次，射出的弹丸——石制或金属制的大球——落得到处都是，有的落在前方的山坡，有的落在两边的田野，有的落在山脚的果园，有的不知所终，甚至有颗球直接掉进河里，溅起喷泉般的水柱。

这几根管子花了多少钱，就为在北方的荒山野岭挖坑？这些钱能建多少医院？多少救济所？能做多少有价值的事？譬如……为死去的小乞丐举办葬礼？葛斯特努力思索，却想不出其他有价值的事。或许我们可以付钱给北方人，让他们杀了黑旋风，我们安安全全地回家。然而到时候我该拿什么填补生命中大把的无聊时光呢？我从起床以后——

耀眼的橙光闪过，电光石火间抛洒出若干看不清轮廓的东西。葛斯特似乎看到巴亚兹的仆从立即在主人身边凭空挥出一拳，快到胳膊留下了残影，紧接着是一声前所未有的巨响，震得脑袋嗡嗡作响，宛如敲响了硕大无朋的巨钟。冲击波把他的头发掀得直立起来，他花了好些力气才站稳，这时他发现仆从手中抓着一块跟餐盘差不多大小的弧形金属碎块，那碎块被扔进草地时还在微微冒烟。

巴亚兹一挑眉毛。"事故。"

仆从擦掉手指上的黑泥。"文明之路向来曲折。"

金属碎片到处飞射。一块特别大的碎片砸向一群劳工，砸死了好多人，活着的人也都满身血迹。其他碎片在吓呆的观众中挖出几个缺口，或像撞柱游戏一样推倒了场边的卫兵。有根管子被浓烟笼罩，一个满身血点和泥巴的工程师慢吞吞地走出来，头发着了火，蹒跚的步伐走不成直线——事实上，他的两条胳膊全不见了，没走几步就栽倒在地。

"是啊，"巴亚兹郁郁不乐地陷进折叠椅，"向来曲折。"

有人愣在原地，有人大喊大叫，更多人匆匆跑来救助满地伤号。葛斯特思索自己要不要也去。但我能干什么？讲笑话鼓舞士气？你们可曾听过这个笑话：一个女人声音的大傻瓜如何在斯皮奈毁掉自己的人生？

邓卡和邵兹林蹑手蹑脚地走来。"看哪，认错的也来了，"巴亚兹的仆从小声说，"若您允许，我该去河对岸打理我们的事务了。我有种感觉，这次先知的小门徒也没闲着。"

"那我们就更不能闲着，"法师漫不经心地挥手遣开仆从，"比给老夫倒茶更重要的事还很多。"

"其实并不多，"仆从离开前冲葛斯特微微一笑，"那些门徒也是身不由己呀，坎忒经文上说，义侠没有片刻空闲……"

"巴亚兹阁下，呃……"邓卡看着邵兹林，后者做了个夸张的手势，示意同僚快说，"在下遗憾地禀报……一部装置发生爆炸。"

法师晾了他们一会儿。在他视线之外，有个女人在厉声哭叫，仿佛一只烧开的水壶。"你觉得老夫没看到？"

"另一部装置上次发射时滚下了架子，恐怕需要重新装配。至于最后一部……"邓卡的声音越来越细，"外壁出现了一道值得注意的裂纹。我……"他的脸皱成一团，活像有人拿剑捅他，"不太想冒险再为它装弹。"

"不太想？"巴亚兹的怒气如有千钧之重，令站在旁边的葛斯特都产生了下跪的冲动。

"那是金属铸体上的缺陷。"邵兹林说完后猛出一口气，又凶狠地瞥了同僚一眼。

"我制作的合金十分完美。"邓卡不禁叫屈，"是不断变换爆炸物的配方才导致——"

"失败？"法师的声音比爆炸更可怕，"请相信，先生们，战争免不了挫折，即便胜者也是如此。"两个老人忙不迭地赞同，接着巴亚兹挥挥手,换下威吓的语气,"但事情既然已经发生,总体来看,这是一次……非常有趣的试验。"

"千恩万谢啊,巴亚兹阁下,你真是宽宏大量……"

葛斯特扔下他们继续献媚,迈步走到片刻前某个卫兵站岗的地方。那卫兵此时躺在长草丛中,双臂张开,头盔里嵌了一块参差不齐的弧形金属碎片。透过扭曲的目视孔,葛斯特发现卫兵的一只眼睛死盯着天空,保留了临死前最后一刻的讶异神情。真是个英雄。

卫兵的盾牌掉在旁边,盾面上的金太阳闪闪发光,而它在天空中的原型也适时射出穿透云层的光线。葛斯特捡起盾牌,左手穿进皮带,踏着沉重的步伐,走向上游的老桥。他离开时,巴亚兹依旧悠闲地坐在折叠椅上,翘起二郎腿,似乎遗忘了躺在旁边潮湿草地上的法杖。"该叫它们什么呢?它们是产生火焰的机器,就叫……火器?不,太蠢了。死亡管?起名字最重要,老夫却总起不好。你们有主意吗?"

"我喜欢死亡管……"邓卡轻声说。

巴亚兹根本没听。"老夫敢说将来会有人想出合适的名字。简单而又深刻的名字。老夫有预感,这种装置很快就会普及……"

理性的煎熬
Reasoned Debate

就贝克看来，一切都在分崩离析。

联合王国在南岸布下两排射手，他们蹲在篱墙后，装填那可恶而歹毒的小弓，不时冒出头来，朝桥的北端释放呼啸的箭矢。亲锐们缩在已被射成刺猬的盾墙后，农兵又紧紧挨在他们身后，长矛歪歪扭扭。有两个人到底被射中了，惨叫着从后面被拖出阵线，这对士气是很大打击，至少对贝克……如果他还有士气的话。

他每呼出一口气，都恨不得大喊：我们逃跑吧，好多人都跑路了。成年人、有外号的、凶神恶煞的……这些家伙统统逃离了河对岸的战场，且没在此止步，为什么贝克等人就非得赖着不走？为什么他要在乎长手考尔能不能守住这见鬼的镇子，抑或黑旋风能不能保住曾属于贝斯奥德的项链？

南岸的战斗业已结束，联合王国人攻破了最后几栋房子，留守的北方人要么在房子里被屠戮，要么被火逼出来在街上被屠戮。浓烟一直往北岸飘。他们准备过桥了，大群士兵在桥头组成楔形阵，贝克没见过如此厚重的盔甲,那帮杂种从头到脚包裹着金属,宛如铁匠铺打造的工具,不像有血有肉的活人。他想到自己那些裤子都提不利索的同伴拿的可怜家什,凭钝了的小刀和简陋的长矛对付联合王国,简直是拿针去挑战公牛。

又一拨细小的箭矢呼啸着飞过河,一名体格健壮的农兵突然跳起来,嘴里狂叫不止,推开两边的人就往桥上冲,但紧接着便一头栽进水里。他把原本紧密的盾墙冲散了,后排的农民跟着慌乱躲闪,没人愿意蹲在原地当靶子,更不想独力面对那帮全身盔甲的杂种。黑旋风喜欢烧死逃兵,但黑旋风不在这里,这里只有联合王国人,而且近在咫尺。贝克看出那些亲锐也快没了胆气,他们慢慢后退,盾墙出现更多缝隙,长矛亦不住颤抖。

指挥盾墙的那个有外号的转身大喊,高举斧子,却突然跪倒在地,伸手向后背摸索。他很快面朝下瘫倒了,那件漂亮斗篷露出一截箭矢。有人在桥对面长啸一声,联合王国军便压了上来,那帮杂种浑身精光闪闪,迈着整齐的步伐,宛如愤怒的金属野兽。跟亲锐们漫无章法的冲锋不同,他们行动稳健、目标明确,结果还未交手,盾墙便土崩瓦解、作鸟兽散。又一拨箭矢射中了十多个露出后背仓皇逃命的人,也令其余人完全丧失了斗志,在广场上抱头鼠窜,跟贝克拍手惊起的鸟儿一般。

贝克目睹身中三支箭矢的人在鹅卵石地上艰难爬行,那人瞪大双眼,费力地呼吸。被箭矢扎中是何滋味?扎得很深呢?扎在脖子、胸口和卵蛋上呢?剑砍在身上呢?锋利的金属切开柔软的身躯……剁下一条腿是何滋味?能有多疼?他过去一直梦想上战场,却从没认真想过这些。

我们逃跑吧,他转身想劝掠特,却见对方射出一箭,咒骂着摸索下一支箭。贝克也该这样做才对,这是洪水的嘱托,然而手中那张弓重若千钧,凭他虚弱不堪的手甚至握都握不住。死者在上,他想呕吐。他们必须逃跑，但他懦弱到说不出口，更不敢让楼下那帮小子瞧见他这副屁滚尿流、两股战战的惊恐模样。他只能呆站在原地，把根本没拉开的弓伸出窗外，就像掏出老二想尿尿的男孩，陡然发觉有人旁观根本尿不出。

他听到掠特的弓又响了一声，然后对方大喊："我下楼了！"说罢掠特一手握长刀，一手握短斧，朝楼梯走去，贝克却半张着嘴，什么话也说不出。他既害怕单独留下，又害怕下楼迎战，双重恐惧让他不知所措。

他强迫自己观察窗外。联合王国人涌过广场，打头的正是那些重甲士兵，后面还跟着更多轻装战士。数以十计。数以百计。布置在建筑物中的弓箭手纷纷开始射击。到处都是尸体。一块石头滚下磨坊的屋顶，把某个联合王国士兵的面甲砸凹下去，那人也跟着摔倒。但倒下一个，还有数不清的补充，他们冲进街巷，劈开房门，砍死那些挣扎逃命的伤员。一名联合王国军官站在桥边，用长剑朝周围各栋房屋指点，他穿着袖管带金线的华丽上衣，跟摆子带走的俘虏一样。贝克举弓瞄准，拉开弓弦。

射不中，射不中，耳边疯狂的噪声令他无法专注，而他浑身抖得厉害，也几乎看不清目标。最后他只好紧闭双眼，凭感觉乱射——这也是他射出的唯一一箭——结果自然偏得离谱。

现在逃跑也晚了。敌人包围了房子，围得水泄不通，他错过了机会，到处都是联合王国人。碎片冷不防溅到脸上，他不假思索地后退，慌乱中跌坐在地，双脚不住刮蹭地板。原来那是一支身穿窗框木头的箭矢，寒光闪闪的尖头正冲着阁楼里面。他躺在地上，双肘撑起身体，傻愣愣地瞪着那支箭矢。

他想妈妈。死者在上，他想妈妈。男子汉大丈夫怎会这样？

贝克手忙脚乱地爬起来。四面八方传来震耳欲聋的撞击声以及诡异的哀号和咆哮，外面有、楼下有、屋里也有，任何风吹草动都能让他转头去看。敌人进房子了吗？冲他来了吗？他手足无措，汗流浃背，大腿也湿漉漉的——这不可能是流汗，是尿裤子，他像小孩一样尿了裤子，而且到皮肤变凉才发觉。

他抽出父亲的宝剑，感受剑的重量，试图像平时那样变得坚定。然而这次只让他更想家了。他想念那个臭烘烘的小屋，他总在屋里抽出这把剑，让那些英雄幻梦跟着冲出剑鞘，而今他简直不敢相信那是真的。他慢慢走到楼梯旁，慢慢偏过头，眯起一只眼睛从眼角往下瞥，似乎看不真切更能带来安全感。

下面的场景让人眼花缭乱，到处是深深浅浅的影子，一道道光线从窗扇的破洞中照射而入，家具凌乱倒地，兵刃寒光闪闪，木屑漫天飞散。外面的敌人想尽办法要进来，说话声交织一片，他听不懂，可能是联合王国语，或者字句本无意义。除开说话声，还有尖叫和呜咽。

洪水的两个伙计倒在地上，一个鲜血横流，另一个不停念叨："不，不，不。"克文圆滚滚的脸上表情狂乱，他反复刺向一个从门里挤进来的联合王国人。掠特冲出阴影，举起短斧劈在那人头盔的后部，使其倒在克文身上。那人刚想起身，掠特的短斧又劈中背甲，接连劈了几次，终于找到头盔和盔甲间的缝隙，几乎将那人脖子劈断。

"别让他们进屋！"掠特大喊着跑回门边，用肩顶住门扇。

一个联合王国人从离楼梯不远处的百叶窗钻了进来。贝克可以从后面捅他，甚至不会被发现，但他不敢想失败的后果，担心失手的下场，最终什么都没做。布雷特尖叫着转身，用那支简陋的矛对付新来的联合王国人，然而对手的长剑抢先一步砍开布雷特的肩膀，直至胸膛。布雷特发出气息奄奄的惨叫，趁联合王国人拔剑之机胡乱挥出手中的武器，鲜血从两人身上一起涌出。

"救命！"斯托德胡乱吼着，他一只手软绵绵地提着切肉刀，身体靠在墙上。"救命。"

贝克没有转身逃跑,他沿着楼梯,慢慢退了回去,上楼后慌忙奔向橱柜,拽出里面的单层置物架,蹲进布满蛛网的阴影中。他用手指钩住两块木门板,将门紧紧阖上,弓腰靠住背板。他紧缩在黑暗中——这里哪怕对捉迷藏的小孩而言也是个糟糕的藏身处——陪伴他的只有父亲的宝剑、自己的抽泣和同伴们在楼下被屠戮的声音。

米德总督颐指气使地站在大堂窗前,双手后背,凝视北方,对不断上报的军情频频点头,好似自己能听懂一样。军官们簇拥在他身边,像母鹅身边的幼鹅般叽叽喳喳——也没错,那白痴的军事水平的确跟母鹅不相上下。芬蕾文静地待在大堂后面,她急于知道外面的情形,却不想开口请求,不想满足对头的虚荣心。她咬着指甲,反复演练无数种报复的方法。

不得不承认,此事更多是咎由自取。若她能像哈尔建议的那样,装出耐心、和蔼、谦虚的样子,为米德可怜的军事水平鼓鼓掌,无疑能像杜鹃一样轻易潜入老鸽子的巢穴。

罢了,既然对方虚荣到行军打仗都带着自个儿的巨幅画像,或许她扮演淘气的羔羊还不晚,只需虚言忏悔一番,应当能沐浴这位大人的荣光。当然了,这也意味着时机一到,她可以近距离从背后下手。一定会报复他的,她对自己发誓,她等不及想看他那张皱巴巴的老脸会有什么——

爱丽兹突然爆发出一阵笑声。"天呐,那是谁?"

"谁?"芬蕾顺着对方的视线朝东面的窗外张望,战火在北面熊熊燃烧,这边却空旷得很。一个衣衫褴褛的家伙刚走出森林,站在隆起的小石岩上,朝旅店张望。他长长的黑发随风飘舞,显然不是联合王国士兵。

芬蕾不禁皱眉。狗子的人应该还在后方,而且无论如何,那孤零零的身影感觉……不对劲。

"哈德迪克上尉!"她叫道,"那可是狗子的手下?"

"谁啊?"哈德迪克悠闲地晃到她们身边,"说实话,我看不太……"

石岩上的家伙把什么东西举到嘴边,仰起头,空旷的田野随即回荡起嘹亮的声音。

爱丽兹又笑了。"号声!"

芬蕾觉得那号声好似一记老拳闷在她肚子上。她忽然明白了,立刻抓住哈德迪克的胳膊。"上尉,快骑马去找加兰霍将军,告诉他我们的师部遭到袭击。"

"啥?可是……"他看着东面,愚蠢的笑容渐渐退去。

"噢。"爱丽兹惊呼。整条林木线都涌出了人,离着这么远,也能看出他们的野蛮:长发披散,破衣烂衫,有些甚至半裸。看见那吹号的家伙站在成百上千人中间,芬蕾终于明白一开始哪里不对劲了——他是个巨人,实打实的巨人!

哈德迪克目瞪口呆,芬蕾不得不猛掐他的胳膊,把他往门口拽。"快啊!快去找加兰霍将军!找我父亲!快啊!"

"我必须听从——"他慌乱地看向米德,后者依旧一无所知地欣赏着北面的战火,倒是围住他的那群军官里有两个心不在焉地转过身来,探究号声的来源。

"他们是谁?"其中一人问。

芬蕾没时间在乎面子了,她发出又尖又长、足以让人血液凝结的小女孩的尖叫。一名提琴手被带得拉出个刺耳的不谐音,另一名提琴手勉强演奏了片刻,最后也停下来,整个大堂陷入寂静,所有人都看着芬蕾,除了哈德迪克——她欣慰地发现自己成功地把上尉吓得跑向了门口。

"你到底——"米德正待发作。

"北方人!"有人惊叫,"在东面!"

"什么北方人?你在说什——"

这时所有人都喊了起来:"在那儿!在那儿!"

"我的天啊!"

"坚守外墙……"

"哪里有墙?"

之前散布在田野里的人——车夫、仆人、铁匠和厨子之流——现在抛下帐篷和马车,疯狂地往旅店跑来。有的人半途就被骑兵追上了。敌人骑着毛茸茸的小马,马上甚至没有马镫,但速度很快。她心想他们应该有弓,果不其然,没多久箭雨就落在旅店的北墙上,其中一支穿过窗户,插进了地板。这箭浑身漆黑,做工粗糙,形状古怪,但十分凶险。伴着微弱的金属碰撞,有人拔出长剑,大堂里迅速响起一片拔剑声。

"弓箭手上屋顶!"

"这里有弓箭手吗?"

"关窗!"

"布林特上校呢?"

伴随刺耳的刮擦声,一张折叠桌被人搬去顶住窗子,无数文件洒在了地上。

芬蕾环视四周,看到两名军官费力地关闭腐朽的百叶窗,而窗外大批野蛮人正奔过田野。他们已跑到森林和旅店的半途,不但速度飞快,还向四周散开,身后飘扬着骨头装饰的破旧旗帜。据她草草估算,对方至少有两千人,而旅店里还不到一百人,也没什么重装备。巨大的差距让她恐惧得连吞口水。

"门关紧了吗?"

"抵死它们!"

"召回第十五团!"

"太晚了，根本来——"

"命运女神在上。"爱丽兹瞪得老大的眼睛全是眼白，她四处乱看，怎么也找不到逃脱的办法，"我们被包围了！"

"援军很快就到。"芬蕾努力保持镇静，其实心都快跳出来了。

"哪来的援军？"

"狗子的队伍。"可这人始终明智地与米德保持距离。"加兰霍将军。"可第一师团昨天新遭惨败，此刻忙于整顿，无暇他顾。"我们的丈夫。"可他们全身心地投入对奥斯仑镇的进攻，完全不清楚右翼崭新的威胁。"援军很快就到。"这话她自己也不信。

军官们毫无头绪地乱转，胡乱指点，下达着自相矛盾的命令。随着窗户接连被随手找来的物品抵住，大堂变得越来越昏暗、越来越失序。米德孤零零地站在中间，一时没人理他。他怀疑地盯着一只手中的镀金长剑，另一只手无力地开开合合，就像准备参加精心策划的盛大婚礼的父亲，紧张得要命，却发现这个大日子里根本没人在乎他的意见。那幅伟岸的画像此刻轻蔑地俯视着他。

"我们该怎么办？"他茫然发问，疯狂游移的目光看到芬蕾时突然亮了，"我们该怎么办？"

她张开嘴，却也说不出答案。

指挥链条
Chains of Command

好天气持续不久，云层又携雨重来，不但淋湿了克罗伊元帅及其参谋团，还让他们完全看不清战场两翼的情况。

"该死的雨！"元帅咒骂，"我真想在脑门上扣个桶。"

人们总以为元帅在战场上握有绝对权力，更甚王座厅中的皇帝，却没法理解数不尽的局限性。比如天气就完全不以他的意志为转移，此外他还要照顾政治平衡，考虑国王的心血来潮和公众的浮躁情绪，然后还有一大堆后勤事务要操心：补给、运输、传令、军纪……军队规模越大，运转就越费时费力。就算奇迹发生，这台笨重的机器能在战场上安然就位，指挥部还必须远远设在战线后方，哪怕找到个好位置，指挥官也不可能看清所有情况，有时甚至什么都看不到。命令可能需要半小时或更久才能传达，而收到时——中途丢失并不鲜见——往往已无作用，甚至反倒把军队推入危险的境地。

你在指挥链条里的位置越高，与前线相隔的环节就越多，交流便越困难。下属的懦弱、冲动、无能和好意——这是最糟糕的——

都会扭曲你的意图。偶然性亦不时作祟,且鲜少往好的方向。每次晋升,克罗伊都以为自己能挣脱桎梏、把控大局,结果升到元帅之后,他更无能为力了。

"我就像个瞎眼的老白痴,身不由己地卷入了决斗。"他喃喃自语,更可恶的是他并非孤身一人,足有数万条性命仰赖于这种两眼一抹黑的指挥方式。

"元帅阁下,您要来点兑水的白兰地——"

"不,我完全不想要!"他愤怒地呵斥勤务兵,但看到对方拿着瓶子紧张地退下,又不禁打个冷战。他这是怎么了?昨天为那一千冤魂喝得不少,这会儿却感到白兰地恶心?

女儿也在战场附近,这丝毫不能给他安慰。他再度举起望远镜观察东方,试图透过雨幕找出米德用作指挥部的旅店,边看边郁闷地挠脸。早上他刮胡子时被狗子送来的一份恼人的报告打断,说是东边的旷野有卡里娜河对面的野蛮人出没的迹象——能被狗子认为野蛮的人,一定相当野蛮,克罗伊被这事搞得心烦意乱,结果只刮了一边脸。这种细节经常令他沮丧,在他的世界观里,正如房子由砖块搭建,军队亦由细节组成,哪块砖砌得漫不经心,整栋建筑就不完美。但想砌好所有砖——

"哈,"他低声自言自语,"我果真是个石匠。"

"米德上次的报告声称一切顺利,"芬宁格明显意在安慰,参谋长太了解自己的主官了,"他们已占领奥斯仑镇南部的绝大部分区域,目前正朝桥梁突进。"

"即是说,半小时前一切顺利?"

"可以说非常顺利,阁下。"

"是啊。"他又往那边看了一会儿,但根本找不到旅店,遑论奥斯仑镇,再看下去也只能平添忧虑。再说,如果全军上下都像他女儿那样勇敢又足智多谋,恐怕早已奏凯而归,要是哪个北方人在她心情不好时碰上她,他几乎有些同情。于是他转向西边,举起望远镜,视线顺着河流,最后停在老桥。

准确地说,停在他觉得是老桥的地方。一条模糊的浅色直线跟一条模糊的深色曲线相交,他认为后者是河,但中间这一两里地的雨势忽大忽小,因而难以断定。那甚至可能是一堵墙。

"该死的雨!左翼情况如何?"

"密特里克上次的报告声称,他已发动第二次进攻,目前暂时遇阻。"

"看来第二次进攻也失败了。要从意志顽强的敌人手中夺下桥梁不容易。"

"呵。"芬宁格哼了一声。

"密特里克或许有诸多缺点——"

"呵。"芬宁格又哼了一声。

"——但他同样意志顽强。"

"没错,长官,他绝对是脑袋长屁股上的老顽固。"

"行了,行了,宽容点,"克罗伊压低声音,"屁股顶用,至少坐的时候可以垫着。"如果第二次进攻失败,密特里克应该会立刻准备下一次,北方人终究顶不住。克罗伊合上望远镜,右手轻轻拍着它。

身为一军之主,若要等情报齐备再下决心,那便永远抓不住战机,至少也为时已晚。他必须在心中衡量战斗的趋势与走向,推测士气、压力和优势的不断变换。他必须相信直觉。此时此刻,克罗伊元帅的直觉告诉他,左翼战场的决定性时刻就要到了。

他大步往充作指挥部的谷仓走去,进门时刻意欠身,没像出门时那样狠狠撞到头。他径直来到桌前,也没落座便用笔蘸了墨水,从无数专为战事准备的空白命令纸中抽出最近的一张写道:

瓦利米上校：

　　密特里克将军的部队正在老桥奋战，很快就会迫使敌人投入预备队。我希望你部按计划立刻进攻，全力出击。

　　好运。

克罗伊

　　他签上花体签名。"芬宁格，我要你把这道命令送给密特里克将军。"

　　"让传令官送去他比较开心。"

　　"他开不开心我不管，但我不会给他任何忽视这道命令的理由。"

　　芬宁格是老式军官，甚少表露自身好恶——这本是克罗伊最为赞赏的品质之———但他对密特里克的厌恶太过，没法掩饰。"好吧，元帅阁下。"他不情愿地从克罗伊手上抽走命令。

　　芬宁格上校大步离开指挥部，差点撞上低矮的门梁。他掩饰住不快，将命令塞进上衣口袋，眼看周围没人注意，飞快地举起酒壶抿了一口，查看一番周围后，又喝下一口。接着他才翻身上马，沿小路扬长而去，给路边的仆人、卫兵和下级军官溅了一身泥土。

　　多年以前，若是他芬宁格参加乌利齐城之役，而克罗伊被派去荒漠中劳神费力地追击，那荣耀满身的将是芬宁格，带着二十辆敌人的马车灰尘仆仆赶回、却已被遗忘的就是克罗伊了。世事难料，芬宁格本可能成为元帅，克罗伊则是他忠实的送信小弟。

　　他骑马下山，小路满是水坑，直通西面的阿德旺村。地势缓缓下降，河边到处是加兰霍的人，依旧忙于整顿。这幅乱象令芬宁格心生不快，他拼尽全力才控制住勒马喝令的冲动。他们需要使命感，使命感——这对一支军队来说要求算高吗？

　　"该死的加兰霍。"芬宁格低吼。加兰霍就是个笑话，天大的笑话，既无才智亦无经验，当上士都够呛，别说将军之位！显然，国王的酒友身份比多年来勤勉无私、克己奉公的服务更有分量。对心理脆弱的人来说，意识到这点想必会十分沮丧，芬宁格却重新燃起了斗志，于是他放缓马速，又喝了一口酒。

他右手边的草坡上出了岔子，穿围裙的工程师们围着两根硕大的黑色金属管和一大片被染黑的草地跑前跑后。路边躺着许多尸体，盖在上面的裹尸布渗出了血。毫无疑问，第一法师的愚蠢试验以失败告终——以芬宁格的经验，每当内阁插手战事，总会造成严重后果，基本都是自己人受害。

"让路！"他边吼边驱赶一群本不该堵住道路的觅食的牛，把一名放牛小弟吓得赶紧跳开。然后他驱马小跑穿过阿德旺村，这是他见过最寒酸的村庄，里面也充斥着最寒酸的面孔——前线各团的伤员和打散的残兵，全是密特里克失败的进攻制造出的自怨自艾的垃圾，那痴呆掌管的部队一打仗就往后方大肆排泄无用的残渣，活像马厩里总在拉屎的马。

加兰霍虽蠢，至少知道遵命行事，密特里克却总是阳奉阴违。无能固不可原谅，但抗命……更是罪上加罪。见鬼，如果人人肆意妄为，无组织无纪律，毫无使命感，军队便称不上军队，只是自私自利、追求虚荣的乌合之众，只是——

一个拎桶的年轻仆人突然出现，正挡在芬宁格前进的路上。他的坐骑骤然人立而起，差点把他甩下去。

"让路！"芬宁格不及细想，扬起马鞭抽在仆人的脸上。仆人惨叫着扑倒在水沟里，桶里的水泼在了墙上。芬宁格一夹马腹，驱马继续前行，肚内的炙热感却突然冷了。他不该那么蛮横，他让愤怒占据了头脑，但念及此，他又变得更愤怒了。

密特里克的师团乱七八糟，其指挥部正是个中典型。军官们匆匆来去，挥洒着泥浆和叫喊，嗓门越大越占便宜，理性的声音则统统被忽略。以芬宁格之见,指挥官的格局决定了部队的格调:上尉决定一个连,少校决定一个营,上校决定一个团,密特里克决定整个师。粗枝大叶的军官意味着粗枝大叶的士兵,粗枝大叶的士兵意味着粗枝大叶的行动。在战场上,军纪高于一切,什么样的长官才会放任自己的指挥部乱成一锅粥?芬宁格勒住缰绳,下马后笔直地走向密特里克的大帐,那些吵吵嚷嚷的年轻副官被他极为不悦的凌厉目光纷纷逼退。

帐内更为混乱,一群穿猩红制服的参谋就着摆放山谷简图的桌子争吵,密特里克本人也靠在桌上,声若洪钟地发表观点——此情此景理所当然地增添了芬宁格的厌恶之情:密特里克不愧是最糟糕的军人,渎职就是他最大的天赋,还不以为耻反以为荣。芬宁格真是把他看得通通透透。

芬宁格上前敬了个最标准的军礼,密特里克专横地挥挥手,眼睛几乎没离开地图。

"克罗伊元帅让我带来一道下达给王军第一骑兵团的命令,我衷心希望尊驾能立刻转达。"他没法完全掩盖声音中的轻蔑,密特里克显然也听出来了。

"我们正忙着调整部署,你可以把它留下——"

"恐怕不行,将军,"芬宁格好容易忍住扇密特里克两巴掌的冲动,"元帅阁下的要求非常明确,我有责任在场监督命令的执行。"

密特里克站直身了,他那颗大得滑稽的脑袋上,下巴两侧的肌肉紧绷着。"是吗?"

"是的,我认为很有必要。"芬宁格递过命令——他真想把命令直接扔到对方脸上,幸亏指尖在最后一刻展现了足够的定力。

密特里克好容易忍住揍花芬宁格的脸颊的冲动,一把抄过命令。芬宁格。妄自尊大的蠢材。迂腐的卫道士。毫无想象力,毫无自主能力,毫无北方人按他们特殊的概括能力所说的——"骨气"。全赖克罗伊元帅的友情、赏识和破格提拔,否则他很可能一辈子停在上尉这个层次。

芬宁格。妄自尊大的蠢材。小肚鸡肠的自私鬼。密特里克记得芬宁格在克罗伊取得乌利齐城大捷后拉回六辆破车,还坚持要求记功。就为那六辆破车,他把一个营累得灰头土脸、死去活来,但这份"战功"仍被记录在案。密特里克从那时起就有了看法,迄今从未改变。

芬宁格。妄自尊大的蠢材。呵,枉他自命不凡,密特里克却知他若没酒喝都起不来床。也许这目中无人的家伙觉得自己比密特里克更胜任将军之职,甚至该爬上克罗伊的位置。这想法更增添了密特里克的厌恶之情:芬宁格不愧是最糟糕的军人,装腔作势就是他最大的天赋,还不以为耻反以为荣。密特里克真是把他看得通通透透。

迄今为止,密特里克对老桥的两次进攻都失败了,第三次进攻的准备工作刻不容缓,他没工夫理论冠冕堂皇的公文。他转向参谋长欧派克,随手捏着命令指点地图。"第七步兵团必须马上就位,第二骑兵团紧跟在后,一旦拿下桥头堡,我希望骑兵迅速过桥,该死,这片田野是冲锋的绝佳场地!基伦征兵团赶紧挪开,把伤员清走,不得已的话扔进水里!我们必须争分夺秒,决不给北方人重整之机!该死,我们必须杀出一条血路!让部队立刻就位,不然我亲自上场带领冲锋,就算这肥屁股塞不进铠甲也罢。该死,让部队——"

一根手指戳了戳他的肩膀。"这份命令必须立刻转达,密特里克将军。立刻!"芬宁格几乎在喊,还喷了密特里克一脸唾沫。这人的教条主义让密特里克难以理解,在战场上,迷信教条意味着漠视生命。士兵们正在战斗,正在拼命,什么样的军官才会在指挥部里强调规章条例?他愤怒地扫了手里的命令一眼。

瓦利米上校：

　　密特里克将军的部队正在老桥奋战，很快就会迫使敌人投入预备队。我希望你部按计划立刻进攻，全力出击。

　　好运。

克罗伊

　　第一骑兵团暂时转隶于密特里克，作为指挥官，他有责任根据现场状况阐释这道命令。克罗伊的命令一如既往地简洁有力，不但符合元帅身份，下达的时机也很合适，但密特里克不想错过折煞元帅那没骨气的应声虫参谋长的机会——既然对方循规蹈矩，密特里克就一五一十按程序办，让他在这里"监督"个够、自取其辱。于是密特里克把命令展开在地图上，打个响指，让人把笔塞进手中，最后潦草地在文件底部加上两行补充：

　　确保敌人投入所有兵力后再渡过溪流，此前不得暴露你部位于敌人侧翼的位置。我部官兵正奋勇向前，切勿让他们失望。

第二师团师团长　密特里克将军

　　他写完后信步走向帐门，趁机粗暴地撞开芬宁格。"该死，从瓦利米团回来的孩子哪儿去了？"他迎着渐渐变小的雨势喊道，"他叫什么来着？林德利根？"

　　"利德林根，长官！"一个苍白、紧张的高个青年跑过来，畏畏缩缩敬了个礼，又更加畏缩地放下手，"向您报到，密特里克将军。"说实话，这人连给他倒夜壶都不配，别说传递至关重要的战场指示，但诚如巴拉维尔德所言：在战场上，你必须懂得利用手头的资源。

　　"立刻将命令带给瓦利米上校。这是元帅的命令，明白吗？非常重要。"说完，密特里克将这份被他捏得皱皱巴巴、墨迹也没干透的文件塞进对方软塌塌的手里。

利德林根在原地愣了一会儿，傻盯着手里的命令。

"喂？"将军喊他。

"呃……"他又敬个礼，"长官，遵——"

"快去！"密特里克劈面吼道，"快去！"

利德林根往后退去，仍然觉得不可思议，接着他飞快地跑过被踩得稀烂的泥地，冲向坐骑。

他吃力地爬上潮湿的马鞍时，看到一位没下巴的瘦军官穿着浆得过于硬挺的制服走出密特里克的帐篷，追着将军嘶吼了几句听不清的话，惹来周围许多卫兵和军官的关注，其中一位体形魁梧、眼神忧郁且没脖子的军官有些面熟。

利德林根没空细想那到底是谁，因为他终于得到有价值的活儿了。他义无反顾地抛下王军中两个极具影响力的高级军官吵架的难堪场景，打马向西——诚实地说，指挥部似乎比前线更吓人、更混乱。

他挤过营地里挤挤挨挨的人群，一直喊着让路，又穿越了站得较为松散、正准备下一轮进攻的官兵，始终保持一手提缰绳、一手紧攥命令。他该把它放进口袋，这姿势骑马太难受，但他怕弄丢了它。传递克罗伊元帅亲自下达的命令，不是他自愿参军时眼巴巴盼望的吗？竟然只过三个月就实现了。

离开密特里克师团的主力后，喧嚣声渐褪，他加快速度、伏低身子，伴着清脆的马蹄声，沿远离老桥方向的破败小路朝沼泽疾驰。不幸的是，他必须把马拴在南岸，第三次步行横穿沼泽，才能将命令送到瓦利米团长手中——一步走错，就只能把命令带给克林格了。

想到此处，他不禁打个寒战。表哥曾警告他远离军队，说战争中是非颠倒，好人干的事比坏人更糟，还说战争是富人满足野心的乐园，穷人只是去寻找坟墓。表哥自称其当年效力的连队甚至找不出两个诚实的伙伴来维持体面，军官们个个傲慢、愚昧又无能，当兵的全是懦夫、牛皮大王、恶霸和小偷。利德林根本来觉得表哥夸大其词，如今切身体会，却不得不承认对方已颇有保留。那个徒尼下士可谓集懦夫、牛皮大王、恶霸和小偷为一体，乃是利德林根此生所见最大的恶棍，但不知为何，却被其他人当英雄看待。其他人都喜欢和蔼的老汉徒尼下士，哪怕他是全师团最卑鄙的骗子与滑头。

小路愈发崎岖，随后延伸进溪流旁的水沟——与其说是水沟，不如说是装满湿泥的坑，周围长着挂满红色浆果的树，闻起来一股霉味儿。马儿在这里没法提速，顶多只能跟跄着小跑，哎，说真的，当兵好歹能带人看一些奇特的风景。

利德林根长出一口气。没错，战争中是非颠倒，他不免认同表哥远离军队的警告。不过事已至此，他也只能尽量低头远离麻烦，听从徒尼的建议，永远别志愿——

"啊！"胡蜂叮了大腿一下——他第一反应这么认为，实际上这比胡蜂叮咬痛多了。他低头查看，只见一支箭插在腿上，又长又直带有灰色和白色羽毛的箭。一支箭。他瞪着箭，思索是不是谁在开玩笑？一支假箭，因为痛感远没有想象中剧烈。然而鲜血从裤子里渗出，这是真箭。

有人想射杀他！

他用力一夹马腹，同时放声大叫。箭伤的痛感越来越明显，像火红的烙铁贴在腿上。马儿沿凹凸不平的小路往前冲去，仓促间他没抓住缰绳，结果从马鞍上飞了起来，抓命令的那只手凭空乱挥了几下，接着便摔倒在地。他的上下牙狠狠撞在一起，脑袋天旋地转，滚了一圈又一圈。

他挣扎起身，大腿的痛楚让他不禁呜咽。他蹦跳着往前捡回武器,但刚抽出佩剑就发现有两个人站在后面的路上。两个北方人。一个面色严肃地走向他,手握小刀,另一个举着弓。

"救命!"利德林根喊道,然而声音是那样微弱含糊。他不记得上一个联合王国岗哨在哪里,骑进这条沟之前,他似乎见过几个斥候,但之后又骑了这么远。"救命——"

第二支箭穿透上衣袖管,扎进胳膊。这回立刻就痛了。他大叫一声丢掉剑,身体重心跟着往右一歪,撑不住的右腿即刻瘫软下去。他倒在沟边,压断了胳膊和腿上的箭杆,剧痛席卷全身。

周围全是泥巴,他想起命令还攥在手里。必须传递的命令。耳边传来靴子踩过泥巴的声音,什么东西插进脖子旁边,痛楚淹没了脑海。

深哥从南方佬手中拽出那张纸,用南方佬的上衣后背擦干小刀,之后一脚踩在南方佬头上,将其深深踩进鲜血染红的泥里。他不想听见惨叫,一则保持隐秘,二来腻烦了人临死前的声音。杀人就杀人吧,但没必要听声音,真没必要。

浅仔把南方佬的坐骑牵下潮湿的水沟。"是个好姑娘,对吧?"他眉开眼笑地看着那匹马。

"别管它叫姑娘。它是马,不是你老婆。"

浅仔拍拍马的侧脸。"她比你从前的老婆还好看呢。"

"你这比喻粗鲁又荒谬。"

"抱歉。话说回来,我们该拿……它怎么办呢?它可是匹好马,值个漂亮——"

"你怎么带它过河?我可不打算牵它过沼泽,而你别忘了,桥上他妈的还在打仗。"

"我没忘。"

"宰了它。"

"多可惜啊——"

"赶紧宰了它,我们走人。"他指了指脚下的南方佬,"我已杀了一个,对吧?"

"呃,可他不值半分——"

"宰了它!"他突然意识到自己不该这么大声,毕竟河这头随时可能碰见南方佬,于是压低声音:"赶紧宰了它,藏好血迹。"

浅仔不开心地看了他一眼,但还是拽过缰绳,整个人压在马脖子上,将马放倒,然后迅速给了脖子一刀。他靠在马身上,看着鲜血涌进泥里。

"真浪费哟,"浅仔摇头,"杀马又没钱,我们跑到河这头来已经够冒险——"

"停。"

"停什么?"浅仔拽过一根掉在地上的树枝,遮住马尸。

深哥瞪着他。"停止像个孩子一样说话,你以为呢?你真是个奇葩,脑子好像永远只有四岁。"

"我说话惹你了?"浅仔用短斧砍下第二根树枝。

"确实如此,没错,完全正确。"

浅仔总算按自己的想法把马藏好了。"那我停止啦,不说啦,不说啦……"

深哥咬牙长叹。迟早他要杀了浅仔,要不就让浅仔把他给杀了——他十岁起就意识到这点。他展开那张纸,举到光亮处看。

"这东西有什么问题?"浅仔回头瞥着他问。

深哥缓缓抬头,看向浅仔——他真恨不得今天就下手。"什么问题?难道我不知不觉间从梦里学会了南方语?死者在上,我他妈怎么知道这东西有什么问题?"

浅仔耸肩。"有道理。但它看起来很重要。"

"它确实处处透着重要的气息!"

"那么?"

"现在的问题是上哪儿去找愿意为这东西付钱的人。"

哥俩看着彼此,异口同声地说:"卡尔达。"

白眼汉韩苏快马加鞭地赶来,脸庞失去了笑意,盾上插着支断箭,前额也挂彩,似乎经历了苦战。看他这副样子,卡尔达的心不住下沉。

"斯奎尔要你上前增援,"对方的声音里没有玩笑意味,"南方佬又开始攻了,这次势头很猛,他守不了多久。"

"好吧,"卡尔达知道这一刻迟早会来,但并没因此好受些,"叫大家准备好。"

"是。"白如雪高声下令,大步走开。

卡尔达的手伸向剑柄,抽出一截剑刃,看着哥哥的手下——自己的手下——从凯尔墙后起身,准备投入战斗。是时候为名扬千秋的《卡尔达王子之歌》谱写第一个音符了,希望这不是最后一个。

"尊贵的王子殿下!"

卡尔达扭头。"深哥。你总在我奔向荣耀的时刻出现。"

"我总能嗅到绝望的气息。"深哥很脏,不只是精神层面,还包括外表,好像去沼泽里游过一般——当然,卡尔达毫不怀疑,如果沼泽底下有金币,深哥一定会潜下去。

"有什么事?我正等着光荣赴死呢。"

"噢,那个我不拦你,那个是为了让他们唱歌赞美您。"

"他们已经唱过关于他的歌了。"浅仔说。

深哥咧嘴笑道:"但不是赞美他的。我们找到一件您或许感兴趣的东西。"

"看哪!"浅仔指向南方,沾满泥点的脸微笑时露出一排格外洁白的牙齿,"彩虹!"

那儿确实有道彩虹，很淡，垂在远处的麦田，这是因为雨势渐歇，太阳又出来了。然而卡尔达无心欣赏。"你们只是来提醒我关注周围无边的美景，还是有更有价值的东西？"

深哥取出一张折起的纸。那纸皱巴巴、脏兮兮，卡尔达伸手去拿，深哥却夸张地移开。"要钱的。"

"纸可不值钱。"

"当然，"深哥说，"纸上写的东西值钱。"

"那你说上面写了什么？"

哥俩你看我，我看你。"情报。我们从一个联合王国小子那儿拿到的。"

"我没时间瞎猜。这很可能只是老妈寄给宝贝儿子的信。"

"信？"浅仔有些迷糊。

卡尔达打个响指。"拿来，值多少我给多少，不然你们就去别地儿卖彩虹吧。"

哥俩再次交换眼神。浅仔耸耸肩，深哥狠狠地把纸拍进卡尔达手中。这张纸乍看起来不值一瞥，沾满泥点和疑似的血迹——以他对这两个家伙的了解，肯定是血——不过字迹倒满整洁。

瓦利米上校：

密特里克将军的部队正在老桥奋战，很快就会迫使敌人投入预备队。我希望你部按计划立刻进攻，全力出击。

好运。

这些内容后面有人签名，但那位置正好被折过来，磨损得严重，卡尔达看不清。就内容判断，这是一纸军令，但他没听说过瓦利米，而对老桥的进攻也不是新闻。他正待扔掉纸片，却瞥见底部另有两行字，字体远为粗犷、潦草。

确保敌人投入所有兵力后再渡过溪流，此前不得暴露你部位于敌人侧翼的位置。我部官兵正奋勇向前，切勿让他们失望。

第二师团师团长　密特里克将军

密特里克。黑旋风提过这名字。他是指挥联合王国三路大军之一的将领，据说最棘手。我部官兵正奋勇向前？听起来像个自负的白痴。但重点在于，他下令发动一场渡过溪流的进攻，从侧翼位置。卡尔达皱起眉头。纸上说的不是河也不是桥。他茫然四顾，苦苦思索，究竟哪里的士兵会收到这份命令？

"死者在上。"他轻声道。西边的林子里有联合王国人，随时准备渡过小溪，攻击他这支队伍的侧翼。一定是这样！

"到底值钱不？"浅仔满脸堆笑。

卡尔达甚至没听对方说话。他推开两个杀手，慌慌张张走向西边的小丘，途中又撞开了两个靠在凯尔墙上的人，也不管他们冷峻的脸，只顾朝小溪对面张望。

"你干吗？"韩苏从干石墙对面赶来，翻身下马。

卡尔达狠狠掰开父亲常用的那只破旧望远镜，仔细观察西边，目光沿斜坡往上，越过无数老树桩和几栋废弃的伐木工窝棚，一直看向影影绰绰的树林。那里真的埋伏着联合王国士兵，待他一开拔就冲过这条浅浅的溪流？可眼前明明毫无人迹，树林中甚至没有金属反光。这会不会只是个诡计？

他是该遵守诺言去帮助哥哥，哪怕冒全军被捅屁股的危险，还是该留在墙后不管斯奎尔，让哥哥孤身迎敌？第二种选择无疑更安全：守住阵线，避免灾难。但抑或这只是托辞？他是不是为终于找到方法逃避战斗而松了口气？终于可以摆脱那个呆瓜哥哥？骗子，骗子……他分辨不清何为真相。

他真希望有人告诉他该干什么。他真希望自立又勇敢的塞芙能在身边。卡尔达不适合执掌援兵，一直缀在末尾才是他的作风。他天生保命要紧，只敢屠杀手无寸铁的俘虏——而且不会亲自动手，只让手下去干——或许真的捞到机会，他可以趁乱从后面捅刀子，但眼下的抉择完全超乎想象，到底该怎么做？

"怎么了？"白如雪问，"大伙儿已经——"

"联合王国人在溪流对岸的林子里！"

周围陷入沉默，卡尔达陡然意识到自己的声音太大了。

"联合王国人在那边？你确定？"

"那他们为什么还不上？"白眼汉韩苏不禁发问。

卡尔达举起那张纸。"因为我拿到了他们的军令。但迟早还会有命令送到他们手上。"

他听见周围的亲锐窃窃私语，心知这消息一传十、十传百，很快就会闹得尽人皆知。或者这不是坏事，或许正因如此，他才会大喊出声。

"那我们怎么办？"白眼汉嘶吼，"斯奎尔还等着援助呢。"

"我知道，我当然知道！没人比我更清楚！"卡尔达皱眉看向树林，空出的那只手不断张开又握紧。"十面精。"死者在上，这连最后一根稻草都算不上，要一个几天前还想谋害他的人伸出援手。"韩苏，你快去斯凯林之指。告诉十面精布罗德，我们西面的林子里有联合王国人，告诉他斯奎尔需要马上支援，不然老桥就失守了。"

韩苏挑起一边眉毛，"十面精？"

"黑旋风说过，如果我们需要帮忙，他得来补上！我们现在就需要他。"

"可——"

"快去！"

白如雪和韩苏交换了个眼神。随后韩苏重新上马，朝斯凯林之指飞驰而去。卡尔达心知大家都看着他,都在思索:他为何不走正路,不赶去支援哥哥?我们该不该继续效忠这个梳着漂亮发型行事却全无头绪的白痴。

"十面精一定会来,"他小声说,也不知想说服谁,"没了那座桥就完了。这关系到整个北方。"好像他在乎过整个北方——说实话,他对北方的感情甚至没有对脚上那双靴子来得深。

白如雪对这番义正词严的告白也无动于衷。"事情有那么简单就好了,"老战士说,"那样都打不起仗来。无意冒犯,卡尔达,但十面精恨你入骨,对你老哥也没好到哪去。甭管黑旋风怎么吩咐,他不会为你们兄弟出动一兵一卒。想救你老哥,你只能亲自上,而且要快。"他扬起雪白的双眉,"我们接下来怎么办?"

卡尔达真想揍他,可他说的又没错——为这个卡尔达更想揍他了。接下来怎么办?他再次举起望远镜,检视林木线,从一头缓缓移到另一头——

刚才的一瞬间,他是不是看到一丝反光?那是对面正往这里观察的望远镜?

徒尼下士用望远镜观察干石墙那边。刚才的一瞬间,他是不是看到一丝反光?那是对面正往这里观察的望远镜?很可能是他弄错了,因为那边没别的动静。

"有情况?"蛋黄尖声问。

"没。"徒尼合上望远镜,挠了挠油腻、多毛的脖子。越来越痒了,他有种强烈的自我怀疑,真正的自己想必会远离进攻的场合。"他们就待在那边。"

"跟我们一样。"

"欢迎来到荣耀战场,骑兵蛋黄。"

"还是没命令?该死的利德林根还没回来?"

"无从得知。"徒尼早就清楚,军队完全不像人们以为的那样运转有序。他回头瞥向身后,瓦利米上校继续发着脾气,这次直冲福里斯特中士。

蛋黄靠过来轻声说:"每个人都会在下级头上拉屎,对吧,下士?"

"哦,你对王军运作实践的掌握越来越娴熟了,有朝一日定能成为个好将军,蛋黄。"

"我的志向是当个下士,下士。"

"明智的决定。原因如你所见。"

"还是没命令,长官。"福里斯特继续解释,脸皱成一团,好像顶着狂风暴雨。

"妈的!"瓦利米吼道,"现在是最佳时机!傻子都能看出!"

"可……没有命令我们不能动,长官。"

"当然不能动!否则就是玩忽职守!妈的,但现在是进攻的最佳时机,事后操蛋的密特里克又该责问我为何不发挥主动性了!"

"很可能,长官。"

"主动性,呃,福里斯特?主动性。真是完美的降职借口!这就像打牌没人告诉你规则,只声明赌注一样!"他跟往常一样没完没了地抱怨。

徒尼轻轻叹口气,把望远镜递给蛋黄。

"你去哪儿,下士?"

"哪儿也不去,嗯,哪儿也不去。"他靠在树干上,拉紧外套,"情况有变化再叫我,听见没?"他挠了脖子,拉下帽子遮眼,"老天保佑啊。"

短兵相接
Closing Arguments

关于战场的方方面面，常人最无法想象的是声音，对芬蕾来说，这无疑是她一辈子待过最吵闹的场合。上百人扯着破嗓子同时咆哮、尖叫，人类口中发出的声音又与木头撞击、靴子跺地和金属碰撞混合，被封闭空间放大之后失去了原本的意义。墙壁回荡着痛苦、愤怒和强烈的暴虐情绪，地狱一定是这个样子。没人听得清命令，命令也毫无用处。

毫无用处。

窗扇被猛然撞开，抵在后面的镀金橱柜砸倒一个倒霉的中尉，又撒了一地花花绿绿的陶瓷碎片。被撞开的地方形成一个由歪歪扭扭的黑色窗框勾勒出的耀眼的方形洞口，敌人由此涌入旅店。她现在看得清他们的样子了，那些涂抹过颜料的狰狞面孔满是泥土和怒火，凌乱的头发绑着骨头、粗糙木环和劣质金属。他们挥舞着锯齿状的斧子和钉有粗钝铁钉的木棒，从喉咙深处疯狂地哭号，凸出的眼睛写满战斗的狂热。

爱丽兹不断尖叫，芬蕾却异常冷静，或许是初生牛犊不怕虎，也或是大脑没法理解事态的严重性。远超寻常的严重性。她瞪大双眼，飞速扫视周围，试图弄清形势。她不敢眨眼，生怕错过什么。

大堂中间，一个老上士和一个灰发的原始人扭打，他们互相捉住对方的手腕拉扯，以至武器都冲着天花板，那左摇右摆的样子就像喝得醉醺醺的情侣下了舞池，却对由谁领舞达不成共识。旁边不远处，一个小提琴手用毁坏的乐器砸了谁，小提琴的琴弦成了一团乱麻。院子里的敌人还在撞击大门，门扇内部木屑飞洒，卫兵们拼死用长戟抵着它。

此时此刻，她竟希望布雷默·唐·葛斯特能在身边。她本该希望哈尔来保护，但直觉告诉她，单凭勇气、责任和荣誉感根本应对不了这里的状况，这里需要绝对的力量和战斗本能。

脸上挂彩的胖上尉——传言是某位要人的私生子——挥剑刺向戴骨头项链的野蛮人，很快两人都成了血人。一位常给童年时代的芬蕾讲冷笑话的和蔼少校被敲中后脑，往侧面踉跄了几步，膝盖像小丑那样打弯，一只手正胡乱摸索空空如也的剑鞘，冷不防又挨了一剑。少校洒出喷射的血雨，摔倒在地——然而她亲眼所见，那却是另一名军官收剑时的误伤。

"上面！"有人大喊。

野蛮人不知何时上了楼台，开始往下放箭。芬蕾身旁的某位军官几乎立刻后背中招、倒在桌上，一只软绵绵的手拖下了头顶的布帐，另一只手松开长剑、任其"叮叮当当"落地。芬蕾紧张地伸手从他的剑鞘里抽出短剑，然后向墙边退。她把剑藏在裙子里，好像还会有人怪她偷窃一般。

大门终被撞开，更多野蛮人涌入大堂。他们肯定已扫清院子，杀光了卫兵，而堂内众人连抵挡从破开的窗扇攻进来的敌人都做不到，此刻全吓得面无血色。

"总督大人!"有人大叫,"保护大——"话音未落已成惨号。

屋里陷入失序的混战。军官们苦苦支撑,节节败退,终不免被逼入角落,一个接一个倒下。芬蕾被挤到最里面,紧靠着墙,可能是大家发扬了最后的骑士精神,更可能出于运气。爱丽兹紧挨着她,脸色苍白,哭个不停,米德总督靠在她另一边,他的脸色更糟。他们三个忍受着前方为生命而战的人群的后背和臀部的不断撞击。

芬蕾的视线被卫兵的肩甲挡住了,当那个卫兵倒下后,缺口扑进一个手握坑坑洼洼的铁剑的野蛮人。一瞬间,她看见他瘦脸黄发,一侧耳朵边缘插着碎骨片。

米德举起一只手,嗓子里嚯嚯有声,似乎想说话,或是尖叫,或是求饶——然而那柄丑陋的铁剑以迅疾之势剁在他脖子和锁骨之间。他打个趔趄,眼睛上翻,露出巨大的眼白,舌头也伸了出来,手指捂着那道可怕的伤口,却无法阻止鲜血汩汩喷出,沿胸前破碎的金穗一路流下。顷刻间他便往前栽倒,摔了个狗啃泥,还撞翻了桌子,大摞文件洒在背上。

爱丽兹再次发出惨绝人寰的尖叫。

盯着米德的尸体,芬蕾闪过一个念头:都是自己的错,因为向命运女神发誓,女神便如此回报。但这太夸张了,如果没这么残酷,她会很开心——

"啊!"有人抓住她的左臂,用力一扭,弄痛了她。那是个色眯眯的野蛮人,满口尖牙,坑坑洼洼的脸涂了许多红点和一只蓝色手印。

她用力一推,他竟放声惊叫,她这才想起手里依然拿着短剑。短剑刺进野蛮人的肋骨间,他把她按在墙上,使劲往上掰她的头。她费力地拔出沾满鲜血、滑溜溜的短剑,调整方向后轻哼一声,将剑从他下巴下面插了进去,直到剑刃鼓起他蓝色的脸颊。

他跟跟跄跄后退,一只手慌乱地摸向下巴下面血染的剑柄。芬蕾大张着嘴靠住墙，颤抖的膝盖似乎随时可能垮掉。又有人扯她的头发，把她的脑袋扯向一边，扯得头皮和脖子生疼。她乱喊乱叫，随即挨了狠狠一巴掌——

眼前一片白光。

身体倒地。到处是动来动去的靴子。

手指掐住脖子。

她无法呼吸，只能用指甲抓挠那只手，耳中充斥着自己的心跳。

膝盖顶上肚子，她整个人被怼在一张桌上。炙热又难闻的呼吸喷在脸庞，脑袋里面感觉快要炸了。她什么都看不见，周围实在太亮。

然后声音消失了，脖子上那只手也松开了些，让她能颤抖着吸上一大口气。咳嗽，窒息，咳嗽。她以为自己聋了，过了好一会儿才明白是大堂里死寂无声。双方的尸体和破碎的家具横陈一地，到处是裂开的餐具、撕烂的纸张和掉落的墙皮。垂死之人发出几声虚弱的呻吟。似乎只有三个军官活下来，其中一个抓着血淋淋的胳膊，另外两个坐在地上，双手高举，似乎还有人轻声哭泣。野蛮人站在原地，如雕塑般一动不动，他们紧张不安地等待着什么。

外面的走廊传来"吱嘎"一声脚步声，接着又一声，像有什么沉重的东西压在地板上。又一声。她努力往门廊瞥看，想瞧个明白。

进来的是一个男人，至少看起来像个男人，然而那人体形过于庞大，必须蹲下避开门梁，之后也得一直弯腰驼背，活像正常人被塞进小船舱，务必时刻防备脑袋撞上横梁。他的头发灰黑相间，湿哒哒地黏在凹凸不平的脸上，黑胡子翘起来，宽阔的双肩裹着凌乱的黑毛皮。他审视着大堂的惨状，露出奇特的失望表情，似乎有些受伤，好像被邀请参加茶会，来了才发觉是个屠场。

"怎么全打坏了？"巨人的声音异常温和。他弯腰捡起一只盘子——在巨手衬托下，它就像个茶托——舔了舔手指之后，用指头擦掉盘子后面遮住工匠记号的血迹,又像个谨慎的店员一样皱眉打量。他发现米德的尸体,眼睛一亮,眉头却皱得更紧。"俺不是吩咐过要抓活的?这老头谁杀的?"

野蛮人你看我我看你,涂满颜料的脸上眼睛瞪得溜圆。芬蕾明白了,他们在害怕。最后有个人颤抖着举起胳膊,指向她身上那个男人:"萨鲁克杀的!"

巨人看向芬蕾,又看向用膝盖抵住她肚子的男人,眼睛眯缝起来。他把盘子放在一张伤痕累累的桌上,动作轻柔得几乎没出声。"你想对俺的女人做什么,萨鲁克?"

"啥也没做!"掐住芬蕾脖子的手一下松开了,她赶紧起身,大口呼吸。"她杀了贝内加,我只是——"

"你想抢俺的女人。"巨人上前一步,头偏向一侧。

萨鲁克绝望地环顾四周,但他的朋友纷纷回避,活像他染了瘟疫一般。"不……我只是——"

"俺明白,"巨人悲伤地点头,"但规矩就是规矩。"说时迟那时快,他闪电般地冲到萨鲁克身前,用一只巨手抓住对方的手腕,另一只手捏住脖子——手指几乎在脑后会合——将慌乱挣扎的萨鲁克举起来朝墙上猛砸,一下,两下,三下,鲜血染红了斑驳的墙面。

一切发生得太快,芬蕾甚至没来得及害怕。

"俺努力带领大伙儿过好日子……"巨人小心地把尸体摆成靠墙坐着的姿势,将萨鲁克软塌的双手放在膝上,砸扁的脑袋调整到合适位置,宛如母亲安顿睡着的孩子,"但有些人永远没法变得文明。把俺的女人带下去,谁也不准伤害她们。她们活着才有价值,死了……"他用大脚翻过米德的尸体,总督仰面朝天,鼓起的双眼死盯着天花板。"就是垃圾。"

野蛮人来拖走她们时,爱丽兹又尖叫起来——芬蕾真佩服她,叫了那么多次,还能叫得如此高亢清晰。她自己一声没吭,部分是因为被之前那一巴掌打懵了，部分是因为脖子里的气还没喘匀。

她苦苦思考如何摆脱这场噩梦。

贝克听见外面的战斗还在继续，但楼下已寂静无声。可能联合王国人认为北方人死光了。可能他们没发现小楼梯。死者在上，他希望他们没发现——

他正在侥幸，却听见楼梯"吱嘎"一声响，便赶紧憋住呼吸。这声音其实没什么特别，但冥冥之中他就是知道有人想安静地上楼。他吓得冷汗直流，脖子往下痒痒的，却不敢伸手去挠。他绷紧全身肌肉，杜绝任何动静，把呼吸压到最低，甚至不敢咽口水。他的卵蛋、屁股和肠子，此刻仿佛都包裹着摇摇欲坠的冰冷负担。

楼梯又发出响声。看来对方又偷偷摸摸迈出一步。贝克认为自己听见那杂种轻声说了句什么。嘲讽他吗？是不是知道他在这里？他耳中充斥着自己的心跳，剧烈得似能挤出眼睛。贝克努力往橱柜内部挪了半寸，一只眼睛顺着两扇柜门间参差不平的缝隙往外看，观察阁楼的动向——

首先出现的是闪着凶光的剑尖，然后是被染红的剑身。克文的血？布雷特的血？也可能是掠特的血。很快它还会沾上贝克的血。从剑柄处交缠的金属能看出，这是联合王国人的剑。

对方又迈出一步。贝克张开一只手抵住粗糙的门板，但几乎没用力气，害怕生锈的合页将自己暴露。他用另一只手握住长剑，滚烫的感觉从剑柄传来，一缕狭长的光线照在雪亮的剑身上，令它在幽暗中熠熠生辉。他必须战斗。必须。如果他还想看到母亲、弟弟和农场——他现在只想要这些。

又一步。他下定决心，匆匆长吸一口气，胸膛跟着起伏。别动，别动，时间好像无限延长。一个人迈一步要多久？

又一步。

贝克尖叫着撞开柜门。松脱的门板掉在地上,他被绊了一下,身子不受控制地往前冲去。他只能进攻,别无选择。

那个联合王国人站在阴影中,头往这边转来。贝克挺剑猛刺,微微一顿后,整个剑身便穿透了联合王国人的胸膛,只剩剑柄还留在外面。两人狂吼着抱作一团,贝克的脑袋随即被什么猛撞了一下——是低矮的房梁——他仰天倒地,联合王国人整个压在他身上,一边上气不接下气地喘息,一边紧抓他的剑柄。贝克的双眼过了好一阵才适应阁楼里的光线,接着看向面前这张双眼突出、表情扭曲的脸,便再也移不开了。

那根本不是联合王国人。那是掠特。

掠特舒缓而又漫长地吸了一口气,双颊不住颤抖,随后把一大口血咳在贝克脸上。

贝克呜咽起来,连踢带拽地推开掠特,爬得远远的。他跪在远处,瞪着掠特。

掠特侧躺在地,一只手扒着地板,一只眼睛抬起来瞥向贝克。他想说话,却只发出一堆含混不清的声音,鼻子和嘴巴不停涌出鲜血,身下也有许多,这些血迅速渗进了地板缝里。在阴影中,血是黑色的,但流到有光的地方,它便成了深红色。

贝克爬了回去,一只手搭在掠特肩上,想呼唤同伴的名字,却心知于事无补。他另一只手握住被血浸得黏滑的剑柄……没想到,把剑抽出来比插进去费力得多,剑身完全脱离时发出"啵"的一声,他又差点呼唤掠特的名字,只是嘴巴完全僵住了。掠特的手指不再动弹,眼睛瞪得老大,唇边和脖子上满是红色的血。贝克用手背捂嘴,结果发现自己的手上也满是血,全身都沾满了血——他从头到脚被浸成了血人。他站起身,胃里翻江倒海。掠特的眼睛还盯着他,于是他踉踉跄跄走向楼梯,踉踉跄跄下了楼。长剑在石膏上刮出一道浅红的痕迹。那可是他父亲的宝剑。

楼下毫无动静，但街上的战斗似乎还在继续。他听见疯狂的喊叫，淡淡的烟雾则刺痛了喉咙。他满嘴都是血味。血味、金属味和肉味。同伴们已全部战死。斯托德头朝下趴在楼梯附近，一只手朝向楼梯，后脑被利落地劈开，卷发染成深红色；克文仰头靠墙，双手捂住圆滚滚的肚子，衬衣浸满鲜血；布雷特倒在角落，可怜的家伙，死相还不如一堆破布。

这里还有四具联合王国人的尸体，彼此挨得很近，宛如非常亲密。贝克站在他们当中。敌人。他们的装备可真好，胸甲、胫甲、锃亮的头盔，四个人都一样。然而死去的布雷特只有一根绑了把匕首的木棍。真不公平。不公平。

贝克踢了侧躺的联合王国人尸体一脚，尸体的脑袋无力地滚动，变成面朝天花板，两只眼珠还看向不同的方向。除了身上的装备，这人看起来没什么特别，年龄也比贝克想象的要小，两颊长着软软的绒毛。敌人。

伴随一声巨响，有人踢开破烂的门，步伐不稳地冲进来，盾抬在身前，一手高举钉头锤。贝克呆呆地看着，甚至懒得举剑。那人一瘸一拐走近，吹了声悠长的口哨。

"发生什么了，小子？"洪水问。

"不知道。"他真不知道。或者说，他知道发生了什么，但不知道是怎么发生的，以及为何会变成这样。"我杀了……"他想往楼上指，可抬不起胳膊，手指冲着脚边那几个联合王国男孩。"我杀了……"

"你受伤了？"洪水摸着他浸满鲜血的衬衣，寻找伤口。

"不是我的血。"

"杀了四个兔崽子，呃？掠特呢？"

"死了。"

"这样啊……好吧，别想了，又不是你干的。"洪水搂住他的肩膀，领他往亮堂堂的街上走。

贝克浸满鲜血的衬衣和浸满尿液的裤子被门外的风一吹，冷得直哆嗦。鹅卵石地铺了厚厚一层尘土和灰烬，还有碎裂的木头和散落的武器。到处都有双方的死者和伤员。一个联合王国人躺在地上，无助地举起一只胳膊，却无法阻止两个农兵挥斧乱砍。广场依旧烟雾弥漫，但贝克发现敌人已被逼回桥上，雾中刀光剑影，还有零星飞过的箭矢。

一名身穿黑锁甲、头戴伤痕累累的头盔的大个老兵骑在马上，领着一群骑兵，他用一根断木头示意广场对面，雄浑的嗓音穿透烟雾："把他们赶回桥对面！赶走那帮杂种！"有个骑兵举着竿子，上面挂着大旗——绿底白马，长手的标志。如此看来，那名老兵应该就是长手本人。

贝克瞪大眼睛，想弄明白发生了什么。看来就像洪水之前承诺的，趁联合王国人忙于巷战、队形散乱，北方人适时发起反攻，此刻很有希望将他们赶回河对岸。今天不会死了，念及此处，他不禁想放声痛哭。可能他已经哭了，只是烟雾的关系才分不清为什么流泪。

"长手！"

老战士回过头。"洪水！你这老杂毛还活着？"

"算是吧，头儿。好一场硬仗。"

"确实如此，我他妈的斧头都弄断了！好歹联合王国人的头盔还算结实，呃？"长手把斧子断柄扔进广场的瓦砾堆，"你干得不错。"

"我手下的小子基本死光了，"洪水说，"就剩这一个。"他拍了拍贝克的背，"但他一个人杀了四个。"

"四个？你叫什么，小子？"

贝克目瞪口呆地看着长手及其手下那帮有外号的老伙计，他们也都看着他。他本该说出真相，让一切回到正轨。要是有这份骨气就好了，但他没有，根本没有，甚至连多余的话都说不出。他只说了自己的名字："贝克。"

"就叫贝克？"

"对。"

长手咧嘴笑道："你这种人需要长点儿的名字。不如叫……"他上上下下打量贝克，然后自顾自点头，有了答案。"红贝克，"他扭头冲那些有外号的喊道，"咋样，伙计们？红贝克！"他们用剑柄敲盾牌，用拳头捶胸脯，发出震耳欲聋的声音。

"看见没？"长手接着大喊，"这小子真不赖！你们都把招子放亮！多挖掘几个这样儿的！"周围的人们大声欢呼，赞许地点头。这当然是在庆祝将联合王国人赶到桥对面，但也包含了对贝克的褒奖，为了他的满身鲜血。

贝克一直想得到认同，想跟真正的战士为伍，更想有个响亮外号。如今短短半日，这三样他全有了，但他做了什么呢？躲在橱柜里当逃兵，杀了个自己人，然后抢走同伴们的功劳。

"红贝克，"洪水像慈父看着儿子第一次走路般自豪地笑着，"你觉得咋样，孩子？"

贝克盯着地面。"我不知道。"

光明磊落
Straight Edge

"啊!"针扎上来,卡脖本能地躲闪,结果线牵拉脸颊,更痛了,"啊!"

"通常来讲,"威尔旺说教道,"接受痛苦好过逃避痛苦。很多事只要面对,你会发现没什么大不了。"

"你拿着针当然说得轻松。"针又扎在脸上,卡脖咬牙吸气。这当然不是他第一次缝针,但人总是好了伤疤忘了疼。"速战速决吧,呃?"

"我正在努力,但很遗憾,我不像擅长杀人那样擅于治疗。真是个悲剧。我懂得缝针,我能分辨阿罗草和乌鸦脚,我知道如何把它们敷进绷带,我还哼得出两首疗伤——"

"管用吗?"

"你说我哼的歌?至少可以吓跑猫。"

"啊!"卡脖又呻吟一声,威尔旺用拇指和食指捏住伤口,将针穿过去。他真不能再叫唤了,跟其他人相比,脸上划道口子算得上走运。

"对不住。"威尔旺低声道歉,"说来,我时常思考人生,只要在悠闲的时候——"

"你有很多这种时候,不是吗?"

"这个嘛,反正你也不急着带我寻找宿命……我时常想,一个人可以在短时间内干很多坏事,只需不断挥剑就成,做好事却得持之以恒,并守住若干复杂的原则。这年头,大部分人没这种耐心。"

"世道不比当年哟,"卡脖顿了顿,咀嚼着下唇一块掀起的皮,"这话我是不是说得太多了?我是不是快变成我爹了,变成个唠叨的老糊涂?"

"这是所有英雄的宿命。"

卡脖哼了一声。"英雄至少要能听见别人歌颂自己。"

"我觉得那样的歌谣会带来巨大压力,很容易让人失去本色。"

"假设他们的'本色'值得称道的话。"

"嗯,歌颂伟大的战士能催生听众的勇气,但伟大的战士自身却往往近乎疯狂。"

"噢,我认识好些个不疯不癫的伟大战士,他们只是没心没肺、自私自利而已。"

威尔旺用牙咬断缝线。"那也算一种。"

"你是哪种呢,威尔旺?疯子,还是没心没肺的杂种?"

"我试图结合两者。"

卡脖不顾脸颊的抽痛笑出了声。"这就对了。这的确是成为英雄的正路。"

威尔旺跪坐在地。"我弄完了。其实还不赖,纵然我只能自己歌颂自己。或许日后我该放弃杀人,专职救人。"

有人咆哮着回应,声音穿透了依旧萦绕在卡脖耳边的微弱嗡鸣。"那也得等这仗打完了再说,呃?"

威尔旺眨眨眼。"哎哟,这不是北方的保护者吗?我感觉自己……被保护了,像套上厚厚的外套,裹了个严实。"

"老子备感荣幸。"黑旋风双手叉腰,低头看着卡脖,耀眼的太阳就在他身后。

"有仗给我打,黑旋风?"威尔旺缓缓起身,把众剑之父也提起来,"我来此就为填平坟坑,众剑之父正饥渴难耐。"

"我发誓,要不了多久,会给你找个天杀的好对手。现在,我想跟卡脖科登单独谈谈。"

威尔旺一拍胸脯。"我不会在情人中间碍眼。"他把剑横抗在肩,晃晃悠悠地上山。

"好个怪人。"黑旋风看着威尔旺的背影说。

卡脖呻吟着抻直双腿,缓缓起身,一边活动酸痛的膝盖关节。"他必须演戏。你懂的,因为背负的名声。"

"没错,名声就像囚笼。你的脸咋样?"

"幸好我这张脸从没俊过,也无法变得更丑。对了,到底是啥玩意作祟?"

黑旋风摇头。"谁知道南方佬搞啥?应该是新武器或新法术。"

"都不是好东西。随随便便把人撕开。"

"大平衡者一直等着我们,不是吗?总有人比你强壮、敏捷、幸运,而仗打得越多,就越可能撞见这号人。这是我们的宿命,每时每刻都在迎接终点。"

卡脖不太喜欢这观点。"至少在阵线上、冲锋时或决斗圈里,人们有机会决定自己的命运——哪怕假装呢。"他用指尖碰了碰伤口,禁不住打个寒战,"但要如何歌颂一个话说到一半就脑袋开花的人?"

"比如裂足。"

"是啊。"卡脖不记得自己见过的死人里,还有谁比裂足死得更透。

"我希望你来顶他。"

"呃?"卡脖道,"我耳朵还嗡嗡个不停,听不太清。"

黑旋风靠过来。"我希望你做我的副手,领导我的亲锐,照看我的后背。"

卡脖瞪大眼睛。"我?"

"对,你。他奶奶的,咋说?"

"可……为啥是我?"

"你有经验,有威望……"黑旋风盯着他看了一会儿,下巴绷得紧紧的,最后像赶苍蝇一样挥挥手,"你让我想起三树。"

卡脖眨眨眼。这可能是他听过的最好的称赞,更来自一张极有分量,且几乎从不恭维人的嘴。"这……我不知该说什么。谢谢,头儿。这话对我来说意义重大。极为重大。我这辈子能有他十分之一,就——"

"够了。告诉我你同意就行。我需要靠得住的人,卡脖,而你遵循老规矩。这年头,像你这样坚持走正路的家伙可不多。说你同意吧。"他的表情突然变得有些陌生,嘴角奇怪又虚弱地噘起来,若非面对的是黑旋风,卡脖几乎可以断定这是恐惧的表现。

是了,黑旋风没有能交托后背的人。他没有朋友,只有用恐惧镇压的下属和数不清的敌人。危急关头,他只能信任一个自己几乎不了解的人,只因这人让他想起了早已入土的老战友。这就是名声的代价。这就是一生浸泡于黑暗勾当的收获。

"我当然同意。"怎么说呢,此时此刻,他对黑旋风感同身受。虽然听起来疯狂,但他理解当头儿的孤独,而那份早在兄弟们的坟头消散的雄心壮志,似乎又被黑旋风重新点燃了。他没法拒绝这份邀约,甚至无暇思考这是不是正路。然而接受之后,想起自己、想起小队、想起虎视眈眈的其他人,卡脖又立刻觉得犯了弥天大错。"只在仗打完之前,"他补充道,试图留条后路,"等你找到更合适的人选，我就让位。"

"你是个好人。"黑旋风握住卡脖的手，待卡脖抬头，他又挂上那副豺狼般的笑容，没有丝毫虚弱或恐惧可言。"光明磊落，对吧？卡脖。"

卡脖目送黑旋风往山顶走去，思索刚才那一刻对方到底是真情流露，还是完美伪装。坚持走正路？这能算正路吗，给全世界最遭恨的人当副手？在一片充满仇恨的土地上，帮助一个拥有最多仇敌的家伙？以生命来捍卫自己甚至不是很喜欢的头儿？他不禁呻吟起来。

他的队员们会怎么说？约恩肯定会板着脸摇头；多福德会露出受伤又困惑的表情；布拉克会揉着太阳穴——等等，布拉克已经入土；奇妙呢？死者在上，她会——

"卡脖。"她已经到了。

"啊！"他惊呼着退开一步。

"脸咋样？"

"呃……还好……大概。其他人都好吗？"

"约恩被碎片划破了手，吓尿了，但死不了。"

"很好。很……好。大家都还好，我是说……不是……被碎片划到好。"

奇妙皱起眉，察觉到事情不对。当然这并不难猜，卡脖掩饰得太拙劣了。"我们高贵的保护者大人想怎样？"

"他想……"卡脖动了动嘴唇，斟酌如何修饰，但屎就是屎，怎么修饰也没用。"他希望我接替裂足。"

他以为她会笑得满地打滚，但她只是眯起眼睛。"你？为啥是你？"

好问题，他自己都搞不清。"他说我坚持走正路。"

"我懂了。"

"他说……我让他想起三树。"这话说出口,他感觉像只自鸣得意的公鸡。

但她没有嘲讽他,只把眼睛眯得更紧。"你是个值得信任的人,人人都知道,但我认为这份邀约有更理性的原因。"

"比如?"

"你跟贝斯奥德的圈子关系很好,以前跟三树关系也好,黑旋风或许觉得你能给没朋友的他带去几个朋友,至少帮他减少一些敌人。"卡脖皱起眉。这听起来的确更合理。"除此之外,他还知道威尔旺死心塌地跟着你,如若事态不妙,威尔旺很适合替人看守后背。"妈的,她说得太对了,太通透了。"那可是黑旋风,一定会搞得事态不妙……你怎么回复他?"

卡脖打个寒战。"我说行,"他赶紧又补了一句,"但只在仗打完之前。"

"我懂了。"她既不生气也不惊讶,只是盯着他。这比直接照他脸上来一拳更让他紧张。"小队咋办?"

"这个……"惭愧的是,他没来得及细想,"我希望你继续跟着我,如果你愿意的话。除非你想回农场,跟家人一起——"

"退休?"

"是啊。"

她哂笑道:"坐在屋后的门廊下抽烟,怡然观看夕阳照耀的水面?那是你,不是我。"

"那么……小队暂时就归你管。"

"好。"

"你不骂我一顿吗?"

"骂什么?"

"骂我没按自己常说的来。我说过要低头过活,而不是出头遭罪,我说过要带所有队员回去,还有什么老马蹦不过新篱笆之类的——"

"那是你说的。我不是你，卡脖。"

他眨眨眼。"也是。那你觉得这算是正路吗？"

"正路？"她微笑着转身，"只有你才关心。"她一只手搭上剑柄，大步登上英雄顶，留他独自在原地吹风。

"死者在上。"他移开目光，看向双手，绝望地想找个能咬的指甲盖。

摆子站在不远处，一言不发看着他，老实说，就像看着插队的家伙一样。卡脖心中的瑟缩势必呈现在了脸上，这简直快成了他的招牌表情。"人类最大的敌人是自己的野心，"贝斯奥德曾对他说，"我就是被自己的野心带进茅坑的。"

"欢迎踏入茅坑。"他咬着牙，低声自言自语。人类几乎没法避免错误，哪怕你年复一年像个小丑一样踮着脚尖小心行事，也可能转瞬之间，一个不留神就……

扑通。

逃跑方式
Escape

芬蕾认为她俩在某间棚屋里：地面是湿泥，升腾的寒意让她直打冷战，空气中弥漫着霉味和动物味。

之前，她被蒙住眼睛，推搡着穿过潮湿的田野，往森林里去。麦秆缠住腿脚，灌木挂过裙子，幸好她穿了马靴，不然多半已成赤足。她仿佛听见身后有战斗的声音，而爱丽兹起初还尖叫个不停，随后嗓音越来越哑，最终叫不动了。当然，怎么叫也没用，吱嘎作响的船将她们运过河——也许是到了北岸——推进这里，门"砰"地关上，外面响起上闩声。

周围一片漆黑，她们在此听凭野蛮人发落。

芬蕾慢慢喘匀气后，开始有了痛感：头皮火辣辣地痛，脑袋里面抽搐不止，而只要一转头，剧痛还顺着脖子往下蔓延。但毫无疑问，她现在的状况比之前在旅店时好。

她不知哈德迪克有没有安全送达口信，还是在田野里就被北方人追上了？她眼前浮现出上尉的倒霉样，人栽向一旁，鲜血从脑门的伤口汩汩而出,脸上一副难以置信的表情。还有米德,手捂冒血的脖子。死了。全死了。

她颤抖着吸口气,决心不再纠结。决不能。就像走钢丝的人不能总想着地面。"你必须向前看,"她回想父亲吃掉她的棋子时的告诫,"集中思考自己能改变的事。"

门闩上后,爱丽兹一直在哭。芬蕾恨不得抽她,可惜手被绑住。靠哭鼻子没法出去,但一时间她也没有更好的主意。

"别哭了,"芬蕾低吼,"别哭了,拜托,我需要思考。拜托,拜托。"

哭声压抑成断断续续的呜咽。要说有什么区别,那就是更糟了。

"他们会杀我们吗?"爱丽兹哽咽着问,"会杀我们吗?"

"不会,要杀早杀了。"

"那要把我们怎么样?"

这问题像个无底洞,除了回音,听不到任何答案。芬蕾想方设法坐起来,咬紧牙关忍住脖子的疼痛。"我们得想办法,明白吗?我们必须向前看。我们要设法逃跑。"

"怎么逃?"爱丽兹呜咽不止。

"用尽一切力量!"对方在她的爆发下暂时安静了,"努力尝试。你的手能动吗?"

"不能。"

芬蕾一点点挪动身体,裙子蹭过泥地,后背终于靠到墙面。她累得叹了口气,接着扭动身体,指尖摸索到斑驳的石膏和潮湿的石头。

"你还在吗?"爱丽兹尖声问。

"我能去哪儿?"

"你在干什么?"

"想办法解开手。"有东西挂住芬蕾的手腕,扯开了袖口。她扭动肩膀往墙上靠,手指顺着扯掉的布料摸索。似乎是个生锈的支架。她用食指和拇指捻住破布,摸到下方有个尖锐的凸起,希望瞬间涌上心头。她分开手腕,将绳子抵住那块凸起的金属。

"你解开手之后呢?"爱丽兹尖厉的嗓音传来。

"再把你的手解开,"芬蕾咬着牙说,"还有脚。"

"再之后呢?门怎么开?门外还有守卫,对吧?而且我们在哪儿?我们怎么——"

"不知道!"她尽量压低声音,"我不知道。一次对付一个敌人。"她拼命磨蹭那块金属。"一次对付——"她的手一滑,整个人往后倒去,金属狠狠扎在胳膊上。

"啊!"

"怎么?"

"割到了。没事。别担心。"

"别担心?我们被北方人抓走了啊!那些野蛮人!你没看到——"

"我是说不用担心我的伤!你说的我都知道!"她必须集中注意力,首先把手解开。由于一直半蹲靠着墙,她的腿麻木了,黏滑的鲜血沿指尖滴落,汗珠也不断从脸上滑下。脑袋一跳一跳地疼,肩膀牵动脖子更是剧痛难耐,然而她努力把绳子再次对准生锈的金属,来回摩擦,嘴里呻吟不止。"该死,操——啊!"

双手总算解开了,她赶紧扯掉蒙眼布,却仍看不清什么。只有木门缝隙透进来一圈光,借此可见斑驳的墙面泛着水花,地上散落着沾满泥巴的稻草。爱丽兹跪在一两跨远处,裙子泥污点点,被绑住的双手垂在膝前。

芬蕾的脚踝还被绑着,只能跳到爱丽兹跟前,跪下去摘掉对方的蒙眼布,又将其双手紧握在自己的掌心。她盯着爱丽兹发红的眼睛缓缓说道:"我们能逃跑。必须能,一定能。"爱丽兹点点头,挤出几乎不抱希望的凄惨笑容。芬蕾不再看她,开始用尚未舒活的手指解她手腕的绳子。芬蕾的舌头顶住牙齿,用断指甲拼命去抠——

"他咋知道俺手上有她们?"芬蕾心中一寒,如坠冰窟。这人说的是北方话,随之而来的是沉重的脚步,且越来越近。黑暗中,她感觉到爱丽兹也僵住了,甚至不敢喘气。

"他有法子。"

"王八羔子的法子,"是那个巨人,声音温和缓慢,但带了些怒气,"那两个女人是俺的。"

"他只要其中一个。"另一个声音听起来像喉咙里塞满了砂砾,低沉又粗粝。

"哪个?"

"棕发那个。"

巨人怒冲冲地哼了一声。"不行。俺中意她给俺生孩子。"芬蕾瞪大了眼睛,突然间没法喘气。他们说的是她。她加快了解爱丽兹手腕上绳子的速度,慌乱中甚至咬到了嘴唇。

"你有多少孩子了?"那个低沉的声音不依不饶。

"俺要文明的孩子。联合王国的孩子。"

"啥?"

"俺说了,文明的孩子。"

"用叉子吃饭的那种?我去过斯提亚,也去过联合王国。相信我,文明不是看起来那么美好。"

巨人沉默片刻,又道:"他们真的会挖坑让人拉屎,再把屎运走?"

"那又怎样?屎还是屎,最终还得找地方放。"

"俺要文明。俺要文明的孩子。"

"那跟金发那个生。"

"不中。她太懦弱,只会哭。棕发那个杀了俺的手下,挺有骨气。孩子的勇气是打娘胎来的,俺不要胆小鬼。"

那个低沉的声音压得更低了,芬蕾几乎听不见。她疯狂地用指甲撕扯绳结,嘴里不断咒骂。

"他们说什么?"爱丽兹恐惧地颤声问道。

"没什么,"芬蕾慌忙回答,"没什么。"

"黑旋风不够意思。"巨人的声音再次响起。

"他对我也一样,对所有人都一样。没办法,谁叫他是戴链子的头儿?"

"去他妈的链子,俺鬼敲门只敬天与地,黑旋风想使唤——"

"他没想使唤你,只提了个要求。你可以跟我说做不到,我也会转告他做不到。到时候我们走着瞧。"

又一阵沉默。芬蕾的舌头紧抵牙齿,绳结快开了,就快开了——

门陡然打开,光线晃得她俩睁不开眼。有个男人站在门口,一只眼睛异常明亮。太亮了。他弯腰进门,芬蕾发现那只眼睛是金属的,周边有一大片斑驳的疤痕。她从未见过如此丑怪的脸。爱丽兹也颤抖着吸了一口气,多半是吓得忘了尖叫。

"她把手解开了。"金属眼回头低声说。

"俺就说她挺有骨气,"巨人的声音从外面传来,"告诉黑旋风,他得付代价。这女人值一部分,俺的面子值一部分。"

"我会转告他。"金属眼走上前,从腰带上抽出什么。她看到幽暗中的金属闪光,认出那是一柄小刀。爱丽兹也看见了,不由得呜咽着抓紧芬蕾的手指,芬蕾也扣住她的手——此时此刻,连芬蕾也不知如何是好了。金属眼蹲在她们面前,胳膊搭在膝盖上,双手下垂,其中一只手松松垮垮地捏着小刀。芬蕾看了看锋利的刀刃,又看了看他的金属眼球,说不出哪个更可怕。"凡事都有代价,对吧?"他低声说。

小刀飞快一划，割断她脚踝间的绳子，然后他伸手从背后掏出个帆布口袋套在她头上。她眼前顿时一片黑暗，鼻腔里闻到混合着洋葱味的陈腐气息。金属眼伸手到腋下将她拽起来，她与爱丽兹交握的手就这样被扯开了。

"等等！"她听见爱丽兹在身后哭喊。"我呢？我怎么——"

门"砰"一声关闭。

夺桥
The Bridge

尊贵的陛下：

　　倘使您收到这封遗书，说明臣已殒命沙场，为您战至最后一息。臣在此只想倾诉几句平时难以启齿的话：加入近卫骑士，尤其出任您的首席卫士，乃是臣一生中最美好的时光，而失去这份荣耀是臣最悲惨的低谷。如若臣辜负了您，希望您最终能予以原谅，惟愿臣在您心中永远保留着斯皮奈事件以前的形象：尽职、勤勉和无限忠诚。

臣百拜顿首、不知所言

布雷默·唐·葛斯特

　　他思虑再三，本想画掉"不知所言"，但如此又得重写，时间有限只能作罢。他丢下笔，不等墨迹变干就将信纸折起，塞到胸甲里面。

　　不久后，他们能在我饱经践踏的尸体上找到这封信。信纸的一角再沾点血就完美了？好一封遗书！瞧瞧，这是给谁的呀？家人？爱人？朋友？不，这可怜的蠢货谁都没提，这是写给国王的！它会被放在天鹅绒软垫上，呈进陛下的王座厅，迎接几滴强挤出的内疚泪水。其中一滴晶莹的鳄鱼泪会溅落在大理石地砖上。噢！可怜的葛斯特，我过去对他太不公平！褫夺他的职位真是大错特错！天可怜见，他把热血洒在异国他乡，远离温暖的家园！好了，早餐菜单是什么？

对老桥的第三次攻击已进入白热化，敌我双方在狭窄的双拱桥上殊死拼杀。一排排紧张的士兵不太热心地在后头等着上场，迎面而来则是无数伤员、虚弱的掉队者和其他散兵。密特里克师团的凝聚力正经受考验，葛斯特能从军官们惨白的脸上看出，从他们变调的嗓门和伤员的呜咽中听出：成败悬于一线。

"瓦利米他妈的去哪儿了？"密特里克漫无目标地大吼，"他妈的胆小鬼，我要就地撤他的职！我要亲手扯下他的军衔章！芬宁格呢？哪里……什么……谁……"葛斯特慢慢往河边走，奔腾的河水模糊了密特里克的叫嚷，而他自己的情绪逐渐高涨，每一步都十分轻快，仿佛沉重的铅块被卸下了双肩。

有个伤员步履沉重地经过，一条胳膊搭着同伴，另一只手抓着血淋淋的布片捂住眼睛。来年的弓箭大赛少了一员悍将！另一个伤员躺在担架上，随着颠簸凄惨地叫唤，紧紧绑住断腿的绷带已被鲜血浸透。这下没法在公园中漫步了！泥泞的小路两边全是唉声叹气的伤员，他咧嘴笑着从中走过，还开心地朝他们敬礼。真不幸啊，同志们！生活真不公平，对吧？

人群从稀稀落落到挤挤挨挨，最后变得密不透风，而他也从大步流星到钻来钻去，最后只能用肩膀硬挤。总体来看，人们挤得越紧，恐惧就越明显，而他越是兴奋。士兵互相推搡，用胳膊肘胡乱挥顶，嘴里毫无意义地咒骂，武器摆动的角度尤其危险。偶尔有箭飞来，但射得不甚整齐，零零星星的。对面朋友的小礼物。不，真的，你们不必客气！

葛斯特脚下的泥地早已被踩平，随后开始上升，变作老石板。透过无数扭曲的面孔，间或能瞥见河水和长满青苔的桥栏，他也逐渐从喧哗中辨出了金属音符的节奏，战斗的声音就像爱人的话语，不管在多拥挤的空间都能让他怦然心动。好比瘾君子闻到大烟。每个人都有自己小小的软肋和癖好。他们是喝酒、女人和打牌，我是这个。

在这里，谋略与战术都没用，拼的是力量和本能，而这两样鲜有人能与葛斯特相提并论。他低下头，使出几天前推车的力气往人群里挤。他呻吟着、低吼着、咆哮着，宛如犁耙耕地般从士兵群中穿过，粗暴地用盾牌和肩膀推开活人，践踏死人和伤员。不说废话，不必道歉，不用尴尬。

"都他妈给我让开！"他大叫着把一名士兵挤了个狗啃泥，又从对方身上踩过去。寒光闪过，他举盾格挡，一支矛戳在盾上。他差点以为是联合王国士兵弄错了目标，但马上发现长矛握在北方人手中。向你致意，朋友！葛斯特竭力想从身后汹涌的人潮中抽出长剑，举到能用的角度，却禁不住人群猛力推搡，冷不防与持矛的北方人撞个满怀，鼻子都贴到了一起。这人一脸胡子，上唇有块疤。

葛斯特用前额砸那张脸，一下又一下，北方人摔倒在地，葛斯特抬脚便踩脑袋，直踩到对方不再动弹。他意识到自己 直在用高亢尖细的声音呐喊，却不知喊的什么，也许本无意义——周围人都跟他一样，唾沫横飞地咒骂着对面根本听不懂的话。

密密麻麻的长矛丛中露出一道缝，葛斯特毫不犹豫地挺剑便刺，某个北方人立即向旁歪倒，惊讶的嘴张成圆圈，无声地吸气，还流出许多唾沫。这里太拥挤，没法挥剑，葛斯特只能咬紧牙关，不停戳刺、戳刺、戳刺，剑尖抵到盔甲，划开皮肉，在一条手臂上留下血淋淋的长口子。

一张咆哮的脸出现在盾沿上方,他伸腿将对手踹开,顺势用盾牌击打那人的胸口、下巴和双腿。那人连连后退,不慎尖叫着翻过了桥栏,长矛脱手掉进下面激荡的河水,人还单手挂在桥上,手指绝望地扒着石头,直抓得指节泛白。他被打破的鼻子鲜血横流,抬起的眼睛满是求恳。慈悲?救命?宽容?我们不都是人吗?到头来,我们不都是兄弟?假如在别的情形下相遇,我们是不是能成为知己好友?

葛斯特举盾砸向那只手,金属盾沿顿时砸碎了指骨,那人翻滚着掉进河里。"联合王国万岁!"有人高喊,"联合王国万岁!"是他自己在喊吗?无论如何,联合王国士兵们奋力向前、热血澎湃,以突然迸发的势头涌向桥对面,他也被裹挟着向北,犹如浪潮中的芦苇。在途中,他又用长剑砍倒了某人,盾角撞开了一颗脑袋,皮带勒进胳膊,他笑得脸颊酸痛,每一口呼吸都在快乐地灼烧。这就是活着!这就是生命!好吧,对敌人来说当然不是,但——

压力突然释放,他面前出现了广阔的田野,麦秆随风摆动,在夕阳下闪着金光,这景色宛如先知对古尔库义侠们预言的天堂。北方人在奔跑,有的是逃命,更多的是朝他们跑来。对方发动了反击,领头是个彪形大汉,此人身披黑铁板甲,下衬黑铁锁甲,带铁甲手套的双手分握长剑和沉重的钉头锤,两件凶器反射着温暖柔和的阳光。大汉身后有若干穿锁甲的亲锐,他们排成楔形阵,彩绘盾牌举在身前,露出无数明亮的诡异图案,并用炸雷般的声音齐齐高喊——"斯奎尔!斯奎尔!"

联合王国军的势头减弱了,先头部队只是在后续部队的推动下,止不住惯性地往前挪。然而葛斯特面带微笑注视着斜阳下的对手,浑身肌肉紧绷,生怕美好的感觉就此溜走。此情此景庄严肃穆,和他幼时读的英雄故事如出一辙,和父亲的图书馆里哈罗德大帝面对基伦的阿迪里的夸张画作不相上下。勇士单挑！咬紧牙关、收紧屁股！为了光荣地生，为了光荣地死，为了光荣地……名垂青史？

黑甲大汉冲上桥面，硕大的靴子踩得石板隆隆作响。长剑破风，自肩膀高度削来，葛斯特举剑格挡，两剑相撞的力道令他难以呼吸，也让胳膊一阵酥麻。钉头锤紧随而至，葛斯特及时抬盾迎住，沉重的锤头把他鼻尖下的盾面砸出了一个小坑。

葛斯特的回击是两记凶悍的戳刺，一上一下。黑甲大汉矮身躲过第一剑，用钉头锤锤柄格开第二剑，并以长剑趁势扫来，葛斯特旋动身形，借助旁边一名联合王国士兵的盾牌作掩护。

这位北方勇士十分强壮，也极为勇敢，但强壮和勇敢并不能赢得所有战斗。这人没研究过世间所有剑术书籍中每条有用的句子，没从十四岁起每天坚持三小时训练，没穿着全副盔甲跑步上万里，没在被狠狠羞辱后度过刻骨铭心的岁月。最比不上我的，是他心有挂念。

两剑再次相撞，声响震耳欲聋，但葛斯特的时机把握得更好，黑衣大汉则身形不稳，似乎左膝有旧伤。葛斯特一个快步，正待乘胜下手，肩甲却被其他人砍中，身不由己地倒向黑甲大汉怀中。

两人笨拙地抱在一起。黑甲大汉想用钉头锤柄打他、绊他，推开他，他却将对方抱紧。他隐约感到周围打得热火朝天，人们捉对厮杀、难分难解。在一片人声鼎沸和金铁交鸣中，他有些陶醉地闭上了双眼。

上次真切地抱住某人是什么时候的事？赢得剑斗大赛半决赛时，父亲抱过我吗？没有，他只用力握了握我的手，粗略地拍了拍我的肩膀。或许我拿下冠军的话，他会抱我的，他说我肯定能夺冠，但我没做到。不是父亲，那又是谁？哪个妓女？或是醉酒后稀里糊涂地搂住的同僚？但现在不一样。现在是与真正理解我的人对等拥抱。多想永不分开……

葛斯特主动后跳一步，并偏头躲开呼啸而至的钉头锤。黑甲大汉收势不住，打了个趔趄，葛斯特趁机当头一剑，对方勉强举剑格挡，只听"铛"地一声，那剑脱手飞出，消失在无数起起落落的靴子之下。黑甲大汉不甘示弱地大吼，钉头锤随即从刁钻的角度斜劈下来。

力道有余，精准不足。葛斯特候个正着，好整以暇地用盾荡开攻击，然后像剑术比赛一般优雅地欺身向前，轻巧又准确地刺向对方虚弱的左膝。剑刃划过大腿板甲，穿透关节处的锁环，黑甲大汉身子一歪，扶住桥栏才没倒下，钉头锤拖过布满青苔的石头。

葛斯特用鼻孔喷了口气，高举长剑如镰刀般斩落，这次完全抛弃了优雅。那剑利落地切开对手粗壮的前臂，分离了盔甲、皮肉和骨头，最后撞上古旧的桥石，鲜血、铁环和石屑四处飞溅。

黑甲大汉狂怒地哼了一声，依然挣扎着起身，狠命挥动钉头锤砸向葛斯特的脑袋——可惜他的手已经断了，这一击让两人都大失所望：手掌和半条前臂仅靠一片锁甲连着上臂，用皮带绑在手腕上的钉头锤如垂落的木偶，葛斯特从对方的身体语言中感到极度的惶惑失措。

他举盾砸向黑甲大汉的脑袋，砸歪了头盔。断臂伤口不断喷出深红的血，黑甲大汉用另一只手笨拙地摸索着腰带上的匕首，但葛斯特不给他喘息之机，长剑又劈向黑色的面甲，劈出个亮晃晃的大坑。黑甲大汉终于站不住了，他双臂大张，如大树倾塌般仰面倒地。

葛斯特举起盾牌和染血的长剑，以最野蛮的方式朝周围震惊的野蛮人摇晃，一边放声长啸。我赢了，妈的！我赢了！我赢了！

北方人如同听到命令一般，不约而同地转身朝北跑去。他们穿过庄稼地仓皇逃窜，却被锁甲、疲劳和惊慌拖慢了速度。葛斯特追上去大肆屠杀，如同狮子冲进羊群。

跟每天早上的例行跑步相比，这简直是随风起舞。他追上一个吓得哇哇乱叫的北方人，调整步幅与之同行，精确计算后干净利落地砍掉这人的脑袋。滚落的脑袋撞到膝盖，但他不在意。一个年轻小子扔下长矛，回头看他时露出吓得扭曲的面孔，葛斯特狠狠一剑砍在这小子的背脊中央，男孩哀号着倒在麦田里。

一切简单得不可思议。葛斯特砍断了谁的两条腿，又砍中谁的后背，他卸下第三个北方人的一条胳膊后，任其跟跟跄跄多跑了几步才补上一盾。

这还是打仗吗？这还是人与人之间荣耀的对决吗？或者只是谋杀？他不在乎。我不会说笑，不会恭维，但我能干这个。这是我的天赋。布雷默·唐·葛斯特，世界之王！

他左劈右砍，留下哀鸿遍野、暴尸累累。有两个北方人匆匆站定脚跟，转身妄图一战，却被他轻易撂倒。不过是两团烂肉。他继续向前、向前，像发疯的屠夫乱挥屠刀，嗓子眼嘶吼出胜利的呐喊。一座农场自右手边掠过，前方有一道长墙，他已跑到老桥和长墙的中间位置，附近没有能杀的北方人了。他回头看了一眼，不由得放缓脚步。

密特里克的人一个都没跟上，他们留在老桥附近，最近的离他也有一百跨之远。他孤零零地奔跑在田野上，只身冲向北方人。他迟疑中停下脚步，寂寥地站在起伏的麦浪间。

一个此前被他忽略的年轻人慢慢跑来，这小子头发蓬乱，皮革上衣的一边袖子沾了血，手中没有武器。他飞快地瞟了葛斯特一眼，然后继续往北跑，葛斯特不用挪步就能刺中他，却突然失去了兴趣。

战斗的兴奋正迅速流失，熟悉的重量重新压在肩头。我这么快又要陷入忧郁的泥沼，让臭水再次淹没脸庞。默数三下，我又成了哭丧着脸，众人皆知且避而远之的异类。他回头看看本方军队，此前留下的一路断肢残躯再也没法让他自豪了。

他站在原地，任汗水刺痛皮肤。他咬牙喘气，凝神看向田野北面的那堵墙，其后矛尖林立，败逃的北方人正退往那里。我是不是该继续冲锋，哪怕孤立无援？伟大的葛斯特，他大步流星地直扑敌营！他死得伟大，名留青史！他轻蔑地哼了一声。多半是被称为无视危险的莽夫葛斯特，活脱脱一只尖叫的蠢猪，死得毫无价值。好比冲进阴沟的大粪，活该被立刻遗忘。

他晃晃手臂，抖落已被砸烂的盾牌，又用两根手指从胸甲中抽出折好的信纸，揉成一团，丢在麦田中。不管怎么说，这封信太可悲。我真为自己惭愧。

他垂头转身，慢悠悠地返回桥边。

不知为何，斯奎尔的部下顺着小路仓皇逃跑时，只有一个联合王国战士追来。此人身材魁梧，全副重甲，手持长剑。后来，他孤零零地站在田野当中，目送对手逃跑，并未表现出胜利的喜悦，卡尔达甚至觉得他看起来像战败了一样。又过了一会儿，那人踏着沉重的步子，转身走回老桥，老桥附近有斯奎尔的人昨晚连夜挖掘的堑壕，现在都属于联合王国人了。

战场上的戏剧性变化并非都是因为人们引人注目的举动，有些仅由于人们什么都没做。十面精终究没有出手，卡尔达也按兵不动。他甚至到最后都未决定出不出兵，只是站在原地，举着望远镜心不在焉地观看。在犹豫不决中，他陡然意识到斯奎尔的部下在纷纷往回跑，联合王国人已占领了那座桥。

谢天谢地，对手似乎暂时心满意足了。可能天色渐暗，他们不想冒险，毕竟明天再推进也无妨。大家心知肚明，现在联合王国在北岸站稳了脚跟，尽管斯奎尔带给他们不小的杀伤，其人数仍远为占优——现在看来，斯奎尔给自己人造成的损失反倒更严重。

最后一批战败的亲锐也一瘸一拐回来了，翻过墙后瘫倒在后面的田地里。他们浑身泥土和血污，个个精疲力尽、颓唐沮丧。卡尔达按住一个从旁经过的人的肩膀。

"斯奎尔呢？"

"死了！"这人尖叫着挥开卡尔达的手，"他死了！你为什么不支援，狗杂种！你为什么不来帮忙？"

"联合王国人在那条溪对面。"白如雪拉着那人解释，但卡尔达没听。他站在门旁，盯着阴沉沉的麦田，盯着远处的老桥。

他爱哥哥。当人人都反对他时，哥哥总站在他这边。家人比什么都重要。

他恨哥哥。哥哥太蠢、太壮、太妨事。权力比什么都重要。

现在哥哥死了，且是因他而死，因他袖手旁观。这和杀人不是一回事吗？

他想到以后的人生有多艰难，想到要被迫承担多少任务、面对多少尚未准备好应付的责任。他现在是继承人了，必须继承父亲那些永远还不清的恩怨、仇恨和血债……与其说他为哥哥悲伤，他更觉得烦恼，然后又为此困惑。所有人都看着他，等着瞧他作何反应，想以此来评判他。他觉得有点尴尬，对，哥哥的死就是这样——没有内疚，没有伤心，只有冰冷的愤怒。

他非常非常愤怒。

提议
Strange Bedfellows

帆布口袋扯下后,光线刺得芬蕾眯起眼睛,但也仅此而已。这房间着实昏暗,烟尘弥漫,墙上只开了两扇小窗,低矮的天花板中间有些塌陷,房梁缀满蜘蛛网。

一个北方人站在她面前两跨开外,双脚分开,双手叉腰,脑袋微仰,一副习惯颐指气使的模样。他灰黑相间的头发不长,面目如刀刻斧凿一般,还带有不少积年伤疤。他嘴角似笑非笑,肩头披有一条沉重的金链。看来是个重要人物,至少自我感觉十分良好。

这人身后站着个年长的,两手拇指钩住腰带,随时能够到老旧的剑柄。此人下巴留着一把蓬乱的灰毛,长度介于胡楂和胡须之间,而脸颊有道新伤,虽然缝合了,但针脚很丑,上面结了暗红的痂,边缘还泛着粉色。他有几分忧色,又有几分坚定,似乎在说自己迫不得已,但没法回避,无论是怎样烫手的山芋。是了,他是前面这人的副手。

芬蕾适应光线后,觉察到阴影中还有人靠着墙壁,她惊讶地发现对方是个黑肤女人,高挑瘦削,长长的外套露出裹紧绷带的身躯。芬蕾猜不出这女人的地位。

她没回头,尽管很想回头——她知道身后另有一人,粗粝的呼吸徘徊在她的听觉边缘。毫无疑问,那人就是金属眼,她不由得想到他是不是还握着小刀,刀尖离她后背又有多远?想着想着,她脏兮兮的裙子底下不禁起了鸡皮疙瘩。

"就是她?"戴链子的男人轻蔑地扭头询问黑肤女,芬蕾借此发现他少了一只耳朵,脑袋侧面剩下一块皱巴巴的老肉皮。

"是的。"

"她看起来可不像能解决我所有的麻烦。"

女人一眨不眨地盯着芬蕾,"她被抓前更好看些。"那双眼睛跟蜥蜴的眼珠没两样,漆黑又空洞。

戴链子的男人上前一步,芬蕾忍住哭喊的冲动。他身上有种东西,让她觉得他随时可能施暴,这一小步很可能意味着一记老拳或一个头锤,甚至更可怕的招数。她相信他的本能是想掐死她,只因某种外部因素才忍住了,转而开口发问:"你可知我是谁?"

她扬起下巴,想表现得勇敢一些,但显然不太成功。她的心跳如擂鼓,甚至担心其他人听见。"不知道。"她用北方语回答。

"你能听懂我的话。"

"能。"

"我是黑旋风。"

"噢,"她不知如何回应,"我以为你更高些。"

黑旋风冲年长的副手扬起被伤疤贯穿的眉毛,那人耸耸肩:"我能说啥?看来你的身高配不上名声。"

"大部分人都这样,"黑旋风重新看向芬蕾,眯眼观察她的反应,"你父亲呢?他比我高吗?"

他们知道她的身份,知道她父亲是谁,天晓得用什么法子。这样看来，事态可能朝有利的方向发展，也可能掉入非常糟糕的境地。她望向那个年长的副手，对方露出一丝抱歉的微笑，接着皱起眉头，应是扯到了脸上的伤口。她身后的金属眼似乎换了个姿势，地板吱嘎作响。面对这帮匪徒，她能指望什么有利的发展？

"我父亲跟你差不多高。"她声若蚊蝇。

黑旋风皮笑肉不笑："看吧，这身高明明很合适。"

"如果你想拿我威胁他，那就大错特错了。"

"是吗？"

"没人能动摇他的责任感。"

"他失去你一点儿也不伤心，呃？"

"他会伤心，而那只能让他在战场上加倍奋发。"

"哟，好一位大公无私的大人！忠诚、勇猛，外头包裹着铁皮，但里面……"他用拳头轻捶胸口，下唇前伸，"感情丰富。他这里充满感情。他会在夜深人静时为你哭泣。"

芬蕾别过头去。

黑旋风突然收起笑容，好似杀手猛地抽出刀子，"他奶奶的就像老子的孪生兄弟。"这话让年长的副手忍俊不禁，黑肤女人也微微一笑，露出一口完美得不可思议的洁白牙齿。金属眼仍一声不吭。"你有心理准备，没想着依靠父亲，这挺好；我呢，也没打算拿你换好处或赎金，甚至不想把你的脑袋装进盒子送到河对面——当然，这点还得看你接下来的表现，我的想法随时可能改变。"

长久的沉默。黑旋风一直盯着她，她也一直盯着黑旋风，就像等待宣判的被告。

"我打算放你走，"他终于开口，"我打算让你给你父亲带个信。告诉他，我认为为这狗日的荒凉山谷继续流血毫无意义，我想跟他……"黑旋风猛哼一声，像吃到难以下咽的东西一样嚅了嚅嘴，"谈和。"

芬蕾眨眨眼。"谈和。"

"是的。"

"不打仗了。"

"没错。"

她只觉头晕目眩。突然有希望活着再见丈夫和父亲,这份喜悦几乎冲昏了头脑,但她必须暂且把它放下,保持清醒。于是她用鼻孔长吸一口气,稳定情绪。"这样不够好。"

她满意地看到黑旋风面露惊讶。"这样还不够?"

"不够。"芬蕾经受过殴打,浑身沾满泥巴,周围站着的还都是最凶恶的敌人,但她尽力让自己的态度显得笃定——倘若流露出懦弱,肯定过不了这关。黑旋风想跟有权力的人做交易,她这番态度能让他感受到她的权力,而她越显得有权力,处境就越安全。因此她扬起下巴,直视他的眼睛。"你得作出善意的表示,让我父亲知道你是认真的,你得证明自己是真心想谈和,愿意讲道理。"

黑旋风嗤之以鼻,"听见没,卡脖?她要我表示善意。"

年长的副手耸肩,"她要你证明自己愿意讲道理。"

"还有什么比把女儿毫发无伤地送回父亲身边更能证明的?"黑旋风大发感慨,一边打量着她,"难道要老子把她的脑袋塞进她的小洞里?"

芬蕾当没听见,"昨天的战斗你们一定抓了俘虏。"也可能不留活口,以黑旋风的眼神判断,这不是无法想象的事。

"妈的当然有俘虏,"黑旋风把头一偏,朝她凑近,"你以为老子是野兽?"

芬蕾确实这么以为。"我希望你释放他们。"

"啥?全放了?"

"是的。"

"白白放了?"

"作为善意的——"

他突然冲过来,鼻子几乎抵到她的鼻子,粗脖子两侧鼓起粗壮的血管。"你没立场跟我谈判,狗娘养的小婊——"

"你不是在跟我谈判!"芬蕾龇牙咧嘴地吼回去,"你是在跟我父亲谈判,他有立场!不然你他妈也不会开口!"

黑旋风的两颊轻轻抽动,有一瞬间,她真切地感到他想把她打成一摊烂泥,或者只需朝那个金属眼刽子手稍稍示意,她就会被从脑袋到屁股劈成两半。黑旋风抬起胳膊时,她认为这下算是完了,然而他却咧嘴笑着轻轻摸了摸她的脸蛋。"噢,好个牙尖嘴利的姑娘,你没告诉我她有这么难搞。"

"我也深感震惊。"黑肤女人漫不经心地说,大概跟背后的墙壁一样震惊。

"好吧。"黑旋风鼓了鼓布满疤痕的两腮,"我先放一些伤员回去,反正今晚也不想再听他们哭爹喊娘了。那就六十个人。"

"其他人呢?"

"确实还有不少,但我的善意少得可怜,六十个人已是极限。"

一小时前,芬蕾还根本找不到脱身的办法。想到能活着离开这里,顺便带走六十个伤员,她不禁双膝发软……但有件事她不能忘。"有个跟我一起被抓的女人——"

"办不到。"

"你不知道我指的是——"

"我知道,但办不到。鬼敲门——逮住你的大龟孙——是个死疯子。他不听我的。他谁都不听。你根本想不到我为你花了多大代价。再要一个,我负担不起。"

"那我不会帮你。"

黑旋风一弹舌头。"难搞算是优点,但你可别难搞过了头,以至害死自己。对我来说,你不帮我就毫无价值,还不如回送给鬼敲门,呢？以我看，你有两个选择：一，把和谈的提议带给你父亲，二，回去找你朋友……她怎样，你怎样。想选哪个？"

芬蕾想起黑暗中爱丽兹恐惧的喘息，想起她们交握在一起、最后不得不松开的手，想起那个满身伤疤、亲手把手下的脑袋在墙上砸开花的巨人。她真希望自己有勇气继续虚张声势，但这种情形下又有谁能做到呢？

"我父亲。"她小声说。光是忍住不因解脱而放声大哭，就用尽了她全身的力气。

"别太难过，"黑旋风又露出豺狼般的笑容，"我也会这么选。一路顺他妈的风。"

帆布口袋又套到她头上。

直等摆子将蒙头的女子押出门外，卡脖才举起根手指，轻声发问："呃……这到底什么情况，头儿？"

黑旋风皱眉看他："你既然成了我的副手，老头，就决不能质疑我。"

卡脖举起双手。"我不会，再说我一向爱好和平。我只是不明白你为什么突然也想谈和。"

"我想谈和？"黑旋风像闻到异味的猎犬一样转向他，大叫大嚷，"我想吗？"他越逼越近，直把卡脖逼到墙根，"按我的想法，就该把联合王国的蠢货全吊死，再他奶奶的点上火，让整个山谷弥漫肉味。我想把安格兰、米德兰和那个操蛋王国的其他地盘全他妈沉到环海底下，这样就太平了，好不好啊？"

"好吧，"卡脖清了清嗓子，真希望自己没多嘴，"好吧。"

"但头儿不能由着性子，对吧？"黑旋风迎面冲他嘶吼，"必须违心地说那些鬼话，做那些鸟事！如果当初老子知道戴上这链子意味着什么，就该把它跟血九指一起沉进河里。三树警告过我，但我没听，这就叫自作自受！"

卡脖打个寒战。"呃……"

"死者在上，我不是个和平主义者，但也不是傻瓜。你的小朋友卡尔达虽然懦弱得经常尿裤子，但他的话有道理，能靠嘴皮子解决何苦拿性命冒险？不是每个人都像我这么爱打架，他们累了，而联合王国人简直无穷无尽。再者，别说你没看出，我们可是置身毒蛇坑里。铁头？老金？鬼敲门？老子信得过这帮蠢货，撒尿都不用手扶！最好的办法只能是见好就收。"

"有道理。"卡脖结结巴巴地说。

"依老子的个性，谈个屁谈。"黑旋风的脸不住抽搐，又回头看了眼伊丝黎，后者在阴影中靠着墙，黝黑的脸毫无表情。他冷笑着吐口唾沫，"但老子还有理智。我们试试谈和，看能不能奏效。现在，你赶紧把那婊子送回她父亲手里，免得我改变主意，给她划个血十字，权当练手。"

卡脖像螃蟹一样挪向门口。"马上去办，头儿。"

人心
Hearts and Minds

"我们还要这儿待多久啊,下士?"

"待到没法再待下去为止,蛋黄。"

"那是多久呢?"

"差不多是天黑得我看不清你那张臭脸的时候吧。"

"然后开始巡逻?"

"不,蛋黄,我们走上几十跨,继续坐上一阵。"

"我们能不能找个不这么湿的地方坐着,这儿跟水獭的——"

"嘘。"徒尼低声说,挥手示意蛋黄安静。高地另一头的树林边上有人。三个人,其中两个穿着王军制服。"哈。"穿制服的包括赫奇代理下士,此人眼角下吊,心胸狭窄,在第一骑兵团当了三年硕鼠,自以为混得明白,却不过是个下作的流氓。俗话说老鼠屎能坏一锅汤,就是这种邪门歪道让所有正经士兵背负不务正业的恶名。赫奇旁边那个瘦竹竿跟班徒尼没见过,可能是个新兵,也就是赫奇手下的"蛋黄"——想到这里徒尼更不舒服了。

他俩用长剑指着一名北方人，但徒尼看得真切，那北方人并非战士，只穿了件皮带束腰的脏外套，肩上有弓，箭袋里装着几支箭，此外再没武器。多半是个猎人或是捕兽的，既困惑又害怕。赫奇的一只手抓着黑毛皮，不用想也知道怎么回事。

"哎呀，赫奇代理下士！"徒尼站起身来，沿岸边悠然走去，脸上露出灿烂的笑容，一只手看似随意地搭上剑柄，以提醒对方。

赫奇面色不善地斜乜他。"别过来，徒尼。我们找到的，他是我们的。"

"你们的？哪条军规说谁找到的俘虏就任谁处置？"

"你管什么军规？说到底，你来这儿又想干吗？"

"福里斯特上士碰巧派我和骑兵蛋黄出来巡逻，确保自己人不会跑出警戒范围捣乱。我走了半天就只看到你，在警戒范围外抢劫这位文明人。我认为这是性质恶劣的捣乱。你觉得呢，蛋黄？"

"这个，呃……"

徒尼没等他回答，"你知道加兰霍将军的格言：人心最重要。所以你不能抢劫当地居民，赫奇，绝对不行。这和我军的优良作风背道而驰。"

"你是指狗屎将军加兰霍？"赫奇不屑道，"人心最重要？这话从你嘴里说出来？别逗我了！"

"逗你？"徒尼皱眉，"逗你？骑兵蛋黄，请你举起装填好的弩，对准赫奇代理下士。"

蛋黄吓了一跳，"啥？"

"啥？"赫奇也小声嘀咕。

徒尼一挥手："听我的，对准他！"

蛋黄举起弩，犹犹豫豫地瞄准赫奇的肚子。"这样？"

"不然呢？赫奇代理下士，你说我在逗你？我数三下，如果你不归还北方人的皮毛，我就下令骑兵蛋黄射击。世事难料，你离他只有五跨远，他很可能命中。"

"等等，我说——"

"一。"

"等等！"

"二。"

"好吧！好吧！"赫奇把皮毛扔到北方人脸上，怒冲冲地大步走向林子，"你给我等着，徒尼。我他妈决不会放过你！"

徒尼笑着转身，大步追了上去。赫奇正准备继续喊些场面话，冷不防徒尼抢起水壶照他侧脸砸下——装满水的水壶可不轻，而一切发生得太快，赫奇猝不及防，重重地倒在淤泥里。

"你给我等着，徒尼'下士'。"徒尼吼着用军靴踹赫奇的腹股沟——正中目标——接着捡起赫奇的新水壶，把自己坑坑洼洼的旧水壶塞进对方的腰带，"留个纪念，"他抬头看向赫奇那个惊得合不拢嘴的瘦竹竿跟班，"你也要留点纪念么，竹竿？"

"我……我——"

"我？这算什么？射他，蛋黄。"

"啥？"蛋黄尖叫。

"啥？"瘦竹竿也尖叫。

"我在开玩笑，两个白痴！没一个开窍吗？把你的代理下士拖回部队，你俩谁再出现，我会亲自射。"瘦竹竿扶起赫奇，后者说着胡话，腿都打不直，头发被血黏住。两人慢吞吞地消失在林了里，直等他们彻底消失，徒尼才转向北方人，伸出手，"皮毛，谢谢。"

虽然语言不通，但这人完全明白伸手的意思。他哭丧着脸，把毛皮扔到徒尼手里，然而徒尼近看才发现这不是什么好货，一股酸臭味，边缘挺粗糙。"你还有什么？"徒尼靠近了些，一只手看似随意地搭上剑柄，另一只手将对方按住。

"我们在抢劫他？"蛋黄的弩对准了北方人——同时意味着可能

误伤徒尼，这可不行。

"你说呢？你不就是个被判过刑的贼吗？"

"我说了，我是冤枉的。"

"贼都会这么说！再说这不是抢劫，蛋黄，这是战争。"北方人身上有几条干肉，徒尼收了起来。碎石和火绒被他扔掉。没钱，不出意料，野蛮人的地界货币流通有限。

"他有武器！"蛋黄尖叫着用弩示意。

"一把剥皮刀，蠢货！"徒尼拿过刀子，"可以抹点兔子血，就说是从哪个有外号的死鬼身上找到的，回到阿杜瓦，肯定有蠢货愿意出价。"他把北方人的弓和箭也都拿了——他可不想走远后被对方报复。北方人有点不爽，换作徒尼被抢也会不爽，况且还被抢了两次。他想了想要不要这人的外套，但它比破布好不了多少，原本甚至可能是王军制服。在奥斯滕霍姆，徒尼从军需官那里搞了二十件制服，至今尚未全部出手。

"就这些，"他嘀咕着退开，"麻烦惹得有点不值。"

"接下来怎么办？"蛋黄手里硕大的弩晃个不停，"要射他吗？"

"你这没良心的小王八羔子！射他干吗？"

"呃……以防他告诉小溪对面的朋友我们在这儿？"

"天哪，我们四百号弟兄在沼泽里坐了一天多，你以为只有赫奇他俩溜出来开荤？他们早知道我们在这儿了，蛋黄，不服打赌。"

"那……就放他走？"

"难不成你还想把他带回营地，当宠物圈养？"

"不想。"

"还是想射杀他？"

"不想。"

"那你说怎么办？"

暮色四合，三个人呆立片刻。最后蛋黄放下弩，挥了挥另一只手。"滚吧。"

徒尼冲树林一摆头。"快滚。"

北方人眨眨眼,恶狠狠地瞪了瞪徒尼,又瞪了瞪蛋黄,嘴里不干不净地嘀咕着,拔腿冲进了树林。

"人心最重要。"蛋黄小声说。

徒尼把北方人的剥皮刀塞进外套。"非常正确。"

善举
Good Deeds

卡脖觉得奥斯仑的建筑像要从四面八方扑来一样，急于倾诉血腥的故事，每个角落的灾难都能大书特书。有些房子已被烧毁，焦黑的木梁还在冒烟，空气中弥漫着刺鼻气息。窗扇碎裂，留下漆黑的空洞和破损的窗框。刀劈斧砍后的门板勉强连着合页，污渍斑斑的鹅卵石地随处可见垃圾、扭曲的影子和冰冷的尸体——那些尸体被扒光之后，随意丢弃。

面色阴沉的亲锐们皱眉看向这支奇怪的队伍。足足六十名联合王国伤员在摆子考尔的押送下踽踽前行，活像一匹狼赶着一群羊，而卡脖忍着膝盖的酸痛和女孩走在最前面。

他不时瞥看她，大概是寻常没多少机会见到女的。奇妙算是吧，但不一样——当然，如果他敢当她面这么说，她一定会踢他的卵蛋——这女孩有个女孩样，还相当漂亮，而且可能跟昨天的奥斯仑一样，平日里更漂亮，因为战争是决不会让任何东西变漂亮的。她似乎有一把头发被扯掉了，剩下的黏在脑袋侧面，嘴角有大片瘀青，脏兮兮的裙子撕裂了一边袖子，周围尽是棕色的干涸血迹。但她眼里没有泪水，完全没有。

"你还好吧？"卡脖问。

她回头看了一眼蹒跚前行的队伍，有人拄拐杖，有人躺担架，有人痛苦地皱着脸。"我算得上幸运。"

"是的。"

"那你呢？"

"呃？"

她指指他的脸，他摸向脸上缝合的伤口。他忘了这茬。"好吧，我也算得上幸运。"

"我想问——只是出于好奇——如果我说自己不好，你能怎么办？"

卡脖张了张嘴，发觉自己没法回答。"不知道。可能安慰你一句？"

女孩环视他们正在通过的广场上的遍地狼藉，跟在后头的伤员扶着房屋的残垣。"这当口，安慰不顶用。"

卡脖缓缓点头。"但又能企望什么呢？"

他在离桥头十几步的地方停下，摆子上前来到他身边。狭窄的条石桥面向南延伸，彼岸有一对火把，但不见人影。然而卡脖心知肚明，对面那些黑乎乎的建筑里挤满了举弩待射的杂种，随时准备扣动扳机。这桥不长，但此时此刻踏过它却如同踏进地狱，前路漫漫，每走一步都可能被射中卵蛋。当然，待着不动同样可能变成刺猬——事实上，随着天色越来越暗，这种可能性正越变越大。

他咳出一口浓痰，正准备吐，想起女孩看着他，又生生咽了下去。他从肩上摘下盾牌，搁在墙边，从腰带解下长剑，递给摆子。"你和其他人等在这里，我过去看看有没有人讲道理。"

"好。"

"如果我被射死……记得为我哭泣。"

摆子庄重地点头。"我会泪流成河。"

卡脖高举双手走上桥。不久前,他在英雄顶干过几乎同样的事。赤手空拳入虎穴,带着紧张的微笑和强烈的尿意。

"这是正路。"他无声地念叨。扮演和平主义者,三树大概会以此为荣。多棒啊,若他被射中脖子,能靠死者的敬意拔出箭头吧?"老了,真干不了这破事儿。"他早该退休了。早该。真想辛勤工作一天后,坐在屋后的门廊下抽烟,怡然观看夕阳照耀的水面。"这是正路。"他又轻声说。正路如果也最安全就好了,可惜现实往往相反。

"别再走了!"一个北方人的声音传来。

卡脖应声停步。他孤零零地身处一片昏暗之中,流水在脚下潺潺作响。"我同意,朋友!我只想谈谈!"

"上次你说谈谈,结果对双方都没好处。"有人手握火把从桥对面走来,橙色火光照亮了一张布满皱纹的脸,那脸上的胡子缠成一团,紧闭的双唇有道横贯的疤。

待那人走到一臂远处,卡脖难得地笑了——他觉得,活过今晚的机会大了不少。"硬面包,你可真误会我了。"纵然双方几天前曾以命相搏,这也更像老友团聚,而非仇人相见。"你在这儿干吗?"

"狗子的人大都在这儿。鬼敲门带着卡里娜河对岸的兔崽子不请自来,我们得好好教他们规矩。你们的头儿在找帮手方面可真是来者不拒啊。"

卡脖往硬面包身后看去,只见火把照亮处,许多联合王国士兵聚在南桥头。"我看你们的头儿也差不多。"

"是啊,世道如此。我能帮你什么,卡脖?"

"我带了些黑旋风送回来的俘虏。"

硬面包狐疑地问:"黑旋风几时会送东西回来?"

"凡事总有第一次。"

"改变永远不嫌迟,呃?"硬面包扭头用联合王国语喊了些什么。

"应该是。"卡脖低声附和,尽管他怀疑黑旋风是否能有所改变。

一个人警惕地从南岸走上桥。这人身穿联合王国制服,看样子军阶很高,另一方面却又很年轻,长得也不错。他冲卡脖点头,卡脖点头回礼,这人又和硬面包说了几句,然后看向开始上桥的伤员,霎时惊得合不拢嘴。

卡脖听到后方传来急促的脚步,转身发现什么东西冲了过来。"啥——"他下意识地拔剑——他忘记自己解下了剑——但已来不及阻止……那个女孩闪电般扑进年轻人的怀里,对方环住她,两人紧紧拥抱,然后吻了起来。卡脖傻看着他们,手还在原本挂剑的腰间摸索,双眉高高扬起。

"这真是出乎意料。"他说。

硬面包的惊讶程度不亚于他。"可能在联合王国,男人和女人就是这样迎接彼此的。"

"那我还真想去那边造访。"

卡脖靠住坑坑洼洼的桥栏,硬面包靠在他身边,两个老男人看着那对男女闭上双眼,继续陶醉地相拥,在火光中慢慢摇晃,如同在无声的悠扬音乐中舞蹈。年轻人在女孩耳边低声说着……安抚、慰藉或是倾吐爱意,无论哪种,卡脖都很陌生,不只语言,还有感情。他看着伤员们蹒跚绕过两人,他们疲惫的脸闪着希望之光:好歹回到自己人当中了,虽然受了伤,但至少活着。此情此景令卡脖必须承认,夜虽然越来越冷,其中却有暖意。

这与战斗胜利后席卷全身的热血不同,它没有那么强烈的战栗,却更为持久。

"这感觉不错,"他看着那名军人环住女孩,往南岸走去,"仗打得如此惨烈,些许的善举感觉不错。"

"确实如此。"

"这让人不禁思索,咱们为何会选这行当?"

硬面包重重吸了口气。"可能太懦弱,不敢选别的。"

"也许你是对的。"女人和军官消失在暗处,最后几个伤员也蹒跚而过。卡脖从桥栏边起身,掸掉双手的水汽。"就这样吧。回了,呃?"

"回了。"

"很高兴见到你,硬面包。"

"彼此彼此。"老战士转过身,随其他人一起返回南岸。"别被杀了,呃?"他转身喊道。

"我尽量。"

摆子在北桥头等待,看见卡脖返回,便把佩剑递还。那只金属眼闪着寒光,任谁心底流出的感情撞上这张狰狞的伤疤脸,恐怕都得像兔子见了猎人一样溜得无影无踪。

"你没试过戴个眼罩?"卡脖边问边接过剑,绑回剑带。

"试过。"摆子用手指比画眼睛周围的大片伤疤,"痒得跟孙子似的。我就纳闷,凭啥要为了让别人舒坦戴那鬼玩意?既然我能顶着这副面孔活下去,别人也可以看着它活下去。不然就去死吧。"

"你说的有道理。"他们在渐暗的暮色中安静地走了片刻,"抱歉,我抢了你的位置。"

摆子什么都没说。

"你本该统领黑旋风的亲锐。"

摆子耸肩。"我不贪心。我见识过贪心者的下场,他们都入了土。我只想要我应得的,不多也不少,我想要一点尊重。"

"这确实不多。反正,我只在战时做副手,打完就走人,届时黑旋风肯定会提拔你。"

"也许吧。"又一阵沉默。摆子突然转身看他,"你是个好人,对吧，卡脖？大家都这么说。你始终光明磊落，这是怎么做到的？"

卡脖没觉得自己有多光明磊落。"我只是努力走正路，仅此而已。"

"为什么要这样呢？我也努力过，却无法坚持。我看不到这样做的好处。"

"这是你的问题。我的确做过一些被人认可的事——死者知道，这样的事并不多——但我做这些都是为了自己，出于自愿。"

"为了自己，也就不委屈了，对吗？出于自愿行事，也能成为该死的英雄？要知道，我也是遵循自己的想法啊。"

卡脖唯有耸肩。"我不知道。我也想有答案。"

摆子若有所思地摆弄小指上的戒指，红宝石闪闪发光。"看来我只能带着这疑问熬过每一天了。"

"世道如此。"

"你觉得将来会有变化？"

"我们总能期待。"

"卡脖！"有人大喊，卡脖迅即转身，皱眉盯着一片黑暗，飞速思索自己最近得罪者的名单——答案是，他差不多人人都得罪了，答应黑旋风的那一刻就给自己招惹了无数敌人。他又摸不到剑了，不过至少这次剑还在……

紧接着，他笑起来："洪水！我最近真不走运，走哪儿都撞见熟人。"

"这证明你真成了个老杂种。"洪水咧嘴笑着一瘸一拐地过来。

"老杂种也不是全无好处。这是摆子考尔，你认识吧？"

"久闻大名。"

摆子咧嘴一笑。"鼎鼎大名？"

"长手打得怎样？"卡脖岔开话题。

"简直血流成河，"洪水答道，"之前有几个年轻小伙跟着我，他们非常年轻,如今只剩下一个,其他人都入了土。"

"深表遗憾。"

"我也伤心,但战争就是如此。你要是要人,我愿意回归小队,还带上这剩下的一个。"洪水用拇指示意。那人是个大块头,站在后面的阴影里,裹着污渍斑斑的绿斗篷,只顾盯着地面,黑发垂下来盖住额头,一只眼睛在黑暗中闪烁。不过他腰上挂的是把好剑,卡脖立刻注意到了镀金剑柄。"他蛮厉害,今天挣到了外号。"

"恭喜。"卡脖说。

那孩子没回话。大部分挣得外号的小子当天都洋洋得意,牛皮吹得震天响,但眼前的孩子一声不吭。卡脖很欣赏这点,他可不想带个牛脾气回去,弄得大家都不开心——就像多年前的自己一样。

"怎样?"洪水问,"要吗?"

"还问要吗?我的小队从没超过十人,现在只有六个啦。"

"六个?怎么回事?"

卡脖打个寒战。"同样的破事儿。艾沙克前天死在英雄顶上。艾里克昨天去的。布拉克今早没了。"

洪水沉默片刻,"布拉克死了?"

"睡梦中走的,"卡脖说,"因为腿伤。"

"布拉克也入土了啊,"洪水直摇头,"难以置信。他竟然会死。"

"我也没想到。大平衡者的确一视同仁,没有借口,没有例外。"

"没有。"摆子轻声附和。

"不说那些了。你们两个大有用处,如果长手肯放人的话。"

洪水点头。"他说我们可以走。"

"成啊。不过我先告诉你,现在是奇妙管事。"

"她?"

"是的,黑旋风让我掌管他的亲锐。"

"你现在是黑旋风的副手?"

"战时担任。"

洪水鼓起两腮。"你不是从不出头吗?"

"把自个儿的建议全扔脑后了。还想来吗?"

"干吗不来?"

"那么,欢迎回来。还有这孩子,如果他真如你所说,想加入我们的话。"

"哦,他当然想加入,是吧,孩子?"

男孩一言不发。

"你叫什么?"卡脖问。

"贝克。"

洪水重重捶了他胳膊一拳。"红贝克。你得赶紧习惯说完整,呃?"

卡脖觉得这孩子有些难受。看见奥斯仑的景象,不难想象他今天经历了什么:从恶仗中幸存,且双手沾满血腥。"不喜欢说话,呃?也好,奇妙和威尔旺两个就够吵了。"

"冻土的威尔旺?"男孩问。

"没错。我们小队虽然人少,但有他在。对了,我用不用长篇大论一番?"卡脖问洪水,"就是你入队时我讲的那套,关于如何与同伴和头儿相处,小心别被杀了,坚持走正路,诸如此类。"

洪水看着贝克,摇了摇头。"我觉得,他已用惨痛的代价学到那些了。"

"是啊,"卡脖说,"大家还不都是?那么,欢迎加入我的小队,红贝克。"

男孩只顾眨眼。

再一天
One Day More

这是她昨夜骑行过的路,风也仍在吹。小路蜿蜒穿过山坡,通往被他父亲充作指挥部的谷仓,她酸痛的眼角依旧瞄到了漆黑的山谷,以及数以千计的火把与营火,它们在不断闪烁。

但一切又截然不同了。尽管哈尔骑在旁边,触手可及,还不停说着话,她仍感到孤独。

"……幸好狗子信守承诺,及时赶到,不然全师就分崩离析了。虽然我们没能夺得奥斯仑镇的北半部分,但把那群野蛮人赶回了林子里。布林特上校坚若磐石,没有他我们肯定做不到。他想问你……想问问你关于——"

"待会儿再说,"她根本没法面对这个问题,"我得先和父亲谈谈。"

"你不先洗个澡?换件衣服?至少喘口气——"

"衣服可以等,"她怒道,"黑旋风有口信要我带给父亲,明白吗?"

"明白。我太蠢了。抱歉。"他的态度一下子从父亲般的严厉软化成道不尽的委屈,她说不准哪种更讨厌。她感到他心里很生气,但没勇气说出口。他气她不顾他的想法,执意前来北方;他气自己在北方人杀来时没能陪在她身边;他气现在不知道怎么安慰她……他可能还为生气这件事而生气,毕竟她安全返回,他本该安心。

他们勒住缰绳,他坚持扶她下来。随后两人站在原地,默然无言,尴尬地隔着一段距离。他有些狼狈地伸出手,搭在她肩上,她却感觉不到安慰。她真希望他能说点什么,让她经受这一天之后能恢复如初。

但这一天实在太不平常,能说的话因而少得可怜。

"我爱你。"最后,他驯顺地说了一句,能说的少得可怜的话最终只汇成这三个字。

"我也爱你。"但她只感到不断上涌的烦躁。她知道自己心中埋藏着可怕的能量,理智告诉她别去细想,然而那能量随时可能喷涌而出,将她击垮。"你该回去了。"

"不!我不能。我待在这儿——"

她坚定地伸出手,抵在他胸口,坚决得连自己都感到惊讶。"我现在很安全。"她冲山谷示意,星星点点的火光刺破了黑暗。"他们比我更需要你。"

她甚至能感觉到解脱感席卷他全身。他终于被允许离开,不用再尝试让一切变好这种超出能力范围的事了。"好吧,你确定——"

"我确定。"

她目送他上马,看着他冲她犹豫、担心又迅速地笑了笑,然后骑马消失在渐浓的夜色中。其实她心里有一部分希望他能坚持留下,但另一部分又很高兴看到他离开。

她走向谷仓,紧了紧身上哈尔的外套,从一个目瞪口呆的卫兵面前经过,进入低矮的室内。与昨日相比,今天的与会者都是要员,包括密特里克将军、加兰霍将军、芬宁格上校和她父亲。她看到父亲的瞬间,压力骤然解脱,仿佛浑身力气都被抽空了,但紧接着她发现了巴亚兹——魔法师坐得稍远,而仆从站在他身后的阴影中,脸上挂着淡淡的微笑——解脱感顿时消失无踪。

密特里克一如既往滔滔不绝,芬宁格也一如既往带着一副被迫清理茅坑般的表情听着。"……已夺回老桥,目前正大举过河,从半夜到黎明之前,下官能让几个团在北岸做好准备,其中包括大批骑兵。对面的地形十分利于骑兵发挥,第二骑兵团和第三骑兵团的旗帜此刻高高飘扬在北方人丢弃的战壕上空,而明天瓦利米也将挪动屁股,加入战团,如有必要,下官会亲自去小溪对面把他赶过来。北方匪帮将被打得屁滚尿流,只要——"

他的目光落在芬蕾身上,尴尬地清了清嗓子,不再说话。其他军官也纷纷看过来,从他们的眼神中,她不难猜到自己的样子——就算看到尸体从坟墓里爬出,他们也不能更震惊了。

但巴亚兹不在内,他似乎一如既往地成竹在胸。

"芬蕾。"父亲走过来,一把抱紧她。或许她该流出欢喜的泪水,但他却先一步用袖子擦了擦眼睛。"我原以为……"他摸了摸她沾血的头发,不禁打个寒战,似乎强行不让自己去想那些无法忍受的情形。"感谢命运女神,你还活着。"

"你该感谢黑旋风,是他把我送回来的。"

"黑旋风?"

"是的,我见到了他,并和他说过话。他想谈判。他要和平,"众人难以置信,一时哑然,"我劝说他放回一些伤员以示善意。一共放了六十个人。我尽力了。"

"你劝说黑旋风释放俘虏?"加兰霍鼓起两腮,"这可厉害了。他通常是烧死他们。"

"不愧是我女儿。"父亲叹道,语气中的骄傲却让她有些恶心。

巴亚兹身体前探，"他长什么样？"

"很高。很壮。外貌凶狠。缺了一只耳朵。"

"跟着他的还有谁？"

"一个年纪较大的叫卡脖，他送我过的河。一个脸上有疤的大块头，他有一只……金属眼睛。另外还有……"回忆起来，她不禁有些怀疑整件事是否出于想象，"一个黑肤女人。"

巴亚兹眯起双眼，嘴唇紧绷，芬蕾只觉后颈汗毛倒竖。"一个瘦削的黑肤女人，浑身绑着绷带？"

她吞口口水。"是的。"

第一法师缓缓坐直，与仆从对视良久。"他们在这儿。"

"我就说嘛。"

"就没有一件事能顺顺利利吗？"巴亚兹叫道。

"几乎没有，主人。"仆从答道，他用异色的瞳孔慵懒地打量芬蕾，又看向她父亲，最后看回主人。

"谁在这儿？"密特里克一头雾水地问。

巴亚兹懒得搭理，他紧盯芬蕾的父亲——元帅已走到桌子后面，提笔书写。"你想怎样，元帅阁下？"

"我认为最好写封亲笔信给黑旋风，安排会面，以便讨论停战条款——"

"不。"巴亚兹否决。

"不？"不祥的沉默之后，元帅开口，"可……他似乎愿意讲道理，我们至少该——"

"黑旋风不会讲道理，而他的帮凶……"巴亚兹恼火地撇起嘴，芬蕾不禁把哈尔的外套拽得更紧，"更欠缺文明人的理性。此外，你今日颇有建树，元帅阁下，形势一片大好。密特里克将军、布洛克上校和狗子都作出了贡献，我军全线推进，敌人蒙受损失。此时，正该再接再厉夺取胜利。我认为至少明天继续进攻是有必要的，说到底，多打一天能有什么害处？"

芬蕾突然感到无比虚弱，头晕目眩。那种支撑她到现在的力量正飞速消失。

"巴亚兹阁下……"她父亲仿佛被困在无人的孤岛上，被痛苦和迷茫包围，"一天固然不多，我军亦能取得进展，况且只要是国王的意愿，吾辈万死不辞，但要想在一天之内取得决定性胜利，恐怕——"

"那是战场上考虑的战术问题。战争都是和谈的序曲，这点不假，元帅阁下，但更关键的是，"法师抬头看向天花板，搓着一只粗厚的拇指，"跟谁谈。为士气着想，和谈消息必须保密。再坚持一天，拜托您。"

芬蕾的父亲顺从地低下头，但他团起写了一半的信件时，指节泛白。"一切服从国王陛下的安排。"

"我们都一样，"加兰霍适时应道，"职部已准备就绪！下官在此冒昧请求承担主攻英雄顶的任务，以为昨天的失误赎罪。"芬蕾明白这是要立下军令状。她腿脚乏力，不由自主地走向房间的后门。

密特里克忙不迭地跟进。"职部也在争分夺秒，您无需担心，克罗伊元帅！无需担心，巴亚兹阁下！"

"我没担心。"

"重要的桥头堡今天已落入我军之手，明日必能粉碎那帮兔崽子。您会看到的，只要再有一天……"

芬蕾将两个师团长的慷慨激昂关在门外。她靠住木门，这里原是建造谷仓的农夫的住处，如今成了她父亲的卧室。元帅的床铺靠着一面未经粉刷的墙，几个旅行箱整洁地摆放在对面墙边，如同等待检阅的士兵。

她突然觉得一切都好痛苦。她撸起哈尔的外套袖子，皱眉注视着前臂那条长长的伤口，鲜红的血肉翻了出来。或许需要缝合，但她实在不想出去,不想再面对同情的神态和爱国的胡话。她的脖子一时间仿佛鼓起无数筋络,稍稍移动脑袋都会牵起痛楚。她用指尖触摸刺痛的头皮,发觉黏腻的头发下有大片血痂,手也止不住颤抖——抖得这样厉害,她禁不住想笑,发出的却只是哼声。头发还会长出来吗?她又哼了一声,跟今天见证的一切相比,这重要吗?她不停哼叫,呼吸也变得断断续续,接着她便呜咽起来,酸痛的肋骨随之起伏,嗓门似乎被什么堵住了……

她觉得自己面目扭曲、龇牙露齿,却不由得扯着受伤的嘴唇。

她觉得自己像个傻子,可身体完全不听使唤,只能顺着门板往下滑,最后躺在了石地上,咬住指节,绝望地试图遏制哭泣。

她觉得一切荒谬绝顶,更感到自己忘恩负义,还背叛了朋友。

可她本该流出欢喜的泪水啊。毕竟,她是幸运的那个。

骨气
Bones

"满脸红疹的老王八呢？"

那人目光游移，伸到水桶里的杯子停在半空。"十面精和黑旋风他们在英雄顶上，你想——"

"操他妈！"卡尔达推开对方，大步挤过十面精那些满脸迷茫的亲锐，借助身后的营火，自斯凯林之指直奔山顶的石阵。

"我们不去，"深哥在他耳畔说，"你执意羊入狼口，我们没法帮你看住屁股。"

"多少钱也不值得入土，"浅仔说，"依我之见，无论多少都不值。"

"有趣的哲学观点，"深哥接道，"什么值得为之而死，什么不值得。对我们来说，什么都不——"

"留在这里谈论哲学吧。"卡尔达继续往山上走，冷风撕扯着肺腑，浅仔酒壶里的液体更猛烈地撕扯着肚皮。他每走一步，长剑剑鞘都会撞击大腿，仿佛在温柔地提醒自己的存在，况且它不是他唯一可用的武器。

"你打算怎么做?"白如雪气喘吁吁地跟上。

卡尔达一言未发。他一方面怒火中烧,实在说不出有用的话,另一方面他觉得这能让他看起来强大一些……当然,还有部分原因是他完全不知道该怎么做,如果开始思考,所有的勇气很可能会烟消云散。他今天什么也没做,受够了这种无能为力的感觉。通过围住山顶的干石墙的缺口时,两名黑旋风的亲锐皱眉看着他。

"冷静!"韩苏落远了些,只能冲他大喊,"你父亲总是很冷静。"

"去他妈的我父亲。"卡尔达回头吼道。他有点享受不用思考、任凭愤怒掌控的自己。怒火引领他来到山顶平地,穿过巨石间的罅隙,只见石阵里有若干篝火,火苗随风摇曳,迸发出点点火星,飘入漆黑的夜色。篝火把英雄石内侧染成闪烁的橙红色,照亮了围坐在周围的人们的脸以及他们的金属锁甲和武器。卡尔达径自大踏步直奔中央,惹得大家低声抱怨,白如雪和韩苏跟在后面。

"卡尔达?你来干吗?"问话的是卡脖科登,身边跟着个卡尔达不认识的懵懂小子,快活约恩·库柏和奇妙也在。卡尔达没理他们,又推开双手钩住腰带、站在火堆旁发呆的铁头凯姆。

十面精坐在对面的一根原木上,看到卡尔达过来,那张可憎的脸露出可憎的笑容。"这不是可爱的小卡尔达吗?今天应该帮到了你老哥吧?你——"他突然瞪大双眼,绷紧身体,扭动着想站起来。

但说时迟那时快,卡尔达的拳头已砸在他的鼻梁上。十面精大叫一声,仰天倒地,双脚乱蹬,卡尔达趁机压在他身上,左右开弓,嘴里胡乱吼着自己也听不懂的话,疯狂的拳头雨点般击中十面精的脑袋、胳膊和挣扎的双手。卡尔达对准仇人丑陋的鼻子狠揍了第二拳,这才被人拉住胳膊拽起来。

"行了,卡尔达,行了!"他觉得是卡脖的声音,于是任由自己被拉走,但还挥舞双手,大喊"你给我等着"之类的话。他装出一副没打够的样子，实际上却为有人出手阻拦感到解脱，因他一恢复理智，就感到双手疼得不行。

十面精跌跌撞撞爬起来，鼻孔鲜血横流。他大声咒骂，打开来扶他的手，抽出长剑。轻柔的剑鸣此刻显得无比洪亮，剑刃在火光中闪耀，周围霎时陷入沉默，看热闹的人们纷纷屏住了呼吸。铁头扬起眉毛，双臂抱胸，往后退开一步。

"小杂毛！"十面精大吼，抬腿迈过之前落座的那根原木，欺身上前。

卡脖一把将卡尔达挡在身后，同时拔出长剑，横于身前。十面精手下的两名壮汉也站到头儿的身边，其中一个蓄着大胡子，另一个身材瘦长、眼神懒散。两人都已拔出武器，本来外表看上去就不好惹，这下更显气势汹汹。白如雪冲到卡尔达身边，长剑低垂，白眼汉韩苏冲到他另一边，他爬山累得满脸通红、气喘吁吁，但仍严阵以待。十面精的手下又跳起来几个。快活约恩·库柏跟着举起斧头盾牌，眉头紧锁。

卡尔达陡然意识到事态发展超出了计划——准确地说，他根本没计划——而他还把长剑留在鞘里实在不好看，毕竟其他人全操了家伙，他又是最先动手的。于是他也抽出武器，冲十面精血淋淋的脸冷冷一笑。

当年目睹父亲戴着项链坐上斯凯林之椅，三百个有外号的好汉跪拜其为首位北方人的国王时，他大为感动；后来他把手放到妻子的肚皮上，第一次感受到孩子的踢动时，同样大为感动。但如今他觉得，那些感动都及不上锤断十面精布罗德的鼻梁。

若能再来一次，他实在没理由拒绝。

"啊，操蛋！"多福德赶忙起来，无意间将余烬踢到了贝克的斗篷上。贝克一边咳嗽，一边扇开飞来的灰烬。

骚乱不断升级，脚步声、武器出鞘声、哼叫声和咒骂声充斥夜色。打起来了，可贝克不知道谁先动手，为什么开打，还有他该站哪边。既然卡脖的小队已全体下场，他便也涌进人群，抽出父亲的宝剑，和其他人并肩而立。他左边是奇妙，稳稳地举着弯刀，他右边是多福德，手握短斧，舌头微微探出牙齿。跟大伙儿一起，参战似乎没那么困难了——至少没那么不可想象。

他们与十面精布罗德及其手下对峙，隔着随风摇曳的篝火。十面精布满红疹的脸上全是血，可能鼻子也断了——是卡尔达干的，他刚才气冲冲地从贝克身边走过，现在站在卡脖身后，手握长剑，脸带冷笑。看来开打的理由已不重要，大伙儿盘算的是接下来怎么做。

"放下武器。"卡脖语速很慢，但语气毫不退让。这声音仿佛将铁水注入到贝克的骨髓，让他觉得自己也能毫不退让。

但十面精没有让步的意思。"你们他妈的先放。"他朝火堆里吐了口血痰。

贝克的目光落在对面一个小伙子身上，对方可能只比他大一两岁，黄发，一边脸颊有道伤疤。两人都微微调整身形，面对面站立，就像是出于本能，在丰收节舞蹈中寻到了最合适的舞伴……只是这场舞蹈搞不好会流很多血。

"放下武器。"卡脖提高声调，变得更有压迫感。这是正式警告。贝克的同伴们开始向前逼迫，耳边传来"叮叮当当"的武器碰撞声。

十面精咧嘴露出一口烂牙。"你他妈敢动我试试。"

"试试就试试。"

这时，又有一人大摇大摆走出黑暗。这人戴着兜帽，只露出硬朗的下颌，伴着囊囊的脚步声，他漫不经心地踏过火堆，激起火星盘旋在腿边。他又高又瘦，简直像树木刻出的人偶，他用一只油腻的手抓着鸡骨头啃，另一只手懒散地提在剑柄横挡上方——贝克从没见过这么大的剑,从剑尖算起足有他肩膀那么高,那剑鞘虽像乞丐穿的鞋那么破烂,但金属丝缠绕的剑柄却被照得精光四射。

这人大声地吮掉骨头上最后一丝肉渣,然后用剑柄朝面前伸出的诸多利刃一划,长长的剑柄把其他武器撞得叮当作响。"别说你们想打架不带我。你们知道我有多喜欢杀人。杀人不对,但没法子,人总有个擅长。所以不如这样……"他用拇指和食指拎起那根骨头,冲十面精一弹,骨头顺着对方的锁甲滑下。"你还是继续偷鸡摸狗,把杀人填坑的活儿都留给我。"

十面精舔了舔沾满鲜血的上唇。"这架与你无关,威尔旺。"

卡脖的小队到齐了。贝克听过太多歌颂冻土的威尔旺的歌谣,他自己劈柴时也能哼上几首。核桃威尔旺,他得到众剑之父,杀死五个兄弟,他在极北的无尽冬天里猎杀冬狼辛布尔,还曾带着两个男孩和一个女人守住关隘、对抗数不清的山卡。他智胜巫师达洛姆-爱普-鸦特,还将对方绑在岩石上喂老鹰。他完成了群山中所有的英雄壮举,于是来到南方,在战场上寻求宿命。那些歌谣既让人热血沸腾,也教人不寒而栗。威尔旺可能是北方名头最响的战士,而此时此刻他就站在贝克眼前,近到触手可及——当然,伸手去碰他不是什么好主意。

"这架与我无关?"威尔旺环视周围,好像在看谁比他更有资格参与,"你确定?打起来可没什么好说的,只要拔刀相向,很难预料会招惹到谁。瞧,你的意思多半是只冲着卡尔达一人,但你要对卡尔达拔剑,也就要对卡脖科登拔剑,而你要对卡脖科登拔剑,就是要对我拔剑,对快活约恩·库柏拔剑,还有对奇妙,对洪水——他撒尿去了——以及这个我忘记名字的小子。"他用拇指示意身后的贝克。"这些事不言自明,你也不必装傻,脑子进屎的战争首领才会不管不顾地动手。照你的说法,十面精布罗德,这场架与我无关,但如有必要,我还是会杀了你,我会笑到最后,并把你的名字加进我的歌谣。你觉得怎么样?"

"什么怎么样?"

"你觉得我该不该拔剑?不过你最好记住,众剑之父一旦出鞘,必须见血,这是自古以来的规矩,过去如此,现在如此,未来也得如此。"

一大帮人恶狠狠地对峙,一动不动,屏息以待,最后,十面精皱起眉头,抿紧双唇,贝克感到肠子不断下沉,他预感到对方即将——

"搞什么鬼?"另一个大汉大步走到篝火旁,眯眼龇牙,脑袋前探,双肩耸起,宛若一条兴奋的斗犬。这人脸上有许多交错的陈年伤疤,脸侧缺了只耳朵,脖子挂着条金链,链子中央镶嵌的大宝石映射着橙色火光。

贝克吞了口口水。这显然就是黑旋风,他曾在一个漫长的冬天六次击败贝斯奥德,还将凯宁的居民连房子一起烧光;他曾在决斗圈中面对血九指,还差点获胜,侥幸活命后为对方效劳;他曾与血九指、三树鲁德、霹雳头巴图鲁及寡言哈丁一起战斗,那是英雄纪元以来驰骋于北方的最强队伍,而今那支队伍除了狗子,就只剩黑旋风本人了——他背叛血九指,杀害了那个传说中拥有不死之身的男人,将斯凯林之椅据为己有。此时此刻,黑旋风就站在贝克面前——北方的保护者,或者说盗窃者,取决于你问谁——贝克做梦也没想过,自己能离他如此之近。

黑旋风上下打量着卡脖,表情实在称不上开心。不过贝克觉得,他那张刀劈斧凿般的脸可能也表现不出来开心。"维持秩序不是你的职责吗,老家伙?"

"我正在维持秩序。"卡脖依旧举着剑,但剑尖转而指向地面。大部分人都跟他做出了一样的举动。

"哦,是啊,你他妈维持还得真好,"说完这句,黑旋风突然冲所有人大吼,"他奶奶的,没有老子开口,谁都不准操家伙。现在把武器收起来,不觉得丢脸吗?"

"没骨气的小杂毛打断了我的鼻子!"十面精叫道。

"他毁了你的容?"黑旋风没好气地说,"咋了,莫非要老子亲一亲,帮你镇痛不成?好好好,老子就把这事儿捋一捋,说明白了,好让你们这些榆木脑袋听懂——老子数到五,哪个蠢货还拿着武器,等于提出决斗,老子会让他好好见识见识老子的旧日风范。一。"

不用他数到二,卡脖立刻收起武器,十面精紧随其后,其他人收得也比拔出时更快。现在是两排人隔着火堆,大眼瞪小眼。

奇妙在贝克耳边轻声说:"赶紧收起来。"

贝克这才想起自己还举着武器,慌忙入鞘时差点割到大腿。只剩下威尔旺还站在两拨人中间,一手握着剑柄,一手按住剑鞘,他带着一丝笑意,依旧准备拔剑。"别说,我真想试试。"

"下次再试,"黑旋风吼道,然后抬起一只胳膊,"英勇的卡尔达王子!老子真他妈荣幸!正想请你大驾光临,你却先到了。说说今天老桥怎样?"

卡尔达依然披着贝克在长手的营地里见到的那身精致斗篷,但下面套了锁甲,脸上的笑意也变作怒容。"斯奎尔被杀了。"

"我听说了。你看不出吗?我简直泪流成河。他奶奶的,我问的是我的桥怎样?"

"他奋力死守,拼尽全力。"

"直到流尽鲜血。这对斯奎尔来说是好事。但你呢?你看起来不像拼过命。"

"我正准备加入,"卡尔达从衣领中抽出一张纸,夹在两指中间,"但拿到了这个。一份联合王国将军密特里克发出的军令。"黑旋风一把抓过纸片,展开皱眉细读。"我们西面的树林里有联合王国人,随时准备冲上来,幸好被我发现。如果我上去帮助斯奎尔,他们就会进攻侧翼，这会儿大家恐怕全完了，哪还能在这里讨论我有没有骨气。"

"我觉得没人相信你的骨气，卡尔达，"黑旋风说，"所以你就坐在墙后面？"

"是，但我派人向十面精求援。"

黑旋风眼珠一转，霎时间被火光映得精光四射。"是吗？"

十面精擦掉鼻孔流出的血，"什么？"

"他派人求援了吗？"

"我亲自来求十面精。"卡尔达这边有人尖声说。那人年纪颇大，一道长长的伤疤贯穿侧脸，那侧的眼睛泛着奶白色。"我告诉他斯奎尔急需帮助，而卡尔达无法支援，因为南方佬随时可能涉过小溪发起进攻。整件事的原委我都告诉他了。"

"然后？"

半盲的老人耸耸肩。"他说他很忙。"

"很忙？"黑旋风轻声重复，那张穷凶极恶的脸此刻变得更加凶狠，"所以你和你的手下一直坐在原地，是吗？"

"小杂毛来找我时已来不及——"

"你就屁股黏住斯凯林之指，一动不动地旁观？"黑旋风咆哮，"你就坐视南方佬夺我的桥？"他边吼边用拇指戳胸口。

十面精瑟缩了一下，一只眼睛不住抽搐。"小溪对面根本没有南方佬，都是骗人的！他最喜欢骗人，"他颤抖着指向火堆对面，"总有他妈的借口，呃，卡尔达？总能把自己撇得干干净净！什么谈和，什么背叛，什么伏兵——"

"够了，"黑旋风的声音相当平静，但十面精立刻就住嘴了，"老子根本不在乎西面有没有联合王国人。"他一把团起那张纸，力道狠到整只拳头都在颤抖，接着将纸团扔向卡尔达。"老子在乎的是你没按吩咐去做。"他往十面精逼近一步，身体前倾。

"明天,别给我坐着不动,不行,不行,不行!"他又转向卡尔达,"你也一样,一无所有的鬼话王子。坐享其成的日子结束了,明天,你们这对老情人给我一起守住那堵墙。没错,肩并肩,手挽手,从黎明直到日落,确保你们捅出的娄子不会更大。老子提醒你们两个蠢货,现在的任务是打败联合王国!"

"如果他们从小溪对面攻过来怎么办?"卡尔达问。黑旋风霍地转向他,眉毛拧成一团,仿佛不敢相信自己听到的话,"我们人手不够,今天又损失了许多弟兄,敌众我寡——"

"这他妈是打仗!"黑旋风冲到他面前,声若惊雷,吓得所有人都往后退,"你要么就拼命!"他的双手凭空撕扯,似在强忍扯烂卡尔达的脸颊的冲动,"或者,你不是很会动脑子吗?不是满肚子鬼点子吗?想要你哥哥的位置,那就拿出真本事,小杂毛,否则老子另请高明!明天谁再敢偷奸耍滑,谁再敢坐着不动……"黑旋风闭上眼睛,微微仰头,面朝天空,"死者在上,我一定会在他身上划血十字。我要绞死他。我要烧死他。我要让吟游诗人唱起他时脸吓得煞白。你们还有什么不明白?"

"没有。"卡尔达像挨了鞭子的驴一样蔫了。

"没有。"十面精同样如此。

但贝克心想,这两人的梁子算是结得更深了。

"那这档事就他妈了结了!"黑旋风转过身,发现有个十面精的手下正好挡在面前,便一把抓住那人的衣服前襟,将那人狠狠掷在地上,然后大步流星地走回黑暗之中。

"跟我来。"卡脖在卡尔达耳边嘶声道,然后逮住他腋下,强拉他离开。

十面精及其手下都坐回原处,嘴里嘀嘀咕咕,黄发小子走开时狠瞪了贝克一眼。换作从前,贝克定会意气风发地瞪回去,甚至冲上去放一两句狠话。但经历了今天,他只想赶紧移开目光,只觉心跳在耳畔怦怦作响。

"可惜，我才刚来兴致，"冻土的威尔旺拉下兜帽，抓了抓结块的头发，"对了，你到底叫什么？"

"贝克。"他还是决定只说名字，"你们每天都这样吗？"

"不，不，不，孩子，不是每天。"威尔旺棱角分明的面孔绽出疯狂的笑容，"真可惜啊。"

卡脖一直深信，卡尔达迟早会害惨他，看来就是今天了。他押着卡尔达往英雄顶的山腰走，任凭劲风吹拂，始终抓着对方的胳膊。他花了不下二十年，让对头保持在一个可控范围之内，但当上黑旋风的副手不过一下午就招惹了数不清的狠角色。远的不提，十面精布罗德是他素来避而远之的硬手，此人的内在和外表一样丑恶，且睚眦必报。

"你他妈到底想干吗？"他把卡尔达拉到远离火堆和众人耳目的地方，猛然停步，"你差点把我们都害死！"

"斯奎尔死了。就因为这烂人袖手旁观，斯奎尔死了。"

"我知道。"卡脖的语气缓和下来。他一时站立无言，听着劲风吹动长草，拍打小腿。"我也难过。但再增加死者也于事无补，搭上我的命并没好处。"他伸手捂胸，只觉心脏还在狂跳。"死者在上，我觉得自己快被你吓死了。"

"我想杀他。"卡尔达皱眉看向远处的篝火，神情前所未有地坚定。卡脖不禁警惕地抬手按住卡尔达的胸口，将他往后推。

"明天再说。先把仇恨对准联合王国。"

"为什么？我的敌人在这里。十面精坐视斯奎尔战死，他坐在原地看笑话。"

"你生气的是他坐视不管，还是你自己也坐视不管？"他将另一只手搭在卡尔达肩上，"我打心底敬你父亲，我也爱你，视若己出。

可为什么你俩从不肯回避冲突?要知道,人与人之间总有冲突。只要条件允许,我当然会支持你,但我还有其他事要考虑,不能只顾——"

"知道,知道,"卡尔达把卡脖的两只手都挥开,"你要保证你的小队成员活命,你不想出头,你坚持走正路,哪怕它根本是错的——"

卡脖重新抓住卡尔达的肩膀,用力晃了晃。"我必须维持秩序!我现在掌管着黑旋风的亲锐,我是他的副手,我不能——"

"你是啥?你现在负责保护他?"卡尔达突然抓住卡脖的胳膊,指甲陷进了肉里。他眼睛瞪得老大,炯炯有神,但并非出于愤怒,而是渴望。"你可以拔剑替他看守后背?这成了你的工作?"卡脖突然明白过来,他给自己挖了个大坑。

"不,卡尔达,"卡脖边叫边想挣脱,"闭上你的——"

但卡尔达没松手,反把卡脖拉了过来,两人尴尬地抱在一起。卡脖不但听见了对方的嘶声低语,还闻到了浓烈的酒气。"你可以!你可以终止这一切!"

"不!"

"杀了他!"

"不!"卡脖强行挣脱,他将卡尔达推开,紧紧握住自己的剑,"不,你这该死的蠢货!"

卡尔达充耳不闻。"你杀过多少人?你不就以此为生吗?你是个杀手。"

"我是个有外号的。"

"这说明你比大多数人更擅长杀人。再杀一个有何区别?而且此举意义重大!你可以终止这一切。妈的,你根本不喜欢那混蛋!"

"我喜不喜欢不打紧,卡尔达!他是头儿。"

"他现在是头儿,但等被一斧劈开脑袋,就只是具尸体!没人还在乎他。"

"我在乎。"两人在黑暗中一动不动地对视良久。卡脖别的看不清,但见卡尔达苍白的脸上那两颗亮晶晶的眼珠,而它们正瞥向卡脖握剑的手。

"你想杀了我?"

"当然不,"卡脖站直后松开剑柄,"但我必须报告黑旋风。"

又一阵沉默。最终,卡尔达开口问:"报告他什么?"

"你要我杀了他。"

更长的沉默。"他听了肯定不高兴。"

"我想也是。"

"他大概会给我划上血十字,把我吊起来,再用火烤,这都算轻的。"

"我想也是。所以你最好远走高飞。"

"去哪儿?"

"去你喜欢的地方。我会给你时间,等到明天再报告。但我必须报告,三树就会这么做。"其实卡尔达并没追问原因,这原因说出口也显得无力。

"三树死了啊。你知道,他死在荒郊野岭,死得毫无意义。"

"那不重要。"

"你就没想过另找个榜样?"

"我答应过黑旋风。"

"杀手的荣誉,呃?你是指着斯凯林的老二对他发了誓?"

"不需要。大丈夫一诺千金。"

"黑旋风算什么东西?他几天前要杀我,而我只能坐等他再来一次,坐以待毙!那家伙比寒冬更阴险!"

"那不重要。我答应过他。"死者在上,他真希望当初没答应。

卡尔达点点头,嘴角微微勾起笑意。"噢,是啊,你一诺千金。

老卡脖是个好人,他光明磊落,呃?无论对谁都铁面无私。"

"我必须报告。"

"但可以等到明天,"卡尔达往后退开,脸上又挂起招牌式的假笑,"你会给我时间,"他往山下一步步退去,"不,你不会告诉他。我了解你,卡脖,你从小把我带大,不是吗?你有骨气。你不是黑旋风的狗。你不是。"

"这不是骨气的问题,也不是狗的问题。我答应过他,所以明天必须报告。"

"不,你不会。"

"不,我会。"

"不,"卡尔达的假笑终于消失在夜色中,"你不会。"

卡脖在风中站立片刻,眉头紧锁,茫然四顾。最后,他咬紧牙关,十指按住头皮,弯下腰郁闷地狂吼。上次感到如此空虚还是相处八年的朋友永度出卖他、想要杀他的时候,若非威尔旺,他那时就死了。这次不知谁会帮他脱困,不知谁能帮他?这次他成了背叛者,无论怎样都会背叛某人。

坚持走正路,听起来是那样简单。但正路正在何处?他不知道。

最后的英雄

The King's Last Hero

尊贵的陛下：

  黑夜终于笼罩战场。今日我军收获颇丰，但也付出了相当代价。臣遗憾地向您禀报米德总督遇害的消息，他与所部参谋团的诸多成员为陛下的荣光而战，英勇牺牲。

  奥斯仑镇的激战自黎明持续到日落。上午，我军突破外墙，将北方人成功赶到河对岸，但随后他们倾巢出动，夺回了镇子的北半部。双方如今隔河相峙。

  在西边，密特里克将军颇有建树。他对老桥发起的前两次进攻均未能撕开北方人的防线，但第三次进攻迫使敌人沿开阔的田野落荒而逃，直至躲进远处的矮墙之后。密特里克将军正将所部骑兵调往河对岸，打算明日拂晓重启攻势，从臣的营帐看去，可见王军第二骑兵团和第三骑兵团的旗帜骄傲地飘扬在数小时前尚属于北方人的阵地上空。

  与此同时，加兰霍将军所部整顿完毕，从我军两翼为该部抽调的部队也已就位，正准备以雷霆之势直扑英雄顶。明日，臣将紧随加兰霍将军的步伐，见证我军的伟大胜利，并在夺回英雄顶后，第一时间向陛下禀报黑旋风授首的好消息。

您最忠实、谦卑的仆人，
王家特派北方战事观察员，布雷默·唐·葛斯特

葛斯特将信递给罗格，抬手时肩膀的剧痛令他咬紧牙关。他浑身上下哪里都痛：肋骨比昨天更糟，腋窝被胸甲边缘磨出大片瘀青，肩胛骨间不知为何多了一道很难够到的割伤。没死算幸运啦，显然在夺回这片毫无价值的山谷之前，我还会遭更大的罪。

"让尤根去送。"他低声吩咐。

"尤根！"罗格大喊。

"干吗？"答应声从外面传来。

"送信！"

年轻人矮身钻进帐篷。他伸手接信时身体颤了颤，又紧着往前挪了一步，葛斯特发现他的右脸绑了绷带，上面有大片棕色的干涸血迹。

葛斯特盯着他。"怎么回事？"

"没事。"

"哈，"罗格轻声说，"说吧。"

尤根皱眉看向同伴。"没事。"

"芬宁格干的，"罗格说，"您若追问的话。"

葛斯特霍地起身，顾不得痛了。"芬宁格上校？克罗伊的参谋长？"

"我挡了他的路。没事了。"

"他抽了尤根。"罗格说。

"他抽了……你？"葛斯特的语气很轻。他又盯着尤根看了片刻，

随即抄起身边桌上的长剑。那剑刚刚经过清洁和打磨。

尤根举起双手阻拦。"别做傻事。"葛斯特轻轻推开他，掀开帐帘，踏入寒冷的夜色。他踩着饱经践踏的草地，大步前行。"别做傻事！"

葛斯特充耳不闻。

芬宁格的营帐在山腰，离克罗伊元帅充作指挥部的破烂谷仓没多远。灯光自帐帘缝隙中泄出，照亮了一小条泥泞的草地、一丛杂乱的灌木和一位百无聊赖的卫兵的脸。

"我能帮您什么，长官？"

臭小子，帮我？一路走来，葛斯特非但没能冷静，反而怒气更盛。他抓住守卫的胸甲腋下，将其甩翻在地，然后大力掀起帐帘。"芬宁格——"

他一下愣住了。帐内挤满军官，全是统帅部的骨干，有的在打牌，有的在喝酒，大部分人衣冠不整，围着一张像是从宫里抢来的雕花桌子。有个人在抽查加烟，另一人对准绿色的酒瓶猛灌，还有一个人缩在一本厚书前，就着烛火忘我地沉浸于细密的文字中。

"——那个该死的上尉定的开房价是十五块！"克罗伊的参谋长大声嚷嚷，双手笨拙地挥舞。"十五块！我让他去死！"

"结果呢？"

"结果定在十二块，可恶的臭蛆……"军官们接连看向葛斯特，参谋长的声音跟着低落下去，连那个书呆子也透过厚厚的眼镜片看过来，一双眼睛被放大得吓人。

葛斯特不擅长应对人群——也不擅长应付个人——但有众人旁观，想必能更好地羞辱芬宁格。我要让他求饶。我要让你们这帮杂种统统求饶。但他的双脚像是粘在了地上，脸颊烧得厉害。

芬宁格一跃而起，看来有些醉了。他们似乎都醉了。葛斯特不喜欢喝酒，甚至比哭鼻子更厌恶。"葛斯特上校！"芬宁格踉踉跄跄又喜气洋洋地走来，葛斯特抬手想抽他的脸，却莫名地迟疑，结果那只手被芬宁格在半空中抓住，用力摇晃。"我很高兴见到你！很高兴！"

"我……啥？"

"我今天也在桥边！我全看到了！"参谋长像个疯狂的洗衣妇摔打衣服一般不断捶打葛斯特的手掌，"你冲过庄稼地穷追猛打，把他们一个个砍翻！"他凭空一挥酒杯，洒出好多酒水。"跟故事里说的一样！"

"芬宁格上校！"外面那个卫兵掀开帘子，半边身子沾满泥巴。"这人——"

"我知道！这人便是布雷默·唐·葛斯特上校！我从未见过哪个军人如此英勇！如此善战！你可为国王陛下率领一个团！我发誓，你甚至能率领一个师！你当时杀了多少杂种？二十多个？有没有四十个？"

卫兵发觉事情跟自己想的不一样，只好脸色不善地退回夜色中。"不超过十五个。"葛斯特吐露。包括两个自己人！但这交换比仍极富英雄色彩！"谢谢你的称赞，"他徒劳地试图压低高亢尖细的嗓门，"谢谢你。"

"该我们谢你才对！尤其是那个该死的白痴密特里克。没有你，他鲁莽的进攻会断送全军的希望！不超过十五个，你们听见了吗？"他拍打着同僚的手臂，以致对方的酒也洒了出去。"我已去信给我内阁的朋友哈莱克总理大臣，表彰你的英勇事迹！大家都以为如今这世道不可能再有英雄，但你确实是个英雄，大大的英雄，最后的英雄。"他开心地拍打葛斯特的肩膀。"如假包换！我今天是见谁就提，把所见所闻原原本本说上一万遍！"

"真的真的。"一名死盯着手中卡牌的军官嘀咕道。

"这……你太客气了。"客气？快宰了他！我今天砍翻那么多北方人，不差他一个。掐死他。踢飞他。至少捶得他满地找牙。揍他。立刻揍他！"实在……太客气了。"

"你能赏光跟我喝酒，就是我天大的面子。我们都感到无上光荣！"芬宁格转身拿起酒瓶，"话说回来，哪阵风把你吹来了？"

葛斯特深吸一口气。就是现在，拿出勇气，该出手时就出手。但他每说一个字都仿佛要用尽全身力气，更痛苦地意识到自己的声音听起来蠢透了。他的两片嘴唇无力地开阖，全然不见汹汹气势，只透出紧张。"我来是因为……我听说今天早些时候……你打了……"我的朋友。我仅有的几个朋友之一。你打了我的朋友，你去死吧！"我的仆人。"

芬宁格呆了半晌，嘴巴大张。"那是你的仆人？天啊……我向你致以最诚挚的歉意！"

"你打人？"一个军官问。

"还不是在牌桌上？"另一个军官忍着笑意轻声说。

芬宁格嚷嚷着解释："我非常抱歉，不该那么做。我当时急着为元帅阁下送信，但还是不该。"他抓住葛斯特的胳膊，脸凑过来喷了葛斯特一脸唾沫，"你听我说，我要知道他是你的仆人……绝不会……绝不会……绝不会干那种事！"

但你打了，没下巴的烂蛆，我要你付出代价！一报还一报，现在就动手。必须动手，毫无疑问，你是罪有应得。必须严惩凶手！"那么我们——"

"——务必同饮一杯！"芬宁格将满满一杯酒塞进葛斯特手中，酒水溅到了他的指头上。"敬葛斯特上校！最后的英雄！"众军官纷纷笑着举杯，有人还兴高采烈地用空出的手捶桌子，捶得桌上的银餐具叮当作响。

葛斯特不由自主地把杯子端到嘴边，还露出笑容。可怕的是，他显得十分自然，非常享受他们的恭维。

今天我大肆杀戮跟我毫无瓜葛的北方人。不超过十五个。为这份事迹，我现在和这个抽打我朋友的家伙站在一起庆祝。我只有寥寥可数的几个朋友，我为尤根讨回公道了吗？我来这里是为了无谓的欢笑和廉价的酒水，是为了倾听陌生人敷衍的祝贺吗？我回去该怎么面对他？告诉他疼就疼点，别计较，因为打他的人热情洋溢地称赞了我今天的暴行？说我是个大英雄？太他妈恶心了。他猛然意识到自己还紧攥着长剑剑鞘，攥得指节发白，便徒劳地把剑往腿后藏了藏。恶心得我快吐了。

"芬宁格把你吹得天花乱坠，"一名军官边洗牌边口齿不清地嚷嚷，"绝对称得上我今天听到的第二英勇的行为。"

"第一英勇的是啃王军口粮吗？"有人喷着酒沫叫嚣，惹得其他人发出醉醺醺的大笑。

"我指的是元帅阁下的女儿。必须承认，女英雄可比男英雄迷人，至少好看得多。"

葛斯特皱眉。"芬蕾·唐·克罗伊？她不是跟她父亲在一起吗？"

"你没听说？"芬宁格插嘴，冲葛斯特傻兮兮喷了口酒气，"她倒霉透了！她与米德及其参谋团一起行动，当时就在旅店里遇袭！但她被俘后靠嘴皮子重获自由，还带回六十名伤员！难以想象！再来点酒？"

葛斯特想象不出，只是突然觉得又热又晕。他没理会递来的酒瓶，一言不发地转身离开帐篷，踏入冰冷的夜晚。被他推倒的卫兵还在外面徒然地擦拭身上的污渍，他没好气地瞪了葛斯特一眼，葛斯特愧疚地移开视线，甚至没勇气道歉——

她就在那里，站在克罗伊元帅指挥部前的矮墙旁，皱眉盯着山谷。她身上紧裹着军人的外套，一只苍白的手露在外面，攥紧衣领。

葛斯特情不自禁地走了过去，自觉别无选择，像被绳子牵引一样。套住我老二的绳子,牵引它的则是我幼稚的自毁冲动,这份冲动让我陷入一个又一个尴尬的境地。

她抬起头看过来,通红的眼眶让他不禁屏住呼吸。"布雷默·唐·葛斯特,"她的语调毫无起伏,"你怎么来了?"

噢,我来斩杀你父亲的参谋长,但他醉醺醺地称赞我,于是我跟他共同举杯庆祝我的英雄事迹。多么可笑……

他难以克制、一眨不眨地欣赏起她隐在夜色中的脸庞。她身后的灯光为她的轮廓勾上金边,照出她唇上的软毛,他深恐她发现他直盯着她的嘴。盯着女人的嘴有什么好狡辩的?还是个已婚女人,一个美丽娇俏的已婚女人。他想要她也看着他,想要她发现他正在欣赏她,但不出意料,她没有。没有哪个女人会多看我一眼。我爱你,爱你爱得痛彻心扉。我今天受过的所有伤害、带给别人的所有伤害全加起来也没你的忽视来得心痛。我爱你,爱你爱得想尿裤子。真的。好吧,不是后半部分,是前半句。有什么好怕的?告白吧,死就死!

"听说——"他的声音几不可闻。

"没错。"她直接承认。

微妙又尴尬的沉默笼罩了这对男女。"你——"

"没错。说吧,接着说。说我一开始就不该去米德那里。说吧。"

两人再次沉默,气氛更加焦灼。葛斯特的心中所想和口中所言永远隔着一道鸿沟,而越是这样他就越不敢表达,她却向来直截了当。"你带回了不少人,"最终,他小声说,"你拯救了不少性命,应该为此自豪——"

"噢,没错,我是个英雄,所有人都大力称赞我。你认识爱丽兹·唐·布林特吗?"

"不认识。"

"我也没多了解她。说实话,她有点蠢。当时她跟我一起,"她猛地回头,看向黑黢黢的山谷,"她现在还在那边。你觉得,我们说话这会儿,她怎样了?"

"完蛋了。"葛斯特不假思索地回答。

她蹙眉瞥了他一眼。"唉。至少你有话直说。"她转过身,沿斜坡回她父亲的指挥部了,留下他站在原地,目送她远去的背影,嘴巴半张,那些永远说不出口的话还塞在里面。

噢,没错,我有话直说。请问,你可以跟我舌吻吗?拜托?抱一抱也能对付。她消失在低矮的谷仓里,关门后灯光也不见了。握个手呢?不行?有人愿意吗?

雨又开始下。

有人愿意吗?

我的地盘

My Land

卡尔达打起精神，迎着夜色往凯尔墙后的篝火群走去，只见火舌在微风中摇摆，劈啪作响。多年来，他一直身处险境，如今更危在旦夕，神奇的是竟能维持脸上的假笑。

父亲死了。哥哥死了。老朋友卡脖几乎闹翻。所有的鬼点子都不顶用。所有的小心谨慎到头来全部酿就苦果。在焦躁的心情和浅仔的酒壶的共同催化下，他今晚铸成大错，已然断送半条命，很可能不久便会死无葬身之地。

但他却觉得精神抖擞、轻松自由。他不再是小儿子了，不再是大哥的小弟，不再是千夫所指的骗子和懦夫。就连捶在十面精的锁甲上隐隐作痛的左手，都让他觉得舒坦，因为他生命中第一次体会到了……勇气。

"山上发生了什么？"深哥的声音毫无预兆地从身后的黑暗中传出，卡尔达习惯了。

他叹口气："我犯了错。"

"犯就犯了,别接着犯就行。"浅仔的声音自另一边传出。

深哥又道:"你肯定不打算明天上战场,对吧?"

"正相反。"

哥俩同时倒吸一口气。"上战场?"深哥问。

"你?"浅仔道。

"我们护你逃吧,太阳升起前能走上十里。没必要——"

"不。"卡尔达否决。毫无疑问,他不能逃。换作十年前,那个漫不经心地处决"最弱的"福利的卡尔达,肯定老早就偷了最快的马、绝尘而去;但如今他有塞芙和未出世的孩子,只要他留下为自己的愚行负责,黑旋风或许会满足于当着哄笑的部众把他撕碎,而不会加害塞芙,也给长手留个人情。但若卡尔达逃了,黑旋风势必会吊死她,他决不允许事情变成那样。决不。

"我可不赞成上战场,"深哥强调,"这不是个好主意。"

浅仔舌头一弹:"死者在上,杀人最好背后下手。"

"我非常赞成这点,"深哥说,"我原以为王子殿下跟我们是同路人。"

"以前是,"卡尔达耸肩,"但人会变。"

不管天生什么德行,他都是贝斯奥德的小儿子。他父亲曾是个顶天立地的大人物,他不想给父亲最后的形象抹黑。斯奎尔虽蠢,至少体面地死在了战场上,以老哥为榜样,总好过游荡于北方荒芜的角落,终日乞求卑微的藏身处所。

卡尔达不想逃的主要原因其实也不是这点面子……操他妈的。操他妈的十面精、老金和铁头。操他妈的黑旋风。操他妈的卡脖科登。他受够了嘲笑,受够了被他们称为胆小鬼。

他受够了。

"我们从不上战场。"浅仔说。

"你若深陷战团,我们便难保你的安危。"深哥接着说。

"我没指望你们。"卡尔达甩下这句,沿小路大步流星地下山,头也不回地往凯尔墙走去。他穿过人群,人们忙着缝补衣服、清洁武器,讨论明天的胜负,气氛并不乐观。于是他一脚蹬在布满裂纹的干石墙上,咧嘴笑着叱喝无精打采的部众:"振作点!我哪儿都不去。你们是我的手下,这里是我的地盘。"

"这不是裸拳卡尔达,解恨的王子吗?"白如雪慢悠悠地走出暗处,"我们高贵的首领回来了!我们都以为你没了咧。"从语气听来,就算卡尔达回不来,他也不觉得多沮丧。

"我确实想过逃进山里。"卡尔达在靴子里蠕动脚趾,觉得无比舒坦。今晚,随便什么小事都让他舒坦。可能人之将死就这样吧。"但这个时节,山里怕是会越来越冷。"

"也就是说,天气对你不利。"

"哼,谁知道?感谢你为我拔剑,我从前并不太看重你。"

"彼此彼此。刚才在山顶上,你的表现让我想起你爹,"白如雪挨着卡尔达,也一脚蹬在墙上,"我还记得追随自己认同的人是什么滋味。"

卡尔达又哼了一声。"是吗?"

"不用担心,现在没了。"

"那我就用仅剩的时间,尽力让你找回那滋味吧。"卡尔达跳到墙上,脚下一块石头因此松脱,迫使他挥舞手臂,稳住身形。他俯视老桥与石墙之间的黑色原野,代表联合王国岗哨的火把排成断断续续的一条线,还有些举在蜂拥过河的士兵们手中。这些人明早便会冲过田野,翻越这堵破破烂烂的矮墙,疯狂屠戮这头的北方人,彻底摧毁贝斯奥德的遗产。

卡尔达眯眼应对身后篝火的干扰,尽力查看敌情。敌人高高立起两面大旗,旗帜迎风招展,金色刺绣闪着微光。他起初不解如此招摇的原因,随后意识到这是有意为之:既为自己壮胆,也向敌人示威。

"死者在上。"他轻声道，不屑得笑出声来。父亲曾对他说：人们很容易以两种方式看待敌人，要么视之为势不可挡的蛮子，可怕而无法交流；要么视之为不会思考、行动迟钝的木头，就像立起来的标靶。真实情形并非如此，敌我双方其实没什么分别，既不是天才也不是蠢货，既不是懦夫也不是英雄。若能这样思考，判断就不会出太大偏差。敌人不过是人，认识到这点，战争就好打多了。当然某种意义上，这也会让战争变得更难。

密特里克将军及其手下多半是跟他卡尔达相似的蠢货——他们人多，说不定更蠢。他朝下方喊道："瞧见那两面旗没？"

白如雪耸肩。"联合王国的旗。"

"韩苏呢？"

"到营火间鼓舞士气了。"

"我回来主持大局还不够？"

白如雪又耸肩。"他们不像我这么了解你。韩苏正忙着到处传唱你痛揍十面精布罗德的伟业。他们爱听，这对你没坏处。"

可能吧，但揍自己人终究不够。卡尔达的手下刚被打败、士气低落，他们失去了倾心爱戴的首领，带头的换成个胆小鬼。他再不用点心，明早的战斗中这些人势必会分崩离析——假设太阳升起时他们还没逃得无踪无影的话。

斯奎尔说过：这里是北方，你必须战斗。

他用舌头紧抵牙齿，看着黑暗的原野，点子开始成形。"对面是密特里克吧？"

"联合王国的头儿？是啊，记得就是密特里克。"

"黑旋风说他最棘手，弱点则是过于鲁莽。"

"他今天就挺鲁莽。"

"但他今天成功了。人总会从成功中收获信心。我还听说他爱马。"

"啥?爱马?"白如雪假装抓住什么,臀部往前顶了几下。

"也许包括这种爱。我的意思是他喜欢骑马作战。"

"这片地适合骑马。"白如雪朝南面黑乎乎的庄稼地点头,"十分平整,他明天很可能会骑马冲来。"

"很可能。"卡尔达抿嘴思索,盘算着上衣口袋里那张揉皱的命令。我部官兵正奋勇向前。"鲁莽。自负。虚荣。"跟大家对他卡尔达的评价相差无几,这或能让他一窥对手的内心。他重新看向敌人前线上那两面傲慢的旗帜,飞扬的旗面仿佛仲夏夜的舞者。他的嘴角重又挂上惯常的假笑,久久保持不变。"你选出最好的手下。几十人就行。要能在夜间行动迅速、听从号令。"

"干什么?"

"我们去让联合王国人吃点苦头,"他踢掉墙顶一块松脱的石头,"这农民的地标可挡不住他们,对吧?"

白如雪一咧嘴。"你又让我想起你爹了。其他人呢?"

卡尔达跳下墙。"让白眼汉召集起来,有好多坑要挖。"

第三天

DAY THREE

"我不确定读者对暴力和血腥的忍受程度。"

罗伯特·E.霍华德

军旗
The Standard Issue

硕大的满月只露了个面，立刻又被云层遮住，就像聪明的妓女稍露稍露乳，好勾起嫖客的饥渴。死者在上，卡尔达真希望待在聪明的妓女身边，而不是蹲在潮湿的麦田中，越过乱晃的麦秆，徒劳地望向一片黑暗。比起战场，他更适合妓院——这是个可悲的事实，或者说可爱的真相。

白如雪跟他截然相反。过去一个多小时，白如雪唯一移动的部位就是下巴，他慢悠悠地将一大块查卡嚼成糊，这磐石般的冷静让卡尔达更紧张了。一切都能让卡尔达紧张，铲子挖土如同挖他的神经，有时听着仅几步远，随即又被风吹得远近难辨。风还把卡尔达的头发甩到脸上，让他双眼进了沙子，寒意穿透衣服、刺入骨髓。

"这贼风。"他嘀咕。

"贼风才好咧，"白如雪低声说，"能盖住声音。觉得北方冷的话，想想他们，想想习惯晴天的敌人的感受，那就舒坦了。"听起来不错，可卡尔达即便这样想了，也没觉得自己能变暖和。他用斗篷紧紧裹住胸口，另一只手插在腋下保暖，眯起一只眼睛。

"我以为战争很可怕，没想到竟如此无聊。"

"耐心，"白如雪扭头轻轻吐了口唾沫，舔掉下唇沾上的液体，"耐心跟怒火一样能成为武器，应该说是更厉害的武器，因为有耐心的人很少。"

"头儿。"卡尔达猛地转身，胡乱摸向剑柄。有人从他身旁的麦丛中钻出，满脸泥污衬得眼瞳格外的白。这是白如雪挑的人，卡尔达不禁想到自己脸上是不是也要抹点泥巴，装得更有模有样？他等着白如雪盘问对方，旋即意识到自己才是头儿。

"哦，好的，"他松开剑，假装无事发生，"怎么了？"

"我们摸进堑壕，"来人低声说，"让几个联合王国小子入了土。"

"他们的戒备如何？"白如雪头也不动，平静地问。

"妈的，他们毫无戒备，"来人咧嘴一笑，黑乎乎的脸露出一条苍白的弧线，"几乎全在睡觉。"

"杀人的好时机，"老战士伸出手，"走？"

"走。"卡尔达往麦田里爬去，边爬边打了个寒战。潜行比他想象的更紧张、艰难和痛苦，没爬几步就磨得手掌生疼，想到正自愿前往敌人的阵地，心中更是忐忑——他这样的人，明明更适合调转方向逃跑。"该死的麦子。"待拿回父亲的项链，他肯定要颁布法律，禁止种植这鬼东西，只许培育柔软的植物，死者在上，他——

他撩开面前两根刚硬的麦秆后愣住了。

两面旗帜就在前方不到二十跨的地方，被风吹得猎猎作响。两面旗帜都绣着金太阳，在十多盏灯笼的照耀下熠熠生辉，后方则是大片潮湿的裸土，一直向河边缓缓倾斜，斯奎尔就战死在那里。现在，那片地上全是联合王国的军马，数以百计的高头大马，匹匹身形壮硕、体态威严。借着火光，卡尔达看到还有更多军马过来，马蹄"哒哒"踩在石板桥上，偶尔互相碰撞，惊慌的嘶鸣在黑暗中回荡。敌人的士兵同样为数众多,他们呵斥坐骑,吼出的命令被风吹得模糊不清。毫无疑问,这支雄壮的骑兵短短数小时后便会将卡尔达及其手下彻底踏平,结局令人不寒而栗。若不愿当马蹄下的肥料,卡尔达现在必须自救。

旗帜两边各站了一名卫兵,其中一人用胳膊紧抱身子,长戟夹在肘弯中,另一人跺着脚,长剑插在鞘里,盾牌放在身前挡风。

"上?"白如雪轻声问。

卡尔达看着那两名卫兵,莫名地想到父亲提及的仁慈。他们对接下来发生的事一无所知,而且看起来比他更不乐意在这天气出门在外。不知家里是否也有老婆等他们回去?老婆温软的肚皮里是否也怀了孩子?此刻正盖着毛皮、蜷在温暖的地方安然入睡?他叹口气。这些人没法回到老婆身边了,真可惜,但仁慈无法将联合王国赶出北方,也无法教黑旋风让出他父亲的椅子。

"上。"他说。

白如雪举手做了两个手势,又朝另一边重复一遍,然后重新蹲好。卡尔达不清楚他到底朝谁打手势,更不知道是什么意思,一切宛如魔法。

用盾挡风的卫兵突然往后倒下。另一名卫兵刚转头查看,也跟着倒下。卡尔达意识到他们被割了喉,两个黑影站在后面,扶着他们缓缓躺下,第三个影子抓住跌落的长戟,转身模仿之前的卫兵,把长戟夹到肘弯里,冲卡尔达等人一笑,露出牙齿间的缺口。

更多北方人飞速冲出庄稼地,他们伏低身体,手中利刃反射着暗淡的月光——月亮不知何时又溜出了云层。离之前那两名卫兵不到二十跨的地方,三个联合王国士兵忙着捆扎被风扯翻的帐篷。卡尔达咬着嘴唇,难以相信对方竟没发现北方人穿过空地、走到灯光下,有个人抓住右边的旗杆,正用力往外拔。

"你!"附近又冒出一个联合王国士兵,他半举起弩,对准拔旗的北方人,脸上带着些许茫然。一时间周围陷入尴尬的沉默,人人屏住了呼吸。

"啊。"卡尔达忍不住惊呼。

"操。"白如雪也跟着喊道。

士兵皱起眉,"你们——"他话没说完胸口已挨了一箭,卡尔达没听到弦响,但见黑色的箭杆。士兵也按下弩机,却把弩矢射在了地上。然而这士兵发出高亢的惨叫,不远处有些马因此受惊,其中一匹拽翻了猝不及防的主人,将主人面朝下在泥地里拖行。帐篷边那三个士兵同时转身,其中两人松开帐篷布,那布没了牵扯,蒙到第三人脸上。卡尔达觉得胃被拧住了一般。

更多联合王国人惊慌失措地冲进火光中,可能有十多个,其中两个握着火把,火焰随冷风飘舞。卡尔达听见右边传来高亢的号叫,许多人陡然冒了出来,长剑挥动,寒光闪烁,深沉的阴影一闪而过,偶有武器、胳膊或脸的轮廓被橙色火光勾勒出来。卡尔达还没弄明白发生了什么,一支火把已经熄了——这下他更弄不明白了——听起来左边也在打,黑暗中的每样声音都让他脑门抽搐。

白如雪的手搭在他肩上时,他吓得差点跳起来。"该走了。"

卡尔达对此求之不得,他立刻像兔子一样钻进了麦田。他听到呜咽、狂笑和咒骂,却分不清是敌是友。什么东西在身边的麦田呼啸而过,可能是箭,也可能仅仅是风。麦子缠住脚踝,抽打小腿,他跑到半途就被绊倒,摔了个狗吃屎,白如雪伸手钩住他腋下,提他起来。

"等等!等等。"他站在黑暗中,双手扶膝,任胸腔如风箱般起伏。七嘴八舌的声音传来。都是北方语,他大大松了口气。

"他们追来了吗?"

"海利呢?"

"破旗子拿到没?"

"狗杂种们连往哪边追都分不清。"

"死了。中了一箭。"

"我们成功了!"

"妈的,他们正牵马搜索!"

"这事儿干砸了,没啥可说的。"

"卡尔达王子有话可说。"卡尔达循声望去,只见白如雪笑着看向他,手握一面旗帜。那笑容,就像铁匠眼看最心爱的学徒终于打造出一件能卖钱的作品。

什么东西戳了戳卡尔达身侧,他吓了一跳,旋即意识到那是另一根旗杆,旗面紧紧卷在杆上。握旗杆的人往卡尔达身前递来,借着月光,只见那人满是泥巴的脸上笑容格外灿烂。事实上,许多张笑脸朝着卡尔达,好像他刚才讲了什么笑话,或者干出什么大事。卡尔达觉得自己不值得称赞,不过是出点子,根本没费力气,执行的是其他人,担风险的也是其他人。卡尔达相信,父亲肯定不是靠这种方式赢得伟大名声的,但世道也许就是如此:有人擅长蛮力,有人习惯策划,还有少数人精于抢功。

"卡尔达王子?"那个满脸笑容的人把旗杆又往前递了递。

行啊,既然他们想找个认同和追随的对象,卡尔达可以表演。"我不是王子。"他抓过旗帜,一只腿跨过旗杆,将旗杆夹在两腿间,微微上扬。他又抽出长剑——这是今晚第一次——朝黑暗的夜空高高举起。"我是他妈的联合王国之王!"

这其实不怎么好笑,但有了晚上和白天的经历,大伙儿需要庆祝。于是笑声哄然响起,卡尔达的手下互拍后背,笑个不停。

"他妈的陛下万岁!"白如雪举起另一面旗帜喊道,旗面迎风招展,金色的刺绣闪闪发光。"卡尔达国王万岁!"

卡尔达笑得合不拢嘴。他喜欢这句话。

阴影

Shadows

一无所知的屁眼陛下：

您想知道真相？由于尸位素餐的老阁员们无端干预，军队正在腐烂。那帮老混蛋漫不经心、满不在乎地挥霍资源，跟地主家的傻儿子浪费父亲的财产没两样。就算他们统统投敌，恐怕对您在北方的利益也不能带来更沉重的打击，屁眼陛下——当然，臣保证，您本人御驾亲征可以青出于蓝胜于蓝。目睹眼下的该死状况，您还不如在阿杜瓦把士兵送上船、跟他们洒泪挥别之后，直接给船点火，让他们统统沉入海湾来得光荣。

您想知道真相？克罗伊元帅是个合格的统帅，他关心手下将士，而臣满心想跟他的女儿翻云覆雨。不过，一个人能做的太有限，元帅下属的三名师团长——加兰霍、密特里克及米德——一直在努力竞争史上最差长官的位置，臣很难判断谁能胜出：好心却不胜任的笨蛋？善妒而鲁莽的野心家？还是优柔寡断、鼠目寸光的衣服架子？最后一位至少已为其愚蠢付出了生命，其他人大概也会步其后尘。

您想知道真相？您还在乎真相？老朋友之间就不用遮掩了吧，臣比绝大多数人更了解您，您是个只会说漂亮话的废物，没骨气的傀儡，自怨自艾、自暴自弃的傻子。您身为国王，却没有作为，真正掌权的是巴亚兹，而他毫无道德、顾忌和仁慈可言。他是个怪物。说实话，除了镜中的自己，臣没见过那么坏的人。

您想知道真相？臣也在腐烂。臣被您生生活埋后便开始腐烂，若非太过懦弱，早已自我了断。臣是个懦夫，只能靠杀人来寻求满足，以期有朝一日，足够多的鲜血能将自己洗净。臣屏息等待着永不可能到来的复职，在此期间，您高贵的屁眼挤出什么样的屎落在臣脸上，臣都甘之如饴。

横遭屁眼陛下背叛和诽谤的替罪羊
王家特派北方闹剧观察员·布雷默·唐·葛斯特

葛斯特放下笔，看着食指尖不知何时划出的小伤口，现在干什么都能扯痛这里。他冲信纸轻轻吹气，把闪着微光的墨水吹干，然后折好信纸，用仅剩的一只完好的指甲缓缓将折痕抿齐。他拿起蜡烛，舌头紧抵上牙堂，双眼注视着烛火在阴影中跃动。他盯着那一小点亮光，宛如患有恐高症的人，从高塔上的阳台向下张望。它在召唤他、吸引他，它所唤起的自毁冲动让他目眩神迷。正是如此，这封耻辱的信件能让我狂笑着迎接生命的终结。只要封住它、寄出去，等待风暴降临。

他叹口气，将信纸凑到火上，看着它慢慢焦黑碎裂，残角闪着火星飘落在地。这种信他每晚至少要写上一封，通篇语无伦次的粗鄙之语，以助入睡。有时写完信感觉好了不少，纵然为时不长。

外面的喧哗让他不禁皱眉。接着是更猛烈的撞击声、许多人的叫嚷声，语调令葛斯特不由得去穿靴子。马嘶声也响了起来，他一把抓起长剑，掀开帐帘。

尤根原本坐在外面,就着灯光敲平葛斯特的盔甲在白天留下的凹坑。他也站了起来,伸长脖子张望,双手分别提着胫甲和小锤。

"怎么了?"葛斯特用高亢尖细的嗓音问他。

"我也不——哇哦!"他向后一跃,躲开一匹疾驰而过的马,主仆两人都被泥巴溅了一身。

"别动,"葛斯特的手轻轻搭在尤根肩上,"别去危险的地方。"他大步离开帐篷,往老桥边走去,一只手整理衬衫,另一只手紧握剑鞘包裹的长剑。无数叫喊在漆黑的前方回荡,灯光莹莹闪烁,而葛斯特眼中还残存着烛火的幻象,跟眼前一闪而过的人影和面孔重叠在一起。

一名联络员冲出夜色,那人呼吸急促,半边脸和身子侧面的制服都覆满泥巴。"怎么回事?"葛斯特冲他吼道。

"北方人大举来犯!"联络员一边继续跑,一边上气不接下气地喊道,"我们寡不敌众!他们来了!"他的恐惧引发了葛斯特的兴奋,灼热的快感涌上喉头,灼得生疼。浑身酸楚一扫而空,他大步流星地朝河边走去。难道我在半天之内,要连着两次杀过这座桥?他几乎为这蠢念头笑出声来。我等不及了。

有的军官呼吁众人镇静,有的军官却忙着逃命。有的士兵疯狂地寻找武器,有的士兵却忙不迭地丢弃手里的家伙。每一片阴影看上去都像是潜伏的北方人,葛斯特觉得掌心发痒,恨不得立刻抽出剑来攻击,只怪那些阴影迅速消解成了茫然的士兵、衣衫不整的仆人和睡眼惺忪的马夫。

"葛斯特上校?长官,您是葛斯特上校吗?"

他没停下脚步,任思绪飘流——飘到了斯皮奈,飘到了被烟雾和疯狂笼罩的卡多迪的春情院。在呛人的黑暗里寻找国王。这次我不会再失败。

一名仆人握着沾满鲜血的匕首,看着地上蜷缩的人影。杀错了人。一个男人没头没脑地冲出帐篷，头发乱糟糟地支棱开来，双手忙着解礼仪佩剑上的钩子。饶了我吧。葛斯特用手背将这纨绔子弟一把推开，任其尖叫着摔在泥地里。一位体态圆润的上尉坐在地上，脸上有血迹，双手捂着头上的绷带。"怎么回事？到底怎么回事？"恐慌。军队已陷入恐慌。堂堂的王军部队竟如此容易受惊，白日的英雄瞬间变作夜里的懦夫。他们变成了绵羊，凭动物本能行事。

"这边！"有人在他身后喊，"他知道怎么走！"周围随即响起急促的脚步声。一小群跟随我的绵羊。他头也不回。你们要知道，我将去往杀戮的现场。

斜刺里冲出一匹双眼翻白的骏马，有人被马蹄践踏，惨叫连连，手掌抠着泥巴。葛斯特径直迈过那人，踩着不知为何倾洒在地的时髦女士的裙子、蕾丝和彩绸，继续前进。人群愈发密集，夜色中到处是苍白的面孔，一双双疯狂的眼眸反射着火光，火把还将河水照得阴暗不定。老桥正如昨天与北方人交锋时那样拥挤和混乱。不，更拥挤、更混乱，人们只顾七嘴八舌地叫嚷。

"你看见我的——"

"那是葛斯特吗？"

"他们来了！"

"给我让开！给我——"

"他们已经逃了！"

"是他！他知道怎么办！"

"都往后退！后退！"

"葛斯特上校，我能——"

"听命令！听命令！求你们了！"

现在恳求可没有用。人群毫无意识地推挤扎堆，只有憋不过气时才稍微散开，偶有人抽出长剑或火把打在谁脸上，恐慌便会激增。黑暗中，有手肘怼到葛斯特，他一拳捶回去，结果指节撞上了盔甲。

他踢开缠住大腿的不知什么东西，继续往前挤。有人惊叫着被挤下了老桥，葛斯特只看到乱踢的双脚，然后就听见那人落入奔腾河水的巨响。

他终于推开阻碍，来到桥对面。衬衫已被扯坏，冷风吹在裸露的胸口，凉飕飕的。一个满脸通红的上士高举火把，扯着沙哑的嗓子大喊冷静。前方的喊声此起彼伏，战马乱冲，刀光闪烁，但葛斯特没听见金属撞击的甜美音符。他紧握长剑，踏着冷峻的步伐继续向前。

"妈的！"葛斯特目睹站在一群参谋中间的密特里克将军怒不可遏，"我要二团和三团立刻发起冲锋！"

"可是长官，"一名参谋嗫嚅道，"距天亮还有一段时间，士兵们尚未做好准备，我们不能——"

密特里克在这名年轻人的鼻尖下挥舞长剑。"这里我说了算！"但光线显然不足，骑马很不安全，更别说千军万马一抹黑地杀奔敌营。"在桥上布置卫兵！想当逃兵的都给我吊死！吊死！"

参谋长欧派克上校刚好站在密特里克责骂范围之外，拘谨而恭敬地旁观这幕闹剧。

葛斯特拍了拍他的肩膀，"北方人呢？"

"跑了！"欧派克没好气地推开他的手，"就几十个人！他们偷了第二团和第三团的团旗，匆匆消失在夜色中。"

"将军，陛下决不会容忍军旗失踪！"有人大吼。芬宁格。他就像老鹰抓小鸡一样逮住密特里克的难堪不放。

"不用你提醒！"密特里克回吼道，"我肯定能夺回军旗，把那些偷偷摸摸的杂种就地正法。请你转告元帅阁下！就这么转告！"

"噢，别担心，我肯定会如实转告！"

密特里克无暇分辨，转身冲夜色中怒吼："侦察兵呢？我说过要提前派出侦察兵，现在人呢？丁贝克？丁贝克呢？战场地形，伙计，战场地形如何?"

"您叫我?"一个脸色苍白的年轻军官结结巴巴地回应,"呃,呃,是的,可是——"

"侦察兵们回来了吗?勘察有何结果?快告诉我地形对我军有利,妈的!"

年轻军官的双眼绝望地四下游移,片刻后总算打起精神,集中注意力。"是的,将军,我们提前派出了侦察兵。呃,实际上,大部分侦察兵已经回来了。战场……堪称完美,就跟牌桌一样,长官,但牌桌上……没有长满麦子——"

"太好了!妈的,没有比这更好的消息!"密特里克跺着脚往回走,松弛的衣襟随风飘荡,"见鬼,豪克曼少校哪儿去了?马上整顿骑兵,天亮到能撒尿时就给我集合好!懂没?能撒尿时就集合好!"

他的吼叫和芬宁格刺耳的抱怨一起消散在风中,参谋团也提着灯笼尾随而去,剩下葛斯特皱眉注视着一片漆黑,宛如被抛弃的新郎般满心失望。

这只是一场突袭,一场微不足道的突袭,然而丢失的两面旗帜触发了密特里克满溢的虚荣。这里没有荣耀也没有救赎,只有愚蠢、懦弱和浪费。葛斯特漫不经心地想着这场混乱会带来多少损失。可能十倍于北方人实际造成的损害?太真实了,战争中最危险的永远不是敌人。

我军防备竟如此松懈?因为我们认定对方没勇气进犯,今晚他们若再努力一点,甚至可能把我们赶过桥去,再俘虏整整两团骑兵,而非仅仅夺走旗帜。他们肯定没想到,而这是所有人的不幸——尤其对我。

他转身看向身后那一群操着不称手的家伙的士兵和仆人,他们随他过了桥,来到这里。人数着实不少。若说他们是绵羊,那我是什么?牧羊犬?汪汪汪,你们这帮白痴。

"我们该做什么,长官?"离他最近的人问。

葛斯特只能耸耸肩,拖着沉重的步伐朝老桥走去,就像昨天下午那样。他穿过垂头丧气的人群时,黎明尚未到来,但是快了。

他必须穿上盔甲。

羽翼之下
Under the Wing

卡脖摸黑下山，仔细看着脚下，每迈一步，膝盖的刺痛都难以忍受——当然，酸痛的胳膊、脸颊和下巴也同样难受，而最折磨他的是在这个冰冷无眠的夜里内心的煎熬。这一夜笼罩着忧虑与悔恨，耳边尽是将死之人的微弱哀鸣以及冻土的威尔旺响天彻地的鼾声。

究竟要不要把卡尔达的话报告黑旋风？卡脖推测卡尔达已经脚底抹油，那孩子毕竟是他从小带大的，素来与勇气无缘。然而昨晚在英雄顶摊牌时，卡尔达的语气跟以往有所不同，卡脖说不清，或者说，卡脖感到对方生出了一些不属于自身、却属于其父的东西。贝斯奥德不喜欢逃跑，乃至因此而死，被血九指敲烂脑袋，而若黑旋风得知卡尔达那番话，卡尔达的下场可能还更惨。卡脖瞥向眉头紧锁的黑旋风，头儿脸上纵横交错的伤疤在摆子手持的火把映照下格外显眼。

说还是不说？

"操蛋。"他轻声咒骂。

"没错。"摆子立刻应道,卡脖吓得差点摔在潮湿的草地上。但他马上意识到,世上的操蛋事太多,而这个词妙就妙在包罗万象、百试百灵,无论是要表达恐慌、震惊、痛苦、害怕、担忧……统统适合。何况现在在打仗。

破败的小屋渐渐自夜色中浮现,荨麻爬过倾倒的墙壁,部分天花板坍塌下去,腐朽的梁木如死人的肋骨般支棱着。黑旋风抓过摆子的火把,"你在外面等。"

摆子沉默片刻,然后低头退到门边,金属眼球反射着暗淡的月光。

卡脖弯腰穿过矮门,尽量装得若无其事——他现在和黑旋风独处一室,隐隐担忧背后被捅上一刀,或当面挨上一剑。每当与黑旋风独处,他事后都感到一丝庆幸,跟随三树乃至贝斯奥德时可从没有这种感觉。如此看来,他实在不算跟对了人……他又开始咬指甲了,操蛋,根本没有指甲可咬,他不得不放下手。

黑旋风举着火把走到屋子远端,摇曳的影子投在粗糙的梁木上。"女孩还没回音,她老爹也没动静。"卡脖觉得不开口比较好。这些天来,他每次开口准没好结果。"看来我从大个子那头拼死弄来筹码,最终却一无所获。"卡脖继续沉默,"女人就这样,呃?"

卡脖耸肩。"这事我没法建议。"

"你身边也有副手,对吧?你平常咋整?"

"事儿全归她管,奇妙是最棒的副手。死者在上,我这辈子做过太多糟糕的决定,但让她当副手我从不后悔。从不。她像蓟草那样坚强,跟我见过任何男人相比都不逊色。她比我有骨气,比我机灵,总能第一时间把东西看透。而她同样光明磊落,凡事都靠得住,可以说是我最信任的人。"

黑旋风扬起双眉。"真他奶奶的能吹。看来老子该选她,不该选你。"

"确实如此。"卡脖轻声说。

"找个能信任的人当副手。"黑旋风走到窗边,外面夜色正浓,阴风阵阵,"找个能信任的人。"

卡脖赶忙转移话题。"你在等那位黑肤朋友?"

"她算不上朋友,不过我确实在等她。"

"她是什么人?"

"沙漠居民。没看她是黑皮肤吗?"

"我的意思是,她来北方做什么?"

"我说不太清。不过据我所知,她也在参与一场战争,一场古老的战争,而今恰好跟我们在同一边。"

卡脖皱眉。"法师之间的战争?我们真要参与?"

"我们已经参与了。"

"你怎么找上她的?"

"她找上我的。"

这话令卡脖深为不安。"魔法。不知——"

"你昨天在英雄顶看到裂足的样子了吧?"

不愉快的回忆。"看到了。"

"联合王国显然使用了魔法,还用得心满意足。我们必须反制,以火还火。"

"全烧起来怎么办?"

"肯定会全烧起来,"黑旋风耸肩,"这可是打仗。"

"你信任她?"

"不。"卡脖陡然发觉伊丝黎靠在门边的墙上,双脚交叠,脸上表情仿佛对他心中所想一清二楚,却全不以为意——他不禁担心,她是不是连他纠结的卡尔达的事也全知道。这令他心烦意乱。

然而黑旋风头都没回,他把火把插在墙头生锈的架子上,看着火苗噼啪跃动。

"看来，和平的小示好搁浅了。"他终于扭头道。

伊丝黎点点头。

黑旋风撇着嘴。"没人想当我的朋友。"

伊丝黎以不可思议的弧度高高挑起一根纤细的眉毛。

"算了，谁想握上我这双沾满鲜血的手呢？"

伊丝黎耸耸肩。

黑旋风低头看着握起的拳头，叹口气。"只能继续染血喽。他们今天会从哪里进攻？"

"全线进攻。"

"我就知道。"

"那何必多问？"

"要你多少起点作用。"众人一时无言。最后，黑旋风总算转过身来，手肘支在狭窄的窗沿上，"继续，多说点情报。"

伊丝黎离开墙边，后仰的脑袋慢慢转圈。她的所有动作都让卡脖莫名难受，就像目睹蠕动的蛇。"东面，将由一个叫布洛克的军官带领冲锋，直扑奥斯仑镇的桥梁。"

"他咋样？跟米德一样？"

"正相反，他年轻、英俊、勇敢。"

"老子就喜欢英俊又勇敢的年轻人！"黑旋风看了眼卡脖，"所以才挑了这样的副手。"

"是啊。"卡脖惊觉自己又在咬指甲，赶忙把手甩开。

"中路，"伊丝黎续道，"加兰霍将亲率大队步兵涉过浅滩。"

黑旋风露出豺狼般的笑容。"值得期待，我特别乐意坐在山顶欣赏别人往上爬。"卡脖觉得自己没那么期待，尽管占有地利。

"西面，密特里克正提起缰绳，打算让那些漂亮的骏马一展雄风。他手下有些人埋伏在小溪对面，也就是你侧翼的树林里。"

黑旋风扬起双眉。"哈，卡尔达说对了。"

"卡尔达今晚很上心。"

"他奶奶的,这多半是小杂毛有史以来第一次上心。"

"他摸黑偷了两面联合王国的军旗,用来嘲讽。"

黑旋风忍不住笑了,"这小子,论嘲讽可是一把好手,不枉我一直喜欢他。"

卡脖皱眉看他。"你喜欢他?"

"不然我干吗总给他机会?我手下不缺踹门的恶汉,但也需要一两个懂得利用门把手的家伙。"

"有道理。"卡脖忍不住忖度,若黑旋风知道卡尔达想用门把手来杀他会怎么说。他会知道的,这只是时间问题。不是吗?

"他们的新武器,"黑旋风凶狠地眯起眼睛,"究竟是什么?"

"第一法师巴亚兹的作为。"伊丝黎同样凶狠地眯起眼睛。卡脖觉得这两人可以竞争世界眯眼大赛的冠军。"他在对面搞了些新发明。"

"你的情报就到这程度?"

她昂起头,眼睛盯着鼻子。"能制造惊喜的不止是巴亚兹。今天晚些时候,我会以火还火。"

"我就知道将你收留在我羽翼之下是明智之举。"黑旋风说。

"您的羽翼庇护着北方,噢,强大的保护者,"伊丝黎的眼珠缓缓转向天花板,"然而先知在真神的羽翼之下,我在先知的羽翼之下,至于不让雨点落在你头上的羽翼?"她举起两条手臂,修长的手指像无骨的蚯蚓一样蠕动。她脸上绽放出笑容,牙齿白得吓人,嘴巴也咧开得吓人。"无论伟大与否,每个人都在羽翼之下。"黑旋风的火把跃动了一下,光线流转,伊丝黎已不见踪影。

"想想清楚。"她的声音仿佛就在卡脖耳边。

外号
Names

贝克缩起上身，盯着火堆。火堆里只剩几根焦黑的木柴，仅中心部分有一点缓缓燃烧的余烬。微小的火苗晃动，跳跃，最终无助地被风掐灭。燃烧殆尽，和他一样。许久以来，他都做着英雄的美梦，如今这场梦只剩余烬，他不知道自己想要什么了。头顶的苍穹中，以伟人、大战和壮举命名的群星逐渐暗淡，他有点搞不清自己是谁。

"睡不着，呃？"多福德披着毯子，盘腿坐到火堆边。

贝克几不可闻地叹了口气。他真不想聊天。

多福德掏出一块昨天剩下的肉递给他，上面泛着油光。"饿吗？"

贝克摇头，他不记得自己上次吃东西是什么时候了。应该是上次入睡前。但这味道他闻着就恶心。

"那就先留着吧。"多福德将肉塞进夹克前襟的口袋里，骨头支在外面，随后搓了搓双手，举到残存的火星旁，这双手脏得比夜色还黑。他的年纪与贝克相仿，但块头小一些，肤色黑一些，下颌冒出些参差不齐的胡楂。夜色映衬下,他竟有些像掠特。贝克吞了口口水,头撇向一边。"你挣了个外号,呃?"

贝克微微点头。

"红贝克,"多福德笑出了声,"不错,挺威风呀。你很满意吧。"

"满意?"贝克恨不得直说:我躲在橱柜里,还杀了个自己人……但最后他答道:"大概吧。"

"我也想有个外号。迟早会有的。"

贝克盯着火堆,不想再说。但多福德似乎就是话多。

"你有家人吗?"

平凡的拉家常,贝克却像做苦工一样憋出几个字。"一个母亲。两个弟弟。其中一个在山谷里的铁匠那儿当学徒。"一打开话匣子,他的思绪就飘向了故乡,没法停下。"我妈应该开始收获庄稼了,我走时已长成了。她会打磨镰刀,做好准备,费森会在她身后收拾……"死者在上,他真希望自己也在帮忙,而这令他又想哭又想笑。他担心自己控制不住,不敢再说下去。

"我有七个姐姐,"多福德说,"我是家里的老幺。简直像有八个老妈在烦我,整天指手画脚,嗓门一个比一个高。家里没男人,也从不谈论男人的事。对我来说,家就像地狱。"

有八个女人的温暖家庭,就算从不谈论刀剑也不可怕。贝克从前同样觉得家跟地狱差不离,而今他对地狱的定义不一样了。

多福德还在喋喋不休。"不过我现在有了新的家:卡脖、奇妙、快活约恩,还有其他人。他们都是优秀的战士,都有威风的外号。大家团结一心,对吧,互相照顾。前两天小队失去了几个人。几个好人,但……"他似乎一时语塞,但很快又滔滔不绝起来,"卡脖以前是老三树的副手,你知道,那是很久以前,他每场仗都参加了。他做事讲究规矩,坚持走正路,跟他在一起,你有种脚踏实地的感觉。"

"是吧。"贝克可没觉得脚踏实地。他觉得自己还在不断下坠，迟早——多半很快——会摔得脑浆迸裂。

"你的剑哪儿来的？"

贝克瞥向剑柄，惊讶地发现自己一直把剑搂在身边。"我爹的。"

"你爹也是个战士？"

"他有外号，好像还挺出名，"他曾那么热衷于吹嘘父亲，如今语调却很酸涩，"没心肺沙玛。"

"啥？曾和血九指决斗那个？而且还……"

输了。"是的。决斗时血九指带了把斧子，我爹带了这把剑，转盾牌选武器血九指赢了，他选剑。"贝克抽出剑刃，禁不住愚蠢地担心刺到旁人。昨天以来，他对这把剑的畏惧大大加深。"血九指将我爹开膛破肚，从肩膀直劈到小腹。"而他长大后却迫不及待地跟随杀父仇人的脚步，跟随那个他根本不认识的陌生人，来到随时可能被开膛破肚的战场，这着实有点疯狂。

"也就是说……血九指握过这把剑？"

"可以这么说。"

"我能摸摸吗？"

换作原本的贝克，多半会骄傲地让多福德滚一边去，但回想过去，特立独行对谁都没好处，倒不如交一两个朋友。于是他顺从地将剑柄朝前，递了过去。

"死者在上，真他妈是把好剑，"多福德瞪大眼睛看着剑柄，"上面还有血迹。"

"是啊。"贝克挤出两声干笑。

"哎哟，哎哟，哎哟，"奇妙双手叉腰，不紧不慢地走来，舌尖微微探出牙齿，"两个毛头小子，借着火光分享彼此的武器？别担心，我明白怎么回事。你们觉得周围没人又大战在即，想抓住可能是最后的机会。没事，这最自然不过了。"

多福德清清嗓子,迅速递还宝剑。"我们只是在聊……你知道,聊外号。你的外号怎么来的?"

"我的?"奇妙不耐烦地眯起眼睛。贝克委实不明白,女人怎么会来打仗,还能统领一支小队,如今是自己的头儿?说实话,她的模样有点吓人,面相凶狠,脑袋坑坑洼洼的,一边趴着条老伤疤,另一边有条新伤痕。从前,承认被女的吓到会让他羞愧,但现在不会了,现在他觉得什么都吓人。"我外号的来头,是因为我妙不可言地一脚踢飞了两个好奇的小家伙。"

"她的外号是三树起的。"盖着毯子的快活约恩翻了个身,胳膊支起上身,眯起一只眼睛盯向火堆,一只手抓挠着黑灰相间的胡子。"她老家在乌发斯北边,有座农场。错了你就说。"

"我会说的,"她说,"放心吧。"

"贝斯奥德开始搞事,手下的小子进了她老家的山谷。于是她剃掉了头发。"

"之前两个月就剃掉了。犁地时总碍事。"

"好吧好吧。换你自己说?"

"你说得挺好。"

"用完剪子,她找来把剑,又鼓动谷里一些人跟她一伙,伏击贝斯奥德的手下。"

奇妙双眸射出精光。"没错。"

"三树带着我和卡脖赶去山谷,本以为会目睹一片焦土,农民四散逃走,结果却见到十几个被吊死的贝斯奥德的手下,此外还有十几个俘虏。这女孩笑吟吟地盯着我们,然后三树说啥来着?"

"记不清了。"她嘀咕道。

"女人领兵,奇妙极了,"约恩语调阴沉地说,"接下来一两周,我们管她叫'奇妙极了',后来省去'极了',变成现在这样。"

奇妙忧郁地盯着火堆,点了点头。"再一个月后,贝斯奥德动真格了,山谷终究化为一片焦土。"

约恩耸肩。"但那次伏击确实很棒。"

"你呢,呃?快活约恩·库柏?"

约恩拉开毯子,坐了起来。"没啥好说。"

"别谦虚嘛。快活是指约恩从前是讲笑话的一把好手,后来他在因渥德之战中惨遭断肠,北方的娘们儿比自家的丈夫、儿子和老爹中招还痛心。从那以后,他再没笑过。"

"别听她胡编乱造。"约恩伸出一根粗厚的手指指向贝克,"我没啥幽默感,而在因渥德只是大腿破了个口子,流了很多血,但没事儿。我身上的零件不劳费心,一件也不少。"

奇妙站在约恩背后,指着胯下无声地说着"老二和蛋蛋",然后摊开手掌,做出切的动作,但等约恩转头,她却盯着自己的指甲,装作若无其事。

"都起来了?"洪水一瘸一拐地来到火堆旁,身边跟着个贝克不认识的瘦子,那人的头发间有灰丝。

"被小崽子们吵醒的,"奇妙嘀咕,"多福德想瞧贝克的武器。"

"都知道咋回事……"约恩说。

"你们要喜欢,可以瞧我的,"洪水抓住腰带上的钉头锤,提了起来,"顶上这一坨老硬实了!"多福德轻笑,但其他人好像都没心情。贝克也没有。"不关心?"洪水期许地问,"因为我老了是吗?直说嘛,因为我老了。"

"老不老的,我很高兴你归队,"奇妙挑起一边眉毛,"有你在,联合王国可不敢进攻。"

"除非我去撒尿,不然他们没机会。"

"一晚三泡?"约恩问。

洪水瞥了眼天空。"四泡。"

"所以他叫洪水,"奇妙小声嘀咕,"省得问了。"

"我半路遇见蹑脚舒利。"洪水用拇指示意身边的瘦子。

蹑脚掂量了半天才轻声说:"我在四下巡视。"

"发现什么了吗?"奇妙问。

他极缓慢地点头,好像发现了生命的终极秘密,"战争正在进行。"他盘腿坐到贝克身边,伸出一只手,"我是蹑脚舒利。"

"因为脚步很轻而得名,"多福德解释,"基本负责侦察。还有举长矛站后排。"

贝克软绵无力地握了握他的手。"贝克。"

"红贝克,"多福德替他补充,"他有外号,昨天刚得。因为在奥斯仑英勇作战,长手亲自给他取的。现在他加入了……我们……你知道……呃……"他的声音逐渐低落,贝克和舒利都皱眉看着他,他只好缩回毯子里。

"卡脖跟你谈了?"舒利问。

"谈什么?"

"谈正路。"

"他提到过。"

"别太当回事儿。"

"啥?"

舒利耸肩,"每个人对正路的定义不一样。"他从身上抽出许多小刀,在面前依次排开,最大的一把有骨质把手,刀身跟短剑差不多长,而最小的一把曲刃只有刀刃和两个套手指的环。

"这是削苹果的?"贝克问。

奇妙伸出一根指头划过自己强健的脖颈。"割喉的。"

贝克以为奇妙在嘲讽他,却见舒利朝磨刀石吐了口唾沫,拿起那把闪着寒光的小刀,他突然间又不太确定了。舒利舔了刀身两面,把它放到石头上,摩擦,摩擦……

有人一把掀开毯子。"操家伙!"威尔旺跳了起来,一副摇摇欲坠的模样，身边的巨剑被毯子缠住了，"操家伙！"

"闭嘴！"黑暗中传来喊声。

威尔旺抽出巨剑，撩起兜帽。"我醒了！早上了？"看来关于冻土的威尔旺总是严阵以待的故事言过其实。半晌后，他放低巨剑，觑眼看向黑沉沉的天空，只见星星尚在云层缝隙中闪烁。"为啥这么黑？别怕，孩子们，威尔旺在你们身边做好了战斗准备！"

"感谢死者，"奇妙哼了一声，"我们得救了。"

"没错，女人！"威尔旺摘下兜帽，抓了抓脑袋，他的头发一边被压得扁平，另一边则乱糟糟地翘起。他扫视英雄顶，只发现将熄的火堆、熟睡的人群和那些老石头，于是讪讪地来到火堆边，伸了个懒腰。"聊啥呢？我听到有人在说外号？"

"是啊。"贝特含含糊糊地不敢多说，感觉像在跟斯凯林本人说话。他是听着冻土的威尔旺的故事长大的，村里的老酒鬼沙维尔喜欢讲这些，而他总听不够，老缠着沙维尔翻来覆去地讲。他做梦都不敢想象自己会成为威尔旺的同伴，在对方的歌谣中占据一席之地，而今却靠着欺骗、懦弱和杀友求荣坐到了威尔旺身边。他拽紧母亲的斗篷，感觉指头捏碎了什么——原来斗篷上还沾有掠特干涸的血迹。红贝克。没错，他现在双手已染上了血，却跟梦想中完全不同。

"外号，是吗？"威尔旺将巨剑末端插在火堆旁，作为武器，它太长太重了。"这是众剑之父，人们给它起了上百个外号。"约恩闭上双眼，躺了回去，奇妙则朝天翻白眼，但威尔旺继续用刻意拖长的深沉语调娓娓道来，这段话他似乎说得非常熟练。"黎明剃刀。坟墓制造者。鲜血收割者。至尊至劣之剑。悚卡卡-嘎克——这是谷地语，意为'裂世'，那是一场会从时间伊始打到世界终焉的战斗。它既是给我的奖赏，也是对我的惩罚，既是我的祝福，也是我的诅咒。剑是达根科尔临死前给我的，他又从'魔山'幽韦那里接手，再前任主人是'四脸'，再再前任是'叶礁'奥坎，就这样，它的历史可追溯到世界之初。当松格娜的预言实现，我浑身是血地倒在地上、终于要见大平衡者时，我也会把剑托付给最配得上它、能为它带来声名的人，一同托付的还有它曾拥有的荣耀以及所有曾挥舞它的强者。那些传奇人物将活在人们的记忆中，永垂不朽。顺带一提，我出生的山谷管它叫上帝之剑，人们说它来自天堂。"

"你干吗不这么叫？"洪水问。

威尔旺用拇指抹掉剑柄上的泥土。"我以前也这么叫。"

"现在呢？"

"上帝创造万物，对吧？上帝可以是农民、工匠或产婆，反正让万物欣欣向荣。"他仰头望天，"他拿剑来干吗呢？"

奇妙一手按在胸口。"噢，威尔旺，你可太有深度了。我得坐上几个小时，冥思苦想你刚才的教诲。"

"你自个儿的外号，冻土的威尔旺不怎么有深度。"贝克脱口而出。他立刻后悔自己的鲁莽，因为其他人都看向他，威尔旺更是盯着不放。

"为什么？"

"呃……就是说你来自冻土，对吧？"

"我从没去过那边。"

"那怎么——"

"我也说不清外号怎么来的。可能这里的人只听过山区的那个地方，"威尔旺耸肩，"有什么关系？外号本身啥也不是，是人赋予它意义。人们不会仅因'血九指'三个字就吓尿裤子，吓坏他们的是有这外号的人。"

"核桃威尔旺呢？"多福德问。

"字面意思。乌斯德附近的一位老人教会我怎么赤手空拳砸核桃，只要——"

奇妙嗤笑道："叫你核桃不是因为这个。"

"呃?"

"不,"约恩说,"当然不是。"

"他们叫你核桃跟叫夫核桃是一个原因,"奇妙敲了敲脑袋上剃掉头发的一边,"说你脑壳不正常。"

"真的?"威尔旺皱眉,"噢,这可太坏了,一群混蛋。下次让我听见,非得好好吵一架。这解释太让人伤心了!"

奇妙摊开双手。"送你的大礼。"

"早啊各位。"卡脖科登缓缓走到火堆旁。他两腮鼓起,灰发被风撕扯,双眼起了黑眼圈,鼻孔周围泛红,看上去很疲惫。

"快快下跪!"奇妙喊道,"黑旋风的右手驾到!"

卡脖玩笑般地抬手示意平身,"免礼。"贝克发觉他身后跟了个人——摆子考尔——胃里不免一阵恶心。

"你还行吧,头儿?"多福德又掏出口袋里那一小块肉,递了过去。

卡脖蹲到火边,弯腿时打了个寒战。他用手指堵住一边鼻孔,用力呼气,发出快死的鸭子一般的声音,从另一边鼻孔中擤出长长的鼻涕。然后他接过肉,咬了一口。"要我说,'还行'的意思一直在变。跟前几天相比,我差不多还行,但跟二十年前比,算是行将就木喽。"

"这是战场,不是吗?"威尔旺笑得开怀,"大平衡者跟我们形影不离。"

"你倒说得形象。"卡脖抖了抖肩膀,仿佛有人在脖子边吹气一样,"多福德。"

"在,头儿?"

"如果联合王国人杀上来——这几乎是注定的——我觉得……你最好别参与。"

"别参与?"

"这场战斗会很激烈。我知道你有骨气,但你没有趁手家伙。就凭短斧和弓箭?联合王国人有盔甲,有精钢武器,还有各种……"卡脖摇摇头,"我在后方给你找了个位置——"

"头儿,不,我想打!"多福德看向贝克,似要寻求支持。贝克却没法回应,他恨不得自己被安排到后方。"我想给自己挣来外号。请给我个机会!"

卡脖又打个寒战。"甭管有没有外号,你都是你,不多不少。"

"是啊。"贝克忍不住附和。

"有外号的说得轻松。"多福德怒冲冲地盯着火堆,没好气地叫道。

"他想打,就让他打吧。"奇妙插嘴。

卡脖惊讶地抬头看她,好像突然意识到自己的身份。最后,他身子后仰,一边手肘撑地,一只脚伸向火堆。"嗯,这毕竟是你的小队。"

"没错,"奇妙边说边踢了踢卡脖的脚,"大伙儿一起上。"约恩拍打多福德的肩膀,赢得荣耀的念头让后者脸色通红、喜笑颜开。奇妙伸出手,用指甲轻弹众剑之父的剑柄。"更何况,你自己也不是凭什么称手家伙挣来外号的。你要感谢自己的牙,对吧,卡脖?"

"你用牙咬开敌人的脖子?"多福德问。

"不是,"卡脖陷入遐想,火光勾勒出他眼角的皱纹,"那是我第一次完完整整地参加的战斗,度过了相当残酷的一天,而我始终冲杀在前线。要知道,那时的我也跃跃欲试,满心想当个英雄,满心想挣来外号。仗打完后,大家围坐在火坑旁,我自以为凭那天的表现,定能获得威武的外号。"他意味深长地看了贝克一眼,"比如红贝克这样的。结果三树考虑的时候,我刚好咬下一大口肉。当时肯定是醉了,咬得马虎,于是被一块骨头卡住喉咙,喘不过气。所有人都来帮忙搔背,最终还是一个大个儿把我头朝下拎起来,方才弄出骨头。事后我好几天说不出话，就因这个，三树管我叫卡脖。"

"松格娜说……"威尔旺舒展开身躯，"我要实现自己的宿命……须得寻一个被骨头卡到喉咙的人。"

"荣幸之至，"卡脖咕哝，"得到这外号，我快气疯了。但现在我明白了三树的用意，他要我不可忘本。"

"看来很有效，"摆子沙哑地说，"你至今光明磊落，不是吗？"

"是啊，"卡脖不开心地舔了舔牙，"相当磊落呢。"

舒利手上的小刀最后一次划过磨刀石，他随即拿起下一把刀子。

"摆子，见过我们的新队员没？"卡脖用拇指示意，"红贝克。"

"见过，"摆子从火堆对面盯着他，"在奥斯仑。昨天。"

贝克不由得心虚起来，仿佛摆子能透过他的眼睛看穿他是个骗子。他原本就疑惑其他人为何看不见，"骗子"二字仿佛他脸上新刻的文身……冷风啃噬后背，他再度紧了紧沾满血污的斗篷。

"昨天真要命。"他嘀咕道。

"我想今天会更棒，"威尔旺站起来，伸个懒腰，将众剑之父举过头顶，"若我们够幸运的话。"

昨日重现
Still Yesterday

剑刃插入，蓝色的脸颊鼓了起来，颜料像干涸的泥土般脱落，胡楂不住蠕动，眼角处的眼白爬满红色血丝。她咬紧牙关，继续用力推剑，用力，用力，用力。她死死闭上眼睛，然而蓝色的手印仍在黑暗中爆开。她也无法驱散可恶的音乐，小提琴手们演奏的曲子一直在脑海中回响，节奏越来越快……

大烟的确有效于镇痛，却不能助她入睡。她又翻了个身，在毯子下颤抖不已——若翻个身就能将一整天的杀戮抛在床边就好了。

烛光透过房门缝隙照进来，就像白天她被关在冰冷的囚室时门缝射入的阳光。她当初跪在黑暗中，正用指甲撕扯绳结，不承想外面传来话音，而现下军官们来来去去、忙着与她父亲交谈——现下谈论的是战术与后勤，白天争执的则是"文明的孩子"与黑旋风能要走哪一个女人。

一切发生过的事、可能发生的事和应该发生的事全搅在了一起。若狗子带着北方人提前一小时赶到，野蛮人还没冲出森林就会被赶跑；若她提前警觉，并警告所有人，米德总督或许会对她表示由衷的感谢；若哈德迪克上尉并未失踪，而是及时带来援军，联合王国的骑兵像故事里讲的那样在关键时刻从天而降……她也幻想过自己出面领导防御，高举长剑，身穿血染的胸甲，挺立在栅栏之上，跟苍松之战中的蒙扎罗·蒙洛卡托一样——她曾在一位无甚品味的商人那里，看到一幅如此绘制的俗气画像。多疯狂啊，她沉浸在这些幻想中，愈发怀疑自己是不是疯了，但还是停不下去想。

而在视野边缘，她永远能真切地瞥见一幅骇人画面，仿佛再次置身现场：膝盖顶上肚皮，她整个人被怼在桌上，脖子被一只脏手掐住，无法呼吸，绝望与恐惧席卷全身。她多想掀开毯子跳起来，在房间里一圈圈地跑，多想咬住下唇，抠挖脑袋侧面裸露的头皮，嘴里跟疯子一样念念有词。

啊，那些声音，所有的声音。

如果她再逼黑旋风狠一点，如果她继续施压，也许能带爱丽兹一起回来，而非……黑暗中，她又听到自己松手时对方的哭喊，随后门"砰"地关闭……剑刃插入，蓝色的脸颊鼓了起来。芬蕾咬紧牙关，不由得发出呻吟，她双手抱头，死死闭上眼睛。

"小芬。"

"哈尔。"他俯身看着她，烛火将他的半边脸染成金色。她坐起身，揉了揉脸，触感极为麻木，像揉生面团。

"我给你拿了干净衣服。"

"谢谢。"她的态度正式得可笑，像对待管家一样。

"抱歉吵醒你。"

"我没睡着。"她嘴里残留着大烟带来的奇怪肿胀感，眼睛看向黑暗的角落时也会冒出各种颜色。

"我想天亮以前……应该来看望你，"他停顿片刻，可能是等她回应，但她一点礼貌都装不出了，"你父亲让我负责对奥斯仑镇那座桥梁的进攻。"

她不知说什么好。真是太好了？拜托你，别去？注意安全？留在这里？求你，求求你？"你要上前线？"她冰冷地问。

"差不多吧。应该说就是这样。"

"别逞英雄。"别像哈德迪克一样，冲出去寻找不可能赶到的救援。

"不会的，我保证。我只是……尽到责任。"

"心中只有责任无益于你的仕途。"

"我不是为了升迁。"

"那是为了什么？"

"因为总有人要去做。"他跟她截然不同。理想主义者与现实主义者。她为什么要嫁给他？"你瞧，布林特他……算了，其实还好，考虑到所发生的事。"

芬蕾不禁暗暗希望爱丽兹也好，但赶忙掐灭这念头——这是浪费希望，她没有多余的希望来浪费了。"老婆被敌人掳走，他能好成什么样？"

"他很难受。我是说我希望他还好。"

"还好"——多么无聊又僵硬的形容，整个对话都是如此。哈尔仿佛成了陌生人，他根本不了解她的真实面貌。两个人怎么可能真正了解彼此呢？每个人都注定要孤独地度过一生，打完属于自己的仗。

他握住她的手。"你看起来——"

肌肤相贴让她难以忍受，她像被火炉烫到般抽回手指。"去吧。你该走了。"

他表情扭曲。"我爱你。"

这只是一句话，本能轻易说出口，她却觉得比登天还难，只顾别开脸，看向墙壁，将毯子披到瑟缩的肩上。

然后她听到了关门声。

过了一会儿,也可能过了很久,她爬下床,穿上衣服,往脸上泼了点水。她用袖口挡住手腕上的红肿和胳膊上的丑陋伤口,打开房门走了出去,发现父亲正在对面与一名军官交谈。她昨天似乎看见那军官被橱柜砸倒,陶瓷盘子碎了一地。不,不是一个人。

"你醒了。"父亲笑道,眼中却带着一丝警惕,好像认为她马上会发火,不得不做好灭火的准备。可能她确实该发火。真要发火,也没什么可惊讶或抱歉的。"感觉怎样?"

"还行,"她又想起自己用指甲抓挠掐住脖子的手,耳边回荡着剧烈的心跳,"我昨天杀了个人。"

父亲站起身,拍了拍她的肩膀。"这种感觉确实不好,但——"

"哪里不好啊?我偷了把短剑,捅死了侵犯我的人。剑刃插进他脸上,插进了脑子里。所以,我算是为军队做出了一点贡献。"

"芬蕾——"

"我疯了吗?"她莫名其妙地大笑起来,"事情本可能变得更糟,我应该庆幸才对。但当时我什么都做不了,谁又能办到呢?我当时该做什么?"

"经历过那些事,只有疯子才会无动于衷。你不如试着想想……那只是过去的一天,和别的日子一样,都过去了。"

她长吸一口气。"当然。"她冲父亲微微一笑,努力表现出自己没事,而非处于疯狂边缘。"那只是过去的一天。"

桌上摆着装水果的木碗,她从中拿了颗半绿半血色的苹果。尽量吃点东西,补充体力,毕竟那只是过去的一天。

外面天还黑。卫兵们站在火把边上,见她走过都一言不发,装作漠不关心,实际却在偷偷打量。她真想吐在他们脸上,却只能一笑置之。那只是过去的一天。他们看上去跟当时拼命死守旅店大门的卫兵没什么差别,当时野蛮人持续撞击门扇,飞洒的木屑模糊了那些士兵的身影。

她离开小路，走向山腰，一边裹紧斗篷。疾风过处，草叶低伏，山丘绵延到看不见的黑暗中。几棵莎草缠住了鞋，她忽然发现前面站着一个秃头男子，那人正举目遥望漆黑的山谷，袍子在风中翻飞。他一手握拳、背在身后，拇指不安地摩挲食指，另一只手优雅地端了个杯子。在他面朝的东方，天空已露出第一缕微弱的鱼肚白。

可能是大烟的后劲，也可能是一夜未眠，经历过那样的一天后，她竟觉得第一法师也不那么可怕了。"新的一天！"她大喊，感觉自己仿佛要从山腰上飞走，飞向黑暗的天空，"新的一天战斗来临了！您肯定很满意，巴亚兹阁下！"

他向她微微弯腰致意。"老夫——"

"'巴亚兹阁下'合适吗？还是有更配得上第一法师的名头？"她撩开脸上的头发，但风又把它们吹了回来，"巴亚兹上人？巴亚兹大护法？巴亚兹开国宗师？"

"老夫素来回避这些俗套。"

"你是怎么当上第一法师的？"

"老夫是伟大的尤文斯的首徒。"

"他教你魔法？"

"他教会老夫高等技艺。"

"你为何不用魔法，却使唤别人打仗？"

"使唤别人打仗更容易。魔法是一门技艺、一门科学，它必须强迫事物违背其本性，但人类的本性就是好战。"巴亚兹缓缓抿了口茶，举着茶杯看她，"看来，你已经走出昨日的磨难？"

"磨难？我快忘记昨日发生过什么了！父亲建议我把那当成过去的一天。或许真是如此，反正每一天，我都在为夫君的利益——说到底是我自己的利益——苦苦钻营，"她仰头大笑，"我可是野心勃勃。"

巴亚兹眯起绿眼睛。"这是老夫最赞赏的品质。"

"米德死了。"米德的嘴无声地开合,像离水的鱼,手指捂着猩红制服上的大口子,倒地后又被大摞文件盖住。"您肯定需要新的安格兰总督。"

"国王陛下的确需要。"第一法师重重叹了口气,"但由谁出任需要考量诸多复杂因素。米德的亲戚想必渴望继承,且肯定会提出要求,但我们不能允许总督职位成为世袭;老夫相信议会中不下二十个权贵会觉得该轮到自己,可我们又不能让某人过于强势,谁的势力太大都会威胁王权,你公公就是最好证明;当然,我们可以破格提拔某位官僚,但议会又会大声指责内阁暗箱操作,而平息议会原本就不容易。总而言之,在诸多死对头、长久的敌意和致命的陷阱之间很难达成平衡,政治这门学问错综复杂,每每让人想一股脑丢开。"

"我丈夫不行吗?"

巴亚兹偏着头,"你倒直率。"

"今天早上,我感到自己不得不直率。"

"直率是又一项老夫赞赏的品质。"

"命运女神在上,我真荣幸!"她口中这么说,耳边却响起爱丽兹的哭号和关门声。

"但老夫不知该如何提携你丈夫。"巴亚兹撇着嘴,将杯里的茶渣倒在沾满露水的草地上,"要知道,你的公公可是联合王国历史上数一数二的叛徒。"

"纵然如此,他毕竟曾是国内最显赫的贵族,议会的第一人,甚至差点当上国王,"她不假思索地回应,犹如河水里翻滚的石头不会考虑水流的方向,"后来其领地被夺走,权势尽数瓦解,好像从未存在一般,这不免令贵族阶层兔死狐悲。他们固然乐见同伴失势,却也担心自己的命运。依我看,让布洛克公爵的儿子恢复家族的部分荣耀大有助于安抚议会,此举等于给那些古老的世家吃下了定心丸。"

巴亚兹轻轻点头,但依旧眉头紧锁。"或许可行。此外?"

"此外,布洛克公爵盟友遍天下,也树敌众多,但他儿子与之无涉。八年来,他儿子饱受冷眼和歧视,被各大派系排挤在外,一心只为国王陛下效力。他在战场上证明了自己的诚实、勇敢、绝对忠诚,"她紧盯着巴亚兹,"此举亦将成为一桩美谈:我们的君主不愿屈尊参与琐碎的政治纷争,而致力于奖赏尽忠职守的臣子,提拔德行优良的英雄。依我之见,这是平民百姓喜闻乐见的故事。"

"尽忠职守、德行优良,的确是英雄的品质,"巴亚兹的口气像谈论猪的肥瘦,"但身为总督首先得有政治眼光,需要灵活变通、冷酷无情、权衡利弊。你丈夫合格吗?"

"这些是他的缺陷,但他身边有很好的补充。"

巴亚兹的嘴角似笑非笑。"老夫察觉到了。你的建议很有意思。"

"您之前并未考虑所有选项?"

"深谋远虑并不会扼杀意外。下次内阁开会,老夫可能提出建议。"

"依我之见,此事应尽快决定,不该变得……更复杂。我当然做不到不偏不倚,但说真的,我丈夫是你能找到的最佳人选。"

巴亚兹干笑两声。"谁说老夫需要最佳人选?也许安格兰总督之职合该派给傻瓜和弱者,也许那样于所有人都相宜。找个孱弱的傻瓜,外加笨拙胆小的妻子。"

"那我可无能为力了。吃个苹果吧。"她把苹果扔给他。巴亚兹伸手去接,却没接稳,赶忙伸出另一只手,结果茶杯掉在草地上。他惊讶地抬起眉毛,但还没来得及说什么,芬蕾已走开了。

芬蕾根本记不得刚才谈了什么,她的脑海完全被蓝色的脸颊占满,剑刃插入,用力,用力,用力……

风雨欲来
For What We Are About to Receive ...

站在众人之上发号施令，与被吊死示众仅一线之隔。当卡脖站在空板条箱上发表简短讲话时，觉得自己更像后者。他面前是脸孔的海洋，整个英雄顶不但石阵内塞满了人，石阵外也挤得水泄不通，更别提压阵的多为黑旋风的亲锐，那都是全北方最冷酷、凶悍和毒辣的硬汉——北方的硬汉虽多，但要找出跟这帮人一样专事奸淫掳掠、杀戮欺凌，对正路和规矩毫无兴趣的家伙，却也并不容易。

幸好板条箱旁还有一脸严肃的快活约恩、洪水和奇妙，他更庆幸威尔旺也在。无论谁讲话，众剑之父都会为之增添分量。他想起当三树的副手时，三树对他的坦白：我是大家的首领，不是大家的情人，首领首先要让大家害怕，然后才说得上让大家喜欢。

"北方人！"他迎风高喊，"你们中有的家伙或许还不清楚，裂足死了，黑旋风让我顶他。"他在人群中挑了个块头最大、模样最凶、神情最桀骜不驯、面孔犹如刀砍斧削的家伙，直冲那人喊话，"你们现在都他妈得听我的！"他吼道，"这是你们的任务！"他盯着大块头看了很久，以示自己无所畏惧，不管心里有多惴惴不安。"而我的任务，是让你们活下去。当然，我很可能没法完全成功，这毕竟是打仗。但我会尽力而为，死者在上，你们自己也得尽心尽力。"

人们窃窃私语，这番讲话还远远算不上成功。是时候回顾人生了，虽然他不喜欢自吹自擂，但眼下更不能谦虚。"我乃卡脖科登，得到外号已有三十年！我过去是三树鲁德的副手。"三树的名字引得不少人赞许地微微点头。"你们或许记得他，乌发斯的磐石！他跟血九指决斗时，我曾为他举盾。"听到这个新名字，骚动更大了。"后来我为贝斯奥德而战，现在跟随黑旋风。你们听过的每场战斗，我都曾参与。"他挑衅般一撇嘴，"你们这帮兔崽子没资格为我操心！"他始终担心自己会不会拉了裤子，好歹声音保持着沙哑沉稳——感谢死者赐予他英雄般的嗓门，尽管年月给了他懦夫的肠胃。

"今天在这里的每个人，我只有一个要求：坚持走正路！"他吼道，"别急着笑，谁笑我踹谁屁股。我的意思不是让你们多拍拍小孩的脑袋，或者把最后一点面包渣留给松鼠，也不指望你们打起仗来比斯凯林更勇敢。"他朝周围的英雄石一偏头，"这些鬼玩意留给石头吧，它们不流血。我是要你们跟紧头儿！跟紧队友！跟紧身边的人！别他妈轻轻松松就死了！"

他伸手指向贝克。"瞧这小家伙。他叫红贝克。"站在前面的那些硬汉齐刷刷看了过来，贝克吓得瞪大了眼睛。"他昨天坚持走正路，联合王国人破门而入时他坚守在奥斯仑的一栋屋子里。他听头儿的话，跟同伴并肩抗敌，于是不但保住脑袋，还送四个杂种入了土。"卡脖可能美化了真实情况，但这是演讲，不是吗？"一个十七岁的孩子都能拦住联合王国人，你们这些身经百战的战士就不能阻止他们上山？此外，每个人都知道联合王国多有钱……敌人落荒而逃时肯定大有收获，呃？"下面的人总算笑了出来。挑起贪欲永远是最有效的手段。

"我讲完了!"他高喊,"各就各位!"他跳下板条箱,膝盖痛得身形晃动,幸好还算站得稳。没有掌声,但他觉得够了,至少这些人不会在仗打完前在他背后捅刀子,他已心满意足。

"讲得不错。"奇妙说。

"真的?"

"但走正路那句有待商榷。你有必要说那个吗?"

卡脖耸耸肩。"总有人要说。"

"早些时候,你们或许听到了骚动。"瓦利米上校严肃地瞪着集合的第一骑兵团的军官和士官。"那是北方人袭击的声音。"

"那是友军被干翻的声音。"徒尼嘀咕。他一听到东边的喧闹就知道出事了。半夜、军队和袭击,没什么比这几个词加一块儿更操蛋。

"前线一度陷入混乱……"

"看来被干得很惨。"徒尼嘀咕。

"夜惊蔓延开去……"

"没完没了。"徒尼嘀咕。

"最终……"瓦利米沉痛地宣布,"北方人偷走了两面军旗。"

徒尼微微张开的嘴这次也没法评论。风吹枝头,人们难以置信地窃窃私语。瓦利米大喊着安静。

"第二骑兵团和第三骑兵团的旗帜被掳!密特里克将军对此……"上校踌躇片刻,谨慎地斟酌词句,"痛心疾首。"

徒尼忍不住嗤笑了一声。密特里克天天痛心疾首,两面军旗在眼皮子底下被偷,想也知道他如何愤怒,这会儿积累的怒气可能用钉子一戳就会立刻爆炸,连带炸飞半个山谷……徒尼回过神来时,发觉自己正紧握着第一骑兵团的团旗,于是稍稍放松。

"还有个更糟糕的消息,"瓦利米续道,"昨天下午,将军显然下达过进攻命令，我们却没收到。"福里斯特狠瞪了身边的徒尼一眼，后者只能耸肩。利德林根一直没回来，八成是志愿当了逃兵。"待第二道命令传到，天色已晚。有鉴于此，密特里克将军希望我们今天行动。天亮时分，将军的直属部队将以压倒性力量直扑凯尔墙。"

"啊哈。"过去几天，"压倒性"这样的形容听得徒尼耳朵生茧，奈何北方人始终屹立不倒。

"墙的西端就交给我们。开战后，敌人想必没有足够人手照顾侧翼，一旦发现他们转移，我们就渡过小溪夹击，"瓦利米两掌一拍，强调重点，"就这样把他们夹碎，非常简单。敌动则我动。还有问题吗？"

他们不动怎么办？但徒尼清楚，这种问题是决不能当着一群军官出头询问的。

"很好。"瓦利米露出微笑，仿佛沉默意味着他的计划完美无缺，而非手下太木讷、太兴奋或太谨慎。"本团现有半数士兵缺编，还失去了所有马匹，但第一骑兵团素来所向无敌，呃？今天，只要各司其职，大家都能成为王国的英雄。"

徒尼强忍着干咳几声，眼看那些木讷、兴奋或谨慎的军官解散后去树下集合各自的士兵训话。"听见没，福里斯特？我们都能成为英雄。"

"能活过今天我就满足了。徒尼，你去林木线边继续侦察那堵墙的情况，总得有经验丰富的人一直盯着。"

"哦，我会一直盯着那边，上士。"

"你还会看些别的，毫无疑问。发现北方人转移就发信号。对了，徒尼？"他转过身，"望风的不止你一个，别想耍滑头。我可还记着斯里克塔外围的伏击战你做了什么，或者说，你没做什么。"

"按照军事法庭的宣判，没有证据证明我犯过错。"

"按照军事法庭的宣判，你是个泼皮无赖。"

"福里斯特上士，作为同僚你竟如此看低我的人品，真令我无言以对。"

"你这老小子敢跟我谈人品？"福里斯特冲说完就转身上山的徒尼的背影喊道。

蛋黄蹲在他俩蹲了一整晚的草丛里，用徒尼的望远镜扫视小溪对面。

"沃斯呢？"——蛋黄张开嘴刚想回答——"算了，我明白了。有动静吗？"——蛋黄又张开嘴——"除了骑兵沃斯的肠胃？"

"没动静，徒尼下士。"

"我来瞧瞧。"他二话不说抓过望远镜，朝那堵墙看去，目光沿溪岸上溯，直到东边尽头的山包。"不是我怀疑你……"干石墙前没一个人，但墙后有长矛，许许多多长矛，在夜空下分外显眼。

"没动静，对吧，下士？"

"对，蛋黄，"徒尼放下望远镜，挠了挠脸颊，"没动静。"

加兰霍手握重兵，指挥着精锐的王军第一师团，虽然他把第一骑兵团的一部转隶给密特里克，但又从左右两翼得到两个步兵团的补充。现下他将所有部队排成阅兵方阵，布置在浅滩边铺满青草和鹅卵石的缓坡上，面朝北方、面朝英雄顶、面朝敌人。至少方向是对的。

葛斯特从未见过如此众多的士兵在同一场地列阵参战，队伍两翼无尽地延伸，最终消失在黑暗中。一排又一排整齐的队列林立着长矛和长戟，各个连队的三角旗随风招展。不远处有一面镀金军旗，那是英勇的王军第八步兵团的旗帜，在寒风中骄傲地展示着历代军功。一盏盏燃烧的灯笼照亮了一张张肃穆的面孔，也让武器反射出森森寒芒。骑马的军官随处可见，他们肩上挎剑，时刻准备传令和下令。一小撮狗子的北方人站在水边，张大嘴巴看着这支壮观的大军。

为这场大战,加兰霍将军换上一件堪称艺术杰作的盔甲:胸甲宛如明镜,前后均雕刻着金太阳,太阳射出无数光线,最终化作长剑、长枪与箭矢,旁边围绕着无比精细的橡木和月桂木花环。

"祝我好运吧。"他低声说,随后一夹坐骑,往阵前的浅滩奔去。

"好运。"葛斯特低声应道。

官兵们沉寂无声,伴随清悦的剑鸣,加兰霍拔出武器。"联合王国的将士们!"他声若雷霆,长剑高举,"两天前,你们中的许多人败给了北方人!你们被他们赶下了面前的这座山。而这,全是由于我的失误!"葛斯特听见许多声音重复将军的讲话,那是军官们为站得太远听不清的士兵复述。"我希望并且坚信,你们今天能帮我赎罪。米德兰、斯塔兰和安格兰的勇士们!联合王国的将士们!能带领你们,我深感荣幸!"

士兵们受严格的纪律约束,他们没有叫喊,但队列间传来低语回应。就连葛斯特的爱国情怀也油然而生,下意识地抬高脑袋。壮怀激烈的迷雾遮住了视线,哪怕我这种明白人亦不能幸免。

"战争很可怕!"加兰霍拉扯缰绳,控制住不断踢蹬鹅卵石的坐骑,"战争也很美妙!在战争中,人们能面对自我,发掘全部潜能。战争既让我们见识到人性的卑劣——贪婪、懦弱、野蛮!也能展现出人性的光辉——勇气、力量、仁慈!今天,请把你们最光辉的一面展现给我,展现给我们的敌人!"

离加兰霍最远的军官也复述完毕后,队列陷入片刻沉默,加兰霍的参谋团示意演讲业已结束,所有人便整齐划一地举起武器,发出震耳欲聋的欢呼。葛斯特后知后觉地发现自己也扯着高亢尖细的嗓门加入进去,赶紧闭嘴。

将军满意地举剑向大家回礼,然后转身驱马奔回葛斯特旁边,脸上的笑容渐渐消失。

"讲得不错。就演讲来说。"狗子百无聊赖地骑着一匹毛发蓬乱的马,坐在破破烂烂的鞍上朝掌心哈气。

"谢谢,"将军勒马答道,"我只想实话实说。"

"实话就像盐巴,尝一点会喜欢,吃多了犯恶心。"狗子咧嘴笑道,加兰霍和葛斯特都没回应。"你的盔甲也不错。"

加兰霍低下头,别扭地看着华丽的胸甲。"这是国王的礼物,以前没机会穿……"是啊,若连送死都不打扮漂亮点,哪还有机会?

"你打算怎么办?"狗子问。

加兰霍朝整装待发的大军一挥胳膊。"第八步兵团、第十三步兵团和斯塔莎征兵团为第一梯队。"他说得像安排婚礼舞蹈一样,看来今天的伤亡会比意料中更高。"第十二步兵团和阿杜瓦志愿兵团为第二梯队。"大河后浪推前浪,然后死在沙滩上,被世界遗忘。"罗斯托德征兵团和第六步兵团的残部为第三梯队,骑兵留作预备队。"残部,残部。我们迟早都会成为残部。

狗子看着乌压压的队列,鼓起两腮。"好吧,反正你们不缺人。"噢,也不缺埋人的泥土。

"首先要渡过浅滩,"加兰霍用剑指向歪歪扭扭的河道和河道中间的沙洲,"对岸应该埋伏了一些弓箭手。"

"那是自然。"狗子答道。

伴着几缕初曙的晨光,可见波光粼粼的水面和山脚的斜坡间排列着好几排果树,加兰霍继续用长剑示意。"我军通过果园时会遭遇抵抗。"相当顽强的抵抗。

"我可以把他们赶出林子。"

"可你在我这头只有百来个手下。"

狗子眨眨眼。"打起仗来,人数并非绝对重要。事实上,我的部分手下过了河,此刻潜伏于对岸,你们过去后别急着冲,让我们先试试。成了皆大欢喜,不成也没啥损失。"

"好的,"加兰霍同意,"只要能减少伤亡,我都乐意采纳。"你的整个安排就是场大屠杀。"拿下果园后……"他挥舞长剑,执拗地指向裸露的山坡,指向南面山丘的小石阵,又指向中央山丘的大石阵。那些巨石在明暗的火光下反射着影影绰绰的橙光。加兰霍耸耸肩,放低长剑。"我们攻上山。"

"你亲自带队?"狗子挑起双眉问。

"没错。"

"操蛋。"狗子并不认同,葛斯特却想:我也非上山不可。"他们在山上呆了两天,黑旋风或许残忍粗暴,但决不愚蠢,此时势必已经准备周全。他会竖起尖刺,挖掘战壕,安排充足的人手在干石墙后朝下射出箭雨,以及——"

"我军的首要任务不是赶敌人下山,"加兰霍打断对方,愁眉苦脸的样子好像已在迎接箭雨,"而是死死钉住他们,好让左翼的密特里克将军和右翼的布洛克上校达成突破。"

"是吗?"狗子半信半疑。

"当然,我们会竭尽全力,争取更进一步。"

"好吧,不过说真的……"狗子深吸一口气,皱眉看向山顶,"真他妈操蛋。"我也找不到更合适的形容。"你确定这能成?"

"我的意见不重要,作战计划乃克罗伊元帅遵照内阁的指示和国王的意愿亲自制定。我能决定的是发起进攻的时机。"

"好吧,既然决心已定,我就不耽搁你了,"狗子朝他们点点头,调转毛发蓬乱的坐骑,"估计待会儿要下雨。下大雨!"

狗子走后,加兰霍抬眼看向阴沉的天空,天色又亮了一些,足以看清云层在飞快飘移。他叹口气。"我必须把握时机,涉渡浅滩、穿越果园和冲上山丘的时机。一路向北,这份责任应该不难才对。"他在马鞍上静坐片刻。"我很想做好每件事,但之前的战斗业已证明……我并非优秀的指挥官,"他继续叹气,"但至少我可以在前线以身作则。"

"无意冒犯，我非常敬佩您的勇气，但我建议您留在后方。"

加兰霍震惊地扭头看向葛斯特。他是被这话吓到了，还是因为头一回听我一口气说了这么长？跟我说话的人总像冲墙说话，习惯了墙的沉默。"谢谢你对我的关心，葛斯特上校，但——"

"布雷默。"如果我要跟他死在一起，他应当知道我的名字。

加兰霍睁大双眼，继而笑了。"我发自内心地感激你，布雷默，但我不能接受你的好意。陛下希望——"

去他妈的陛下。"你是个好人。"德不配位，苦苦挣扎，但你的确是个好人。"好人不该上前线。"

"你说的这两点，我都不敢苟同。在我看来，上前线也可以是美妙的赎罪。"加兰霍眯眼看着英雄顶，它现在显得这么近，仿佛过了河就能上去。"当你微笑着面对危险，燃烧自我，坚守信念，那么无论生死都会如获新生。战争能让人……洁净，不是吗？"不，沐浴鲜血只会让你鲜血淋漓。"看着你我就明白了。我是不是好人有待商榷，你却无疑是个英雄。"

"我？"

"还能有谁？两天前，就在这片浅滩，你孤身冲向敌人，拯救了我的部队。这是谁也无法否认的事实，我自己就亲眼目睹了一部分。昨天，你不又在老桥大显身手吗？"葛斯特下意识地皱眉。"当密特里克陷入僵局时，你强行冲过桥去，而这对于我们赢得今天的胜利至关重要。布雷默，你是王军的精神旗帜，你证明了……无论在哪里，人都可以活出价值。你本不必参战，却自愿为国王和祖国献出生命。"为了毫不在乎我的国王和我从没在乎过的祖国浪费生命。"英雄可比好人珍贵多了。"

"恕我直言，所谓英雄都是些不堪入眼的材料，都是胡乱拼凑的画饼，来得快去得也快。如果我算是英雄，说明英雄毫无价值。"

"我不以为然。"

"你可以保留看法,不过……请留在后方吧。"

加兰霍略带哀愁地笑笑,伸出拳头,捶了捶葛斯特坑坑洼洼的肩甲。"我发自内心地感激你,布雷默,但恐怕我不能接受你的好意。因为我的心情和你一样。"

"是吗?"葛斯特皱紧双眉,看着在晦暗天空的映衬下,漆黑而庞然的英雄顶,"真可惜。"

卡尔达举起父亲的望远镜眺望。在灯笼投下的光环之外,田野被黑暗笼罩,老桥附近只见几点光芒,或许是武器的反光。"你觉得他们要上了?"

"我看见马了,"白如雪说,"好多马。"

"你能看见?我屁都看不见。"

"他们就在那边。"

"他们是不是也在往这边看?"

"那肯定。"

"密特里克也在看?"

"也许。"

卡尔达眯眯眼瞥了瞥天空,飞速流窜的云层露出些许灰色天幕。乐天安命的人会管这叫黎明,他显然不是那种人。"估计快到时候了。"

他就着酒壶猛灌一口,揉了揉酸胀的下腹,将酒壶递给白如雪,然后爬上板条箱堆起的台子。灯笼好似流星,刺得他直眨眼,他回头凝视身后长长的几排北方人,这些黑色轮廓排列在绵延的矮墙之前。他并不真正了解他们,也不喜欢他们,他们对他想必也一样,但幸运的是,彼此间有一个重要的共通点:大家都沐浴着他父亲的荣光,都曾因效忠的对象而变得伟大,都曾在斯凯林大厅的桌旁享有荣耀的席位。他父亲去世后,大家的地位一落千丈,看来没人能忍受继续坠落了——是啊,卡尔达可不想当个光杆头儿独自迎敌。

他在众目睽睽之下——自己手下的二千多人、少数十面精的人,前方的数千名联合王国骑兵,他暗自希望怒不可遏的密特里克将军也在其中——解开裤带。

尿不出。放松还是使劲?该死,关键时刻居然尿不出。更糟的是,疾风吹得他老二冰凉。左边站着一名头发花白的老亲锐,脸侧有道大伤疤,手里握着旗帜,那家伙有些迷惑地旁观卡尔达使劲儿。

"能别看吗?"卡尔达没好气地问。

"抱歉,头儿。"老人清清嗓子,尽可能优雅地移开目光。

可能是这声"头儿"让卡尔达越过了障碍,膀胱传来一丝激越。他咧嘴笑起来,信心高涨地继续酝酿,一边仰头看向晦暗的天空。

"哈。"尿液喷涌而出,被灯光照得晶莹剔透,全洒在一面旗帜上,发出雨点打在雏菊上的声音。卡尔达身后的笑声此起彼伏,这帮粗汉找乐子不需要什么精妙笑话,他们更喜欢屎尿屁,还有杀人。

"你也别落下。"尿液划出利落的弧线,洒向另一面旗帜,同时他朝对面的联合王国人露出最灿烂的假笑。他身后的北方人欢呼雀跃,手舞足蹈,大肆嘲笑麦田对面的对手。卡尔达或许不是个战士,不是个好首领,但他知道怎么逗人发笑,怎么引人发怒。此刻他手指天空,嘴里发出巨大的嘘声,同时扭动屁股,将尿液喷得到处都是。"我该朝它们拉屎,"他回头喊道,"但白眼汉的炖菜积在肚子里,出不来!"

"我来拉!"有人大叫,人群爆发出更高亢的嘲笑。

"留给联合王国人吧,等他们来了你朝他们拉!"

人们再次哄然大笑,大家高举武器,欢快地朝盾牌猛敲,仿如锣鼓震天。有几个忘乎所以的家伙甚至爬上来,跟着卡尔达朝联合王国人的方向撒尿……如果他们知道接下来麦田里会发生什么,大概会更开心,但现在这些足以让卡尔达由衷地微笑了。他站住脚跟,做了件值得传颂的事。至少,他让他们大笑了一场。

他们是父亲的人、哥哥的人,现在也是他的人。

在被杀以前。

贝克听见风中回荡着笑声,却不知谁在笑,又有什么好笑。现在的天光已看得清山谷对面,看得出联合王国人的数量。起初贝克并不相信浅滩对岸那一片片模糊的影子都是人,后来他强迫自己不信,到现在不得不信。

"这怕是有成千上万。"他倒吸一口冷气。

"我就知道!"威尔旺开心得差点跳起来,"敌人越多,荣耀越多,对吧,卡脖?"

卡脖停下咬指甲。"噢,对,我恨不得敌人再增加一倍。"

"死者在上,我也这么想!"威尔旺长吸一口气,兴高采烈地笑道,"说不定我们看不见的地方还有!"

"真是迫不及待。"约恩从牙缝里挤出这几个字。

"我爱死战争了!"威尔旺大叫,"爱得发狂。你们呢?"

贝克一言不发。

"我爱它的味道,爱它的感觉。"他单手摩挲巨剑斑驳的剑鞘,发出细微的窸窣声。"战争多诚实啊,它不容谎言,也无需抱歉,你不必隐藏,也无处可藏。要是死了呢?死了又怎样?死在朋友身旁,死在旗鼓相当的对手面前,直视大平衡者;倘若活下来呢?哎,孩子,你会说活着可真好,不是吗?只有面对过死亡,人才算真正活着。无论如何,你不可能过得比那更充实。"威尔旺重重一跺脚,"我爱死战争了!可惜被安排在孩儿丘上的是铁头,你说敌人过不过得了他那关,卡脖?"

"不清楚。"

"我认为他们过得来。但愿他们过得来。不过最好在下雨之前,这天看着跟施了法似的,呃?"刚被曙光点亮的天空确实泛着奇怪的颜色,高塔般的积雨云飘过山丘朝北涌来。威尔旺踮着脚跳来跳去。"噢,天啊,我忍不住了!"

"他们也是人,对吧?"贝克嘀咕,满脑子想着昨天倒在屋里的联合王国人的面孔,"跟我们一样?"

威尔旺瞟了他一眼。"完全一样。但你要这么想,嘿……就一个也杀不了啦。"

贝克张开嘴,又闭上。就过去几日的经历,他没法反驳这点。

"你倒轻松,"卡脖嘀咕,"反正松格娜透露了你死去的时间、地点和方式,又不是在这儿。"

威尔旺笑得更灿烂。"好吧,这确实有助于我更加神勇,但如果她告诉我就在这儿、就是现在,你觉得会有不同吗?"

奇妙嘲讽道:"多半你不会这么乱嚎。"

"噢!"威尔旺根本没在意,"他们出发了,看呐!这么早!"他平举众剑之父,向西指向老桥,另一只胳膊环住贝克的肩膀,力道大得差点将贝克提起来。"多漂亮的骏马啊!"贝克只能看见黑黝黝的土地、波光粼粼的河流和一大丛聚集的亮光。"真有劲头,是吧?但有点鲁莽啊!天没亮就上!"

"天太黑,不适合骑马。"卡脖摇头道。

"他们肯定跟我一样忍不住了。妈的,今天是来真的,呃,卡脖?噢,死者在上,"他朝山谷摇晃巨剑,贝克终于被他拽得双脚离了地,"我敢打赌,今天会留下不少歌谣!"

"必然如此,"奇妙咬紧牙关小声说,"啥破事儿都有人写歌。"

地形的奥秘
The Riddle of the Ground

"他们来了。"白如雪的语调没有一丝起伏,好像过来的是群不值一提的绵羊。当然,卡尔达也无需提醒,纵然天光尚暗,但他能从声音中判断:悠长的喇叭声后,无数马蹄踏过庄稼,从远处渐渐靠近,夹杂着人声嘈杂、坐骑嘶鸣、鞍辔叮当,每一声响动似乎都能刺激他湿黏的皮肤。这些声音很微弱,但带来了强烈的压迫感。他们来了,卡尔达不知该暗自得意还是心惊肉跳。两种心绪天人交战。

"难以置信啊,他们这么容易上当。"他觉得荒谬之极,又感到有些恶心。"这帮自负的混蛋。"

"人上了战场都不大理智。"这话有道理。卡尔达若还理智,早就策马扬鞭、疾驰开溜了。"所以你父亲才伟大,他始终能保持头脑清醒,哪怕在最危险的时刻。"

"现在算不算最危险的时刻?"

白如雪身体前倾,小心地吐了口痰。"差不多。你也能保持头脑清醒吧?"

"我没道理不行。"卡尔达紧张地左右扫视,看着一字排开的火把,这是他的人组成的阵线,随地势微有起伏。"地形是必须解开的谜题,"父亲过去常说,"你的军队越多,谜题就越大。"父亲深谙地形的奥秘,只消看上一眼,就知道每个人的合理位置,以及如何从斜坡、树林、溪流和篱笆中获利。卡尔达已尽力利用所有的山包和土坡,又把弓箭手恰当地排布在凯尔墙后,但农民修筑的干石墙仅齐腰高,这道象征性的防线只能给战马锻炼腿脚。

可悲的现实是眼前的大片麦田提供不了帮助——当然,它能帮助敌人冲锋,敌人无疑很喜欢。

更讽刺的是,卡尔达记得这片麦田正是父亲平整的。父亲在许多山谷里大肆整合小农场,拔掉篱笆,填平壕沟,好让人们种下更多庄稼,缴纳更多税金,养活更多士兵。但结果,这却成了举世无双的联合王国骑兵的理想舞台。

在山谷对面影影绰绰的丘陵轮廓映衬下,卡尔达依稀辨出一道黑色波浪卷过麦田的黑色汪洋,浪花是无数寒光闪闪的利器。他不由得想起塞芙,她的面容如此清晰,让他禁不住屏住呼吸……不知还能不能再见到那张脸,能不能活着亲吻自己的孩子。然而柔软的遐思立时被擂鼓般的蹄声碾碎,敌人开始加速,军官尖声大喊,意图让队形保持紧密,让势若雷霆的奔马连结成不可阻挡的整体。

卡尔达瞥了眼左边,离此不远处地势开始上升,通往斯凯林之指,庄稼被稀薄的杂草取代。那边的地形更好,却属于十面精那狗杂种。他又瞥了眼右边,这头也是向上的斜坡,只是缓和一些,凯尔墙从坡上穿过,延伸到视线之外,最终下降到溪流岸边。溪流对面有片树林,里面埋伏了联合王国士兵,正等着杀向他这脆弱防线的侧翼,一举夺得胜利。

但那些现在还看不见踪影的敌人并非最棘手,他亟待对付的是正前方的数千名重装骑兵,他刚刚在他们的军旗上撒了尿。

他盯着汹涌而来的骑兵,敌人的模样在黑暗中渐渐清晰:脸孔、盾牌、长枪和磨亮的盔甲。

"放箭?"身旁的白眼汉韩苏凑过来低声问。

他觉得最好装作自己知道射程有多远,于是等了片刻才打个响指。"放箭。"

白眼汉高声下令,卡尔达听见身后响起弓弦声。许多箭支越过头顶,向敌人和敌我之间的庄稼地飞去。但一小截木头加上顶端的金属,能伤到全副盔甲包裹的肉体多少呢?

敌人发出的声音好似扑面而来的风暴,距离急剧缩短,速度越来越快,凯尔墙和北方人稀薄的阵线即将面对考验。马蹄敲得地面隆隆颤抖,踩得麦秆满天乱飞,卡尔达不由自主地想往后退,心中油然生出逃命的念头:这好比孤身对抗雪崩,自己一定是疯了。

幸好他发现,随着时间流逝,恐惧在慢慢消退,兴奋感却逐渐增加。他一生都在逃避战斗、寻找借口,直到不得不面对的关口,却发现它没有想象中那么恐怖。他龇开牙,望向微明的天空,差点露出微笑——准确地说,是差点纵声长笑。他将要率领父亲的亲锐迎战强敌,直面死亡。他突然站直身子,张开双臂,摆出欢迎的姿势,用尽全力喊出不知所谓的话。

他,卡尔达,骗子和懦夫,将要扮演英雄。世事多么难料!

骑兵们越来越近,身形也伏得越来越低,长枪齐刷刷向前。他们的速度奇快,犹如急于收割的死神,另一方面,等待的时间又漫长得仿佛蜗牛爬行。卡尔达真希望当初父亲谈论地形时自己听得再仔细些,父亲那一脸沉思的模样,仿佛在述说逝去的爱人;卡尔达真希望自己能像雕刻家熟悉石头的特征一样掌握地形的奥秘,可惜过去的他忙于显摆、浪荡和到处树敌,混不顾其他。昨天夜里,面对这片全处下风的战场,他只能尽己所能。

尽可能作弊。

骑兵们没看到第一个坑，毕竟天色还暗，庄稼又高。实际上，那只是个浅壕沟，不到一尺深，不到一尺宽，弯弯曲曲地横亘在麦田中。大多数马儿浑然不觉地跃了过去，但一些倒霉蛋的蹄子踩在沟里，狠狠地摔倒在地，掀翻了背上的骑兵，霎时间空中满是挥舞的肢体、纠缠的缰绳、压折的武器和弥漫的尘土。前方的事故随即引发了后面的一连串事故，带来更大损失。

第二个坑比第一个坑宽一倍也深一倍。前排骑兵大都直接栽了进去，有个士兵被甩到半空，疯狂地挥舞四肢，手中还端着长枪。后面的骑兵本来已因急于接敌而散乱了队形，现在开始分裂，有些人继续往前，有些人意识到事情不对，迅速查看起周围的地形，而当他们疑惑之时，第二波箭雨飞射而至。忙于躲避的骑兵乱成一团，对自己人的伤害甚至超过了卡尔达的手下造成的伤害，雷鸣般的铁蹄变作杂乱的踩踏和刮擦，混杂着人们的惨叫、哭喊及声嘶力竭的叫嚷。

第三个坑最大——严格来说，它由两个坑组成，虽是摸黑完工，但北方人还是尽量挖直，两个坑形成夹角，将密特里克的人马引向中央的缺口，那里不但插着两面珍贵的军旗，也是卡尔达站立的位置。此时此刻，卡尔达睁大眼睛盯着大群向他会聚的骑兵，心里再度惴惴不安，他寻思自己是不是该换个地方，但显然来不及了。

"长矛准备！"白如雪大喊。

"对。"卡尔达小声嘀咕，同时挥舞长剑，脚下却小心退了几步，"好主意。"

白如雪挑选的人听从命令上来了。这些人曾在乌发斯、杜别克要塞、卡曼纳河和高地为卡尔达的父兄而战，如今他们踏过被风翻卷的麦子，排成五排，发出平生最高昂的战吼，组成北方最可怕的屏障。山谷边日头初升，射出了第一道明媚阳光，照得矛尖寒光点点。

战马尖叫着停步,扬起马蹄,将背上的骑兵掀翻,却又遭后面的马撞击,不由自主地倒在长矛上。金属碰撞、木头折断、肉体撕裂和死亡的惨叫霎时形成疯狂的大合唱。矛杆弯折,木屑泼洒,泥土和麦秆漫天飞溅,卡尔达忍不住咳嗽,长剑也从手中无力地垂下。

他不知是怎样的运气才能导致如今的疯狂场面,也不清楚需要怎样的运气,才能活着离开这场混乱。

一往无前
Onwards and Upwards

"你觉得黎明到了吗?"加兰霍将军问。

葛斯特上校耸耸宽厚的肩膀,挤得盔甲发出微弱的碰撞声。

将军看向里特。"孩子,黎明到了吗?"

里特冲天空眨眨眼。东方应该矗立着他从没去过的奥斯仑,现在那个镇子的上空笼罩着厚重的云层,乌云边缘包裹着不祥的微光。"到了,将军。"他发现自己的声音尖得可笑,赶忙清清嗓子,感到相当羞耻。

加兰霍将军靠过去,拍了拍他的肩膀。"害怕不可耻。所谓勇敢,就是心存畏惧,但一往无前。"

"是,长官。"

"你只要紧跟我,尽职尽责,一切都会好的。"

"是,长官。"然而里特不免想:光凭尽职尽责如何挡住箭、矛或斧头呢?他觉得这完全是乱来,爬这么高一座山,山上满是流口水的北方人。大家都说北方人是流口水的蛮子,而他只有十三岁,参军不过六个月，只知道擦靴和吹号。他甚至不懂得每种号声的确切含义，只是假装知道。

不过……他宽慰自己，他待的地方最安全，身边不仅有将军，还有葛斯特上校这样的大英雄——上校其貌不扬，嗓音更有几分滑稽，但里特认定人不可貌相，上校绝对是天下第一的勇士。

"很好，里特，"加兰霍抽出长剑，"吹前进号。"

"遵命，长官。"里特细心地舔了舔嘴唇，深吸一口气，举起军号——他突然有些担心，汗津津的手会不会拿不稳？会不会吹错音符？或者军号里钻进泥巴和马粪，吹出个哑音，喷出一股脏水。他做过那样的噩梦，可能现在也在噩梦当中。他真希望一切都只是做梦。

但前进号吹得清晰嘹亮，跟在阅兵场上一样威风凛凛。"前进！"军号发出指令，王军第一师团立刻向前，加兰霍将军、葛斯特上校及参谋团带头，旗帜迎风招展，里特只好心不甘情不愿地驱策小马，舔舔舌头，跟着进发。马蹄踩过岸边的淤泥，迈进流速缓慢的河水。

里特觉得自己挺幸运，至少有马可骑，裤子还是干的——除非待会尿裤子或腿上中箭，仔细想想，这些并非不可能。

几支箭从对岸飞来，里特看不清是哪儿射的，他更想知道落在了哪里。其中两支箭毫无威胁地落在前方的河道，其他的落入队列中，好歹没瞧见造成了什么伤亡。里特发现一支箭砸中某人的头盔，然后弹向附近的士兵，不禁打个寒战。这些人都有盔甲，加兰霍将军更穿着世上最昂贵的盔甲，就他里特没有，真不公平。不过里特心知，军队不是讲公平的地方。

当胯下的小马挣扎着出水、踏上一片沙洲时，他回头瞥了一眼。只见这片沙洲的一端堆着许多苍白的浮木，而后面的河道已被士兵覆盖，大家都在齐踝、齐膝乃至齐腰深的水里跋涉，后方远处，广阔的河岸上立着一排排等待过河的士兵，再往后的山坡上更多。此情此景让里特勇气大增，毕竟身后有这么多人呢。就算北方人杀得了一百个、一千个，还有成千上万的士兵前仆后继。

当然，里特并不清楚一千人究竟有多少，反正很多就对了。只要自己不是那一千个被埋进坑里的人之一，那便万事大吉。他听说只有军官才有棺材，他可不想直接躺在冷冰冰的泥巴里。他紧张地望向前方果园，发现一支箭扎中十几跨外的一面盾牌，不禁又打个寒战。

"坚持住，孩子！"加兰霍将军策马奔上另一片沙洲。他们业已来到河道中央，那座山丘巍然屹立于树林之后，看起来更陡峭了。

"长官！"里特意识到自己正缩成一团，伏在鞍上，满心企望不那么显眼，以致成为箭靶。然而这就像个十足的懦夫，他不得不强迫自己坐直。对岸有群人钻出矮小的灌木丛，个个衣衫褴褛，拿着弓箭。敌人。北方的散兵游勇。他们离得好近，肯定能听清联合王国军队的喊声。实在太近了，让人觉得荒唐，这就像他平日在谷仓背后与小伙伴们玩的追逐游戏。他强迫自己继续坐直，同时又把双肩收得更紧。那些人看起来跟他一样惊恐，有个顶着蓬乱金发的人跪下射了一箭，那箭毫无威胁地落在里特所在的前排前方的沙地上，随后那人转过身，匆匆跑进果园。

卷毛和其他人一起窜进林子，猫腰穿过苹果味弥漫的黑暗，往地势较高的地方去。他跳过横在地上的原木，然后跪在那木头后面朝南张望。太阳初升，林子里还很黑，但左右两边都有金属反光，说明这里埋伏的人手不少。

"他们来了？"有人问，"来了？"

"他们来了。"卷毛回答。他可能是最后一个逃回来的散兵，但这没啥好夸耀，对面那群杂种的数量多得让人心慌，可以说铺天盖地、无穷无尽。坐在岸边仅有的一两丛灌木里放箭完全是送死，冲大群黄蜂射出几根针根本没有意义。果园里才适合突袭。铁头应该明白他的苦衷，他妈的，卷毛希望头儿能明白。

周围的人卷毛不熟悉。跟他一起蹲在斑驳阴影中的是个高个老头，戴着红兜帽，可能是老金的手下。老金和铁头不共戴天，他们的手下大部分时间互不对付，但现在有更大的危机。

"看到他们有多少了吗？"有人尖声问。

"妈的起码有好几百人。"

"不对，是好几百加好几百再加好几百——"

"我们又不用拦住他们，"卷毛吼道，"只要拖延一下，多杀几个，让他们仔细掂量掂量。若形势不妙，我们就撤回孩儿丘。"

"撤。"有人重复了一遍，仿佛觉得这是个绝妙主意。

"形势不妙再撤！"卷毛回头没好气地强调。

"他们中间也有北方人，"有人说，"狗子的手下。"

"杂种。"有人嘀咕。

"是啊，杂种，叛徒，"戴红兜帽的老头朝木头前面吐口唾沫，"听说血九指也在那群人里。"

林间顿时陷入紧张的沉默。这名字对所有人都是个沉重打击。

"血九指入土了！"卷毛活动着肩膀，"淹死了！黑旋风杀了他。"

"也许吧。"兜帽老头看上去跟掘墓人一样阴森，"但我听说他在那边。"

弓弦声在卷毛耳边响起，他猛然转身。"妈的——"

"抱歉！"一个小子战战兢兢地说，他握弓的手在发抖，"我不是故意，只是——"

"血九指来了！"左边的林子里有人大喊，声音含混而惊恐，"血九指来——"喊声突然被又长又尖的惨叫打断，随即化为低声呜咽。片刻后，果园前方爆发出一阵疯狂的笑声，卷毛觉得自己汗涔涔的脖子被衬衫领子扎得生痛。那是野兽的声音，魔鬼的声音。所有人都呆若木鸡地蹲在地上，睁大眼睛，一声不吭，时间仿佛凝固了。

"去他妈的！"有人大叫。卷毛循声望去，只见出声的小子正没命地往林外逃。

"我不跟血九指打！我不！"又一个男孩踩着落叶跟跄后退。

"给我回来，孬种！"卷毛挥着弓箭大叫，但为时已晚。前方传来又一阵带哭腔的号叫，他拼命扫视，却找不到声音源头，活像是从地狱传出的一样。

"血九指来了！"一片昏暗中，林子另一头也有人叫喊。卷毛似乎看到若干人影穿过林子，又似乎看到刀光剑影。左右两边都出现了逃兵，埋伏于此的许多人弓也没拉、剑也没拔，直接放弃了原木庇护下的好阵地。他转身发现自己的手下也大都逃了，有个小子甚至没拿走挂在灌木丛上的箭袋。

"一群懦夫！"卷毛对此无能为力。身为头儿，他或许能把一两个小子踹回前线，但逃兵太多也无能为力。规矩毕竟只是表面，终究须得大伙儿心悦诚服才行。待卷毛蹲回原木后头，大伙儿显然已就逃之夭夭达成共识，只剩下他和那个兜帽老头。

"他来了！"兜帽老头大叫一声，整个人突然绷紧，"他来了！"

疯狂的笑声再次回荡在树间，反复絮绕，又从四面八方汇聚。卷毛搭上一支箭，但双手全是汗，连带弓上也沾满汗水。他飞快地扫视周围，看到一道阴影掠过，紧接着又是一道，随即意识到那不过是参差不齐的树枝。血九指死了，人人都知道。但假若没死呢？

"我啥也没看见！"他的手在发抖。见鬼，血九指也不过是个人，一箭射去会跟其他人一样当场毙命。血九指也不过是个人，只要是人，卷毛就不会不战而逃，哪怕面对一等一的硬手，哪怕其他人全跑光了。"他在哪儿？"

"他在那儿！"兜帽老头嘶吼，一边抓着他的肩膀，指向树林深处。"在那儿！"

卷毛举弓往暗处张望。"我看不——啊！"他感到肋下一阵剧痛，不由得松开弓弦，任箭支软绵绵地落地。又一阵剧痛，他低头发觉兜帽老头正拿刀捅他，刀柄就抵在他胸口，握刀的手沾满深色的血。

卷毛用力抓住对方的衣服，扯了过来。"操……"但他没气儿把话说完，也没法喘下一口气儿了。

"抱歉。"对方边说边打个寒战，接着又捅了一刀。

红帽子快速检查周围，确保没人目睹刚才的谋杀。铁头的手下似乎只顾着往果园外跑，逃往孩儿丘，可能许多人都尿了裤子。若非刚刚痛下杀手，他真想哈哈大笑。他将不得不杀的人放平，温柔地拍了拍对方鲜血浸透的胸膛，看着对方有些迷惑、有些悲伤的眼睛渐渐失去光芒。

"抱歉。"对一个尽心尽力的人而言，这样的结局显然过于残酷。此人很优秀，大家逃跑时仍旧坚守岗位。但战争就是这样，有时不称职反而能得到好结果。这是黑暗的勾当，哭诉不公并无用处，正如红帽子的老奶奶常说的，眼泪洗不清任何人。

"血九指来了！"他尽量装出吓破胆的尖叫，"他来了！他来了！"他一边用死人的夹克擦净匕首，一边大叫，同时往阴暗处张望，看看还有没有谁坚守阵地。

一个也没有。

"血九指来了！"有人在他身后十几跨的地方叫喊。

红帽子回过头，站起身。"甭喊了。他们都跑了。"

狗子发灰的面庞从阴影中出现，他一只手松松垮垮提着弓箭，"啥，跑光了？"

红帽子指着地上的尸体。"除开这位。"

"谁能想到？"狗子蹲到红帽子身边，他的手下从树干后闪了出来。"死人的名号有这威力。"

"加上死人的笑声。"

"可拉,去报告联合王国人,果园清理完毕。"

"好的。"可拉匆匆往树林外跑。

"前面情况咋样?"狗子翻过那根原木,轻手轻脚往林子边上走,途中一直注意伏低身形,动作小心翼翼。狗子向来这么小心、惜命——惜两边人的命。这可是头儿少有的品格,值得大大称许,毕竟歌谣只会传唱血肉横飞、肚肠倒流的事迹。两人蹲进阴暗的灌木丛,红帽子突然想到,他俩蹲在灌木丛中、阴影下或北方其他潮湿阴暗的角落的时间加起来能有多长?大概多到可以周为单位计算。"不好惹啊,对吧?"

"是不咋好惹。"红帽子应道。

狗子又往旁边挪了一些,再次蹲下。"从哪个角度看都一样。"

"这不是常有的事吗?"

"确实如此。但人需要希望。"

地形极为不利。越过三两棵果树、一两丛稀疏的灌木,便是陡峭上升的裸露山坡。天光愈发明亮,只见逃兵们跟跄跑过山坡上的杂草,坡上另有一道新近挖出的歪歪扭扭的沟。孩儿丘顶环绕着摇摇欲坠的石墙,石墙内便是石阵。

"山上肯定塞满了铁头的手下。"狗子嘀咕。

红帽子也有同感。"是啊,铁头是个硬骨头。他守山的话,轻易不会挪窝。"

"跟麻疹一样。"狗子说。

"跟麻疹一样。"

"估计联合王国要奉献不少英雄才上得去。"

"还要足够多的人手活下来继续冲击下一个山头。"

"是啊。"

"是啊。"红帽子手搭凉棚,却忘记手上有血,结果半边脸遭殃。

他似乎看到孩儿丘新挖的沟前站着个大块头,正冲逃兵们大吼。从这里只能听到一点声音,听不清说了什么,但语气说明一切。

狗子咧嘴笑道,"他不开心。"

"嗯。"红帽子也笑了。老奶妈还说过,世上最美妙的音乐是敌人的绝望。

"你们这帮该死的胆小鬼!"伊格怒吼着踹向最后一个跑上来的人的屁股。这小子跑了一大坡,正弯腰喘气,冷不防被踹了个狗吃屎。活该,伊格本想用斧头砍,这算是开恩了。

"该死的胆小鬼!""暴躁"跟着高声嘲讽,顺势又踢了想爬起来的小子屁股一脚。

"铁头的人不逃跑!"伊格大吼着踹那小子的身侧,将其翻了个个儿。

"铁头的人不逃跑!"那倒霉蛋又想起来,却被暴躁踢在两腿之间,痛得哇哇惨叫。

"血九指来了!"另一个人大喊,他的脸色白得像牛奶,眼睛瞪得像粪坑,哭哭啼啼又像婴儿。然而这名字一出口,窃窃私语声便如涟漪般在壕沟后的人群中扩散开来。"血九指……血九指?血九指来了?血——"

"操他妈,"伊格吼道,"操他妈的血九指!"

"操他妈,"暴躁嘶声应和,"操他妈的血九指,操他妈的!"

"你们看见他了?"

"这……没有,我的意思是,我没有,但——"

"血九指早死透了!他要真没死,他要有胆子,就他妈就上来试试,"伊格俯身靠近回话的小子,用斧头末端的尖刺挑起对方的下巴,"跟老子试试。"

"试试!"暴躁的嗓门大得吓人,头顶血管暴突,"他可以上来……跟他试试！跟伊格试试！没错！铁头肯定会吊死你们这帮杂种！就像吊死'蹲坑'一样，他还因为不听指挥切开了蹲坑的肚皮。等着吧，你们肯定会落得同样下场，到时候——"

"你这是在帮忙？"伊格没好气地说。

"呃……抱歉，头儿。"

"我们身后都有谁，啊？孩儿丘上有铁头凯姆，再往后的英雄顶上有核桃威尔旺、摆子考尔，还有他妈的黑旋风，不管——"

"上来了。"有人嘀咕。

"谁在插嘴？"暴躁大叫，"谁他妈敢——"

"一个都不准退。"伊格举起斧子，每说一个字就挥舞一下。他早就发现，在粗暴的争论中，猛挥斧头总能让自己占据优势。"尽心尽力的人，将在火堆旁和歌谣中占有一席之地，而谁敢后退一步，呵，"伊格朝蜷缩在脚边的小子啐了一口，"不劳铁头费心，老子一斧头劈死了事。"

"了事！"暴躁尖叫。

"头儿。"有人戳了戳伊格的胳膊。

"没看见——"伊格怒吼着转身，"见鬼。别管什么血九指了，联合王国人杀上来了。"

"上校，您必须下马。"

文克尔微微一笑。这当然是强颜欢笑。"不太可能。"

"长官，真的，这不是逞英雄的时候。"

"那……"文克尔扫视着齐步穿越苹果园的大军，"何时才能逞英雄呢？"

"长官——"

"我这条破腿下不去。"碰到大腿时，文克尔打了个寒战。哪怕手轻轻放上去，它都痛得厉害。

"很难受吗,长官?"

"是的,中士,非常难受。"他不是医生,但身为一名有二十年资历的老兵,完全知道伤口处绷带的刺鼻味道以及周围无数的红紫色斑点意味着什么。诚实地说,他很庆幸今天早上还能醒来。

"您或许应该离开前线,去看医生,长官——"

"我觉得今天医生会非常忙。不了,中士,谢谢你,但我要前进。"文克尔轻拽缰绳,调转马头。他真怕手下的关心会削弱自己的勇气,他现在需要全部勇气来支撑自己。"王军第十三团的弟兄们!"他抽出长剑,指向头顶散乱的石阵。"前进!"话音未落,他用没伤的那条腿踢踢马腹,向斜坡上攀登。

目力所及,他是全师唯一骑马的人,其他军官——包括加兰霍将军和葛斯特上校——都把坐骑留在果园,徒步进发。天杀的傻瓜才会骑马登上这么陡峭的斜坡。是的,只有傻瓜,或者不切实际的故事书里的英雄,还有死人。

讽刺地是,他这次受的算不得重伤。多年以前,他曾在乌利奇城被刺个对穿,瓦卢斯元帅亲自到医疗帐篷看望他,一脸关切地握住他汗津津的手,说了好多赞扬他英勇的话,可惜文克尔都记不清了。出乎所有人意料——尤其出乎他本人的意料——他竟活了下来,也许正因如此,他觉得大腿中箭无关紧要,而今这伤却几分肯定会要他的命。

"什么道理。"他咬牙切齿地自言自语。现在能做的只有微笑着面对痛苦,军人理应如此。该写的信他都写完了,多少算是交代,妻子总担心他临走前来不及告别。

雨点终于稀稀拉拉地落下,打在他脸上。马蹄踩在杂草丛中一直打滑,马儿不停摇头喷气,路上的颠簸折腾得他面目扭曲。一波箭雨迎面射来,无数箭支画着优雅的弧线,从高处落下。

"哦,可恶。"他眯起双眼,像个即将从屋檐下步入风暴中的旅人一般，本能地收缩肩膀。一些箭支落在身边，无声无息地插在两旁的草丛里，还有些飞到身后，砸中盾牌或铠甲，响起一片"叮叮当当"的声音。他还听到两声尖叫和许多叫喊，无疑有人被射中了。

妈的，不能待在原地。"驾！"文克尔一夹马腹，一马当先地冲在最前面。马儿跟跟跄跄往山上爬，剧烈的颠簸令他直皱眉。最后他停在敌人的壕沟二十跨开外，对方的弓箭手就在前方往下张望，手里的弓在天空映衬下分外清晰。天色暗了下来，细雨打在头盔上。他离得太近了，简直是个活靶子，更多箭支"嗖嗖"飞来，但他不顾一切地费力扭转身子，疼得直咧嘴。

他从马鞍上站了起来，高举长剑。

"第十三团的弟兄们！全速前进！一往无前！"

第十三团的前排阵列直面着猛烈的箭雨，好几个士兵接连倒下，但其他人突然发出洪亮的呐喊，用接近奔跑的速度向前猛冲。他们刚刚行进了相当长的距离，现在还有如此势头，文克尔深感自豪。

麻木的大腿传来奇怪的感觉，文克尔低头一看，惊讶地发现一支箭插在这条废腿上。他不禁哈哈大笑。"这是最不值得射的地方，你们这群白痴！"他朝对面壕堑里的北方人大吼。向前冲锋的步兵已与他齐平，大家狂热地呐喊着，脚步势若惊雷。

一支箭射中了坐骑的脖子，那马人立而起，企图把文克尔掀下去。他奋力抓紧缰绳，却只是徒劳，坐骑挣扎一番后重重地砸在地上。

文克尔落地后用力摇晃脑袋，让自己保持清醒。经过初步检查，他发现身体被马压得动弹不了，更糟的是他倒下时撞翻了一名士兵，那兵手中的长矛将他捅个对穿——正好从胸甲下方直插到臀部。他无助地叹口气，刀箭总招呼在盔甲没法保护的地方。

"噢，噢，"他看着腿上断掉的箭杆和臀部露出的矛尖，"太惨了。"奇怪的是，他竟不觉得痛，这应该不是好兆头。脚步声在周围震耳欲聋,尘土弥漫,其他人都在往山上冲。"继续冲,孩子们,别停下。"他虚弱地挥手。现在没有他,他们也能完成任务。他又看向那道壕沟,它就在前方,非常接近。他看到一个头发狂乱的人探出身子,举弓瞄准他。

他只能说一句:"噢,该死。"

暴躁放箭射向之前那个骑马的杂种。虽然对方被马压住、只能等死,但面对暴躁竟全无惧色,这对他简直是种侮辱。他的运气也糟透了,运气就像反复无常的小婊子,他松弦时胳膊被谁撞了一下,结果那支箭高高地飞向空中。

他又抽出一支箭。情况有点不妙,应该说非常不妙。联合王国人接近了他们挖出的壕沟和壕沟前低矮的土墙,暴躁真恨不得当初能把坑挖深些、墙筑高点。蜂拥而来的南方佬太他妈多了,而且后援源源不断。

伊格的手下挤在土墙后,用长矛居高临下戳刺,嘴里声嘶力竭地大吼。暴躁看到对面也有不少长矛刺来,他踮起脚想看清楚,结果伊格的斧子堪堪从鼻尖前掠过,惊得他赶忙一歪身——伊格这狗日的一旦热血上头,才不会关心自己反手会误伤到谁。

一个北方人身形不稳地倒在暴躁身上,差点把他撞翻。那人捂着胸口,原来胸前的锁甲被劈开了道大口子,鲜血像喷泉一样汩汩外流。一个联合王国人顺势跳进出现的缺口,这人脖子粗短、下巴厚实、眉头紧锁,一双小眼睛凶神恶煞。他没戴头盔,但周身裹着刮痕累累的板甲,一手持盾牌,一手握重剑,剑上全是深红的血迹。

暴躁踉跄着后退,他手里拿的是弓箭,最好保持距离,把位置让给附近一名高举长剑的亲锐。短脖子身形不稳,眼瞅要被那名亲锐一剑砍下脑袋,却在千钧一发之际迅速举起武器,"当啷啷"挡住攻击,并立刻发起反击,将亲锐砍翻。接下来,短脖子又毫不喘息地狠狠剁下另一名亲锐的脚，出手的力道足以将对手掀到空中，滚下山坡。

暴躁惊得合不拢嘴，他与对手的实力差距实在太大，只好连滚带爬地往坡上撤，嘴里沾满了不知是谁的咸腥鲜血。莫不是大平衡者亲临战场？这时伊格从斜刺里冲出，举斧照大平衡者砍去。

短脖子硬扛下这一斧，盾牌被敲出个大坑。暴脾刚想喝彩，但见短脖子弯了弯膝盖，便重新站直了，还在眨眼间用盾推开魁梧的伊格，用剑划开了伊格的肚子——整个动作一气呵成。伊格摇摇晃晃走了几步，鲜血喷出锁甲，脸上目眦欲裂，看来不光是痛，更感到不可思议，不相信自己竟能被如此轻易地结果。暴躁对此深有同感：一个人怎么可能全副武装冲上山后，还有如此惊人的力气和速度？

"血九指来了！"有人凄惨地号叫。虽然短脖子的外貌半点也不像血九指，但引起的恐慌不遑多让。一名亲锐壮起胆子挺矛冲去，对方敏捷地闪身躲开，反手劈中亲锐的头盔正中，劈出个巨大的凹坑。亲锐的四肢疯狂抽搐，栽倒在泥巴地里。

暴躁咬紧牙关，举弓瞄准这天杀的短脖子。然而就在他放箭的一瞬间，伊格一手捂着血淋淋的肚子，一手举着斧子站了起来，刚巧挡住那支箭，结果被射中肩膀，哀号不已。

短脖子听到声音立刻转身，长剑迅速卸下伊格的胳膊，没等鲜血自断臂喷出，那剑又刺进伊格的胸膛，接着第三剑将伊格的脑袋劈为两半。伊格的嘴巴和鼻子被整齐地切开，上颌的牙齿飞洒出去，四处滚落。

短脖子随即伏低身体，保持警戒，他把坑坑洼洼的盾牌立在身前，长剑护在后面，一张大脸全是血点，但眼神犹如等待收线的渔夫一般冷静。他脚边躺着四具北方人的尸体，那些人片刻前还都是生龙活虎的战士——伊格的尸体掉进了沟里，死得最透。

天杀的短脖子，只怕是血九指附体。亲锐们争先恐后地逃离这家伙,而在他两侧,更多的联合王国士兵涌了上来,乌压压地翻过矮墙和壕沟。北方人的后退立刻演变成溃逃。

暴躁紧随人流,唯恐被落下。途中他的脖子被谁的胳膊肘撞了一下,人滑倒在草丛里,摔了个狗啃屎,还狠狠咬到舌头。但他顾不得了,慌忙爬起来继续往山上跑,周围的同伴全在乱喊乱叫。他绝望地回头看了一眼,发现短脖子冷静地追砍逃跑的亲锐,宛如在拍死苍蝇。而在短脖子身旁,一名高大的联合王国人穿着锃亮的胸甲,剑指暴躁,扯破喉咙似的叫喊着什么。

"前进!"加兰霍大吼,朝孩儿丘挥舞长剑。真要命,他快喘不上气了。"前进!前进!"必须一鼓作气。葛斯特让大门开了条缝,必须赶在大门重新关闭之前将其彻底踹开。"前进!前进!"他弯下腰,伸手去拉壕沟另一边的士兵,然后拍拍他们的后背,鼓励他们继续往山上冲锋。

溃逃的北方人似乎在上面的干石墙边造成了混乱,他们跟那里原本的守军发生了纠纷,搞得恐慌四处蔓延。王军的前锋毫无阻碍地追了上去,加兰霍刚喘匀气,便随部队一起往陡峭的山丘上攀登。他必须抓住战机。

尸体。草丛中到处散落着尸体和伤员。一个北方人瞪着加兰霍,血淋淋的双手捂着脑门。一名联合王国士兵一声不吭地按住渗血的大腿。另一名在他身边奔跑的士兵打了个嗝便仰面倒下,他回头看了一眼,原来这人脸上中箭……可他无暇停步,只能忍住翻涌的恶心,前进、前进。心脏怦怦狂跳,他嘴里喊着上气不接下气的战吼,全身盔甲"叮叮当当"响个没完。越来越大的雨势无疑是雪上加霜,让踩得稀烂的草丛愈发湿滑。眼前的世界晃晃悠悠,被奔跑的人、摔倒的人、偶尔呼啸而来的箭支和四处横飞的草皮与泥土占满。

"前进,"他声嘶力竭地说,"前进。"没人听得到,他只是在给自己下令。"前进。"这是他赎罪的最好机会,只要夺取山顶,粉碎北方人最强硬的抵抗。"前进。前进。"只要成功,过去的罪孽便烟消云散。他将不再是靠着国王的酒友关系而上位、初战便出丑的蹩脚将军。他终将在王军中挣得一席之地。"前进,"他气若游丝地呐喊,"前进!"

他憋着劲弯腰向前跑,没握剑的手抓住湿滑的草叶借力,由于太过专注,甚至没意识到自己已冲到了墙边。他直起身,犹犹豫豫地挥舞长剑,搞不清这堵墙现在是在自己人手中,还是依旧由敌人掌握,也不知接下来该怎么办。但一只戴手套的手伸了过来。葛斯特·加兰霍被对方轻易拉起来,翻过潮湿的石头,踏上山顶的平地。

巨石就在前方,靠近了看比想象中大得多。粗糙的石头有一人多高,其间也散落着许多尸体,但比山坡上少。似乎王军在此遭遇的抵抗较为微弱,敌人并未打算坚守,周围的联合王国士兵个个累得要命,也多少有些困惑。在孩儿丘之后,向上的斜坡通往真正的山顶,也就是英雄顶。这道坡要平缓一些,此时坡上全是撤退的北方人。就加兰霍所见,这次撤退更有秩序,不似之前的溃逃。

他耗尽了力气,暂时脱离危险后,身体便动弹不得。他双手扶住膝盖站了片刻,胸膛剧烈起伏,每次吸气,肚子都被华丽的胸甲挤得很不舒服。这鬼东西完全不合身。从来就没合身过。

"北方人在撤退!"葛斯特高亢尖细的嗓音钻进加兰霍耳中,"我们必须乘胜追击!"

"将军!我们需要整顿,"一位参谋进言,这人的盔甲挂满雨点,"第一梯队和第二梯队拉得太远,首尾不能相应。"他往奥斯仑镇的方向挥手,但大雨遮住了视线,什么都看不清。"北方人的骑兵突袭了右翼的斯塔莎征兵团,目前正在混战——"

加兰霍直起身。"阿杜瓦志愿兵团呢?"

"还在果园里,长官!"

"我们与后援的联系已被切断——"另一位参谋插嘴。

葛斯特挥挥手,愤怒地打断他们,他尖细的嗓门和浴血的外表形成了滑稽的对比,而他甚至没怎么喘气。"去他妈的后援!我们快追!"

"将军,文克尔上校以身殉职,士兵们耗尽了力气,需要休息!"

加兰霍咬住嘴唇,双眼紧盯山顶。抓住战机还是等待支援?他看到乌黑的天空下北方人林立的长矛,看到葛斯特那张迫不及待、沾满血点的大脸,看到参谋们紧张兮兮的神情,又皱眉看向周围为数不多的士兵。最后他缩了缩身,摇摇头。"我们稍待片刻,等后援跟上。在孩儿丘设置阵地,集合部队。"

葛斯特露出得知不能养小狗的男孩表情。"可是,将军——"

加兰霍按住他的肩膀。"我知道你等不及,布雷默,相信我,但不是每个人都能一直奔跑下去。黑旋风严阵以待且诡计多端,这次撤退很可能是安排好的。我不想再被他愚弄。"他瞟了眼天空,云层变得越来越压抑。"天时也不利。放心,等人数够了,我们立刻进攻。"应该不用多久,联合王国士兵正潮水般翻过干石墙,涌进石阵。

"里特在吗?"

"在,长官。"男孩答应。他脸色苍白、心惊肉跳,不过其他人也是这副样子。

加兰霍不禁冲男孩笑了笑。这孩子真是个英雄,一路都没被落下。"吹集合号,随时准备前进。"

不能轻举妄动,但也不能浪费战机。这是赎罪的大好机会,加兰霍渴望地注视着英雄顶,任雨点敲打在头盔上,叮叮当当。

他离那儿是那样的近。此时此刻,最后一批北方人也已爬上斜坡、涌入山顶。有个人站在那儿,隔着雨幕看向这里。

铁头皱眉看向孩儿丘，那里密密麻麻全是联合王国士兵。

"操蛋。"他骂了一句。

他心里非常不爽。铁头这外号是靠从不逃跑赢来的，但他不会参与必输无疑的战斗。只身面对联合王国的浩荡大军，换来后人擤着鼻涕缅怀他是个烈士，这买卖他可不做。说到底，白边、小骨或老快艇个个死得英勇，但如今谁还会传唱他们？

"撤！"他朝最后几个手下喊道，催促他们穿过扎好的木刺，撤回英雄顶。背朝敌人是可耻的，但让敌人看到后背，总比被长矛插进胸前要强。黑旋风想保住这毫无价值的荒山和石阵，本该拿自己毫无价值的命来守。

山顶周围有一圈长满青苔的石墙。他皱紧眉头，冒着越来越大的雨，穿过墙的缺口。他走得很慢，一路挺胸抬头，指望其他人觉得一切都是计划好的，绝非懦夫行为——

"啧，啧，啧。谁在望风而逃哪，难道是铁头凯姆？"出声嘲讽的正是老金格拉玛，这个鼻青脸肿的瘪三靠住一块巨石，露出油腻而恶心的笑容。

死者在上，铁头恨死这狗娘养的混球了——两腮如此肥硕，八字胡就像两汪鼻涕挂在上唇——他只觉浑身恶寒，恨不得挖出自己的眼睛，也不想看到对方洋洋得意。"这是转移阵地。"他吼道。

"背朝敌人转移？"

有几个人笑出了声，但见铁头龇牙露齿地走来，赶忙闭嘴。老金谨慎地退了一步，眯眼瞥见铁头手中的长剑，便把手也放在斧头上，做好准备。

然而铁头并未动手，总被愤怒牵着鼻子走可混不到他的地步。恩怨总有合适的时机、合适的方法来摆平，但不是现在，也不是在众人见证下公平对决。不，他必须等待有利于己的机会，届时定要好好享受。于是他强迫自己换上笑脸。"不是所有人都像你一样英勇,老金格拉玛,不是所有人都像你一样敢用脸去撞人家的拳头。"

"他妈的,至少咱敢打敢拼,是不?"老金大吼,他周围的亲锐也都露出怒容。

"从马上掉下来就溜号,这算哪门子敢打敢拼?"

老金龇牙露齿道:"你好意思说咱溜号,你这懦——"

"够了。"黑旋风赶到现场,左边是卡脖科登,右边是摆子考尔,后面跟着核桃威尔旺及一大群穿着沉重盔甲、疤痕累累、凶神恶煞的亲锐。在这帮可怕的硬手中,又数黑旋风本人的怒气最可怕,他气得表情僵硬,目眦欲裂。"这就是我们的首领?两个盛名在外、其实只会赌气的小孩?"黑旋风卷起舌头,朝铁头和老金中间吐了一大口唾沫。"三树鲁德是个倔脾气,贝斯奥德很狡猾,血九指心肠歹毒,但死者在上,老子真他娘的想死他们了!至少他们是堂堂正正的男子汉!"他冲铁头当面咆哮,唾沫星蹦出老远,吓得所有人都不禁瑟瑟发抖。"去你奶奶的,他们起码说到做到!"

铁头明白自己得赶紧进行第二次转移,同时他也注视着黑旋风手里的武器,以防需要先下手为强。当然,他宁肯对付联合王国人,也不想跟黑旋风起冲突。

幸运的是,顶着破鼻子的老金忍不住瓮声瓮气地插话:"我支持您,头儿!我全力支持您!"

"是吗?"黑旋风霍然转向他,不屑地撇着嘴,"噢,老子真他妈走运!"他撞开老金,领着手下往石墙边走去。

铁头发现卡脖科登灰眉毛下的那双眼珠直直地瞪着他。"瞅啥?"他没好气地问。

对方继续瞪他,"你知道我瞅啥。"

卡脖从铁头和老金中间走过时摇了摇头。作为战争首领,他俩可称一对活宝,而作为人更是不堪入目。他俩是自私、懦弱与贪婪的化身，这样的人能作头儿，也只能感叹世道不比当年。

"一对蛆虫！"卡脖追上黑旋风，听到对方在大雨中愤怒地抱怨。黑旋风从干石墙上抠下块旧石头，站直身子，全身肌肉紧绷，嘴唇无声嚅动，好似不知该把石头扔到山下，还是用来砸别人的脑袋，抑或直接照自己的脸颊来一下。最终，他深感挫败地吼了一声，颓然把石头放回墙上。"我早该宰了他们。我早该。我早该。我要烧死这俩烂货。"

卡脖打个寒战。"这天气，就不知点不点的着，头儿。"他看向雨幕后的孩儿丘。"况且，很快大家都能杀个痛快。"山下的联合王国军队数量惊人，正在迅速整顿、排好队列——一排又一排、望不到尽头的紧密队列。"敌人好像快上了。"

"他们有什么理由不上？铁头简直是在邀请这群狗娘养的来做客。"黑旋风恼火地深吸一口气，又像准备冲刺的公牛般喷出几缕白烟。"当这操蛋的头儿，我容易吗我？"他活动肩膀，仿佛脖子上的链子压得难受。"他奶奶的，就像拖着一座山趟泥巴。三树明明告诉过我，头儿最孤独。"

"我们仍占有地利，"卡脖试图往阳光面分析，"大雨也对我们有利。"

黑旋风只顾低头看着张开的手掌。"一旦染血……"

"头儿！"一个小子从那群凶巴巴的亲锐中挤过来，大雨浇透了他的夹克，"头儿！长手在奥斯仑遭到猛烈攻击！敌人冲过了桥，正在街道中鏖战，他需要人手——啊！"

黑旋风抓住那小子的后颈，把他粗暴地拽到前面，强迫他看向孩儿丘和上面密密麻麻的联合王国士兵，那里简直像被踩翻的蚂蚁窝。"你说，老子像是有人能给他的样子吗？啊？"

那小子吞口口水。"不像，头儿？"

黑旋风将他用力往后一丢，那小子踉跄着倒退几步，幸好被卡脖捞住，没有摔倒。"告诉长手，尽量坚持，"黑旋风歪过身子说，"我一有机会就派人支援。"

"是。"那小子飞快后退，迅速消失在人群中。

英雄顶被葬礼般的沉默笼罩，只听见偶尔的低语、轻微的武器碰撞及雨点落在盔甲上柔和的"乒乓"声。下方的孩儿丘，有人吹响号角，大雨中的号声听来悲哀又短促——但也可能只是卡脖的想象，伤感的是他自己。不知太阳落山前，谁会杀了谁，谁又将被杀，不知大平衡者冰冷的手会如何选择。他能躲过吗？他闭上眼睛向自己承诺，这次活下来就退休……就像之前无数次承诺过的那样。

"看来时候到了。"奇妙伸出手。

"是啊。"卡脖握住那只手，摇了摇，直视她的脸。她下颌紧绷，黑色的短发已被大雨淋透，侧面露出长长的白色伤疤。"别死，呃？"

"我没打算死。离我近点，我保证你也不会死。"

"成。"他们握着彼此的手，互拍肩膀。这是血战前的同志情谊，甚至比家人更亲。卡脖又接连跟洪水、舒利和多福德握手，甚至跟摆子握了手，他下意识地寻找布拉克的大爪子，随即想起山民已被埋在后方的草丛。

"卡脖。"快活约恩脸上平素的丧气此时一扫而空。

"好的，约恩，放心吧，我会转告你的儿子们。"

"那就好。"两人的手握在一起，约恩的嘴角甚至难得地抽动了一下，仿佛是笑了。

贝克傻站在原地，黑发粘在苍白的前额，他盯着下方的孩儿丘，如同注视深渊。卡脖也抓住这孩子的手，用力捏了捏。"坚持走正路就行，跟紧头儿，跟紧队友，"他靠得更近，"别他妈轻轻松松就死了。"

贝克也挤了挤他的手。"好的。谢谢您，头儿。"

"威尔旺呢？"

"别怕别怕！"威尔旺正好挤过大雨中郁郁不乐的人群，"冻土的威尔旺与你们同在！"

不知为何，他已脱掉上衣，系于腰间，众剑之父抗在肩头。"死者在上，"卡脖小声嘀咕，"这几仗下来，你穿得一次比一次少。"

威尔旺抬起头，冲落下的雨点眨眼。"这种天不能穿衬衫，湿衣服会磨痛我的胸。"

奇妙摇头。"英雄的奇妙体质。"

"没错，"威尔旺咧嘴笑道，"你呢，奇妙？湿衣服不会磨痛你的胸吗？我很好奇。"

她握住他的手晃了晃。"你注意你的就行了，核桃，我来关心我的。"

周围变得既明亮又凝重又安静。盔甲上的水珠闪闪发光，打湿的皮毛卷了起来，彩绘盾牌的图案愈发鲜活。一张张熟悉或陌生的脸庞都看向卡脖：微笑、肃穆、疯狂、担忧……卡脖伸出手，威尔旺双手按住，露齿而笑。"你准备好了？"

卡脖向来心怀疑虑。二十多年来，他无时无刻不被自我怀疑所困扰，从未解脱，自他埋葬了自己的兄弟们，日日如此。

但现在不是疑虑的时候。"我准备好了。"他抽出长剑，看着山下成千上万、无穷无尽的联合王国人……当然，大雨令他看不清细节，只见黑压压的人影、无数金属反光和五颜六色的旗号。

他笑了，也许威尔旺说得对，只有面对过死亡，人才算真正活着。卡脖高举长剑，长啸一声，山顶顿时呼声四起。

北方人做好了与联合王国殊死一搏的准备。

鬼点子
More Tricks

太阳应该升起来了,却无从得知。张牙舞爪的乌云越积越厚,光线却是那样微弱和可怜。徒尼下士发觉对面始终没动静,心下不免疑惑。墙头依旧露出许多头盔和矛尖,它们的位置不时会挪一挪,但仅此而已。密特里克显然早已发起进攻,他们这里听得很清楚,眼前的北方人却继续留在被遗忘的战场角落等待。

"他们还在那儿?"沃斯问。等待让大多数人肚内翻腾,倒治好了沃斯的肠胃病。

"还在。"

"没动静?"蛋黄尖声道。

"敌动则我动,对吧?"徒尼又举起望远镜观察,"不,他们没动静。"

"我听见的是打仗的动静吗?"沃斯小声问。风携着人们的怒吼、马匹的嘶鸣和金属碰撞声越过溪流,清晰地传到他们耳中。

"不然呢?你觉得是马厩里吵架吗?"

"不是，徒尼下士。"

"没错，我也觉得不是。"

"我们该怎么办？"蛋黄问。

溪岸上出现了一匹无主的坐骑，马镫晃晃悠悠。它小跑到岸边，好整以暇地吃起草来。

徒尼放下望远镜。"说实话，我也不知道。"

树林里的雨淅淅沥沥。

倒伏的麦田里到处是已死和垂死的军马，已死和垂死的士兵，尤其在卡尔达和那两面偷来的军旗前方，尸体堆成一个血淋淋的大三角。几跨之外，三名亲锐吵吵嚷嚷地拔出各自的长矛，它们扎在了同一个联合王国骑兵身上。一些小子跑出去收集射出的箭，甚至有两个迫不及待地跳进第三个坑里搜刮尸体，白眼汉怒吼着要他们赶紧回来。

联合王国骑兵几乎全军覆灭。他们非常英勇也非常愚蠢，在卡尔达看来，这两种品质往往是一体两面。离谱的是，他们失败后还要继续尝试，结果引发更大的灾难。最终约有六十多人跳过第三个坑的右侧，冲到凯尔墙前，杀了一些弓箭手，但立刻就被射死或捅死了，就跟擦拭海滩上的水一样白费力气。瞧瞧诗人们乐于传唱的自豪与勇气惹出的麻烦吧，越是相信这些美德，越容易变成尸体。联合王国辛苦培养的精英以性命换来的成就，就是让卡尔达的手下得到了自贝斯奥德成为北方人之王以来最强烈的一次鼓励。

而他们急于让联合王国人知道自己的心声。当着那些骑马开溜、踉跄徒步、或者艰难爬行的残兵败将，他们雀跃不已，在雨中鼓掌欢呼。他们互相握手，拍打后背，用盾牌撞盾牌。他们一遍遍高喊贝斯奥德的名字，高喊斯奎尔的名字，更多的是高喊卡尔达的名字，这令他心满意足。谁能想到，他会赢得战士们的拥戴？眼见大家纷纷高举武器、冲他欢呼祝贺，他也眉开眼笑地举起长剑挥舞。他甚至盘算起现在给剑上抹点血会不会晚？毕竟根本没轮到他出手。不过今天流的血不少，它们的主人不至于太过吝惜。

"头儿？"

"呃？"

白如雪指向南面，"最好赶紧整队。"

雨下得更紧了，大颗雨滴落在泥地上，溅起黑色泥点，砸得死人和活人的盔甲叮当作响。南面的战场笼罩着蒙蒙水雾，没了骑兵的坐骑漫无目的地游荡，没了坐骑的骑兵慌慌张张往老桥奔逃，但在这些景物之后，卡尔达看到有什么事物在麦田中行进。

他手搭凉棚，雨帘中的情形愈发清晰，虚幻的轮廓变作肉体和金属。联合王国步兵。大群大群的步兵，高举长矛，排着精心布置、秩序井然、威势逼人的队列向前挺进，所经之处踩倒了无数麦秆。对手的旗帜被雨水打湿，悬垂下来。

卡尔达的手下也都看到了，胜利的欢呼戛然而止。有外号的迎着大雨叫喊，喝令众人速速退回第三个坑后面。白眼汉韩苏组织起轻伤员，作为后援力量准备填补前线的缺口。卡尔达怀疑天黑以前，他们得填补他本人留下的缺口。这很有可能。

"你还有别的鬼点子吗？"白如雪问。

"没了，"除了逃跑，"你呢？"

"只有一个。"老战士用破布小心擦掉长剑上的血迹，再高高举起。

"噢。"卡尔达看着自己干净的剑，上面的水珠晶莹剔透，"明白。"

距离难题
The Tyranny of Distance

"我什么也看不见!"芬蕾的父亲恼怒地再往前踏了一大步,再次举起望远镜,但依旧一无所获,"你呢?"

"我也看不见,长官。"一名参谋无助地说。

他们见证了密特里克鲁莽的冲锋,震惊得说不出话。紧接着,第一缕晨光射入山谷后,他们又看到加兰霍下令前进。但随后就开始下雨,右边的奥斯仑镇首先被灰色雨幕遮住,左边的凯尔墙很快也看不见了,在大雨中消失的还包括老桥及芬蕾差点死在里面的无名旅店。此时此刻,就连浅滩都若隐若现。指挥部陷入死寂,每个人都万分焦急,任何穿透雨水的低吟传来的动静都让大家神经紧张。就现状而论,哪怕战争已经结束他们也不会知道。

芬蕾的父亲来回踱步,一只手凭空挥舞。他停在芬蕾身边,盯着茫茫雨帘小声说:"有时我真觉得,统帅是战场上最没用的人。"

"那统帅的女儿呢?"

父亲勉强笑笑。"你还好吧?"

她想回以微笑,但最终放弃了。"我很好。"她撒了个显而易见的谎。她不光每次扭头脖子会痛、每次抬手胳膊会痛、头皮阵阵发麻,心中还徘徊着令人窒息的担忧。她心慌意乱,总像守财奴寻找丢失的钱包一般四处张望,却不知自己在找什么。"你有更重要的事要操心——"

像是为了证明她这句话,父亲不等她说完,便转身大步去迎一个从东面赶到谷仓的联络员。"情况如何?"

"布洛克上校已率部对奥斯仑镇的桥梁发起突击!"哈尔开战了,他肯定会身先士卒。隔着哈尔的外套,她越冒越多的汗水和渗进的雨水混在一起,磨得皮肤十分难受。"布林特上校也已率部对昨天……"联络员紧张地瞟了芬蕾一眼,"出现的野蛮人发起进攻。"

"还有呢?"父亲追问。

"只有这些,元帅阁下。"

父亲苦着脸。"感谢你。但拜托,请尽可能多带些消息回来。"

联络员敬个礼,拨转马头,迎着大雨飞驰而去。

"你丈夫这次一定能扬名立万。"巴亚兹拄着法杖站到她旁边,水珠在他湿漉漉的秃头上闪烁。"像哈罗德大帝那样身先士卒,他将成为这个时代的英雄!老夫对英雄一向怀有崇高敬意。"

"那你应该自己去试试。"

"噢,当然试过,老夫年轻时也坐不住。但人一老,就不想寻求刺激喽,这些活儿只能留给英雄去干。当然,他们得有人指点明路,还要有人帮忙善后。英雄总能收到群众的欢呼,却会留下一地烂摊子。"巴亚兹若有所思地拍拍肚皮。"算了,老夫更适合待在后方喝茶,喝彩留给你丈夫那样的人就好。"

"您真慷慨。"

"众人皆知。"

"可您的茶呢?"

巴亚兹皱眉看着空出的手。"老夫的仆从……上午有更重要的差事。"

"比满足您的需求更重要?"

"噢,老夫的需求远不止茶壶……"

大雨中再度传来马蹄声,一名骑手孤身自西边隆隆奔来,所有人都屏住呼吸,看着那个没下巴的身影在昏暗中渐渐清晰。

"芬宁格!"芬蕾的父亲忙问,"左翼到底什么情况?"

"密特里克没等天亮就动手!"气得七窍生烟的芬宁格翻身下马,"他让骑兵摸黑穿越麦田!简直肆意妄为!"

深悉两人间恩怨的芬蕾猜测此事也有芬宁格的功劳。

"我们看到了。"父亲紧抿双唇,显然得出了跟她相似的结论。

"该把这混账从军中除名!"

"以后再说。进攻的结果如何?"

"这……下官离开时尚无结果。"

"所以你根本不清楚后来的发展?"

芬宁格张了张嘴,又闭上了。"下官认为应立刻赶来——"

"赶来报告密特里克的错误,而非观察进攻的结果。谢谢你,上校,但我今天见证的蠢事够多了。"没等芬宁格回应,芬蕾的父亲已转身沿山坡大步走开,继续徒劳地望向北方。"不该派部队出去。"父亲从旁经过时,她听到他喃喃自语,"真不该派部队出去。"

巴亚兹叹口气,他的声音就像针扎在她汗津津的肩上。"老夫对令尊深表同情。"

芬蕾对第一法师的尊敬正不断流逝,厌恶则急剧加深。"你能不能——"她差点直截了当地说出"闭嘴"。

巴亚兹却没在意。"可惜啊,咱们看不见远处奋战的小人儿们。俯瞰战场的体验是独一无二的,更何况这场会战即便以老夫的经历而言,也算难得一见。只怪天公不作美。"巴亚兹笑着看向越来越压抑的天空,"一场不折不扣的风暴!多富有戏剧性,呃?还有比这更适合兵戎相见吗?"

"这该不会是你为了营造气氛弄出来的吧?"

"老夫倒想拥有这份力量。想想看,所到之处皆有闪电!在旧时代,老夫的师父——伟大的尤文斯——可用一个词召唤雷霆,一抬手令河水泛滥,一转念间便引来冰霜。他的技艺恐怖如斯。"他摊开双手,仰面迎着雨水,将法杖举向变幻莫测的天空。"但那是很久很久以前了。"他放下双手。"世道不比当年,如今风儿遵循自己的方向,战争也是如此。我们这些遗老只能采取……更委婉的方式。"

马蹄声三度响起,一位衣冠不整的年轻军官穿过雨帘疾驰而至。

"立刻报告!"芬宁格用最大音量下令。芬蕾不禁有些好奇,为何这位参谋长没被下属的军官们干掉。

"加兰霍将军所部已将敌人逐出果园,"联络员上气不接下气地报告,"正加速冲上山坡。"

"他前进了多远?"芬蕾的父亲追问。

"下官离开时,他们正向孩儿丘上的小石阵进军,冲到了半山腰,但尚未夺取——"

"抵抗激烈吗?"

"越往前越激烈。"

"你几时离开的?"

"下官全速赶来,长官,所以是一刻钟前?"

芬蕾的父亲龇牙露齿地注视着倾盆大雨,英雄顶在灰色雨幕下只是一团暗淡的阴影。芬蕾知道父亲在想什么:他的部下可能已成功夺得山顶,也可能陷入苦战,甚至可能一败涂地。谁都可能活着,谁都可能死去,胜败只有一线之隔。

克罗伊元帅突然转身。"备马!"

巴亚兹那副闲云野鹤的态度如蜡烛被吹灭般消散了。"老夫表示反对。您去了什么也做不了,元帅阁下。"

"我在这儿更什么都做不了,巴亚兹阁下。"父亲敷衍了一句便匆匆赶去骑马。参谋团和许多卫兵也跟过去,芬宁格朝各处急声下令,整个指挥部突然热闹起来。

"元帅阁下!"巴亚兹喊道,"老夫认为这是不智之举!"

芬蕾的父亲甚至没转身。"那请您务必留下。"他一脚插进马镫,翻身上马。

"死者在上。"巴亚兹低声咒骂。

芬蕾皮笑肉不笑地评论:"看来您也免不了上前线,近距离欣赏小人儿们的奋战。"

第一法师没被逗乐。

浴血
Blood

"敌人上来了!"

贝克不用提醒,但英雄顶上挤了这么多人,他对敌人的动向无从得知。他抬头所见全是湿漉漉的毛皮与盔甲,闪着水光的冰冷武器和凶狠面孔。那些巨石成了水流覆盖的阴影,宛如鬼灵一般飘荡在林立的长矛的外围。雨点打在武器和盔甲上,溅落时发出"叮叮当当"的清脆声音。与此同时,下面的斜坡不断传来刺耳的金属碰撞,还有被大雨模糊的战吼。

人群突然开始激烈涌动,贝克被托得双脚离地,只能徒劳地踢蹬,最后被丢进了一群互相推搡殴击、嘴里不干不净的人中间。他花了好一会儿才意识到这些不是敌人,但看着四面八方胡乱戳刺的武器,多半不用等联合王国人上来,他的蛋蛋就会先挨一下。杀死掠特的也不是联合王国人,对吧?

他被胳膊肘捣中面门,往旁歪倒,途中又被谁撞了一下,不由得跪倒在地,结果一只靴子狠狠踩中手掌,将他的手踩进了烂泥。

他好容易扶着一面绘有龙头的盾牌站起来,却见盾牌的主人一脸不悦。有个大胡子冲他大吼。战斗的声音更大了,有人奋力向前,有人拼命后退。人们捂着伤口,被雨水稀释成淡粉色的血液顺着指缝流出。人们抓着武器,湿透的身躯陷入由愤怒和恐惧催生的疯狂之中。

死者在上,他想逃跑。他不清楚自己有没有哭,而唯一能让他坚持下去、没有崩溃的念头是这次不能再丢人。卡脖说过,跟紧队友,对吧?跟紧头儿。他用力眨眼,看到暴雨之中黑旋风那面湿透的黑色大旗。卡脖应该在那儿,于是贝克挤过狂乱的人群,踩着泥泞湿滑的斜坡,拼命赶去。他好像看到了多福德狰狞的面孔,又听到咆哮声。一柄长矛向他刺来,但速度不快,他用尽全力偏头,矛尖从耳边堪堪擦过。然而旁边有人尖叫一声,倒在他身上,令他肩头一热。那人不住呻吟哀号,炽热的鲜血淋透了贝克的胳膊。贝克大口喘气,扭动肩膀,勉强顶开尸体,任它倒在泥地里。

人群再次涌动,这回贝克被裹挟着往左而去。他张大嘴巴,费了好大劲才没被挤翻。温暖的雨滴打在脸上,前面的人陡然不见踪影,剩下他眨巴着眼睛面对两军之间的空地——这便是泥浆翻搅的前线,布满横七竖八的尸体、雨点淅淅沥沥的水坑和无数折断的长矛。

对面就是敌人。

黑旋风回头吼了句什么,卡脖没听清。他什么都听不清,只听见扑簌作响的暴雨,还有与之不相上下的嘈杂。现在下命令也来不及了,这种时候只能遵循之前的指示,并相信手下会坚持走正路、奋力迎敌。他好像看到众剑之父在长矛丛中挥舞。他应该跟自己的小队在一起,跟同伴们在一起,当初他干吗答应当黑旋风的副手?也许是因为当过三树的副手,所以觉得只要回到那个位置,就能找回从前的日子。老傻瓜,总抓着过去不放。一切都太迟了。他应该娶科雯。至少该问问她,给她个拒绝的机会。

他短暂地闭上双眼,呼吸湿冷的空气。"我本该继续当木匠。"他轻声说。只怪握剑更轻松。木匠需要精通全套工具——凿子、锯子、大大小小的斧子、钉子、锤子、锥子和刨子;杀手则只需两样——一件称手的武器和一颗狠辣的心。但卡脖开始怀疑,自己的心说得上狠辣吗?他握紧湿滑的剑柄,越来越响亮的战吼混合着刺耳的呼吸及擂鼓般的心跳。谁让他当初这么选呢?他咬紧牙关,睁开眼睛。

人群突然分开,好像木头落入流沙,联合王国人冲了进来。卡脖没来得及扬起武器,一个敌人已扑到面前,两人盾牌相撞,四只靴子在泥地里打滑。卡脖直视那张狰狞的脸,让盾牌往前压,金属上沿抵向敌人的鼻子,一下,又一下,呜咽声中鲜血横流。眼见得势,他继续用力以盾牌乱戳,一边声嘶力竭、唾沫横飞地大吼,然而盾牌却挂住了敌人头盔的皮带。他试图以长剑进击,却怎么也抽不出剑……这时不知哪里劈来一道寒光,将敌人的脸削掉一大半,以致他收力不住,在泥地里打了个大大的趔趄。

黑旋风挥斧酣战,舞出致命的圆圈。斧头砍中头盔,直没入柄,黑旋风随即扔下斧头,任它插在那具双臂张开、仰天栽倒的尸体上。

一个浑身泥点的北方人和一个联合王国长矛兵纠缠在一起。北方人用胳膊夹住矛杆,手里的战锤盲目地挥击,而联合王国人的一只手按在他脸上,压迫他头向后仰,眼睛只能从指缝中观察。

又有一名联合王国士兵扑向卡脖,途中却被绊倒,单膝跪在淤泥里。卡脖毫不留情地劈中其后脑,伴着沉闷的撞击声,那人的头盔凹下去好大一块。卡脖随即补了一剑,迫使那人四肢趴地,然后他又咒骂着连砍两剑,将那人的脑袋锤进了泥巴。

在他身旁,摆子正挥盾猛砸敌人。摆子面带微笑,雨水冲刷过脸上那道恐怖的伤疤，看起来仿佛刚切开的鲜红伤口。战争能让是非颠倒，平时的恐怖样貌在刀光剑影中却是可靠的希望。

一具尸体骨碌碌滚来，鲜血打着旋儿喷出，混着"啪嗒啪嗒"的雨点，溅进地上的污水。众剑之父虎虎生威，像凿子破开雕像一般又将一人劈为两半。卡脖连忙举盾遮挡，血雨混同暴雨，"哗啦啦"地洒在盾上。

此时此刻，他身处与敌人交战的最前方，长矛自四面八方刺来，滑不溜秋地撞在一起，毫无规律可循。一柄长矛沿卡脖的盾牌缓缓滑开，刺中旁边的一只手，随即刺透了手主人的胸口，将其掀翻在地。那人疯狂摇头，似乎在大叫"不要"，还用完好的那只手抓住矛杆，但其他人毫无怜悯地将他踩在脚下。

卡脖用盾牌隔开一柄长矛，反手刺中对手的下颌。那人仰头倒下，鲜血喷涌，还发出一声长叹，跟卡脖熟悉的某首歌谣的第一个音节很相似。

那人后面有一位联合王国军官，穿着卡脖毕生未见的华丽盔甲，整个人被亮闪闪的镀金装饰包裹。军官挥舞着一把泥迹斑斑的长剑，动作僵硬地跟黑旋风缠斗，并已逼得黑旋风单膝跪地。跟紧头儿。卡脖大吼一声上前支援，脚步重重地踩进水坑，激起大片污水。他不及细想，一剑劈中那副漂亮的胸甲，剑刃在完美的装饰上留下一道明亮的白色划痕，也让联合王国军官打了个趔趄。趁敌人转身的工夫，卡脖再次进攻，长剑顺着胸甲下方轻松刺入。

军官被卡脖刺个对穿，向后倒下。

卡脖紧紧抓住剑柄，炽热黏腻的鲜血沾满了手掌和胳膊。他必须把剑拔出来，结果将敌人也提了起来，两人紧抱在一起，在泥海中脸贴着脸。联合王国军官的胡楂蹭着他的鬓角，呼吸喷在他耳边。卡脖觉得自己从未离科雯如此之近。谁让他当初这么选呢，呃？谁让他——

只有愿望是不够的。不管葛斯特的愿望有多强烈,他确实没法及时赶到。无数挣扎的躯体挡住了他,等他砍断最后一个挡路人的腿、并将其甩开时,北方老头已刺穿加兰霍的肚子。葛斯特甚至能看见剑尖在被大雨淋透的镀金胸甲背面闪着血光,但不可思议的是对手拔剑时加兰霍将军露出的表情——他几乎笑了。

这是赎罪。

听到葛斯特的怒吼,北方老头转过身,睁大眼睛举起盾牌。长剑重重砍在盾上,木屑四溅,葛斯特用力压迫,将盾沿逼向老头的脸,然后向旁一扯,将老头拽翻。

葛斯特上前一步,企图结果老头的性命,却被新的敌人挡住。每次都这样,总有人出来作梗。这家伙甚至没长大,挥着一把短柄斧,嘴里狂呼乱叫。死啊,去死吧……了无新意的口号。葛斯特很乐意去死,真的,但不能便宜愣头青。他偏过头,任短柄斧无用地落在肩甲上,接着微微转身,长剑划破潮湿的空气。男孩拼命抵挡,但沉重的剑刃一下子磕飞了短柄斧,将他的脑子一分为二,脑浆横飞。

剑风呼啸而来,葛斯特迅速扭身,只觉剑尖擦着脸颊划过,眼睑下传来轻微的刺痛。尖叫的人群让出一小片空地,他发现自己已来到英雄顶的中央,而战斗已从有序的推进演化为倾盆大雨中难分难解的混战。阵线、战术、方向、纪律、秩序,全都荡然无存。我终于摆脱了那些碍手碍脚的规矩。

他面对着一个半裸的北方人,那人手里的巨剑硕大无朋,葛斯特前所未见。我还自以为见识过各地的名剑。它长得离谱,似为巨人打造,暗淡的灰色剑刃在雨水浸润下闪光,靠近手柄处刻着一个字母。

这北方人就像从未见过战场的画家画出的怪胎,但人不可貌相,卡多迪的春情院的烟雾带走了葛斯特的全部傲慢。一个人应当把每场战斗都当做最后一场。这会是我的最后一战吗？希望如此。

葛斯特谨慎地微微后缩，对方手肘一扭，似要从侧面出招，于是他举盾相迎，手中长剑则蓄势待发。但北方人没有劈砍，反而冲了上来，巨剑像矛一样突刺。剑尖划过葛斯特的盾牌边沿，余势不消地刺中胸甲，将他撞了个趔趄。这只是佯攻。强烈的生存本能要他往后跳开，但他忍住了，眼睛始终盯住对方的剑，看着它再度扫过雨帘，拖出一道绚丽的弧形水花。

葛斯特这才扭身闪躲，巨剑呼啸而至，击中肘甲，当即将其撕裂，而他反击的剑招却被半裸的敌人躲开，只搅起一片雨水。葛斯特迅速收剑后，又狠狠地朝敌人兜头砍去，对方再度以灵蛇般的敏捷矮身躲过，同时操起巨剑，闪电般迎上这一击。两剑相撞，震得葛斯特虎口发麻。两人立刻分开，警惕地盯着对方，隔着如注大雨，北方人看向葛斯特的眼神依然冷静沉着。

巨大的武器活像廉价喜剧中的滑稽道具，但握武器的绝非小丑，这人无论架势还是平衡感都无可挑剔，长长的剑身更让其进可攻退可守。在卢比利的《剑术大全》中你见不到这些招式，就像你买不到这样的巨剑。但毫无疑问，你我都是剑术大师。

葛斯特刚准备出招，一名联合王国士兵踉踉跄跄冲到两人中间，弯腰压住肚子上的伤口，手里全是鲜血。葛斯特不耐烦地用盾牌将其推开，团身向前刺向半裸的北方人，途中转为劈砍。对手提前预判，并以葛斯特难以想象的速度隔开劈来的长剑。沉重的巨剑能使得那么快？葛斯特暗暗心惊，他的第二招佯右实左，攻向下盘，北方人不慌不忙地跳开，任葛斯特的剑扫过泥巴，卸下一个在旁拼斗的士兵的腿。那人在惨叫声中倒地。挡路的蠢货。

葛斯特及时调整身形，但巨剑已呼啸而至，他举盾格挡时不由得倒吸一口冷气。剑刃砸中盾牌，在坑坑洼洼的金属盾面上留下好大一个坑，葛斯特的前臂亦被蛮力压迫，乃至拳头磕到嘴巴。好在下盘依旧稳固，他咽下嘴里的血沫，挥盾推开北方人，并反手和正手连续递出两剑，一剑向上一剑向下。北方人躲过了第一剑，但被第二剑的剑尖划过腿脚，一时鲜血飙飞，膝盖打弯。一比零，接下来该做个了断。

葛斯特反手进击，头盔眼缝的边缘却瞄到新情况，连忙改变挥剑角度。呼啸的长剑拉出大半个圆圈，砍中身后试图偷袭的北方亲锐的头盔侧面，力道之猛，竟将对方震飞出去，头下脚上地落向一丛长矛。葛斯特随即回身，长剑也如镰刀般跟着回旋，但这次半裸的北方人像松鼠一样闪开，葛斯特的剑只扫出大片污水。

两人再次相向而立，周围是噩梦般的阴冷战场。葛斯特不禁面露微笑。上次经历这种事是多久以前？我经历过吗？他的心如烈火燃烧，雨点刺得皮肤瘙痒难耐。所有的绝望、屈辱和失败此刻全变得无关紧要，眼前的每个细节却如黑暗中的火焰般清晰透彻，每一刻都如一个纪元般漫长，他和对手最微小的动作仿佛都有故事。不胜即死。葛斯特甩开饱受创伤的盾牌，北方人回以微笑，还点了点头。我们认可彼此，理解彼此，尊重彼此，亲如兄弟。但这场势均力敌的对决绝不会施舍仁慈，就连些许犹豫都是对对方的侮辱。

葛斯特也点点头，同时猛扑向前。

北方人挡住来剑，但葛斯特早有预谋，他大吼着挥动空出的一只铁拳，砸进北方人赤裸的肋下。北方人闷哼一声，扭身闪避，葛斯特的第二拳直取面门，却刚好被偏头躲开。说时迟那时快，巨剑剑柄也凌空戳来，葛斯特堪堪仰头，巨大的金属球擦着鼻梁扫过。他正惊魂未定，北方人已顺势跳向空中，巨剑高举下斩，他只能强撑酸痛的双腿，双手握住起了豁口的长剑相迎。伴着金属刺耳的嘶鸣，灰色的巨剑和斯提亚制的长剑交会，前者竟出人意料地锋利，将后者刮出一道明亮的凹痕。

葛斯特被巨大的力道推得往后滑行，可怖的巨剑杵在面前，他只能睁大眼睛紧盯着沾满雨水的剑刃。他的脚踝碰到尸体，两人终于摇摇晃晃地停住。他想踢北方人的腿，却弄疼了自己的膝盖，反而让对方挨得更近，两人几乎扭在一起。他们喘着粗气，唾沫喷在彼此脸上，谁也没法移动，只能不断尝试改变身体重心，调整握剑姿势，肌肉绷紧，以期占据一点优势。剑刃不住刮擦哀鸣，可谁也讨不到谁的便宜。

这是个完美的时刻。葛斯特对对手一无所知，连名字都不清楚，但与之的联系却比爱人更紧密，仿佛共享生命。我们诚实地面对彼此，面对一直旁观的死神，心知这场舞蹈随时可能画上血光的句点。胜利与失败，荣耀和寂灭，在这一刻达到完美平衡。

这是个完美的时刻。葛斯特用尽全力，拼命想结束战斗，却又希望这一刻能永存。但愿我们化作巨石，加入英雄顶的石阵，让这场举世无双的对决凝固于时光之中，万古长青。我们将成为歌颂战争荣光的纪念碑，千年以后，人们仍在歌唱两个永恒的斗士踏上这高贵的战场——

"噢。"北方人叹息一声，力量突然消失了。两柄剑陡然分开，他踉跄着在雨中后退几步，眨眼看着葛斯特，嘴巴难堪地张开。他依然用一只手握着巨剑，剑尖在淤泥中划出了一道水沟，而他伸出另一只手，轻柔地摸了摸胸口穿出的长矛，鲜血已将矛杆染红。

"真没想到。"他说着就像石头一样倒下了。

葛斯特站在原地没动，皱眉盯着倒下的对手。时间好像过去了很久，也可能只持续了片刻。长矛的来处无从寻觅。在战争中，这种事很常见。他长叹一声，呼出白色水汽。哎，这就是舞蹈的句点。杀害加兰霍的北方老头在泥地中挣扎，他只需踏出一步，挥剑即能斩杀。

他踏出一步，举起满是豁口的剑。

接着眼冒金星。

隔着乱撞乱打、纠缠混乱的人群,贝克见证了惊心动魄的一幕幕活剧,直吓得浑身瘫软。他看到卡脖摔在泥地里打滚,看到多福德冲上去救援并枉送性命,看到威尔旺与那头发疯的公牛决斗……一切发生得太快,他还没看明白,威尔旺已然倒下。

他想起卡脖当着黑旋风的一众亲锐特意赞扬他,把他推为榜样,而此刻挡在前面的人恰好尖叫着倒下。坚持走正路,跟紧头儿,别他妈轻轻松松就死了。眼看那似乎不可战胜的联合王国人准备了结卡脖,贝克挺身而出,从对方视线的盲区冲了上去。

坚持走正路。

他在最后一刻扭转手腕,转用剑脊击中敌人的头盔侧面。联合王国人被这一下打得滚进了泥里,立刻淹没在起起落落的靴子、纠缠不清的武器和扭曲号叫的面庞中,再寻不见了。

卡脖眨眨眼,摇头晃脑时感到咽喉翻涌的呕吐感,决定不再轻举妄动。他翻了个身,发出地狱中死者的呻吟。

盾牌业已四分五裂,木屑飞洒,血染的金属盾沿抵着酸痛的胳膊。他扯开残缺的盾牌,抹掉流进眼里的血。

脑子"嘭、嘭、嘭……"地响个不停,像有人往里敲大钉子,除此之外他啥也听不见。莫非北方人把联合王国人赶下山了?还是说联合王国人夺得了山头?说实话,卡脖并不关心。隆隆的脚步声渐渐退去,山顶化作一片被鲜血、雨点和靴子狠狠搅拌过的泥海,死者和伤员宛如密密麻麻的秋叶,而英雄石继续毫无感情地注视着这一切。

"噢,可恶。"多福德躺在一两跨远的地方,惨白的面孔朝着他。卡脖想站起来,但差点又吐了,他只能拖着身子爬过淤泥。"多福德,你怎样?你——"孩子的半边脑袋没了,分不清哪些是脑浆,哪些是泥巴。

卡脖拍打着多福德的胸口。"噢,可恶。"他又发现了威尔旺。威尔旺仰躺在地,众剑之父半陷在他身边的泥里,剑柄离他右手没多远。一根长矛贯穿了他,血淋淋的矛杆直立着。

"噢,可恶。"卡脖又骂了一句。他不知还能说什么。

看到卡脖爬来,威尔旺露齿一笑,他的牙已被血染成粉色。"卡脖!嘿!我也想过来,不过……"他抬头看向胸口的矛杆。"我这算是完了。"卡脖这辈子见过各种伤口,心知这伤没得救。

"是啊。"卡脖慢慢在威尔旺身边坐定,双手搁在膝盖上,重得像铁砧。"我看也是。"

"松格娜只会胡说,那老巫婆没算准我啥时候死,不然我这回肯定多穿件盔甲。"威尔旺的笑声听起来像咳嗽,他打个冷战,咳嗽两声,又笑起来,然后又打个冷战。"操,疼死了。我是说真的,虽然早有心理准备,但……操,真他妈疼……不管咋说,卡脖,你终究带我实现了宿命,呃?"

"算是吧。"卡脖觉得这不是什么宿命。没人会选择这种宿命。

"众剑之父呢?"威尔旺含糊不清地说着,扭身找剑。

"别管了。"鲜血顺着眼睑流下,使得卡脖不住眨眼。

"……必须传下去,这是规矩。达根科尔给了我,魔山幽韦给了他,再往前好像是四脸?我脑子有点转不动。"

"好吧。"卡脖靠过去,按捺住脑海里咚咚作响的鼓点,从泥里挖出剑柄,塞进威尔旺手中。"你想传给谁?"

"你会帮我?"

"会。"

"太好了。能让我放心托付的人没几个,但你凡事走正路,卡脖,谁都知道你光明磊落。"威尔旺笑着向上看他,"让它入土吧。"

"呃?"

"跟我一起埋了。我曾以为它既是祝福也是诅咒,但其实它只是诅咒,而我不想再诅咒下一个可怜人。我还说过,它是给我的奖赏,也是对我的惩罚,但其实只有对咱们这号人,它才算得上奖赏。"威尔旺冲血淋淋的矛杆点点头。"咱们这号人只会落得这种下场,即便……即便苟延残喘到最后,也没有值得一提的地方?让它入土吧,卡脖。"他颤抖着将剑柄塞进卡脖软绵绵的手掌,又将卡脖脏兮兮的手指按在剑柄上。

"好的。"

"至少我不用再挥它啦。你知道这他妈有多沉吗?"

"每把剑都很沉,而且会越来越沉,只怪人们最初拿起它们时想不到这点。"

"至理名言,"威尔旺咬着沾满鲜血的牙齿,思索片刻,"我该留下什么遗言?我想说点能让人眼睛湿润的话,值得歌谣传唱。我原以为自己还有好多年可活呢。你想得出吗?"

"啥,遗言?"

"是啊。"

卡脖摇摇头,"我向来不擅长致辞。至于歌谣……诗人什么都能编出来。"

"什么都能,那帮杂种。"威尔旺眨眨眼,他的视线掠过卡脖的脸,看向天空。雨势终于减弱。"太阳要出来了。"他摇摇头,依然面带笑容,"知道吗?松格娜只会胡说。"

他说完就不动了。

近战
Pointed Metal

大雨如注，卡尔达连五十跨外都瞧不清，只见自己的手下在前方和联合王国人战成一团，无数长矛长枪架在一起，无数胳膊、腿脚和脸庞互相纠缠撞击。嘶吼，咆哮，靴子滑过积水的泥坑，手掌握不住滑腻的剑柄与枪杆。武器全都沾满鲜血，而死者和伤员要么像软木塞一样被冲来冲去，要么被狠狠踩进烂泥之中。不时有箭落下，也分不清是哪头射的，它们撞到头盔或盾牌，再被弹到地上。

第三个坑——或者说原本的第三个坑——业已化为梦魇般的沼泽，满身污泥的恶魔在其中缓慢地戳刺、扭打。有几处曾被联合王国人突破，敌人甚至不止一次地翻越了石墙，幸好白眼汉和后方不断增加的伤员拼死挡了回去。

卡尔达喊得喉咙生疼，但没人听得见。所有能拿武器的都在战斗，联合王国人则始终源源不断，一茬接一茬。白如雪哪儿去了？可能是死了。死者太多、太多。这种近到双方能互吐唾沫的战斗持续不了太久，因为人类承受不了这种压力，要不了多久有一方就会像被冲溃的大坝一样瞬间坍塌。卡尔达觉得这一刻就快到了。他紧张地看向身后：几个伤员，一些弓箭手，再往后是农舍的模糊轮廓。他的坐骑就在那儿，现在逃跑可能还来得——

左边的坑内有人爬出，跟跟跄跄朝他走来。他的第一反应是那些是终于恢复理智的自己人，正准备掉头逃跑。但紧接着，如同被兜头泼下冷水一般，他意识到那些泥人都是联合王国士兵，他们从战团中撕开了缺口。

他大张着嘴，看着敌人缓缓走来。逃跑已来不及，打头的敌人走到了眼前——此人是个丢了头盔的联合王国军官，边走边张嘴吐舌地大口喘气——并举起糊满泥巴的长剑砍来，卡尔达慌忙躲闪，脚踩在水坑里"哗哗"作响。军官的第二记劈砍被卡尔达挺剑挡住，却震得他从虎口到肩膀一路酥麻，差点扔下武器。

他想像个男子汉那样发出战吼，冲口而出的却是"救命！妈的！救命啊！"他的嗓音如此沙哑，根本没人听得见，也没人想听。人人都顾着为自己拼命。

鲜为人知的是，卡尔达打小每天早上都被拖到校场上练习矛剑技艺，只如今忘了个精光。他张口结舌，任湿头发遮住眼睛，像老农妇用扫帚赶蜘蛛一样双手握剑捅刺，指望好运——

长剑再度袭来，他惊呼一声，忙乱间脚踝绊到了什么而站立不稳，即便挥舞着一条胳膊保持平衡，终究还是屁股坐地。绊倒他的原来是偷来的军旗，噢，真讽刺。他用湿透的斯提亚皮靴踢蹬淤泥，拼命往后挪，而对手厌倦地上前一步，长剑高举……但突然嘶哑地惨叫了一声，双膝跪下。紧接着，那军官的人头被人从侧面剁下，尸身倒在卡尔达的膝盖上，血如泉涌。此情此景直教卡尔达不住地喘气、呕吐、眨眼。

"看来我能帮上忙。"有个握剑的家伙站在后面，他转身发现竟是十面精布罗德，对方布满红疹的脸挂着一脸幸灾乐祸的坏笑，锁甲沾满闪光的水珠。这不是他梦想中的救星。"总不能让你一个人独占荣耀，呃？"

卡尔达掀开尚在喷血的尸体，从水坑中站起来。"我有点想让你滚一边去。"

"除此之外呢？"

"吓得还没回过神。"他没开玩笑，心里也做好了被十面精下一剑剁掉脑袋的准备。

但十面精只不怀好意地笑笑。"这好像是我头一回听你说实话。"

"或许。"

十面精冲被大雨浇透的战场点点头。"一起上？"

"妈的，那当然。"卡尔达犹豫了片刻要不要带头冲锋，像疯子一样怒吼着扭转战局。斯奎尔肯定会这么做……但以他的力气，恐怕无济于事。粉碎敌军骑兵时生起的那股劲头早已消散，他只觉浑身又湿又冷又痛又累。于是他迈出一步，立刻装出痛苦的表情，双手捂住膝盖。"天啊，操！你先上，我马上来。"

十面精哈哈大笑。"好啊，真不愧是你。跟我上，兔崽子们！"说罢他便领着一大帮怒目圆睁的亲锐扑向战线上的缺口，他手下的其他人也纷纷翻过左边的墙，投入战斗。

此时雨势减弱，卡尔达看得更远了一些。他欣慰地发现，十面精的及时支援恢复了战场平衡。当然，天平依旧倾向于联合王国一边，只要对手再增加一点砝码，均势随时可能被再度打破。

太阳从云层中显了个身，照出一弯淡淡的彩虹，一头挂在右边的矮墙边那一大堆湿漉漉的武器上方，另一头连接到小溪对岸。

小溪对岸的杂种们还要等到几时？

我们这一代的和平
Peace in Our Time

　　山坡上到处是伤员、死者和濒死的活人，芬蕾好像认出了不少脸孔，却无法断定其中哪些确实是她的朋友或熟人，哪些只是顶着相似头发或胡须。好多次，她觉得自己看到哈尔张大嘴巴，斜吊起眼睛看她，而真正吓到她的，是她发现自己对尸体已习以为常。

　　他们穿过矮墙的缺口，进入石阵，里面几乎每寸草皮都被尸体和伤员占满。有人捂着腿上巨大的伤口，可惜顾得了这头顾不了那头，鲜血依旧源源不断地涌出。芬蕾的父亲翻身下马，其他军官和她也跟着下马。一个脸色苍白的男孩一声不吭地看着她，沾满泥污的手握着军号。元帅一行肃然地穿过混乱的现场，但没人出来报告。芬蕾的父亲看着吹号的男孩，绷紧了下巴。

　　一名年轻军官冒冒失失地跑来，一路挥舞着弯折的长剑。"集合！集合！你！你们到底——"

　　"元帅阁下。"没人会弄错这高亢尖细的嗓门。葛斯特。他晃晃悠悠地站着，周围跟了一帮打散的残兵。

葛斯特疲惫地向芬蕾的父亲敬个礼,显然刚经历一番苦战。他的盔甲坑坑洼洼,空空如也的剑鞘可怜地垂在腿边——换成平日,这副模样可真有些不成体统。他的一只眼睛下方有道很长的伤口,已然结出深色血痂,而他的脸颊、下巴和粗脖子的侧面,也都结满了干涸的血迹。他扭头时,芬蕾发现他的另一只眼睛被仍在渗血的绷带裹住,边沿露出吓人的眼白。

"葛斯特上校,战况如何?"

"我军发动进攻。"葛斯特眨眨眼,看见芬蕾也在,便犹豫着抬起双手,似乎想做点什么,最后却默默地放了下去。"但不幸失利。"

"北方人依旧占据英雄顶?"

葛斯特缓缓点头。

"加兰霍将军何在?"芬蕾的父亲追问。

"阵亡了。"葛斯特尖声回答。

"文克尔上校呢?"

"也阵亡了。"

"谁是现场指挥?"

葛斯特无声地杵在原地,芬蕾的父亲转过头,皱眉看向英雄顶。雨势大减,通往山顶的长斜坡自一片灰暗中显现,饱经践踏的草皮露了出来,同样可见的还有双方的无数尸体、损毁的武器盔甲、断裂的木刺、弯折的箭杆……再往上便是环绕山顶的石墙,粗糙的石头被暴雨浸成黑色。墙下堆积的尸体更多,墙头依旧林立着北方人的长矛。他们还在坚守。他们还在等待。

"克罗伊元帅!"第一法师懒得下马,他坐在鞍上,双手交叉搭住鞍桥,粗手指晃来晃去。目睹惨烈的杀戮现场,他脸上挂着一丝不易察觉的失望,好像雇人给花园除草,收工后却发现还有一两株遗留的荨麻。"我军经历了一点小挫折,好在预备队充足,天气也放晴了。老夫可否建议您即刻整顿,准备下一次进攻?既然加兰霍将军已经打上了英雄顶,下一次进攻肯定——"

"不。"芬蕾的父亲宣布。

巴亚兹有些困惑地皱起眉头,仿佛发现素来温驯的猎犬突然不听话了。"不?"

"不。中尉,你可带着和平旗帜?"

父亲的旗手紧张地看了巴亚兹一眼,然后赶忙收回目光,咽口唾沫。"当然,元帅阁下。"

"挂上它,骑去英雄顶。小心一点,看看北方人是否愿意谈判。"

人群响起讶异的低语。葛斯特上前一步。"克罗伊元帅,下官认为,只要再发动一次进攻,我们肯定能——"

"你是国王的观察员,记住自己的身份。"

葛斯特呆立片刻,接着看向芬蕾,最终闭嘴退下。

眼看白旗升起,第一法师阴沉的脸色跟放晴的天空形成了鲜明对比。他驱马向前,撞开两个疲惫不堪的士兵。

"陛下肯定会非常失望,元帅阁下,"他试图威胁元帅,但配上圆润的秃头和湿透的衣服却相当滑稽,"他希望人人履行职责。"

芬蕾的父亲站在巴亚兹的坐骑前方,挺胸抬头地面对第一法师的权威。"我的职责就是看顾部下的性命。身为全军统帅,我不能接受再一次进攻所带来的无谓损失。"

"你认为自己还能当多久统帅?"

"够久了。快去!"他朝旗手喊道,那人策马而去,白旗在风中猎猎飘扬。

"元帅阁下,"巴亚兹身子前倾,咬牙切齿地强调,每个音节都仿佛投来的巨石,"我衷心希望您仔细衡量此举的后果——"

"我当然衡量过,并乐意承受后果。"芬蕾的父亲也稍稍将身子前倾,眯起眼睛,仿佛迎向狂风。芬蕾发现父亲的一只手在颤抖,但声音依旧冷静克制。"迄今为止我最大的后悔,就是任由事态恶化到这步田地。"

第一法师的眉头皱得更紧,说话的声音也变得嘶哑,其中蕴含的怒气让人不忍听闻。"噢,那决不会是您最大的后悔,元帅阁下——"

"打扰?"巴亚兹的仆从大摇大摆地穿过一片混乱,朝他们走来。他全身湿透,好似在河里游过泳,衣服裹着不少泥巴,又像是横穿了沼泽。但他没表现出一丝困扰,而见他过来,巴亚兹俯下身,让他手拢着嘴凑在耳边说悄悄话。听完后,第一法师的眉头渐渐舒展。他缓缓坐直,若有所思,最后耸耸肩。

"好吧,克罗伊元帅,"他说,"一切均由您全权负责。"

芬蕾的父亲不再理他。"我需要个翻译。谁会说北方话?"

一名胳膊绑着厚绷带的军官上前。"进攻开始前,狗子和一些北方人跟我们在一起,长官,但……"他在乱糟糟的伤员和散兵中搜寻,但现在而今眼目下,谁又能找到想找的人呢?

"我略通一二。"葛斯特道。

"略通可能造成误解,我们承受不起。"

"我去。"芬蕾说。

父亲盯着她,似乎震惊于她怎会跟来,更震惊于她的提议。"绝对不行。我承受不起——"

"等待?"她接过话头,"我昨天刚跟黑旋风谈过,他认识我,甚至让我带回提议。此事我最合适不过,自然该去。"

父亲长久地注视着女儿,最后淡淡地笑了。"好吧。"

"我陪你去。"葛斯特尖声道。在尸横遍野的场合表现骑士精神真有些不合时宜。"能把剑借我吗,芬宁格上校?我的剑弄丢在山顶上了。"

最后动身的便是这一行三人。他们穿过细雨,徒步走向愈发真切清晰的英雄顶。在斜坡上走了没几步,元帅脚下一滑,双手慌忙抓住地上的烂草支撑。芬蕾冲上去扶他,他笑着拍了拍她的手——她突然发觉父亲是如此苍老,跟巴亚兹的对峙似乎抽去了十年寿命。这可是她一直引以为豪的父亲啊。她为他刚才的勇气感到前所未有的自豪,自豪中却又混合着悲伤。

穿针、拉线、打结——以前这是威尔旺的活儿,今后只能由奇妙来做了,真遗憾。"这下你的脑袋也要不好使了。"

"我的脑袋这辈子都不好使。"卡脖不假思索地玩笑道,但没人发笑。面朝孩儿丘的墙边传来喊声。联合王国人又来了?他站起来,整个世界突然一片模糊,脑袋感觉要炸了一般。

约恩托住他的胳膊肘。"你还好吗?"

"好,好得很。"卡脖强忍呕吐,穿过人群。山谷在前方展开,天空染着雨过天晴后的奇异色彩。"他们来了?"他不确定北方人能承受下一次攻击,至少他自己肯定承受不了。

但黑旋风喜气洋洋。"来了,不过不是你想的那种方式。"他指着三个登山的人影,他们走的正是几天前硬面包来夺回英雄顶时走的那条路。当时卡脖的小队还大体齐整,大家都指望他的领导与保护。"他们想谈和。"

"谈和?"

"走吧。"黑旋风把血迹斑斑的战斧随手扔给摆子,整了整脖子上的项链,穿过爬满青苔的石墙的缺口,大步往山下去。

"慢点,"卡脖跟在后面,"我的膝盖可受不了!"

对面的三个人越来越近。卡脖看清其中一个是昨天他送过桥的女孩,如今披着士兵的外套。看到她,他不禁有一丝愉快,但看到走在最后的人,却又立刻紧张起来——那就是差点杀了他的联合王国大块头,硕大的脑袋缠着绷带。

他们在英雄顶和孩儿丘的中间会面,这里也是第一波箭雨的落点。对方三人中的长者昂首挺胸,双手后背,胡子修剪整齐,蓄着灰色短发,目光矍铄,一副明察秋毫的模样。长者穿着领口绣有银叶的黑色上衣,身侧挂了一把以珠宝为剑柄圆头、似乎从未用过的宝剑。女孩站在这位长者身边,粗脖子的大块头稍落后一些。大块头紧盯着卡脖,他的一只眼睛只露出充血的眼白,另一只眼睛下方有道深色的伤口。他原来的剑好像丢在山上了,如今找到把新剑。这世道,找把剑总是容易的。

黑旋风停在距对手两跨远的地方,卡脖又停在黑旋风身后一跨远的地方,双手于身前交叉,随时准备出剑——不过,他不知道自己还有没有力气拔出那破玩意儿,光站着就够拼命了。

黑旋风倒是挺轻松。"嗨,嗨。"他冲女孩咧嘴一笑,露出所有的牙齿,同时张开双臂表示欢迎。"没想到这么快就再见面了。想跟我拥抱吗?"

"不想,"她道,"这位是我父亲,克罗伊元帅,王军——"

"我看出来了。你之前骗我。"

她皱眉盯着他。"我骗你?"

"他比我矮呀。"黑旋风笑得更灿烂,"也可能是我站得比他高吧,管他呢。咱们度过了非常充实的一天,是吧?血红的一天。"他用脚尖钩起地上的一根联合王国长矛,踢到一边。"我能为你们做些什么?"

"我父亲希望停战。"

卡脖突然如释重负,酸胀的膝盖差点打弯。黑旋风却谨慎得多。"如果昨天接受我的提议,今天会少挖很多坑。"

"他现在向你提议。"

黑旋风看向卡脖,卡脖吃力地耸耸肩,"迟到总比没来强。"

"哈。"黑旋风眯眼看回女孩,又看看大块头,最后看向元帅,似乎想说"不"……但最后,他双手叉腰叹口气。"好吧。尽管我一开始想要的不是这样,但我有自己的恩怨要了断,不能再把汗水浪费在你们这些兔崽子身上。"

女孩和她父亲交谈了几句,然后宣布:"我父亲对此非常欣慰。"

"老子可真没白忙活。好了,敲定细节前,我还有些家务事要处理。"黑旋风看了看孩儿丘上的惨状,"可能你们也有不少。我们明天再谈。明天午饭后,肚皮没填饱我可做不来。"

女孩将这番话翻成联合王国语,讲给她父亲听,这期间,卡脖一直盯着大块头,大块头也盯着他。那人的脖子上有好长一道血迹,那是他自己的血?卡脖的血?还是属于卡脖入了土的朋友们?不到一小时前,他们还竭尽全力拼个你死我活,现在却宣布和解。那之前到底是为什么呢?

"他是把杀人的好手,就跟你们来的这人。"黑旋风说出了卡脖的心声。

女孩儿回头看了一眼。"他是……"她斟酌一番,"他是王家观察员。"

黑旋风嗤笑:"他奶奶的,他今天可不光是观察。我想他体内住着恶魔——这是称赞——这种人应该生于白刃河以北,才派得上用场。他就是歌谣里最喜欢传唱的北方人,妈的,说不定他能当国王,而不是为国王'观察'。"黑旋风露出特有的阴森笑容,"问问他愿不愿意为我效力。"

女孩儿刚张嘴,大块头已自行出声了,他的话带有浓重的口音,还十分高亢尖细,跟姑娘家一样。"我对现在的工作很满足。"

黑旋风扬起一边眉毛。"当然喽,不能再满足了。正因如此,你才迫不及待想杀人吧。"

"我的朋友呢?"女孩追问,"跟我一起被抓——"

"还没放弃啊?"黑旋风又咧嘴一笑,"你真觉得现在还有谁想要她回去？"

她死盯着他的眼睛。"我想要她回去。虽然晚了一天，但我不也帮你达成愿望了吗？"

"对有些人来说太晚了。"黑旋风看似不经意地扫了一眼尸横遍野的山坡，深吸一口气后又吹出来，"战争不就如此，呃？一定会有输家。快派人去通知，让其他地方都知道停战的消息。大伙儿该唱歌庆祝了，怎能继续无谓地流血呢？太不值得。"

女孩眨眨眼，将这些话翻译成联合王国语，又代父亲回应道："我父亲希望能带回我们的死者。"

但北方的保护者已转身往回走了。"明天吧。死者又不会自己挪窝。"

黑旋风往山上走，年岁较大的北方人略带歉意地微微一笑后，也跟着离开。

芬蕾长吸一口气，憋了好一会儿才将其吐出。"这事应该成了。"

"和平总是如此草率，"父亲说，"却仍令人欣慰。"他动作僵硬地走回孩儿丘，芬蕾跟在他身边。

一场漫不经心的会面，几个糟糕到在场人士都无法完全领会的冷笑话，一切便盖棺定论。战斗落幕。战争结束。这场会面何不一开始就进行，那样所有的人都还活着？都还四肢齐全？回去的路上，她想不通。她似乎该为草菅人命而愤怒，但她太累，湿漉漉的衣服粘在身上更让她烦躁不安。至少现在一切都结束了——

雷声卷过战场。震耳欲聋，惊心动魄。她一度以为闪电劈中了英雄顶，作为今天这场暴雨最后的任性。但她立刻看到奥斯仑镇喷涌的巨大火球，其规模之大，甚至让她想象出扑面而来的热气。远方烟尘四起，无数灰色的轨迹射向空中——芬蕾意识到那些都是建筑物的碎片，房梁、砖块……还有人。火光消失后，巨大的黑云腾空而起,犹如倒悬的瀑布涌入长空。

"哈尔。"她轻声说着,本能地跑了出去。

"芬蕾!"父亲喊道。

"让我去。"葛斯特也喊。

她根本没在意他们,而是用尽力气往山下跑,哈尔的外套下摆拍打着大腿。

"什么鬼——"卡脖看着烟柱升起,轻声咕哝道。风把烟柱向山丘吹来,橙色的火光在烟柱底部隐约可见,舔舐着建筑物的残骸。

"哟呵。"黑旋风道,"这想必就是伊丝黎的惊喜。怎么看都不是时候。"

换作别的日子,卡脖肯定吓得面无人色,但今天实在没力气和精神了。人的悲伤是有限的,而他显然已超过负荷。他只吞了口唾沫,背对像参天巨树一样在山谷中蔓延的烟柱,跟随黑旋风上山。

"严格来说,这不算胜利,"黑旋风道,"但结果并不差。派人去找长手,告诉他放下武器。还有十面精和卡尔达,如果他们还——"

"头儿。"卡脖停在潮湿的山坡上,旁边是个头埋在烂泥里的联合王国士兵尸体。凡事要走正路,跟紧头儿,无论自己是何感受。这些信念他坚持了一辈子,常言道,老马蹦不过新篱笆。

"怎么了?"看见卡脖的表情,黑旋风脸上的笑容褪去,"你干吗脸色这么难看?"

"有件事我必须告诉你。"

真相大白
The Moment of Truth

暴雨终于停息，但顺着树叶滴下的水珠依旧无情地浇在浑身湿透、疲累不堪、心情郁闷的王军第一骑兵团官兵们身上，其中湿得最透、累得最惨、心情最差的又数徒尼下士。他一直蹲在草丛里，一直盯着那段墙，足足盯了一天半，直盯得眼眶被望远镜的黄铜边沿磨得生痛，脖子被不断抓挠磨得生痛，屁股和腋窝被湿衣服磨得生痛。在起伏不定的职业生涯中，他执行过许多糟糕的任务，但这次是最糟的，竟将军旅生涯的两大缺陷——忧心忡忡和枯燥乏味——完美结合到了一起。那段墙之前被倾盆大雨遮住，现在重新映入眼帘，仍旧是临水搭建、长满青苔的石头堆子，仍旧冒出许多长矛。

"能看到吗？"瓦利米上校嘶声问。

"能，长官，他们还在那儿。"

"给我看看！"瓦利米抓过望远镜，看了一会儿，又郁闷地放下。"妈的！"徒尼感到些微同情——这是他对军官的好感极限——进攻意味着违背密特里克的字面要求，等待意味着无视那道命令的精神含义，无论哪种都够瓦利米喝一壶。说起来，这也是徒尼不愿升到上士以上的原因。

"管他的，我们上！"瓦利米不耐烦地叫道，对荣耀的渴望最终占了上风，"让大家准备进攻！"

福里斯特敬了个礼。"是，长官。"

事已至此，没法借口拖延，没法推卸责任，也没法装病装伤。徒尼不得不承认，当自己扣好头盔时，甚至感到如释重负——总算不用再蹲在该死的草丛里淋雨了。命令传达下去，队伍里窃窃低语，大家伴随着刮擦碰撞声站了起来，整理盔甲，拔出武器。

"要上了？"蛋黄睁大眼睛问。

"要上了。"徒尼觉得轻飘飘的，他解开包裹军旗的帆布，轻柔地展开那面珍贵的红色方形旗帜，喉头油然涌上一股熟悉的紧绷感。这不是恐惧，不，完全不是。这是某种更危险的东西，是他一次次想要彻底掐灭，却总在最不合时宜的时刻爆发的强烈感情。

"噢，走吧。"他轻声说。军旗展开后，联合王国的金太阳一跃而出。旗帜中央绣着数字"一"，代表徒尼下士所属的团，他从青年时代起就在此效力，曾为之远赴大漠和雪原。旗帜上还用金线绣了二十场战役的名字，这些名字在昏暗中闪烁，都是比他优秀的人打的胜仗。

"噢，走吧。"他鼻子发酸，抬头看着交错的树枝、黑色的树叶和被它们分割的明亮天空，以及摇摇欲坠、晶莹剔透的水珠。他眨动眼皮，忍住泪水，带头走到树林边缘，想趁其他人在他左右排队时化解胸中的隐痛。这会儿，连他的四肢也开始发酸，蛋黄和沃斯跟在后面，分配给他的新兵只剩下这两人，两个小家伙面无血色地看着溪流和溪流对岸的石墙，好像看着——

"冲啊！"福里斯特一声令下，徒尼立刻行动起来。他冲出树林，沿长坡向下飞奔，绕过老树桩，从一个落脚点跳向另一个落脚点。

他听到后面的同伴也在呐喊、奔跑，而他只顾双手紧握战旗，任疾风撕扯头顶的旗面，连带撕扯着手掌、胳膊和肩膀。

他率先跳进溪流，涉到中间发觉水深不过大腿，便转身挥舞旗帜，金太阳在他头顶熠熠生辉。"上，臭小子们！"他朝跑在身后的大队人马叫嚷，"冲啊，第一团！上！上！"他的眼角余光扫到有东西从天而降。

"我中招了！"沃斯尖叫一声，踉跄着倒在水中，歪斜的头盔盖住了死灰般的脸，他双手紧紧抓住胸口。

"是鸟屎，白痴！"徒尼单手掌旗，另一只手伸到沃斯腋下，拽着这名新兵走了几步。待沃斯恢复平衡，徒尼又继续往前猛冲，每一步都高高抬起腿，溅起许多水花。

他奔向青苔密布的溪岸，空出的手抓牢树根，湿透的靴子踩住松软的泥土，总算爬了上去。他回头瞥了一眼，耳边只听见自己在头盔里的剧烈喘息，他发现全团埋伏于林子里的数百名官兵洪水般涌下斜坡，"稀里哗啦"地冲进溪流。

他高举猎猎飞舞的团旗，用尽全力嘶吼了一声，随即面目狰狞地抽出长剑，回身继续前进，冲向那道长矛林立的石墙。在石墙前，他连跨两大步，敏捷地翻了过去，一边像疯子一样狂吼乱叫，一边用力挥剑，长矛被砍得纷纷倒地……

但一个人也没有。

只有这些老旧的长柄武器靠在墙上，周围潮湿的麦子随风晃动，北面远处是跟他们刚刚冲下的山坡差不多的小山丘。

没人出来迎战。

然而附近显然发生过激战：右手边的庄稼全倒了，石墙前的地面踩得一塌糊涂，横七竖八地躺着许多人和马的尸体，这些都是确凿无疑的丑陋证据。

但战斗已经结束了。

徒尼眯起眼睛,他看见东边和北边的几百跨外都有人影晃动,穿透云层的阳光被他们的盔甲反射。可能是北方人。既然没人追击,他们正好整以暇地撤退。

"嗬!"蛋黄跑上来尖叫一声,这战吼大概连鸭子都吓不跑。"嗬!"他隔着墙,用剑胡乱划拉。"嗬?"

"这儿没人。"徒尼慢慢放下自己的剑。

"这儿没人?"沃斯一边系好歪戴的头盔,一边低声重复。

徒尼坐到墙上,将军旗夹在双腿中间。"只有他。"不远处插着个稻草人,两手各拿一根长矛,麻袋套成的脑袋戴着锃亮的头盔。"一个团的人马肯定能拿下他。"小小的骗局。骗局总是如此,穿帮之后都觉得十分愚蠢。徒尼对此再熟悉不过,他是诈骗的老手,只是骗的都是军官,不是敌人。

其他士兵陆续赶到墙边,个个浑身湿透、大口喘气,也都一头雾水。有人爬过墙,举剑朝稻草人走去。

"以国王陛下的名义,我命令你放下武器!"那人大喊。人群发出稀稀落落的笑声,但见满脸怒气的瓦利米上校在福里斯特上士的陪同下赶到,又赶紧住嘴。

一名骑手策马越过右边的一道沟。那沟里肯定发生过惨烈的争夺,而第一骑兵团本能决定那场争夺的结果,并赢得荣耀,但现在无疑为时已晚。骑手在他们面前勒住缰绳,人和马都气喘吁吁,沾满了因全速疾驰而溅起的泥巴。

"密特里克将军在吗?"骑手费力地出声问。

"不在。"徒尼答道。

"你知道他在哪儿吗?"

"不知。"徒尼又答。

"怎么回事?"瓦利米不耐烦地问。他翻墙时被剑鞘绊住,差点摔个狗吃屎。

骑手敬个军礼。"长官，克罗伊元帅要求立刻停止所有敌对行动。"那人笑了一下，满脸泥巴衬得他的牙齿白得晃眼。"我们和北方人谈和了！"他敏捷地掉转马头，越过两面斜插在地、无人问津、又脏又破的旗帜，跑向战场南面行进的联合王国步兵队列。

"谈和？"蛋黄木然地说，湿透的身体打着摆子。

"谈和。"沃斯嘀咕着想擦掉胸甲上的鸟屎。

"谈和！"瓦利米大吼一声丢下剑。

徒尼扬起双眉，将剑插在地上。他不像瓦利米那么失望，但还是有点不是滋味。

"战争就这样，呃，美人儿？"他卷起王军第一骑兵团的团旗，像婚礼后的新娘对待结婚披肩一样小心抚平旗面的褶皱。

"旗举得不错，下士！"福里斯特站在一两跨外，一脚踩住石墙，伤疤脸笑容灿烂，"你一马当先，堪称模范，冲杀在最危险也最光荣的前线。'上！'英勇的徒尼下士高喊，面对强敌浑然不惧！虽然最后证明没有敌人，但我知道你是来真的。你一向如此，情难自禁，对吧？徒尼下士，你是第一骑兵团的英雄！"

"滚你娘的，福里斯特。"

徒尼将旗帜小心包裹好，抬头看向东边和北边的平地，眼看最后几个北方人自洒满阳光的原野上撤离。

运气。命里有时终须有，命里无时难强求。卡尔达跟在自己人后面穿过麦田，虽然精疲力尽、满身泥浆，但好在性命无忧、手脚健全。他深信自己得到了老天爷的眷顾。死者在上，他真有运气。

奇特的运气。那个密特里克不知着了什么魔，竟不仔细勘测战场、还不等天亮就发起冲锋，活活断送了大批骑兵。非凡的运气，十面精布罗德在最后时刻施以援手，他最大的敌人拯救了他。连天气也在帮忙，大雨适时降下，扰乱了联合王国步兵的阵形，将他们理想的战场化为噩梦般的沼泽。

即便如此，树林里埋伏的敌人仍是最大威胁，但那些人因一堆死人的长矛、一个稻草人和几个虚张声势的小子便迟疑了——那几个小子不时靠掷硬币决定谁套上有他们的脑袋两倍大的头盔，往墙外探一探。

总而言之，黑旋风要他拿出真本事，英勇的卡尔达王子便拿出了真本事。

回顾今天的运气，他不禁头晕目眩，好像老天爷因什么原因选中了他，欲降大任于他。不然怎可能经历了那么多危险还大难不死？他，卡尔达，一个根本不配活下来的人？

麦田后方有一条古老的沟渠，沟后有一道低矮的篱笆，那是他父亲当年尚未填平的分界线，如今成了完美的退守防线。这也是运气。他真希望斯奎尔能活着见证这一切，能拥抱他、拍打他的后背，说自己为这一切感到骄傲。他不仅留下来战斗，神奇的是竟打赢了。卡尔达大笑着跳过沟渠，侧身滑过篱笆间的缺口——然后愣住了。

他的一些手下散在周围，或坐或躺，武器扔到一边，显然已因一整天的艰苦战斗和来回奔跑耗尽了体力，其中包括白如雪。但还有二十多名黑旋风的亲锐凶神恶煞地冲他围了半圈，个个都是硬手，带头的正是摆子考尔，他目光不善地直视卡尔达。

不应该啊……除非卡脖科登说到做到，向黑旋风吐露了真相。

卡脖科登一向说到做到。

卡尔达舔舔嘴唇。看来留下是最愚蠢的决定，他不该动摇处事原则。他的确会动脑子，以至于竟把自己骗过，以为还有机会。

"卡尔达王子。"摆子上前一步，低声叫道。

现在想逃也晚了，况且只能逃向联合王国。他隐隐有一丝疯狂的希望，希望父亲的亲信会站出来保护他，但这想法很快就烟消云散了。他瞟了白如雪一眼，老战士只微微朝他耸肩。卡尔达给了他们值得骄傲的一天，但没有赢得他们托付性命的忠诚，他也不配得到。大伙儿都跟长手考尔一样，不会为他惹火上身。妈的，这正如血九指的口头禅：你必须现实一点。

卡尔达只能无助地笑笑，面对步步逼近的摆子调整呼吸。那张可怕的伤疤脸越逼越近，两人几乎要吻在一起，卡尔达的视野完全被死气沉沉的金属眼球占据，上面映照着自己扭曲而虚伪的假笑。

"黑旋风要见你。"

运气。命里有时终须有，命里无时难强求。

战利品
Spoils

目睹现场以前，他们先闻到的是气味。一开始让人觉得像厨房事故，随即像营火燃烧，再然后……强烈的酸涩刺痛了葛斯特的喉咙。

毫无疑问，整个镇子都在燃烧，就像阿杜瓦之战，就像烟雾弥漫的卡多迪的春情院。

芬蕾像个疯女人一样策马狂奔，浑不顾头晕脑涨、浑身酸痛还要勉强追赶的他，直惊得路边兵士纷纷避让。他们奔过昨天激烈争夺的旅店时，灰烬犹如黑雪飘落下来，待奥斯仑镇的外墙从烟雾中浮现，周围出现了许多散落的垃圾，而烧焦的木头、断裂的石板和破碎的布料依旧如雨点般掉落。

不断增加的伤员被随意放置在镇子的南门附近，有的被武器所伤，更多的带着烧伤，身上烟灰和鲜血混成一片，发出的哀号跟英雄顶上的伤员别无二致。又是这样。葛斯特不由得咬紧牙关。快来人，要么救救他们，要么宰了他们，总之别让他们叫唤了。

芬蕾下马奔跑,他跟跟跄跄跟上她进了镇门,只觉头痛欲裂、脸颊发烫。太阳快消失了,奥斯仑镇却依旧笼罩在呛人的暮色中。所有的木制建筑都在燃烧,火势之猛,以致烘干了葛斯特的嘴巴,舔净了他脸上的汗珠,连空气本身都闪着微光。前面的一栋屋子被开膛破肚,一整面墙不翼而飞,地板朝天支棱着,窗扇更是无影无踪。

这就是战争,未加修饰的战争。除去抛光的纽扣、神气的腰带和利落的军礼,除去收紧的下巴与屁股,除去演讲、军号和崇高的理想。这就是战争,赤裸裸的战争。

不远处有人跪在地上帮助伤员。那人抬了下头,葛斯特发现他脸上沾满灰烬,而且不是在帮忙,反倒在脱伤员的靴子。那人被葛斯特吓了一跳,慌张地逃进晦暗的角落,葛斯特看着被他丢下的士兵,一只赤脚教淤泥衬得如此苍白。噢,人性之花!噢,勇敢的小伙子!噢,把他们送上战场,给大家一点娱乐!

"我们怎么找?"他嘶哑地问。

芬蕾盯着他看了一会儿,脸上覆满散落的发丝,鼻孔下方沾染了灰烬,眼神狂乱。但还是那么漂亮。甚至更漂亮了。更漂亮了。"那边!去桥那边。他一定冲在最前面。"真高尚啊!真英勇啊!领路吧,吾爱,去桥那边!

他们从一排着火的树下走过,燃烧的树叶如彩带飘落。歌唱吧!为我们这对幸福的新人歌唱吧!黑暗中,周围人群的叫嚷模糊不清,大概是呼救、求助,甚至趁机打劫。人影蹒跚而过,有的两两扶持,有的抬着担架,有的甚至用双手在废墟里反复刨挖。这种情况下怎么找人?上哪儿找人?或者说,还找得到完整的人吗?

到处都是尸体,残缺的尸体。不,那些不能叫尸体,只是一块块碎肉。有人会将它们收起来,放进镀金棺材,运回阿杜瓦,好让国王为他们默哀,好让王后涂脂抹粉的脸庞流下两道亮晶晶的泪痕,好让全国人民在扯着头发思索晚餐菜单、或者苦恼该不该买双新鞋等狗屁问题之余，嚷嚷几句怨言。

"这里！"芬蕾大喊。他赶忙过去，掀开折断的房梁，发现下面有两具尸体，但都不是军官。她摇摇头，咬着嘴唇，一只手搭在他肩上。这让他不得不强忍微笑的冲动。她怎知这轻微的触碰让他几乎浑身发抖？噢，她想着他，她需要他。

芬蕾从一间烧毁的房子找到另一间，烟尘呛得她不断咳嗽、双眼噙满泪水。她用指甲抠挖废墟，翻转尸体，不放过任何蛛丝马迹，而葛斯特尾随在后，跟她一样狂热地搜寻，甚至更甚于她——却源于不同的理由。待我挪开碎石，发现他死无全尸，比活着的时候难看一万倍！她会醒悟的。噢，不要！噢，真好！多么残酷、恶毒又可爱的命运。她会悲伤欲绝地向我寻求安慰，把眼泪洒在我的制服上，可能还会用小拳头轻捶我的胸口，我则会将她抱住，低声说些没营养的话，成为她最坚实的依靠。一切回归正途，我们成双成对，从前我若有勇气开口，事情本该如此。

葛斯特自顾自笑着，乃至露出了牙齿。他又翻开一具尸体，那是名死去的军官，粉碎的胳膊被扭向后背。该说些什么呢？年轻的生命，你不该英年早逝，啊，啊……布洛克呢？快他妈出来，布洛克，我等不及了。

奥斯仑镇原来的那座桥，如今只剩几块碎石和一个被湍急的河水灌注的大坑，周围的建筑也多化为残垣断壁，只有一栋石建筑还算大体完整，但屋顶已不翼而飞，裸露的房梁也着了火。芬蕾用一条胳膊遮挡面孔，仔细检查散落的尸体，葛斯特跟着朝那栋建筑走去。这房子的门楣十分坚实，但厚重的门扇扭脱活页、倒了下去，其下露出一只靴子。葛斯特伸出手，像掀棺材盖一样掀起门扇。

门下压的正是布洛克。他乍看上去伤势不重，脸上虽有道道血污，却没如葛斯特渴望的那般被砸个稀烂。他虽有一条腿不自然地扭在身下，但四肢不缺。

葛斯特俯身过去，一只手探到布洛克嘴边。有气。他还活着。强烈的失望席卷而来，葛斯特差点当场跪下，而紧接着，积年的愤怒也喷涌而出。我被骗了。葛斯特，国王御前尖声尖气的小丑，怎可能如愿以偿？小丑能得到什么？谁会关心小丑？把奖品悬在他肥胖的脸颊边缘，尽情嘲笑他吧！我被骗了。正如在斯皮奈，正如在英雄顶，一如既往。

葛斯特挑起一边眉毛，缓缓地长出一口气，然后将那只手向下挪，停在布洛克的脖子上。他用拇指和中指掐住脖子最细的地方，轻柔又坚定地捏下去。

有什么区别？用北方人的尸体填满一百个坑能得到欢呼和凯旋！杀一个自己人就是犯罪？谋杀？不可饶恕？说到底，我们不都是人吗？都是有血肉、有梦想的人？

他手上更加用力，因为耐心快用尽了。布洛克没反抗，只微微抽搐了一下。他反正离死不远，我只是把命运引向正确的方向。

这比杀其他人更简单。不用武器也没有尖叫，如此干净，只需注意力气、费点时间。然而这是最有意义的杀戮，因为其他人并未占有我渴望的东西。我应该为杀死他们而羞愧，但这次？这是公平。这是正义。这是——

"你有发现吗？"

葛斯特赶忙松手，两根手指轻放在布洛克的下颌下方，装作试探脉搏。"他还活着。"他哑着嗓子说。

芬蕾立刻靠到布洛克身边，一只手颤抖着抚摸丈夫的脸颊，另一只手捂住自己的嘴，如释重负地长出了口气。葛斯特觉得这口气宛如刀子扎在脸上，片刻后，他伸出双臂抱住布洛克的膝盖和后背，将其横抱起来。杀人不成，也只有救人了。

南门附近搭着一座医疗帐篷，帆布帐壁已被落下的灰烬染成土灰色。帐外等了无数伤员，他们捂着各式各样的伤口，有的呻吟，有的抽噎，还有的一声不吭、双眼茫然。葛斯特迈着沉重的步伐穿过他们，直接进了帐篷。我们可以插队，因为我是王家观察员，她是元帅之女，伤者也是血统最高贵的上校。只要我们这些混蛋有需要，外面的人死光也无所谓。

葛斯特掀开帐帘，将布洛克轻放在脏污的桌子上。一位面色严肃的医生听了听布洛克的胸口，宣布他还活着。我最后一点愚蠢的奢望也破灭了。再一次破灭了。葛斯特退开，让助手们过来，芬蕾依旧俯在丈夫身边，抓着他沾满煤灰的手，深情地凝视他，眼里闪烁着希望、恐惧，还有爱。

葛斯特盯着她。如果桌上躺的是我，会有人关心吗？不，他们会耸耸肩，把我跟泔水一起倒掉，不是吗？就这样也比我应得的要好。他独自走到帐外，皱眉扫视那些伤员，不知要在这里等多久。

"他们说他伤得不重。"

他转过头，勉强朝她挤出个微笑，感觉比爬上英雄顶还难。"这……太好了。"

"他们说简直是奇迹。"

"的确。"

两人一时无言。"我真不知该如何报答你……"

很简单。抛弃那油头粉面的呆子，嫁给我。我只想要这个。不过是小小的要求，只要你吻我、抱我、献身于我，这样就够了，完完全全够了。"没关系。"他轻声说。

但她已回帐篷了，只留他站在外面，继续面对漫天灰烬。他站了一会儿，旁边有个男孩躺在担架上，可能是要送进帐篷，可能是等医疗兵来救治，但都来不及了，人已经死了。

葛斯特皱眉看着尸体。他死了，我这自私自利的懦夫却好端端地活着。他用酸溜溜的鼻子猛吸口气，又用酸溜溜的嘴猛地呼出。

生活没有公平、没有正义。生死被随意决定。这或许是最显而易见、却又被人们故意忽视的事实。人们以为死亡伴随着教训、意义或值得传唱的故事，以为死神就像可怕的学者、恐怖的骑士或邪恶的皇帝。他用脚尖踢着尸体，将其翻成背朝上的姿势。其实死神只是个无聊的书记，有太多名字要记录，无暇为任何人逗留。世上根本没有什么值得铭记的时刻，死神可能在我们拉屎时出现，毫无道理地带走我们。

他迈过尸体，走回奥斯仑镇，越过堵在路上的无数灰色鬼影。他才走了十几跨，就听见有人叫他。

"这里！救命！"一条胳膊从焦黑的废墟中伸出，胳膊下面有一张绝望又脏污的脸。葛斯特小心翼翼地爬上废墟，解开那人下巴下的扣子，摘下头盔扔掉。那人的下半身被断裂的梁木压住了，于是葛斯特握住梁木一端，使劲抬起挪开，然后温和地抱住那人，像父亲抱住熟睡的孩子一般，往大门走去。

"谢谢您，"士兵嘶哑地说，一只手搭在葛斯特沾满灰烬的胸口，"您是个真正的英雄。"

葛斯特没有回应。你不明白我的心，朋友，我的心。

孤注一掷
Desperate Measures

这是欢庆的时刻。

毫无疑问,联合王国方面另有看法,但黑旋风宣布自己胜利,他的亲锐也乐意接受。他们重新挖掘火坑,打开酒桶,满上啤酒,期盼着双倍薪水——大多数人寻思解甲归田,回去为土地和老婆播种。

他们又唱又笑,醉成一摊烂泥,在渐浓的夜色中摇摇晃晃,不时踩进火堆,激起大片火星。面对过死神就像活了第二次,他们高唱古老的歌谣,还为今天的英雄编出若干新歌。黑旋风、长手考尔、铁头、十面精和老金是冉冉上升的新星,血九指、贝斯奥德、三树、小骨乃至无帽者斯凯林则被人们淡忘,过往的光辉与荣耀成为褪色的记忆,好比终将被夜色吞噬的残阳。没错,大家都在歌颂冻土的威尔旺,但没人提及没心肺沙玛。外号就是如此,就像犁耙翻土,旧的不去,新的不来。

"贝克。"卡脖动作僵硬地坐到火堆旁,一只手端着木酒杯,另一只手拍了拍贝克的膝盖,以示鼓励。

"头儿。你的头咋样?"

老战士伸出一根手指,碰了碰耳朵上方新缝合的伤口。"疼,但我受过更重的伤,说实话,今天只挨这一下算得上走运。舒利说你救了我,有人会觉得这是你该做的,但我非常感谢。谢谢你。真的。"

"我只是坚持走正路,照你说的。"

"死者在上,还是有听话的人。喝吗?"卡脖递来木酒杯。

"好。"贝克接过酒杯,痛饮一口,酸涩的啤酒味扩散开去。

"你今天做得好——在我看来,是非常好。舒利说你打倒了那个大块头,就是杀害多福德那个。"

"那人死了?"

"没有,他还活着。"

"那我今天一个人也没杀掉。"贝克不知该遗憾还是高兴,事实上,他既不遗憾,也不高兴。"我昨天杀了一个人。"他不假思索地说。

"洪水说你杀了四个。"

贝克舔舔嘴唇,却无法摆脱唇边的酸味。"洪水弄错了,我又没胆子纠正。那四个人是叫掠特的小子杀的,"他咽口唾沫,由于咽得太急,话音显得有些哽咽,"他们战斗时,我躲在橱柜里,还尿了裤子。所谓'红贝克'就是这样。"

"哈。"卡脖点点头,若有所思地抿着嘴,似乎并不在意,也不怎么吃惊。"好吧,但这不能改变你今天做的事。在战场上,人们所做的有时比躲进橱柜糟得多。"

"我知道……"贝克小声说,他没法闭嘴,仿佛身体想自行倾诉,就像吃坏肚子的人必须吐出吃下的脏东西,非把真相说明白不可,无论自己乐意与否。"我想跟你说件事,头儿。"他干巴巴地挑选着词汇。

"我听着呢。"卡脖说。

他放弃了斟酌语言，正如吃坏肚子的人不可能挑选吐出的东西，漂亮的言辞终究无法掩盖丑陋的行径。"事实上——"

"兔崽子！"有人大叫，还狠撞了贝克一下，以致贝克把酒洒进了火堆。

"嘿！"卡脖起身呵斥，膝盖痛得打了个寒战，但对方已经走远，而人群的气氛陡然间大变。愤怒成了主流，人们正大肆嘲弄某个被拽到中间的家伙。卡脖跟去查看，贝克也跟了过去，心中有些被打断的沮丧，但更多的是解脱——吃坏肚子的人意识到自己不用吐在老婆的帽子里那种解脱。

他们挤过人群，来到石阵中央最大的火坑，坑边坐的都是头面人物。黑旋风占据了人群正中的斯凯林之椅，一只手随意地搭着剑柄圆球，推动长剑不断转圈。摆子站在火坑对面，强迫某人跪下。

"见鬼。"卡脖嘀咕。

"哎哟，哎哟，哎哟，"黑旋风舔着牙，靠住椅背，露出豺狼般的笑容，"这不是咱们勇敢的卡尔达王子吗？"

卡尔达尽可能让自己显得轻松，尽管双手被绑，摆子还站在身后，他心里慌得要命。"这番邀请实在是盛情难却。"他道。

"打个赌，"黑旋风说，"猜猜我为啥邀请你？"

卡尔达看了看周围，全是北方的大人物，一帮自以为是的白痴。老金格拉玛在火坑另一头嘲讽地看着他。铁头凯姆挑起一边眉毛观望。十面精布罗德倒没那么幸灾乐祸，但也远远称不上友好。长手考尔痛心疾首，好像自己的手被绑住了一样。卡脖科登的表情似乎在说：你怎么没跑？卡尔达冲长手和卡脖懒洋洋地点点头，"我大概猜到了。"

"那我给猜不到的人说一声：他，卡尔达，试图鼓动我的新任副手暗杀我。"火堆周围响起一片窃窃私语，但也没多轰动，大家并不觉得此事不可思议。"我说的没错吧，卡脖？"

卡脖盯着地面。"没错。"

"你想抵赖吗？"黑旋风问。

"我抵赖的话，这事儿能算了吗？"

黑旋风咧嘴笑道："还这么幽默，老子喜欢。说实话，对你的背叛我并不惊讶，毕竟你自以为擅长阴谋诡计，我吃惊的是你的愚蠢。卡脖科登光明磊落，人人皆知。"这话令卡脖更加窘迫，只好看向一旁。"他决不会背后捅刀。"

"我必须承认，这确实不太明智，"卡尔达说，"您只当我年少轻狂，揭过不提吧，如何？"

"办不到。他奶奶的，你这小杂毛一直在挑战老子的耐心，这回终于触到了底线。说到底，老子不是一直把你当儿子一样罩着吗？"火坑边传来窃笑声，"或许不是最喜欢的儿子，也不是长子，但最起码算个私生子吧！就算你不争气、不讨喜，没经验也没外号，但老子不是等你老哥一死就让你接手？不也让你在火堆旁发表意见？就算你从前公然唱对台戏，老子也只把你撵回卡莱恩陪老婆，让你清醒清醒，没直接剁下你的脑袋，对不？凭良心说，你的亲老子对反对他的人可没这么仁慈。"

"确实如此，"卡尔达说，"您一直是仁慈的化身，噢，除了决心除掉我以外。"

黑旋风皱紧额头。"呃？"

"四天前，在长手考尔征丁的地方？想起来了？没有？你派了三个人，其中一个供出十面精布罗德的名字。人人皆知，布罗德是你的跟屁虫，你想抵赖吗？"

"我没法承认，"黑旋风看向十面精，后者轻轻摇了摇长满红疹的脸,"十面精也没法承认。当然,他有可能撒谎,但这里的每个人都清楚我没插手。"

"凭什么?"

黑旋风身体前倾。"就凭你他妈还能喘气儿,小王八羔子!老子真要你死,谁能拦住?"卡尔达眯起眼睛。不得不承认,这番话有一定道理。他看向长手,老战士却一直看着别处。

"不过事到如今,都无所谓了,"黑旋风续道,"我现在决定的是明天谁会死。"周围陷入沉默,事态终究发展到那个必然的可怕终点。"就是你。"所有人都在微笑,所有人——除了卡尔达、卡脖,可能还有摆子考尔,但那或许是因为那张伤疤脸的嘴角没法上翘。"有人反对吗?"只有火堆的噼啪声。黑旋风从座椅上站起来,再次大喊:"有人想为卡尔达说话吗?"没人开口。

如今看来,那些暗夜里的密谈有多幼稚,他把种子全撒在石头上了。黑旋风坐回斯凯林之椅,显得前所未有地自在,而卡尔达一个盟友都没有。哥哥死了,他又天真地触碰了卡脖科登的原则,真可谓作茧自缚、咎由自取。

"没人?一个也没有?"黑旋风缓缓靠住椅背,"没有谁不满?"

"我他妈非常不满。"卡尔达说。

黑旋风放声大笑。"不管别人咋说,小王八羔子,你挺有骨气。骨气可不是人人都有的,老子多半会想念你。说吧,你想怎么了断?上吊还是砍头?或者你爹喜欢的血十字,虽然我不建议——"

或许卡尔达被今天的战斗冲昏了头脑,或许他厌倦了小心翼翼的生存方式,再或这就是最明智的选择……他冲口而出喊道:"去你妈的!"又冲火坑里吐了口唾沫,"我要手握长剑战死!就你和我,黑旋风,我们一对一决斗。我向你挑战!"

一阵漫长而充满嘲讽的沉默过后,黑旋风嗤笑道:"决斗?为什么?决斗是为解决恩怨,小子,但我们没有恩怨,这事儿纯粹是对你背叛头儿、怂恿他的副手在背后捅刀的惩罚。你爹会接受这种决斗吗？"

"你不是我爹，你这蠢货甚至算不上他的影子！他一环又一环地打造了你戴着的那条项链，正如他一步又一步重塑北方。你是个小偷，你从血九指那里偷走它，靠的正是背后捅刀，"卡尔达孤注一掷地露出假笑，"你不但是个小偷，黑旋风，你还是个懦夫、背誓者和举世无双的蠢驴。"

"真的？"黑旋风想微笑，露出的却是满脸怒容。卡尔达或许身处绝境，但正因如此，他顽强的反驳抹煞了对方胜利的荣耀。

"你说我有骨气，那你可有骨气跟我一对一？"

"换作真正的汉子，你瞧老子敢不敢。"

"怎么着？我连十面精的女儿都敢上，算不算好汉？"卡尔达自顾自地狂笑，"不过嘛，"他冲摆子点点头，"你如今有打手替你干脏活，对吧，黑旋风？你自己不想下场子，对吧？哈哈！你不敢跟我进决斗圈！"

黑旋风没理由答应这场挑战，赢了毫无好处可言，但有时，事物的外表更甚本质。在众人心目中，卡尔达是彻头彻尾的懦夫，手无缚鸡之力，黑旋风则完全相反，因此前者当着北方所有大人物的面提出的挑战，对后者的威望形成了冲击。黑旋风意识到这点后，不由得倒进斯凯林之椅里，像个跟妻子吵架谁去清扫猪圈结果输掉的男人。

"很好，天堂有路你不走，地狱无门自来投。明天早上，我们不搞什么转盾牌选武器，就我和你，一人一把剑，至死方休，"他愤怒地一挥手，"把小杂毛带下去，老子受够了他那张假惺惺的烂脸。"

卡尔达被摆子粗暴地提起，扭转过身，拖着离开。人群分开一条路，又在他身后合拢，歌声、笑声和喧哗再次响起，大伙儿继续欢庆胜利——大概在人们眼中，他的自取灭亡只是庆典里一段不太合格的娱乐节目。

"我不是让你远走高飞吗?"耳畔响起卡脖熟悉的话音,老头推开人群,来到他身边。

卡尔达嗤笑道:"我不是让你别报告吗?看来咱俩都没听取对方的建议。"

"抱歉,事情搞到这种地步。"

"本不至于这样。"

火光映衬下,卡脖为难的表情分外清晰,"你是对的,我很抱歉作出这样的选择。"

"不必道歉,卡脖科登光明磊落,人人皆知。必须面对现实的是我,自父亲去世,我一直在挥霍人生,能活这么久已属意外。不过嘛,未来谁知道呢?"摆子拉他穿过英雄石间的罅隙,他突然提高声音,回头冲卡脖露出最后的假笑,"说不定我能在决斗圈里打败黑旋风!"

看到卡脖哀伤的神情,卡尔达明白对方认为这实不可能,若能对自己诚实一回,他对此也完全同意。刚才那番荒谬的挑战得以成功的原因正基于其决定性的不平衡:卡尔达是彻头彻尾的懦夫,手无缚鸡之力,黑旋风则完全相反。他们各自的名声并非偶然。

显然,他在决斗圈里就像一只待切的火腿。

这就是战争
Stuff Happens

"我有信件呈给密特里克将军。"徒尼打着灯笼走出暮色,前往将军的帐篷。

虽然光线昏暗,但卫兵显是个四肢发达、头脑简单的家伙。"他和元帅阁下在一起。你不能进。"

徒尼朝他晃了晃袖子。"我可是个正儿八经的下士,看见没?难道不能享有优先权?"

卫兵没听懂他的笑话。"啥权?"

"算了。"徒尼叹口气,站到卫兵身边等待。帐篷里传来模糊的话音,且音量越来越高。

"下官恳请继续进攻!"咆哮声无疑出自密特里克,军中没有几个兵幸运到没经受将军的大嗓门荼毒。卫兵皱眉盯着徒尼,仿佛在说:你不该偷听。但徒尼举起信,耸耸肩。"我们全线逼退了敌人!他们现在精疲力尽、岌岌可危!他们失去了战意!"帐篷上映出一片影子,好像是挥舞的拳头。"只需轻轻一推……下官就能粉碎那帮兔崽子!"

"你昨天也这么说,被粉碎的却是你的骑兵。"克罗伊元帅声音沉稳,"而且失去战意的不止北方人。"

"我们应当得到善始善终的机会!元帅阁下,下官应当得到——"

"不行!"元帅的回复如鞭子抽打般严厉。

"那么,长官,下官请求辞去——"

"不,这更不行。"密特里克还想争辩,克罗伊却没给他机会,"不行!你每件事都非要顶一顶吗?你必须吞下该死的骄傲和使命感!你必须把军队撤回老桥以南!你必须整顿王军第二师团,和谈一结束就领他们回师乌发斯。明白吗,将军?"

漫长的沉默,鸦雀无声。"我们输了。"密特里克最后开口时,声音和平常完全不同,如此低沉、虚弱,仿佛饱含泪水。将军心中的某根弦似乎突然断了,平素的气势也随之消散。

"我们是撤退,"克罗伊的声音很轻,但夜色也很安静,而元帅没料到徒尼这样耳尖的偷听者就在帐外,"有时候,这是最好的结局。对军人最大的讽刺,莫过于战争都是和谈的序曲,没有其他可能。我从前跟你一样,密特里克,我也曾相信不达目的决不罢休。但迟早有一天——或许很快——你会取代我,你会理解凡事不可能那样理想。"

又一阵沉默。"取代您?"

"如果我想的没错,伟大的设计师早已厌倦我这位呆板的石匠。鉴于加兰霍将军战死在英雄顶,你是唯一合适的人选。无论如何,我极力保举你。"

"下官不知该说什么。"

"早几年,若我知道让位后能让你接替,就已经这么做了。"

两人再次陷入沉默。"下官想提拔欧派克带领第二师团。"

"没问题。"

"至于加兰霍将军的师团，下官打算——"

"我把第一师团交给芬宁格上校，"克罗伊说，"现在该称他为芬宁格将军。"

"芬宁格？"密特里克的声音甚至带了些许恐惧。

"他拥有完美的资历，我也把保举书呈给了国王。"

"可下官没法跟那人——"

"你可以做到，而且必须做到。芬宁格不讲情面又小心谨慎，正好平衡你的缺点，正如你平衡我的缺点。说真的，虽然你常常是我的眼中钉、肉中刺，但总体而言，我很荣幸与你共事。"帐篷里传来"啪"一声清响，无疑是擦亮的军靴碰在一起。

接着又一声。"克罗伊元帅，这完全是下官的荣幸。"

王军的头号和二号人物走出帐篷，徒尼和卫兵飞速归位，摆出最笔直的站姿。克罗伊大步走进愈发浓重的暮色，密特里克呆立原地，目送元帅离开，一只手掌在身侧不断开开合合。

但徒尼还想回去享受酒壶和铺盖，没功夫干耗，于是他清了清嗓子："密特里克将军！"

密特里克转过身，一边假装揉眼里的沙子。"谁？"

"徒尼下士，长官，王军第一骑兵团的掌旗手。"

密特里克皱起眉，"乌利奇城之战后被任命为上士的那个徒尼？"

徒尼挺起胸膛。"是的，长官。"

"杜别克要塞之战后被降职的那个徒尼？"

徒尼的肩膀耷拉下去。"是的，长官。"

"因为斯里克塔的伏击被送上军事法庭的徒尼？"

徒尼更沮丧了。"是的，长官，但我必须说明，按照军事法庭的宣判，没有证据证明我犯过错。"

密特里克冷哼一声。"军事法庭向来如此。你来这儿干吗，徒尼？"

徒尼递上信。"我来尽掌旗手的职责，长官，我带来瓦利米团长的信函。"

密特里克低头看了信封一眼，"信上说了什么？"

"我不——"

"我不相信你这种上过军事法庭的兵没看过信函的内容。信上说了什么？"

徒尼投降了。"长官，上校详述了今天没能及时进攻的理由。"

"是吗？"

"是的，长官。他还向长官您、克罗伊元帅以及国王陛下致以最诚挚的歉意。他申请立刻解除他的职务，但希望容许他在军事法庭上为自己辩护——这点他说得比较含糊，长官——他同时赞扬了所有部下，表示一切责任由自己承担，并——"

密特里克从徒尼手中拿过信，揉成一团，扔进了水洼里。

"告诉瓦利米上校，他无需担忧。"水洼中尽是夜空破碎的倒影，将军盯着纸团飘荡，片刻后耸耸肩。"这就是战争，我们都会犯错。徒尼下士，如果我建议你今后规矩一点，是不是等于白费唇舌？"

"所有建议我都会心怀感激地考虑，长官。"

"如果我命令你呢？"

"所有命令我也都会考虑，长官。"

"哈。去吧。"

徒尼敬了个最标准的军礼，赶在被再次说教之前匆匆融入夜色。

大战后的战场是发财致富的温床。搜刮不及掩埋的尸体——乃至掘尸搜刮——交易战利品，出售酒水、查卡和大烟给庆祝者或悼念者，这些均是生财之道。徒尼见过入伍时一无所有的家伙在战后一小时内成了富翁，但他的货大半还在马上，而马在哪里没人清楚，况且他暂时没这个心情。

他远离火堆和人群，独自走在战线后方，向北穿过饱经践踏的战场。他经过两名借着灯光记录死者的书记,其中一人往册子上抄姓名,另一人掀开遮尸布,查看那些较为重要、须用船运回米德兰的尸体。那些人身份高贵,北方的土地不配埋葬他们——好像死者还有高下区别似的。

最后,徒尼翻过自己监视过一天多的石墙。它在战前只是某个不知名的农夫的蛮横之举,战后也恢复了往日的地位。他向全军最左翼继续前进,那里由第一骑兵团负责。

"我不知道,我不知道,我真没看见他!"

离最近的火堆不到三十跨的地方,两个人站在开着白色小花的麦田里,盯着地上的什么东西。其中一个年轻人神色慌张,徒尼不认识——他手里举着把空弩,估计也是新兵——另一个是蛋黄,一手举着火把,一手指着那个新兵。

"怎么了?"徒尼吼着走过去,心中生起不祥的预感。等看清地上的东西,他的心情糟到了极点。"噢,不,不。"沃斯躺在一小片光秃秃的空地上,瞪着双眼,吐着舌头,胸口插了一支弩矢。

"我以为他是北方人!"新兵道。

"北方人在北面,你这蠢猪!"蛋黄愤恨地叫喊。

"我以为他拿了把斧头!"

"他拿了把铲子。"铲子倒在沃斯无力的左手旁,徒尼扒开麦秆将它捡起。"他大概在做自己最擅长的事。"

"我宰了你个王八蛋!"蛋黄抽出长剑大喊。新兵无助地哀号一声,举起空弩对准他。

"放下,"徒尼站到两人中间,伸手按住蛋黄的胸口,痛苦地长叹一声,"这就是战争,我们都会犯错。我去找福里斯特上士,看看有什么能做的。"他从新兵软绵绵的手掌中抽出空弩,换成铲子。"与此同时,你先去挖坑。"

沃斯,你恐怕只能埋骨北方了。

战后

AFTER THE BATTLE

一个人无需多宽广的视野,也无需多敏锐的洞察,就能看出英雄和山羊之间只有一线之隔。

——米基·曼托

路的尽头

End of the Road

"他在里面?"

摆子缓缓点了下头。"他在。"

"他一个人?"卡脖把手放在腐朽的把手上。

"他一个人进去的。"

言下之意,他多半和女巫在一起。卡脖没打算这么快再见到她,尤其目睹过她昨天带来的惊喜。但黎明近在眼前,他该上路了。十年前他就该这样做。无论如何,他必须把自己的决定告诉头儿,坚持走正路。于是他鼓起双颊吹了口气,缝合过的脸皱成一团,然后拧动门把手。

伊丝黎站在脏兮兮的地板中央,双手叉腰,歪着脑袋。她长外套的边沿和一只袖管带有焦痕,领口也有一部分烧没了,露出焦黑的绷带。但她的皮肤依然完美无瑕,面颊几乎像黑镜子般反射着火把的光。

"何苦跟傻瓜斗气?"她轻蔑地说,伸出一根长手指指向英雄顶,

"打败他对你没任何好处,而一旦你踏入圈中,我就无法保护你。"

"保护我?"黑旋风靠着黑乎乎的窗口,棱角分明的脸完全隐没在阴影中,一只手大咧咧地握在斧刃边沿。"老子在决斗圈中对付过的狠角色,比他奶奶的卡尔达王子厉害十倍。"他用磨石打磨斧头,发出刺耳的长音。

"卡尔达算哪根葱?"伊丝黎哼了一声,"但还有别的势力。超出你理解能力——"

"我看并没超出我的理解能力。你跟那个第一法师有恩怨,所以你利用老子跟联合王国的恩怨,对不?恩怨是我最熟悉不过的,相信我。你们这帮劳什子巫婆神棍自以为超凡脱俗,不也得跟咱们一样两脚着地?"

她扬起下巴。"动刀动剑就有风险。"

"这是自然。刀剑不长眼。"磨石再次划过斧刃。

伊丝黎眯起双眼,嘴唇上翘。"你们这帮死粉佬,为何总放不下无聊的争斗与骄傲?"

黑旋风咧嘴一笑,黑暗中只见他牙齿的闪光。"噢,毫无疑问,你是个聪明女人,自然知道什么最有聊。"磨石再次划过,他举起斧头,盯着闪光的斧刃。"但你对北方一无所知。老子早已放下骄傲,骄傲不适合我,我把它丢得干干净净,换来这外号。"他用拇指尖检验斧刃,温柔得像抚摸爱人的颈项,然后耸耸肩。"北方谁人不知,老子正是翻脸不认账的黑旋风,老子必须维护这狗娘养的名声。"

伊丝黎厌恶地摇头。"我为你付出那么多心血——"

"他奶奶的,如果我被杀,你那些白费的心血会成为我这辈子最大的抱歉,这总可以了吧?"

她皱眉瞪了卡脖一眼,又皱眉瞪着将斧头放到墙边的黑旋风,嘴里发出恼怒的嘶声。"我不会想念这边的天气。"她抓住外套的长尾,狠狠甩到脸上。布料发出刺耳声响,伊丝黎即刻消失无踪,只剩一小片焦黑的绷带在空中飘荡。

黑旋风用食指和拇指捏住那片绷带。"她明明可以走大门，偏要来点……戏剧性。"他吹口气，看着那片绷带飘来飘去。"你想不想拥有瞬间消失的本事，卡脖？"

二十年来他每天都想。"也许她说的有理，"他咕哝道，"你知道，关于决斗。"

"你也来这套？"

"打赢了又如何，况且贝斯奥德常说，没有什么力量能胜过——"

"去他奶奶的仁慈！"黑旋风咆哮着飞速抽出长剑，尖锐的出鞘声差点让卡脖退了一步——他勉强站在原地，咽了咽口水。"我给过小王八羔子多少次机会，他竟敢当众羞辱我。你知道我只能宰了他。"黑旋风用一块破布擦拭沉暗的灰色剑刃，脑袋一侧的肌肉不断绷紧又松开。"我必须宰了他，他奶奶的，我必须把他大卸八块，今后几十年里才没人敢挑衅。我必须给他们上一课，让他们懂规矩。"他抬起头，卡脖发觉自己没法跟他对视，只顾低头看着肮脏的地板，一言不发。"看来，你不打算帮我举盾喽？"

"我说过，仗打完之前我都会跟着你。"

"你说过。"

"现在仗打完了。"

"仗永远打不完，卡脖，你很清楚。"黑旋风盯着他，半边脸位于亮光中，另一只眼睛在黑暗里闪烁。卡脖情不自禁地为自己辩白——

"有比我合适的人选。找个年轻人。找个膝盖更好、胳膊更壮、外号更响亮的家伙。"黑旋风没移开视线。"这几天我失去了很多朋友。很多。威尔旺走了，布拉克走了。"他拼命克制，没说出自己无法眼睁睁看着黑旋风在决斗圈里虐杀卡尔达，那样的话，他的忠诚就不保准了。"世道变了,老金和铁头瞧不起我,我也瞧不起他们。还有……还有……"

"还有你受够了。"黑旋风帮他说完。

卡脖的双肩耷拉下去。他不想承认,但这话总结得好。"我受够了。"他必须咬紧牙关,抿紧嘴唇,才能阻止眼泪。同伴们在眼前联袂浮现:威尔旺、多福德、布拉克、艾沙克和艾里克……好多好多死者,一路蔓延到记忆深处,引出无数胜利或失败的战斗,无数正确或错误的选择,沉甸甸的,难以承受。

黑旋风小心翼翼地收剑回鞘,点了点头。"谁都有个限度。你这样的人不必为此羞愧。不必。"

卡脖咬紧牙关,咽下泪水,勉强干巴巴地续道:"我敢肯定,你能找到——"

"我已经找到了,"黑旋风冲门外偏了偏头,"就在外面。"

"好。"卡脖相信摆子够格,说不定能比自己干得更好,他也相信摆子不像许多人以为的那样不可救药。

"接着,"黑旋风从屋子对面扔了个袋子过来,硬币哗哗作响,"两块金子加上些杂碎。对你有用。"

"谢了,头儿。"卡脖真心实意地说。他原本担心背后被捅一刀。

黑旋风以剑拄地。"你有什么打算?"

"我曾是个木匠。如果时光可以倒流,我打算重操旧业,回去削木头,帮人打两具棺材啥的,不用把朋友埋进去就好。"

"哈。"黑旋风用食指和拇指转了转剑柄,剑鞘前端在泥地里搅动,"我的朋友早给我埋了,没入土的都成了仇人。这就是战士之路的尽头,呃?"

"如果一路走到头的话。"卡脖等了一会儿,但黑旋风没搭腔,直到卡脖吐了口气,转身准备离开时方才开口。

"我做罐子。"

卡脖一惊,手抓门把,颈毛倒竖。但黑旋风站在原地,只是打量着自己的手掌,那双疤痕累累、老茧密布的手掌。

"我曾是个陶匠学徒,"黑旋风说着哼了一声,"如果时光可以倒流……然而紧接着就开战了,我不得不拿起剑。我一直以为自己会重操旧业,却总被耽误。"他眯起双眼,用拇指尖轻柔地摩挲其他指尖。"陶土……曾让我的双手……如此柔软。想一想吧。"他抬起头,笑了。"好运,卡脖。"

"好的。"卡脖说着便走了出去,顺手带上门后,欣慰地长出一口气。有的坎儿貌似不可逾越,但等你真正踏过,才发现那不过是一小步罢了。摆子仍抱着胳膊站在门外,卡脖拍拍他肩膀。"以后就轮到你了。"

"是吗?"另一人走到火光下,削短的头发间有一道长伤疤。

"奇妙。"卡脖喃喃道。

"嗨,嗨,"她打着招呼。她在此现身有些出人意料,但换个角度想,也省了他寻人的工夫。毕竟,他接下来必须面对她。

"小队情况如何?"他问。

"他们四个都挺好。"

卡脖听了身子一缩。"哦,好吧。我想跟你说件事。"她抬起一边眉毛,但他没有回头路可走。"我不干了。我要退休。"

"我知道。"

"你知道?"

"我这不是来接替你吗?"

"接替我?"

"作黑旋风的副手。"

卡脖瞪大双眼。他看看奇妙,看看摆子,又看回奇妙。"你?"

"为何不能是我?"

"呃,我以为——"

"你退休后太阳就不再升起喽？很抱歉让你失望。"

"那你丈夫怎么办？你的孩子们呢？我以为你会——"

"我上次回农场已是四年前的事，"她昂起头，目光中有卡脖不常见的冷硬，"他们不见踪影，也没留下任何线索。"

"可你不到一个月前刚回去过。"

"我闲逛了一整天，坐在河边钓鱼，之后就回来了。我没种把事实告诉你，我没种面对事实。咱们这号人只会落得这种下场，你会明白的。"她执起他的手，用力紧握，他却没法回应她。"与你并肩战斗是我的荣耀，卡脖。照顾好自己。"说完她便推门而入，随即带上门，将他留在屋外，呆望着沉默的木门。

"人总以为自己看透了别人，到头来……"摆子舔舔舌头，"谁也没法看透谁。没法真正看透。"

卡脖咽了口口水。"生活的确充满意外。"他离开老旧的屋子，朝黑暗中走去。

他经常在白日梦中设想一场盛大的告别，想象无数有外号的好汉送出美好祝愿，最后自己挺起被众人拍得酸痛的背脊，迈向光明灿烂的未来。道路两旁，战士们抽出的宝剑迎着朝阳闪烁，所有亲锐都举拳致敬，所有女人都为他的离别哭泣——纵然他不清楚梦中的女人打哪儿来的。

他从未想到自己会在黎明前的寒夜悄然离去，无人挂牵亦无人铭记。但真正的生活就是如此，所以人们才需要白日梦。

绝大多数人已涌上英雄顶，去旁观黑旋风屠宰卡尔达的好戏，只有快活约恩、跺脚舒利和洪水来与他告别，这是他的小队仅剩的成员。噢，还有贝克，这孩子挂着深深的黑眼圈，一只苍白的拳头握着众剑之父。无论他们如何努力挤出笑容，卡脖也能看出他们的悲伤，好比他狠狠地伤害了他们。也许的确如此。

他一直以受人爱戴为荣，行事光明磊落，可他死去的朋友早已远超活着的朋友，过去几天，这比例更进一步失衡。三个可能给他温馨告别的人在英雄顶上入了土，还有两个躺在车里。

他牵了牵旧毯子的四角，无论怎样也牵不平整，威尔旺和多福德的下巴、鼻子和脚掌总会突兀地支起来。这就是英雄的裹尸布，可活人需要好毛毯，反正死人感觉不到温暖。

"不敢相信你会退休。"舒利说。

"我说过好多年。"

"是啊。可你从未付诸实施。"

卡脖耸肩。"我打算现在实施。"

在他想象中，与小队成员道别犹如战斗之前的握手仪式，无疑能感到强烈的同志之情——不，应该远比那强烈，因为彼此深知这是真正的道别，而不只是担心而已。可实际上，除了皮肤与皮肤接触，他几乎感受不到任何东西，彼此也几乎成了陌生人。也许在他们眼中，他就像又一个死去的同伴，他们只想赶紧把他埋了，好让生活继续，所以态度比朝新掘的坟坑鞠躬更敷衍。

对双方而言，这场道别都像背叛。

"这么说，你不打算留下看戏？"洪水问。

"决斗吗？"更准确地说，谋杀。"不了，这几天我见过的鲜血够多了。小队以后归你，约恩。"

约恩抬起一边眉毛看向舒利、洪水和贝克。"就这些人？"

"你能召到更多人。人手总是不缺。用不了多久，你就会习惯的。"这就是战争的悲惨之处，失去几个弟兄到头来根本无所谓——只要死的不是自己。死人将被遗忘，好比丢进池塘的石子，至多激起几片涟漪。遗忘是人类的天性。

约恩又皱眉看向毯子和毯子下的尸首。"将来倘若我死了，"他喃喃道，"谁去找到我的儿子们——"

"或许你该自己去,考虑过吗?你自己去找到他们,约恩,然后告诉他们你是什么样的人,求得和好,趁你还有命在。"

约恩低头看着靴子。"是啊,或许吧。"一阵尴尬的沉默。"好了,我们还得去举盾,跟奇妙一起。"

"去吧。"卡脖说。约恩回头走上山顶,边走边摇头。舒利最后点了下头,也随他去了。

"别了,头儿。"洪水说。

"我想我不是任何人的头儿了。"

"你永远是我的头儿。"说完洪水也拖着脚步随他们上山,车边只留下卡脖和贝克——这个卡脖认识还不满两天的孩子,如今也要跟他道别。

卡脖又叹口气,坐上马车座位,只觉这几天来浑身上下受的伤都在痛。贝克站在车子下面,双手握着众剑之父,剑鞘包裹的剑尖插在泥土里。"我也要为黑旋风举盾,"他说,"我也要。你举过吗?"

"我举过很多次。其实很简单,就是围着决斗圈,确保没人出去。跟紧你的头儿,好好表现,就像昨天那样。"

"昨天那样,"贝克咕哝道,视线移向车轮,仿佛能看透泥土,看到不该看到的东西,"我昨天没把话说完。我想说的,但是……"

卡脖回过头,皱眉盯着毯子底下的两具尸首。说真的,他这会儿不想再听任何人忏悔,他自己的错误一直沉沉地压在肩头。但贝克已开了口,那种低沉、单调的声音好似被困在屋里的蜜蜂。"我杀了人,在奥斯仑,但不是联合王国的人,是自己人。那小子叫掠特,他没有逃跑,他坚守阵地,可我跑了,我躲起来,最后杀了他,"贝克依旧盯着车轮,眼睛湿漉漉的,"我用我父亲的宝剑将他刺穿。我以为他是联合王国士兵。"

卡脖只想策马便走,但实在硬不下心肠,依然感到自己荒废的岁月或许能对别人有所帮助。于是他咬紧牙关,凑过去按住贝克的肩膀。"这会令你很煎熬,甚至可能陪伴终生,但我告诉你一件可悲的事吧:类似的故事我听过十几遍了,也许不下二十次。凡是上过战场的人,都不会为此皱一根眉毛。战争没有是非可言。面包师傅烤出面包,木匠搭建房屋,而我们制造尸体。你能做的就是尽力活下去,并尽量做出最佳选择。你的选择不可能永远正确,但可以努力为之。所以下次遇到这种事,你最好先想一想,当然,是在保住性命的前提下。"

贝克摇着头。"我杀了人,难道就这么算了?"

"你杀了人?"卡脖收回手,任它无力地垂下,"这是战争,每个人都在杀人。有人能活命,有人不能,有人得到报应,有人始终平安无恙。只要能挺过去,你就该谢天谢地,满怀感激。"

"我是个该死的懦夫。"

"或许吧。"卡脖用拇指示意威尔旺的尸体,"他是个英雄。你认为谁的下场更好?"

贝克抽噎着吸了口气。"是……我想你说得对。"他举起众剑之父,卡脖握住十字柄,提起这根超长的金属,小心地放在车后威尔旺的尸体旁。"你是它的新主人吗?我是说,他把它托付给你了?"

"它将和他一起入土,"卡脖用毯子盖住宝剑,"一起埋葬。"

"为什么?"贝克追问,"这不是天降的神剑吗?我以为它会一直传承下去。难道它真的带有诅咒?"

卡脖牵起缰绳,转向北方。"所有的剑都带有诅咒,孩子。"他猛扯缰绳,马车开始前进。

他沿着道路,远离英雄顶。

以剑之名

By the Sword

卡尔达坐起来，盯着将熄的火堆。

他费尽心机，似乎也只能多活这几个钟头。几个寒冷、饥饿、瘙痒和惊恐的钟头。他隔着火堆看向摆子，手腕被紧紧捆在背后，交叠的双腿止不住涌上裤腿的寒气，屁股又湿又凉。

哪怕只为多活几个钟头，人也会拼尽全力。假设能再活几个钟头，他什么都做得出来，什么都会答应。可惜没人在乎他。英雄顶后的东方泄出第一缕无情的晨光，钻石般明亮的星星渐渐消失不见，正如他被粉碎的虚妄野心。

今天将是他的末日。

"离天亮还有多久？"

"该有多久就多久。"摆子回答。

卡尔达伸了伸脖子，扭了扭肩膀——双手绑在身后，他睡得很不安生，假设噩梦连连能叫"睡"的话。然而梦醒时分，他却舍不得醒来。"起码你可以把我的手解开？"

"到时候自然会解。"

一切真他妈教人失望。父亲曾对他们兄弟俩抱有天大的希望。"世界是你们的,"他总是一手按在卡尔达肩头,一手按在斯奎尔肩头,"你们注定将统治北方。"毕生梦想继承大业的他竟落得如此下场……不过,人们不会忘记他,怎么会忘呢?就算在北方悲惨血腥的历史里,恐怕也很少有人会死得如此悲惨血腥。

卡尔达颤抖着叹口气。"人生不如意十之八九,对吧?"

摆子用红宝石戒指敲打金属眼球,发出有节奏的轻响。"差不多。"

"生活真操蛋。"

"放低期望,或许还能有点惊喜。"

卡尔达不只是放低期望,可以说是不惜抓住任何稻草,但看起来不会有丝毫回报。想到血九指为父亲出战的场景,他不由打了个激灵:为鲜血而疯狂尖叫的人群,围住决斗圈的整齐盾牌,面色阴沉的有外号的举盾人们——他们会确保鲜血洒下之前,没人能离开。

他从未想过自己会参加决斗,从未想过自己会这样送命。

"谁会为我举盾?"他低声问,只想打破沉默。

"听说白如雪站出来了,白眼汉韩苏也站出来了。还有长手考尔。"

"他大概躲不了,毕竟我娶了他女儿,对吧?"

"大概。"

"也许他们只想找面盾牌遮掩,免得沾上我喷洒的血。"

"也许。"

"血这玩意儿,沾上它的人很苦恼,喷出它的人更苦恼。两头不讨好,呃?"

摆子耸肩。卡尔达使劲扭了扭手腕,尽量舒活指间的血液。最起码,死的时候他得握住长剑。"你有什么建议给我吗?"

"建议?"

"是啊,你是个很能打的战士。"

"当机会出现时,千万不能犹豫,"摆子皱起眉头,若有所思地盯着小指上的红宝石戒指,"仁慈等于懦弱。"

"我父亲常说,没有什么力量能胜过仁慈。"

"决斗圈内并非如此。"摆子说罢起身。

卡尔达伸出手腕。"到时候了?"

匕首在晨曦下闪着粉色的反光,绳结被灵巧地割断。"到时候了。"

"我们就这样干等?"贝克咕哝。

奇妙紧锁的眉头转向他。"除非你想在圈子里跳段小舞,给大伙儿热热身。"

贝克没兴趣。在他眼中,英雄顶正中央那片被选为决斗圈的烂泥地显得过于孤单了,它孤零零地暴露在外,鹅卵石标记的边界外却挤满了人。父亲就是在这样的圈子里与血九指决斗——决斗并惨死。

北方的大人物们将为今天这场决斗举盾。黑旋风这边,除开卡脖的小队剩下的成员,还有十面精布罗德、铁头凯姆、老金格拉玛及他们手下那些有外号的。

对面则是长手考尔和其他两三个老伙计,个个面色阴沉……若非还有贝克毕生所仅见的大块头助阵,真真算得上寒酸。然而那个巨人比在场所有人都高大得多,好比丘陵间的山峰。

"那怪物是谁?"他低声问。

"鬼敲门,"洪水低声回应,"卡里娜河以东所有地盘的头儿。那边的人全他妈是蛮子,我听说他又是其中最野蛮的。"

巨人身后果然跟着群野蛮人。他们头发凌乱,脸上插满骨头、涂满颜料,身体还总扭来扭去,连衣服也是头骨和破布组成。他们似乎不属于这个时代,而是从古老的歌谣中走出,比如"轮子"萨必偷走峭岩王的女儿那首歌。怎么会这样?

"他来了。"约恩咕哝。一阵嘘声,几句刻薄的评论,但大多数人沉默不语。决斗圈对面分开一个缺口,摆子把卡尔达拽了进来。

跟当初骑在高头大马上、随长手一起去征丁时相比,卡尔达邋遢了许多,但脸上依然挂着笑容。虚弱、苍白、眼圈红红的笑容,但毕竟是笑容。摆子在决斗圈中央放开他,漫不经心地回头走过七跨长的泥地,留下一串足印,然后站到奇妙身旁,从身后接过一面盾牌。

卡尔达冲决斗圈周围的人依次点头,仿佛在跟老友打招呼。他也冲贝克点头——贝克第一次见到他时,他的微笑里满是傲慢与嘲讽,如今一切都变了,笑容中似乎只剩下自嘲。但贝克庄重地点头回礼,他明白面对死亡的心情,要想笑对死亡是需要胆色的。

需要很多胆色。

卡尔达如此恐惧,以至决斗圈周围的脸庞全都糊成一片。他就要去见大平衡者了,好歹学学父亲和哥哥的样。他紧紧抓住这点骄傲,维持着脸上的假笑,冲这片模糊不清的脸庞点头致意,仿佛这些人都是来围观他的婚礼而非葬礼的。

他必须说点什么,用胡话消磨时间,说点什么都好,只要能让自己别再胡思乱想。于是他握住长手的手,那只没有举着伤痕累累的盾牌的手。"你来了!"

老人没对上他的视线。"我至少能做到这个。"

"别丧气,你顶多也只能做到这个。请替我转告塞芙……就说我很抱歉。"

"我会的。"

"开心点,这不是我的葬礼,"他用手肘戳了戳老人腋下,"至少现在不是。"周围响起的零星笑声让他稍微不那么想尿裤子了——然而有人在高处柔声低笑,那是鬼敲门,他不知为何决定站在卡尔达一边。"你愿意为我举盾?"

巨人用粗如木棍的食指敲了敲那片似乎小得可怜的木头。"没错。"

"你图什么?"

"近距离观赏利器互相交击,热血灌溉饥渴的大地?近距离倾听胜利者的呐喊和失败者的惨叫?赌上一切的死斗,生死系于一线,还不够让俺陶醉吗?"

卡尔达吞了口口水。"我是说你为我举盾图什么?"

"你这边人不多、位置好。"

"好吧。"这似乎是他现在唯一能给的好处:一个近距离观赏他自己如何被屠宰的好位置。"你也是因为位置好才来的吗?"他问白如雪。

"我是为了你,为了斯奎尔,为了你父亲。"

"我也是。"白眼汉韩苏补充。

满场沸腾的恨意当中,点滴的忠诚几乎让他的笑容从容了半分。"大恩大德,无以为报。"他嘶声道。最可悲的是,这句话是千真万确的事实。他用拳头砸了砸白眼汉的盾牌,又捏了捏白如雪的肩膀。"无以为报。"

然而拥抱和泪眼婆娑的时间很快就过去了,决斗圈对面有了喧嚣和动静。举盾人分开一条路——北方的保护者大摇大摆地进来,悠闲得像自知稳赚不赔的赌徒,黑色大旗笼罩在他身后,宛如死神的阴影。黑旋风脱去了外衣,只剩一件皮背心,裸露的胳膊和肩膀上全是凸起的血管与肌肉。曾属于卡尔达父亲的项链被他戴在脖子上,项链上的钻石闪闪发光。

掌声、武器敲打声和金属碰撞声经久不衰,每个人都急于赢得那个打败联合王国的男人的青睐,大家都为他喝彩,哪怕是站在卡尔达这边的。卡尔达不怪他们,毕竟,等黑旋风把他剁成肉酱之后,他们还要继续讨生活。

"你到底来了啊,"黑旋风冲摆子偏了偏头,"我原本担心我的狗会把你吃掉。"围观群众为这个冷笑话爆发出一阵刻意的大笑,摆子本人一动没动,烧伤的脸也没有半分表情。黑旋风咧嘴笑看了看周围的英雄石,看向那些大石头顶上的苔藓,然后展开双臂,伸出五指。"我们有个天然的决斗圈?天赐之地!"

"是的。"卡尔达应道。这是他鼓起勇气能做的唯一回应。

"决斗开始前通常要履行仪式。"黑旋风伸出一根指头转动。"首先宣布决斗的原因,然后双方自述平生事迹,不过这回我想都可以省了。我们都清楚决斗的原因,我们也都清楚你毫无事迹可言。"又一阵大笑,黑旋风再次展开双臂。"而若要我列举每一个被我送入土的家伙,这场决斗就永远别想开始了!"

人们大声欢呼,看来黑旋风不但要在决斗圈中把他彻底打败,还想在精神上羞辱他——这当然不会是公平竞争,决斗圈中的赢家总能赢得观众的追捧。无论如何,所有的小聪明此刻都弃卡尔达而去,将死之人哪有什么灵感?他只能呆站着,等待周围声音平复,直至只剩下轻柔的风声、黑旗的拍打声以及一只好奇的鸟儿在大石头顶上的鸣叫。

黑旋风叹口气。"还有件晦气事,我不得不派人去卡莱恩抓来你老婆——她是你押给我的人质,对吧?"

"放过她,狗杂种!"卡尔达咆哮道,突然涌上的怒气几乎把他吞没,"她与此无关!"

"你没资格说道,小杂毛,"黑旋风恶狠狠地盯着卡尔达,又冲泥地吐了口口水,"老子正在考虑是活活烧死她,还是给她划上血十字,去你奶奶的,总得让你尝点苦头。换作十年前,这不是你爹的拿手好戏吗?"黑旋风伸出一只手。"当然,我也可以宽宏大量,打个马虎眼。但不是因为你,而是出于对长手考尔的敬意,妈的,咱们北方至少还有这么一条说话算话的汉子。"

"我很感激。"长手咕哝,他依然没对上卡尔达的视线。

"既然不能由着性子,我看吊死她也就算了。怎么着,没人叫我小白鸽啊!"又一阵哄堂大笑,黑旋风空挥了几拳,动作快得卡尔达根本看不清。"也罢,剩下的只能在小王八羔子身上找补喽。"

有东西捅了捅卡尔达的腋下。剑柄,他的剑——白如雪面色沉重地送出皮革包裹的剑柄。

"噢,对了,你有什么建议没?"卡尔达问,有些期望老战士能眯起双眼,敏锐地指出黑旋风把身子压得过低,或是肩膀偏得过分,或是露出了其他破绽。

对方只鼓了鼓双颊。"那可是见鬼的黑旋风。"老战士呢喃道。

"好吧,"卡尔达咽下酸涩的唾沫,"谢了。"真令人失望,一切都令人失望。他抽出长剑,有些不确定该拿剑鞘怎么办——说到底,他再也不会用上它了——最终还是递给后面。他没法再靠嘴皮子脱身,只能背水一战。他做了次深呼吸,朝前走了一步,已然穿旧的斯提亚皮靴踩进了泥里。

他不过是将将踏入鹅卵石标记出的圈子,感觉却像是有生以来最艰难的一步。

黑旋风朝一边抻了抻脖子,又朝另一边抻了抻脖子,这才缓缓抽出长剑,刻意发出轻柔的金属声。"这是血九指的剑。我打败了他,一对一,这你是知道的,你当时在场。他奶奶的,你认为自己有几成胜算?"卡尔达看着长长的灰色剑刃,心知自己没有丝毫胜算。"老子没警告过你吗?'非常时期,谁敢挖老子墙脚,老子就要他好看'!"黑旋风怒冲冲地扫了周围一圈。"但你一定要四处活动、散播那些不堪一击的谎言，一定要——"

"闭上臭嘴，有种就来了结我！"卡尔达尖叫，"滔滔不绝的老杂毛！"

人群嗡嗡低语，接着有人笑了，更多人笑了。有人甚至笑得盔甲微颤。黑旋风耸耸肩，不再搭话，快步上前。

举盾人们压低身形，盾牌互相摩擦、彼此贴紧，将两人封在圈内。这是一道鲜艳的彩绘木板组成的圆形墙壁，墙上绘有绿树、龙头、河流、飞鹰等图案，也有的盾牌在过去几天的恶斗中业已磨损不堪。墙头露出一圈咧牙露齿、目光炯炯的饥渴面孔，仿若恶鬼。

若不见血，卡尔达和黑旋风都没法逃出这个圈子。

卡尔达应该迅速思考如何站稳脚跟，如何扭转不利，如何克敌制胜，如何保住性命，如何抓住转瞬即逝的机会……用上所有花招，他总该有点机会，不是吗？两人一对一，机会不可能为零。但此时此刻，他心中所想只有塞芙的脸，那么美丽的脸，他只想再见一次，只想告诉她他爱她，或者叫她不用担心，甚或让她忘记他，去找个没心没肺的混蛋过完下半辈子。父亲常说：唯有面对死亡时，才能看清一个人的本质。原来，他本质上就是一个多愁善感的小脓包……但也许，所有人面对死亡时都这样。

卡尔达抬起长剑，又伸出空出的那只手，挡在面前——他隐约记得别人是这么教他的。你必须进攻，斯奎尔会这么说，不进攻就是死路一条。但他的手在发抖，他不清楚该如何进攻。

黑旋风上上下下打量了他一番，把从前属于血九指的武器漫不经心地提在身侧，最后冷笑一声："的确，并非每场决斗都值得传唱。"他纵身向前，手腕一抖，长剑从下方袭来。

卡尔达本不该吃惊，在决斗中面对利刃和来势汹汹的对手，是再自然不过的事。但他如此狼狈，仅只慌慌张张后退了一跨，黑旋风的剑便以凌厉的势头撞上他的剑，将之扫开，几乎令他脱手。他因撞击的力道而站立不稳,剑也垂到一旁,另一只手在空中乱挥才没有摔倒。交手不到一回合,所有进攻的念头便被活命的疯狂执念给打消了。

幸亏白眼汉韩苏的盾牌顶住了他的背,避免了他毫无尊严地在泥地里摔个四脚朝天。韩苏还及时推了他一把,让他刚好来得及躲开黑旋风的下一击。这回黑旋风的剑与他的剑砰然相撞,扭弯了他的手腕,引起周围大声喝彩。卡尔达继续狼狈后退,满怀恐惧的心沉到了谷底,只顾与对手尽可能地拉开距离——然而决斗圈就这么大,在狭窄空间里拼死搏杀乃是决斗的宗旨所在。

两人围着对手缓缓转圈,不过黑旋风是如此轻松惬意,长剑悠闲地挥来挥去,仿佛这于他而言正如卡尔达在卧室里的床戏。黑旋风完全没把卡尔达放在眼里,卡尔达则像蹒跚学步、摇摇晃晃的小孩,张大了好奇的嘴巴,不由自主地喘粗气,而对方任何一个细小的挑逗动作都会令他自乱阵脚。周围的喧嚣越来越大,观众们的嘶喊呼出的气息结成了白雾,他们肆意宣泄着蔑视、憎恨与——

卡尔达眨了眨眼,突然什么也看不见了——黑旋风把他逼到角落,初生的朝阳刚好透过那面黑色大旗参差不齐的边缘,直射入他的双眼。说时迟那时快,剑光迸射而出,卡尔达只能无助地举剑乱挡,结果左肩被狠狠击中,整个人也转了半圈。他发出一声气喘吁吁的惨叫,等待剧痛来袭,然而最后他歪歪斜斜地挺起身子,震惊地发觉自己并未流血。黑旋风不过用剑背敲打了一下,只是在耍他,给众人看戏。

人群哄然大笑,这笑声刺痛了卡尔达,让他又有了怒气。他咬紧牙关,举起长剑。不进攻就是死路一条。他冲向黑旋风,但脚步绵软无力,毫无气势可言。黑旋风只需侧踏一步,随手便顶住了卡尔达手中颤巍巍的剑,两把剑剑柄对剑柄地抵在一起。

"真他奶奶的怂货。"黑旋风低声说,像赶苍蝇一样把他推向决斗圈对面。他的脚跟一路打滑。

黑旋风的举盾人就没韩苏那么客气了。一面盾牌狠狠砸中后脑勺,将他击倒在地。他头昏眼花,难以呼吸,皮肤火辣辣地痛,勉强抬头时只觉四肢有千钧之重,整个决斗圈若江河翻腾,咆哮声和奚落声如旋涡打转。

长剑已不翼而飞,他伸手去摸,手掌却被靴子踩中,踩进冰冷的土里,许多泥点溅到脸上。他又虚弱地惨叫了一声,叫声中的惊讶多于痛苦。黑旋风扭动靴子,带来更多痛苦,将他的手指越踩越深。

"北方的王子?"黑旋风将剑尖轻轻扎进卡尔达的脖子,逼得后者不得不扭过头,直面明亮的阳光,呈现无助的大字形姿势,"天大的笑话,臭小子。"剑尖闪过卡尔达的脸,在下巴中央留下一道火热的伤口,他不由得再次惨叫起来。

黑旋风慢悠悠地走开,冲观众们高举双臂,打算拖长这场表演。盾墙之上,卡尔达看到半圈满怀恶意的嘲笑脸孔,那些丑陋的嘴高叫着:"黑旋风……黑旋风……黑旋风……"十面精和老金兴高采烈地带头唱诵,无数武器在他们身后伴随节奏挥舞,只有摆子皱紧了眉头。

卡尔达抽回那只被踩进泥里、不住打颤的手,定睛观察。被血染黑的泥点自下巴"吧唧吧唧"地掉落,他最终确定,那只手并非所有指关节都维持着原样。

"起来啊!"身后有人急切催促。也许是白如雪。"快起来!"

"起来干吗?"他冲泥土低声说。真羞耻啊,他就这样被老杂毛调戏,以取悦这帮狼心狗肺的混球。也许他算得上罪有应得,但这并不会让他安心,或能减轻痛苦。他在决斗圈中来回扫视,绝望地寻找生路,但放眼望去只有踩地的靴子、挥舞的拳头、扭曲的嘴巴和贴紧的盾牌。

没有生路，只能见血。

他使劲吸了几口气，直到世界停止旋转，然后用左手捞起长剑，异常艰难地撑起身来。假装虚弱，引得对手麻痹大意本该是最有用的花招之一，但他实在不知如何才能表现得比现下更虚弱。他晃了晃脑袋，因为世界又开始旋转了。两人一对一，机会不可能为零，不是吗？不是吗？不进攻就是死路一条。但死者在上，他真的好累。死者在上，他那只被踩碎的手痛得太厉害，以至整条右胳膊直到肩膀都麻木不仁。

黑旋风耍了个漂亮的花式，把剑抛向空中。他故意卖个大破绽，在这场傲慢的表演赛里，他给了卡尔达最好的一次机会，只要卡尔达抓住这次机会，就能拯救自己，并在世代传唱的歌谣中留下浓墨重彩的一笔。于是卡尔达催动灌了铅的双腿，发起冲锋——但他的动作实在太慢，早在他近身以前，黑旋风已伸出左手抓住剑柄，游刃有余地恢复了架势。现在两个对手面对着面，围观群众也慢慢安静下来，温热的鲜血从卡尔达被切开的下巴流进了脖子里。

"你爹死得很惨，"黑旋风叫道，"脑袋砸成了糨糊。"卡尔达什么也没说，只顾节省体力、计算距离，以备下一次冲锋。"他被血九指弄得死无全尸，威名扫地，"只需跨出一大步，挥剑就砍，趁黑旋风还在滔滔不绝。两人一对一，机会不可能为零。黑旋风咧嘴笑道："他死得很惨，但别担心——"

卡尔达跃了出去，左腿踩进潮湿的泥土时他下意识地咬紧了牙。他高举长剑，狠狠劈向黑旋风的脑袋，但对方闪电般地伸出右手捏紧他的左手，将长剑毫无威胁地扭向空中。

"——我会让你死得更惨。"黑旋风把话说完。

卡尔达抬起伤残的右手击向黑旋风的肩头，不听使唤的指头划过父亲的项链。右手拇指还能用，所以他用拇指指甲去抠黑旋风脸上的麻子，抠出了一滴小小的血珠。他咆哮着，将全部的失落、绝望和怒火都灌注在那根拇指上,想把它塞进黑旋风没了耳廓的耳洞里。没错,他要找到那块丑陋的疤,他要——

黑旋风的剑柄猛砸在他肋下,发出空洞的闷响,剧痛闪电般窜过全身,直至发根。这一击挤出了他体内所有的空气,他连惨叫都发不出,嘴里只传来气若游丝的咝咝声。他歪歪斜斜走了两步,弯下腰去,胆汁涌进瑟瑟发抖的嘴里,自血淋淋的唇边流下一条细线。

"你以为就你会动脑子?"黑旋风抓紧卡尔达的左手,把他扯近,当面厉声嘶吼,"怎么着?想在决斗圈里耍滑头?你毕竟没那么聪明,对吧?"剑柄再次砸进卡尔达肋下,他勉强吸进的一口气又虚弱地吐了出来,浑身就像湿透的羊皮纸,绵软无力。"对吧?"观众的嘘声与叫喊达到了顶峰,他们敲打着盾牌,迫不及待想要见血。"替我拿着。"黑旋风把手中武器抛给摆子,摆子凌空接住。

"站起来,小瘪三。"黑旋风用空出的左手掐住卡尔达的喉咙,犹如巨熊抓紧猎物。"站起来,你这辈子至少给我站起来一回。"他单手把完全无法站立的卡尔达扯了起来——卡尔达不但双腿发软,依然握着剑柄的左手也无法活动。是啊,他快窒息了,能有什么办法?他绝望地扭动,嘴里满是酸涩的胆汁,脸颊火烧火燎。死亡总是突如其来,即便早已注定,人类也不愿面对现实。他们总认为自己是特殊的一个,值得被宽恕,但到头来,谁也不比谁更特殊。黑旋风掐得越来越紧,掐得卡尔达的颈骨咔哒作响,掐得卡尔达的眼睛快要凸出眼眶。一切是那么明亮。

"你以为这就完了?"黑旋风咧嘴笑道,他几乎让卡尔达的双脚离开了泥地。"他奶奶个熊,老子才刚开始——"

一声脆响,鲜血四溅,黑色的线条洒满天空。卡尔达陡然向后倒去,他的喉咙和握剑的手也陡然获得了自由。黑旋风沉重的身躯砸在他身上,几乎把他撞翻,然后那张麻子脸径自摔进了泥里。

鲜血自被劈开的头颅汩汩外冒,浸湿了卡尔达历经磨损的靴子。

时间仿佛停止。

人们哑口无言，慌慌张张后退，个个喘不过气，每双眼睛都盯着黑旋风的后脑勺上那道偌大的伤口。摆子考尔怒视众人，手握从前血九指的武器，灰色的剑刃上沾满了黑旋风的血。

"我是人，不是狗。"摆子说。

卡尔达的视线飘向十面精，恰好对上对方的视线。两人同时张大了嘴，同时开始算计。十面精是黑旋风的跟屁虫，但黑旋风死了，一切都已改变。十面精的左眼皮稍稍跳动了一下。

当机会出现时，千万不能犹豫。卡尔达奋力把自己甩了出去，以外人看来像是摔倒的姿势向前挥出长剑；十面精正摸向剑柄，眼见剑刃袭来，他睁大双眼，试图举盾格挡，但面盾牌不幸地跟旁边的人纠缠在了一起。卡尔达的剑顺利地劈开了那张满是红疹的面孔，一路劈到鼻梁下面，鲜血洒了左右数人满头满脸。

时机恰当的话，弱小的战士也能轻易干掉强大的对手，即便是用左手——这就是先下手为强、后下手遭殃的道理。

摆子突然出击时，贝克感觉到了。随后他目瞪口呆地看着剑刃下落，黑旋风应声栽倒，不由浑身起了鸡皮疙瘩。他反射性地摸向自己的剑，手腕却被奇妙在半空中扣住。

"别动。"

接着卡尔达挥剑朝他冲来，令他不由得缩了缩身。伴随一声闷响，鲜血飞溅四周，贝克脸上也没能幸免。他想挣开奇妙，想抽出长剑，舒利却抓住他举盾的胳膊，将他拖走，并在他耳边悄声提醒："每个人对正路的定义不一样。"

卡尔达摇摇晃晃，嘴巴大张，心跳如擂鼓，脑袋仿佛快爆炸了。他扫视着眼前一张又一张惊魂未定的脸，从十面精那些浑身浴血的亲锐，到老金、铁头及他们的属下，又看向黑旋风的护卫们——摆子站在这些人当中，手握片刻前劈开黑旋风的脑袋的宝剑。规矩严明的决斗圈随时可能变作混乱无序的屠宰场，一场火拼之后，谁也不知道自己能否活着离开。

唯一能确定的是，卡尔达依旧没有生路。

"来啊！"他嘶吼道，跟跟跄跄地朝十面精的亲锐们走了一步。有怨报怨，有仇报仇，要动手就快动手吧。

但他们也跟着跟跟跄跄地后退，仿佛他是斯凯林复生。他起初不明白这是为什么，直至意识到身后有个巨大的影子笼罩住了自己。一只巨手重重地按在肩上，几乎把他按得双膝跪倒。

鬼敲门开口了。"决斗已经结束，"巨人宣布，"结果非常公平。没错，胜者为王、败者为寇，而最伟大的胜利属于那些能不费吹灰之力赢得它们的人。贝斯奥德曾是北方人的国王，他的儿子同样有这个资格。俺，鬼敲门，百部之首，支持'黑手'卡尔达上位。"

这傻大个是以为北方人的首领都得沾个"黑"字，还是把卡尔达刚才那句"来啊！"当作了胜利宣告？抑或仅仅突发奇想？无论如何，这段发言都蠢到家了。

"我也支持。"长手按住卡尔达另一边的肩膀，灰鬓苍苍的脸露出笑意。"我支持贤婿黑手卡尔达。"哎哟，他终于开始扮演自豪的岳父，说到底……黑旋风死了，一切都已改变。

"我也支持。"白如雪站出来表明态度。突然之间，那些暗夜里的密谈，那些他本以为全撒在石头上的种子，迅速地生根发芽了。

"我也支持。"铁头率先倒戈，他从自己人中间走出，冲卡尔达微微点头。

"咱也支持。"老金打定主意不让死对头出风头，"咱支持黑手卡尔达。"

"黑手卡尔达！"所有人都开始高喊，喊得最响亮的是那些头儿，

"黑手卡尔达！"人们比赛着嗓门，仿佛这样最能证明忠诚。"黑手卡尔达！"仿佛这是大家心底的夙愿，直到此刻终于得以倾诉。

摆子蹲下身，从黑旋风被劈开的头颅上扯下项链，用一根手指挂住，递给卡尔达。父亲的钻石晃来晃去，几乎被鲜血染成了红宝石。

"看来你是赢家。"摆子说。

卡尔达浑身痛得厉害，却不由自主地笑了。

"难道不是吗？"

趁大多数人拼命往前挤的工夫，卡脖的小队剩下的成员悄然退走。

奇妙依旧抓着贝克的胳膊不放，舒利托着他的肩膀，两人几乎把他架出了决斗圈，约恩和洪水跟在后头。一群狂热的家伙扯下了黑旋风的大旗，撕成碎片。举目所见，他们不是唯一开溜的人，尽管黑旋风的战争首领们争先恐后地踩过他的尸体，去拍卡尔达的马屁，但也有部分人脚底抹油——那些嗅觉灵敏、认定不走就难免入土的人；那些跟黑旋风跟得最紧的人；还有那些与贝斯奥德宿怨已深，难以在他儿子那里讨到好处的人。

这支仅剩五人的小队在巨石洒下的长影中停步，奇妙靠着石头放下盾牌，小心看了看周围，确保没人在意他们。

她把手伸进外套，取出什么事物拍进约恩手里，"你的份。"约恩的大拳头捏紧那事物，听到金属哗啦作响，脸上有了笑容。她把第二份给舒利，第三份给洪水，最后给贝克一份——原来是钱包，从鼓鼓囊囊的外表看还很丰盛。但他呆站在原地，没有伸手去接，奇妙把钱包凑到他鼻孔底下。"这是你的半份。"

"不。"贝克说。

"你才刚入伙，小子，半份已经够多——"

"我不要。"

大家面面相觑。"他不要。"舒利喃喃道。

"我们应该……"其实贝克并不清楚该怎么做,"走正路。"他无精打采地说完。

"什么?"约恩的脸轻蔑地皱成一团,"我还以为这辈子再不用听见这句屁话了!等你这不长进的杂碎出来混个二十年、只落得一身伤疤的时候,再跟老子掰扯什么是见鬼的正路!"他冲贝克踏出一步,奇妙伸手拦住。

"为啥多死人叫走正路呢?"她声音轻柔,其中并无怒气,"你倒说说看?你知道过去几天我失去了多少朋友?他们该死吗?黑旋风完蛋了,不管以何种方式,他反正完蛋了,我们为他而战还有啥意义?我们干吗出手?他与我非亲非故,不比卡尔达或其他人更亲。你觉得我们必须为他殉葬吗,红手贝克?"

贝克半晌说不出话。"……我不知道。不过我不想要钱。话说回来,这到底是谁的钱?"

"我们的。"她直视他的眼睛。

"这不是正路。"

"凡事求个光明磊落,呃?"她缓缓摇头,目光有些疲惫,"好吧。祝你好运,你会需要的。"

洪水看起来稍有不安,但仅此而已;舒利把盾丢到草地上,一屁股坐上去,盘腿微笑着哼起小曲儿,仿佛在庆祝任务顺利完成;约恩皱眉掏着钱包,反复计算是否拿足了应得的份。

"卡脖会怎么说?"贝克低声问。

奇妙耸肩。"谁在乎?卡脖走了,我们总得自己做出选择。"

"是啊,"贝克把同伴依次看了一圈,"是啊。"他漫步走开。

"你去哪儿?"洪水在后面叫道。

他没回答。

他经过一块英雄石，肩膀擦着古老的石头，但没停步。他翻过干石墙，从北面下山，途中随手把盾牌扔进长草地。周围的人在语速飞快地争论，有人甚至拔出了匕首，紧张气氛不断蔓延，交织着紧张和愤怒、恐惧与喜悦。

"发生了什么？"有人揪住他的斗篷问，"黑旋风赢了吗？"

贝克挥开对方的手，"我不知道。"他越走越快，大步向前，到最后几乎成了奔跑。他明白了一件事：这种生活不适合他。歌谣中或许传唱过万千英灵，但这里的英雄只有石头。

历史潮流

The Currents of History

芬蕾来到安置伤员的大帐篷,试图做些人们期望女人参与的善后事宜:把水滴进撕裂的嘴唇,滋润干渴的喉咙;从裙边上撕下布条替人包扎伤口;用轻柔的摇篮曲安抚将死之人。

但真实情况令她哑口无言。她时刻听着哭泣、呻吟和绝望的低语组成的杂乱合唱,闻到苍蝇、粪便和被血浸透的床单的味道,看见在无数伤员中穿行的白衣护士们神情肃穆、仿若幽灵,而她最吃惊的无过于伤员数量之多,他们一排排地躺在担架和床单上,甚至直接放置在冰冷的地上。这里少说也躺了……几个连……

"有十几个……"一个年轻医生告诉她。

"不,不止。"她嘶哑地回应,一边竭力控制自己,不用手去掩住恶臭。

"我的意思是,周围有十几个这样的帐篷。您知道怎么给人换绷带吧?"

没有所谓男子气概的伤疤,每条解开的绷带下都是触目惊心的创口，流出噩梦般的新鲜脓汁。有人的屁股被劈成四瓣，有人的下巴被砸凹下去、失去了大半牙齿和半个舌头，有人的手掌只剩拇指跟食指，还有人的肚皮破了个大洞、以致漏出尿液。有个后颈挨刀的士兵只能脸贴地趴下，没法动弹，气若游丝，但他的目光一路跟随着芬蕾，让她心凉彻骨。

伤员们遭遇了刀兵水火之灾，他们的身体被人以奇怪的角度撕裂，里面的器官残酷而蛮横地暴露于光天化日之下。即便能侥幸活命，这些伤势也足以毁灭他们的生活，更足以毁灭那些爱着他们的人。

她咬住舌头，试图专注于工作。她手指颤抖地摆弄针线，努力不去在意那些恳求救命的喃喃低语，反正她也不知道该怎么救。没人知道。为伤员缠好绷带以前，点点血迹已污染了绷带，并随一圈圈的缠绕变得越发明显。她拼命忍住泪水，忍住呕吐，才能去照顾下一个人。那人的左手手肘以下全没了，左半边脸被绷带裹紧，他——

"芬蕾。"

她定睛看去，惊慌地意识到那人正是布林特上校。在尴尬的沉默中，在这个尴尬的场合，两人对视了很长时间。

"我不知道你……"她不知道的太多了，她甚至不知道怎么把这句话说完。

"昨天。"他简单地解释。

"你……"她几乎要向他问好，幸好及时咬住了舌头。他盼望的东西很明显也很可怕。"你需要——"

"你有消息吗？关于爱丽兹？"光听见这个名字，她就像肚子挨了一刀，只能拼命摇头。"你曾跟她在一起。你们被关在哪里？"

"我不知道，我被蒙住了头。随后他们带走我，把我放了回来。"噢，她多么庆幸被留在黑暗中的是爱丽兹而不是她。"我不知道她现在的情况……"但她可以猜测一二,或许布林特也能,或许布林特一直在猜测。

"她说过什么没?"

"她……她非常勇敢。"芬蕾强迫自己露出恶心的笑容。这是她的本分,不是吗?撒谎?"她说她爱你。"她犹犹豫豫地牵住他的手。他剩下的那只手。"她说……别为她担心。"

"别为她担心。"他喃喃道,用一只充血的眼睛瞪着她。但不知他从她那恬不知耻的谎言中得到了安慰,还是变得怒不可遏,再或一个字也不信。"要是早知道会这样……"

如实相告对他是没好处的,对她更没好处。"我很抱歉,"她低声说,没法再直视他的眼睛,"我……我尽力了,可……"至少这点是真的,不是吗?不是吗?她最后捏了一下布林特虚弱的胳膊。"我……再去拿点绷带——"

"你会回来吗?"

"会,"她忙不迭地迈步,不清楚自己是否还在撒谎,"当然会。"她在心中狂乱地感谢命运女神选择了爱丽兹而不是自己去迎接噩运,几乎在帐篷门口绊了一跤。

芬蕾受够了罪恶感,便沿山坡小路漫步走向父亲的指挥部。两个醉醺醺的军士跟随一把跑调的小提琴跳舞,一群妇女在小溪边洗衬衫,士兵们急切地排好长队,等待领取薪水。透过挤挤挨挨的躯体,她看到军需官指间闪耀的金币,而小贩、骗子和皮条客业已在队伍末尾聚集起来,犹如被面包屑吸引的海鸥——毫无疑问,他们是要抓紧这最后的机遇,因为和平将让他们失业,让正派人有机会过活。

离谷仓不远,她与密特里克将军打了个照面。这位将军在参谋团的簇拥下冲她庄重地点了下头,这令她有些摸不着头脑,因为对方那让人无法容忍、招牌式的洋洋自得本该像太阳从东边升起一样自然。随后她目睹巴亚兹走出低矮的门廊,心里更是一沉。巫师用两人份的洋洋自得——他自己的加上密特里克将军的份——目送她经过。

"小芬,"父亲独站在昏暗的屋内,冲她困惑地笑笑,"好了,一切都结束了。"他一屁股坐进椅子,长叹一声,解开制服的第一颗纽扣。二十年来,她从未见他这么做过。

她大步转身出门,巴亚兹正在几十跨外跟他的卷发仆从轻声交谈。

"站住!我有话跟你说!"

"事实上,老夫也有话跟你说。真巧。"巫师扭头吩咐仆从。"就按说好的价码给他……然后……通知那两个家伙……"仆从鞠躬行礼,恭敬地退开。"好啦,能为你——"

"你不能撤换他。"

"我们说的是谁?"

"我父亲!"她叫道,"你非常清楚!"

"老夫并未撤换他。"巴亚兹露出饶有兴味的表情,"你父亲以良好的礼节,本着高度的责任感主动提交了辞呈。"

"他是王国上下最出色的军事家!"她拼命忍耐,才没逮住巫师的秃头一口咬下。"他是唯一一位决心结束这场毫无意义的大屠杀的人!那个自以为是的傻瓜密特里克?昨天他刚断送半个师的人马!国王需要——"

"国王需要服从命令的人。"

"你没这个权力,"她嘶哑地挣扎,"我父亲是列席内阁的元帅,只有国王才能撤换他!"

"噢,太惭愧了!老夫竟然违背当年亲手制定的政府章程!"巴亚兹撇撇下唇,从外套口袋里取出一张红色厚蜡封印的卷轴,"如此说来,这张纸也不作数喽?"他轻轻打开它,厚重的羊皮纸沙沙作响。巫师清喉咙时，芬蕾突然发现自己喘不过气来。

"以国王之名，恢复哈罗德·唐·布洛克在议会中袭自其父的席位，并归还其在基伦和奥斯滕霍姆附近的家族产业。得益于奥斯滕霍姆的那份产业，你丈夫将出任安格兰总督一职。"巴亚兹转过那张卷轴，递给她看，她目不转睛地注视着那些龙飞凤舞的文字，恰似守财奴注视着满满一箱珠宝。

"国王陛下怎能不为年轻的布洛克公爵的忠诚、勇敢和牺牲精神所打动呢？"巴亚兹倾身靠近，"还有他聪慧顽强的妻子，即便落入北方蛮族之手，亦能以一介女流之身当面与黑旋风对峙，最终带回六十名同胞！陛下若不动容，除非他是块石头——他还没落到那步田地呢，如果你想知道的话，事实上，他比大多数人更容易动感情。他读到你丈夫对奥斯仑镇的英勇突击的报告时，流下了热泪。没错，他眼含热泪，立刻签署了这份谕令。"巫师靠得更近，她几乎能嗅到他的呼吸。"老夫敢断言……倘若谁认真查看这份谕令……甚至能发现国王陛下真挚的……泪痕。"

自这份文件凭空出现以来，芬蕾第一次从纸上移开了视线。此时此刻，她近到能看清巴亚兹每一根灰色的胡须、每一块棕色的老年斑和每一道深刻的皱纹。"战场报告需要一个星期才能传到国王那里，谕令至少还要一个星期才能送回来，而今离他出战还不到一天——"

"你可称之为魔法。纵然国王陛下的御体远在一周行程之外的阿杜瓦，但他的右手？"巴亚兹伸出自己的右手，"他的右手离得更近。不过话说回来，这有什么用呢？"他退开一步，收起卷轴，"如你所言，老夫没这个权力。是不是该把这张没用的纸烧掉？"

"不！"她拼命忍耐，才没一把夺过卷轴，"不。"

"你不反对撤换你父亲？"

她咬了会儿嘴唇。战争的确像是地狱，但不管怎样，战争也能带来巨大的机遇。"他主动辞职了。"

"是吗?"巴亚兹咧嘴笑了,但那双冷硬的绿眼睛一眨没眨,"你再次让老夫印象深刻。老夫衷心祝贺你丈夫步步高升,还有你……总督夫人。"他伸出卷轴,她伸手握住,但他没松手。

"记住:平民百姓固然对英雄喜闻乐见,英雄本身却非常廉价。老夫既能在弹指之间造就你,也能在弹指之间……"他用一根手指抵住她下巴,往上一推,给她僵硬的脖子带来一阵剧痛,"让你一文不名。"

她吞口口水。"我明白。"

"那么,日安!"巴亚兹放开卷轴,笑容又回到他脸上,"请将好消息带给你丈夫。不过,你们必须暂时保密,显而易见,人们不像你这般欣赏魔法。在此之前,老夫要将谕令业已下达和你丈夫欣然接受的事实通报国王陛下,你明白吗?"

芬蕾清了清嗓子。"非常明白。"

"内阁将欣喜地看到事态迅速得以解决。等你丈夫康复,你务必陪同他前来阿杜瓦,参加正式任命典礼。届时还将举行阅兵式,圆桌厅中会有华丽的宴会,你甚至能与王后共进早餐,"巴亚兹转身时挑了挑眉毛,"你可以准备服饰了,好好展现你们夫妇的英雄气概吧。"

这间病房干净明亮,阳光透过窗户洒在床上。这里没有啜泣,也没有鲜血,没有被锯下的残肢,也没有生死未卜的噩运。他们的生活是如此幸运。他的一只手被捆扎在被子下面,另一只手搁在被子上头,苍白的手掌满是伤疤,随呼吸微微起伏。

"哈尔。"他哼了一声,睁开眼睛。"哈尔,是我。"

"小芬,"他抬起手,用指尖触碰她的脸,"你来了。"

"是的,"她握住他的手,"你还好吗?"

他挪了挪身,痛得打个激灵,但仍虚弱地冲她一笑:"老实说,身子有点僵,但我真是个幸运儿,我很幸运能有你。听说是你把我拖出瓦砾堆的。按道理,不该是我来救你吗?"

"找到你并把你救回的是布雷默·唐·葛斯特,我只是四下折腾,边跑边哭。"

"你总爱哭,这也是我喜欢你的地方之一,"他的眼睛又要闭上了,"我想我可以接受葛斯特……救了我……"

她用力捏他的手。"哈尔,听我说,有大事发生。天大的好事。"

"我听说了,"他的眼皮在打架,"讲和了。"

她摇摇头,"不是那个。好吧,那也是真的,但……"她倾身靠近,双手捧住他的手,"哈尔,听我说,你将继承你父亲的议会席位。"

"什么?"

"以及你父亲的部分领地。他们希望我们……希望你……国王希望你接替米德。"

哈尔眨眨眼。"升任师长?"

"升任安格兰总督。"

他一时哑然,接着露出担忧的神情,盯着她看。"为何是我?"

"因为你是个好人。"你是个不错的折中人选,"很明显,身为这场战争的英雄,你的事迹得到了国王的嘉许。"

"我是个英雄?"他嗤之以鼻,"你怎么办到的?"他试图用手肘撑起自己,但她一手按住他的胸膛,温柔地让他躺下。

这是个坦诚相告的机会,但这念头转瞬即逝。"是你自己办到的。你说得对,为人要走正路,精诚所至、金石为开。你身先士卒,这就是你晋升的原因。"

"可——"

"嘘。"她吻了他的一边嘴唇,然后是另一边,最后吻到嘴唇中央。他呼吸混浊,但她不在乎,她不让他破坏这个胜利的时刻。"我们日后再谈。你现在好好休息。"

"我爱你。"他轻声说。

"我也爱你。"她轻轻碰了碰他的脸,看着他重新沉入梦乡。没错,他是个好人,好人中的好人。他诚实、勇敢、绝对忠诚。他们很般配。乐天派与悲观派,理想主义者与现实主义者,一个胸怀宽广,一个愤世嫉俗。所谓爱情,不就是找到般配你的人?弥补你的人吗?

成为搭档。加以改造。

和平条件

Terms

"他们迟到了。"密特里克低声抱怨。

谈判桌旁搁了六把椅子。新任王军元帅占据其中一把,今天他穿着一件礼穗太多、领口太紧的正式礼服。巴亚兹坐了另一把椅子,他那些粗厚的手指在桌面上不断敲打。狗子把自己塞进第三把椅子,皱眉看向英雄顶,脸侧的肌肉时而抽搐。

葛斯特环抱胳膊,站在密特里克的座椅后一跨远处,身旁是巴亚兹的仆从,那人双手卷着一张北方地图。在他们身后,站在石阵内又隔着相当距离的,乃全军剩下的一些高级军官。他们的人数在几日内剧减,米德、魏特兰、文克尔及其他许多人已不可能出席。对了,还有加兰霍。想到这里,葛斯特不由得也皱眉看向英雄顶。直呼我的名字似乎带来了霉运。王军第十二步兵团同样悉数到场,于孩儿丘以南排成阅兵队形,锋利的长矛在清冷的阳光中森然林立,作为给对方的小提醒:我们今天固然寻求和平,但也不惧第二种选择。

尽管头上狠狠挨了一下，脸颊还在火辣辣地痛，全身还有其他几十处割伤、擦伤和瘀青，葛斯特还是更中意那第二种选择。可以说，他渴望第二种选择。和平年代，我还能有什么用武之地？教导那些不成器的小青年？像哈巴狗一样在朝廷里讨赏？出任基伦阴沟修缮工程的王家观察员？或是自暴自弃，暴饮暴食，甘当不知廉耻地追述往事的醉鬼？好咧，您知道布雷默·唐·葛斯特的威名么，他从前可是国王的首席护卫！欲知详情，就给眼前这个喋喋不休的小丑买杯酒吧！哎哟，最好买上十杯，您还可以欣赏他尿裤子的丑态！

葛斯特自觉眉头皱得更深。或许……我该接受黑旋风的邀约？活在歌谣的传唱之中而非小人的轻蔑里？活在永远没有和平的北方。布雷默·唐·葛斯特，英雄与斗士，北方最被人畏惧的——

"终于来了。"巴亚兹的咕哝声终结了他的狂想。

前方传来的无疑是大队人马行进的声音，只见一大帮北方人走下英雄顶的长长斜坡，彩绘盾牌的边沿反射着阳光。看来敌人也做好了两手准备。葛斯特轻轻松了松鞘里的长剑，注意是否有埋伏的迹象。说实话，他渴望撞见埋伏。哪怕某个北方人的脚趾头多跨半步，他就可以借此拔剑。让和平化为生命中又一个泡影。

但令他失望的是，大部分北方人停在孩儿丘周围和缓的斜坡下，不比第十二团的士兵离得更近。另一些人走入石阵后留在边上，和王军军官的人数刚好相等，其中有一个真正的巨人，黑发在风中飘荡，令葛斯特响起战役的第一天痛揍过的金甲壮汉。砸得好舒坦啊。葛斯特不由得捏紧拳头，极度渴望能重演好戏。

只有四个人来到谈判桌前，其中没有黑旋风。为首的北方人身披精美的斗篷，相貌英俊，嘴唇带着一丝嘲讽。虽然他一只手裹着绷带，下巴中央还有道新伤，却格外洋洋自得。我已经开始恨他了。

"他是谁？"密特里克低声问。

"卡尔达，"狗子的眉头皱得更紧，"贝斯奥德的次子。一条毒蛇。"

"更像是条蛆虫，"巴亚兹道，"这个卡尔达。"

卡尔达的左右跟着两名老战士，有一个白肤白发，肩上还裹着白毛皮，另一人身材魁伟，宽阔的脸孔饱经风霜。他们身后的第四个人腰插战斧，脸颊有恐怖的伤疤，一只眼睛闪着诡异的金属光芒。葛斯特不由心中一凛，但令他升起寒意的并非那人的眼睛。我昨天在战场上见过他吗？前天见过？还是从前……

"你一定就是克罗伊元帅。"卡尔达的通用语只带轻微的口音。

"密特里克元帅。"

"噢！"卡尔达咧嘴大笑，"很荣幸与你当面交谈！我们昨天刚交过手，就在右翼的麦田里。"他用缠绷带的手朝西方示意。"噢，那是你们的左翼，请原谅，我向来不是打仗的料。你的冲锋非常……英勇。"

密特里克吞了口口水，粉色的脖子在浆硬的领口下不住起伏。

"事实上，你知道吗，我想……"卡尔达掏了掏衣服内袋，眼睛一亮，取出一张压得皱巴巴还沾满泥巴的纸，"我有你的东西！"他将那张纸扔到桌子对面，葛斯特越过密特里克的肩膀看到纸上写满文字。或许是道命令。密特里克把它捏成了球，指节捏得煞白。

"噢，还有第一法师！咱们的上次见面让我学会了谦卑。不必担心，自那以后我还有过许多类似的经历，许多复习的机会。真的，你现在找不到比我更谦卑的人了。"卡尔达的笑容述说着截然相反的意思，他开始介绍自己的随从。"这位是长手考尔，我的岳父。这位是白如雪，我的副手。也别忘了我最尊敬的斗士——"

"摆子考尔，"狗子冲金属眼严肃地一点头，"好久不见。"

"是啊。"对方简短回应。

"哎哟喂，狗子，怎把你给忘了！"卡尔达道，"血九指的生死之交,在所有歌谣中与那位传奇人物联袂出场!你还好吗?"

狗子以大师级的轻蔑忽略了他的问题。"黑旋风何在?"

"噢。"卡尔达的脸虚伪地皱成一团。这人虚伪到了极点。"我很遗憾地告知各位:黑旋风来不了了,他已经……入土。"

随之而来的沉默带给卡尔达莫大的享受。"死了?"狗子向后瘫倒在椅子里。他仿佛失去了一位挚友而非死敌。是啊,两者有时很难分辨。

"北方的保护者与我……意见不合。我们用传统方式解决争端,也就是决斗。"

"你赢了?"狗子问。

卡尔达挑挑眉毛,伸出一根手指尖轻捻下巴上的缝线,仿佛连他自己也无法相信。"可不,我活着,而黑旋风死了,所以……这是个奇特的早晨,大家现在管我叫黑手卡尔达。"

"这他妈是真的?"

"别担心,只是个外号,我的确是来谈判的。"葛斯特盼望山坡上的亲锐们另有打算。"这是黑旋风的战争,是对金钱、时间和生命的巨大浪费。要我说,谈判才是任何战争中最有价值的部分。"

"老夫完全赞同。"密特里克虽然换上了新制服,但主导谈判的无疑是巴亚兹。"老夫的条件也非常简单。"

"我父亲常说简单的东西才能维系长久。你还记得我父亲吧?"

巫师微微一愣,"当然记得。"他打个响指,仆从便溜上前,灵巧地在桌上铺开地图。巴亚兹指向一条弯弯曲曲的河流。"白河将继续作为安格兰的北界,也即联合王国领土的界河,数百年来一直如此。"

"时过境迁啊。"卡尔达反对。

"这条边界不容更改。"巫师粗厚的指头指向白河以北的另一条河,"白河与鳕鱼河之间的土地,包括乌发斯城,将由狗子统治,并作为联合王国的保护领,在议会中拥有六个席位。"

"一直到鳕鱼河?"卡尔达急促地吸了口气,"这一片是北方最好的土地,"他恶狠狠地看向狗子,"加入议会?由联合王国保护?无帽人斯凯林会怎么说?我父亲会怎么说?"

"谁他妈在乎死人怎么说?"狗子恶狠狠地瞪回去,"时过境迁啊。"

"噢,以牙还牙!"卡尔达抓住心口,装模作样地一耸肩,"但北方需要和平,我可以做出一点让步。"

"很好,"巴亚兹示意仆从,"我们立刻签署文件——"

"你误会了。"接下来是一段令人不安的沉默,卡尔达忙着把椅子往前凑,仿佛桌边全是朋友,真正的敌人则在背后,他不想让他们听见。"我可以让步,但我一个人做不了主。黑旋风提拔的那些头目个个……虎视眈眈。"卡尔达苦笑了一下。"他们掌控着下面的人,所以我不能一口答应,否则……"他伸出一根手指,冲自己瘀青的喉咙比个手势,伸了伸舌头。"下次坐在这里跟你谈判的就会是大老粗铁头凯姆,或是爱慕虚荣的老金格拉玛,能让他们接受任何条件都算你走运。"他用一根手指敲打地图。"我本人倾向于认可这些条件,真的,但你必须给我点时间酝酿,让我设法说服那帮恶棍。等下次开会时,我们再来谈签署文件的问题。"

巴亚兹非常不悦地皱起眉头,扫视着石阵内站立的北方人。"那就明天。"

"后天更好。"

"别得寸进尺,卡尔达。"

卡尔达又装腔作势地摆出受伤姿态。"这真是天大的误会!但我毕竟不是黑旋风,比起无所不能的暴君……我更像是大伙儿的代言人。"

"代言人。"狗子念叨两句,仿佛尝到了尿味。

"老夫无法接受。"

然而卡尔达笑容冷硬地顶住巴亚兹的抗议。"你要是知道我一直以来为和平操过多少心、冒过多少险就好了。"卡尔达把缠绷带的手按在胸前,"帮帮我吧!帮我就是帮大家。"要多虚伪有多虚伪。

发完这番感叹,卡尔达站起身,将那只完好的手伸过地图,伸向狗子。"咱俩从来就不是一伙,但既然以后要做邻居,别闹得太僵。"

"不是一伙很正常,不值得纠结。"狗子也站了起来,他一直注视着卡尔达的眼睛,"但你杀了最弱的福利,那小子没干过任何伤天害理的事。他只想来警告你,却被你无端谋害。"

卡尔达的笑容第一次起了变化,嘴唇稍有下垂。"我每天都为此后悔。"

"那就多后悔一点。"狗子倾身向前,用食指压住一边鼻孔,另一边鼻孔冲卡尔达伸出的手掌里擤了一把鼻涕。"敢踏过鳕鱼河一步,我就在你身上划血十字。反正咱们也不会闹得更僵了。"他愤恨地哼了一声,推开葛斯特,大步走了。

密特里克紧张地清了清喉咙,"第二次谈判将很快开始?"他望向巴亚兹求助,对方没有回应。

"完全正确。"卡尔达在桌边蹭掉狗子的鼻涕,几乎恢复了之前的笑容,"我们三天后再谈。"他转身去跟金属眼交流。那个叫摆子的家伙。

"这卡尔达是个小滑头,"离开谈判桌时,密特里克低声对巴亚兹说,"我宁愿跟黑旋风谈判。至少我们知道他会怎样出牌……"葛斯特几乎没在意他们的交流,他的注意力集中在卡尔达及其金属眼亲信身上。我认识他。我认得这张脸。但是在哪里……?

"黑旋风是战士,"巴亚兹低声解释,"卡尔达是政客。他明白我们急于脱身,而等大军离开便会失去筹码。他只需微笑着拖延时间,即可达成黑旋风凭铁与血始终无法达成的目标……"

金属眼跟卡尔达交流时侧过烧伤的一边脸颊,完好的那边脸对着太阳……葛斯特突然认出了对方,霎时浑身起了鸡皮疙瘩,嘴也惊得合不拢来。

斯皮奈。

那正是烟雾中的那张脸,他滚下楼梯前见到的那张脸。那张脸。怎么可能是同一个人?但事实明明白白摆在眼前……

葛斯特大步绕过谈判桌,对巴亚兹的谈话完全失去了兴趣。他咬紧下巴,走向北方人那边,挤开卡尔达身旁的某个老战士——对和平谈判来说,这是完全失礼的行为,甚至可能导致谈判破裂。但我不在乎。卡尔达抬起视线,慌忙退了一步,摆子则转过身来。没有恼怒,也没有惧怕。

"葛斯特上校!"有人大叫,葛斯特不予理会。他伸手抓住摆子的胳膊,将对方拉近。孩儿丘周围的北方头目们个个皱起眉头,那个巨人更是向前迈了一大步,金甲壮汉开始招呼手下的亲锐,另一个首领则握住了剑柄。

"冷静,都冷静!"卡尔伸出一只手,大声弹压北方人,"冷静!"他看起来非常紧张。他的确应该紧张。大家命悬一线,我却根本不在乎。

摆子似乎也跟他一样满不在乎,他扫了一眼葛斯特紧抓的手,又看向葛斯特的脸,完好的那只眼睛挑了挑眉毛。

"找我有事?"他的声线与葛斯特截然不同,粗粝而低沉,好比磨刀石相互摩擦。葛斯特盯着他仔细打量了一番,仿佛要用视线钻进对方的脑海。他几乎确定这就是烟雾中的那张脸,尽管他在摔下楼梯前只瞥见了一瞬,尽管那张脸当时戴了面具、也没有烧伤。那张脸。从那以后,他每晚梦中、每天的清醒时分以及两者间的混沌时刻都会见到的那张脸。分分秒秒,无比清晰。那张脸。

他听到身后的动静和喧哗,王军第十二团的官兵们想必开始行动了。他们或许很不甘心错过整场战役,或许跟我一样切盼翻开战争的下一篇章。

"葛斯特上校!"巴亚兹厉声警告。

葛斯特不理他。"你去过……"他嘶声问,"斯提亚吗?"他全身上下每一根汗毛都竖立了起来。

"斯提亚?"

"是的。"葛斯特咆哮道,手抓得更紧。卡尔达带来的两名老战士业已摆出战斗姿势。"斯皮奈。"

"斯皮奈?"

"是的。"石阵边沿的巨人又朝前迈了一大步,他比孩儿丘上最高的石头还高。但我根本不在乎。"卡多迪的春情院。"

"卡多迪的春情院?"听到这话,摆子眯起完好的那只眼睛,仔细打量葛斯特的面孔。时间仿若暂停,在他俩周围,所有人都紧张地舔着舌头,摩拳擦掌地等待致命的信号。最后摆子倾身靠近,近到几乎能接吻的距离,两张脸比四年前在烟雾中贴得更拢。

如果那真的发生过。

"我没听过那个地方。"他挣脱葛斯特陡然脱力的手掌,头也不回地走下孩儿丘。卡尔达、他的两个老部下及其他北方首领迅速跟上,他们欣慰地放下了武器,只有个别人——譬如那个巨人——带着莫大的遗憾。

葛斯特依旧呆站在谈判桌前,皱眉望向英雄顶,久久不肯离去。

那张脸。

家人
Family

　　从许多方面讲，英雄顶与昨晚几无差别：石阵依旧矗立原地，巨石依旧覆满苔藓，阵内的草地依旧泥泞、脏乱、血迹斑斑。除此之外，那些篝火、篝火旁的人群和篝火外的黑暗也没什么改变。只是对卡尔达个人而言，一切均已天翻地覆。

　　摆子考尔不再以侮辱性的方式将他拖向末路，反而隔着尊敬的距离跟随在后，时刻留意着他的安危。他在篝火边穿行时，迎接他的也不再是讽刺的嘲笑，抑或恶意的盘问。所有伟大的战争首领，连同他们麾下那些有响当当的外号的，以及各人所辖的心狠手辣的亲锐们，统统对他露出笑容，仿佛他是寒冬后的春日暖阳。他们见风使舵的速度还真快。父亲常说：人是很难改变的，除了效忠对象。眼下不就是最好的例子？他们像甩掉旧衣裳一样甩掉了对黑旋风的所有念想。

　　尽管手掌受重伤，下巴也缝了针，卡尔达却一直挂着熟悉的假笑。有什么不妥吗？他虽远谈不上是山谷里最高大的家伙，但毫无疑问成了主宰。作为未来的北方人之王,他想叫谁吃屎谁就得高高兴兴吃下去——他已经决定好先针对谁了。

长手考尔的笑声回荡在夜色中。他坐在篝火旁的原木上,手握烟斗,冲身边某个说话的女人吐烟圈。卡尔达走近时,那女人回过头,卡尔达见了差点摔倒。

"老公。"他的妻子挺着大肚子摇摇晃晃站起来,朝他伸出一只手。

他握住她的手,觉得它好娇小、好柔软又好强壮。他把她的手拉到自己肩头,然后双手抱住了她,紧紧抱住了她,受伤的肋下居然一点都不痛。片刻间,英雄顶仿佛只剩下他们两人。"你安全了。"他轻声说。

"这可不算你的功劳。"她用脸蹭他的脸。

他的眼睛有些刺痛。"我……我犯了些错。"

"当然,正确的决定都是我帮你做的。"

"别再离开我。"

"我想,这总该是我最后一次为你做人质了吧。"

"我相信如此。我发誓。"泪水无法抑制地流下眼眶。身为主宰,他就这样当着长手和那帮老伙计哭了出来,为此本该感到羞耻,但除了重逢的喜悦,他心里没有别的感受。许久后他才重新注视起她的脸,一半在亮光中,一半在黑暗里,晶莹的双眼反射着火光。她冲他微笑,嘴角有两颗他从未注意到的小黑痣。

他心中所想,便是自己不配得到这一切。

"有什么不对吗?"她问。

"没有。只是……不久前我还以为再也见不到你了。"

"所以你现在很失望?"

"你是天底下最可爱的女人。"

她露出牙齿。"噢,人家说得对,你是个骗子。"

"成功的骗子总是尽可能讲真话,只有这样才哄得了人。"

她双手捧住他缠绷带的手掌,翻过来看,还用指尖戳了戳。"痛吗?"

"对于我这样的战士,这算什么?"

她手上多使了点劲儿。"我是说真的。你还痛吗?"

卡尔达缩了缩身。"我一时半会儿参加不了决斗喽,不过会痊愈的。斯奎尔死了。"

"我听说了。"

"你是我唯一剩下的家人。"他把那只完好的手放到她隆起的肚皮上。"还有——"

"还有这个沉得像一袋燕麦,害我千辛万苦从卡莱恩坐马车搬来的小冤家?没错。"

他泪中含笑,"没错,我们三个一起。"

"还有我爹呢。"

他看向长手,后者坐在原木上冲他俩微笑。"嗯,还有他。"

"你还没戴上它吗?"

"戴上什么?"

"你父亲的项链。"

他从衣服内袋里取出它,项链因贴紧胸口而变得温暖,钻石被篝火映红了。"也许我是在等待合适的时机,你知道,只要戴上它……就别想取下。"父亲抱怨过它的重量。

"干吗取下它呢?你现在是国王了。"

"而你是王后,"他把项链给她戴,"你戴上它更好看。"她理了理头发,他帮她把项链戴好。

"为着抛下我一星期,老公就把整个北方送给了我?"

"这只是一半。"他作势去亲她,却在最后一刻停住,在离她嘴唇毫厘之差的地方弹了弹牙。"剩下的我接着给。"

"别只会空口保证。"

"我想先和你爹谈谈,就一会儿。"

"那就谈呗。"

"单独谈。"

"男人之间那些干巴巴的话题?可别让我等太久。"她倾身靠拢,舌头扫过他耳畔,膝盖摩擦他大腿内侧,曾属于他父亲的项链在他肩上轻轻滑动。"我还想跪迎北方人的国王呢。"她走开时伸出指尖触碰他下巴的伤口,让他一直看着她,她也一直看着他,隆起的大肚子几乎没影响她的优雅。如此优雅。

他心中唯一所想,便是自己不配得到这一切。

他整理了一下才来到篝火边——他不得不弓起身,以免迅速有了反应,在长手面前搭帐篷可不是这场谈话的好开头。他这位丈人业已遣开那帮灰胡子伙计,独坐在篝火边,用粗粗的拇指冲烟斗里压进一块新查加。这将是一次小小的私人对话,正如数晚之前那次,只是现在黑旋风死了,一切都已改变。

卡尔达擦了擦湿润的眼眶,坐到火坑边。"你女儿是天底下最可爱的女人。"

"很多人说你谎话连篇,但这句话最真诚不过了。"

"最可爱的人……"卡尔达看着她消失在夜色中。

"你很幸运能得到她。记得我说的吗?指不定什么时候,大海就会把你想要的东西冲到面前。"长手敲敲自己的脑袋,"我经历的大风大浪比你多得多。你应该听我的话。"

"我正在听,不是吗?"

长手在原木上扭身靠近他。"那敢情好。我手下的小子们不太安分,他们动刀动枪太久了,我有意让许多人回家陪老婆。你打算接受巫师的提议?"

"巴亚兹?"卡尔达哼了一声,"我打算好好折腾那个谎话连篇的王八蛋。很久以前,他跟我父亲达成过协议,后来却毫不客气地撕毁。"

"所以你想报仇?"

"有一点,但主要是想利用形势。你瞧,若是昨天联合王国继续推进,我们就全完了。"

"也许吧。所以?"

"所以我认为他们停战是有难言之隐。联合王国的地盘很大、边界很长,我猜他们有许多顾虑。我猜每让那个秃顶王八蛋多等一天,我们最终赢到的条件就会更好一分。"

"哈,"长手从火堆里拣出一根燃烧的小枝条,扎入烟斗,边吸边笑,"你是个机灵鬼,卡尔达,你会动脑子,跟你爹一样。我一直说你适合当头儿。"

卡尔达从没听他这样说过。"你却不肯帮我,不是吗?"

"我早告诉过你:我的确有放火的本事,但不会为谁惹火上身。血九指的口头禅是什么来着?"

"你必须现实一点。"

"对喽,现实一点。我想你再明白不过。"长手猛吸烟斗,双颊不断下陷,嘴边喷出棕色烟圈。"好在黑旋风死了,北方在你脚下,一切皆大欢喜。"

"你一定跟我一样欢喜。"

"当然。"长手递来烟斗。

"你的外孙将来能统治北方。"卡尔达接过烟斗。

"待你咽气以后。"

"我不准备就这么咽气。"卡尔达深吸一口,烟雾呛得他受伤的肋下疼痛起来。

"我大概是看不到那一天喽。"

"但愿如此。"卡尔达扮个鬼脸,把烟吐出,然后两人都笑了……各自的笑意中带着微妙的锋芒。"你知道,我一直在想黑旋风的话。关于他要我死我就得死的说法。我想得越多,就越觉得蹊跷。"

长手耸肩,"也许是十面精自行拍马屁。"

卡尔达皱眉看着烟斗,故作沉思状,其实这事他琢磨了很久,真相已经了然。"十面精昨天在战场上救过我。倘若他恨我恨到那种程度,完全可以假联合王国之手,没人会多问一句。"

"谁拿得准一个人每时每刻的想法呢?妈的,这世界太复杂了。"

"我父亲常说,每个人都有做事的动机。找到动机,世界就容易理解。"

"好吧,黑旋风入了土,你立马又给十面精当头一剑,他也入了土。我想这事成了笔糊涂账。"

"噢,可我已经弄明白了。"卡尔达递回烟斗,老人倾身接过。"说黑旋风要杀我的是你。"长手眼中精光迸射,虽只短短一瞬,但卡尔达没错过。"这完全是胡说八道,对不?按你的说法,这就叫'谎话连篇'。"

长手慢慢坐回去,又吐出两个烟圈。"没错,我承认自己说得有些过头。可我女儿是最可爱的女人,卡尔达,而她爱你。我试图跟她解释你是个天大的麻烦,但她不在乎,她对你死心塌地。随着时间推移,你跟黑旋风的分歧越来越明显,你不断鼓吹那该死的和平,让每个人都不好过。然后我女儿就成了你抵押的人质?我不能拿我唯一的骨肉去冒险,在你和黑旋风之间,必须去掉一个。"透过烟雾,他平视卡尔达的双眼。"我很遗憾,但事实如此。假设你是输家,那么好吧,塞芙还能寻找新的依靠。当然,最好是你能扳倒黑旋风。对于现在的结果,我非常满意,但之前我必须为骨肉多留一份心。总而言之,我表示惭愧,我的确曾在你们之间煽风点火。"

"并暗中期盼我扳倒黑旋风?"

"当然。"

"所以在征丁途中派人杀我的不是你喽？"

烟斗在长手嘴边停住。"我怎会做那种事？"

"因为塞芙成了我抵押的人质，而我跟黑旋风的分歧越来越明显，于是你决定一不做二不休。"

长手用舌头顶住牙齿，终于又把烟斗凑到嘴边吸了一口，但查加已烧完了，他只能在石头上拍散烟灰。"假设真的要做，我自是一不做……二不休。"

卡尔达缓缓摇头。"你干吗不挑我们在火堆边谈话的时候，让那些老伙计来干？确保万无一失？"

"我必须考虑自己的名声。黑暗中的匕首能让我撇清干系。"长手脸上毫无罪恶感，只有被人故意戳破后的恼火，觉得自己遭到了冒犯。"现在扯这些有啥意义？你干过更可耻的事。最弱的福利怎么说，呃？你一时兴起就宰了他。"

"我是这样的人！"卡尔达强调，"每个人都知道我是骗子！可我以为……"这话说出口他才觉得愚蠢至极。"我以为你不一样。我以为你光明磊落，我以为你在乎老规矩。"

长手轻蔑地哼了一声。"老规矩？呸！人们只会眼泪汪汪地赞扬过去的美好，歌颂见鬼的英雄时代。告诉你，我活到这把年纪，非常清楚什么是老规矩——它跟现在根本换汤不换药！"他再度倾身靠近，用烟斗戳了戳卡尔达。"我说过，关键在于抓住当下！你父亲做成了一番大事业，人们或许会喋喋不休，但这不打紧，他们总会找对象抱怨，关键在于他做成了。歌谣是为胜利者谱写的，胜利者才能定调。"

"我刚巧能为你定调！"卡尔达嘶吼道，他放任怒火燃烧了片刻。但父亲常说：居上位者没有发火的奢侈。父亲总是反复告诫他要仁慈，仁慈，仁慈……于是他痛苦地深吸一口气，勉强妥协。"但我做的事或许跟你也没差，而我现在朋友很少，需要你的支持。"

长手咧嘴而笑。"这就对喽，你会得到我的支持，放心，我将誓死追随。你是我的家人，小子，家人之间不会永远和睦，但到头来只能相互信任。"

"我父亲也常这么说，"卡尔达缓缓起身，发自肺腑地长叹一声，"家人。"他离开篝火前，走向从前属于黑旋风的帐篷。

"如何？"摆子来到他身边，嘶声问。

"正如你说的那样。老王八蛋想杀我。"

"你要我以牙还牙吗？"

"死者在上，千万别！"他压低声音，以免被听见，"等我的孩子出世再动手。我不想让老婆难过，所以要等局势平稳后悄悄地干。先找个替罪羊，老金就成，你做得到吧？"

"论杀人，你想怎么干我就能怎么干。"

"我常说黑旋风对你真是大材小用。现在，老婆还等着我，你去别处找点乐子吧。"

"行。"

"对了，你通常怎么找乐子呢？"

摆子转身时眼睛一闪，但他有只金属眼，这不稀罕。"打磨匕首。"

卡尔达不敢确定他是开玩笑。

新兵
New Hands

亲爱的沃斯夫人：

在下怀着无比沉痛的心情告知尊驾，令郎在奥斯仑镇附近的战斗中不幸牺牲。

通知家属通常是部队长官的职责，但在下与令郎相处甚笃，遂主动申请了这份荣誉。回顾在下漫长的军旅生涯，也鲜能与令郎这等坚强、和蔼、有为和勇敢的战友共事，他拥有军人所应有的一切优良品质。虽然在下深知，无论何种赞誉也无法弥补您的损失于万一，但在下可以发自内心地证明，令郎走得像个英雄。能与令郎共事，乃是在下莫大的荣耀。

致以最深切的缅怀，

您忠实的仆人
徒尼下士，王军第一骑兵团掌旗手

徒尼叹口气，小心折好信纸，又用拇指甲压平。这也许是那可怜的女人收到的最糟糕的信,他至少该把这鬼东西折平整,让对方舒坦一点。他认真弄完之后,才把信放进夹克内袋,和给克林格夫人的信放在一起。随后他打开蛋黄的酒壶呷了一口,提笔在墨水瓶里蘸了蘸,继续书写。

亲爱的利德林根夫人

在下怀着无比沉痛的心情告知尊驾,令郎在——

"徒尼下士!"蛋黄大摇大摆地走来,模样颇有几分猥琐。他的靴子结满泥巴,污渍斑斑的夹克敞开,露出汗津津的胸膛,晒黑的脸因多日没刮胡子乱糟糟的,肩上扛着一把旧铲子——一言以蔽之,活脱脱一副没心没肺的王军老兵模样。他在徒尼的吊床前停下,低头看向信纸。"你在处理债约?"

"这些的确是我欠的债。"徒尼有理由相信蛋黄是个文盲,但还是用一张白纸盖住没写完的信。他毕竟要维护自己的名声。"外头还好吗?"

"好得很咧,"蛋黄边说边放下铲子,快活的神态藏着一丝忧郁,"上校让我们拼命挖坑埋人。"

"哦。"徒尼盖好墨水瓶。他埋过的人够多了,这绝不是个好差事。"仗打完总有扫尾工作,无论在战场还是在家乡。三两天脏活就需要多年扫尾。"他用碎布擦了擦钢笔。"也许永远清扫不完。"

"那究竟为什么要打啊?"蛋黄皱眉看向雾蒙蒙的山谷间阳光普照的麦田,"我的意思是,大伙儿费尽苦心,死了这么多人,图个啥?"

徒尼挠挠头,他从没想过蛋黄会是个哲学家,但也许人都有开动脑子的时候。"以我丰富的经验来看,打仗基本上什么也得不到,这里占点便宜,那里有些收获,但整体上总有更好的方式来解决争端,"他想了想,"国王、贵族和内阁,我搞不懂他们为何总想打仗,明明有那么多一事无成的教训。打仗是吃力不讨好的苦差,付出太多,收获太小,而付出最多的永远是士兵。"

"那你为啥还当兵呢?"

徒尼一时失语,接着耸耸肩。"这是世上最棒的工作,不是吗?"

几个士兵领着一群马缓缓走过附近的小路,马蹄"吧唧吧唧"踩在泥里。其中某人离开队伍,大步朝他们走来,边走边啃苹果。原来是福里斯特上士,他笑得很欢。

"噢,见鬼。"徒尼低声骂了一句,赶紧把所有写信的工具收起来,又扔下吊床上用来当靠背的盾牌。

"怎么?"蛋黄低声问。

"福里斯特上士笑起来准没好事。"

"他几时有过好事呢?"

徒尼不得不承认蛋黄的话有理。

"徒尼下士!"福里斯特啃完苹果,扔掉果核,"你睡醒了。"

"很不幸,上士,您说得对。尊敬的长官们有何见教?"

"一些你也许很欢迎的好消息,"福里斯特用拇指示意那支小队伍,"我们的马终于回来了。"

"欢迎之至,"徒尼哼了一声,"正好骑着它们原路返回。"

"国王陛下绝不会亏待他忠诚的士兵们。我们明早开拔,最迟后天早晨,先去乌发斯,再坐上温暖的大船。"

徒尼不由自主地笑了,他受够了北方。"回家,呃?乐意之极。"

福里斯特的笑脸也不由自主地咧得更开。"很抱歉让你失望,我们要坐船去斯提亚。"

"斯提亚?"蛋黄叉起双手,嘟哝道。

"去美丽的西港!"福里斯特一手搂住蛋黄的肩膀,另一只手对着一丛枯树比画壮观的市容市貌。"去世界的十字路口!我们将与英勇的斯皮奈盟友并肩战斗，以堂堂正正的威武之师，讨伐那条无恶不作的塔林毒蛇蒙扎萝·蒙洛卡托！据可靠消息，她实际上是个人形魔鬼，是自由世界的天敌，是联合王国所面临的最大威胁。"

"自黑旋风以来，"徒尼揉揉鼻梁，笑容完全消失了，"我们昨天跟他握手讲和了。"

福里斯特在蛋黄肩头拍了一掌。"这就是当兵的妙处，骑兵小子。世上永远不缺坏人，我们要追随密特里克元帅去将他们一一拿下！"

"密特里克……元帅？"蛋黄有些困惑。"克罗伊呢？"

"他完了。"徒尼咕哝道。

"现在算算，你撑过了多少位元帅？"福里斯特问。

"我想……八位吧，起码，"徒尼掰起指头，"费雷根，奥特莫，然后是那个矮子……"

"克里平斯基。"

"克里平斯基。然后是另一个费雷根。"

"另一个费雷根。"福里斯特不满地哼了一声。

"即便在当官的里面，他也算蠢得没药医了。然后是瓦卢斯，伯尔，威斯特——"

"他是好人。威斯特。"

"好人不长命啊。接着轮到克罗伊……"

"元帅通常干不长，"福里斯特对蛋黄解释，"但照管你的下士？下士总能长命百岁。"

"你说我们会去斯皮奈吗？"徒尼缓缓躺回吊床，翘起一条腿，荡来荡去，"我还真没去过那儿。"仔细想来，他开始看到好处了。一个合格的士兵能从上峰的任何安排中看到好处。"那儿天气不赖吧？"

"天气棒极了。"福里斯特道。

"听说还有天底下最正的窑姐。"

"自从命令下达,我也听别人提及斯皮奈的淑女。"

"这就有两件事值得期待了。"

"比起北方整整多出两件!"福里斯特笑得前所未有地酣畅——不,似乎有点过头了,"此外,既然你这里缺员严重,我还有一个消息通知你。"

"噢,不要。"徒尼呻吟着,关于妓女和阳光的美梦顿时烟消云散。

"噢,是的!快来吧,小伙子们!"

人都来了,一共四个,看样子全是米德兰的新兵,不久前刚在码头恋恋不舍地与要紧人儿告别,脸上还带着妈妈的吻或情人的吻——也可能都有。他们的制服崭新笔挺,皮带锃光瓦亮,扣子闪闪发光,正准备迎接崇高的军旅生涯。此时此刻,他们目瞪口呆地打量着蛋黄,完全不能理解这位模范老兵的模样——蛋黄的脸皱成一团,破破烂烂的夹克沾满坟场扬起的泥巴,一条断掉的背包带用琴弦代替。只有福里斯特气势不减,他以马戏团长介绍珍奇异兽的方式向大家隆重推出徒尼,同时再次发表了那段小演说。

"小伙子们,这位就是鼎鼎大名的徒尼下士,他是芬宁格将军的师团里服役时间最长的士官之一。"徒尼发自肺腑地唉声叹气。"作为一名久经沙场的老兵,他参加过镇压斯塔兰叛乱、古尔库战争、上一次北方战争、阿杜瓦之围以及最近戏剧性的奥斯仑之战,并安然度过了战事之间无聊得足以泯灭全部激情的岁月。"徒尼打开蛋黄的酒壶,猛灌一口,再把它递给原来的主人,对方耸耸肩,也喝了一口。"他忍受过摸爬滚打和雪雨冰霜。他见识过北方刺骨的寒风和南方火辣的姑娘。他万里转战,日复一日咽下王军口粮。他甚至亲身参与过一两次战斗,最终依然能站在——或者说坐在——你们面前……"

徒尼翘起一只脏靴子,缓缓躺回床上,闭上双眼。

粉色的阳光透过眼睑。

老兵
Old Hands

他一直走到接近日落方才抵达。蚊子在混浊的小溪上空聚集成团,小路落满黄叶,微风吹动枝条,令他不得不低头躲避。

屋子比记忆中小,却无损其美好,美得他想流泪。他推开门,门扇"咿呀"一声响——不知为何,他忽然有些害怕,有种依旧身处奥斯仑的错觉。昏暗的屋里一如既往弥漫着烟味,为腾出空间,他的小床已被收了起来,几束苍白的阳光洒在夕日搁床的地方。

屋里没人。他的嘴忽然有些干涩。要是大家逃难离开了怎么办?要是这里在他参军打仗期间遇袭,被落草为寇的逃兵……

他听到斧子劈木头的轻响,立刻快步退出,绕过暮色中的羊圈和圈里惊讶的羊群,绕过那五棵被他多年的剑术修习砍得伤痕累累的大树桩——他现在知道,所谓的修习根本没用,无论拿树桩如何训练,砍人完全是另一码事。

母亲在刚过山顶的地方劈柴,此时正拄着斧子弯下腰,靠在老砧板上休息,费森则把劈好的柴收集起来,扔成一堆。贝克站了好一会儿，观看他们劳作，看着母亲的头发被微风吹拂，看着男孩费力地搬木头。

"妈。"他哽咽道。

母亲四下环顾，发现他时愣了愣神，"你回来了。"

"我回来了。"

他朝她走去，她把斧头的一角插进砧板，以防其倒下，然后也朝他走来。尽管她比他个头小得多，却仍将他的脑袋搂进怀里，一只手按住头，另一只手紧紧环住身体，几乎让他无法呼吸。

"我的儿子。"她呜咽道。

良久，他终于挣脱出来，吸了吸鼻涕和眼泪，却垂下目光，不敢与她对视。他陡然发觉自己的斗篷——她的斗篷——是那么泥泞肮脏，沾满血污，破烂不堪。"对不起，我弄坏了你的斗篷。"

她摸摸他的脸。"不过是一块布而已。"

"也……也许吧。"他揉揉费森的红发。"你还好吗？"他仍旧没法平复声调。

"我可好了！"弟弟用力从头上拍开他的手，"你现在有外号了吗？"

贝克愣了半晌。"有了。"

"是什么？"

贝克摇头。"那不重要。文登呢？"

"还那样，"母亲道，"你才去几天。"

他没想到这点，感觉上已出门多年。"我像去了好久。"

"外面发生了什么？"

"我们能……不谈这个吗？"

"你爹从前只谈这个。"

他终于抬起头。"如果说我学到了什么，那就是我和我爹不同。"

"好的。好的，"她轻拍他的脸，眼中泪光莹莹，"我很高兴你能回来……我……对了，你饿吗？"

他费了好大力气才站直身，还不得不用手背擦去涌出的泪水。他这才意识到自昨天早上离开英雄顶，自己已有两天没吃东西。"是的。"

"我去生火！"费森冲屋子跑去。

"先回屋歇歇？"母亲问。

贝克看向山谷，眨了眨眼。"我再待会儿，劈两块木头。"

"好。"

"噢，"他从腰带上解下父亲的宝剑，握了半晌，然后交给她，"你能把它收起来吗？"

"收在哪儿？"

"收在我看不到的地方吧。"

她接过剑，仿佛从他身上卸下了千斤重担。"看来打仗也能带回来点好事。"她评论道。

"'回来'就是打仗能带来的唯一好事。"他弯腰把原木放上砧板，朝掌心吐了口唾沫，操起木斧。斧头的手感驾轻就熟，无疑比握剑舒坦多了。他高举斧头，朝下一挥，把原木利落地劈成两半。

他不是英雄，也永远成不了英雄。

他只有砍柴的命，不是战士的料。

而这令他万分庆幸。他庆幸自己的运气好过掠特、斯托德和布雷特，好过多福德和冻土的威尔旺，甚至好过黑旋风。他用斧头扫清砧板，重新站好。伐木工或许不值得歌颂，但山羊的咩咩哼叫配上恬静的田园风光，本就是一首乐章，对他而言，这比所有英雄史诗加起来更悦耳。

他闭上双眼，嗅着青草和木屑的味道，又放眼望向山谷对面。

如此宁静,如此轻松,让人不禁微笑。他想不明白自己为何会痛恨这片安宁之地。

这里不坏。一点也不坏。

不得不下跪的时候
Everyone Serves

"所以你愿意跟我?"迎着有如春日晨曦的徐徐晚风,卡尔达问道。

"只要你身边有我的位置。"

"像三树鲁德那样忠诚,呃?"

铁头耸肩,"不,我不说瞎话。我非常在乎自身利益,而这与你紧紧相连。我还必须指出,以忠诚为基础的关系并不牢固,容易被大风大浪冲垮,只有互惠互利方能长久。"

卡尔达同意他的逻辑,"说得好。"他抬头望向深哥,战争结束后,对方立刻回到了他身边,完美展现了何谓在乎"自身利益"。尽管深哥自称厌恶打仗,却在那身破旧外套下给自己搞到一件极其华美、刻有黄金太阳的联合王国胸甲。"一个人总该有点这个,呃,深哥?"

"有点什么?"

"原则。"

"噢，我最重视原则了。我弟弟也是。"

浅仔一直在恼火地用刀尖挑指甲垢，听了这话把头一抬。"我喜欢用它蘸牛奶喝。"

这话引起了短暂而尴尬的沉默，半响后卡尔达重新面对铁头。"上次我找你帮忙，你坚持要跟黑旋风，还往我皮靴上撒尿。"他抬起一只靴子，因为过去几天的种种遭遇，这靴子已变得污渍斑斑、创痕累累，比卡尔达本人经受的折腾还多。"一周前，这他妈算得上全北方最靓的货，斯提亚皮革。瞧瞧现在。"

"我很乐意为你买一双新的。"

卡尔达站直时因肋下的伤痛打了个激灵。"两双。"

"成啊。也许我该为自己也买一双。"

"你确定？依你的格调，不该买双铁靴吗？"

铁头又耸肩。"和平年代用不着铁靴。还有什么吩咐？"

"让你的人保持警戒，不得松懈。我们要用武力示威的方式磨光联合王国人的耐心，让他们主动撤军。这应该用不了多久。"

"没问题。"

卡尔达走出两步，忽又回身。"再给我老婆备份礼物。漂漂亮亮的。我的孩子要出世了。"

"没问题，头儿。"

"别太耿耿于怀，每个人都有不得不下跪的时候。"

"说得好。"铁头面不改色，只是微显失落——卡尔达原本希望能吓得他汗流浃背呢。不过等联合王国撤军，有的是时间算总账。于是他趾高气扬地一点头，露出标志性的假笑，领着两个影子走了。

形势一片大好。长手和白如雪是他的核心拥护者；他与奇妙进行了一番小小的谈话，随后奇妙与黑旋风直属的亲锐们也进行了一番类似的谈话，而这冲走了他们先前的顾虑；十面精的人大部分溜了，白眼汉韩苏从自身利益出发，要求得到十面精剩余的部众；铁头和老金依然彼此仇视,对他构不成威胁;至于鬼敲门,出于卡尔达不得而知的缘由,敬他有如老友。

宝剑一挥,造就了一位世界之王,说来有些可笑。不过运气嘛,命里有时终须有,命里无时难强求啊。

"该去调查老金格拉玛的忠诚了,"卡尔达欢快地宣布,"或者说查查他的'自身利益'。"

一行三人走下山坡,夜色渐趋浓重,星星自墨黑的天幕中一个接一个露面。想到只言片语便能令老金局促不安,卡尔达有些沾沾自喜:他该怎样让那个傲慢自负的混球说出不要脸的奉承话?又该如何继续调戏和玩弄对方?……他们来到路口,深哥信步转向左边,绕过英雄顶山脚。

"老金的营地在右边。"卡尔达咕哝道。

"是的,"深哥没停步,"您对左右的判断无比精确,这无疑宣示出您在智慧的阶梯上高出我弟弟一级。"

"两边看起来都他妈一样。"浅仔抱怨。卡尔达突然感到什么东西抵住了后背——一个冰冷而陌生的物体,不算痛但当然也不舒服——他花了好一会儿才理解那是什么,脸上笑容蓦地消失,好像对方已在他身上戳了个窟窿。

真是骄兵必败,值不过利刃轻轻一抵。

"我们走左边。"浅仔用刀尖一送,督促卡尔达前进。

周围有很多北方人,篝火边无数面孔若隐若现。一群人在赌骰子,另一群人恬不知耻地吹嘘战斗事迹,第三群人正用斗篷灭火。几个醉醺醺的农兵从他们面前走过,几乎没抬头。没人会来拯救卡尔达。那些北方人什么也没看见,即便看见了也不关心。人就是这样。

"去哪里?"真正的问题是:坑是已经挖好,还是杀了他之后再争论由谁挖坑?

"您会知道的。"

"为什么？"

"因为我们会带您去。"

"不，我是问你们为什么要这样做？"

兄弟俩一起大笑，仿佛这是全天下最可笑的问题。"您真以为我们是在长手考尔的营地外偶然撞见您的？"

"不是哟，不是，不是，"浅仔哼唱着，"不是。"

他们正远离英雄顶，周围的人越来越少，篝火越来越稀疏，直到除了深哥的火炬照出的一圈麦子，什么也看不清。求助的希望留在了背后的黑暗里，一同消失的还有北方人的歌谣与夸夸其谈。卡尔达必须设法自救，但对手甚至没费心取走他的武器——他吓得了谁？即便右手没受伤，浅仔也能赶在他拔剑前把他的喉咙割开十回。越过黑乎乎的田野，森林在北边远处隐约可见，也许他拔腿跑——

"不行哟，"浅仔又拿刀子戳他，"不行，不行，不行。"

"真的不行。"深哥强调。

"好吧，也许我们可以好好谈谈。我有金子——"

"世上没有谁的金子能多过我们的雇主。您最好的选择就是当个好孩子，乖乖跟我们走。"卡尔达非常怀疑这是他最好的选择，但绞尽脑汁也想不出脱身之计。"我们对此深表遗憾，真的，我们对您充满敬意，正如我们对您父亲同样充满敬意。"

"你的遗憾对我有什么用？"

深哥耸肩。"有总比没有好。反正这话我们常挂嘴边。"

"他觉得这能让我们上档次。"浅仔补充。

"有几分英雄惜英雄的气质。"

"噢，好吧，"卡尔达道，"你俩真他妈是一对活宝英雄！"

"再可怜的伙计也可能变成英雄，"深哥评论，"即便只在他自己眼中。"

"或者在妈妈眼中。"浅仔接口。

"或者在弟弟眼中,"深哥回头一笑,"对了,王子殿下,您的兄弟如何看待您呢?"

卡尔达想到斯奎尔,哥哥在桥上孤军奋战,期待着永远不会到来的援助。"我想他最后对我失望了。"

"用不着流太多眼泪。再光鲜的伙计也可能是个混蛋,即便只在他自己眼中。"

"或者在弟弟眼中。"浅仔低声道。

"我们到了。"

暗处现出一栋破破烂烂的农舍。这房子相当大,石墙上爬满沙沙作响的藤蔓,老旧的百叶窗也在风中微颤,但除此以外没有别的动静。卡尔达意识到这正是他之前睡过两晚的地方,现在却变得格外险恶——刀子抵住后背,处处风声鹤唳。

"这边请。"他们走向房子侧面的走廊。单坡屋顶缺了许多石瓦,下面有张老朽的桌子及许多翻倒的椅子。一盏油灯挂在外皮剥落的廊柱顶端的钩子上轻轻摇晃,照亮了灯下一码见方的空间,只见野草丛生,一道陈旧的篱笆分割了农舍与农田。

大批工具靠在篱笆上,铲子、斧子和鹤嘴锄,统统覆满泥巴,显然今天被使用过,并搁在这里等明天继续。挖坑的工具。卡尔达突然恐慌万分,心神空前地不安。他们穿过篱笆中的缺口,深哥的火炬照亮了横遭践踏的作物,最后落在新夯的土堆上。泥土堆得齐膝高,夯得跟谷仓地基那么厚实。卡尔达张嘴想做最后的求饶,也想再次行贿,却发不出声音。

"他们挖得很辛苦,"深哥看着夜色中浮现的第二个土堆,如此评论。

"苦力嘛。"浅仔说。第三个土堆也被火炬照亮。

"都说战争是最大的霉运,恐怕没有哪个掘墓人会同意这点。"

最后一个坑还没夯上，眼看火炬照亮了坑沿，卡尔达只觉浑身发软。这坑或有五跨长，但远端消失在阴影中，因此很难说清。深哥站在坑边，朝内细细窥探。"呸！"他把火炬插进泥里，转身示意，"您快过来，磨蹭也没用。"

浅仔又用刀尖一戳，卡尔达只好前进。他的喉咙随着每次呼吸越来越紧，脚步摇摇晃晃，视野里逐渐扩大的坟坑更令他心胆俱裂——泥土、鹅卵石、大麦根，然后是一只苍白的手，一条赤裸的胳膊，接着他看见了尸体……无数尸体，横七竖八地挤在一起，成了战争排出的垃圾。

绝大多数尸体身无长物，被剥个精光。掘墓人将占有卡尔达这件上好的斗篷？泥与血在火光下难以分辨，都是惨白皮肤上的片片黑污，也不可能分清那些扭曲的手脚究竟属于谁。

一两天前，它们真的还是活生生的人类？有野心、有梦想、有挂牵的人？如今却成了戛然而止、有头无尾的故事，成了英雄人物的注脚。

双腿间忽然有股暖意，他意识到自己尿了裤子。

"别太糟心，"深哥轻柔地说，就像父亲安慰受惊的孩子，"这事常有。"

"我们总撞见。"

"再上前一点。"

"站过来。"浅仔抓住卡尔达的双肩，扳着浑身瘫软的他面对坟坑。眼看要没命了，他却只能软弱地听凭摆布，但谁摊上这种事也没辙啊！

"往左一点。"

浅仔扯着卡尔达往右跨了一步。"这是左，对吧？"

"那是右，傻瓜。"

"妈的！"浅仔猛地一拽，卡尔达差点滑落坑边，打滑的靴子冲下面的尸堆掀下不少泥巴。浅仔拉他站直。"就这里？"

"就这里，"深哥确认，"行了。"

卡尔达站在坑沿，呆呆地垂下头，欲哭无泪。生命只剩几秒，尊严已无意义。他不知这坑挖了多深，也不知明天苦力们拿起锄头前来填土时，自己得与多少死者分享葬身之处。一百人？二百人？更多？

他看着脚边最近的尸体，其后脑有个黑乎乎的大伤口。卡尔达突然意识到"他"是谁，只是完全不能称作人了。那是一团被剥夺了所有存在意义的肉块，剥夺了所有……所有……

黑旋风嘴巴大张，半张嘴里填满泥土，从前北方的保护者看起来几乎在笑，还伸出一只友好的胳膊欢迎卡尔达，也许是在迎接他同去死者之地。入土了。从世界之王到坑底烂肉，不过一日之隔。

大串大串的泪水终于滚落卡尔达火辣辣的脸庞，洒进坑里。火光照耀下，晶莹剔透的泪珠滴到黑旋风冰冷脏污的脸颊，留下几道苍白的痕迹。在决斗圈中惨死固然悲剧，但这种死法又能好到哪儿去？悄悄丢进无名的坟坑，无论老婆还是仇家，都永远无从得知他的下落。

他像个孩童那样号啕大哭，也不管肋骨痛得死去活来，坟坑和坑里的尸体在泪光中变得模糊不清。

他们怎么还不动手？他们在看戏吗？微风吹冷了脸上的泪水，他努力昂起头，闭上双眼，颤抖着绷紧身子，准备迎接背后捅来的刀子。莫非他已经死了？……他们怎么还不动手？他们在……

风停了，他觉得自己听到"叮当"一声响。背后，农舍的方向传来说话声，但他不敢回头，继续站在原地哀泣。

"先吃鱼。"有人说。

"很好。"

卡尔达发着抖，战战兢兢地一点一点转过身。

深哥和浅仔已不见踪影,摇曳的火炬依旧插在坟坑边。摇摇欲坠的篱笆内、摇摇欲坠的门廊下,那张老桌子已铺好了桌布,有人坐在椅子上,正准备享用晚餐,而另一人正从大篮子里取出食物。

卡尔达用抖个不停的手背擦去泪水,几乎不敢相信自己的眼睛——坐在椅子上的正是第一法师。

巴亚兹咧嘴笑道:"哎呀,卡尔达王子!"这语气像是两人在市场上偶遇,"快过来一起享用吧!"

卡尔达擦去流满上唇的鼻涕,仍然担心这是个陷阱,半途会有匕首从黑暗中捅来。所以他走得很慢,膝盖也晃得厉害,甚至能听到骨头摩擦湿裤管的声音。他花了好长时间才穿过篱笆的缺口,来到门廊下。

巴亚兹的仆人将另一把椅子扶好,扫扫灰尘,伸手示意他落座。卡尔达麻木地栽进椅子里,双眼仍在不住流泪。巴亚兹叉起鱼肉送到嘴边,缓慢、精细而彻底地咀嚼之后,方才吞咽下去。

"所以,白河将继续作为安格兰的北界。"

卡尔达呆坐了一会儿,明明白白地听到自己每次急促的吸气,带动了鼻腔里的鼻涕,却无法阻止。最后他眨眨眼,点头同意。

"白河与鳕鱼河之间的土地,包括乌发斯城,将由狗子统治,并作为联合王国的保护领,在议会拥有六个席位。"

卡尔达再次点头。

"卡里娜河以西剩下的北方土地全归你。"巴亚兹将最后一片鱼肉送进嘴,用叉子在空中比画。"卡里娜河以东则归鬼敲门。"

换作昨天的卡尔达,一定会想出什么鬼点子来应对,但此时他心中唯有庆幸,庆幸自己没变成坟坑里的肉块,庆幸自己有活下去的机会。"好的。"他嘶哑地承诺道。

"你不需要点时间······酝酿了?"

在尸堆里酝酿到永远?"不必。"卡尔达低声道。

"大点声?"

卡尔达颤巍巍地吸口气:"不必。"

"很好,"巴亚兹用布擦擦嘴,盯着他看,"你有进步。"

"大有长进啊。"卷发仆从收走巴亚兹用过的盘子,换上新盘子,一边撇嘴笑道。说实话,这笑容和卡尔达招牌式的假笑很相似,但看着别人这样笑,简直就跟看着自己的老婆被玷污一样难受。他正思量间,仆人动作华丽地一把掀开罩住主食的餐布。

"噢,肉啊,好肉!"巴亚兹兴奋地旁观仆人熟练地切出肉条,卡尔达只觉刀光闪烁、眼花缭乱。"鱼固然美味,但红肉上桌,正餐才算开始。"仆从以魔术师般的灵巧在肉条间配上菜蔬,完事后又冲卡尔达微笑。

这仆从有种古怪而让人恼火的熟悉感,就像含在嘴边呼之欲出的名字。他是否曾穿着精致的斗篷拜访父亲?或是戴着亲锐的头盔坐在铁头的篝火旁?或是站在鬼敲门身边,脸涂颜料,耳朵插满碎骨片?"吃肉吗,先生?"

"不了。"卡尔达呢喃道。一提到肉,他就联想起几跨外的坟坑里那些肉块。

"你真该尝尝!"巴亚兹说,"来啊!帮帮王子殿下,尤鲁,他右手不好使。"

仆从将肉送进卡尔达的盘子,光线虽然昏暗,却能看见那些肉条流出血淋淋的汁水。仆人又用令人惊恐的速度替卡尔达切肉,匕首的每次起落都让卡尔达发抖。

巫师已在桌子对面开心地咀嚼起来。"必须承认,老夫对上次交流的氛围不太满意。你让老夫想起了你父亲。"巴亚兹顿了顿,似在期待回应,但卡尔达哑口无言。"这并非恭维,而是严重警告。从前,老夫和你父亲本来达成过……谅解。"

"结果他落得如此下场。"

巫师挑起双眉，"你们家的记性真糟糕！糟糕透顶啊！噢，他从老夫这里得到那么多礼物、帮助和建议，正因如此才能兴旺发达！从一介穷乡僻壤的酋长成为北方人之王！把一帮吵吵嚷嚷的农民和他们臭烘烘的猪圈，打造成一个强大国度！"巴亚兹的匕首尖锐地刮过盘子，而他的嗓音更为尖刻。"但他被成就蒙蔽了双眼，变得骄傲自大，忘记了欠老夫的债，竟敢派他不成器的儿子来命令老夫！"巫师嘶叫道，双眼在眼窝的阴影中燃烧。"命——令——老——夫！"

巴亚兹靠上椅背时，卡尔达的喉头才稍感放松。"贝斯奥德背弃了我们的友谊，因此失去盟友，所有成就亦化为乌有，他最终凄惨地死去，被埋在无人知晓的乱坟堆。这就是教训。假使你父亲懂得还债，或许到现在他仍是北方人之王。前事不忘后事之师，希望你永远记得自己欠老夫的债。"

"我不欠你什么。"

"你……不欠……老夫？"巴亚兹每说一个字，嘴唇就厌恶地一抿，"你根本不清楚，或者说你根本不理解，老夫为你操过多少心。"

仆从挑起眉毛。"操碎了心啊。"

"你莫非以为一路顺风顺水是由于自己魅力非凡？鬼点子多？并且运气奇佳？"

卡尔达正是这么以为的。

"征丁过程中，挫败长手的杀手的是你的魅力，还是老夫派去随身保护你的一对活宝？"

卡尔达无言以对。

"在战场上，若非老夫吩咐十面精布罗德保护你，你那些鬼点子能救命吗？"

这完全出乎他意料。"十面精？"他低声问。

"是敌是友不像你以为的那样单纯。老夫要他装作黑旋风的忠臣，也许他演得太逼真，听说已经死了。"

"一场意外。"卡尔达沙哑地说。

"意外却没发生在你头上。"巫师的意思是：至少现在没。"哪怕你对黑旋风提出至死方休的挑战！当北方的保护者倒在你脚边，是运气护佑你登上权力的宝座，还是老夫的老朋友鬼敲门为你出头？"

卡尔达觉得自己仿佛大半个身子陷在流沙中，此前还浑然不觉。"他也是你的人？"

巴亚兹并不得意，也没露出嘲笑，他似乎只感到无聊。"他还叫果仁的时候我就认识他了，但大人物需要大名头，不是吗，黑手卡尔达？"

"果仁。"卡尔达喃喃念叨，很难把那个巨人和这种名号联系在一起。

"记住不要当面这么叫他。"

"我没那么高，没法跟他当面说话。"

"没几个人有那么高。他想给那片烂地带去文明。"

"祝他好运。"

"好运你留着——并且记住，它是老夫给的。"

卡尔达被对方的话弄得头晕脑涨。"可是……鬼敲门曾为黑旋风出战。你怎不让他为联合王国出战呢？那样的话，你第二天早晨就能赢，省却——"

"他对老夫的初次报价不满，"巴亚兹悻悻然叉起几片蔬菜，"他想展示自己的价值，好让老夫提高报价。"

"一切不过是价码问题？"

巫师偏了偏头。"你以为战争是什么？"这话像一艘缓缓沉没的大船，悬在两人之间。"欠老夫的债的人多着呢。"

"摆子考尔。"

"不，"仆从插嘴，"他出手是意外之喜。"

卡尔达眨眨眼，"没他出手……黑旋风会把我给撕了。"

"深谋远虑并不会扼杀意外,"巴亚兹说,"反而会容许它们存在,并确保每场意外为己所用。老夫可不是孤注一掷的赌徒,而北方有的是好材料。不过老夫承认,你是首选,因为你不是个英雄,卡尔达,而老夫喜欢这点。你用俗人的眼光看待事物,你继承了你父亲的狡诈、野心和残忍,却没有他的骄傲。"

"我只觉得骄傲没啥意思,"卡尔达喃喃道,"每个人都有不得不下跪的时候。"

"牢记这点,你定能兴旺发达,若是忘了,那么……"巴亚兹把肉条送进嘴里,大声咀嚼,"永远不要忘记脚边的坟坑,永远不要忘记凝视死人、满心恐惧的时刻。没事多多回味,想想那种静待背后被捅上一刀却无力反抗的绝望,那种未完成的梦想一齐化作泡影的懊恼,那种想做的事再也做不了的恐慌,"他露出欢快的笑容,"早上起床后和晚上睡觉前,你最好都设想自己仍站在坑边,因为健忘乃是权力的诅咒。若不多个心眼,或许你将再次站在自己的坟前,而且别想再次逃过惩罚——忤逆老夫的人只能落得这种下场。"

"过去十年我一直在不停下跪。"卡尔达无需说谎。黑旋风同样是先让他活命,然后要他臣服,跟着发出威胁。"要我屈膝很容易。"

巫师吞下最后一片萝卜,咂咂嘴,把餐具丢进盘子。"很高兴你这么讲理。你或许无法想象,老夫与膝盖僵硬的家伙们进行过多少类似的谈话,以至于如今一丁点耐心也没有了。但老夫对讲理的人很慷慨,而你只需知道,将来某个时候,老夫或许会派人来索要一点……回报。当那天到来时,希望你不要令老夫失望。"

"什么回报?"

"确保你不会被拿刀子的杀手逼上歧途的那种。"

卡尔达清清嗓子:"那种回报我乐于给予。"

"很好。你可以得到金子。"

"金子?这就是巫师的慷慨?"

"不然你想要什么，魔力内裤吗？现实不等于童话，在现实世界，金子就是一切：权力、爱情、安全。它把剑与盾合为一体，没有什么比它更宝贵。不过很凑巧，老夫还有一件礼物，"巴亚兹像小丑预备讲笑话前那样顿了一顿，"你哥哥的命。"

卡尔达自觉面颊抽搐。感激，还是失落？"斯奎尔死了。"

"不。他在老桥上失去右手，但活了下来。联合王国准备释放所有俘虏，以回应你刚才痛快地答应这项具有历史意义的和平协议。明天中午你就能见到那呆瓜。"

"我该拿他怎么办？"

"你不该让老夫来教你如何处置礼物，只需记得，欲为王者必有牺牲。你梦想称王，对吧？"

"对。"形势刚刚发生天大的变化，卡尔达称王的决心却变得前所未有地强烈。

第一法师起身，拿好法杖，他的仆从灵巧地收拾餐盘。"那么长兄就是你最大的障碍。"

卡尔达盯着对方看了一会儿，只见对方怡然地扫视黑暗的原野，似乎处处鲜花烂漫，而非尸积如山。"你就着坟坑用餐……是为了向我展示你有多心狠手辣？"

"你非要恶意揣度吗？老夫只是饿了，"巴亚兹偏头看向卡尔达，犹如鸟儿打量蠕虫，"并且尸体于老夫算不了什么。"

"匕首，"卡尔达低声道，"威胁、贿赂，以及战争？"

巴亚兹的双眼在火光中闪烁。"什么？"

"你他妈算哪门子巫师？"

"你必须服从的那种。"

仆从来取卡尔达的盘子，但卡尔达扣住他的手。"不用。我可能也饿了。"

巫师咧嘴而笑。"老夫说什么来着，尤鲁？他的胃口或许比你想象的要好，"他挥挥手，转身离开，"看来北方暂时交到了可靠的手中。"

巴亚兹的仆人提起篮子，取下油灯，随主人离开。

"甜点？"卡尔达在他们身后叫道。

仆人给了他最后一个微笑。"管黑旋风要吧。"

微弱的灯光伴随主仆俩消失在农舍拐角，留下黑暗中的卡尔达独坐在摇摇欲坠的椅子里。他闭上双眼，呼吸急促，满心失落却又怀着压倒一切的欣慰。

种豆得豆
Just Deserts

孤王最亲爱最忠实的朋友：

　　孤王满怀欣喜地知会你，形势的演变终于容许孤王邀请你返回阿杜瓦，重新加入近卫骑士，并理所应当地恢复首席卫士之职。

　　孤王非常想念你，你在外派期间不断寄回的信件带来了诸多宽慰与喜悦。无论你曾犯下何等过错，孤王早已原恕，而对孤王的难处，切望你亦能体谅。

　　惟愿与你延续在斯皮奈事件之前历久弥新的友谊。

　　你的君主

　　安格兰、斯塔兰和米德兰的至高王，西港与达戈斯卡的保护者，尊贵的……

　　葛斯特读不下去了。他闭上双眼，任泪水刺痛眼睑，又将那封信紧贴于胸，宛若拥抱情人。受尽屈辱、惨遭放逐的可怜的布雷默·唐·葛斯特，难道不是分分秒秒梦想着这一刻？这究竟是不是梦？他咬了咬酸涩的舌头，尝到欣慰而甘甜的血味。等他用力睁开眼睛，已是泪流满脸，却不由得隔着晶莹的泪花再次读信。

最亲爱最忠实的朋友……恢复首席卫士之职……诸多宽慰与喜悦……延续在斯皮奈事件之前恒久的友谊……恒久的友谊……

他忽然皱起眉头，用手背拭去眼泪，眯眼看向信件落款，发现这封信乃是六天前寄出的。在我于浅滩、老桥和英雄顶奋战以前，甚至在战斗爆发以前……真不知该大哭还是大笑。最终他两样都没做，只像小女孩那么泪汪汪地咯咯傻笑，让信纸沾上了许多欢乐的唾沫。

有什么关系？我得到了应得的回报。

他冲出营帐，仿佛人生中头一次感受阳光普照，为脸上洋溢的暖意而欢喜雀跃，又仿佛头一次欣赏清风拂面的舒爽。他用依旧湿润的双眼欣赏周围美景，眼前垃圾遍布、通往混浊河沟的土坡，业已成为五彩斑斓的美丽花园。无数充满希望的面孔，还有欢声笑语及鸟鸣花香围绕着他。

"您还好吗？"尤根微带关切地问——至少在他的婆娑泪眼中看来是这样。

"我收到国王的来信。"他尖声应道。他用不着再关心自己的嗓门了。

"什么信？"罗格问，"坏消息？"

"好消息，"他搂住罗格的双肩，紧紧拥抱让对方闷哼一声，"天大的好消息。"他又伸手搂住尤根，把两个仆人一左一右抱离地面，就像慈爱的父亲搂抱久别重逢的孩子们。"我们回家。"

葛斯特以前所未有的活力迈步而行。他尚未习惯卸去盔甲后的轻盈步伐,甚至有些蹦蹦跳跳,时而担心自己会跃向明媚的蓝天。空气也有了别样氛围——即便带着似有若无的排泄物气味——令他张大鼻孔贪婪地呼吸。所有伤痛与磨难,所有不平与失望,都在万事万物的光辉中黯然失色。

我获得了重生。

通往奥斯仑镇——或者说那个几天前叫奥斯仑镇,今已化为烧焦废墟的地方——的道路挤满笑颜。一辆马车上的妓女从座位上冲他抛来飞吻,葛斯特飞吻回应;一个瘸腿孩子兴奋地尖叫,葛斯特愉快地捋了捋他的头发;一队伤兵蹒跚经过,打头那个拄双拐的兵冲葛斯特点头,葛斯特一把将其抱住,吻过前额后再微笑着继续前进。

"葛斯特!葛斯特!"有人冲他欢呼,他咧嘴大笑,举起一只满是老茧的拳头在空中挥舞。布雷默·唐·葛斯特,战争英雄!布雷默·唐·葛斯特,君王心腹!无畏的近卫骑士,联合王国至高王的首席卫士,高贵荣耀,深受爱戴!他无所不能,他无所不有。

到处载歌载舞。一位佩戴中士肩章的士官在上校团长的主持下,与一个长着胖嘟嘟的粉脸、发间插满花朵的姑娘结婚,同僚们聚起来起哄喝彩;一位面相年轻得荒谬的新任少尉扛着团旗,联合王国的金太阳骄傲地飘扬着,阳光下的少尉也显得英姿飒爽。这也许就是密特里克此前粗心大意丢失的旗帜?挫折轻易被遗忘,渎职和愚蠢往往得到奖赏。

仿佛为了凸显这点,葛斯特眼见芬宁格身穿崭新的笔挺制服站在路旁,身边簇拥着大群参谋,大声呵斥一名年轻中尉——中尉站在翻倒的马车旁,用快哭出来的表情看着从撕裂的雨篷中掉出的装备、武器……甚至有一把上好的竖琴。那马车的惨相,真有点像被开膛破肚的绵羊。

"芬宁格将军!"葛斯特大声招呼,"祝贺高升!"这个酗酒的书呆子完全不配。他短暂考虑了一下是否趁势提出决斗，以弥补数日前懦弱的回避，他甚至考虑要不要路过时反手一巴掌把这家伙打进沟里。但我有别的要紧事。

"谢谢，葛斯特上校。也请允许我表达对你英勇战绩的衷心——"

葛斯特不想跟他寒暄，直接挤了过去，把那群参谋挤个七零八落——绝大多数人之前是克罗伊元帅的参谋——犹如犁耙翻开泥土。统统见鬼去吧，老子自由了，自由了！他跳起来空挥了一拳。

即便奥斯仑镇烧焦的大门前那些伤员也显得那样开心，他穿行其中，不时用拳头敲打他们的肩膀，念叨着陈腔滥调的鼓励。快来分享我的喜悦，你们这帮残废和将死之人！分享我满溢的喜悦！

她果然站在他们中间，正喂他们水喝。就像仁慈的女神，噢，抚平我的伤痛。恐惧完全消失了，他知道自己该怎么做。

"芬蕾！"他喊道，然后立刻清清嗓子，又喊了一次。这次刻意让嗓音更深沉了点。"芬蕾。"

"布雷默。你看起来……很开心。"她疑惑地挑起一边眉毛，仿佛他脸上的笑容就跟马脸、岩石或尸体上的笑容一样不自然。你会习惯我的笑容，从今往后！

"我非常、非常开心。我想对你说……"我爱你。"再见。我今晚就回阿杜瓦。"

"是吗？我也跟你一样。"他的心跳陡然加速。"嗯，等我丈夫的状况平稳下来就走。"他的心沉了下去。"他们说今天或许能行。"她露出令他恼火的开心表情。

"很好。很好。"操他妈。葛斯特意识到自己握紧了拳头，不得不强行松开。不，不，忘记他吧。那家伙什么也不是。我才是赢家，这是属于我的胜利时刻。"我今早上收到国王的信。"

"真的？我们也收到了！"她脱口而出，一把抓住他的胳膊，眼睛炯炯有神。他的心跳再次加速,被她触碰就像收到了国王的第二封信。"哈尔恢复了议会席位,"她神秘兮兮地四下扫视,然后压低声音吐露,"他还将出任安格兰总督!"

葛斯特花了好长时间才勉强理解她的话语。就像一块海绵慢慢吸干了地上的尿液。"安格兰……总督?"乌云遮掩了阳光,脸上洋溢的暖意消失不见。

"我就知道他能行!对了,他们还要为他举行阅兵式。"

"阅兵式。"为那个娘娘腔。冷风吹过,掀起他松松垮垮的衬衫。"这是他应得的。"他夺下一座炸得粉碎的桥,就该得到阅兵式?"你应得的。"我他妈的阅兵式呢?

"给你的信里写了什么?"

给我的信?给我的那封微不足道、可怜兮兮的信?"噢……国王邀我重任首席卫士。"他突然无法理解自己读信时的热忱。我没机会当上总督,噢不!我离总督差得太远,到头来不过是国王的首席杂役。陛下,你千万别动手擦屁股,让我来!

"真是个令人振奋的消息,"芬蕾用皆大欢喜的口气笑道,"战争的确像是地狱,但不管怎样,战争也能带来机遇。"

真是个无聊透顶的消息。我的胜利竟如此无足轻重,好似一顶腐烂的花冠。"我想……"他面颊抽搐,再也无法维持笑容。"我赢得的太少了。"

"太少?啊,不对,我的意思当然不是——"

"我永远无法赢得任何有价值的东西,对吧?"

她眨眨眼。"我——"

"我永远无法得到你。"

她瞪大双眼。"你永远——什么?"

"我永远无法得到你,或是像你这样的人。"他涨红的雀斑脸烧得火辣辣的。"让我坦诚相告吧。你刚才说,战争像是地狱?"他冲她吓坏的脸嘶叫,"我说,去你妈的!我爱战争!"压抑在心底的话一股脑儿涌出,他无法阻止,也不打算阻止。"在人群中,在厅堂里,在阿杜瓦漂亮的公园,我是一个尖声细气的笑柄,一个扭捏作态的玩偶,一个笨拙滑稽的小丑。"他靠得更近,满意地发现她缩紧了身子。是的,只有这样,她才会在意我。这样就好。"但在战场上?在战场上,我就是神。我爱战争。我爱它的铁血,爱它的滋味,爱它制造的尸体,只恨不能更多。战役的第一天,我只身一人在浅滩赶走北方人,只身一人!战役的第二天,我独自奋战拿下那座桥!独自奋战!昨天,我登上了英雄顶!我爱战争!我……我希望战争没有结束。我希望……我希望……"

这场爆发迅速地泄了气,他只能站在原地,喘着粗气,低头瞪视她。这光景就像丈夫打算扼死妻子,却在最后一刻恢复了理智,不知该如何收场。他转身欲逃,但芬蕾并未松开他的胳膊,她指甲用力,逮住他不放。

她脸上震惊的潮红业已消散,现在聚满了怒火。她咬紧牙关问:"在斯皮奈发生了什么?"

他的脸涨得更红,这个地名犹如一记响亮的耳光。"我被背叛了。"他丢出"背叛"这个词,本打算像刺痛自己那般刺痛对方,但嗓音失去了所有锋芒。"我被当作替罪羊,"他的确正像绵羊一样咩咩哀叫,"无视我的忠诚,我的勤勉……"他挣扎着指控,但他平素不习惯吐露这些,因此话语化为一串女孩气的低声抱怨。

"我听说当刺客来杀国王时你喝得烂醉如泥,还跟妓女鬼混。"葛斯特吞了口口水。他无法否认,当初摇摇晃晃冲出房间,只觉天旋地转,一边慌张地扣皮带一边抽出长剑。"我听说那并非你头一次失职,虽然国王一再原谅你,但那回内阁认定你罪不容恕。"她上下打量他,噘起嘴唇。"你自诩战神,呃?要知道,神灵与恶魔在我们凡人看来都一样。你或许拿下了一片浅滩、一道桥梁和一座山丘,但说到底，除了杀人，你还能做什么呢？你带来了什么呢？你能帮到谁呢？"

他呆立原地，仿佛被掏空一般。她说得对，没人比他自己更清楚。"我什么也做不到。"他低声道。

"你只爱战争。我本以为你是个正派人，但我错了。"她用食指戳了戳他的胸口，"你是个英雄。"

她带着令他心碎的轻蔑看了他最后一眼，转身走开，留下他独站在伤员们中间。那些伤员看起来全都失去了好心情，他们承受着巨大的伤痛，连头顶的鸟儿也停止了歌唱。早先的兴奋仿若外表光鲜的沙堡，被无情的现实冲得土崩瓦解，他自己则宛如一根脚下生根的铅柱。

我注定如此落魄？他心中油然生出绝望的结论，哪怕在……斯皮奈之前？他皱眉看着芬蕾消失在远处。她回到了那个升任总督的呆子小丈夫身边。他悔恨自己没有早点指出，正是他救回了她丈夫。我总学不会在合适的时机说出合适的话。当然，这是假设存在"合适"的时机。他咬牙切齿地发出一声长叹。我真该闭上这张该死的臭嘴。

葛斯特转过身，在阴云密布的暮色中步履沉重地行走。他攥紧双拳，皱眉看向英雄顶，只见那肃穆的山丘顶上，巨石阵宛如黑色的牙齿，直指天空。

命运女神在上，我要战斗。

无奈战争已经结束了。

黑手卡尔达
Black Calder

"就以点头为号。"

"点头？"

摆子转身看着他，点了点头。"你点头，我下手。"

"就这么简单。"卡尔达低声说着，在马鞍上耸了耸肩。

"就这么简单。"

轻轻点头，就能成为国王。轻轻点头，就能除掉哥哥。

天很热，寥寥可数的几朵云悬在南方丘陵之上的蔚蓝色天空中，蜜蜂依旧于麦田边缘的野花丛中飞舞，河面闪烁着银光。或许这便是最后的暑气，很快秋风就要扫清夏日余韵，迎接寒冬的到来。这种日子，本该慵懒地休息或在浅滩边洗脚——事实上，一百跨外的下游处，某些北方人正脱光衣服做着这等好事，再往下走，某些联合王国士兵也在对岸这么干。他们的笑骂声时而盖过欢快的泼水声，飘进卡尔达耳中。昨天还是不共戴天的仇敌，今天却像孩童一样玩耍，甚至嬉闹起来。

和平。美好的和平。

好多个月来,他竭力鼓吹和平、期盼和平、筹划和平,几乎是孤军奋战,从未有所收获。而今和平近在眼前,最有权欢笑的他,牵动嘴角却仿佛比抬起英雄石还难。昨晚与第一法师的对话沉沉地压在心底,令他彻夜难眠,对这次会面忐忑不安。

"那是他吧?"摆子问。

"哪个?"桥上只有一个人。一个陌生人。

"是他。就是他。"

卡尔达眯起眼睛,手搭凉棚。"死者在……"

直到昨晚,他都认定哥哥已然战死——如今亲眼所见,这其实与事实相去不远。斯奎尔仿佛从死者之地爬出的幽灵,弱不禁风,远远看去也能看出他瘦了好多,身材小了一圈,油腻的头发贴在脑门一侧。他原来就因腿伤走路不利索,如今更变本加厉,像螃蟹那样横着蹒跚,拖着左腿走过老旧的石桥。他肩头胡乱裹着一条破毯子,左手在咽喉处按住毯子的两个角,垂下的几个角在脚边甩荡。

卡尔达滑下马鞍,把缰绳甩回马背,不顾肋下伤痛,快步奔向哥哥。

"点头为号。"摆子在后面低声提醒。

卡尔达愣了一下,只觉腹中绞痛。然后他继续奔跑。

"哥哥。"

斯奎尔眯起眼,那神情就像多日没见过太阳,他凹陷的脸庞一侧有许多结痂的伤疤,肿胀的鼻梁上还有一道黑色伤痕。"卡尔达?"他咧开嘴虚弱地笑笑,卡尔达发觉他失去了两颗门牙,破裂的嘴唇覆满干涸的血迹。他松开毯子,握住卡尔达的手,断掉的右手随之露了出来,犹如女乞丐怀中的孩子。那截丑陋的残肢不可避免地吸引了卡尔达的注意——它显得如此滑稽,乃至有些可笑,脏兮兮的绷带绑住手肘,透出无数棕色斑点。

"快披上。"他解开斗篷披到哥哥肩上,他自己破碎的手掌也因这剧烈的动作痛得厉害。

斯奎尔太痛苦也太疲惫,根本无力制止他。"你的脸怎么了?"

"我听从你的建议去战斗。"

"结果呢?"

"痛死我了。"卡尔达边说边用左手和右手拇指帮斯奎尔扣上斗篷。

斯奎尔摇摇晃晃,一副随时可能倒下的样子。他冲周围的滚滚麦浪眨了眨眼。"这么说,战斗结束了?"他哑着嗓子问。

"结束了。"

"谁赢了?"

卡尔达顿了顿。"我们。"

"你是说,黑旋风赢了?"

"黑旋风死了。"

斯奎尔充血的双眼陡然瞪大。"他战死了?"

"战后死的。"

"入土了啊,"斯奎尔在斗篷下缩了缩佝偻的肩膀,"这也难免。"

卡尔达心中所想全是脚边的坟坑。"谁也躲不了。"

"谁取代了他?"

卡尔达又顿了顿。士兵们戏水的欢笑声远远飘来,又被麦浪的扑簌声淹没。"我。"斯奎尔伤痕累累的嘴哑然张开,合不拢来。"他们现在管叫我黑手卡尔达。"

"黑手……卡尔达。"

"我扶你上马。"卡尔达带哥哥来到坐骑旁,摆子冷眼旁观。

"你们两个现在一伙了?"斯奎尔问。

摆子伸出一根手指按在伤疤脸上往下一拉,鼓起金属眼。"我只是帮他盯着后背。"

斯奎尔用右臂残肢按住鞍头，稳定身形，笨拙地以左手上马。他试探着将一只脚踩进马镫，用力把自己往上拽，卡尔达则将左手垫在他膝盖下面支撑——小时候，斯奎尔总是将他抱上马，乃至粗鲁地甩上去，如今想来真是讽刺。

三人掉转马头，沿小路前行。斯奎尔软绵绵地靠在鞍上，虚弱无力的左手挂着缰绳，脑袋随着马蹄的踏步晃荡。卡尔达阴沉地骑在旁边，摆子跟在后头，既像是他的影子，又像是静静等候的大平衡者。他们缓缓行进，穿过麦田，前往凯尔墙的缺口——不久前，卡尔达正是在那里面对联合王国军的全力进攻。

他的心跳跟当时一样剧烈。

联合王国军今晨已尽数撤到河的南边，白如雪的部下则退到了英雄顶北面，但四下并非空无一人。几个紧张的拾荒者在屡遭践踏的麦田里刨梳，希望找到一点可用物资，譬如箭头或皮带扣，以换取一两个铜板。还有几个人跋涉向东而行，其中一人肩扛钓竿。战场变回乡野的速度之快，让人讶异，数日前还寸土必争、血流成河，数日后却变得如此寂寥。他无意间对上摆子的视线，那位杀手抬起下巴，无声地征询指示。卡尔达赶紧扭头，犹如摆脱烧红的陶罐。

他并非没杀过人。十面精布罗德救下他还不满一天，就被他亲手斩杀，更别提从前出于一己虚荣处死最弱的福利。为夺得斯凯林之椅而杀人，无论如何也不该让他握缰绳的手抖得这样厉害，不是吗？

"你为什么不来帮我，卡尔达？"斯奎尔把残肢伸出斗篷，皱眉低头盯着它，一边咬紧了牙关，"在桥上。你为什么不来？"

"我想来。"骗子。骗子。"但我发现联合王国军埋伏在溪流那头的林子里，位于侧翼。我想来但来不了。我很抱歉。"至少最后一句是真的。他很抱歉，尽管这屁用不顶。

"好吧，"斯奎尔把残肢滑回斗篷下，脸因痛苦皱成一团，"看来你是对的。北方需要的不是英雄，而是智者。"他瞥向卡尔达，眼神里的东西让后者打了个激灵。"你永远比我聪明。"

"不，你才是对的。有时必须停下来战斗。"

这里正是卡尔达停下来战斗的地方，随处可见短促的激战留下的痕迹。麦秆被纷纷踩倒，断裂的箭支比比皆是，坑边七零八落地堆满杂物。靠近凯尔墙的地方，土地先被搅成泥浆，后来重新硬结，表面密布脚印、蹄印和手印，都是死在这里的人和马留下的。

"动动嘴皮子就能成事固然好，"卡尔达低声说，"但手上有家伙才有说服力。如你所言，如父亲所言。"父亲不是还说过关于家人的格言吗？关于什么最重要？以及仁慈？反复告诫的仁慈？

"人年轻时，总以为父亲无所不知，"斯奎尔道，"我现在意识到很多事老头子是错的。不管怎么说，看看他的下场吧。"

"没错。"卡尔达吐出的每个字都重若千钧。他怎么受得了这个头脑简单四肢发达的呆瓜哥哥？他承受过对方多少敲打、嘲笑与侮辱？他在口袋里紧紧攥住那件金属物品。父亲的项链。卡尔达的项链。家人真的比什么都重要？还是说家人最能拖后腿？

他们离开零星的拾荒者和战场旧址，沿这条安静的小路来到几天前的凌晨斯奎尔弄醒他的农舍旁，那同时也是昨晚巴亚兹教训他的地方。莫非这是场测试？巫师想试试卡尔达有没有成为统治者的资格？噢，尽管他浑身缺点，但心肠绝对不软。

天知道他有多想坐上父亲的交椅——早在父亲去世前他就作此打算，如今只剩最后一小步，只剩最后一点障碍，而他只需点头，一切便唾手可得。他斜眼瞥向斯奎尔，只见对方一派油尽灯枯之状，任何有野心的家伙都能轻易跨越这点障碍。噢，尽管他浑身缺点，但野心绝对不缺。

"你最像父亲，"斯奎尔说，"我试过，但……做不到。我一直认为你更有国王的样子。"

"也许如此。"卡尔达低声道。他下定了决心。

摆子跟上来,一手提着缰绳,一手伸向腰间,神态十分悠闲,身体随坐骑前行轻轻摇晃。他的指尖刚好掠过剑柄,那柄剑插在鞘里,但很容易够到。那是黑旋风的剑,血九指的剑。摆子抬起一边眉毛询问。

卡尔达感到双眼背后阵阵充血。这是梦想成真的最佳时机。

巴亚兹说得没错。欲为王者必有牺牲。

卡尔达长吸一口气,屏住呼吸。就是现在。

他轻轻摇头。

摆子松开手,胯下坐骑放慢速度,缓缓落后。

"也许我更像父亲,"卡尔达说,"但你是长兄。"他勒住缰绳,从口袋里掏出父亲的项链,戴到斯奎尔的脖子上,小心地挂在对方肩头。完事之后,他拍了拍斯奎尔的背,又把手留在那里支撑,心里疑惑自己几时爱上了这个愚蠢的呆瓜,几时爱上了自己以外的任何人。他垂下头。"我要第一个向新的北方人之王致敬。"

斯奎尔眨眨眼,看着肮脏的衬衫上晃荡的钻石。"我从未想过这样的结局。"

卡尔达也没想过。他为他们兄弟俩感到庆幸。"结局?"他冲哥哥露出笑容,"这不过是开始。"

退休

Retired

　　房子没建在水边，屋后也没搭出门廊，但至少能放把长凳观看山谷的风景，只可惜他傍晚时分坐在凳子上抽烟时并无喜色，一心想着这些年来埋葬的同伴。西檐有些漏雨，偏偏近来雨下得不小；室内只有一个房间，木梯顶着块搁板权做床铺。说穿了，这房子纵然不致被称为窝棚，却也相去不远。

　　但它毕竟是他的家，毕竟拥有上好的橡木房梁和完整的石头烟囱。梦想不会一夜成真，需要细心播种和持续关照——至少卡脖是如此说服自己的。

　　"妈的！"锤子砸在指甲盖上，痛得他绕着房间转圈，一边唾沫横飞地咒骂，一边拼命甩手。

　　木工生计格外辛苦。虽然他不再啃指甲了，却常把那些该死的指甲敲进肉里，双手留下的大大小小的伤口让他最终不得不面对悲惨的事实：或许自己不是一个好木匠。在梦想的退休生涯中，他打造的家什总是美轮美奂，被穿透彩色玻璃的光线照亮。他雕的镀金龙头被安置在三角墙顶,活灵活现,以至成为北方的奇观,引得远近的人们争相观赏。可惜在现实里,木头如此容易开裂,如此多刺而尖利,就跟人一样。

"操蛋。"他揉着拇指,昨天他刚砸中同样的地方,指甲盖下本就一片瘀青。

村民们待他很和善,偶尔也给他工作,尽管他知道有的农夫用起锤子远比他麻利。无论如何,村里的新谷仓没他参与也建起来了,而他必须承认那比他的房子搭得牢靠。他开始意识到山谷中的人们接纳他主要是因为他的剑,而非其余技能。战争进行时,北方的大批流氓闲人可以去杀去抢南方佬,而今战争结束了,他们开始频繁骚扰自己人,且无所不用其极。一个有外号的可以壮大村里的声势,世道毕竟不好。是啊,世道永远都不好。

他蹲在摇摇晃晃的椅子旁,这是他与家具的战争的最新牺牲品。刚才拿一下弄折了过去一小时努力凿出的关节,导致椅腿从奇怪的角度伸出,留下一道丑陋的缝隙。眼见天光渐暗,他真是活该,但今晚要不能完工——

"卡脖!"

他猛地抬头。男人的嗓音,深沉而粗鲁。

"你在吗,卡脖?"

他浑身起了鸡皮疙瘩。他为人大体算得上光明磊落,但不留点恩怨就想摆脱那些刀口舔血的日子是不可能的。

他跳将起来——或者说以他近日的状况,作出了近似跳起来的动作——从门上的支架抄起长剑,慌乱中差点碰到脑袋,不由得连番低声咒骂。对方若来杀他,似乎不该出声警告,但谁说得准白痴们的行为方式?要知道,白痴也懂得寻仇,而且下手更狠。

后窗的窗叶开着,他可以顺势溜走,逃进林子。但若对方是来真的,势必考虑到了这点,而以他膝盖的状态,不可能冲过埋伏圈。

他最好还是从前门出去,当面对峙,就像年轻时那样。

计议已定,他悄悄逼近门口,边吞口水边抽出长剑。随后他缓缓转动门把手,将剑刃从门缝中穿出,眼睛贴在门框上观瞧。

他的确会从前门出去,但决不当靶子。

对方共计八人,在房前的湿泥地里站成半圈,其中两个手持火把,阴郁而潮湿的火光反射在锁甲、头盔和矛尖上,闪闪发亮。看样子都是身经百战的亲锐,这样的人北方剩下的不多。他们个个有武器,但尚未摆出动武的架势,这让他稍微宽了点心。

"是你吗,卡脖?"对方的头儿现身后,他更大大松了口气。那人高举双手,掌心朝外,站到最近的地方。

"是我,"卡脖垂下剑尖,将头从门缝中多伸出了一点,"没想到你会找来。"

"希望这是个惊喜。"

"是不是惊喜你自己最清楚。你来干什么,硬面包?"

"我可以进去吗?"

卡脖抽抽鼻子。"你可以。但你的人只能在外面吹夜风。"

"他们习惯了。"硬面包独自上前。他气色不错,胡子经过修剪,锁甲也是新的,剑柄还有白银装饰。他登上台阶,钻过卡脖身边,进入那唯一的房间,走到中央——这也就眨眼工夫——用评估的眼光四下扫视。他看到卡脖的搁板床、工作台和诸多工具,看到了歪歪扭扭的椅子、七零八落的木材和四处堆积的木屑。"退休生涯就这样?"他问。

"不,我他妈在村里有座王宫呢。你来干吗?"

硬面包吸口气。"伟大的'铁手'斯奎尔——当今的北方人之王——向老金格拉玛宣战了。"

卡脖哼了一声。"言外之意是,黑手卡尔达宣战了。但为什么呢?"

"老金杀了长手考尔。"

"长手死了?"

"被毒死的。老金干的。"

卡脖眯起双眼。"是这样吗?"

"反正卡尔达说是,斯奎尔也跟着说是,大伙儿就认呗。北方人都站在贝斯奥德的儿子们这边,我是来拉你入伙的。"

"你又几时开始为卡尔达和斯奎尔卖命了?"

"从狗子放下武器,不愿再喂饱我们的时候开始。"

卡脖皱起眉头。"卡尔达不会要我。"

"卡尔达派我来的。他眼下的三个战争首领是白如雪、铁头凯姆和你的老朋友奇妙。"

"奇妙?"

"那女人够猾。说到底,卡尔达还缺个有外号的副手,以统领身边亲锐。他显然想找个光明磊落的人,"硬面包冲那把破椅子挑了挑眉,"他不是请你去当木匠的。"

卡脖呆立原地,试图理清思绪。这是一份丰厚的邀约,一个崇高的位置。他可以回到熟悉的人群中间,继续接受拥戴,但同时也将重操旧业,继续刀口舔血。他必须再度判断何为正路,再次在坟前致辞。

"很抱歉让你白跑一趟,硬面包,我的回答是'不'。请替我向卡尔达致歉,不仅为这件事,也包括以前的……其他事。告诉他,我不干了,退休了。"

硬面包叹口气。"好吧。遗憾。我会帮你带话。"他在门口停下,回头看向卡脖。"照顾好自己,呃,卡脖?凡事都走正路的人不多了。"

"你说该怎么走呢?"

硬面包嗤笑一声。"好吧。不管怎样,照顾好自己。"他重重地走下梯级，走进渐浓的夜色。

卡脖盯着他的后背看了好长时间，竭力平缓剧烈的心跳，也不知是悲是喜。手中长剑依旧是熟悉的分量。它显然跟锤子不同，这可是三树给他的，回想起得到它时的豪情万丈、胸腔中那团燃起的火焰，他不禁泛起微笑。当年的他暴躁、狂放，一心只想出人头地，根本谈不上光明磊落。

他环视这个孤零零的房间和其中寥寥可数的家什。他一直以为退休就是逃离噩梦，结束流浪，回归本心，不承想到头来，似乎只有握剑的人生才有意义。

他想起自己的小队，想起与威尔旺、布拉克和奇妙谈笑风生，想起在开战前一一握手。他情愿为他们而死，他们也情愿为他而死，这是无价的信任、友爱和同志情谊，甚至比家人更亲。

他想起在乌发斯的城墙上与三树并肩而立，冲贝斯奥德的大军发出不屈的战吼。他想起在卡曼纳河、杜别克要塞和高地的决死冲锋——尽管最后那场战斗大败，但也许正因输了，才如此刻骨铭心。

他想起得到外号的那天，想起害死兄弟们的那天，想起站在英雄顶，迎着倾盆大雨，面对联合王国的精兵强将，时刻做好了牺牲准备的那天。

诚如威尔旺所言：你不可能过得比那更充实。至少不能通过修椅子。

"噢，见鬼。"他低声嘀咕，抄起剑带和外套，甩过肩头，大步冲出去，随手带上了门，甚至没费心上锁。

"硬面包！等等！"